魅麗文化　花火工作室

楚乔传

特工皇妃

CHU QIAO ZHUAN

上册

潇湘冬儿 著

江苏凤凰文艺出版社
JIANGSU PHOENIX LITERATURE AND
ART PUBLISHING, LTD

图书在版编目（CIP）数据

特工皇妃楚乔传：全3册 / 潇湘冬儿著. -- 南京：江苏凤凰文艺出版社，2017.5
　　ISBN 978-7-5594-0056-7

Ⅰ. ①特… Ⅱ. ①潇… Ⅲ. ①长篇小说－中国－当代 Ⅳ. ①I247.5

中国版本图书馆CIP数据核字（2017）第059518号

书　　　名	特工皇妃楚乔传：全3册
作　　　者	潇湘冬儿
出版统筹	黄小初　邹立勋
选题策划	林玉婷　喻　戎
责任编辑	胡小河　姚　丽
特约编辑	喻　戎
责任监制	刘　巍　江伟明
出版发行	凤凰出版传媒股份有限公司 江苏凤凰文艺出版社
经　　　销	江苏省新华发行集团有限公司
印　　　刷	湖南凌宇纸品有限公司
开　　　本	710×1000毫米 1/16
字　　　数	1000千字
印　　　张	63
版　　　次	2017年5月第1版，2017年5月第1次印刷
标准书号	ISBN 978-7-5594-0056-7
定　　　价	108.00元

（江苏凤凰文艺版图书凡印刷、装订错误可随时向承印厂调换）

序

  我是2007年开始在网络上写作的，一眨眼，十年已经过去了。我不算是一个高产作家，十年下来，拿得出手的完整作品也就那么两三部，还都顶着一个天雷无比的名字，连我自己都羞于出口。没办法，当年的网络环境就是那样，霸道总裁和柔情暴君各占半壁江山，不跟这二位扯上点关系，出门都不好意思跟别人打招呼。女主们走出来不是皇后就是贵妃，格调高得很。

  为了圆《11处特工皇妃》中皇妃这个梗，我写作后期简直是费尽心机，因为楚乔那个衰样，怎么看也不像是能当皇妃的人。但为了我不被读者骂得太惨，诸葛玥只能委委屈屈地去境外搞了次独立运动，圈了块地皮，搞了个皇帝当，随随便便，相当没有说服力。说起来，他们俩也不容易。

  前段时间我参与了《特工皇妃楚乔传》的剧本创作，那是个上千人的大组，每天都会有燕洵党和诸葛党操着或北京腔，或东北话，或川普，或香港话在我面前撕得情真意切。我站在他们面前，像是一个看客，仿佛这些人物不是我写出来的，我听着他们在那争论楚乔到底最爱谁，燕洵到底算不算渣男，诸葛玥算不算第三者，各种讲事实摆证据，一本正经地胡说八道。九幽台那场大戏拍了半个多月，四十多度的高温，正午烈日下，导演、制片、所有的工作人员都在现场，诸葛玥中暑，一度晕厥，楚乔戴着沉甸甸的铁镣厮打，伤痕累累，燕洵一次次被人从高台上踢下来，哭得声嘶力竭，两次休克，我在一旁看着，直到那一刻，才真正体会到了文字的力量。

  哪怕因为我当年的能力所限，那些文字还不够成熟，不够精美，但文字里所传达的感情，依旧是真挚的。那是我在十年前的一个个夜晚，不眠不休，用心血熬出来的。它们自带重量，来自于我，却又超脱于我，沉甸甸地讲述着自己的故事。

  《11处特工皇妃》再版了，这次终于改了名字，叫《特工皇妃楚乔传》。我觉得这热度蹭得有些厚脸皮，但是看到自己的小说终于能有个像样点的名字了，我还是乐呵呵地接受了。

这本书在我如今看来问题多多，我曾尝试过做整体的修改，但最后还是放弃了。如果修改了，楚乔可能就不是曾经的楚乔了，毕竟十年过去了，我也不是当年的我了。

是的，胖了将近三十斤。

好了，啰唆半天，得说重点了，当年在连载期间，此书有几处描述性文字，与《紫川》《九州》高度雷同，第一次出版时我已经做了改动，此次再版再次修改。在此，再次向两书的作者老猪先生和江南先生道歉。并为《暴君，我来自军情9处》中同样的问题，向《回到明朝当王爷》和《昆仑》的作者月关先生和凤歌先生道歉。

最后，感谢所有读过这个故事的读者，祝大家新年快乐。

潇湘冬儿

2017年除夕

目录 CONTENTS

上册

★ 序章 ★

- 002 · 第一章　　军事法庭
- 006 · 第二章　　风雨欲来
- 009 · 第三章　　为国捐躯

★ 第一卷　真煌卷 ★

- 015 · 第一章　　皇家围猎
- 020 · 第二章　　含血吞齿
- 026 · 第三章　　月色血葵
- 035 · 第四章　　血煞之心
- 044 · 第五章　　子虚乌有
- 050 · 第六章　　上元灯会
- 056 · 第七章　　魏氏门阀
- 061 · 第八章　　少时岁月
- 071 · 第九章　　再扳一局
- 081 · 第十章　　手刃仇敌
- 091 · 第十一章　祸福与共
- 102 · 第十二章　铁甲冰河
- 111 · 第十三章　九幽泣血
- 118 · 第十四章　终有一天

目录 CONTENTS

上册

第二卷 大夏卷

126 · 第一章	白驹过隙
135 · 第二章	夜深雾浓
142 · 第三章	皇家夜宴
152 · 第四章	雪夜对射
160 · 第五章	大夏国宴
170 · 第六章	寒湖斗剑
181 · 第七章	天家赐婚
189 · 第八章	旧日誓约
196 · 第九章	拳打太子
208 · 第十章	披荆斩棘
220 · 第十一章	难下杀手
231 · 第十二章	一地荼蘼
237 · 第十三章	石破天惊
251 · 第十四章	御前悔婚
263 · 第十五章	割袍断义
276 · 第十六章	杀出真煌
286 · 第十七章	南北转战
296 · 第十八章	世事弄人
304 · 第十九章	前尘如梦

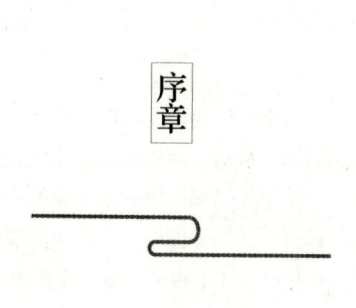

序章

第一章
军事法庭

时间定格在新历一一六年五月十二日的子夜两点，地点为帝国 X 市外的一处荒郊。

七辆黑色轿车在荒郊路上极速行驶着，两辆在前，两辆在后，还有两辆各靠一侧，一起护卫着中间的一辆黑色轿车——军用大功率引擎发出流畅的声响，车身完全由高性能合金制造，挡风玻璃上可隐隐看到呈螺旋状的防弹图纹，没有车牌照，没有特殊军用标志……这不禁让人怀疑，这样的车队是怎样从那座守卫森严的城门里走出来的。

一个小时之后，车队驶近城郊一处并不起眼的土黄色建筑。四名身着迷彩服的士兵走上前来，示意车上的人停车接受检查。前方的一辆车车门打开，一个身穿黑色西装的年轻人下了车，递过一张深红色的牌子。士兵检查了半晌，沉声说道："我需要向上级请示。"

男人眉梢一挑，神色隐隐带了一丝怒气，压低声音说道："这上面有金上将的签字，你还需要向什么人请示？"

士兵面无表情地继续说道："少校，上级刚刚下达命令，除了元首本人亲至，其他人进入军事禁地一律需要金上将和张参谋长两人的共同署名，否则一律不予放行。"

"你……"

"李阳。"

一个低沉的声音突然在身后的车内响起。黑色轿车缓缓开上前来，司机摇下车窗，露出里面一张略显疲倦的苍老面孔。士兵看了一惊，猛地立正站好，敬了一个军礼，说道："将军！"

金上将淡淡地点了点头："现在我们可以进去了吧？"

士兵有些迟疑，说道："报告将军，张参谋长命令说军事禁区内不得行车，一律步行。"

金上将眉头轻轻皱起，拍了拍自己的腿，说道："我也需要步行？"

士兵面色越发难看起来，眼神透过车窗在金上将的那条伤腿上转了一圈，最后还是用木头一般的声音说道："对不起，将军，上级指示，任何人不得行车，一律步行！"

李阳面色一变，顿时大怒。

金上将轻轻摆了摆手，转过头来对着李阳说道："李阳，你自己进去吧，带着我的文件，一定要将〇〇五完好无损地带出来，我们再也不能承受像〇〇三那样的损失了，她们都是帝国的财富。"

李阳顿时动容，面对着面色疲惫、白发苍苍的老者，崇敬地行了一个军礼，坚定地说道："将军放心，坚决完成任务！"

然而，就在这时，一阵巨大的爆破声轰然传来，刺眼的火光上一朵漆黑的蘑菇云在黑夜里升腾。李阳双眼圆睁，额头青筋迸现，一言不发地转身向军事禁区狂奔而去。

这个夜里，X市的市民还在安静地沉睡着，但是在城外的第四军事监狱里，却发生了一次足以震撼世界的巨大爆炸。黑暗中，各国的视线全都暗暗地凝聚在一处，等待着几个小时后的天明。

四个小时之前。

国家第四军事监狱的审判大厅里，端坐着七名穿着军装的高级军官，肩章上将星闪耀，表示这些人都是上将级别。审判席上，是五名军事法官，这五人分别来自各大军区，并不隶属于同一个军事系统。下面是二十多名手持柯尔特MOD733型5.56毫米突击步枪的国家一级特种兵，神情戒备，如临大敌。

整个审判庭内气氛肃穆森严，所有人的目光都凝聚在被告席上。身穿军装的审判长清了下嗓子，沉声说道："姓名？"

"楚乔。"

一个清淡冷静的声音低沉地回应道，音色虽然有些沙哑，但是一听就可以判断出此人的性别。

果然，只见一名下身穿浅绿色军裤，上身白色衬衫，袖口挽起，露出半截白皙小臂的清秀女子坐在被告席上，神色平静，看不出半点紧张的情绪。

审判长继续枯燥的流程："性别？"

"女。"

"出生年月日？"

"新历九零年十月八日。"

"籍贯？"

"云图州洛市。"

"从军履历？"

"新历一零九年考入帝都军事学校。一一一年被抽调入帝都军事指挥所第五情报处学习，同年下半年进入飞鹰组第七部队接受训练。一一二年八月二十七日正式加入第五情报处，被编入第二小组，从事情报分析和调配工作。一一三年十二月被调入Y城情报科，和军情九处配合执行HL计划。转年六月出境潜伏。一一四年一月回国进入十一处指挥所，担任副指挥官，直到现在。"

"在你任职期间，执行过什么行动？"

"十一处共执行大小事务九十七件，经我手的共有二十九件，其中一星级十一件，二星级九件，三星级五件，四星级四件，五星级无。"

"请据实上报你执行过的四星级任务。"

"新历一一四年八月军情七处提供情报，军情九处出面行动，由我和九处李上校共同策划了'海盐计划'，成功获得了三吨铀矿石。同年十一月，十一处和境外六处合作执行了诱捕方略，擒拿了号称米卡半鼠的叛国将领，炸毁了F国的核反应堆。一一五年四月，计划策反了E国的异能者，夺回中央银行的漏洞密码。同年六月，在X国的帮助下，由十一处策划，异能者协助，九处特工〇〇三为主的西莫行动成型，成功取得HK-47的制作图纸。"

审判长推了推眼镜，一边对照着文件，一边沉声说道："请详细说一下，你和军情九处的特工〇〇三之间的关系。"

女子闻言微微扬眉，长久不改的面色有些冰冷，她的眼神在七名陪审的军官身上一一扫过，最后沉声说道："在第七部队受训期间，我与特工〇〇三、特工〇〇七、十一处参谋官黄敏锐少校共同住在一个寝室里。一一五年，与〇〇三合作执行了西莫行动。"

审判长沉声说道："你们的关系如何？是战友、同事，还是点头的泛泛之交？"

女子面色沉静，微微扬眉，许久，才沉声说道："我们是朋友。"

陪审团顿时一阵轻微的哗然，女子朝着其中两人看去，眼神锐利地瞥见他们嘴角还没来得及散去的笑容。

"也就是说，你和〇〇三交往密切，是无话不谈的知心朋友，对吗？"一名身穿墨绿军装大约四十岁的女法官沉声问道。

楚乔转过头来，眼神在女法官貌似和气的脸上转了一圈，最后沉声说道："法官，我和〇〇三都是受过国家专门训练的高素质军人，我们很明白什么话可以说，什么话不可以说，所以，对于你审问词中的无话不谈这四个字，我觉得是对我们专业素质的蔑视和对已壮烈为国家利益牺牲的烈士最大的不敬。"

女法官面色一白，抿紧了嘴唇，不再发言，气氛顿时有些尴尬。

审判长继续说道："楚乔，现在，请你对M1N1号行动，进行简单的陈述和辩护。"

话到此处，总算是问到了重点和关键，两名五十多岁的陪审长官闻言身子略略探前，神情十分专注。

楚乔低下头，许久才仰起脖子，一字一顿地沉声说道："我要求见我的上级，或者是接受最高军事法庭的公开审判，在此之前，我不会对M1N1行动做任何陈述。"

审判长闻言眉头一皱，声音里明显带有一丝怒意，缓缓说道："你这是在质疑由五方军区共同派遣，并且由最高法律专家组建而成的军事法庭的权威吗？"

"我不是。"楚乔仰着头，重复道，"我只是要求见我的上级，在金上将没有亲笔签署解密文件之前，请恕我不能透露M1N1行动的资料和内容。"

审判长眉头紧锁，继续说道："那么，请你对下令爆破总务大楼，致使诸国二十三名人质遇难事件，做出你自己的辩护和阐述。"

"他们并不是人质。"楚乔抬起头来，沉声说道，"我所下的命令都绝对符合军部的各项条令，没有枉杀一个人，只要见到我的上级和金上将的签署文件，我自会向军事法庭做出最完整的陈述。在这之前，我将不会接受任何审判。"

审判到此进入僵局。将楚乔带下去之后，所有的法官和将领鱼贯退出大厅，严密的监控装置拍下了他们的全部影像。但是，在刚刚坐着军部高级将领的一角长凳下，一个闪烁着红光的细小装置，屏幕上的数字在静静地跳跃着。

时间，已经所剩无几。

楚乔坐在铁床上，低着头，静坐不语。她所在的监舍四面都是特制的钢化玻璃，外面可以完全看到里面的情况，里面的人却丝毫看不到外面的半点动静，毫无隐私可言。而这些玻璃的坚硬程度，即便是拿着大口径冲锋枪持续不断地射击一天，也只能开一个小小的弹口，想要打破玻璃逃生，可能需要原子弹的帮忙。

即便看不到听不到，但是作为国家最为机密的情报处的高级指挥官，她清楚地知道外面的全部布置。手摸着脉搏，默默地计算着时间，她知道，吃饭的时间就要到了。

果然，咔嚓一声脆响，玻璃下方开了一个角门，一只手端着一个托盘，缓缓地放了进来。

楚乔坐在床上，低着头，看起来一动没动，可是一块细小的石子却突然飞出去，精准且无声地打在送饭士兵手腕上的表扣上，只听呼啦一声响，手表掉在了监舍之中。

门外的士兵一惊，伸出手臂在里面摸了两下，竟没有够到。楚乔听到声响，貌似无意地转过头去，疑惑地皱起眉头。她知道，除了这个人，外面还站着一个人，正在严密地监视着她。

按照常理，送饭期间犯人是不可以接近牢门的，但是此时此刻，楚乔却伸出手来对着自己比画了一下。门外的士兵看得清清楚楚，又伸了两下手，仍旧没有够到手表，就伸出拳头在地上捶了两下，表示同意。

楚乔跳下铁床，捡起地上的手表，交到士兵手中，对着看不到外面的钢化玻璃轻轻一笑，就端起饭菜，回到床上。

外面，很快就安静下来。

一切，都是那样自然，没有一丝异样。

楚乔吃完饭之后，走到简易的卫生间旁边，拉开了门。

政府还算人道，卫生间设置还算私密，除了肩膀以上，下面全部用不透明的塑料制成。楚乔坐在坐便器上，头微微低下来，她知道，外面有人看着她，而她上厕所的时间，绝不能超过二十分钟。

在别人无法看到的卫生间里，楚乔轻轻地伸出白皙的手掌，在刚刚触碰过那名士兵的手指的指尖处，有一个透明的薄膜，上面有对方不慎被她提取的指纹。楚乔知道，时间不多，她该行动了。

第二章

风雨欲来

午夜一点二十分，楚乔关上了卫生间的门，走到洗脸池旁，开始洗手。

监舍内一片死寂，没有半点声音，这个时候，是人一天之中最为疲惫，即便是受过严格训练的特种兵，警觉性和体力都会较平时有所下降。楚乔面色沉静，洗好手之后，拿起架子上的毛巾，仔细地擦干手，抽水马桶的声音哗哗地响着，她的手指搭在脉搏上，默算着时间。

十、九、八、七、六、五、四……

时间到，楚乔冷静地转过身来，向床走去。

轰的一声闷响突然响起，巨大的水花猛地爆裂开来，细微的火光从下水管的管道里喷射而出。楚乔的身体不远不近，被水花生生击中，整个人弹身而起，软软地趴在了地上。

门外的狱警顿时一惊，只见监舍内水管突然爆裂，犯人被爆炸击中，生死不知，顿时慌了手脚，两名狱警迅速按下开关密码，一手持冲锋枪一手持对讲器就冲了进去。然而，短暂的管道爆破破坏了信息的传送，五秒钟之内，总台的方向，只能听到沙沙的不明信号。

机不可失，失不再来。就在两名狱警跑到卫生间查看爆破原因的时候，原本昏厥过去的女子顿时睁开雪亮的双眸，身躯霎时间好似狸猫一般，猛地蹿出监舍的大门。两名狱警大惊，然而，还没等他们喊出声来，监舍的大门轰的一声就被关得严严实实。

楚乔看也没看里面暴怒的两人，疾步走进监控室。她将一个小时前的录像迅速提取传送到小型DV之中，做了简短的剪切和删除后，就拖着椅子爬到了位于监舍外的摄像头之前，将DV中的画面倒转，正对着摄像头开启了播放影像，然后回到监控室切断了对讲机的信号传播。

时间刚刚好，五秒钟刚过，一直藏在她头发里的微型爆破器开始了爆破之后的自我修复，水管的漏水处被液化物迅速地黏合。全封闭的监舍里，两名狱警的怒吼声蚊蝇一般，根本穿不透这座密封的牢笼。监控器恢复正常，总台的画面里呈现出一小时前的图像，女人犯正在床上静静地坐着，两名狱警在外面来回巡逻。一切，都是这样安静和正常。

楚乔眼神锐利，四下查看一番。安全。

回到监控室，她打开狱警的储备箱，换下身上湿漉漉的衣服，穿上了第四监狱狱警的服装，戴好帽子之后，挑了一把AK74U，装上消音器，别在了腰间，转身走了出去。

两名狱警敢于打开监舍大门，并不是毫无顾忌的莽撞。

第四监狱比邻首都，地理位置偏僻隐秘，所关押的都是将要被国家高级军事法庭开庭审理的重犯，重要程度不言自明。每一座监舍的防御都已经到了无懈可击的地步。监舍独立，武器配备高端，监控力度强大，人员调配完善。每座监舍都有三名国家特种军人看守，分里外两座大门，像楚乔之前的监舍，只要有开启密码，就可以打开，可是外面的监狱大门，需要最近一次锁门人的指纹才可以开启。

三人的监守，是轮换制，如今监舍内已经有两个人，楚乔拿着事先准备好的指纹薄膜，对着扫描仪对接了上去，很快，就传来咔嚓一声脆响。楚乔穿着一身标准的军装，在两名国家军人的怒视下，堂而皇之地走出了监狱的大门。

出门之后，是一条长长的走廊，她此时处于地下监狱第四层，要想完成目标，还有相当长的一段路要走。监控录像只有一个小时，她必须抓紧时间。

四层所关押的，全都是等待军事法庭裁决的国家高级军官和秘密特工，三层则是重大要犯，一层是第四监狱官员办公的所在，而二层，则是第四监狱接待外来宾客的会客之所。楚乔此行的目的地，就是那里。

走了大约两分钟，离开了监舍群。外围的走廊尽头，是四名手持冲锋枪，全副武装的高级战士。第四监狱里，没有空调管道，没有空无的下水管道，除了这一条走廊，只能挖开混凝土打洞逃窜，想要安然无恙地逃出生天，概率几乎为零。

守卫的士兵们看到楚乔这个生面孔，顿时紧张起来，为首的一名战士举起黑洞洞的枪口，喝道："站住！什么人？口令！"

楚乔目不斜视地走过去，脊背挺得笔直，手里抱着一沓厚厚的文件，一边走一边沉声说道："我是军法处的刘思维上校，奉一二六八五号文件调查一宗军火走私案，请立即给我接线谭宗明中校，我有重要文件要向他传达。"

士兵一愣，随即疑惑地皱起眉头，说道："报告长官，谭宗明中校今夜不当职，他的线路属于私人保密线路，请您出示一下您的证件。"

"军法处在第四监狱从不需要出示证件，我是应第四监狱李狱长的邀请前来协助办案，三天前由吕方浩上校亲自送进监舍审理馆的，你难道不知道？"楚乔皱起眉头，斜着眼睛上下打量着守卫的士兵，沉声说道，"你是哪个部队？有没有熟读军事守则？把你的编号、部队编码告诉我。"

士兵闻言一惊，军中级别鲜明，此人谈吐不凡，言谈间和谭中校、李狱长都这般熟络，不由得对她生出一丝敬畏感。他沉声答道："报告长官，我的编号是〇四七五，隶属于南方第八军三〇九军团五七一旅特遣组，不在正规军的编制之下，我们是两天前刚刚调驻过来的，所以不知道您是由吕方浩上校亲自送进监舍的。"

楚乔闻言眉头轻轻舒展，点了点头，说道："你是南方第八军的？你们刘副军长还好吗？你们是由他带进来的吧，这次进京公干，应该会多住些时日吧？"

小兵听了顿时肃然起敬，暗道军法处果然不同凡响，回答道："报告长官，刘军长一切安好，我们小组是随阎参谋来的，不会随军长回南方。"

"哦，"楚乔点头道，"我也是第八军出身，曾经在第八军情报侦察旅任职，说起来我们还是战友。见到你们军长，代我问一声好。好了，我还有要事在身，你去传送站将这份文件传真出去，一式两份，通知张参谋长和华司令的秘书室，就说明早六点，军法处刘思维上校有事来访。"说罢，她转身就向着前方走去。

士兵愣在原地，捧着一大堆上面标注绝密的文件档案手都有些发软。

张参谋长……华司令……

走出第四层监舍的时候，楚乔脊背上的衣服都已经湿透，她靠在墙壁上，缓慢地喘着气，然后抬起手腕看了下表，十分钟已经过去，她深深地吸了口气，站直身体，继续前进。

经过层层搜索和监控，她终于来到了第二层外宾室。看着挂着军法处牌子的房间，楚乔的嘴角轻轻地牵起。

很好，冤有头，债有主，她终于找到正主了。

第二章

为国捐躯

轻松破解了密码锁，楚乔轻轻转动门把，侧身走了进去。虽然已是深夜，但是走廊里灯火通明，仍旧有很多人在来回走动。楚乔面色自如，昂首走在外宾部的走廊里，对着来往的每一个第四监狱办公人员点头打着招呼。

工作人员虽然不认识她，但是见她神色平静，身着军装，还真把她当成了第四监狱的内部人员，丝毫没有任何怀疑。

五分钟之后，她离开了办公主廊，军法处的员工休息室就映入眼帘，闻着空气里飘散着的清酒味道，楚乔知道她没走错地方。

一旁的卧室突然有了动静，楚乔反应迅速，机敏地蹲身紧贴在客房的门边，修长的手掌迅速地摸上腰间的AK。

一名一身黑色西装的矮个男人探出头来，他很是机警，似乎也察觉到走廊里的动静，但是他的反应是愚蠢地转身向楚乔的方向看了过来。迎接他的是一个黑洞洞的枪口，在消音器的处理下，子弹迅速冲出枪口，在他的胸膛上炸开一个大大的血洞。男人的瞳孔顿时睁大，楚乔手疾眼快地扶住他的身体并捂上他的嘴，直到他的脉搏停止跳动，才扶着他走了进去。

人多胆量大，在这间不足一百平方米的两进房间里，竟然住了十六个人，除了之前死去的那一个，其余的全都陷入了沉睡之中。有内部人、线人的照顾，有伪造的合法身份，有高级的、装备精良的武器，还有这么多的同伴，这些人可能做梦也想不到有人会够胆闯入他们的卧房。

可是就在此刻，死神已经大摇大摆地站在了他们面前，并且没有任何偷偷摸摸的觉悟。

对待敌人，楚乔向来缺乏同情心，她这些年虽然一直从事幕后策划工作，但是这并不代表她没有开枪的勇气。楚乔稳稳地端起手枪，眼睛微眯，现出一丝冷血的色彩。枪口瞄准了床上的一名中年男子，噗的一声闷响，熟睡中的男子身躯陡然一震，额头血洞洞开，白红迸溅。

没做过多的停留，她迅速向前走去，噗噗声不绝于耳，十秒钟之后，外面的房间里已经再无活人。

打开里面的房门，只见五名男子躺在里间的床上，睡得很沉。杀人在很多时候，比吃饭洗澡还要简单得多，没有丝毫犹豫，五声枪声接连响起，声音沉闷，带着鲜血潺潺涌出的细碎声响，空气里霎时间充满了令人作呕的血腥气。

楚乔从最里面一名男子的皮包里找出一个小型的DV，站在横七竖八的尸体之间，打开开关，细细地观看了起来。

确认没错之后，楚乔将DV装在宽大的衣兜里，然后将从死者皮包里找出的超强C4爆破炸弹安装在房间里，开启了启动装置。黑匣子上的红色光标迅速闪烁了起来。

楚乔最后看了一眼室内的死者，确认一番之后，开门走了出去。

然而，就在这时，一道寒芒突然紧贴着她的脖颈擦了过来！

楚乔身形陡然矮了下去，迅速地翻身倒地，向后滚去，堪堪躲过了子弹的进攻。寒芒陡闪，射击毫不停歇，楚乔一脚踢在门板上，内间的房门砰的一声关得严严实实。楚乔半跪在地上，听着外面低沉的呼吸声，她知道，她已经暴露了。

楚乔的肌肉绷得很紧，呼吸缓慢，双眼紧紧地盯着对面的门板。她不是〇〇三，不是行动九处的超强特工，她在军校学习的是爆破，是策划，是怎样利用有利的环境、高明的情报和有限的人员进行最大规模、最大利益、最大收益的击杀。此时此刻，面对着那些距她不足三米的危险，她清楚地明白，硬碰是不理智的。

她的眼神，缓缓地瞄上了那名在睡梦中死亡的可怜男子。

砰的一声，大门被一脚踢开，女子站在门前，神情倨傲地看着隐藏在外间客房里的两个男人。

两人显然没有料到她会自己走出来，神情顿时一愣。

噼啪两声响，楚乔轻蔑地将手中的匕首、AK通通扔在地上，后足微侧，双手前推，做了一个太极的起手式，然后对着对面的两个男人冷冷地哼了一声，轻轻地招了招手，意思很是明显：一起上！

两名手握大功效冲锋枪的男人顿时暴怒，扔掉枪支，摆了个日本拳术的姿势，目光凶狠，身形猛然跃起，以迅雷不及掩耳之势冲上前来。

狭小的房间里仿佛顿时刮起了一丝腥臭的寒风，窗帘晃动，灯光阴暗，巨大的杀气平地而起，随着两名男子的身形迅速地向着楚乔追进。只看两人那一身结实的肌肉和出手的狠辣劲，就可以预见这个不知天高地厚的女子的结局。

然而，就在这时，一直面色深沉的女子突然轻轻一笑，她的嘴角冷冷地牵起，化作一丝得意却又寒冷的笑容，仿佛是变戏法一般，一把日本造的M609小口径炫发弹手枪突然出现在她的手上。M609，近距离杀人利器中的王者，不是洞穿，永远直接爆头！

只听砰砰两声闷响，零点零五秒的秒杀让这两人连一声惨叫都无法发出，近距离的射击直接爆掉了他们的脑袋，脑浆迸溅，喷了楚乔满身。

楚乔厌恶地一脚踢开挡路的男人，迅速地打开卫生间的门，虽然比预期多出两个人，但是行动进行得仍旧非常顺利，比原本估计的节省了二十分钟，足够让她做一个简单的清洗。

十五分钟之后，一身军法处黑色西装的女子走出了军法处的休息客房，她走在二层外宾部的走廊里，对着来往的第四监狱员工们和善地微笑。三分钟之后，她从容地打开了二层的大门，走了出去。

夜风清凉，柔和地吹在脸上，楚乔走在第四监狱的地上一层大厅里，周围忙忙碌碌的，都是国家的精锐军人。她抬起手腕，离爆炸时间还有十秒钟。

楚乔神色不变地继续走，一边走一边从一旁的报栏处拿了一份昨天的报纸。

十、九、八……

"五月十一日，我国内地又有一例感染了M1N1甲型病毒的患者在上京确诊，目前，这已经是我国确诊感染了此类病毒的第四十七人，港口和部分航班已经宣布暂停，旅游业遭受严重冲击，股票下跌惨重，大盘一片愁云惨淡……"

七、六、五……

"鑫华社报道：目前统计，M国已确诊感染M1N1甲型病毒的人数为六百八十九人，疑似感染病毒人数为一千二百七十二人，死亡人数六十八人，目前死亡人数仍在不受控制地攀升。Y国确诊感染人数三百五十二人，疑似人数五百六十一人，死亡人数九十七人。A国……"

四、三……

"M国丑联社报道：经M国专家研究，怀疑此次M1N1甲型病毒是由Z国传播而出，因为Z国的大地震破坏了大气的均衡，引发病毒的滋生，Z国政府对于此次天灾无法做到迅速有效的处理，致使传染病迅速散播。M国政府有意向在短期内拒绝和Z国的贸易往来，驱逐M国内的Z国人，禁止Z国人入境，参议院目前正在紧张商讨之中，相信很快就能有一个妥善的处理方法。"

二、一、零！

突然，整个大地猛烈地震动起来，巨大的爆破声冲击耳鼓，红色的警报器尖锐长鸣，浓烟滚滚，火光迸现，整座第四监狱在这场爆炸中剧烈地颤抖了起来。

浓烟迷眼，所有第四监狱的工作人员训练有素地拿起了武器，井井有条地向着爆炸发生处奔去。楚乔满身尘土，神色惊慌地一把拉住一名身着军装的男子的手臂，大声叫道："同志！出了什么事？"

男人看了眼楚乔身上狼藉一片的军法处西装，知道她不是第四监狱的人，一把扶住她，说道："你是军法处的？你先跟我来，我带你出去。"

忙着护送其他部门同事的国家军人根本不知道，此时自己手上扶着的，正是这场爆炸的始作俑者，不仅如此，还有十几名"军法处"的同志丧生在她手上。

跟着混乱的人群奔出一层大厅，正要继续向前跑，两人突然和一个慌忙奔进大厅的男子撞了个满怀。

"啊！对不起，啊，是李上校！"男子扶住了对方，连忙抱歉说道。

"里面出了什么事？"李阳紧锁眉头，目光向侧一瞥，正好看到楚乔瞪大的双眼，他手指着楚乔，顿时张大了嘴，"楚……"

"你是来找我的吧？里面发生了大爆炸，我们有话出去再说吧。"

楚乔连忙打断李阳的话，军人一听她这么说忙道："那我就不送两位了，里面不知道出了什么状况，我要赶快回去看看。"

李阳点了点头，见那名军人走远，一把拉住楚乔，沉声说道："怎么回事？军事法庭为什么要审判你？你怎么逃出来的？"

"M1N1病毒并不是天灾，而是人祸。M、R、Y、F等十几个西方国家高层都有牵涉，就连我国内部也有人利欲熏心地涉足其中。上次擒拿X部队，被X部队抓走的那些人质根本就不是人质，而是隐藏在各国军事研究所的病毒专家。他们想要在全世界散播这种病毒，打击敌对国家的经济，并且在最后关头由一家上市公司拿出防治M1N1型病毒的抗生素，谋取暴利。我的人拿到了他们的犯罪证据，在这里。"楚乔一边说一边拿出那部DV交到李阳的手里，继续说道，"上次小诗去东京击杀X部队的高级领导，最后要带回来的东西，就是我们内部的线人用生命换取的证据，可惜小诗死在东京街头，这件事不了了之。此次M1N1甲型病毒的幕后主使之一，就是这个表面上倒卖人体器官，私底下秘密研制致命流行病毒的X部队。他们派人潜入我国，在高层叛国领导人的掩护下，伪装军法处同事，进入第四监狱偷走了我的证据，现在已经都被我除掉了。"

李阳目瞪口呆，难以置信地说道："你是说，杀死小诗的人，就是……"

"对！"楚乔点了点头，肯定地说道，"下令放弃〇〇三的人，就是隐藏在国家高层的敌国特务，也是他下令将我关在第四监狱，夺走各国的犯罪证据，企图掩盖他们的滔天罪行。"

李阳仍旧沉浸在巨大的震惊之中，双眉紧锁，眼神漆黑愤怒，沉声说道："M国的炮弹专家今天还要到上京来参观学习，京华部队的钱参谋还和我做了那么多的迎接工作，没想到他们……"

"你说什么？"楚乔突然扬声说道。

李阳一愣，反问道："什么？"

"你说M国的炮弹专家要来上京？"

李阳点了点头，说道："是啊，昨晚就到了。"

楚乔面色大变，匆忙在他身上翻找道："带没带军火定位仪？"

"你找那个干吗？"

楚乔顿时大怒，厉声道："你带没带？"

"我怎么会把这种东西带在身上？"见楚乔面色焦急，李阳连忙说道，"你跟我来，我知道哪里有。"

两人上了一辆电瓶车，迅速在人来人往的大院里疾驰起来。

两分钟之后，当楚乔看到定位仪上那不断闪现的小红点的时候，只感觉整个头脑一片空白。

"这是怎么回事？审判庭怎么会有爆破装置？"

楚乔站起身来，迅速地在仓库内寻找趁手的武器装备，一边疾步往外走一边沉声说道："M国根本就不信任R国的X部队，他们害怕R国不能得手，将事情暴露出去，所以在审判庭内安装了导航定位仪，只要时间一到，炮弹就会发射，到时候整个第四监狱都会被夷为平地，包括证据，也包括我。"

"那现在怎么办？我马上去通知排弹专家，通知特种部队派兵增援，控制住M国的来使。"

"来不及了，"楚乔面色深沉，沉声说道，"马上给我准备一架直升机，驱散人群，你现在要做的事，就是将这个证据交到华司令的手上，小诗的命、十一处十四名异能者特工的命、全世界将要丧生在M1N1型病毒下的人命，都在你的手上，一定不能出半点差错。"

　　李阳神情一愣，远处烟尘滚滚，人群躁动，他看着女子坚定的眼神和瘦削的脸孔，突然觉得内心一阵酸楚和震撼。许久，他才坚定地沉声说道："我一定做到，楚乔，你要保重！"

　　"你也一样。"

　　说完，女子头也不回地冲出仓库，向着她之前千辛万苦逃出的四层监舍迅速奔去。

　　十分钟之后，一架直升机从第四监狱的广场上起飞，以极快的速度飞离第四监狱上空，向着荒无人烟的城郊飞掠而去。

　　坐在前往司令部的轿车上，李阳捧着军火定位仪，看着那个小红点从四层的审判庭一点一点地移动，来到广场，穿过建筑群，然后迅速地飞上上京郊外的天空。

　　突然，猛烈的爆炸声从上空传来，定位仪上的红点瞬间消失，化作一个黑色的骷髅图案。

　　坐在车上的李阳没有回头，只是一行从不示人的眼泪，在黑暗中缓缓地流了下来。

　　上京的夜，一片宁静。

第一卷

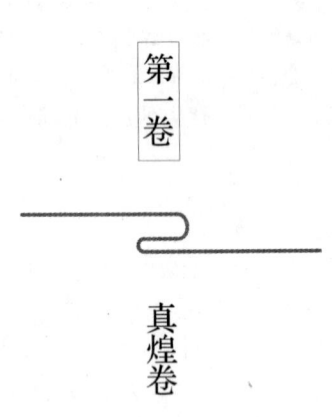

真煌卷

第一章

皇家围猎

大夏发祥在衡水上游的红川北岸，他们民风尚武，军兵彪悍，自先祖开始，就过着逐水草而居的游牧式生活。夏地苦寒，生活环境限制了夏人的发展，又屡屡有犬戎叩关扰边。千百年来，夏人在红川以北这片艰苦的土地上艰难地生存着，直到培罗真煌的现世，建立了大夏政权，才使这个与天争命的民族得到了喘息和发展。

大夏的历史，几乎每一个字都以血泪铸成。游牧民族的天性使他们和土地的关系淡薄，这在一定程度上也使他们在种族问题上相较于南方卞唐、东方怀宋更具有兼容并蓄的广博姿态。几百年来，夏人通过一场场战争不断地向南迁移，和异族杂居斗争，国土日益广袤。如今，已经隐隐超过了拥有一千多年历史的卞唐和商贸最为富饶的怀宋，成为大陆第一军事强国。

水涨船高，巍然矗立在红川平原上的真煌城，已经赫然成为整座大陆的政治、经济中心。这里商旅往来，繁华富饶，建筑栉比鳞次，各国权贵、富豪商人穿梭在九崴主街上，极为热闹。

清晨的第一声长钟奏响，声音悠远，浩荡雄浑，城门在钟声中缓缓开启，阳光普照，真煌城新的一天，在帝国的铁血秩序下，缓缓开始了。

"驾！"

一声清厉的声音突然响起，一匹黑色的骏马扬起雪白的马蹄，踏在真煌城外的雪地上，雪花飞溅，蹄声铿锵，将十多名随从远远地甩在了后面。

"燕世子，你来晚了！"诸葛怀长笑一声，驱马上前，对着来人笑着说道。

站在他身边的，还有四名少年，年纪小的只有十一二岁，大的也不过十三四岁，人人身着锦缎华服，背后随从围绕，面目英挺，器宇不凡。听到他的声音，齐齐转过头来，向着来人看去。

燕洵勒住马，吁了一声。马儿人立而起，响亮长嘶，然后稳稳地停在雪原上。燕洵穿着一身天青色华服，袍尾绣着几只金银线织就的锦鲤，外披雪白长裘，朗笑一声说道："接到诸葛兄的消息的时候八公主正在府上，想要脱身，实在有些困难，诸位久等了。"他声音爽朗，笑容也带着少年人的朝气，唯有一双眼睛半眯着，隐现几分内敛的锋芒，脖颈上围着一条银貂围脖，越发显得雍容华贵，风流倜傥。燕洵不过十三四岁的年纪，看起来却有超越年龄的风华和气度。

"原来是佳人有约，看来是我们扰了燕世子的雅兴才是。"一名身穿松绿锦袍的小公子走上前来，声音还带着软软的童音，看起来不过十二三岁，一双眼睛弯弯的，好似狐狸一般，笑眯眯地说道。

燕洵淡淡一笑，不软不硬地说道："魏二公子说笑了，前日国宴上，若不是二公子害得我打碎了公主的琉璃盏，今日也不会有这般飞来的艳福。说起来，一切还要拜二公子所赐。"

小公子低低一笑，也不着恼，转过头去，对着一旁的另一名着苍青色袍子的少年说道："看到了吧，沐允，我就说燕世子不会善罢甘休，铁定要为这事和我理论的。"

沐允微微扬眉，"这皇城根底下吃过你苦头的人还少吗？燕世子是好脾气，换了我，前日晚上就杀到你府上去了。"

"到底还比不比了？要是想聊天，还不如回去！"一名一身黑色锦袍的少年走上前来，他的腰间挂着一张明黄色的大弓，一看就是御用之物。

燕洵似乎此时才注意到他一般，跳下马来，恭敬地行礼道："原来七殿下也在，请恕燕洵刚刚眼拙了。"

赵彻斜着眼睛瞥了燕洵一眼，嘴角淡淡一牵，就算是打过招呼，径直对诸葛怀说道："我和八弟晚饭时还要去尚书房，没那么多闲工夫。"

诸葛怀笑道："既然燕世子来了，咱们就开始吧。"

魏小公子笑着拍手，"你又找了什么新鲜玩意，快拿出来给我看看。"

赵珏说道："我看那边运来了一堆兽笼子，你不是找我们来打猎吧？那可没什么意思，难怪你家老四不肯来呢。"

诸葛怀摇头神秘地说道："他那个别扭的性子，又几时来过我们的聚会了？不过今天这个我可费了不少心思，你们瞧着。"他说罢，伸出手来轻轻地拍了两声，声音清脆，在苍白的雪地上远远地回荡了起来。

远处用栅栏围起来的空荡围场被打开，诸葛怀的随从们推着六辆大马车走进围场，在空地上一字排开六个巨大的笼子，上面用黑布蒙着，一丝不露，看不出里面有什么东西。

魏小公子感兴趣地说道："里面装了什么？诸葛你就别再卖关子了。"

诸葛怀一笑，对着远处的随从一挥手，只听唰的一声，黑布被齐齐拽下，魏小公子呀了一声，微微一愣，随即就开心地笑了起来。

只见那巨大的笼子里装着的，竟是一群年纪不过七八岁的女童，每个笼子里有二十人，人人只穿了一件粗布褂子，胸前的衣襟上好似囚犯一样写着大大的字，每一个笼子里的字各不相同，有沐、有魏、有燕、有诸葛，赵彻和赵珏则以"彻"和"珏"字区分。那群孩子被关在黑笼子里已久，都蒙住了眼睛，突然见光，惊慌失措地挤在一起，像一群胆小的兔子。

诸葛怀笑道："前阵子府里来了一队西域的胡人商队，这个游戏是他们教我的。待会儿我会叫人把笼子撤掉，并放出兽笼里的狼，那些畜生已经被饿了三天，都红了眼睛。我们可以射畜生，也可以射别人笼子里的奴隶，一炷香之后，看看谁剩下的奴隶最多，就算谁赢。"

魏小公子哈哈一笑，当先拍手道："果然有点意思，好玩。"

诸葛怀说道:"那就开始了,每人三十支箭,开笼。"

下人们得到命令,将笼子撤去,就退出了围场。孩子们瑟瑟发抖地站在原地,好似仍有笼子将她们困住一样,动都不敢动一下。

突然,只听嗷的一声咆哮,两侧的围栏闸门被打开,二十多只凶猛的恶狼冲进围场,张开血盆大口,咆哮着向孩子们冲去!

巨大的惊呼声顿时响起,七八岁的孩童们齐声尖叫,仓皇聚拢在一起,向着有人站立的方向奔跑而去。与此同时,围栏外的利箭猛烈地向着围栏里冲击而去。只是,去向却不是那些凶猛的恶狼,而是那些奔向他们的孩子。

浓烈的血腥气冲天而起,凄厉的惨叫声和哀号声直击天宇,利箭射穿了孩子们单薄的肩胛骨和胸腹,鲜血汩汩而出,在她们瘦小的身体上绽开一朵朵璀璨的红花。狼群被血腥味刺激,更加凶猛彪悍,一只通体藏青的野狼迅速跳起,一口咬断了一个孩子的脖子,那孩子还没发出一声惨叫,就被另一只恶狼撕去了一条大腿,脑袋也被咬破了,白花花的脑浆和鲜血混合在一处,喷溅而出,洒在雪白的土地上!

惨叫声不绝于耳,肩膀上的疼痛无以复加,眼皮沉重好似千钧巨石,荆月儿小小的身体被利箭洞穿,狠狠地钉在地上。她的呼吸渐渐薄弱,好似已经死了,可是她的眉头却紧紧地皱在一起,越皱越紧。一只凶狠的野狼缓缓地靠近,睁着闪烁着凶光的眼睛看着这个孩子,腥臭的口水越拖越长,啪的一声滴在孩子的脸颊上。

冥冥中,似乎有上苍的眼睛在注视着下界的惨剧,就在狼嘴落下的那一刻,孩子的眼睛猛地睁开,雪亮如刀,没有半分孩子应有的胆怯和软弱,几乎是本能地伸出手来,上下扳住了恶狼的上下腭,然后仰起头来,一口咬住恶狼伸长的舌头,用力一撕!

尖锐的号叫声登时响起,所有人都转过头去,看向那个眼神凶狠咬住狼舌的孩子,惊愕间,竟然忘记了射箭。

赵彻最先反应过来,看见那孩子身上大大的"彻"字,顿时哈哈一笑,弯弓拉箭,嗖的一声就射在恶狼的咽喉上。

野狼哀号一声,倒在地上。围场上的惨剧仍在继续,其余的狼追袭在其他女童的背后,遍地都是被撕裂的尸体和残碎的断肢,充耳全是撕心裂肺的惨叫和痛哭。

荆月儿颤巍巍地站起身来,难以置信地睁大了眼睛,像是石化了一样,小小的身体衣衫破碎,头发散乱,脸色苍白,满是血污。冷风呼啦啦地吹来,她好像是一根孱弱的小草。

嗖的一声,一支利箭突然射来,荆月儿身形灵活地向后一跳,躲过了致命的袭击,但是人小力弱,还是被利箭射伤了小腿,鲜血哗哗地流了下来。

魏小公子嘿嘿一笑,继续搭箭,再一次射来。

赵彻眉梢一挑,冷冷哼了一声,弯弓搭箭,嗖的一声撞断了魏小公子的箭矢。

身后的恶狼如影随形,腥臭气味顿时袭上,荆月儿来不及查看受了伤的小腿,向着赵彻的方向疾奔而去。

就是这个人,短短这么一会儿已经救了她两次,头脑恍惚间,她迅速选择了对自己最有利的方向。

然而，她刚刚上前两步，一支利箭突然射来，狠狠地钉在了她的脚前。孩子一愣，停了下来，然后抬起头来，皱着眉头，不解地看向那个骑在枣红色马匹上的黑袍少年。

赵彻轻蔑地冷哼一声，眼角扫了她一眼，一箭射穿了另一名正在奔跑的女童的背心。

那孩子才不过五六岁，惨叫一声倒在地上，背后大大的"燕"字被鲜血染红，然后迅速被恶狼撕破。

时间无比急速，又无比缓慢。孩子站在原地，神情愣怔。突然，她抿紧嘴角，迅速地转过身去，她的速度极快，受伤的小腿丝毫没有影响到她身体的灵活性，一只恶狼追在后面，猛地扑上前去，竟然被她以毫厘之差逃了过去。

围场的一角放着一堆木棍和喂马的杂草，孩子捡起一根棍子，头也不回地重重地打在一只偷袭的野狼的腰上。

恶狼号叫一声，踉跄地向一旁跳去，显然受了重伤。

"过来！都过来！"孩子大叫一声，蹲下身子捡起两块石头，噼啪地砸了起来。火星四溅，杂草呼啦一声就烧了起来。孩子将棍子点燃，举着火把，满场奔跑，驱散正在攻击孩童的狼群，大声叫道："都过来！都过来！"

年纪幼小的孩童们大哭着向荆月儿这边跑来，她们通通受了伤，有被狼咬伤的，更多的却是箭伤。这么一会儿工夫，剩下的已经不足二十人。

狼群畏惧火，见荆月儿将孩子们护在中间，踟蹰着不敢上前。它们已经饿了很久，围着孩子们转了一会儿后，就纷纷回头向着场中的尸体奔去，大肆地吞食起来。

诸葛怀狭长的眼睛微微眯起，突然轻声道："没用的畜生。"搭箭就向野狼射去。

利箭纷纷而上，狼群顿时遭到袭击，一阵惨叫之后，恶狼纷纷倒地，再无一只存活。

幸存的孩子们大喜，不顾满身的伤痛，纷纷大声欢呼起来。

然而，还没等她们的声音发出喉咙，又一波箭羽密集而来，射在她们小小的身体上。

天朝贵胄们眼神锐利，手段狠辣，毫不容情地瞄准对方的孩子，箭羽嗜血夺命而来。

一支利箭呼啸而来，来势惊人，砰的一声射穿一个孩子的脑袋，从右眼射入，穿透后脑，稳稳地停在荆月儿的鼻尖。温热的鲜血溅了她一脸，她张大了嘴，手上仍旧拿着那根燃烧着的木棍，木头一般再不会动。孩子们的哭喊声回荡在她的耳边，一切就像是一场噩梦。

箭羽渐渐稀疏，魏小公子和沐允齐齐一笑，搭上弓箭，瞄准女童，箭矢迅猛绝伦地射了过来。

赵彻眉头一皱，驱马上前，手摸箭壶，却只剩下一支箭，他冷哼一声，一把将箭羽折断，双双搭在弓上，手法妙到巅峰，激射而来，登时就将魏小公子和沐允的箭打落。

诸葛怀大笑一声，叫道："好箭法！"

话音刚落，所有的惨叫声全部止歇，北风扫过白地，血腥的味道充溢在空气之中。猩红一片的围场内，只剩下荆月儿一个孩子，她满头乱发，其间夹着稻草，衣衫染血，面色苍白，拄着一根木棍站在原地，神情木然地望着这边，好像已经被吓傻了。

赵珏说道："七哥好厉害，我已经没箭了，今日看来是七哥大胜了。"

魏小公子眉梢一挑，看了眼自己，又看了眼沐允，最后转头望向诸葛怀。

诸葛怀面容清俊，笑眯眯地说道："我早就没箭了。"

"燕世子不是还有吗？时间还没到，鹿死谁手，犹未可知。"沐允突然说道。

所有人的目光全都转到燕洵身上。

赵彻冷冷地看向燕洵，不咸不淡地说道："燕世子总是能出其不意地给人以惊喜。"

一炷香的时间刚刚过去一半，所有人的箭羽都已经告罄，只有燕洵的箭壶里，还插着一支雪白的翎羽箭。

燕洵端坐在马上，虽然只有十三岁，但是他脊背挺拔，剑眉星目，鼻梁高挺，眼神锐利，一身华服熨帖地穿在身上，越发显得卓尔不群，英俊冷厉。他面色淡然，缓缓驱马上前，拉满弓箭，对准了那个围场中央的孩子。

长风呼啸吹来，卷起了孩子破碎的衣衫和凌乱的头发，她年纪还很小，不过六七岁的样子，营养不良，面黄肌瘦，像是一只刚出生还没长毛的小狼，手臂、脖颈、小腿上全是伤痕，肩膀上的伤几乎靠近心脉。她站在一片狼藉的修罗场中央，遍地残肢断臂，遍地尸体鲜血，血腥的臭味四处飘散，残忍的力量像是绝望的惊魂，撕扯着孩子脆弱的眼球。

一支闪动着嗜血寒芒的利箭缓缓对上孩子的咽喉，少年端坐在马背上，眼神锐利，双眉紧锁，手臂上青筋暴起，慢慢地拉满了弓。

她已经避无可避，纷乱的念头在脑海中呼啸奔腾，那么多的不解和疑惑在突如其来的屠杀面前全都塌了下去。她缓缓地抬起头来，目光森冷，带着冷厉的仇恨和厌恶，冷冷地看着那个正对着她的少年，毫无半点畏惧之色。

那一天，是白苍历七七零年正月初四，真煌城的百姓们刚刚度过了他们的新年。在真煌城外的皇家猎场上，她和他，第一次相遇。

时间穿透了历史的轨道，划破了时空的闸门，将两个原本不该触碰的灵魂，摆在了同一个平台之上。

燕洵眉头轻蹙，手指略略一偏，松开了那支利箭。

长箭呼啸而去，带动空气里的寒风，发出嗖嗖的声响，所有人的视线全都凝聚其上，向着那个站在原地的孩子望去。

唰的一声，一道血线顿时拉长，利箭擦着孩子的脖颈而过，划出一道血痕。孩子身形微微一晃，踉跄了两步，却仍旧站在原地。

"哈哈！恭喜七哥！"赵珏大声笑道。

赵彻轻蔑地看了燕洵一眼，冷笑道："燕世子终日埋首于歌舞诗词，怕是已经忘了赵家的先祖是如何拿箭的吧？"

燕洵放下长弓，转过头来，淡淡说道："赵家的先祖如何拿箭，有赵家的子孙记着就好，燕洵不敢越俎代庖。"

诸葛怀笑道："如此一来，今日的彩头就归七殿下了，我府中已设下宴席，诸位一同去喝杯水酒吧。"

众人答应，齐齐上马，好似刚才的一切不过是一场再平常不过的游戏。

大风呼啸而过，卷起众人猎猎翻飞的大裘披风，空旷的雪原之上腥风遍布，远远的，燕洵回过头来，见那满身血污的孩子仍旧站在旷野上，眼神深沉地向着这边望来，久久一动不动。

第二章

含血吞齿

天色渐渐暗了下来，北风呼啸着吹过，凛冽寒峭，刺入骨髓，大风卷起纷纷扬扬的白雪，漫天呜咽着，像是发了疯的怪兽。

诸葛家的下人们正在打扫围场，他们将那些幼小的尸体用锹铲起来，然后一抛，就扔在了马车上。不远处已经挖好了一个不大的坑，蒿草在噼里啪啦地燃着，冒出浓重的黑烟，那是用来掩埋这些孩子的，连同那些嗜血的畜生也一同埋葬。这些草芥般的生命，就好比一只只皮球，有钱的主人们只玩一次就腻了，于是，就通通扔掉。

荆月儿披着一条破碎的麻袋，很安静地垂着头，靠着笼子静静地坐着。她受了很重的伤，这即使放在一个成年人身上，也未必做得到默不作声地忍耐。

诸葛家的下人们以为她或许就要死了，可是来看了很多次，却仍见她的胸脯在轻轻地起伏。他们知道，那是在呼吸，有一种奇异的力量在支撑着这个眼看就要死了的孩子继续活着。于是，他们没将她扔进乱葬坑，而是在离去的时候，又将她装进了笼子里。

之前看起来拥挤不堪的笼子此刻显得有些空旷，孩子们全都死了，只剩下一个。下人们在感叹这孩子好运气的同时，也忍不住悄悄地探过头去，小心地打量她几眼。

即便说不出，但是他们还是敏锐地察觉到，这个孩子，较之前来的时候，有什么不一样了。

诸葛家占地极广，从后门进入，朱顺将荆月儿交给两个杂役，吩咐了几句，冷冷地看了荆月儿一眼，就转身离去。

咔嚓一声，一间房门的锁被打开，荆月儿被一把推了进去，还没等她爬起身子，房门就已经被紧紧地锁上了。

四下里一片漆黑，角落里堆积着大捆的柴火，还能听到有老鼠仓皇爬过的窸窣声。孩子并没有惊慌失措地叫喊，她坐在屋子中央，脱下肩上披着的破碎麻袋，用牙齿咬住，然后用力撕下一块块布条，认真地包扎起身上的伤口，手法竟出奇地熟练。

这么长的时间，足以让一个合格的特工稳定下来，以缜密的思维和冷静的情绪来面对任何事情。哪怕，所要面对的情况是那样匪夷所思。

的确，此时的荆月儿，正是为国捐躯的十一处副指挥官楚乔少校。命运在很多时候，就是这样不可思议，一个深渊之下并不一定都隐藏着死亡，也许，会是另一段生命的开始。

楚乔举起手来，借着外面的光，看着这只小小的手掌，一丝悲戚缓缓在心头生出。只是她也不知道，到底是为自己悲哀，还是为这个可怜的孩子。

"这里没有人了，我可以允许自己难过和害怕，但是，一定要将时间压缩到最短。"

孩子低声缓缓地说道，眼泪慢慢地流了下来，滑过她尖瘦脏污的小脸。她抱着膝，缓缓地垂下头去，将脸孔埋在双臂之间，无声，脊背却渐渐地颤抖起来。

这是楚乔来到大夏王朝的第一个晚上，在诸葛府冰冷透风的柴房里，她第一次因为软弱和害怕，失措地流下了眼泪。她给自己一个时辰的时间去诅咒命运、缅怀过去、担忧前程和适应新的生活。一个时辰过去之后，她就再也不是十一处的超级指挥官楚乔了，而是这个一无所有、幼小无助的小女奴，要在这个毫无人性、嗜血无序的铁血王朝里艰难地生存。

命运将她推进了一个泥淖，她跟自己说，她要爬出来。

糟糕的处境完全不给她任何自怨自艾和痛苦担忧的机会，如果不振作起来，她可能活不过这个晚上。

她伸出黑漆漆的小手，捡起一根小木棍，在地上一笔一画地写起字来。

诸葛、魏、沐、珏、彻，写到这里，她缓缓地皱起了眉头。外面已经黑了下来，别院的丝竹声远远地传了过来，间中还有歌舞妓女的浪笑。她默默地回想了很久，终于写下了最后一个字：燕。

觥筹交错的诸葛府大厅之中，燕洵的右眼突然猛地跳了一下。他皱起好看的眉头，缓缓地转过头去，向着漆黑的夜色深深地望去。

夜色漆黑，寒鸦高飞，这浑浊丑陋的王朝，已经从里面腐烂了。

旧的一切注定要毁去，让新的秩序在灰烬中重生。

即便周身伤口疼痛欲裂，楚乔还是强迫自己站起身来，围绕着小小的柴房一圈一圈地来回跑动，偶尔停下来用双手揉搓着肌肤，以防冻死在这破烂的柴房里。

三更的更鼓刚刚敲过，一人多高的窗子突然被缓缓顶开，然后，露出一个小小的脑袋。楚乔一愣，抬头看去，只见来人眼睛明亮，眼神谨慎地在柴房里转了一圈，看到楚乔后，眼里顿时闪过喜悦的神采。他竖起手指做了一个噤声的手势，然后就手脚利落地翻身跃入柴房。

男孩子疾步跑上前来，伸出手臂，一把将楚乔抱在怀里，声音带着一丝哽咽，却坚定地安慰道："月儿不怕，五哥来了。"

男孩子很瘦，年龄也不大，不过八九岁的样子，穿着一身土灰色的衣裳，很不合身，越发显得瘦小。他的身量还未长成，只比楚乔高半个头，脸孔的轮廓却透着一股饱经风霜的坚韧。他紧紧地抱着怀里的孩子，不断地拍着她的后背，一遍又一遍地安慰道："别害怕，五哥来了。"

不知为何，楚乔的眼眶突然湿了，大滴的泪珠止不住地掉了下来，打湿了男孩子粗糙的衣裳。不知道是这具身体的自发反应还是她自己的真实情绪，在这样一个诡异陌生且寒冷的夜晚，这个弱小却温暖的怀抱实在太珍贵了。

皎洁的月光从微敞的窗子投射进来，照在两个矮小的孩子身上。四下里一片冰冷，唯有胸膛间有那么一丝微小的温暖。男孩子小小的身体像是一座坚韧的山，在这个寒冷的夜晚，即便也会害怕得轻轻颤抖，却仍旧坚定地抱着自己的妹妹，坚强地收紧双臂。

"月儿，饿了吧？"男孩松开了手，伸出黑漆漆的手指小心地擦去楚乔脸上的泪痕，扯出一个好看的笑容，笑眯眯地说道，"你看五哥给你带了什么？"

孩子从背后拿出一个小布包，席地而坐，利落地拆开布包，好闻的饭菜香顿时飘散而出。他抬起头来见楚乔仍旧站着，扬扬疑惑地说道："坐下啊。"

一个粗瓷大碗，边上的青花已经被磨得失去了颜色，边缘还有几个小小的缺口。满满的一碗粳米饭，上面堆着一些青菜叶子，没有多少油星，散发出的味道却那样香。男孩递过来一双筷子，塞到楚乔的手里，催促道："快吃。"

楚乔低下头，往嘴里扒了一口饭，嘴里很咸，还有眼泪的味道，嗓子很堵。她机械地嚼着，偶尔轻轻地抽泣一声。

男孩眼巴巴地望着楚乔，她每张嘴吃一口，男孩也要轻轻地张开嘴，似乎在教她如何吃饭一样，见她咽下去，就会开心地眯起眼睛。

筷子在碗里拨弄着，突然插到一个东西，挑出来，竟是一块还冒着热气的红烧肉。

拇指般大小的一块肉，被烧得有些焦，半肥半瘦，在这样漆黑冰冷的夜色里，竟是那般诱人。

一声响亮的咕嘟声突然响起，楚乔抬起头来向男孩望去，只见男孩尴尬地揉了揉肚子，故意满不在乎地说道："我刚刚吃完饭，一点也不饿。"

楚乔将筷子递过去，说："你吃吧。"

男孩顿时摇头，"我们今晚吃得特别好，四少爷给我们加菜，红烧鲤鱼、糖醋排骨、醋熘里脊、白板水鸭，好多菜呢，我吃得想吐，现在什么也吃不下去了。"

楚乔固执地举着筷子，"我不爱吃肥肉。"

男孩子微微愣了一下，看了眼楚乔，又看了眼那块红烧肉，不自觉地咽了下口水，好久，才伸出手来接过楚乔的筷子，小心地张嘴咬在肥肉上，然后将剩下的瘦肉又递回来，呵呵一笑，露出一口洁白的牙齿，笑着说："月儿，现在可以吃了。"

鼻子突然发酸，楚乔迅速低下头去，眼泪在眼眶里来回地滚动，却始终忍着没有掉下来。许久，她缓缓地抬起头来，冲着男孩一笑，张嘴吃了那块肉，一边嚼一边咧嘴笑。

"月儿，好吃吗？"孩子的眼睛很亮，像是天边璀璨的星星。

楚乔使劲地点头，嗓子很堵，声音哽咽，"好吃，我一生吃过最好吃的东西就是这块肉。"

"傻瓜。"男孩伸手摸着她的头，神色略略带着一丝悲凉，说道，"你才多大，就说一生这样的话。不说将来，就说我们小时候，就吃过多少山珍海味，你那时候还小，也许记不得了。不过你放心，将来总有一天，五哥要让你吃饱穿暖，将这世上所有的好东西都弄来给你吃，不止有红烧肉，还有人参、鲍鱼、燕窝、鱼翅、象拔，想要什么都有。到那时候，谁也别想再欺负我们，月儿，你相信五哥吗？"

楚乔点着头，低下头去努力地将那些米饭通通扒拉进嘴里，味道苦涩，却那般温暖。

"月儿，别害怕。"男孩脱下身上的外套，披在楚乔的肩上，声音稚嫩，却坚定地一字一顿说道，"五哥会保护你的，我就在这儿陪着你，别害怕。"

月色凄迷，光影移动，透过缝隙照射在柴房里，晃出大片的白亮，如霜的月光下，两个孩子小小的身体紧紧地靠在一处，那般渺小，却又那般温馨。

远处灯火鼎沸，丝竹长奏，酒肉味道悠扬四溢，不夜的真煌城终于迎来了盛大晚宴的高潮。辉煌的灯火之下，没有人记得那个曾在今日围猎场上侥幸存活的女童，寒风呼啸，将大夏的烈焰旗卷得猎猎翻飞。

第二日醒来的时候，男孩已经离去，地上写着一排好看的小字：五哥晚上再来，柴火下有馒头。

楚乔扒开角落里的枯枝，见一张油纸包着两个有些发黄的馒头。她握着它们，面色沉静，眼神却渐渐温和了起来。

如此过了三个无人问津的日子，男孩每晚都会带着吃的来陪她，次日再悄悄离去。第三天，柴房的大门被哗啦一声打开，朱顺居高临下地看着在柴房过了三天仍旧活着的楚乔，眉头越皱越紧，终于，还是命下人将她放了出去。

踏出柴房的那一刻，楚乔站在门口，最后看了一眼这间破旧的房子，嘴角抿起，然后决然地回过头去。

越往前走，房屋越显破旧，随处可见大群的孩子小心地躲在树枝回廊之后，偷偷地望着她。走到一个小院之后，管事的下人刚一离开，一大群孩子突然一拥而上，顿时将她抱个满怀。

"小六，你可回来了。"

"六姐，我们还以为你回不来了。"

"月儿姐，呜⋯⋯"

孩子们七嘴八舌地大叫，毫不掩饰地放声大哭，楚乔被吓了一跳，一时间只能愣在原地被她们团团围着，忍受着这群小萝卜头的眼泪和鼻涕。

"好了，都别哭了。"

一个男声突然响起，众孩子回过头去，顿时欣喜地大叫："五哥！"

男孩从外面跑进来，抱着一个布包，刚跑两步，哗啦一声全都撒在了地上，竟是一兜瓜子。孩子们顿时欢呼一声，齐齐松开楚乔，跑上前去。

"别抢，每个人都有。"男孩一副大人的样子，说道，"月儿刚刚死里逃生，受了重伤，大家都不要吵她，这些天她的工作，大家都要帮着她做。"

众孩子连连点头，一个梳着两条小辫子的女孩仰起一张白嫩的脸，笑眯眯地说："五哥，你放心吧，我们会帮六姐的。"

男孩说道："小七，你的伤好了吗？怎么下床了？"

"五哥，都好啦。"孩子笑着仰着脸，伸手撸起袖子，只见上面青青紫紫全是鞭痕，有些地方皮肉已经翻开，还没有完全愈合。小七笑着说："你拿来的药很好用，抹上就不疼了，小八昨天喂马的时候被疾风踢伤了腰，我得帮着她。"

"临惜，你进来，我有话跟你说。"一个小女孩突然走上前来，拉住男孩的手。

男孩回头看了眼楚乔，说道："月儿，外面风大，你也进来。"

破旧矮小的屋子里，一张大炕，上面整齐地摆放着十多套被褥。名叫临惜的男孩说道："汁湘姐，什么事？"

汁湘年纪也不大，十岁的样子，她蹲下身子，打开黑漆漆的炕洞，掏出一个小小的盒子，"再有五天，就是爹娘叔伯们的忌日，你要我们偷偷准备的香烛和纸钱，我们都准备好了。"

临惜点了点头，"小心点，别被管事的发现了。"

"嗯，放心吧，没有人会来我们这边。倒是你，在四少爷身边服侍要小心。我前天还听浣衣房的四桃说三少爷房里又打死两个伴读的小厮。四少爷虽然不像三少爷，但是性子古怪，阴晴莫测。老爷不在家，怀少爷也不管内府的事，他们越发没有顾忌了，老太爷上个月弄死了二十个小女奴，和我们一同被买进来的杜家已经绝了，我真担心有一天会轮到我们身上。"

正说着，外面突然传来一阵尖锐的惊呼，就听一个尖锐的声音大声喊道："好啊，你们这些下贱的奴隶，竟敢偷东西，不要命了吗？"

临惜眉头一皱，就要出门，汁湘一把拉住他，小声说道："快从后面走，不能让人看到你在这里，四少爷会打死你的。"

"我……"

"快走啊！"

这样简陋的屋子竟然还有一个后门，将临惜推出门后，汁湘拉住楚乔的手臂，沉声说道："发生什么事也别出来。"然后就匆忙跑了出去。

惨叫声和鞭子声顿时响起，满肚肥油的妇人甩开膀子，恶狠狠地叫道："这不是当年荆家的千金小姐们吗？怎么也会沦落到今天这个地步。你们的姐姐们在识花坊做婊子，你们就在这里做小贼，真是一窝下贱坯子！"

"宋大娘，我们知错了，我们再也不敢了。"汁湘挡在其他孩子身前，脸被抽了几鞭子，血淋淋的全是血痕，她跪着拉住妇人的裙角，大声地求饶道，"我们再也不敢了。"

"知错？我看你们是不打不长记性！"

一道道鞭子狠辣地落在孩子们身上，梳着两条辫子的小七本就受了伤，几鞭下去，竟双眼一白昏了过去。孩子们顿时大哭出声，妇人却越打越精神，吆喝一声，再一次高高地举起鞭子。

唰的一声，却没有剧烈的惨叫声传来。宋大娘低头一看，只见一个衣衫破烂的小女孩站在自己面前，身材瘦小，眼神却很冷厉，一双漆黑的小手紧紧地抓着自己的鞭子，面色阴沉地沉声说道："你够了。"

宋大娘大怒，"死丫头，你找死是不是？"

"月儿，月儿快松手！"汁湘跪着爬上前来，拼命地拉着楚乔的衣角，一边哭一边大声叫道，"快给宋大娘赔不是！"

楚乔不为所动，只是冷眼看着妇人，寒声说道："你再打她们一下试试。"

宋大娘眼梢一挑，大叫道："我不打她们，我打你！"说罢，抡起鞭子就狠狠地抽过来。

楚乔冷笑一声，一把拉住妇人的腰带，脚下一绊，妇人肥胖硕大的身体就重重地摔在地上！

杀猪般的叫唤顿时响起，楚乔缓缓地走到妇人身前，弯着腰冷笑着说道："还不快去告状？"

宋大娘腾地跳起身来，叫道："你给我等着！"转身就冲出了院子。

汁湘担忧地跑上前来，急得眼泪都要流出来，"月儿，你惹大祸了，怎么办啊？"

"你看着她们。"楚乔交代一声，转身就跟着妇人走了出去。

刚刚过来的时候，她已经记清了道路，拐过两个回廊，就见那妇人正在石桥上急促地奔跑着。她身体肥胖，才跑了这么一段路就喘了起来。

楚乔蹲在草丛里，左右看了一圈，确定安全之后，捡起一块石头，半眯着眼睛，对着妇人的脚踝飞速地掷了过去。

啪的一声，石块重重地打在宋大娘的脚腕上，妇人惊呼一声，脚下一滑，顿时就从桥上掉了下去。

已经是隆冬，湖面上结了厚厚的一层冰，她掉下去之后竟然没有砸碎冰层，只是四仰八叉地躺在那里，"哎哟哎哟"地叫唤着。

楚乔从草丛里站起身来，缓缓地走上石桥，居高临下地望着她，大喊道："喂，用不用我帮你叫人？"

妇人回过头来，立马和善地说道："好孩子，快去帮大娘叫人，哎哟，疼死我了。"

楚乔笑笑，笑容明艳，她弯下腰，抱起一块巨大的石头，费力地举过头顶。

妇人见了，顿时大惊失色，叫道："你，你干什么？"

再不容她大吵大嚷，楚乔轻轻地松开了手，石头砰的一声砸在冰层上，冰面顿时破碎。妇人惊呼一声，就被寒冷的湖水整个覆盖，只冒了几个气泡，就沉了下去。

楚乔站在石桥上，面色沉静，眼神平和，表情看不出一丝波动。

这是个吃人的世界，想要活下去，就只能率先将吃人的野兽一口吞了。

再没有半点留恋，她转身就往回走去。刚刚踏进院子，孩子们就齐齐奔上来，人人身上带伤，泪眼婆娑。楚乔伸出手抱住最前面刚刚醒过来的小七，深吸一口气，低声说道："都不要害怕，没事了。"

诸葛府最低等的奴隶院子里，一群猪狗一般生活着的小女奴，再也忍不住地痛哭起来。

第二章
月色血葵

晚饭的时候，荆家的孩子们被管事的嬷嬷叫出去做事，即便是受了伤的小七和汁湘也一同去了。楚乔和伤了腰一直昏睡的小八留在屋子里，直到深夜孩子们才疲倦地回来。吃完饭，孩子们就懂事地爬上床睡觉，汁湘蹲在地上给火炕加柴，脸上的伤疤又红又肿，狰狞得像是一条条小蛇。

屋子里很安静，渐渐响起孩子们入睡后的呼吸声。楚乔穿着汁湘刚刚给她的衣裳，爬起身来，轻声说道："你的脸若是再不处理一下，会留疤的。"

炕洞的火光照在汁湘的脸上，一张小脸瘦成一条，越发显得眼睛又黑又大，她抬起头来说道："月儿，奴隶是不可以用药的，上次小七偷偷用了临惜拿来的药，咱们不知道担了多大的风险，若是被查出来，大家伙都要没命。我这伤是在脸上，可不能乱来。"

正说着，炕上突然传来一阵响动，两人转过头去，发现是小七睡觉踢了被子。汁湘连忙跑上前去，为小七盖好，然后擦了下额头上的汗，继续回到炕洞前烧火。

楚乔看着汁湘，嘴唇动了动，却最终什么也没有说出口。这个孩子才不过十岁左右，肩上却担负了这样重的负担。这一屋子的孩子，最大的不过十岁，最小的甚至只有五六岁，这个财大气粗的诸葛家要这么多五六岁的孩子做什么呢？

"汁湘姐，"楚乔下了炕，坐在汁湘的旁边，轻声说道，"你去过江南吗？"

"江南？"汁湘皱起眉头，转过头来，"江南是什么地方？"

"那你知道黄山吗？或者，你知道长江在哪里吗？"

汁湘摇头道："我知道红川西面就是红山，红山下有一条苍漓江，月儿，你问这个干吗？"

楚乔神色有些愣怔，想了许久，摇头说道："没什么，我随便问问。对了汁湘姐，当今的皇帝叫什么，你知道吗？"

"皇帝就是皇帝，我们怎么可以叫皇帝的名字。但是我知道经常到我们府上的那个黑衣王爷是皇帝的七儿子，叫赵彻，是我们大夏最年轻封王的皇子。"

一张冷峻中带着嘲讽的脸孔顿时闪入她的脑海，楚乔微眯起眼睛，重复道："赵彻吗？"

"月儿，你怎么了？你这次回来就怪怪的，你到底跟宋大娘说什么了，她怎么会就这样不了了之地放过我们？"

楚乔转过头来，淡淡一笑，说道："我没什么，你别担心。那个宋大娘不是放过我们，而是掉进冰湖里淹死了，我亲眼看着她死的，所以，宋大娘来过我们这里的事情，不要对任何人讲。"

"死了？"汁湘大惊失色，顿时大声叫道。

楚乔一把捂住她的嘴，左右看了一眼，见荆家的孩子都没醒，沉声说道："这件事天知地知，你知我知，不要再往外说了，她心肠毒辣，死有余辜，死了就死了，不必理会。"

"月……月儿，"汁湘哆哆嗦嗦地说道，"不是……不是你杀了她吧？是她自己掉进湖里的吧？她……她的儿子是前苑的护院领事，我们惹不起的。"

楚乔一笑，指着自己的胸口，说道："你觉得就凭我杀得了她吗？好了，不要多想了，她坏事做尽，就算没人杀她老天也会出手，你累了一天，好好休息吧。"

汁湘连忙摇头，"不行，我还要烧火。"

"我来就好，我受了伤，明天可以偷懒，你快去吧。"

楚乔静静地坐在小板凳上，不时地往炕洞里加一块柴。柴火噼里啪啦地烧着，晃得她的脸孔一片火红。她抬起头来，看了一眼这一屋子的孩子，心底突然有些发酸。只可惜，她能做什么呢？她莫名其妙地来到这个不知名的朝代，还被困在荆月儿这个小小的身体里，身手武艺全失，又是这么一个低下的身份，自顾尚且不暇，何谈解救他人？今日所做的一切，就当是还临惜三日送饭的恩情，接下来，她必须马上离开。

楚乔缓缓闭上眼睛，做人做事，必须量力而行，现在的她，还没有背上这么一个大包袱的实力。

雄鸡破晓，天色渐明，荆家的孩子们准时起床，穿上仆役的衣服，开始为一天的工作做准备。楚乔目送着她们笑眯眯地离去，有些心酸。

拿出刚刚偷来的吃食，楚乔深深地看了一眼仍旧躺在床上昏迷不醒的小八，决绝地转身而去。

尽管矫健的身手已经消失，但是清醒的头脑仍在。楚乔虽不是行动九处的超级特工，但是好歹也是受到过专业训练的国家军人。诸葛府占地虽大，人数虽众，但对一个身材矮小不足八岁但有着超强的逻辑分析能力和敏锐空间感的人来说，仍旧像一个不设防的游乐场。

不出半个时辰，她就悄悄走出杂役内院，来到前苑。这里的戒备相对森严了起来，带刀的府中护院随处可见。诸葛家不同于普通的世家大族，只看诸葛怀能同赵彻、赵珏等皇家子弟称兄道弟便可见一斑。

楚乔挺直脊背，小小的身体像一株小树，她整顿衣衫，挺胸抬头地走上前去。

"站住！找死吗？这是你能随便乱走的地方？"

一名身材高大的护院突然上前，满脸横肉，身材肥胖。楚乔停下脚步，仰起头来，一张小脸嫩白可爱，秋水双瞳黑白分明，声音甜美，奶声奶气地说道："这位大哥，我是奉命去老太爷的外宅的，传话的人说，一个时辰不到，就要我的脑袋。"

护院眉头一皱，上下打量了一下小小的楚乔，暗道老太爷什么时候改了喜好，开始偏爱这样还没长成的女童？他疑惑地道："谁让你去的？你知道老太爷的外宅在哪儿吗？"

"我有地址。"孩子翻找着自己的小包袱，拿出一张白纸，白嫩的小手比画着，喃喃地说道，"从府里出门，到第三个路口左转，前面是浮香酒楼……"

"好了，"护院不耐烦地喝道，"谁告诉你的，怎么没人带你去？"

孩子老实地回答道："宋大娘来告诉我的，她本来要带我去，可是刚刚经过石桥的时候她不小心从桥上掉下去了，砸碎了冰面，我看着她沉下去的，我猜她恐怕不能带我去了。"

"什么？"护院顿时大叫一声，一把抓住楚乔的肩膀，叫道，"你说谁从石桥上掉下去了？"

"宋大娘，杂役后院的管事。"

啪的一声，男人的巴掌顿时重重地挥在孩子的脸上，他大骂道："你个小兔崽子，怎么不早说？来人啊！跟我去救人！"

楚乔被打倒在地，两耳嗡嗡地响，看着众人一团乱地飞奔而去，孩子的嘴角微微牵起，带出一丝淡漠的冷笑。

这一巴掌，她会记住的。

楚乔迅速站起身来，抱起手中的包袱，头也不回地就往大门走去。三人高的镶金朱门，两侧盘踞着威武的石狮子，朱漆点眼，诡异中透着一丝扑面而来的煞气。诸葛府三个金光闪闪的大字刻在门楣之上，金碧辉煌，观之炫目。

楚乔迈着短小的步子，费力地跨过门槛，一脚门内，一脚门外地站住。明晃晃的朝阳照在身上，似乎连空气也清新了起来。从今往后，生命就会是另一个起点，受过的屈辱、流过的血泪，她会永远记着。

孩子抿紧嘴唇，深吸一口气，抬起后脚，就要踏出这座腐烂的牢笼。

就在这时，一声熟悉的刺耳惨叫突然从前苑右厢的天井处传来，中间夹杂着孩子惊恐的大哭。右厢前后三进院门大敞，板子拍打在血肉之躯上的闷响声传遍整座诸葛大宅。

经过的仆从无不侧目，翘首观望究竟是谁人得享如此"殊荣"。

楚乔站在大宅门前，只一步就可以走出这座吃人的庭院，可是那些惨叫声不断地冲击着她的耳鼓。

孩子的眉头越皱越紧，终于收回了小小的步子，转过身迅速向着右厢跑去。

命运在很多时候都会给人们一个选择的机会，一步之差，往往就会改变很多事情。

诸葛玥一身淡绿色的锦衣华服，衣襟上绣着一朵朵深绿色的青莲，墨发松松地束在身后，脸孔白皙如玉，眼眸漆黑如墨，嘴唇有一丝异于常人的殷红。虽然他只有十三四岁的年纪，可是看起来邪魅冷厉，一双眼睛半眯着，好似这世间的一切都入不了他的眼，冷漠得就像这隆冬峰顶的白雪。他侧躺在紫檀描金软椅上，手肘支撑着后脑，两旁相貌清秀的侍女捧着上好的熏香、清茗蹲在他的身侧，不时为他剥开一颗从卞唐由千里快马运来的新鲜荔枝。

在他身前二十步处，身穿仆役衣裳的孩子已经被打得皮开肉绽，连叫声都渐渐微弱了下去。一名六七岁的小女奴跪在旁边，不断地磕头求饶，前额已经破了皮，鲜血横流，蔓延过孩子清澈带泪的眼睛。

日头渐渐升起，真煌城地处红川高原，虽然已是隆冬，日头却仍旧猛烈。诸葛玥抬起头来，眉头轻蹙，微微眯起眼睛。两侧的侍女见了顿时紧张地打起伞，遮在他的头上。诸葛玥坐直身子，对着两侧的侍从挥了挥手，靠在了椅子的靠背上。

两名孔武有力的大汉顿时恭敬地上前，一前一后抬起诸葛玥的软椅，向右厢门外走去。

跪在地上磕头的女孩子见了顿时大惊，惊慌失措地叫了一声，爬上前来，一把拉住诸葛玥的衣角，哭泣着说道："四少爷，求求您放了临惜吧，再打下去他会死的！"

诸葛玥眉梢一挑，眼神微微下瞥，向女孩乌黑且沾着鲜血的小手望去。

孩子感觉一股无法抑制的寒冷顿时袭上脑袋，只见诸葛玥那双皓白的靴子上，赫然有五个血污的手指印，看起来别样醒目刺眼。

孩子大惊，张口结舌，好久才惊慌失措地用袖子使劲地擦着诸葛玥的靴子，哭道："对不起，四少爷，小七马上就给您擦干净。"

砰的一声，抬轿子的大汉一脚将孩子踢翻在地，两旁的侍女顿时跪着上前，将那只脏了的靴子脱下来。诸葛玥望了孩子一眼，就转过头来，眼神淡淡的，看不出什么情绪。

一旁随侍的侍女冷声说道："把她那只手砍下来。"

孩子顿时忘记了哭泣，目瞪口呆地坐在地上，如狼似虎的侍卫迅速奔上前来，腰间长刀瞬间出鞘，只见一道血线霎时间冲天而起，一只白皙瘦削的小手，就被斩落在地！

刺耳的惨叫声霎时间冲破了云霄，惊散满天狰狞号叫的秃鹫。

而那位年纪轻轻的少年，却静静地闭目安坐在软椅上，好似什么都没看见，什么都没听见一样。

楚乔愣愣地站在门口，像是一尊石铸的雕像，狂奔的脚步生生顿住，她双眼大睁，紧紧地捂住了嘴，再也不能挪动分毫。

"四少爷，这小子没气了。"

诸葛玥云淡风轻地扫了一眼临惜小小的尸体，伸出修长的手指揉了揉太阳穴，淡淡说道："扔到后山亭湖里去喂鱼。"

"是。"

壮汉抬起诸葛玥的软椅，缓缓前行，经过之处所有下人慌忙下跪，连头都不敢抬。

"慢着。"经过右厢院门前的时候，诸葛玥突然轻声说道，微微转头，向站在院门前双眼紧盯着自己的楚乔望去，皱起眉头沉声说道，"你是哪个院子的奴隶，为何见我不跪？"

晨风吹过，卷起墙角处细小的灰尘，阳光刺眼，恍若一支支尖锐的银针，天上有白鸟飞过，翅膀雪白，像是初冬的雪。楚乔深深地吸气，紧紧地咬住嘴唇，将满腔的惊怒一寸一寸地咽下去，扑通一声跪在地上，双目直直地看着青砖地面，大大地睁着，以孩童的口吻惊慌失措地说道："月儿是后院的杂役，请四少爷原谅月儿没有见识，月儿第一次见到少爷，还以为自己见到了神仙。"

诸葛玥面色微微一缓，见这孩子雪玉般可爱，年龄又小，说话间口齿还不太伶俐，似乎颇感兴趣，便又问道："你几岁了，叫什么名字？"

"回四少爷，月儿今年七岁了，姓荆。"

"荆月儿吗？"诸葛玥说道，"那你以后改个名字跟着我吧，就叫，就叫星儿吧。"

楚乔顿时叩首在地，大声说道："星儿谢四少爷。"

诸葛玥收回目光，下人抬起椅子，转过回廊，再也看不到踪影。

热闹散场，不过是死了个低等的奴隶，诸葛府的下人们早就已经见怪不怪，不消半晌就纷纷散开。几个打扫的下人抬起孩子小小的尸体，用一个麻袋一裹，拖在地上，向着后院亭湖的方向走去。

孩子还很小，浑身的血肉都已经被打烂，鲜血透过麻袋流出来，黏黏地滴在青砖地面上，拉成一道长长的血痕。

楚乔仍旧跪在地上，脊背一上一下地起伏，编贝的牙齿紧紧地咬住下唇，双目发直，两只小小的拳头紧紧地握着。她看着那只麻袋从自己的眼前被缓缓拖走，刺目的鲜血蔓延一地，沾满了肮脏的尘埃，一大滴眼泪在眼眶里打转，啪的一声，落在她的手背上。

"月儿别害怕，五哥来了。"

"我们今晚吃得特别好，四少爷给我们加菜，红烧鲤鱼、糖醋排骨、醋熘里脊、白板水鸭，好多菜呢，我吃得想吐，现在什么也吃不下去了。"

"月儿你放心，将来总有一天，五哥要让你吃饱穿暖，将这世上所有的好东西都弄来给你吃，不止有红烧肉，还有人参、鲍鱼、燕窝、鱼翅、象拔，想要什么都有。到那时候，谁也别想再欺负我们，月儿，你相信五哥吗？"

"月儿，五哥会保护你的，我就在这儿陪着你，别害怕。"

……

悲戚和仇恨像是海水一般汹涌而上，但是她知道，她不可以哭，不可以在这个时候流露出哪怕一丁点怨恨。她用手背擦了一把脸，迅速站起身来，空旷的天井旁边，断了手的小七已经昏迷过去，断腕处鲜血如泉水般横流，却无一人理会。

楚乔迅速地撕裂衣裳，按住小七的穴位，手法敏捷地为孩子包扎止血，做好一切之后，她将小七背在背上，咬着牙向后院走去。

刚刚走出院门，一个寒冷的声音突然沉声说道："站住！谁准你将她背走的？"

楚乔抬起头来，只见却是当日将她关了三日的朱顺，孩子眉头轻蹙，冷静地说道："四少爷没说要杀了她。"

"主子也没说要放了她！"朱顺冷眼望着楚乔，冷冷说道，"妄自揣测主子的心思，简直不知死活，来人啊，给我拿下！"

两名家丁登时上前，要来拉楚乔的手臂，楚乔急忙后躲，拉扯间小七陡然闷哼一声，刚刚止住的鲜血又一次流了出来。

"谁敢过来！我是四少爷身边的人，你们都不要命了？"

朱顺冷笑一声，说道："还没拿到鸡毛，就已经当了令箭，明天一早四少爷记不记得你这么个人还两说，竟敢拿这个来吓唬我！"

楚乔眉梢一挑，背着小七，顿时好似一只小豹子一般向后退去，眼珠急转，眉头紧蹙。

"朱管家，你不是去为我家世子通报怀少爷吗，怎么在这里纠缠？我看你真是空闲得很。"

一个声音突然响起，楚乔顺着人群望去，只见一个书童模样的小孩趾高气扬地说道。不远处，一名少年长身玉立，一身墨绿色蟒袍，背对着众人站在前苑照壁之前，身边跟着四名随从。

朱顺一愣，急忙回过头去，狗腿地将腰弯到裤裆下，点头哈腰地说道："燕世子，实在是下人不听管教，让燕世子见笑了。"

"到底是你管教下人重要，还是我家世子重要？朱顺，我看你是昏头了！"

朱顺大惊，一个头磕在地上，连忙说道："小的不敢，小的不敢，小的知错。"

小书童冷哼道："知道错了还站在这里？"

朱顺闻言，顿时站起身来，屁股着火一般向着诸葛怀的书房奔去。诸葛府的下人连忙退到一旁，其中一个小心地说道："请燕世子进花厅等候。"

锦袍少年点了点头，缓缓转过身来，一双眼睛漆黑如墨，眼睛一扫，在看到楚乔的时候微微一眯，似乎想起了什么，径直走上前来。

楚乔眼神沉静，谨慎地向后退了两步。燕洵见她后退，就站住了身子，默想半晌，从衣衫的袖袋里掏出一个白瓷瓶子，上面雕刻着兰草的图纹，显得十分精致。少年伸手递了过来，微微颔首，示意她接过。

楚乔上下打量着燕洵，当日围猎场上的一幕再一次晃过眼前，她谨慎地没有上前。

燕洵一愣，随即牵起嘴角，淡淡一笑，弯下腰将瓷瓶轻轻地放在地上，转身带着随从走进了花厅。

"呃……"一声轻微的呻吟在身后响起，小七迷迷糊糊地看到楚乔的脸孔，声音细若蚊蝇，带着说不出的害怕，哭着说道，"月儿姐……小七……小七要死了吗？"

楚乔蹲下身子，将那个瓷瓶紧紧地握在手里，小小的身体绷得很紧，眼神阴沉地向着诸葛府的主宅方向望去，缓慢但坚定地说道："小七，姐姐跟你保证，你不会有事。"

楚乔背着小七跑回杂役后院，迅速进房，为她清洗上药包扎。燕洵的药十分好用，不仅有止血的功效，还有轻微的麻醉作用，小七只闷哼了几声就陷入沉睡之中。

一直病着的小八醒来，已经勉强可以下床。这孩子前阵子受了惊吓，醒来之后一直没有说话，只是愣愣地看着楚乔忙里忙外地烧开水照顾小七，像个傻子一样。

天色渐晚，楚乔擦了一把额上的汗，肩膀上的伤口火辣辣地疼。她靠在墙壁上，听着小七在睡梦中轻微的痛呼声，一颗心仿佛被人紧紧地握住，然后决绝地掏出，扔在冰天雪地之中。闭上眼，临惜的脸再一次回荡在她的脑海之中，那个面容清俊笑容纯粹的男孩子，那个口口声声说会保护自己的男孩子，那个被打得血肉模糊再也辨认不出头脸的男孩子。

一行清泪从紧闭的眼中缓缓流下，蔓延过她尖尖的下巴，滴在粗布鞋上。

突然，一个惊慌失措的声音在门外响起，楚乔一惊之下打开门走出去，就见一个十二三岁的小女孩站在院子里，见了楚乔顿时如见了救命稻草，几步跑上来哭着叫道："月儿，汁湘和你们荆家的孩子都被朱管家派来的人抓走了。"

楚乔闻言眉头一皱，沉声说道："抓走？什么时候的事？"

"一大早就走了,我只找到临惜,让他去找四少爷求情,可是已经过去一整天了还是没有消息,怎么办啊?"

"有没有说去干什么?"

女孩子抹着眼泪,哭着说道:"说是,说是送到老太爷在外府的别院了。"

"什么?"楚乔惊呼一声,好似被一记惊雷打在头顶。这些日子从临惜处听来的关于老太爷那种禽兽般的嗜好的传闻龙卷风般在脑海中席卷而过,她的一张脸孔顿时变得雪白。

小八站在门口,闻言傻愣愣地走上前来,拉着楚乔的衣角,声音小小的,像是受了伤的小兽,一遍一遍地问:"月儿姐,汁湘姐她们呢?她们去哪儿了?"

楚乔反应过来,转身就向门外狂奔而去。

"月儿!"女孩子在后面叫了一声,楚乔没有回头,一股不祥的预感迅速盘踞在心头,她不知道还来不来得及,不知道还有没有机会将那些孩子救出来,她只能尽自己最大的努力迅速向前奔跑,一刻也不敢停。

经过青山院、马厩、后花园,再往前,就是通往前苑的五曲回廊,这时,一阵急促的脚步声突然响起,楚乔谨慎地停住了身子。

"月儿姐?"小小的声音在身后响起,楚乔一愣,回过头去,只见小八穿着一身宽大的短衫,可怜巴巴地站在她身后,连鞋子都没穿,呆呆地问,"汁湘姐她们去哪儿了?"

楚乔拉住小八,转身蹲在一旁的花丛里。已经是冬天,百花早已凋零,好在是晚上,这处灯火稀疏,不仔细看也很难被发现。

脚步声越来越近,有四个人共同推着一辆车过来,一个人推,三个人在一旁扶着。楚乔走的这条路已经十分偏僻,除了打扫的下人少有人经过,她拉着小八蹲在花丛里,静静地等待这些人离去。

几人走到楚乔两人身前突然停了下来,小八显然十分害怕,身子都有些发抖,紧紧地抓着楚乔的衣衫,一动也不敢动。

其中一个男人粗声说道:"哥儿几个歇一会儿吧,走了这么长一段路也没歇一歇,好歹让我抽袋烟。"

其他几人笑道:"老刘烟瘾犯了。"说着就嘻嘻哈哈地打火抽烟。

楚乔心下着急,眉头紧锁。冷风吹来,小八衣衫单薄,抖得更加厉害了。北风陡然大了起来,唰的一声掀翻了车上的草席,草席在半空中转了几圈,啪嗒一声落在了地上,黄色的草席一片暗红,竟满满都是暗红色的鲜血。

楚乔和小八一起向车上望去,顿时如遭雷击,楚乔一下伸出手来紧紧捂住小八的嘴!

月亮穿透云层,将惨白的月光投射下来,只见不大的推车上,层层叠叠堆满了孩子幼小的尸体,像是一堆没有生命的白菜萝卜。汁湘那干枯瘦小的尸体赤裸着,上面青紫一片,双眼大睁,眼角满是漆黑的血块,下体处一片狼藉,双手双脚仍旧被麻绳捆着,姿势诡异,以最屈辱的方式被摆在最上面。

楚乔紧紧地捂住小八的嘴,另一只手死死地抱着她。那孩子似乎疯了,拼命地想要推开她冲出去,大滴大滴滚烫的眼泪落下来砸在楚乔的手臂上,牙齿毫不容情地狠咬下去,鲜血溢出，顺着楚乔洁白的手腕缓缓流下，滴在漆黑的泥土之中。月光穿过稀疏的花树照在两人身上，光影斑驳，惨淡如霜。

不知过了多久，推车渐渐远去，四周一片死寂。楚乔缓缓松开了手，手心皮肉翻起，鲜血淋漓。小八似乎已经傻了，呆愣愣地不会说话。楚乔伸手拍在孩子的脸上，声音沙哑，好似鬼哭一般小心地轻声叫着她的名字。

冷风凄凄，枯木婆娑，万籁俱寂的夜晚，前苑主府的丝竹喧嚣声，好似从另一个世界缓缓传来。

"杀了他们……"六岁的孩子突然眼睛发直地喃喃说道，"要去……去……杀了他们！"

孩子双眼通红，前后左右地四处翻找，似乎在找什么东西，突然她从花丛里抓起一块石头，站起身来就要冲出去。楚乔手疾眼快，一把抓住孩子，将她死死地抱在怀里。

"杀了他们！杀了他们啊！"孩子再也忍不住地嘶声大叫起来，小小的脸上满是疯狂的仇恨和绝望，眼泪横流，几近崩溃。

楚乔心痛如刀绞，紧紧地抱着怀里疯狂的孩子，眼泪终于滂沱而下。

这些畜生，这些野兽，这些死上一万次都不足以洗清罪过的人渣。

她从来没有像此刻这般恨，从来没有像此刻这般想要杀人，铺天盖地的仇恨好似将她整个人席卷。她好恨，恨那些人的残忍，恨这万恶的世道，更恨自己的软弱，恨自己的无能为力，恨自己只能眼睁睁地看着却什么也做不了。

怀里的孩子几乎崩溃的哭喊好似一柄刀子，一下一下地剜着她的心肺，如果此刻手上有一把冲锋枪，她绝对会毫不犹豫地冲进前苑主府将那些人渣全部杀死。

可惜她没有，她什么都没有。没有钱，没有势力，没有背景，没有好的身手，没有精良的武器，她只是一个被困在荆月儿小小的身体里的异界幽魂，尽管有着超出这个时代几千年的知识和头脑，可是此时此刻，也只能蹲在花丛里小心地隐藏着，连去见她们最后一面的勇气都没有。

楚乔缓缓地抬起头来，清冷的月光照在她的脸上，她暗暗对自己发誓，只此一次，她再也不要第二次，再也不要这样一无所有地活着，再也不要这样毫无自保能力地生存，再也不要！

冷月如水，偌大的诸葛大宅里，两个弱小的低等奴隶蹲在后花园的花丛里，像是两只畏缩的小狗，紧紧地靠在一起，心里翻腾的，却是足以毁灭天地的仇恨。

回到杂役后院的时候已经是深夜，还没走进院门，就发现房门竟是大敞着的。楚乔心里顿时一凉，放开小八的手疾步跑了进去。

只见房间里一片凌乱，炕上的被褥满是血污，地上也多了很多成人的脚印，却没有半点小七的影子。

"月儿，你们回来了！"之前的那个女孩子突然从墙角的柴堆下钻了出来。

楚乔急忙上前，一把拉住她，沉声问道："小七呢？小七上哪儿去了？"

女孩子哭着说："朱管家带人来，说小七断了手，以后不能再干活了，叫人抬着小七，说是要扔到亭湖里喂鳄鱼。"

楚乔眼前一黑，险些昏过去，心脏一时之间几乎无法负荷。她紧紧地抓着女孩的衣襟，声音沙哑地一字一顿地问道："走了多久，走了多久了？"

"已经有一个时辰了，月儿，没的救了。"

楚乔转过头去，看向站在门口的小八。孩子双眼通红，也抬起头来看向她。两人的视线刚刚对上，眼泪就潸然而下，可是谁也没哭出声来。

"月儿，我得回去了，你们自己小心些。我听浣衣房的人说，朱管家是故意针对你们的，你们是不是什么事得罪了他？"

屋子里渐渐静下来，院子里是大片惨白的白地，两个孩子静静地站着，久久不发一言。

三更的更鼓刚刚敲过，荆家最后剩下的两个孩子悄悄地穿过青石林，来到了位于诸葛家后面的亭湖。冷风凄凉，竹林摇曳，亭湖中一片死寂，波澜不惊，看起来和平常无数个日夜没什么差别。

楚乔跪在一处高坡上，对身旁的小八说道："小八，跪下来，给哥哥姐姐们磕个头吧。"

小八还不到七岁，这个孩子今夜遭逢大变，一张小脸已经失去了孩童应有的天真无邪。她静静地跪在楚乔身边，向着亭湖的方向深深地拜下去，重重地磕了三个响头。

"小八，你恨这个地方吗？"

孩子一言不发地点了点头。

楚乔声音平和，淡淡地说道："那你想离开吗？"

孩子沉声说道："想。"

楚乔目视前方，声音平淡无波，微微眯起眼睛，眉头轻轻皱起，缓缓说道："我答应你，我很快就会带你离开。但是在这之前，我们还有些事情要做，等一切了结之后，我们就离开这里。"

孩子静静点头，叩首在地，一字一顿地沉声说道："汁湘姐，你老是求神佛的保佑，却不知老天其实早就已经瞎了眼。你带着哥哥姐姐们慢点走，等着看，等着看小八和月儿姐给你们报仇。"

寒风肆虐，夜色漆黑，高高的青石林高坡上，两个小小的身影相互依靠着，紧紧地牵着手。

第四章

血煞之心

十二月，西北边境有犬戎人大举入侵，狼烟燃起，烽火连天，大军铺地。

不出二十日，战事加剧，上万关外黎民被卷入战火之中。西北关地理位置特殊，位于西方封地巴图哈家族和燕北之地燕王的管辖夹缝之间，西北老巴图与燕北狮子王斗法多年，如今随着老巴图的后台老板穆合氏在朝中地位日益稳固，巴图哈家族逐渐占了上风。年前终于夺去了西北关的兵权，大肆换血，清理西北关上下军官。朝中其他氏族也相继将家族嫡系子弟派往西北，妄图渗透进这帝国最大的军事系统之中。如此一来，多年来镇守边关经验丰富的将领们相继下台，上位的全是些连血都没见过的帝国权贵。

也正是因为这样才给了犬戎人可乘之机，以微小的代价叩开了西北关外的第一道塞口，让雄兵铁骑尖刀般杀进了西北关外的万里沃土。

纵然巴图哈家族及时做出了抵抗的姿态，并尽派西北关精兵外出平乱，但是因为审敌不明，外加关内派系林立，多次抵抗进行得如一盘散沙。兵乱不但丝毫没有缓解，反而越演越烈，救急的文书雪花般发往帝都，请求真煌长老会派兵平乱。

腊月二十七，破军星现，昭明归隐，钦天宫太祝昭示卜文：太和虚冲，赤水含冰，大凶。

七大门阀连夜商讨，决定派出煌天部前往关外，以平西北之乱。

檄文发布之后，呈往盛金宫，帝阅，批复：准。

一时之间，真煌帝都大乱风起，各大世家一派紧张，漆黑如墨的夜色中，激荡的暗流在厚重的冰层之下急速地涌动着。

此时此刻，楚乔正在北亭的枯草丛中忙碌，小心地翻找那些猫冬的蛇，却陡然听到响彻耳际的号角声，如白鹤长鸣，厚重雄浑。她缓缓地站直了身子，眼睛半眯地望向真煌之南。那里，是盛金宫所在。

夜幕浓厚，夜路，很不好走。

第二日午后，大雪初晴，青山馆的琉璃瓦下，两只雪玉般可爱的玉砌雪狗在晨曦的映照下晶莹剔透、光洁璀璨。昨晚刚刚下了场大雪，雪花堆积了一尺多厚，打扫的下人经过雪狗旁，目不斜视，似乎生怕多看一眼就会惹祸上身一般。

锦偲穿着一身紫貂披挂的小比甲，撒花粉红罗裙，腰间扎着一条嫩粉色的绦子，站在一片洁白的雪地之上，越发显得灵秀美艳。这个终日在四少爷身边服侍的女孩，如今才不过十三岁，却出落得亭亭玉立，秀色可餐。她平日跟在主子身边的时候灵巧温顺，此刻却有些飞扬跋扈。她语调冷清，眼神厌恶地对着一众只穿着一件薄薄的短衫，紧紧抱着玉砌雪狗的孩子冷声说道："都抱紧了，少爷说了，这玉是活的，只要借了人气就会越发光洁剔透，你们这些下贱的奴婢今日有幸能为四少爷出力，可不准偷懒，要是待会儿我回来见谁不听话，就通通拉到亭湖去喂鱼。"

孩子们顿时畏畏缩缩地点头答应，锦偲冷笑一声，转身向温暖的花房走去。

雪后天气越发冷了，即便是穿着雪貂抱着暖炉都有些不能受用，更不用说只穿一件薄衫站在雪地里。不出片刻，孩子们的嘴唇就被冻得发青。

楚乔端着一盘新鲜的桃子刚从蓝山院过来，锦偲见了连忙从花房里跑出来，招呼一声。

楚乔转身停住，面色红润，形貌娇憨，歪着头说道："锦偲姐，什么事？"

"四少爷在午睡，桃子给我就好了。"

楚乔笑容可掬地点了点头，就将桃子交了出去。锦偲转身进了花房，谁知还没坐稳当，就听得轩阁那边一声怒喝响起。锦偲神色慌张地放下桃子，拔腿就跑。

还没到门口，一道五彩斑斓的影子就从门内疾飞而出，唰的一声打到她的脸上，触感柔软冰凉，还有一丝腥臭的滑腻感。

锦偲低头一看，竟是一条昂首吐信的小蛇，顿时吓得她魂飞天外，惊呼一声坐在了地上。

楚乔跑进屋子，只见诸葛玥眉头紧锁，穿着一身湖绿锦衫靠在软榻上，手腕上黑血直流，显然已经被蛇咬伤。她连忙几步跑上前去，一把拉住诸葛玥的手腕，拿起桌案上削水果的小刀，对着伤口就划了下去。

门外的下人见了大喝一声，就有人上前来拿这个大逆不道的小奴隶。

诸葛玥却眉心一皱，微微摆手，阻止了下人们的动作。却见楚乔只划了个小小的十字伤口，挤了几下之后低头就用嘴吸吮起来，然后呸呸地吐了两口，着急地说道："少爷请千万别使力，不然毒会蔓延得更快，奴婢这就去找大夫。"

片刻之间，门口已经聚集了大批奴才，锦烛惊慌失措地冲上前来，一把推开楚乔，跪在地上抓住诸葛玥的手叫道："少爷，您怎么样？"

诸葛玥眉头一皱，似乎很恼怒被她抓住手，一脚踢在锦烛的胸口上，沉声喝道："滚开！"

锦烛的手摸到地上，顿时惨叫一声，只见满地虫蛇爬行，足足有二十多条，看起来诡异可怕。

楚乔翻出烛台，迅速点燃，以火驱蛇，蛇畏火，顿时散了开去。

诸葛家的大夫迅速赶来，人群被驱散，青山院的服侍下人们全都战战兢兢地跪在门口，一个个面如土色。

不一会儿，里间的大夫走出一个来，对着一众下人说道："谁是星儿姑娘？"

楚乔自人群后站起身来，身材矮小，面容稚嫩，举手小声说道："先生，我是。"

那大夫没料到竟是这么大的一个孩子，有些发愣，沉吟半晌说道："你进来吧，四少爷说你为他吸毒，要老夫为你也看看。"

前后两侧百十名下人齐齐震惊，抬头向楚乔望来。

楚乔面色恐慌，跪地先磕了几个头感激主子的慈悲，随即跟着大夫走进了轩馆。

寒风料峭，迎高踩低的诸葛家下人们，心念迅速地转了起来。

不一会儿工夫，楚乔就走了出来，面色恭顺，看不出任何趾高气扬的模样。

大夫离去之后，锦偲、锦烛两名丫头带着几个高等下人走进了诸葛玥的房中。诸葛玥靠在椅背上，眼睛半闭着，淡淡地问道："今天是谁在屋里当值？"

锦烛看了锦偲一眼，面如土色，磕磕巴巴地说道："少爷，是，是奴婢，奴婢刚才……"

"不必说了，"诸葛玥声音冷漠地沉声说道，"你知道我这里的规矩，向来不养吃闲饭的闲人。自己下去领三十板子，然后拿着我的书信去安军院谋个职位吧。"

锦烛一听，眼泪顿时流了下来，跪在地上大声哭道："少爷，您就饶过奴婢这一次吧，奴婢以后再也不敢了。"

诸葛玥眉头轻蹙，两名孔武有力的大汉立时走上前来，一把架起锦烛就走了出去。

"守门的是谁？"

两名家丁跪在地上，浑身颤抖，不住地磕头，已经怕得连话都说不出了。

诸葛玥睁开眼睛淡淡地瞥了两人一眼，说道："是你们两个？"说完轻哼了一声，"你们向来是打别人的，既然如此现在就去天井那边，拿着板子互相打吧，谁先死了，另一个就不用受罚。"

屋里死寂一片，诸葛玥手腕受伤，心烦意乱，皱眉道："都滚出去吧，看着你们就心烦。"

众人如遇大赦，齐刷刷地就要退出去。这时，一个小小的声音突然说道："少爷，奴婢可以把轩馆外的那几盆火烧藤角搬走吗？"

诸葛玥眉梢一挑，循声看了过去。

众人回过头去，只见那个前日刚刚进入青山院的小女奴站在人群后，身材小小的，声音稚嫩地缓缓说道："现在虽然已是冬天，但是我们院紧挨着温泉，气候温暖许多，多蚊虫飞蛾。藤类本就吸引这些小虫，火烧藤角更是散热，这样，就会吸引以蚊虫为食的鸟雀老鼠，进而更会引来以鸟雀老鼠为食的蛇类。这是很常见的常识，奴婢应该早想到的。"

诸葛玥紧皱双眉，半晌，转过头来沉声说道："是谁将这几盆藤角送来的？"

锦偲面色发白，战战兢兢地说道："少爷，这几盆花是昨儿个朱管家送来的，说是南疆特产。他说少爷也许会喜欢，便特意让奴婢摆在墙根底下的。"

"朱顺？"诸葛玥沉吟半晌，一双狭长的眼睛微寒，缓缓说道，"他这个管家真是当得越来越威风了。下次他若是从西域买来一把匕首，让你放在本少爷的床榻上，想必你也会照做。"

锦偲大惊，急忙伏地磕头道："奴婢不敢！"

诸葛玥淡漠不语，下人们正要离开，诸葛玥突然说道："你，以后在内房伺候吧。"

众人一愣，也不知道他说的是谁。

诸葛玥不耐烦地皱眉，指着楚乔道："就是你。"

各色目光顿时齐齐聚拢。

楚乔垂首恭敬地答应道："奴婢遵命。"

出了轩馆正室，下人们刚刚将满身鲜血的锦烛丢上马车。一个弱女子被打了三十板子，又将要被扔到安军院那种地方，哪里还会有命在？

锦偲看得脊背发凉，手脚都有些哆嗦。这时，一个甜美的声音突然在她背后响起，她转过头去，见楚乔笑眯眯地望着她，笑容甜美地说道："锦偲姐姐，以后咱们就要在一起干活了，我年纪小不懂事，你可要照顾我啊！"

不知为何，锦偲一时之间竟有些发慌，看着楚乔强作镇定地说道："大家都是奴才，互相……互相照顾是应该的。"

"是吗？"楚乔一笑，说道，"那么那边暖玉的那几个孩子，锦偲姐觉得是不是该网开一面呢？"

锦偲心下微怒，但还是点了点头，说道："她们时间也差不多了，该散了。"

"那我就替她们先谢谢你了。"楚乔笑眯眯地走过去，让已经冻得面皮发青的孩子们散去，然后好像突然想起什么一样，转过身来说道，"要是当日锦烛姐也能像锦偲姐这样厚道，书童临惜就不会被少爷活打死了，所以说做人还是要心存善念。你看临惜才死三天，锦烛就紧随而去，想起来，真是令人脊背发凉。"

锦偲已经装不出来了，面皮惨白，睁着一双眼睛紧紧地看着楚乔，只觉得这小小的孩子浑身上下都冒着邪气，令人害怕。

楚乔缓缓靠上前来，踮起脚附在锦偲的耳边缓缓说道："俗话说善恶到头终有报，不是报应没来，只是时间还未到而已，你说对不对呢？"

锦偲一惊，顿时后退一步，转身就想离去。

楚乔手疾眼快一把抓住了她的肩膀，少女大惊，猛地跳开，大叫道："你要干什么？"

楚乔冷冷一哼，面上再无半点笑容，沉声说道："你紧张什么？我不过是想朝你要回那盘桃子罢了。"

"桃子？"

"你我现在同为内房丫鬟，没有高低贵贱之分，我辛辛苦苦走到南苑拿来的桃子，你不觉得该由我自个儿呈上去更加稳妥吗？"

锦偲一听，顿时哑口无言。

楚乔转身向花房走去，一边走一边淡淡说道："青山遮不住，毕竟东流去，识时务者方为俊杰。有些话只能说一遍，有些警告只能做一次，以后该如何行事，如何为人，你自己思量吧。"

冬日午后，阳光正足，明亮的阳光晃在雪地上，刺得人眼睛发疼。

这一天，并不是平静普通的一日，长老院下达了出兵的檄文，煌天部马上就要出发平叛，七大门阀的各位家主都在抢破头地争夺着煌天部统帅这个位置。诸葛府的大家长诸葛穆青不在府中，一切大小事都交由诸葛怀主持。大夏朝堂之上，刀光剑影，一派峥嵘。

也是在这一天，诸葛府上的四公子诸葛玥被毒蛇咬伤，虽然得到了及时的治疗，但是仍旧需要时日静养。诸葛玥年纪虽不大，却是煌天部的少将，出身点将堂，曾经三次带兵前往西北沙曼平叛，武艺高超，是诸葛家除了诸葛怀之外的佼佼者。其他各大门阀消息来源极为灵通，迅速掌握了这一消息。诸葛怀前脚刚刚为弟弟呈上请战的折子，各家的反对之言就紧随其后被送进了盛金宫。

当天下午，宫里的太医就进了诸葛府，诸葛一族染指煌天部的这一念头，不得不悄然打消。

牵一发而动全身，诸葛一族的旁系血亲族长齐齐上门，诸葛主府顿时不胜其扰。

同日，因为诸葛玥的伤势，诸葛府内上演着和平日一样的角逐戏码。向来仗势欺人的四少爷院内大丫鬟锦烛横尸杖下，而两名青山院的执杖家丁也互相痛打，一死一伤，伤者在第二日一早也伤重不治，撒手而去。诸葛府的大管家因为几盆惹起祸端的盆栽，被无端地打了二十大板，至今仍在房内唉声叹气地静养着。

后山的温泉旁豢养鳄鱼的亭湖之内，再一次悄无声息地沉没了三具尸首，任由鱼虾啃食，却无人理会。

夜色浓郁，星夜无光，楚乔接过小八手中的最后一串纸钱，缓缓地放进火盆之中。

这几日，锦偲一直心神不宁，每次看到荆家那孩子，就感觉一股无法抑制的寒气从脚底板蹿上来，令她茶饭不思，如鲠在喉。

今天一早，天气晴好，收拾了庭院里的积雪，下人们井井有条地开始了一天的工作。正准备传饭，红山院那边突然来了下人通报，说岭南沐府的沐小公爷、魏府的魏小少爷、七殿下赵彻、八殿下赵珏、十三殿下赵嵩，还有燕王府世子一同在红山院的琉璃大厅，大少爷正在那里陪着，三少爷和五少爷都已经赶去，问四少爷身体有没有好一点，若是好了，也一同去热闹热闹。

诸葛玥性格比较孤癖，就是在府内也少和几个兄弟走动，终日窝在青山院里，不是看书种花就是吃点心水果，毫无飞鹰走马之气。若不是性子太过残忍，为人也算安分守己。此时他正躺在床上，听到通报之后对传话的下人说他身体不舒服，就不去相陪了。

楚乔站在香炉旁拿扇子轻轻地扇着熏香，闻言眉梢轻轻一挑，面容淡淡，静默无语。半晌，饭菜呈上，楚乔跟在送菜侍女身后，悄无声息地退了出去。

锦偲微微侧目，暗自记在心上，不一会儿的工夫，也寻隙退了出去。

琉璃大厅名为厅，实则不过是一座亭子，位于红山院正中的八角山上，下面是青色碧湖，如今正值隆冬，湖面冰封，积雪茫茫，两侧是红白相间的梅林，破寒怒放，鲜艳夺目。

梅林外，是诸葛家的跑马山，偌大的一片山坡种满了诸葛家从关外移来的上好牧草，专门用来圈养那些血统优良的好马。这地方地广人稀，下人们无事不可进入，十分僻静。

楚乔人小，灵巧地避过看守的侍卫进入跑马山，一溜儿地爬上坡去，竟也没被人发觉。

荆月儿这个小身子有好处也有坏处，就比如现在，想要搬动一盆盆栽，就要费好大劲儿。

楚乔刚要离开，突然发现山腰处有一个身影鬼鬼祟祟地经过，她小心地低下身子，等那人走后，才缓缓地接近。只见山腰处的一棵松树上拴着一匹黝黑的骏马，身材高大，通体没有一丝杂毛，看见楚乔过来也没有反应。楚乔心下奇怪，这样的好马是不应该不防备生人接近的。低头一看，果然雪地上还有一小把没吃完的荞麦。楚乔踮起脚来，拉住马头，仔细看了半晌，眉头轻轻皱起，却并不理会。

刚要离开，转头之间见那马身上的箭囊里放着几十支雪白的翎羽箭。她拿出一支来，箭头银白，一个小小的"燕"字笔力雄浑地刻在上面。

各府的主子们都在琉璃厅上吃饭赏梅，楚乔顺着偏僻的八角山崖壁小道跑过去，将那盆火烧藤角放置在崖壁的小道上，从身侧的一个布袋里倒出来几条小蛇。

"哈！我就知道是你捣的鬼！"

一个尖细的声音突然响起，楚乔回过头去，只见锦偲正站在她的身后，得意扬扬地看着她说道："看我不告诉四少爷，你这回死定了。"

"是吗？"楚乔歪着头，狡黠地撇撇嘴角，耳郭微动，只听远处脚步声渐近，她摇了摇头，说道，"那可不一定。"说罢，她的身子陡然向后倒去，顺着崖壁翻转而下。

"就在那儿！"一个稚弱的声音几乎同时响起。

锦偲还来不及惊呼一声，就被一众大汉狠狠地押在地上。

朱顺冷眼看着少女，恨得牙根痒痒，沉声说道："锦偲，现在人赃并获，你还有什么话好说？"

锦偲大惊，连忙说道："不是我，是荆星儿，我是跟着她来的！"

"胡说八道，我亲眼看到你鬼鬼祟祟地到朱管家那里偷了一盆藤角，还要诬陷别人！"一个脆生生的声音突然说道。

锦偲转过头去，只见一个小女孩儿跟在朱顺身边，样子竟十分眼熟。她脑海中灵光一闪，顿时想通全局，大声叫道："她和荆星儿是一伙的，朱管家，不能相信她！"

朱顺坐在软椅上，由四个壮丁抬着。前几天的那二十大板打得他现在屁股还是肿的，闻言眉头一皱，压低声音说道："你说你是跟着荆星儿来的，那她人呢？"

"她从悬崖上跳下去了。"

"什么？"朱顺顿时大怒，厉声叫道，"你当我白痴吗？你的意思是荆家那丫头为了陷害你，竟然自己从悬崖上跳下去摔死了？"

"我……"

"一派胡言！"朱顺怒道，"你进府也有四五年了，我一直待你不薄。你和锦烛争宠，那也是你们青山院内部的事，何苦将脏水泼到我的头上？如今你还想干什么？想在各家主子少爷面前往我脑袋上扣屎盆子吗？"

"朱管家，你要相信我。"

"来人啊！给我狠狠地打！"

刺耳的惨叫声顿时响起。

楚乔抓着事先准备好的绳索用力一荡，钻进了一个小小的洞穴。这八角山以墨岩堆砌而成，每到春季，墨岩上就会滋生一种紫色的苔藓，这种藓极为稀有，烧干烤熟之后香气独特，清雅静心。诸葛家的下人们每到春季就会在崖壁上采集苔藓，时间长了，竟然挖出一个一人多高的洞来。楚乔终日在杂役后院生活，知道这个洞时日已久，她扒开几根枯草，小心地落在地上，缓缓收回带着钩锁的绳子，静静等待上面的人群散去。

就在这时，一道温热的呼吸突然喷在耳畔，带着几丝好笑的男声低声说道："你这小丫头，心肠怎么这么歹毒？"

楚乔一惊，猛地回过头去，仓促间还不忘一把抓起绳索上的钩子，对着对方的脖颈就狠狠地插了下去。

"真难想象，你还是个不满十岁的孩子。"对方身手敏捷，一把就紧紧地抓住了楚乔的小手，声音波澜不惊，淡淡地说道。

楚乔人小体弱，被人单手压在地上，却倔强地抬起头来，顿时一惊，眉心皱起，沉声道："是你？"

男子似乎也是一愣，仔细地看了孩子几眼，随即顿悟笑道："我道是谁，原来是你，伤药还好用吗？"

只见来人剑眉如飞，鼻梁高挺，眼神漆黑如墨，温和之下却难掩几丝刀锋般的犀利，赫然正是今日宴上之宾——燕北之地在京为质的燕世子燕洵。

楚乔倔强地仰头，冷声说道："你怎么会在这儿？你想怎么样？"

燕洵轻笑，"这话应该是我问你才对吧？"

楚乔心念急转，反复思量着在这里将这男人推下山崖能有几成把握一招致命，一边想着，一边摸向腰间的匕首。

燕洵却竖起手指，轻声说道："你若是不想被人发现，就安分一些，脑子里不要打坏主意。小小的孩子，怎么这样狠毒？"

楚乔眉梢一挑，"说到狠毒，比起你们来，我相差甚远。你躲在这里，想必也不是在干什么好勾当，你我二人半斤八两，别一副帮我大忙的样子，假仁假义。"

燕洵闻言，陡然站起身来，拨开蒿草，对着上面就大声叫道："上面是什么人？"

楚乔大惊，想要阻止，已经来不及了。想到若是自己暴露，小八也定难幸免，她顿时拔出匕首，向着燕洵的背心猛刺过去。

燕洵潇洒勾手，一把捂住楚乔的小嘴，将她紧紧地抱在怀里。这时，上面传来询问的声音，燕洵自洞中探出头去，扬声说道："本世子在这里赏梅，你们在上面鬼叫什么？赶快散了。"

朱顺被人抬到崖边，一见燕洵，顿时威风尽失，点头哈腰了半晌，就带人迅速离去。

燕洵笑眯眯地放开了手臂，转过头来，对楚乔笑着道："这下我算是帮了你的大忙吧？"

楚乔个头小小的，站在燕洵面前还不到他的肩膀，侧着耳朵听了一会儿，见上面真的再无动静，就将手中钩锁一把抛了上去，勾稳之后，翻身就向上爬去。

燕洵眯着眼睛看着她，见她身手虽比较敏捷，却不像是会武艺的样子，只能算是胆大心细，动作利落。此处洞穴距上面不过一米多远，燕洵双手攀住岩壁，略略用力，就跳了上去。

楚乔藏好钩锁，四下查看一番，确定安全之后，转身就要离开，却又回过头来，面色冷静地沉声说道："我不想欠你的人情，待会儿回去的时候，注意你的马。"

燕洵微微一愣，等到反应过来的时候，孩子的身影已经走远了。远远看去，竟像是一只小狗一样在崎岖的小路上上下攀爬，一会儿就不见了踪影。

少年的燕世子双眼眯起，轻轻一笑，说道："有趣。"

下了八角山，拐过一带小巧的假山，就进了梅林。

今日真煌城各大世家的败家子齐齐聚集诸葛府，梅林一带被严加看守起来，十分安静。楚乔身材小小的，行走在梅林之中，不时地踮起脚来采两枝梅花，十分悠然。

"喂！你过来！"一个毫不客气的声音突然响起，声音童稚，语气霸道。

楚乔抬起头来望去，只见却是一个十多岁的锦袍小公子，穿着一身翠绿色的外袍，衣襟上以金色的绣线细密地缝着一尾通体雪白的貂尾，貂尾蓬松，簇拥着他光洁如玉的脸孔，坚挺的小鼻子微微皱起，一双眼睛黑漆漆地瞪着她，大声叫道："就是你，我叫你呢！"

楚乔眉头轻蹙，心想还是不要惹事的好，有礼地一躬身，沉声说道："奴婢还有事，请恕不能久留。"说罢，转身就要离去。

小公子一愣，没想到这下人就这样说走就走了，小鼻子一皱，顿时挥起手中的马鞭，大叫道："狗奴才！好大的胆子！"

楚乔听声辨位，猛地回过头去，伸出一双嫩白的小手一把就将马鞭的末梢抓在手里，目光凌厉地冷冷望过去。

小公子哪里想到这诸葛家的小丫鬟这样凶悍，使劲往回拽竟没拽动，小嘴一噘，怒道："你找死吗？我让人砍了你！"

楚乔冷冷一笑，握着鞭子的手灵巧一转，马鞭的把子顿时从小公子的手中滑出，落在楚乔的手上。女孩子还不到八岁，身材娇小，一张小脸粉嫩嫩的，可是那眼神绝无半点孩子气。她面色沉静地一步一步走上前去，声音平淡地说道："马鞭是用来赶马的，可不是用来打人的。"说罢，将马鞭倒着递到小公子的手中，转身就要离去。

小公子见这小姑娘个头比自己还小，却气势十足，身手也很是灵活，竟生出一丝亲近之心。见她要走，顿时有些着急，可是又拉不下脸来说好话，赌气地跑上前拦在她的面前，大声叫道："你是诸葛家哪个院子的下人？叫什么名字？你知道我是谁吗？信不信我真的找人把你拉出去砍了？"

楚乔抬起头来，淡淡地看了小公子一眼，一把推开他的手臂，轻蔑地扬眉，"打不过别人就口口声声地要找人，算什么本事？你这样的人是什么身份，我一点想知道的兴趣都没有。"

梅树轻摇，锦袍小公子站在梅林之中，看着楚乔小小的身子渐渐隐没在梅林的尽头，竟有些发愣。

回到青山院，楚乔跟四周行走的下人们打了声招呼，就径直进了轩馆之中。诸葛玥半靠在软榻上，一副懒散的模样，见楚乔进来头也没抬，只用眼尾淡淡地扫了一眼。

楚乔走到一只青玉花瓶前，将昨日的花拿出来，然后将刚摘来的梅枝一枝一枝地插了进去。做完之后，就走到诸葛玥身边，蹲在小香炉前，将从梅花上扫下来的雪水和兰香混在一处，然后小心地倒进香炉里，拿小扇子轻轻地扇着。屋子里的味道顿时就清新了起来，诸葛玥长长地吸了一口，渐渐闭上眼睛。

大半个时辰过去了，诸葛玥似乎已经睡着了，这时外面突然传来一阵响动，少年不耐烦地睁开眼睛。

"四少爷,外府朱管家刚刚派人来说,在八角山下抓到了锦偲姑娘,锦偲姑娘搬着一盆藤角,随身又带着大量的毒蛇,人赃并获,现在正在掌事院审着呢。"

诸葛玥双眼微微眯起,慢条斯理地说道:"锦偲为人虽然跋扈,但胆子极小,她敢随身带着毒蛇?你们有没有听到她怎么说?"

"她说……"下人声音顿时就低了下去,斜着眼睛瞥了安静坐在一角的楚乔一眼,小声说道,"她说她是跟在星儿后面去的,还说是星儿设计陷害她和锦烛,目的是为前阵子荆家死去的那些孩子报仇。"

"星儿,"诸葛玥斜倚在榻上,端起茶盏,淡淡说道,"自己解释。"

楚乔跪在地上,声音平静地回道:"回四少爷的话,星儿没做。"

"那你刚才到哪儿去了?"

"星儿去了梅园。"

"可有别人看见吗?"

孩子歪着头,默想了片刻,说道:"星儿在园子里遇见一个小少爷,不是我们府中的,十多岁的年纪,穿着一身翠绿袍子,衣襟上有一只雪白的貂尾,星儿不知道他的名字。"

"嗯。"诸葛玥点了点头,对着传话的下人说道,"你下去吧。"

那下人微微一愣,小心地疑惑说道:"那锦偲姑娘……"

诸葛玥半仰起头,闭着眼睛靠在榻上,缓缓道:"做错事就要罚,让掌事院看着办吧。"

那人答应一声就退了下去,屋子里静静的,只有熏香的香气淡淡地飘散着,像是一团云雾。

"星儿,你心里可会恨府上杀了你的亲人?"

楚乔低着头,乖巧地回道:"少爷,星儿自懂事起就是府中的奴隶,是因为有少爷,星儿才能睡在暖床上,吃着热菜热饭,穿着暖和的衣裳。星儿还小,心里装不下那么多东西,只想好好地服侍少爷,好好地活着。"

"嗯,"诸葛玥点了点头,"你能这样想最好,你年纪虽小,做事倒还稳妥,以后轩馆内就由你来管事。"

"是,谢谢少爷。"孩子恭敬地低着头。许久,她突然开口说道:"少爷相信是锦偲姐陷害锦烛姐的吗?"

诸葛玥轻哼一声,"锦偲能有多大的胆子,就算她有,她也想不到这样的计策。朱顺是府中的老人了,做错了事,挨了打,面子上过不去,想给自己找个台阶下也没什么不可以。只是他不该将脏水泼到我青山院里来,做出一副院里奴才内斗的假象来洗清他自己。他这么多年算是白活了,一点记性都不长。"

"那少爷为什么不帮帮锦偲姐呢?掌事院会打死她的。"

"事情若真是她做的,我反而会救她。她这样轻易地就能中别人的圈套,可见心智愚蠢,这样的人,留着还有什么用。"

正午阳光刺眼,从窗棂的缝隙懒散地射了进来,清新的梅花味道,渐渐地弥散开来。

第五章
子虚乌有

  朱顺毕竟在诸葛府待了十多年,年纪一把,并不是都活在狗身上的。尽管他在心底里已经认定是锦偲为了和锦烛争宠,故而做下这件事牵连了他,但是又怕诸葛玥不会真的相信,反而误会是他为了开脱罪责,而故意栽赃陷害锦偲。所以他留了个心眼,没让掌事院打死她,而是想等到明日大少爷有空的时候再向上禀报。

  夜里,掌事院一片死寂。黑漆漆的柴房里,锦偲浑身皮肉翻起,满是鞭痕,一看就是受了重刑。

  楚乔站在她面前,舀起一瓢水,唰的一声泼到她的脸上。

  锦偲闷哼一声,缓缓醒来,一见楚乔,顿时大怒,恶狠狠地叫道:"小贱人!你还敢来见我?!"

  楚乔面色沉静地站在她面前,静静地听着女子大声咒骂,许久,才淡笑着说道:"你若是真的想死,大可以继续叫下去。"

  锦偲衣衫染血,面容苍白,胸口剧烈起伏,满眼怨恨。

  楚乔摇了摇头,缓缓说道:"人无伤虎心,虎有害人意。我早就警告过你,奈何你还要屡屡与我作对。今日若不是你跟踪我,怎会落得这个下场?一切都是你咎由自取,怨得谁来?"

  "心肠歹毒的小贱人,我做鬼也不会放过你的!"

  楚乔轻叹一声,说道:"你难道真的就那么想死吗?"

  锦偲一愣,楚乔继续说道:"我本没有害你之心,今日的一切,也只是想给你一个教训。可惜四少爷不肯救你,看来你只能到亭湖下去陪锦烛了。"

  锦偲闻言面色又白了几分,看着楚乔,双眼陡然现出一丝求生的欲望,急切地说道:"星儿,你我往日无冤,近日无仇,临惜的死,都是锦烛的主意,我只是附和着说了几句,你能悄无声息地来到这儿,定然能将我救出去。求求你,救救我吧,我还不想死啊!"说到后来,她忍不住浑身颤抖地哭了起来。

  楚乔轻叹一声,放下背上的包裹,沉声说道:"别哭了,你以为我今晚来这里就是为了跟你叙旧的吗?你罪不至死,既然是我害你到今天这个地步,我一定不会放手不管的,把这件衣服穿上,我马上送你出去。"说着就上前来解开锦偲身上的绳索。

锦偲大喜，连忙说道："能逃出去吗？府里守卫那么森严。"

"放心吧，我买通了后门的看守，老爷就要回府了，你一个小小的丫鬟，不会有人追究的，只要逃出府，就能保住性命。"

锦偲跟在楚乔身后，两人顺着窗户翻了出去，经过红山院的碧湖假山，突听远处脚步声响，正是前来盘查的护院家丁。两人一惊，蹲在地上不敢继续走。

楚乔回过头来，将一个小包袱交到锦偲的手上，沉声说道："我去将那些人引开，你自己快到后院的西角门，那里的守门我已经打点好，你去了只要说我的名字，他们自会放你离去。这里是一些盘缠和衣物，都是以前汁湘姐的，可能有点小，不知道你能不能穿下。我钱不多，也只能拿出这些了，你以后自己保重，好自为之。"说罢，楚乔转身就从另一侧离去，故意弄出声响，巡查的护院听到，顿时追随而去。

锦偲打开包袱，见里面只有几个铜板，连买一只烧鹅都嫌不够，不由得皱起眉头。又见那些衣物一件件不是破的就是脏的，难看得要命，还散发着一种怪味，更是心中郁结。心想自己好好的丫鬟不当，偏要跑出去亡命天涯，一不小心被抓到了更是小命都难保，全都是这个荆星儿害的，现在她还假惺惺地在自己面前装好人，简直不要脸。

她拿出那几个铜板，将包袱一把扔在地上，丝毫不顾虑自己逃跑之后这些东西万一被人发现将会给楚乔带来什么样的麻烦。

冷风吹来，吹在那几件衣服的衣角上，冷月如霜，洒下一地清辉。

此时此刻，朱顺的房里，男人粗重的喘息和女子的娇吟不断传出，淫邪浪语，听之浊耳。

冬夜寒冷，守院的侍卫早已偷懒地找个暖和的地方打盹去了。孩子小小的身体悄悄地摸到朱顺的门前，悄无声息，没有发出半点动静。

布置了一番之后，楚乔蹲在朱顺的门侧，漆黑的夜色中，一双眼睛像是漆黑的宝石，闪动着睿智和冷静的光辉。突然，男子畅快的闷哼声响起，随后，就是窸窸窣窣的穿衣声。楚乔握着一颗石子，对着房门就扔了过去。

砰的一声脆响，声音不大，却足以让里面的人听得清楚。朱顺扬声说道："谁在外面？"

楚乔并不答话，而是捡起一颗石子，又砰的一声砸在门上。

"来啦来啦！"男人烦躁地说道，"大半夜的，是谁啊？"

门板被拉开，却不见一个人影，朱顺诧异地皱起眉头，探出头来向外走去，谁知刚一抬脚，就被一条绳索一绊，顿时摔倒在地。

"哎哟！"

朱顺惨叫一声，下一句骂人的话还没出口，一个黑漆漆的袋子就兜头罩下，眼前顿时一黑。朱顺大惊，终于意识到事情不对，大叫一声，伸出手就向上胡乱地抓来。

夜色浓郁，寒气逼人，楚乔握着锋利的匕首，眼神锐利，嘴角冰冷，对着他的那只肥手，瞬间挥下！

杀猪般的惨叫声登时冲天而起，朱顺握着断腕，就地打起滚来。楚乔并不恋战，向着西面的花丛急速掠去。

身后，传来了护院侍卫嘈杂的脚步声，还有女子尖锐的惊呼。

"怎么回事？啊！朱管家，什么人干的？"

女人衣衫不整，面色惊惶地叫道："没看清楚是什么人，只是身子不高，似乎，似乎是个孩子。"

"往哪边去了？"

"往西。"

"追！"

十多双脚从面前一一掠过，楚乔尽量缩小身子，蹲在枯草丛中。人声渐渐远去，四周也逐渐静了下来。孩子拍拍身上的尘土，站起身来，慢悠悠地离开这个是非之地，身影竟是别样的从容。

经过红山院的湖心假山处，果然看到了自己的小包袱被凌乱地扔在地上。孩子冷笑一声，捡起包袱，向青山院走去。她小心地从后窗爬进房中，换了一身白色的睡袍。外面的声音越来越大，火把长龙一般闪耀，照亮了半边天。

楚乔拆散头发，揉了揉眼睛，一副睡眼蒙眬的样子打开门，正好碰上几名刚刚走出房门的小丫鬟。

"那边发生了什么事？"

几个小丫鬟都十三四岁，但是品级没有楚乔高，一个个茫然地摇头。这时，只听轩馆那边响起了开门声，几人急忙跑了过去。

诸葛玥面色阴沉，看了一眼披头散发的楚乔等人，对侍卫问道："出了什么事？怎么这么吵？"

"少爷，外府那边闹刺客，朱管家被人砍掉了一只手，侍卫在西角门抓到了刚要逃跑的锦偲姑娘，已经被押回掌事院了。"

诸葛玥一愣，随即竟牵起嘴角轻笑了起来，说道："没想到锦偲性情倒也刚烈。"

那侍卫小心地看了楚乔一眼，说道："锦偲姑娘被抓的时候大喊着，说是，说是星儿害了她，不是她做的。"

此话刚一出口，所有人的目光顿时全都集中在楚乔身上。楚乔小脸顿时皱起，一双水蒙蒙的大眼睛委屈地眨巴着，险些就要落下泪来。她转过头来可怜巴巴地看着诸葛玥，难过地说道："四少爷，星儿……星儿一直在房里睡觉，我……我没有……"

"少爷，星儿一直在房里没有出去，我们都是看到的。"一名三等侍女突然上前说道。

话音刚落，其他几名丫鬟也齐齐为楚乔做证。

诸葛玥点了点头，对那下人说道："告诉掌事院，要是那女人再胡说，就不必审了，直接扔到亭湖里去。星儿才多大，越说越过分了。"

下人连忙点头，退了下去。

诸葛玥看了小丫鬟们一眼，说道："你们也回去睡吧。"然后转身进了轩馆。

楚乔仍旧面色委屈地站在原地，几名小丫鬟讨好地走上前来，拉住楚乔的手，说道："星儿，你别害怕，我们都给你做证，她再冤枉你也没用。"

楚乔点了点头，梨花带雨地说道："谢谢各位姐姐。"

已经接近三更，夜风呼呼地吹着，今日，是荆家孩子们的头七，害死他们的人，终于在这个晚上付出了血的代价。

只是，这点血，还远远不够。

刺客事件闹得沸沸扬扬，一直折腾到第二天天亮。朱管家断了一只手，暴怒下命人往死里打锦偲。锦偲之前本就受了伤，这般重刑之下，不消一个时辰就香消玉殒，被人一条草席抛到了后山，葬送于亭湖的鱼腹之中。

诸葛玥好静，性格又孤僻，轩馆内原本只有锦烛、锦偲两名丫头，几日之间相继死去，如今内轩就只剩下楚乔一人。她年纪小，还不到八岁，容貌稚嫩，平时说话声音里还带着几丝奶气，就算再能干，在外人眼里也多少有些诡异。不出半日，全府上下，都在悄悄地传，说府里的四少爷走上了老太爷的老路，也开始对没长大的幼女产生喜好了。

如此一来，众人对待楚乔的态度就越发恭敬了。

午后，楚乔穿着一身新制的染白海棠棉裙、白驼毛小靴子，头上插着两朵翠绿的玉花，一跳一跳地走在后花园的湖边，样子娇憨可爱。她刚刚去外府领了新送来的沉水香，经过一处竹林时，一个人影突然蹦到她面前，来人哈哈大笑道："哈哈，我就不信我找不着你！"

小公子今日穿了一身宝蓝色的袍子，衣裳上绣着五彩的鸟雀，团团锦簇，五彩缤纷，得意扬扬地甩着手里的小鞭子，笑着上下打量着楚乔，说道："你干什么去？今天天气这么好，咱们打鸟去。"

楚乔皱着眉头，看着小公子兴冲冲的样子，摇头说道："我可没你这么闲，我还有事要做呢，少陪了。"说罢，转身就想走。

"哎哎，别走别走。"小公子连忙小跑到她面前，张开双臂拦在前面，急忙说道，"我好不容易才找到你，都在这园子里待了一上午了。这样吧，你告诉我你的名字，是哪个院子里的，我去诸葛怀将你要过来，你就跟我回去，怎么样？"

楚乔眉梢一挑，转过头来，仰头说道："你真的想把我要走吗？"

小公子郑重地一点头，"嗯，所有的丫鬟下人里，我就看你最顺眼，我封你做我的守门大将军，怎么样？"

楚乔一笑，点头说道："那好吧，那我就告诉你我叫什么名字，不过能不能从大少爷那里将我要过去，就看你的本事了。"

"你放心！"小公子一拍胸脯，大声说道，"别说一个小丫鬟，就是十个八个，诸葛怀也得乖乖给我。"

"那好，你听好了，我的名字叫子虚，住在乌有院里，是窦大娘手底下的小丫鬟，每日的工作就是给少爷小姐们捏些泥人玩耍，你要记住了啊。"

小公子眼睛一亮，"你还会捏泥人啊？"

"是啊。"楚乔憋着笑，见这小孩实在可爱，忍不住踮起脚来伸手在他的脸蛋上轻轻地捏了一下，笑着说道，"我的本事还多着呢，将来再让你一一见识。我还有事，要先走了，记得去找大少爷啊。"

"嗯，你放心吧，"小公子点头憨憨一笑，"你还是先回去收拾东西吧，一会儿我就来接你。"

楚乔走出老远，回过头去仍见那小公子站在大石头上冲着自己使劲挥手。楚乔忍住笑，拐过竹林，抱着沉水香就向青山院走去。

"子虚名，乌有院，窦大娘手下捏泥人玩耍的小丫鬟，亏你想得出。"

一个清越的男声突然在上方响起，楚乔一惊，抬起头来，只见燕洵青衫飘飘，眉目星朗，坐在高大的松树枝上，轻笑着看着她。

楚乔在他面前暴露自己的本性也不是一两次，当下也不再伪装，冷冷地瞅了他一眼，恶声恶气地说道："爬那么高，也不怕掉下来摔死。"

"那就不劳你操心了，你这小孩心肠狠毒，还是应该担心自己才对，我看天边乌云聚集，说不准冬日也会打雷，劈死做了亏心事的人呢。"

楚乔身子小小的，站在树下仰着头，冷声说道："做再多的亏心事也比不上你们这些杀人不眨眼的败家子，畜生一般，没一个好东西。"

"你好大的胆子啊。"话说得严厉，口气却带着轻笑，燕洵坐在树上，对着下面的孩子说道，"我当日故意射偏箭，好心放你一条生路。为了救你，连你们大少爷开出的八名西域舞姬的彩头都不要了，你不但不感恩图报，反而恶语相向。这是什么道理？"

"道理是给人讲的，跟你这种畜生讲什么道理？我警告你不要再缠着我，也别想拿告发我来威胁我，你若是敢做，一定会后悔的。"

楚乔说罢，转身就加快了脚步，谁知刚走两步，后脑勺突然一疼，低下头去，只见却是一枚还沾着积雪的松塔。她顿时大怒，转过头去，愤怒地看着燕洵，"你挑衅是不是？"

"错。"燕洵得意一笑，说道，"不是挑衅，我就是欺负你。"

楚乔歪着头站在树下，突然一言不发地转身离去。燕洵故作深沉地半闭着眼睛，本想等这小孩同自己理论，见她就这样走了，不免有些悻悻。

谁知，就在这时，一个拳头大小的石块突然破空呼啸，直奔着燕洵的面门而来。好在燕洵学过些武艺，反应灵活，及时地侧头避开。他正暗自得意，突然感觉后颈一阵冰凉，暗叫声不好，就听哗啦啦的声音随之而来，整棵大树上的积雪经过这么一下震动扑簌簌地全撒在了他的身上。

锦衣玉袍的少年世子跳下大树，满身积雪，一片狼藉。抬起头来，只见个头小小的女孩子站在雪白的雪地上，拍了拍手掌，见他望来，高举右手，竖起中指，示威一般比画了一下，得意地一笑，随即转身离去。

燕洵微微皱眉，也竖起中指，十三岁的燕北世子大惑不解，这，是什么手势？

十一岁的小书童凤眠从林子里跑上前来，张牙舞爪地叫道："世子，我去将她抓过来，让怀少爷好好惩治一下这个目无尊卑的丫头。"

"你？抓她？"燕洵嗤之以鼻，竖着中指转过头来，"凤眠，这个手势是什么意思？"

"这个？"凤眠微微一愣，不过随即斩钉截铁地说道，"应该是道歉的意思，她自己也知道自己做的事大逆不道，不过小孩子不懂事，不好意思当面说，就用这个手势代替。"

"道歉吗？"燕洵皱眉，"我看怎么不太像。"

"肯定是，世子，没错。"

"是吗？"

……

诸葛家红山院的大厅里，诸葛怀和赵彻等人听到小公子的话后集体笑喷。

魏景笑着说道："诸葛，你家还有这么伶俐的丫鬟，我都想看看了。"

诸葛怀摇头说道："下人不懂事，让大家见笑了。"

"到底怎么了？你们笑什么？"小公子面皮发红，似乎也知道自己可能惹了笑话，却不知道错在哪里，着急说道。

赵彻笑道："子虚名，乌有院，窦大娘手底下捏泥人玩耍的小丫鬟，不就是子虚乌有，逗你玩吗？十三弟，人家笑话你呢。"

赵嵩小脸通红，恨恨地一跺脚，转身跑了出去。

第六章

上元灯会

轰隆隆！一阵喜气的爆竹声陡然响起，平地炸起大片大片的白色雪花。街头巷尾，无数孩子欢笑着打闹，掩着耳朵放着响声极大却没什么火花，并且价格便宜的"一雷炮"，玩得不亦乐乎。

大夏白宗皇帝即位后的第二十五个上元节终于在这隆隆的炮声中来临，街头巷尾到处透着一股刻意的喜气。因为官府免费向真煌城的百姓提供的爆竹，成功地为这股喜气添砖加瓦。盛金宫的主人十分欣赏京都府尹的这一做法，连夜下达喜报，嘉奖出身于魏阀的帝都府尹。

隆隆的炮声之中，诸葛府也在为这个重要的节日加紧做着准备。这一天，真煌城大雪弥漫，漫天的雪花犹若鹅毛般纷扬而下。城中的老人都说今年的大雪下得有些蹊跷，因为往年这个时候可是刚刚降霜的。

楚乔穿着新制的浅粉色裙褂，外罩狐毛斗篷，一张白嫩如玉的小脸缩在雪白的狐绒里，两颊粉红，大大的眼睛圆圆的。飘飘洒洒的雪花落在楚乔的鼻尖上，她的小鼻子轻轻一皱，显得分外可爱。

"星儿，少爷叫你呢。"

新来的小丫鬟寰儿噔噔地跑过来，气喘如牛地叉着腰，一边喘着粗气一边叫道。

楚乔点了点头，说道："走吧。"当先就向着轩馆的方向走去，小步子迈得四平八稳，一点也不着急。

寰儿皱着眉头看了半晌，随即摇了摇头，急忙跟了上去。

比起楚乔，诸葛玥才是个慢性子，推开轩馆的门时，只见诸葛家四少爷正坐在暖榻上细看一盘棋局，微微皱着眉头，一副很用心的样子。

楚乔将待会儿随行需要带的东西一件一件地清点好，然后交给其他侍从，做好一切后倒了一杯清茶，放在诸葛玥的书案旁，径直坐在香炉前，托着腮静静地等着。

桌子上放着一卷书册，书卷随意地摊开，书页泛黄，显然已经有些年头。楚乔定睛一看，竟然是一卷佛家经书，不由得生出几分好奇。

诸葛玥这个人，手段说不上如何狠辣，秉性说不上如何狡诈，最起码这两点上比起当日围猎场上的各位天朝贵胄大有不如。但是此人心性凉薄，又极度自信，眼高于顶，除了他自己之外谁都瞧不上，更不要提什么信仰之说，怎么竟会转了心性看起佛经来了？

"这上面倒也不全是废话。"似乎是知道楚乔在想什么，诸葛玥突然淡淡说道。他捻起一颗黑色的棋子，突然打来，书卷一翻，顿时掀了几页。

"读出来。"

"人生在世，如身处荆棘之中，心不动，人不妄动，不动则不伤。如心动，则人妄动，伤其身，痛其骨，身受世间诸般痛苦……"

诸葛玥缓缓地抬起头来，漆黑的眸子如深海的旋涡，高深莫测地注视着她。终于，他微微一笑道："不错，小小年纪就识得这么多的字，谁教你的？"

楚乔读出第一句话的时候就已经察觉到不妥，所以此刻倒也不显得惊慌，莞尔一笑道："多谢少爷夸奖，我自小就爱读书，是跟着哥哥姐姐们学的。"

"是吗？刚才读的这一段，你可明白？"

"明白一点点。"楚乔答道，"要不少爷解释给星儿听吧？"

诸葛玥牵起嘴角，扯出一个极淡的笑容，也不说话，只低下头去继续研究棋局。

时间缓缓而过，门外的侍从已经探头探脑地进来看了很多次。终于，诸葛玥将棋盘一推，站起身来，一旁等候的侍女顿时上前为他穿上鹿皮靴子。诸葛玥一身月白暗青花长袍，外披火红狐皮制成的大氅，十三岁不到的孩子却透着一股说不出的老成。

"走吧。"诸葛玥低声说了一声，带着一众下属出了门。

诸葛家的大门前，停了一排骏马，由于诸葛玥的耽搁，诸葛府的其他少爷都已经当先走了。一名下人垂首跪在地上，诸葛玥面色沉静地走上前去，踩着奴才的背，翻身上了马。

整装完毕，诸葛玥突然转头看向站在门口恭送的青山院侍女，说道："星儿，见过上元节的灯会吗？"

楚乔一愣，连忙摇头。

诸葛玥点了点头，"上来，我带你去。"

楚乔愣了半晌，才明白诸葛玥所说的"上来"指的是什么，连忙说道："少爷，这不合规矩。"

诸葛玥眉头一皱，刚要说话，楚乔顿时上前一步说道："星儿可以自己骑马。"

诸葛玥疑惑地上下看了眼楚乔小小的身体，怀疑的意味十分明显。

"少爷给星儿一匹小马，星儿就能骑。"

诸葛玥闻言轻轻一笑，对亲随朱成点了点头。不一会儿，一匹枣红色的小马就被牵了出来，个头小小的，但是比起楚乔还是高了太多。所有人的目光都看着楚乔，见她还没小马的腿高，都有些幸灾乐祸。

孩子绕着小马转了两圈，高高地举起手来也只能摸到小马的脊背。诸葛玥眼神中划过一丝好笑，正要叫人扶她上马，却忽见孩子伸手抓住马缰，微一用力，翻身就爬了上去，动作竟出奇利落。

人群中顿时响起一阵赞叹的惊呼，诸葛玥回过头来，看孩子一身雪白，像是一团小雪球，却挺胸抬头地骑在马上，不由得轻笑一声，转头打马而去。

楚乔当然是会骑马的,虽然目前这具身体不太方便,但是好在这匹小马十分温驯,见其他马走了,也很乖巧地跟了上去。

真煌城是没有宵禁的,今天是上元节,街上越发热闹。时间已近傍晚,天色渐黑,街上彩灯闪烁,火树银花,香风悠然。举目望去,只见穿城而过的九崴道上,尽是玲珑灯景。道两旁是两排长龙般的大红明灯,无数的楼宇变成了舞台。歌舞、杂耍、演剧、喧杂乐曲等齐齐地汇集到了一处。花灯、焰火搅得城市的黑夜亮如白昼,数不清的小商小贩在街头吆喝着招揽生意,贩卖煮酒烟丝、茶食衣物、水果蔬菜、家什器皿、香药鲜花、脂粉烟火,一切讨人欢心的小玩意一应俱全,应有尽有。盛世的夜景如一匹灿烂锦绣豁然抖开,世人所能想象的瑰丽全部混乱地搅在了一处,蜿蜒转折,你进我阻,在真煌城南北纵横的经纬上,洒下了铺天盖地的奢华。

楚乔坐在马上,左顾右盼,看着这难得一见的古代夜景。

诸葛家是世家大族,所到之处,行人无不避让。走过一家华丽的楼台,只见台上摆放着诸多色彩鲜明的彩灯,样式奇特,有各种讨喜的动物,也有神仙花草,十分新颖别致。

摊主见诸葛玥停了下来,顿时讨好地拿着一只大金长龙灯笼跑上前来,满嘴讨喜的吉祥话。

诸葛玥恍若未闻,手指着高台上的一只灯笼,说道:"你把那个拿过来。"

摊主回头一看,见这享誉盛名的诸葛家四公子所指的竟是一只雪白的兔子灯笼,不由得一呆。

拿了灯笼在手上,诸葛玥向来淡漠的脸上现出一丝难得的笑意,转手就将灯笼递到楚乔面前,说道:"给你。"

楚乔一愣,下意识地伸手接了过来,连道谢都忘了。

诸葛玥面色平静,转头打马继续前行,好似什么事都没有发生过一样。周围的侍从眼神怪异地从楚乔身上小心地掠过,暗自带着揣测的意味。

楚乔哭笑不得,还真把她当成小孩子了。

只见那兔子灯笼做得十分精巧,通体洁白,一双眼睛红红的,楚乔伸出手指轻轻地点在兔子的嘴上,一条粉色彩纸做的小舌头突然伸出来,吓了她一跳。

就在这时,一声轻笑突然响起。楚乔转过头去,偏巧一支彩灯队刚刚走到她面前,将她的视线挡住。金龙彩凤、玉蝶白狐、仙女水神、芳草兰桂应有尽有,晃得她眼睛都有些花。熙熙攘攘的人群来来往往,车水马龙地行走在九崴主街之上,灯火辉煌刺眼。

不知过了多久,灯队缓缓散去,只见长街的另一侧,封冻的赤水湖畔积雪茫茫,柳枝低垂,雪装树挂,黑色的骏马闲适地站在一旁,青衫少年双手抱胸,懒散地靠在树干上,眼神明亮地向她望来,笑容淡淡,黑眸如玉。

砰的一声巨响响起,所有人顿时抬首望天,只见漫天火树银花,礼花绽放,好似天女水袖长舞,又好似锦绣晚霞醉染,璀璨炫目,观之熏醉。

这时,不知是哪个顽皮的孩子突然扔了一个爆竹到楚乔的马下,小红马第一次出门,顿时大惊,扬起蹄子不分东南西北地飞奔了起来。

树下的少年见了，嗖的一声翻身上马，扬鞭跃起，向着楚乔的方向急追而去。

诸葛府的下人们惊呼一声，可惜和楚乔之间隔了人群，一时间竟冲不过去。

诸葛玥眉梢一扬，挥鞭打马就要过来，却被随行的侍从紧紧地扯住马缰。他勃然大怒，一鞭抽在那名侍从的脸上，抬起头来再想追去时，街上已是一团混乱。花灯闪烁，行人拥杂，哪里还有楚乔的影子？

马儿急速地跑着，冷风从耳边呼啸而过，嘈杂的声音渐渐远去，渐渐地只能听到马蹄落地的声响。小红马虽小，但品种优良，跑起来极快。楚乔一双小手紧紧地抓着马鬃，低身伏在马背上，冷静地查看着四周的地形，一颗小脑袋急速地运转着。

荆月儿这副还没长成的小身体，尚不足以承受从这样急速奔跑的马背上掉下的疼痛，她必须寻找别的逃生出路。

就在这时，身后突然传来急促的马蹄声，一匹马迅速地追上楚乔，并驾齐驱地奔跑着。

"你求求我，我就救你！"

少年的声音被冷风吹得支离破碎，但还是断断续续地传到了楚乔的耳里。孩子转过白玉般的小脸，狠狠地瞪了幸灾乐祸的少年一眼，眼神坚韧，并没有半点惊慌。

"那你告诉我你那个手势是什么意思我就救你！"

夜风凄凉，冷月如刀，小马在深及成年人膝盖的雪地上奔跑，速度渐渐地慢了下来，却丝毫没有要停下来的趋势。

机不可失，楚乔陡然松开了双手，手掌在马背上一撑，整个人向着身侧的少年跳了过来。

噗的一声，孩子整个身体扑在了少年的身上，少年惊呼一声，急忙勒马，可是为时已晚。两人顿时像是滚地的葫芦一样从黑马身上一头栽下，落在松软的雪地上，骨碌碌地滚了几圈。黑马毫无知觉，仍是拼命地追在小红马身后，迅速融进了夜色之中，不见踪影。

"疾风！"少年着急地大叫，双眉竖起，来不及拍打身上的积雪，踉跄地追了两步，却也只是徒劳。

"你这匹马该拉回去砍了，被人家动了手脚不知道也就算了，如今连主人掉下马都不知，留之何用？"楚乔从地上爬起身，拍了拍身上的积雪，上下打量了一番，没有受伤，很好。

燕洵回过头来，狠狠地瞪着楚乔，怒声说道："疾风是我父王刚从燕北之地猎来的宝马，才跟着我不到半月，互相还不熟悉。这有什么奇怪？倒是你，大胆放走了我的马，该当何罪？"

楚乔轻哼一声，不屑地说道："又不是我叫你跟着我的，你自己的马自己看不住，与我何干？"

"你好大的胆子，竟敢这样跟我说话？"

楚乔皱起眉头，很是轻蔑地看了一眼这个年纪小小派头却极大的燕北世子，冷冷地哼了一声，转身朝着真煌城的方向走去。

燕洵一愣，没想到她就这样走了，连忙追上前几步，说道："你去哪儿？"

楚乔眉眼微挑，"当然是回去，难道还在这里过夜不成？"

积雪很深，浅的地方都没过楚乔的膝盖，深的地方更是几乎没过了孩子的大腿。燕洵走在楚乔身边，见她步履艰难，原本因为丢了马的气闷顿时舒缓了不少，笑眯眯地跟在一旁。谁知刚走了几步，乐极生悲，脚下一松，还没来得及惊呼一声，整个身体突然下坠。

刚刚听到碎裂的声音，楚乔就察觉出事情不好，几乎是在同一时间，她本能地伸出手去，一把抓住了燕洵的手臂，只可惜燕洵的体重怎是荆月儿这个小身体能够承受的？只听轰的一声，两人就一同陷进了一个大大的雪洞之中。

"嗯……喂，你怎么样？"燕洵从雪里冒出头来，使劲在雪堆里扒拉着，见到一只雪白的小手，顿时拔萝卜般将楚乔挖出来，摇着她的脑袋大叫道，"你没死吧？"

"放开。"孩子郁闷地皱着眉，脚下略一动，好痛，眉头顿时皱得越发紧了。

燕洵有些着急，"你受伤了？"

"死不了。"楚乔抬头向上望了一眼，见雪洞并不是很高，转头对燕洵说道，"你能爬上去吗？"

燕洵目测了一下距离，随即摇头说道："这里雪地松软，若是在平地还可以跳上去，这里不行，只会越陷越深。"

"一个晚上会被冻死的。"楚乔低声说道，站起身来，"你踩着我的肩膀先爬上去，再找人来救我。"

燕洵摇头道："还是我先将你送上去，你去找人来救我吧。"

楚乔一愣，上下看了燕洵一眼，随即点头，说道："好。"

费了九牛二虎之力，当楚乔看到天空中的圆月的时候，只觉得好似生死一场一般。她趴在雪窟上，居高临下地望着仍旧陷在洞里的燕洵，大声叫道："你等着，我去叫人。"

燕洵笑眯眯地摆手，"快去快去！"

脚踝很疼，似乎是刚刚掉下去的时候扭到了，楚乔忍痛走了几步，突然一个念头冒上来，她不自觉地就停下了脚步，眼睛微微眯起，脊背一阵冰凉。

如果她就这样转身而去，以这片旷野的偏僻，燕洵今晚必死无疑，那么，她算不算就报了仇呢？想起来到这里的第一天，围猎场上那些横流的鲜血、尖锐的箭矢、幼小的身躯，楚乔的心弦发快速地跳了起来。

虽然当日那些杀人的利箭大多出自赵家的两个兄弟，虽然燕世子的箭矢大多插在恶狼身上，虽然事后他被诸葛家的兄弟们嘲笑妇人之仁，虽然，他是这样信任自己，笑眯眯地让自己快去快回。

楚乔站在苍白一片的旷野上，眼神漆黑如墨，闪烁着激荡的锋芒。

砰的一声，一株一人多高的枯树枝登时被扔进雪窟之中，险些砸到燕洵的脑袋。

楚乔还没露出头来，就听到燕洵怒声咆哮道："你想杀人啊？！"

楚乔不耐地翻了个白眼，"若是想杀你就不必费这么大的劲了，赶紧上来。"

燕洵身手敏捷，噌噌地爬了上来，上下打量了楚乔两眼，嘴角一牵，笑道："我还以为你会放下我这个恶人不管，扬长而去呢。"

楚乔冷冷地看了他一眼，"我只怪自己不够狠心。"

燕洵哈哈一笑，几步跑到她身前，微微弯着腰，说道："来吧，作为你没狠心丢下我不管的报酬，我背你回去。"

楚乔疑惑地上下打量他，"这么丢身份的事你也肯做？"

"本世子心情好。"

楚乔不再说话，就在燕洵以为她不愿意的时候，背上突然一沉，就多了一个软软小小的身体。

白地如霜，雪光反射，白晃晃的一片。燕洵生平第一次背人，动作有些别扭，不安分地扭了两下，楚乔伸出白嫩的小手，对着他的脖子拍了一下，"老实点，我要掉下去了。"

燕洵一愣，果然老实了许多，背着楚乔缓缓走在旷野上。

"喂，你知不知道咱们刚才走出多远？"

孩子冷静地回答："不到一炷香，走回去大约要一个时辰。"

燕洵点头，"你叫星儿？"

"你怎么知道？"

"上次在崖壁上听那个被你陷害的丫鬟说的。"

燕世子今晚心情似乎很好，见楚乔不搭话，继续问道："你本名叫什么？姓什么？"

楚乔轻轻一哼，"我为什么要告诉你？"

"不说就不说，"燕洵哼道，"我还不愿意听呢，早晚有一天，你会哭着求我听。"

"那你就耐心地等着那一天吧。"

燕洵皱眉，"你一个小孩子，怎么说话口气老气横秋的？"

背上的孩子不屑地撇嘴，"那你们也都不大，为什么行事手段那般狠辣？"

燕洵愕然，随即笑道："我的天，你还真是记仇。"

孩子的声音有些凄凉，语气转冷，淡漠地道："你不记仇，是因为你没被人拿箭指着。"

大风呼呼地吹着，燕洵突然感觉有些冷，张开嘴想要反驳，却终于没有说出口。那些被他信奉多年的高低贵贱等级之分，此刻在这个孩子面前说起来似乎有些不合时宜。有些事情，大家都说是对的，你就自然而然地认为也是对的，即便有时候你心里其实也并不是这样想的。清冷的月光照在雪地上，两个孩子的身影显得有些单薄。

这时，远处突然传来一阵急促的马蹄声，燕洵精神一振，说道："我的人来了。"

伏在他背上的孩子轻轻地皱起眉头，侧着耳朵倾听着，只听蹄声杂乱，似有大军前来，又有众多人奔跑的声响。前方雪雾奔腾，如银龙白蛇，由一线成一面，浩浩荡荡，奔腾而来。

孩子眼睛轻轻眯起，轻启朱唇，缓缓说道："看来，并不是你的人。"

第七章
魏氏门阀

北风吹起了大雪,纷纷扬扬,鹅毛一般密集,遮住了惨白的圆月,让人几乎睁不开眼。

积雪上空天幕漆黑,不时地传来夜枭的凄厉长鸣,那些黑色的翅膀盘旋在天际,从半空俯视,真煌城犹如皑皑冰川中的一粒明珠,璀璨夺目,闪闪发光。而此时此刻,在这粒明珠的外侧,却有一队衣衫褴褛、面黄肌瘦,和帝都的繁华锦绣绝不相称的异族百姓,在艰难地跋涉着。

刺骨的北风穿透异族人褴褛的单衣,刀子一般吹在他们已经被冻得发紫的肌肤上。大风陡然呼啸而起,百姓们艰难地围在一起,以抵御凌厉的寒风。没有城墙楼宇的保护,红川高原的冬季越发让人无法忍受,队伍中突然响起婴儿的啼哭声,从一个单独的声音,渐渐扩大,逐渐蔓延了整片队伍。

嗖的一声,鞭声突然响起,骑在马上的将领面色阴沉地走上前来,厉声喝道:"都闭嘴!"

可是,那些不懂事的婴儿怎会听从他的号令,哭声仍旧继续。

将领眉头一皱,顿时策马走进人群,弯腰一把从一个年轻女人怀里抢过一个婴儿,高高地举起,然后砰的一声狠狠地摔在地上!

"啊!"刺耳的惨叫声陡然响起,孩子的母亲失声惊呼,猛地跪在地上,抱住已经再没有半点声音的孩子,大哭起来。

将领目光凌厉,鹰隼一般从异族流民的脸上掠过,所到之处,一片噤声。

荒原之上,只余下年轻女人的痛哭声。将领抽出长刀,唰的一声就砍断了女人的脊椎,鲜血飞溅,洒在苍白的雪地上。

楚乔的呼吸顿时为之一滞,紧咬双唇,手上蓦然发力,就要冲出去。

"你不要命了?"燕洵紧紧地抱着她,附在她的耳边沉声说道,"他们是魏阀的军队,不要轻举妄动。"

"就在这儿吧。"黑甲黑裘的将领对下属沉声说道,戴着寒铁头盔的士兵们闻言利落地翻身下马,唰的一声拔出腰间的马刀,绳子一拽,被绑住双脚的流民们就齐齐跪倒在地。

将领双目阴沉,眼神如刀,薄薄的嘴唇抿成一条直线,缓缓地吐出一个字:"杀!"

刀声整齐划一地响起,年轻的士兵们面色如铁,眼睛都没有眨,几十颗头颅顿时滚下,落在厚厚的雪地上，温热的血从腔子里喷出来，汇成一条腥热的溪流，却转瞬就被寒冷的空气冻结。

孩子紧紧地咬着下唇，躲在雪坡后看着这一场近在咫尺的屠杀，一颗心被狠狠地揪紧。她的眼神那般明亮，像是璀璨的星子，却有那样沉重的光芒闪烁在其中。燕洵的手有些冷，虽然仍旧紧紧地抱着她，却有一种情绪流淌在血液里，让他几乎不敢转头去正视孩子的眼睛，手臂下那具小小的身体散发着一种热度，几乎灼伤了他的手。

他看着帝国的统治者们将屠刀一次又一次地高悬在那些平民的头顶，只感觉他们砍掉的不是人头，而是自己的信念。那些存在于心中太多年的执拗，被人一层一层地剥落，体无完肤，无处藏羞。

马刀挥下，鲜血四溅，那些异族平民面色平静，丝毫没有半点面对死亡的恐惧。楚乔清楚地看到，那不是惧怕到极致的麻木，不是不抱有任何希望的绝望，更不是绝望之下的自暴自弃，而是一种固执的倔强、彻骨的仇恨。所有人都很安静，没有哭闹，没有咒骂，就连老人怀里的孩子都很乖巧，他们睁着双眼，看着同族在刽子手的刀下一个一个地死去，眼神明亮，却又暗暗翻滚着巨大的波涛。

那是九天神明都要为之胆寒的仇恨，地底修罗都要为之退步的怨毒。

被压抑在心底的愤怒和仇恨缓缓滋生了出来，孩子的拳头握得死死的，像是嗜血的小狼。就在这时，远处突然传来一阵急促的蹄声，连同男人急切愤怒的大呼："住手！都住手！"

雪白的战马迅速奔近，年轻的公子翻身跳下，发疯一般挥鞭抽在持刀士兵的手腕上，挡在流民身前，愤怒地冲着将领大叫道："姜贺，你干什么？"

"舒烨少将，我奉了军令，正在处斩乱民。"将领见了公子，眉头轻轻一皱，但还是下马恭敬地行礼，沉声说道。

"乱民？"魏舒烨剑眉入鬓，眼神愤怒地指着满地的老弱妇孺，厉声说道，"谁是乱民？他们吗？谁给你的权力，谁允许你这样做的？"

姜贺面色不变，好似顽固的石头，"少将，是盛金宫下的旨意，是您的叔叔亲自请的旨，长老院共同签署的文件，您的哥哥亲笔批下的红字，整个魏阀的族长共同商讨做出的决定，属下只是奉命行事。"

魏舒烨顿时就愣住了，茫然地转过头去，目光在那些流民的脸上一一掠过。这些面对死亡都不曾皱一下眉的异族百姓，却在看到他的那一刻陡然变了脸色，再也掩饰不住眼中的怒火。一名老妇人突然站起身来，不顾两侧的士兵，大骂着冲了过来，"你这个骗子！无耻的背信者！天神会惩罚你的！"

一柄长刀突然劈下，轰然斩在妇人的腰上，鲜血从战刀的血槽中哗哗流下，妇人的腰几乎被砍成两段，身躯无力地倒在地上，但她还是用尽最后的力气将一口含着血腥的浓痰狠狠地吐在魏舒烨洁白的衣角上，狞笑诅咒道："做鬼……做鬼也不会……放……放过……"

魏舒烨面色铁青，那口浓痰恶心地挂在他的袍子下摆上，他却没有去擦掉，只是紧抿着嘴唇，看着一地凌乱的尸首和无数双充满仇恨的眼睛。

"少将，"姜贺叹了一口气，走上前来，沉声说道，"帝国没有闲钱养这些人，长老会也不会出资为他们修建住房,你是魏家的子孙,要尊重家族的意愿,维护家族的利益。"

一股熔岩般的炙热在魏舒烨的胸腔里横冲直撞,他双目血红,沉默不语。姜贺眉头一皱,对士兵一挥手,略略一点头。士兵们领命,顿时举起战刀就要继续杀戮。

"坏人!"一个清脆的声音突然响起,只见人群最后,一张小小的脸孔突然自母亲的怀里抬起,脸上并无泪痕,一双眼睛却是通红的,大声叫道,"骗子,你说了要带我们来帝都住不漏风的房子,你说了要让大家都吃饱穿暖,你说了……"

凌厉的弓箭瞬间射出,姜贺将军箭法精准,转眼间就终结了孩子口中将要说出的话,从口腔射入,血淋淋地由后脑透出!

"动手!"姜贺拔出战刀,怒声喝道。

"住手!"

年轻的少将陡然崩溃在孩子字字见血的话语之中,不顾一切地冲上前去,一把推开了两名士兵。

姜贺怒道:"抓住少将!"几名士兵顿时奔上前来,用上了搏击的手法,将魏舒烨紧紧地按住。

毫无人性的屠杀顿时开始,鲜血横流,血泥糅杂,上空传来了鹰鸮刺耳的尖叫,更加为这恐怖的屠戮增添了死亡的气息。一个硕大的坑被挖开,几百具失去生命的尸体被抛了进去,沙土迅速填满,士兵们骑着战马在上面来回地奔走踩踏,鹅毛般的大雪纷扬而下,转瞬就将一地的血红覆盖,连同那些见不得人的罪恶、失去人性的丑陋,一同深深地掩埋。

真煌帝都年轻俊朗、家世显赫、身居高位的贵公子当着自己下属的面失了态,为了一群身份低下的贱民失去了理智。

"少将,"姜贺走上前来,看着双眼发直地看着雪地的男子,沉声说道,"您不该这样,他们都是下贱的种族,身上流着卑贱的血,您不应该为了他们忤逆魏大人。您的叔叔对您的期望很高,没有您在,点将堂的魏阀子弟群龙无首,我们都等着您回来。"

见魏舒烨没有反应,姜贺轻叹一声,带着大队回撤,顿时战马奔腾。

半晌,荒原上就再也看不到他们的影子。

年轻的男子久久地站在那里,漫天大雪纷扬,这个正元节,竟是这样寒冷。

藏在雪坡后面的两个孩子吃惊地看到那个身份高贵的魏阀少将对着苍茫的大地突然下跪,向着那些死去的生灵沉重地叩首,然后翻身上马,利落地奔腾而去。

许久,大雪仍旧没有半点要停下的意思。孩子挪动已经冻僵的手脚,摇晃地向前走去。

"你干什么?"燕洵一惊,愕然地站起身来。

孩子转过头来,面色沉静,眼神却有锋利的寒芒在凌厉地闪动,"我是下贱的种族,身上流着卑贱的血,你我本不该站在一处,既然不同路,不如早点分道扬镳。"

冷月凄凉,孩子的身影那般幼小,可是燕洵在后面远远看着,却陡然觉得她脊背挺拔得可以撑开这片腐朽的天地。大雪如棉,雪地上一行脚印渐渐拉远,向着大夏帝国的心脏,笔直而去。

朱门酒肉臭，路有冻死骨。就在大夏皇朝口口声声说无钱供养异族流民而痛下杀手的时候，内城的拾花酒市里却歌舞升平、香风阵阵，一派纸醉金迷之色。美人腰肢如柳，肌肤如玉，娇声媚笑，玉臂丰乳，"辛苦"了一天的大夏元老们，在这里卸去了白日里的儒雅衣冠，放浪形骸。

门外积雪树挂，丝绦飘扬，各色彩灯高燃，上元佳节，举国同庆，包括这些浪迹风尘的女子。就在这时，急促的马蹄声突然踏碎了魏阀大家长魏光的胭脂美梦，雪白长须却仍显清俊的耄耋老者眯起一双狭长的眼睛，挥手屏退了身前身后围绕着的十多名艳妆女子，女子们闻言齐齐整好衣衫，半跪在地上，头都不敢抬地跪退而出。

魏光端起茶盏，深吸一口气，缓缓地靠在软榻上。

香炉里香气袅袅，团团熏香在上方轻轻飘散，形如细龙，竖直而上，隔着它们望去，一切都显得有几分迷离。

房门外响起了下属恭敬的声音，"大人，舒烨公子来了。"

也该来了，老者眉梢淡淡一挑，比他预计的早了点，白白浪费了玉娘的一场费心讨好。老人声音低沉，缓缓说道："让他进来。"

房门侧开，一袭样式简单、朴素到几乎不像贵族该有的月白色长袍闪进拾花酒市的天字第一号包厢，舒烨少将面色阴沉，没头没脑地开口道："为什么？"

魏光当然知道他指的是什么，双眼微眯，看都没看他一眼，慢条斯理地说道："见到长辈不知行礼，这是我这么多年教给你的礼貌吗？"

魏舒烨眉头轻蹙，墙角的烛火噼啪爆出一丝火花，时间静静流逝，年轻的少将终于低下头去，"叔叔。"

"这世上不是每一件事情都能分个是非对错，景儿年纪比你小，但是在这一点上，你要好好地向他学习。"

魏舒烨眉心紧锁，沉声说道："那为什么要派我去，我承诺过他们……"

"你是大夏七大门阀之首魏氏家族的下一任继承人，身上流着先祖黄金的血液，是帝国尊贵的贵族，不需要对一群血统低贱的贱民有所承诺。他们的生命存在的意义就是为了在适当的时机失去，为帝国献身。你做得毫无错误，也无须内疚，更无须在这个时候跑到这里来质问你的叔叔。"老人打断舒烨的话，声音低沉地说道，声音铿锵，如断金石。

魏舒烨摇了摇头，皱眉说道："叔叔，以前你不是这样教我的。"

"就因为我曾经如你一样天真，你父亲才会死在门阀的内斗之中。"魏光睁开双眼，苍老的眼神中有跌宕的锋芒在激烈地闪动，他缓缓地转过头来，紧紧地看着魏舒烨，一字一顿地说道，"胜者为王，弱肉强食，这个世界本来就是这样的。烨儿，这么多年了，难道你还不明白？"

"叔叔，"魏舒烨面色严肃，正色道，"帝国需要人去西部垦荒，他们一族的青壮全部因为相信我往西而去，为什么长老会不能照料他们的家人？他们万里迢迢地跟着我回到帝都，就是因为你曾经答应过我，会在红川脚下为他们建造永驻房。他们放弃了自己的家，放弃了游牧的天性，就是因为我亲口对他们保证过！"魏舒烨激动地一把拿起魏光桌案前的小团香，厉声说道，"你说帝国没有钱供养他们，可这是什么？这是怀宋的金香，只一团就抵二百金铢！二百金铢，够他们一族人生活十年啊！"

魏光面色不变，平静地听着魏舒烨发泄着自己的不满，空气剑拔弩张，充满了年轻人愤怒的火气。很久，老者才轻轻一笑，缓缓说道："烨儿，你和点将堂的执鹿少将一同去督办北地民乱却惨淡而归，执鹿少将被剥了军衔关在刑人堂里至今生死不知，你却可以站在这里同我大吵大闹，原因是什么？"

魏舒烨一愣，愤怒的表情凝固在脸上，登时无言以对。

"你之所以还能完好无损地站在这里，是因为你姓魏。我知道你同情那些贱民，排斥等级之分，可是哪怕你再厌恶这个身份，你终究是魏家的嫡系子弟，是我魏光的侄儿，你从小到大所享用的一切都是门阀给你带来的。你所吃所用、衣食住行、身份地位，全拜家族所赐，这一点，你永远也改变不了。安然享受这一切的人，是没有资格去厌恶咒骂它的。"魏光深吸一口气，靠在榻上，胸口略略起伏，声音低沉，带着一丝厚重的沧桑，"这个世界上的一切，都有其存在的道理。今日之所以是魏家屠戮弁塔族，而不是弁塔族屠戮魏人，是因为魏家自从先祖开始，就一直不停地为家族的利益而奋斗。三百年来，魏氏一族护卫国土，开垦边疆，入朝出仕，立下无数汗马功劳。在弁塔人悠闲地牧马放羊的时候，魏家的孩子已经开始学习骑射兵法、经商之道，开始躲避明里暗里的冷箭暗算。于是多年之后，魏家是七大门阀的一支，弁塔却要发配边疆，举族覆灭。孩子，老天是很公平的，从不会偏袒什么人，他们之所以会失去，是因为他们付出的还远远不够。没有人可以因为自己的弱小就去咒骂强者的欺凌，想要不被杀死，只能自己变得更强。今天你在这里同情他们，可有想过，若是魏家的子孙都如你一样，今日死在真煌城外的，就是你的兄弟姐妹。"

魏舒烨站在原地，眉头紧锁，想说什么，却感觉胸腔似乎被一块巨石狠狠地压制着，说不出话来。

魏光缓缓地站起身子，伸手拍在魏舒烨的肩膀上，"烨儿，叔叔已经老了，护不了你们多久了，将来叔叔不在了，谁来保护家族？谁来保护我的孩子不被人杀害？谁来保护我的女儿不被人玩弄？谁来保护他们？你吗？"

大门大敞，喧哗的丝竹声悠然传了进来，香气迷醉，令人昏然。老人的脚步声渐渐远去。魏舒烨挺着脊背，感觉肩膀火烧一样疼，那里压着的，是一座看不见的高山，是他极力想要逃却终究无法摆脱的重担。

夜色漆黑，却也黑不过他心中的浓雾，那些看不见的魑魅魍魉在思想中游走着，吞噬着他的理智，挣扎无用，终究长叹一声，无言以对。

有些东西，生来就已经决定，如同血脉，如同命运。

他颓然坐下，端起酒盏，连同满腔的郁结和不甘，一饮而尽。

第八章
少时岁月

楚乔刚刚走到城门口，就见诸葛家的下人们正打着灯笼四处张望，见了她，顿时大喜着跑了过来。

"星儿，四少爷让我们在这里等你呢，快回府吧。"

楚乔一愣，没想到以诸葛玥那个性子，竟也会派人来找她。她点了点头，上了来人准备好的马车。

马车咯吱前行，行走在仍旧喧哗热闹的街市上，外面的声音渐小，逐渐安静了下来。孩子靠在马车的内壁上，眼前不断地回荡着刚刚的那一场屠杀：军人们冷血的眼神，流民们刻骨的仇恨，还有魏舒烨无力的阻挡。

以他的身份尚且无能为力，更何况是渺小的自己。以个人的能力去对抗整个皇朝，无疑是螳臂当车。她现在所能做的，只是小心谨慎地好好活下去，寻找机会报得大仇，然后带着小八安然离去。至于其他的事情，她的能力太小，不奢望去改变什么。

马车辚辚，渐行渐远，楚乔突然心底一寒，掀开帘子，四下望了一眼，问道："这不是回府的路，你们要带我去哪里？"

那下人一愣，没料到这么小的孩子竟然还记路，连忙赔笑着说道："少爷在别院呢，不在府里。"

孩子眉梢一挑，谨慎地说道："别院，哪个别院？"

"湖西的别院。"

楚乔眉头紧锁，多年从事危险工作自发生成的谨慎暗暗提醒着她事情有点蹊跷，她试探地说道："少爷之前让我回府取的东西我还没来得及取，我们先回府一趟，再去别院。"

那人笑着道："别担心，少爷刚刚说了，东西不用取了，他在别院等着，咱们快去吧，别让少爷等急了。"

楚乔缓缓地点了点头，面色沉静，松手放下了帘子。那家丁微微松了口气，眼神中划过一丝狡黠的神色，嘴角轻轻牵起，可是就在他嘴角的笑容刚刚扩大的那一刻，一柄森冷的匕首陡然抵上了他的脖颈。

孩子小兽一般顺势而上，面色阴沉地寒声说道："你不是四少爷的人，你到底是谁？"

"嘿嘿,"沙哑如夜枭般的低笑突然在一旁响起,一辆华丽的马车缓缓从树丛后绕了出来,衣着华丽的老者对着一旁点头哈腰的男人淫邪地笑道,"果然不错,小小年纪脾气就这样倔强,模样也不赖,回头我好好打赏你。"

朱顺谄媚笑道:"替二老太爷分忧是奴才的本分,二老太爷要是打赏奴才就是不给奴才为您效忠的机会。"

老头嘿嘿一笑,对左右两侧的侍从说道:"将这小丫头送回府里。"

众人轰然答应一声,顿时就围上前来。

那一瞬间,千百个念头登时闪过脑海,楚乔知道她可以利用对方的轻视和大意,迅速暴起伤人然后逃走。可是如果如此,一定会引起别人怀疑,尤其是断了一只手的朱顺,就算自己侥幸逃跑,也会连累尚在府中的小八。可若是不逃走,就会落入这个老色狼的掌握之中,到时候,以她一个八岁孩子的能力,又怎能对抗诸葛别府的整府警卫?

逃,还是不逃?

楚乔身体紧绷,脑子却在飞速地运转着,莫不如将计就计,趁这个机会,将这好色的老头除掉?

电光石火间,孔武有力的大汉已经逼近身前,就要来卸下她手中紧握的匕首。

"慢着!"一声清冽的低喝突然响起,所有人转头望去,只见平地雪花四溅,二十多骑漆黑的战马迅速逼近,马上的少年青袍白裳,面容俊朗,策马呼啸着奔上前来。

骏马长嘶一声,人立而起,温热的呼吸喷在清冷的空气中,形成一片迷蒙的雾气。少年在众侍卫的拱卫之中,眼神冷淡地看着诸人,声音平和,以不符合年龄的睿智和冷静,沉声说道:"诸葛先生,好久不见了。"

诸葛老太爷鼠目半睁,上上下下地打量着少年,嘿嘿一笑,露出一口黄牙,"原来是燕北的燕洵世子,夜黑露重,世子不在世子府享受,顶风冒雪的这是干什么去?"

燕洵不卑不亢地说道:"有劳诸葛先生费心了,只是先生一把岁数还这么老当益壮深夜赏灯,本世子又怎能在府中蒙头大睡?上元佳节,举国同庆,本世子不过是出来凑凑热闹罢了。"

"哦?"诸葛老太爷长眉一舒,说道,"既然如此,燕世子继续游赏,老夫就不奉陪了。"说罢,转身对着一众下属说道,"回府。"

"等等!"燕洵迅速打马上前,挡在诸葛老太爷面前,淡笑着指着楚乔说道,"先生要走可以,只是要把这个孩子留下。"

老者眉梢轻轻一挑,"燕世子此言何意?"

"这个孩子刚刚惊了我的马,吓走了疾风,我要抓她回去问罪。"

老太爷闻言微微一笑,说道:"既然如此,老夫就赔世子一匹好马。"

"我家世子的马是老王爷从西方大漠刚刚猎回来的千里良驹,你赔得起吗?"

"凤眠,住口!"燕洵眉头轻蹙,怒斥身后的小书童,沉声说道,"诸葛家是帝国门阀,诸葛家主又是长老会七大长老之一,财大势大,连我们王族也难望其项背,自然没有什么东西是赔不起的。只是父子情深,疾风是我父王亲自驯服,万里迢迢地送到真煌的,并不是寻常战马，所以事情不可以这样草草了之。找不回战马，这个孩子，我必须带走。"

"燕世子……"

"诸葛先生无须多言，"燕洵打断老太爷的话，昂首说道，"以诸葛先生的身份，实在犯不上为一个奴隶求情，此事我自会向诸葛家四少爷交代，来人，将这孩子带走。"

燕王府的亲随顿时上前，一名身材高大的大汉将诸葛老爷的随从推了一个跟跄，单手将楚乔抱在怀里，就要上马离去。

朱顺见诸葛老太爷面皮发紫，顿时上前，谄笑着拉住燕洵的马缰，笑着说道："燕世子，有话好说……"

唰的一声鞭响，之后燕洵紧跟一脚，猛地踢在朱顺的下巴上，将男人肥胖的身体一脚踢翻。朱顺惨叫一声趴在地上，哇的一声吐出满口鲜血，连带两颗泛黄的门牙。

"你是什么身份，也敢在我面前指手画脚，简直不知天高地厚！"燕洵眼神锐利，寒声冷硬地说道。

朱顺大惊，连忙跪在地上，惊慌失措地叩首。要知道在大夏，皇族屠杀一个平民是不需要任何理由的。

燕洵对着朱顺举起马鞭，冷冷地说道："今日就看在诸葛老先生的面上暂且放你一马，他日若是还这般没有规矩，即便是诸葛家主亲临，我也要取你狗头。"

说罢，看也不看诸葛老头一眼，对着身后的属下沉声喝道："走！"

一队人马顿时跃马扬鞭，滚滚雪浪飞溅之后，隐没在长街的尽头。

诸葛老头面皮通红，左手气得都有些发抖。朱顺跪着爬上前去，拉住诸葛老头的脚，说道："老太爷消消火，奴才……"

"滚！"老头大怒，一脚踢在朱顺的胸口，叫道，"没用的废物！"随即上车离去。

大雪仍旧纷扬飞散，长街一片寂静，更加衬托出主街的热闹和繁华。

战马停在赤水湖畔，之前还一本正经面色凝重的少年笑眯眯地回过头来，笑道："小丫头，你又欠了我一个人情。"

孩子略略抬起眼梢，虽然没说话，但是意思很明显：又不是我求着你来的。

燕洵不服地哼了一声，低声道："说句软话会死吗？"

楚乔瞪了他一眼，转身就要离去。

燕洵一愣，赶忙拦在她前面，"你要干什么去？"

孩子眉头一扬，"当然是回府。"

"你还要回去？"少年皱眉叫道，"那个狗奴才不会放过你的，还有诸葛家的那个老头，在真煌城都是出了名的，你想回去找死吗？"

楚乔一把推开他，"用不着你管。"

燕洵不放手，仍旧抓着她，叫道："你这是干什么？难得本世子好心救了你，你却这样冷言冷语。诸葛玥那个阴阳怪气的家伙有什么好，值得你这么奋不顾身地一头钻回去？"

楚乔抬起头来，孤注一掷要除掉诸葛老色狼的计划被破坏让她有些恼火，不耐烦地一把甩开燕洵的手，抬头冷然道："我哭着求你来救我吗？收起你的慈悲心肠吧，我受不起。"

燕洵气得眼睛通红，看着楚乔越走越远的小小身影，突然孩子气地大声喊道："莫名其妙，活该你被人欺负，我再管你一次我就不姓燕！"

楚乔连头都没回，半晌，就消失在汹涌的人流之中。风眠小心地走上前来，仔细地看了自己的小主子一眼，见世子眼睛红红的，似乎一副要被气哭了的模样。

风眠微微一愣，帝国派遣藩王坐镇帝国边塞，拱卫真煌帝都，但是为了限制他们，就将各地藩王的世子收入京中为人质。这些孩子自小生活在权力旋涡的中心，早熟老成，向来是一副成熟的模样。风眠还是头一次见主人对一个人这样喜怒形于色，那样子就像……就像是一个普通的孩子一样。

"世子，咱们也回府吧？"

"哼！"燕洵冷冷地哼了一声，声音里犹自带着怒气，翻身上马，带着众多亲随就向燕质子府走去。

"风眠，"刚走了没两步，燕洵就回头对着小书童说道，"你去一趟诸葛府，就说我的疾风找到了，让他们别为难那个小丫头。"

"啊？"风眠一愣，傻乎乎地瞪大了眼睛，说道，"世子，您不是说您再帮她一次就不姓燕吗？"

燕洵大怒，在马上一脚踢在风眠的腿上，叫道："猴崽子，你再说一次试试？"

风眠"哎哟哎哟"地哼哼两声，掉转马头就向诸葛府跑去，哪里还敢再说一次。

燕洵气呼呼地喘了一会儿粗气，见周围下属都看着他，顿时大叫道："本世子爱怎么样就怎么样！"

众人连忙转头各自张望，再也不敢看燕洵一眼，各个在心底无不低声暗叹：世子毕竟只有十三岁啊，偶尔孩子气一次，也没什么。

回到诸葛府的时候已经是深夜，看门的家丁见了楚乔，微微吃惊，知道这是青山院如今得宠的下人，也没有过多为难，还给了她一盏灯笼照明。

夜里的诸葛府显得有些冰冷，没有了白日里的喧哗和热闹，安静得像是一个黑暗的牢笼，偶尔有几只寒鸦，很快就被百步穿杨的箭奴们射了下来。

主子们安睡的时候，是不容吵闹的，哪怕犯规的只是一些畜生。

经过蓝山院外高高的围墙的时候，楚乔听到一阵压抑着的哭泣声，似乎是有犯错的小女奴挨了打，躲在对面的墙根底下哭泣。

楚乔的脚步缓缓停了下来，月亮大大地挂在天上，惨白圆硕的一轮，将她小小的影子投射在红墙之上，竟显得那般纤细修长，就恍若曾经那些岁月中自己挺拔高挑的身材。孩子的眼神有些迷茫，不知不觉地伸出手去，一点一点接近，指尖却只触碰到一片冰冷。

心底顿时涌起一阵悲伤的凉气，或许，总是会有那么一瞬的恍惚，以为一切只是大梦一场，只要梦醒，所有的事情就不曾发生。那些跌倒的尸首，那些横流的鲜血，还有那些悲哀的泪滴……

对面围墙里孩子的哭声仍旧在延续，只是她的身高太矮，根本翻不过这面墙去，自己尚且冰冷，又如何去温暖他人？就如同那些雪原上被掩埋的尸体，她的痛心，无济于事。

意外地竟推开了青山院的院门，楚乔有些吃惊，原本做好了在柴房里过夜的打算，没想到这么晚院子还没落锁。诸葛玥是一个很会养生的人，不去点将堂上课的时候，就在庭院中修花种兰、吃茶焚香，对睡眠的要求也很高，不像府中的其他少爷，耽于女色，通宵达旦。

她刚刚小心地踏进院子，一盏灯笼就迅速逼近，寰儿急忙拉住楚乔的手，压低声音叫道："哎哟，你跑到哪里去了？我都等了你一个晚上了。"

楚乔不好意思地吐了下舌头，说道："我的马惊了，才回来，少爷呢？怎么这么晚还没落锁？"

"你运气好呗。"寰儿撇了撇嘴，笑眯眯地说道，"少爷在房里看书呢，看了大半个晚上，也没吩咐落锁，也不睡觉，我这才敢在这等着你呢。"

楚乔点了点头，就要往诸葛玥的房中走去。寰儿急忙拉住她，说道："少爷回来的时候脸色不太好看，不知道是什么人惹了他生气。这么晚了，有事还是明天再说吧，左右少爷也没吩咐你回来去轩馆。你先去歇着吧，我去告诉少爷就好。"

楚乔点了点头道："这样也好。"转身就向自己的房间走去。

寰儿急忙跑进轩馆，说了几句就出了门。

楚乔是轩馆内的大丫鬟，房间紧挨着主院，孩子刚刚走到门前，还没推开门，就见身后的房间灯火一熄，顿时陷入一片黑暗。

楚乔有些愣，半回着头看向诸葛玥房间的方向，随着这最后一盏灯火的熄灭，整座诸葛府都陷入了沉睡之中。楚乔在回廊上站了许久，夜风吹来，楚乔轻轻地抽动鼻翼，似乎仍能嗅到地底的血气。

似乎刚刚闭上眼睛就做了噩梦，诸葛玥醒来的时候，外面刚刚敲响第三声更鼓。更夫的声音拖得很长，带着软绵绵的尾音，在寂静的夜里悠扬地飘了好远。

有那么一瞬间，他以为自己仍在梦里。梦里春风和煦，桃花绚丽如虹，母亲的手温柔得像是温泉里的水，轻柔地穿过他的发，为他梳就一个利落的发髻。可是转瞬间，寒冷的空气便如刀锋，密密麻麻地侵袭而来，让他猛地清醒过来。

他坐起身子，月白色的寝衣已经被汗湿了，窗子没有关严，夜风顺着缝隙吹在身上，又冰又冷。床边小几上的茶壶已经凉了，几块桂花糕摆在青花白瓷的小碟里，即便是隔得这样远，仍旧可以嗅到那清淡的香气。他没了睡意，便披上外衣，携了一支长箫，推门走了出去。

外间伺候的小丫鬟睡得正香，丝毫没被他惊动。他信步走着，推开房门，只见院子里有大片雪白的月光，月光透过花树洒在地上，有斑斑驳驳的剪影，像是凭空下起了雪，到处都是那种温和的光芒。夜里的风有点凉，吹起他的衣袖，呼啦啦的，像是蝴蝶的翅膀。跨出院子往东去，迎面就是大片大片的梅，红粉浅白，交杂在一处，连风里都带着香甜的气息。

这座大宅，也许只有在这个时候才会这样安静，没有了那些嘈杂的声音，天地安静得好像只剩下他一个人。他寻了一处高亭，沿着斑驳的石子路一路往上，夜里刚刚降了霜，路有些滑,他垂着头走得极慢,似乎在看着路,又似乎什么也没有看。

"四少爷?"

清脆的叫声突然传来,他抬起头,就见那高亭旁的一棵树上正坐着一个小女孩,穿着一身翠绿色的衣裳,脖颈间簇拥着一圈雪白的驼绒毛,眼睛又大又圆,黑漆漆地望着他,一双嫩绿色的小靴子在半空中一荡一荡的,像是两只跳舞的草蟋蟀。

他微微扬眉,问道:"你怎么在这儿?"

"睡不着。"楚乔也有些诧异会在此时见到他,很老实地问道,"四少爷也睡不着吗?"

诸葛玥没回答,只是缓步走上高亭。

诸葛府本就建在半山腰上,此地的视野更是好,几乎将整座真煌城尽收眼底。朦胧的月光像是一层白纱,轻柔地拂过皇城的每一个角落,将这座城市被冷硬北风切割了几百年的戾气全压了下去,连那不知曾沾染过多少人鲜血的厚重城墙看起来都多了几分柔和。

楚乔看着他迎风而立的背影,一时间突然有些失神,杀戮过后的平静让她觉得疲倦。她靠在树干上,望着那个沉默的少年,看着风吹起他斑斓的衣袖,像是两只硕大的蝴蝶,迎着山风猎猎地飞着。

"四少爷,我丢了小红马。"

诸葛玥没答话,好像没听见一样,手拿长箫,却并不吹,只是静静地站了一会儿,便转身往山下走。

楚乔见他要走,忙攀着树要跟下去,不想下得急了,脚下一滑,身体顿时失了平衡。她连忙手忙脚乱地整个抱住树干,只听嚓的一声,衣裳被树枝撕了个大口子,手背也被划了一道,顿时渗出血来。

诸葛玥停住脚步,仰头看着好似一只猴子一样抱住树干的孩子,想了想,突然伸出双手来。

楚乔一愣,诧异地问道:"四少爷,您干什么?"

诸葛玥说道:"跳下来。"

"啊?"反应了半晌,才明白他是什么意思,楚乔连忙说道,"不用麻烦了,星儿自己能下来。"

诸葛玥眉头轻轻一皱,似乎颇不耐烦,固执地说道:"跳下来。"

楚乔无奈,只得松开手,一晃间,便落入诸葛玥的怀里。她个子还小,只到他的肩膀,被他抱在怀里,就像是一只小猫一样。

"走吧。"

将她放在地上,诸葛玥当先走在前面,楚乔连忙跟了上去。一路梅树环绕,繁花坠地,鞋底踩在松软的白雪上,留下两行浅浅的足印。

回到青山院的时候,整院的下人们都已经醒了,正在焦急地四处找寻两人。诸葛玥也不多说,径直回了房。寰儿跑到楚乔房里问了两句。

正说着就有丫鬟来报,说是少爷受了风寒,派人叫大夫去了。这下整个青山院都忙碌起来,寰儿带着几个丫鬟小厮忙进忙出地烧热水换洗脸巾,直到大夫来了,诊过脉开了药之后才算是松了口气。

楚乔吃了点消夜，正准备睡觉，忽听有人敲门。打开房门，就见寰儿站在门口，后面跟着一名五十多岁的长者。寰儿道："星儿，少爷说你被划伤了，正好大夫在，顺便给你看看。"

楚乔微微一愣，随即让开身子，让大夫为她清洗包扎。一切停当之后，寰儿又道："还有，少爷说明早他要多睡一会儿，我们早上不用起那么早干活了。"

楚乔点头答应了声，寰儿就开开心心地去了。

月色朦胧，洒在这座安静的院落里，像是披上了一层白霜。

第二天一早楚乔去见诸葛玥，这位年轻老成的四少爷却不在房中。楚乔自问丢了小红马，总需向他有个交代，正想着出去问人，却见诸葛玥一身乌金武袍，挟着长剑走进了院子，身后跟着一溜随从，身姿利落，竟是楚乔从没见过的模样。朱成弯着腰，手臂上搭着一件披风，小跑着跟在后面。

寰儿等丫鬟急忙跑上前来，为诸葛玥端茶送水，焚香擦手，准备沐浴的东西。

楚乔退在大门的一旁，见诸葛玥坐了下来，才上前说道："四少爷，我丢了小红马。"

"嗯。"诸葛玥轻哼一声，算作答应，接过寰儿的茶，喝了一口，然后对一旁的下人说道，"去将昨天送来的墨兰拿两盆来，把这香炉撤了，闻着刺鼻。"

下人连忙答应，退了下去。楚乔站在原地，见诸葛玥没有要处罚她的意思，也知趣地不再搭话，刚想悄无声息地走出去，就听诸葛玥放下茶碗，指着她说道："星儿，你等一会儿。"

楚乔心里咯噔一声，暗道该来的还是来了，却听诸葛玥说道："你待会儿跟朱成下去，找个得力的护院，教你骑马。"

"啊？"楚乔和朱成齐齐一愣，不约而同地叫了一声。诸葛玥眉梢一扬，一双剑眉轻轻皱起，眼神不耐地沉声说道："怎么？有什么问题吗？"

"没问题没问题，"朱成今年十七岁，打小就是诸葛玥的亲随，自然知道这位主子说一不二的个性，连忙讨好地说道，"奴才这就带着星儿姑娘去。"

诸葛玥疑惑地抬起头来，皱着眉向朱成看来，"星儿刚刚八岁，什么姑娘不姑娘的？"

"对对，奴才这就带着星儿……星儿……"平日一向伶俐的朱成一时间竟还找不到称呼孩子的词来，张口结舌了半天，仍旧磕磕巴巴词不达意。

诸葛玥不耐烦地一挥手，说道："得了，滚下去吧，把腰板直起来再走路，别让外人以为我们青山院的奴才都是驼子。"

"是，是。"

楚乔站在原地，个头小小的，穿着一件浅黄色的小裙子，上面是一件狐皮小马甲，看起来粉嫩可爱。见状对着诸葛玥行了一礼，声音软软地说道："星儿谢谢四少爷。"

诸葛玥头也没抬，只是轻轻挥了挥手。

楚乔和朱成退出轩馆。朱成狐疑地上下看了眼孩子，见楚乔抬头看他，顿时满脸堆笑地说道："星儿姑娘，咱们走吧？"

楚乔一笑，也不理他，当先就出了青山院。

"星儿姑娘，这就是我为你选的人，他们都是骑马的好手，你自己从中选一个吧。"

楚乔和朱成等人站在跑马山的山根底下，八岁的孩子微微仰着头，看着站在自己面前的一众彪形大汉。这些平日里对小奴隶们呼喝怒骂的诸葛家护院此刻一个个满脸堆笑，神态恭敬，不知道的人，还会以为他们平时有多么和善。

楚乔迈着小步子，在男人们面前一一走过，突然，孩子眼睛一亮，意味深长地望了一眼，嘴角牵起一抹淡淡的笑容，指着其中一名神色慌张的大汉，轻笑道："我就要他。"

"星儿姑娘。"宋濂谄媚地笑着，笑容里满满都是掩饰不住的担忧。

八岁的女童站在山坡上，一身雪白的狐皮小马甲，眼睛亮晶晶的，显得娇俏可爱。

"请您挑马。"

楚乔看了一眼面前的这十多匹马，只见全是马掌还没打的小马，毛色干净，一看就是从小养在家里连门都没出过的。孩子深一脚浅一脚地踩在雪地里，摇摇晃晃地晃着小马鞭，故作刁蛮地说道："我不要这些，我要骑大马。"

旁边的护卫为难地上前，刚要说话，宋濂连忙阻止，点头哈腰地说道："星儿姑娘要骑大马，那自然是小事一桩，你们几个，下去牵几匹好马来，记住，要大的。"

宋濂故意在"大"字上加了重音，两名护院会意，恍然大悟地下去牵马。一会儿的工夫，五匹身材高大的马被牵了出来。

楚乔只打眼一看，就看出这是一群上了年纪的老马，能不能跑尚且是问题，当下也不说破，只是转身对着宋濂说道："这几匹马看起来彪悍健壮。我年纪小，没骑过这么大的马，不如宋护院先演练一番，好给我开开眼界。"

宋濂眉头顿时紧紧地皱起，一张脸迅速垮了下来。

朱成疑惑地催促，"快去啊，你不会是不会骑马吧？那你刚才还抢着要来？"

宋濂却是心里有苦说不出，暗道我要是知道伺候的是这位祖宗，打死我也不来啊。他为难地走到老马前，伸手摸了摸老马昏昏欲睡的头，拍了两下，然后小心地踩在马镫上，好像身下的马是纸糊的一样，生怕稍稍用力就会压塌。

马倒争气，四条腿虽然战栗却没趴下来，宋濂松了口气，笑着说道："今天雪大，星儿姑娘还小，我们就先学上马，明日再学着跑。"

朱成刚要点头说话，楚乔突然上前，对着马屁股猛地拍了一下，笑道："说那么多，先跑一圈看看！"

只听轰的一声，马屁股被拍，不但没跑起来，反而蹄子一软就趴在了地上。宋濂被掀了个大跟头，大头朝下栽了下来，一头扎进雪堆里。

众护卫顿时惊慌失措地跑上前去。朱成皱着眉看着趴在地上入气多出气少的马，不乐意地说道："这就是最好的马？我看你们是不把四少爷的吩咐放在心上。"

"小的不敢，"宋濂连滚带爬地跑上来，连忙说道，"小的绝对没这个想法，只是星儿姑娘年纪小，我们不敢牵壮年的战马来啊！"

朱成点了点头，说道："这话倒也有几分道理。星儿，你还小，先骑小马吧，行吗？"

"朱成大哥说骑小马，星儿就骑小马。"楚乔仰起头来，粉嫩的小脸，一双眼睛弯弯的，可爱极了。

朱成美滋滋的，转头却对着宋濂怒目而视，"还不快去牵马！"

宋濂一瘸一拐地牵来马，在朱成一连气"小心当心"的声音中扶着楚乔上了马。孩子低下头，笑眯眯地说道："这位护院大哥，我还不会骑马，你帮我牵着缰绳，咱们慢慢走一圈。"

宋濂巴不得如此，连忙点头如捣蒜。这小马十分乖巧，跟在宋濂的身后慢慢走着。一会儿的工夫，两人就走出了百十步远，宋濂抬头讨好地笑道："星儿姑娘，这马还不错吧？它刚生没多久，七小姐前阵子跟我要我都没舍得给，姑娘要是喜欢，就送给你吧。"

"七小姐喜欢的东西，星儿怎么能拿呢？这样不合规矩。"

宋濂顿时龇牙笑道："姑娘说的什么话，七小姐虽然是老爷的亲生女儿，但是论起地位那可跟四少爷天地之差。姑娘是四少爷面前的红人，论身份地位，可比她们高贵多了。"

"是吗？"孩子微微一笑，说道，"我还当真不知道自己有这么高的身份，毕竟不久前，我还是任由你们护院打骂的。"

宋濂脸色顿时一白。

楚乔眼神一寒，一把抽出宋濂手臂上的袖箭，以迅雷不及掩耳之势狠狠地插在小马的腋沟上。小马大惊，长嘶一声，一脚踢开宋濂，向前狂奔而去！

孩子顿时惊慌失措地大声叫道："宋护院！你干什么？"

朱成等人远远地见小马受惊狂奔，人人大惊失色，一边叫着一边跑上前来，可是哪里比得过那畜生的四条腿。楚乔故作惊慌姿态，眼神却四处观望，寻找安全的落脚点。

就在这时，一骑黄骠马突然从天而降。诸葛玥面庞白皙，眼神如电，嘴唇有一丝异于常人的殷红，一身深紫暗花广绣袍，策马狂奔而来，闪电般拔剑，一剑刺在小马的双眼之间。小马受到袭击，更是惨声尖鸣，顿时扬蹄人立，摇头狂甩！

与此同时，一条软鞭飞掠上前，登时绕过楚乔小小的腰身，将她整个人卷了下来！

"呵呵，好险好险。"燕洵一身湖绿锦袍，面容俊朗，笑眯眯地抱着楚乔，声音里带着一丝洞悉一切的狡黠。

诸葛玥拔出小马臀上的袖箭，转头冷冷地看向宋濂，对身旁的下人说道："将他拖下去，送到掌事院交给朱七。"

两名侍卫顿时冲上前来，几下就将宋濂绑上。

男人大叫道："四少爷，不是……"

瞬时间，只听砰的一声，轻袍缓带的燕洵闪身上前，飞起一脚，顿时踢碎了宋濂的满口牙齿，让他有口难言。诸葛玥眉头微微皱起，转过头来，斜着眼睛看向燕洵。

"这样的奴才，在我燕王府早就拉出去砍了，哪里还能给他狡辩的机会？"燕洵一笑，说道，"四少爷就是太慈悲，燕洵越俎代庖，还请四少爷不要见怪。"

诸葛玥淡淡道："哪里，燕世子身手了得，以前在点将堂上真是眼拙了。"

燕洵摆了摆手，笑道："都是些花把势，哪里比得上四少爷的满腹甲兵。"

诸葛玥也不说话，一挥手，属下就将满嘴流血的宋濂押了下去。

"燕世子，多谢你今日特意送回府上丢失的马匹，只是以后这样的事情让下人做就可以，何须劳烦世子大驾。本想留世子在府中吃顿便饭，但是知道世子贵人事忙，在下就不多事了。"

朱成，送世子。"

　　燕洵无所谓地一笑，和诸葛玥客套几句，转身就要离去。临走之前他经过楚乔身边，突然附耳低声说道："狠心的小丫头，又让你害了一个人。"

　　楚乔一愣，抬起头来，却见燕洵没事人一样淡笑离去，身姿挺拔，已颇有成人的风姿，面色沉静，哪里像是面对着她时那个嬉皮笑脸的浪荡公子？

　　"星儿，"低沉的声音突然在背后响起。孩子回过头去，只见诸葛玥面色难看，缓缓道："跟我回去。"

　　楚乔微微叹了口气，倒霉得很，竟被撞了个正着，还是先想好怎么应对这只小狐狸吧。

　　八岁的孩子垂头丧气地跟在诸葛玥身后，脑袋里开始迅速编撰自己悲惨受欺的往昔岁月，却不见前面诸葛玥的眼神，阴沉中带着两分孩子般的得意，却不知到底是在得意什么。

第九章

再扳一局

屋子里安静了很久，窗外的风轻轻地吹着，花架上刚刚送来的墨兰发出淡淡的幽香。

孩子一直静静地站在下面，不过时间真的太久了，久到她几乎以为上面的人已经睡着了，忍不住抬起头来偷偷地向上瞄了一眼，却正好落入漆黑如墨的深潭之中。

不能再装没看见了，楚乔舔了舔嘴唇，小声地叫："四少爷。"

"编好骗我的瞎话了吗？"少年端起一旁的茶盏，缓缓地喝了一口，声音舒缓，淡淡说道。

果然是只小狐狸！楚乔心下冷哼，面上却害怕地跪下，急忙说道："星儿不敢说谎。"

"是吗？"诸葛玥低头轻笑，说道，"那就说来听听。"

"上个月初四，星儿和府里的一群小女奴被大少爷带去围猎场。最后，最后只有星儿一个人活着回来了。星儿回来之后很害怕，趁着养伤的时候，就收拾好东西准备逃走。"

"逃走？"诸葛玥略略扬眉，"你要逃到哪里去？"

孩子声音小小地说道："我也不知道，只是不想留在这里等死。少爷也许会觉得星儿大逆不道，但是一个人只能活一次，星儿的命在别人眼里也许一文不值，但是在星儿自己眼里，还是很宝贵的。可是星儿准备逃出去的时候，被宋护院发现，他狠狠地打了我一顿。他今天见了我，怕我会报复他，于是就想害我。"

"是吗？原来是这样，他还真是胆大包天。"诸葛玥喝了口茶，声音平淡地缓缓说道，"那你还记不记得他打过你？"

楚乔一愣，只见诸葛玥眼神锐利，好似一尾灵蛇，顿时低下头来说道："这是不久前的事情，所以星儿还记得。"

"你的记性倒是不错。"诸葛玥点了点头，说道，"那么，你会不会记得锦偲、锦烛怂恿我杀了临惜？会不会记得朱顺将你的家人都送给别人？会不会记得有人杀了你的姐妹呢？"

楚乔心下一惊，却理智地没有抬起头来，一个头磕在地上，悲泣出声，说道："少爷，星儿全都记得，可是星儿也清楚地知道自己的身份，知道自己的本分，更知道自己有多大的能力。"

"你的意思就是说，等到有朝一日你有这个本事的时候，也会报仇的，对吗？"

孩子顿时抬起头来，惊恐地向上望来，"四少爷！"

"不必否认，我第一眼见到你的时候，就知道你绝对不是一个心智普通的孩子，你的眼睛里隐藏了很多东西，我看得到。"

孩子眼泪含在眼眶里，抿着嘴说道："少爷以为星儿会做什么呢？以为星儿会去杀人吗？还是认为锦烛、锦偲姐姐都是星儿害死的？星儿年纪小，即便心里偶尔有恨，却也知道什么该做什么不该做。荆门族灭，上万族人一夜间离散死尽，星儿也从千金小姐变成了下贱的奴仆。若说有恨，星儿是不是该去恨盛金宫的皇帝，是不是该去恨下达命令的长老会，是不是该去恨抄了星儿的家的煌天军团？少爷，星儿没那么大的能力，我只想好好地活着，那些东西太沉重了，星儿承担不起。"

孩子叩首在地上，坚定地垂着头，那单薄的小肩膀却在止不住地颤抖着，似乎十分害怕，想哭却又不敢哭出来。

诸葛玥的眼神在孩子身上来回地打量着，双眼锋芒毕露，终于还是在孩子苦忍的抽泣声中软了下来。诸葛玥放下茶盏，靠在软榻上，缓缓说道："你起来吧。"

孩子紧抿着嘴唇，眼睛睁得大大的，通红一片，水蒙蒙的。

诸葛玥看了眼眼前的孩子，见她小小的，脸蛋粉红，小拳头紧张地握着，想要哭却使劲憋着，样子委屈极了，不由得轻叹了一声，暗道自己经历多了尔虞我诈，果然是杯弓蛇影了，连这么小的一个孩子都怀疑起来。

"好了，算我委屈你了，想哭就哭吧。"

这已经算是变相的道歉了，以诸葛玥的为人，何曾对人这般客气过，可是那孩子仍旧倔强固执地站在原地，抿着嘴瞪着眼睛，就是不肯落下一滴眼泪。

诸葛玥没来由地一阵烦躁，挥手道："下去吧，别站在这里碍眼。"

楚乔赌气地转过身去，话也不说一句，就想回去。

"站住！"

诸葛玥冷声叫道，楚乔听话地站住身子，只是却没有转过头来。

诸葛玥从一旁的抽屉里拿出一个青瓷小瓶子，缓缓走下来，伸手抓住楚乔的肩膀，想要将她转过来。手指却感觉到一股执拗的赖皮劲儿，诸葛玥眉梢一挑，只见孩子使劲地挺着自己的身体，就是不想转过身来。

诸葛玥毕竟年纪大过她很多，双手搭上孩子的肩膀，略略一用力，就强行将孩子转了过来。

一张满是泪痕的小脸无比委屈地展现在诸葛玥眼前。楚乔眼睛红红的，见了他，眼泪掉得越发凶了。

"好了，别哭了，不过是说了你几句。"少年皱眉说道，"你自己犯了错还不许别人说了？"

"我哪里犯了错，是少爷让我去学骑马的。我学得好好的，谁也没招惹。"八岁的孩子终于犯了脾气，理直气壮地和自己的主人顶嘴，一边说一边抽泣，险些将鼻涕也吃进嘴里。

诸葛玥微微皱眉，拿出怀里的手帕就为孩子擦起脸上的泪水，手法十分外行，一边擦一边说道："你还有理了？你弄丢了我的马，今天又因为你死了一匹上好的漠西雪龙马驹，还说自己没错？"

"又不是……又不是人家自己要骑马的,再说燕世子……燕世子已经将丢的马送回来了,我都……都听着了。"孩子得理不饶人,眼泪噼里啪啦地落下来,一会儿就将诸葛玥的手帕打湿了。

诸葛玥刚想再拿一张帕子,突然就见孩子就着他的手,对着帕子擦了把鼻涕。

诸葛玥一愣,目瞪口呆地看着那条脏兮兮黏糊糊的帕子,只听孩子继续说道:"就连今天那匹马,也是少爷自己杀死的。"

"哼,你倒是会讲理。"

孩子低着头,不服气地喃喃道:"人家说的是实话。"

阳光从窗棂的角落里照了进来,洒在两人的肩膀上,孩子还很小,即便站直了也才到少年的肩膀,脸蛋红彤彤的,像是大苹果。

"给你。"诸葛玥将瓷瓶放在她的手里,说道,"回去擦擦。"

果然是小孩子心性,注意力顿时就被转移了。诸葛玥心下淡笑地看着孩子举着瓶子,疑惑地说道:"这是什么?"

"药,治擦伤的。"

之前小马跑得太快,楚乔的手心都被磨伤了。孩子嘟着嘴,点了点头,说道:"四少爷,那星儿先下去了。"

少年坐回椅子上,头也没抬,一副很不愿意见到她的样子,挥了挥手说道:"下去吧。"

楚乔刚要打开门,诸葛玥突然叫道:"星儿,以后见到燕世子,尽量离他远点。"

楚乔歪着头,不解地望着他。

诸葛玥烦躁地皱眉,吼道:"听没听明白?"

"明白啦!"孩子大声地回答,然后转身离去,小小的身子跨过高高的门槛,险些摔倒。

这孩子的胆子真是越来越大了,少年黑着一张脸,暗暗地喘着粗气。

刚一开门,她就看见朱成担忧的脸。朱成连忙跑上前来,见星儿满脸泪痕的样子急忙问道:"少爷怎么说,生气了吗?"

楚乔看了他一眼,点了点头,就回自己的房间去了。

朱成心惊胆战地进了房,见诸葛玥正低着头,也不敢出声,就在一旁小心地站着。

过了一会儿,一个东西突然对着他的脑袋就飞过来。朱成大惊,也没敢躲,暗道一声吾命休矣,却感觉东西软绵绵的,被砸到的脑袋一点也不疼。低头一看,竟是一块脏兮兮的手帕,上面绣着一个小小的玥字。

"拿去扔了。"

想起楚乔满脸的泪痕,朱成顿时好似领悟到了什么,微微一愣,连忙点头哈腰地说道:"奴才遵命。"

正要出门,忽听诸葛玥叫道:"等会儿。"朱成顿时回过头来,弯着腰等候指示,十足的奴才样。

少年白皙的脸孔不知为何竟有些红,想了半晌,仍旧没有开口。

朱成小心地抬起头来,只见诸葛玥眉头紧锁,好似在做什么重大的决定,和平日里遇到大事的表情一模一样，顿时认真地竖起耳朵，等候主子的吩咐。好久，只听上面传来威严的声音，"还是拿下去洗干净，再给我拿回来。"

"啊？"朱成顿时目瞪口呆，大声叫道。

诸葛玥大怒，"啊什么？听不懂吗？"

"听懂了听懂了，奴才这就去。"

楚乔小小的身子行走在回廊之上，低着头，对过往打招呼的人一概不理，一看就是挨了骂受了委屈的样子。谁知刚刚关上门板，脸上就失了刚刚那一副赌气的模样。她面色沉静，眼神锐利，捂着胸口缓缓地坐在凳子上，倒了一杯茶，拿在手里，却没有喝下去。

无论如何，今日这一关总算是过了，不管诸葛玥相信多少，但暂时应该没有危险了。

脊背上的衣衫已经全部湿透，冷风吹来，打在衣襟上，冷飕飕的。楚乔喝了口凉茶，平息了急促的呼吸，然后闭上眼睛，深深地吐了口气。

无论如何，事情必须加紧进行，她没有时间了。

冷风如刀，今年的冬天格外冷。

漆黑的天宇之中，璀璨的星辰照耀着沉睡中的大地，隆冬刚至，大雪弥漫，刚刚欢度了上元佳节的真煌帝都，迎来了喜悦过后的第一轮危机。

寒霜笼罩整个真煌城，长老院和盛金宫之间的车马灯火彻夜不息，流水般匆匆而过。西征的煌天部遭到了有史以来最严重的创伤和伤害，鲜血的味道从燕北高原的梨花江中流淌而下，遍布整个大夏皇朝，直抵帝国的心脏。

犬戎异族的挑衅触怒了帝国的上层贵族们，铁血的权威受到质疑和侵犯，又一场战争在低沉的喘息中暗暗酝酿。而在这之前，必须有人为这一次失败付出血的代价，哪怕，只是为了维护帝国的尊严。

镶金的诏书从盛金宫发出，经过长老院的裁决，而后穿过紫薇广场、九崴主街、承天祭台、乾坤正门，一路发往边疆。

风雨迭起的安静前夜，真煌城的人们，仍旧在静静地安睡着。

"月儿姐。"小八刚要叫出声来，就被楚乔一把捂住嘴巴。

女孩子眼睛明亮，四下望了眼，随即掏出怀里的锦袋，交到小八手里，压低声音说道："小八，时间不多，我们长话短说。明日晚饭前，要是我还没来找你，你就自己从后山的马场后门逃跑，那处看守的侍从我明日会寻隙支开，晚饭前会有一个时辰的时间无人防守。这是些盘缠金铢，还有伪造好的出城文书、行走草标，你带在身上，不要等我，直接出城。"

"月儿姐？"孩子顿时急切地抓住楚乔的手，说道，"你要做什么？可是要去报仇？小八也可以帮你，我不要一个人走。"

"听话。"楚乔伸手抚上孩子的头，沉声说道，"荆家现在只剩下我们俩，我是姐姐，你要听我的。只要还有人在，荆家就不会亡。若是我出了意外，你还可以为我报仇。"

"月儿姐……"

"小八，听我说，你出了城只管往东走。到了夏唐边境的三逸城，等我三日，若是我还不到，就自己先离开。你放心，这只是以策万全。我一旦脱身，一定会追上你的。"

孩子眼睛通红，抿紧嘴，突然伸出手来，使劲抱住楚乔的腰，哽咽地说道："月儿姐是最有本事的，一定不会有事的。"

楚乔心下一酸，抱住孩子的肩膀，苦涩一笑，"放心吧，这次以后，我们就离开这个地方。以后，再也不会有人能欺负我们。"

窗外冷月如钩，西风扫雪，一片萧瑟。

第二日，楚乔照例早起，去诸葛玥的房中伺候，却被告知四少爷一早就出了门，此刻已经不在府上。

楚乔暗道一声天助我也，转身就向着正院的方向走去。谁知，刚走到轩馆前的绿淑房，就被诸葛玥的贴身护卫月七拦住。不到十五岁的年轻护卫冷着一张脸看着楚乔，一字一顿地说道："少爷吩咐，不许星儿姑娘出青山院的大门。"

楚乔一愣，不知诸葛玥又在发什么疯，仰起头来可爱一笑，说道："这位大哥，我不是要出院子，我只是要去小厨房看看昨日送来的茶新不新鲜。"说罢，转身就向小厨房的方向走去。

一会儿的工夫，寰儿从厨房里走了出来，月七眉头一皱，上前说道："星儿呢？"

"在里面跟着大家挑茶。"

月七皱眉，"她现在的身份还用得着干这样的活？"

"哼，你当星儿也是锦烛、锦偲那样势利的人？"小丫鬟眉梢一挑，不屑地看了月七一眼，心直口快地说道，"势利眼！"

天边白云飘飘，今天，倒是一个好天气。

摆脱了月七，楚乔随便找了个借口小心地离开青山院，向着前苑走去。她生怕被人发现，挑拣了最隐秘的小路。刚刚走到梅林处，一个影子突然跑出来。孩子一惊，皱眉看去，只见来人年纪不大，眉清目秀，竟十分眼熟。

"不必惊慌，我是燕世子殿下的书童风眠，今天是专程替殿下来给你送口信的。"

"送口信？"楚乔眉梢一挑，目光在风眠身上转了一圈，说道，"你怎么知道在这里等我？"

风眠得意一笑，"我们世子说若是进不去青山院，就让我找个通往外府最隐秘的小道藏着，一定能见到你。"

楚乔冷哼一声，嘲讽说道："你们世子倒是料事如神。"

"嘿嘿，"小书童露出一口洁白的牙齿，说道，"我们世子的确是很聪明的。"

"什么口信，要说快说，我还有事。"

风眠悄悄咋舌，暗道这小奴隶还真是有性格，难怪世子和诸葛四公子都对她这样上心，连忙说道："我们世子要我跟你说，他明天一早就要回燕北了，晚上想和你告个别，就在昨夜的老地方见面。"

"回燕北？"楚乔眉头轻轻皱起，说道，"你们世子不是在京为质吗？怎么这么突然要回去？"

"具体原因我就不知道了，不过我们老王爷派人进京来召世子回去，想必是有急事。长老会已经批复，明天一早，咱们就回燕北了。"

楚乔默默地点了点头，说道："你跟你们世子说，我是奴婢身份，不可以轻易出府。再说他回不回燕北跟我也没有关系。我身份低下，不敢高攀，告别一说，无从谈起。"

小凤眯嘿嘿一笑，说道："我们世子说了，你若是想去，就没人拦得住。至于跟你有没有关系，可就不是我置喙得了的。你忙着，我走了。"

小书童贼笑着消失在梅林之中，楚乔不由得在心里暗叹诸葛府防卫松懈，竟能任由一个小孩自由来去。

一路小心潜行，大约半个时辰，终于来到了前苑的偏厢。诸葛府外府大管家朱顺的院子，毫无防备地呈现在眼前。

此时此刻，外府的管家朱顺正满面愁容地捧着一只盒子，盒子里装着一只已经有些发臭的断手，被冻得发青，看起来有些恶心。

这时，只听砰的一声响，一朝被蛇咬的男人顿时如被烧了尾巴的兔子，一把抓起床上的匕首，猛地跳了起来，瞪着眼睛四下喝道："什么人？"

四下里一片安静，哪里有什么人。

朱顺转过头来，只见一封洁白的书信安静地放在地上，信的顶端拴着一根线，上面系着一块石头，信封上还画着一朵桃花，信笺淡雅，散发出淡淡的幽香。

拆开之后，男人的眼睛顿时发出邪秽的光来，不过转念想了想，不由得撇嘴，还是坐回椅子，没有出门。

半响，又一个包袱从窗外扔了进来。

朱顺打开一看，竟是一件殷红的兜肚，上面画着一对交缠的男女，媚态横生，令人观之血脉偾张，浑身发烫。

男人贼笑了声，凑过头大力地闻了一下，把兜肚往怀里一揣，嘟囔道："大白天就等不及，小骚娘们儿！"说罢，穿上外袍就出了门。

诸葛主府，位于真煌城东，背靠赤松山，右临赤水湖，坐北朝南，占地极广。整府呈三进制，内庭幽深，层层防护，外有高角吊楼，侍卫二十四小时不停监视防卫，外围设有箭塔四座，另有小沟渠防火。一旦有战事，简直就是一座小型的城池。

而诸葛家各位夫人小姐的闺房院落，坐落在最安全的赤松山下。想要进入内府夫人们的香闺，除了从外面硬闯，根本就毫无潜入的可能。侧门一阵响，守门的护院招呼一声，"原来是朱管家，到内府来有什么事啊？"

"昨天阿泗说桃染院有房子漏水，二楼顶台的雪水融化，流进了楼下的大厅，我来看看。"

护院谄媚地笑道："这种小事怎能劳烦朱管家您呢？交给小的去做就行了。"

朱顺一笑，摇头道："左右我也闲着，大少爷在府里吗？"

"大少爷和四少爷在书房商议事情呢，已经一上午了，看来一时半会儿出不来。"

"哦，"朱顺点了点头，"那好，我去了，不用和主子们说。大中午的，主子们都睡下了，别打扰主子休息。"

"小的明白。"

时间拿捏得刚刚好，一个小小的身影隐藏在花树之中，眼神明亮，嘴角淡淡牵起，轻轻地笑了起来。

春华院的七夫人端木氏华宁正准备午睡，脱下了外面淡若云纱的披肩，双肩滑若凝脂，丰胸细腰，肥臀长腿，肌肤吹弹可破，十指豆蔻丹红，端的是妩媚娇俏，妖娆美艳。丫鬟为她掀开蚕丝锦被，服侍向来惯于裸睡的七夫人安睡。

就在这时，屋顶上的瓦片悄悄移位，却无人察觉，一小袋东西被缓缓放下。袋子不断地蠕动，里面似乎有什么活物一般。

丫鬟们退了下去，屋子里十分安静，渐渐只有七夫人浅浅的呼吸声。

噗的一声轻响，袋子落在七夫人的枕边，袋子粉红，上面还画着一枝娇艳的桃花。

七夫人睡得香甜，突然感觉脸颊边有东西在轻轻地舔舐着她香喷喷的耳朵脖颈。七夫人轻抚了一下，感觉毛茸茸的，还以为是做梦，也没睁开眼睛。就在这时，脸上突然一阵疼痛，七夫人吃痛地揉了揉眼睛，看清眼前的东西之后，微微一愣，随即尖锐的惊呼声顿时传遍整个春华院。

"夫人，夫人！"丫鬟们急忙从外间跑了进来，刚踏进房间，顿时大惊失色，尖叫声不断。只见七夫人的闺房之中到处是硕大的老鼠，一个个毛色漆黑，又肥又大，见到人也不害怕，还有几只正趴在七夫人的床上，撕咬着华丽的锦被。

"啊！哪里来的这些东西，都给我赶出去，赶出去啊！"

这个中午，整个春华院进行了一场浩浩荡荡的灭鼠行动。

七夫人端木氏华宁喝了十多杯安神茶，还是气息紊乱，通体发寒。

"夫人，我们在您床上找到这个。"一名侍卫拿着一只粉红色的布袋，走了上来。

七夫人接过袋子，只看了一眼，顿时眼睛一瞪，腾的一下站起身来，厉声说道："小贱人！我就知道是你！来人啊，跟我去桃染院，看我不撕掉这小贱人的一层皮！"

春华院的下人们浩浩荡荡地跟着七夫人气势汹汹地向桃染院而去。无人注意的角落里，一只小柜被缓缓推开，露出孩子沉静的脸孔。

不一会儿，整个内府鸡飞狗跳，桃染院那边更是吵闹成一片。楚乔轻而易举地顺着原路返回，离开了这个是非之地。

书房内，诸葛怀面色凝重，对着诸葛玥沉声说道："四弟，这次的事，你怎么看？"

屋子里静静的，没有半点声音。诸葛怀皱起眉头，对着眉头紧锁好似在想心事的诸葛玥轻声叫道："四弟？"

"嗯？"诸葛玥抬起头来，有些心不在焉地说道，"燕王府在劫难逃，燕洵危险了。"

"嗯，我也这样看。"诸葛怀点头说道，"燕王府树大招风，本就是各大门阀的眼中钉。西方封地的巴图哈家族觊觎燕北之地已久，这次的脏水，十有八九要泼在燕王爷头上。加之盛金宫里的那位主子，向来是宁肯信外人也不相信自己兄弟的。"

这时，忽听外面人声鼎沸，嘈杂吵闹。诸葛怀眉头一皱，高声说道："朱永，外面发生什么事？这样吵闹。"

"回禀大少爷，是桃染院那边传来的声音，似乎是七夫人和歌女桃香吵起来了，三夫人四夫人几个都赶去了。"

诸葛怀目光一沉，不耐烦地说道："一日都不肯消停，真是不知所谓。"

诸葛玥却恍若未闻，也不搭话，端起茶盏喝了一口，低头不语。

"大少爷，三夫人请您和四少爷去桃染院，说是有急事要您处理。"

诸葛怀顿时微怒，说道："什么事还要我和四弟去，还嫌不够丢脸吗？告诉她们，我没空。"

"大少爷，三夫人请出了家法，要……要打死桃染院的桃香姑娘呢。"

诸葛玥放下茶盏，站起身来，说道："大哥，就去一趟吧，也许真的有急事。"

诸葛怀长叹一声，随着他走出了书房。

桃染院里一片怒骂之声，各房夫人你方唱罢我登场，吵得不亦乐乎。只是那怒气之中却都带着几丝幸灾乐祸的窃喜：这个将老爷迷惑得不知道东南西北的小贱人，也终于有了今天。

七夫人趾高气扬地站在院子中间，对着衣衫不整的桃香冷笑道："真是看不出，咱们诸葛府也会出这种败坏门风的事，老爷一向待你不薄，你却这样回报，真是不知廉耻！"

三夫人一身火狐锦貂，三十多岁的年纪，保养得很好，别有一番雍容华贵之色。只见她面带遗憾地说道："桃香，老爷走时本说回来之后就纳你入房，怎奈你竟做出这种伤风败俗的事情，就是本夫人今日也不能容你了。"

"姐姐还跟她多说这些废话干什么？依我看，一棍子打死了事，没得脏了我们诸葛家的地方。"

桃香脸色苍白，双手抱胸跪在地上，衣衫不整，双眼无神，浑身上下都在不停地颤抖。她不时地拿眼睛扫一眼旁边的男人，却见那男人抖如筛糠，面皮发青，比自己还不如。

诸葛玥进桃染院的时候所看到的就是这样一幅混乱的场面。听完七夫人邀功一般的叙述，诸葛家的四少爷眉头顿时紧锁，眼内锋芒闪烁，头脑急速地运转起来。

"大少爷！"朱顺一看到诸葛怀，顿时如见救命稻草，哭着扑上前去，鼻涕一把泪一把地大声叫道，"是她先勾引我的，是她给我传的书信，让我前来。我一进来，她就脱了衣服勾引我。奴才记得老爷和少爷对奴才的恩惠，满脑子都是为诸葛家鞠躬尽瘁，死而后已，哪里能做出这样大逆不道的事情？奴才拼死抵抗，才没从了这个贱妇的心意。奴才是冤枉的，奴才事先一概不知情啊！"

"你！你有没有良心？明明就是你……"

"还敢狡辩！"啪的一声脆响，七夫人一巴掌扇在桃香的脸上，冷笑道，"贱妇就是贱妇，竟然还敢以下三滥的手段暗害我，最后搬起石头砸了自己的脚，咎由自取！"

"四弟！你干什么去？"诸葛怀一愣，只见诸葛玥转身就走，连忙疑惑地叫道。

"大哥，我有急事要办，回头再来找你。"

匆匆撂下一句话，年轻的诸葛玥就离开了桃染院，向着青山院的方向匆忙行去。

他砰的一声推开青山院的大门，襄儿和几个小丫鬟正在院子里为花圃里的兰花浇水，见了诸葛玥连忙退到一旁，恭敬地行礼。诸葛玥看也不看她们，脚步不停地向下人的房间走去，一边走还一边问道："星儿哪里去了？谁看着了？"

"星儿说身体不舒服，回房里躺着了。"一名小丫鬟说道。

旁边的襄儿害怕星儿被罚，连忙说道："她跟我们挑了一天的新茶，刚刚才回去的。"

诸葛玥面色阴沉，大步走向楚乔的房间。月七跟在一旁，低声说道："星儿的确是在小厨房忙了一天，属下没见她出去。"

砰的一声，大门被一把推开，诸葛玥黑着一张脸闯了进去，只见孩子面色苍白地躺在床上，好像真是生了病的样子。

诸葛玥微微发愣，没料到她真的在房中，可是不知为何，看到她好好地躺在那里，心里却登时松了口气，好像放下了一块大石头一样，多了几分莫名的安心。

"四少爷？"孩子惊愕地拥着被子坐起身来，声音还带着一点刚刚睡醒的腔调，"星儿做错什么事了吗？"

诸葛玥一愣，摇了摇头，有些尴尬，"没有，听襄儿说你病了，进来看看。"

"哦。"孩子点了点头，"少爷带这么多人来看星儿，星儿谢谢少爷。"

诸葛玥顿时脸皮发红，有些无措，却不知道该说什么好，站在原地，清了清嗓子，咳嗽一声。

朱成见诸葛玥尴尬，连忙凑上前来打圆场，"星儿，少爷都来看你了，还不赶快起身？"

孩子一愣，面露紧张之色，轻咬嘴唇，却没有动。

诸葛玥眼神一寒，疑心顿起。今日之事，大费周章，她想要躲过层层暗哨，非得小心潜行不可，那么身上所穿的衣裳必定会留下痕迹。自己听到消息就急忙赶回来，不应该比暗中策划的人慢多少。她这个样子，难道这层被子之下，有什么乾坤不成？

"星儿，"诸葛玥缓步上前，双眼紧紧地盯着孩子的脸孔，沉声说道，"给我倒杯茶。"

孩子面色惶恐，咬着嘴唇说道："少爷可不可以先出去，星儿待会儿……待会儿就起来伺候。"

"不可以。"诸葛玥走到床边，修长的手指抓住孩子身上薄薄的锦被，漆黑的双眼靠近孩子大大的双眸，一字一顿地说道，"我现在就要喝。"

"啊"的一声惊呼突然响起，所有人顿时目瞪口呆，惊讶的叫声此起彼伏。只见小小的床榻上，身材瘦小的孩子紧紧地抱着双膝，将脸孔埋在臂弯深处，双肩一抖一抖，乌黑的长发散落在肩膀上，竟是未着寸缕！

诸葛玥抓着被子，一时间也有些发愣。许久，诸葛玥的一张俊脸腾的一下变得通红，猛地回过身去，对着瞪大眼睛的下人们怒声喝道："都看什么？滚出去！"

下人们如梦初醒，纷纷退出房间。

诸葛玥将被子一把扔到楚乔身上，语调不似以往沉稳，有些急躁地说道："快把衣服穿上！"

身后很静，有低低的抽泣声缓缓响起。诸葛玥眉头紧锁，也不知道是在生谁的气，不耐烦地怒道："算了，你还是躺着吧。"

随即他大步走出房间，房门被哐的一声大力地关上。屋子里的孩子抬起头来，面色淡然，眼神沉静，哪里有一丝一毫的伤悲。楚乔掀起身下的褥子，一身被泥土弄脏的衣服被她毫不怜惜地扔在地上。

诸葛玥果然够警惕，速度快到她连穿好衣服的时间都没有。

不过这样也好，这个下午再不会有人够胆进入她的房间，这样她就更加有时间去做接下来的事了。

孩子低下头，轻轻一笑，一张幼小的脸孔上竟有几分阴暗的神采。

也到该还账的时候了。

第十章

手刃仇敌

刚换好衣服，敲门声就响了起来。寰儿一脸兴奋地跑进来，笑着说道："星儿，有好消息，想不想听？"

楚乔个子小小的，坐在高高的椅子上两条腿都挨不着地，她倒了杯茶，很是端庄地喝了一口，"说吧。"

"星儿！"小丫鬟不乐意地噘着嘴，"你到底想不想听嘛，一点兴奋的表情都没有。"

楚乔抿嘴一笑，"你想说就说喽，我说不想听你也会说的。"

"哼，我不跟你计较，不过这次真的是好消息啊。"寰儿笑道，"外府的朱管家和内府新得宠的一个歌姬私通，被七夫人抓了个正着，连三夫人和大少爷都惊动了。那个歌姬已经被投井了，朱管家也被打了五十大板。怎么样，是好消息吧？"

端着茶盏的手顿时一滞，楚乔坐在椅子上，一双眼睛缓缓眯起，将所有的情绪和锋芒都悄悄地掩盖，点头道："果然是好消息。"

寰儿气愤道："就是，朱顺平时狗仗人势，总是欺负人。咱们这些奴才，有哪个没受过他的气？就说你们荆家孩子之所以会被送到老太爷那里去，他就脱不了干系。今天被狠揍一场，也算是老天开眼，替咱们出了一口心中的恶气。"

楚乔面色不变，声音舒缓，带着几丝刻意压制的低沉，"与内房歌姬私通苟合，这样的罪过却只打了五十大板，未免太过于儿戏。"

"谁说不是？"寰儿说道，"刚刚七夫人就是气不过，跑来找四少爷评理，只可惜咱们少爷向来不愿意管这些事情，大夫人和老爷又不在府中，一切都是大少爷说了算。朱顺又是大少爷的人，唉。"

楚乔点了点头，缓缓说道："好了，我知道了，寰儿，谢谢你来告诉我。"

寰儿见她面色有些不对，声音不由得缓了下来，有些局促，不安地说道："星儿，你是不是不舒服啊，我去给你找大夫吧？"

"不用。"楚乔淡淡一笑，道，"我休息一下就没事了。"

"哦。"寰儿点了点头，离开了房间。门板刚一关上，孩子的脸色顿时就沉了下来。

这样都扳不倒他吗？

那么，就只能亲自出手了。楚乔缓缓地咬住嘴唇，坐在椅子上，看来，所有的计划都需要重新部署了。

外府大管家朱顺的院子大门紧闭，但是隔得老远还是能不时地听到男人杀猪一般的惨叫。过往的下人们沉目垂首，无人敢放肆地观望一眼，但是幸灾乐祸的表情怎么也掩饰不住，比过年发了工钱还要高兴。

朱顺光着屁股趴在床上，一边鬼哭狼嚎地叫唤着，一边不断地大骂给他上药的两个小厮，好像将他打成这样的人是他们一样。

"你奶奶的！你想疼死老子啊！"

其中一个小厮满脸汗水，一边赔着小心一边忍不住说道："朱管家，您得忍着点，这皮肉都和裤子黏在一起了，不撕下来不行啊。"

房间东面临水，有几棵稀疏灌木，一柄锋利的匕首沿着窗户插了进去，趁着男人的惨叫声悄无声息地挑开窗闩。楚乔端着一架自制的折叠弓弩，缓缓站起身来，对准了男人的脑袋。

这种弓弩来源于南非，是从一个丛林部落中传出来的，样式精巧，可以拆卸、折叠，近距离发射精准，又悄无声息。楚乔当年在境外做潜伏任务的时候，曾经利用过这种弩潜进一个防卫严密的私人派对，并最终杀死了目标人物。这种弩不仅携带方便，而且杀伤力极强，一个手法娴熟的猎人可以依靠这种弓弩杀死一头成年老虎，可见其惊人的杀伤力。在冷兵器时代，这简直就是为刺客量身定做的武器，朱顺很幸运，他就要成为死在这种跨时代跨地域的超级武器之下的第一人了。

就在这时，一个男人突然惊慌失措地跑了进来，大声叫道："朱管家，朱管家！"

"叫什么叫？"朱顺大骂，"叫丧吗？老子还没死呢！"

那下人连忙说道："朱管家，是别院来人了，二老太爷问你，说好要送去的那个小女奴怎么还没送去？"

朱顺一愣，登时高跳起来，却忘了自己被打得稀烂的屁股，噗的一声又趴回床上，鬼哭狼嚎了起来。他一边叫还一边说道："那个丫头怕是不行了，四少爷不会放人，我在喜乐院准备了十个刚买回来的小奴隶，你带人去提走吧。"

"是，小的知道了。"那人答应一声，转身就向外跑去。

朱顺大叫道："记得跟二老太爷说一声，我生了重病，病好了再去问候他老人家。"

窗外的弩弓渐渐放了下去，楚乔眼睛一转，又一个主意上了心头。

或许，可以用另一种方法除掉这个人，手不沾血，干净利落。

喜乐院的土牢刚一打开，一股难闻的骚臭味就扑面而来。前来提人的别院管事眉头一皱，捏着鼻子说道："这都是些什么东西？这样的货色也能献给老太爷吗？"

之前的那名下人连忙点头哈腰地说道："最近奴隶不好买，一听说是卖给我们诸葛府，都拼命地往上抬价，就是这几个还是我们头儿挖空心思找来的。您放心，洗涮干净了，绝对个顶个的都是小美人，老太爷见了一定心花怒放。"

"得了，别废话了，拉出来吧。"

里面的孩子已经许久没有见到阳光了，从被买回来就一直关在里面，人人蓬头垢面，面色惊惶，揉着眼睛，像是一群小狗崽一样紧紧地靠在一起。

别院的管事看了一眼，随即皱眉说道："不是说只有十个吗？这怎么有十一个？"

"是吗？"下人连忙数了一遍，然后说道，"许是朱管家记错了，我回去问问。"

"得了，别问了，我没那个闲工夫，带走！"

几名孔武有力的壮汉走上前来，推搡在一个孩子身上，怒声喝道："都跟上！"

孩子们一害怕，顿时有人小声地哭了起来。

"谁再敢哭一声就一刀砍了！反了你们！"家丁狗仗人势地叫道，一边说着一边拉住当中一个稍显干净的孩子。

就在这时，那个孩子突然回过头来，一口狠狠地咬在男人的手腕上，男人惨叫一声就松了手，那孩子顿时兔子一般，迅速地逃去。

"啊！跑了一个！追，给我抓住！"

诸葛府的下人一看那孩子跑的方向，顿时大惊失色，拉住别院的管事，大叫道："祝管事，那边是四少爷的青山院，去不得啊！"

"不过是抓一个奴隶，有什么去不得？"祝管事怒喝一声，一把推开下人的手，向着孩子逃跑的方向追了上去。

青山院的大门被人一脚踢开，诸葛老太爷的手下们如狼似虎地冲进了院子，裹儿等小丫鬟正蹲在廊下擦花瓶，听到声音吓了一跳。

诸葛玥刚刚被诸葛怀叫去了红山院，朱成等几个奴才护卫也都不在。诸葛玥好静，院子里本就没几个人，此刻更是只剩下这几名丫鬟。

裹儿算是丫鬟中年纪稍大的，哆哆嗦嗦地上前说道："你们是什么人？怎么这么大的胆子，不知道这里是四少爷的院子吗？"

"这位姑娘，我们是来抓逃跑的奴隶的，若有得罪之处，还请见谅。"

"抓奴隶怎么抓到我们这里来了？"裹儿听对方的语气还算客气，胆子也大了起来，理直气壮地说道，"你们是哪个院子的奴才，怎么一点规矩都没有？"

"我们是外府二老太爷的人，姑娘若是要告状，尽管去找四少爷就好，稍后我们也会告知老太爷的。"

一听到二老太爷的名号，裹儿顿时噤声，底气不足地说道："我们没看到什么奴隶，你们……你们别乱来。"

一名小厮上前说道："就是那间房子，我亲眼看到她从窗子里钻进去的。"

裹儿一惊，忙道："那是少爷的贴身侍女的房间，你们不可以进去。"

祝管事狐疑地看了裹儿一眼，沉声说道："进去抓人。"

"不行！"裹儿刚要上前，就被一名大汉紧紧地抓住，眼看着众人如狼似虎地冲了进去。

"祝管事，就是她！"

"星儿！"裹儿大叫一声，转过头来大声叫道，"你们抓错人了，这是我们院子里的丫鬟，不是你们要找的奴隶！"

祝管事冷冷地看了寰儿一眼，说道："像你们这样互相包庇的小奴才我见得多了，我劝你还是老实点，不然事情闹上去对你没有好处。"说罢，招呼一众家丁，带着楚乔走出了青山院。

"星儿！"寰儿大叫一声，一眼瞥到跟在最后的一名诸葛府家丁，忙上前说道，"你不是朱顺管家身边的奴才吗？是你带他们来的？你快把星儿要回来！"

那下人满头雾水，他也是亲眼看着那个小奴隶翻身跳进房间的，没想到这青山院的丫鬟竟会和她熟识，他皱眉道："你别胡搅蛮缠，她们都是朱管家定下要送给老太爷的女奴，你再多事，将你也一起送去。"

一会儿的工夫，人去屋空，寰儿目瞪口呆地站在原地，小丫鬟们全畏畏缩缩地站在后头，一个也不敢靠前。

"对了，去找四少爷！"寰儿一抹眼泪，向着红山院的方向迅速地跑去。

诸葛玥正在诸葛怀的书房里议事，突然听朱成在外面说道："四少爷，寰儿刚刚来报，说有要紧事要见您。"

诸葛玥眉头一皱，沉声说道："有什么事不能回去再说？越发没有规矩，让她回去等着。"

门外顿时死寂无声，可是谁知过了一阵，朱成又敲门说道："四少爷，是……是星儿，被朱顺管家的人带走了。"

唰的一声，房门被一把拉开，诸葛玥冷冷问道："你说什么？"

朱成额头冷汗直流，看了一眼里面满面狐疑的诸葛怀，舔了舔嘴唇，缓缓说道："朱管家的人说他们的奴隶逃走了一个，硬是说星儿姑娘就是逃走的奴隶，强行把人从青山院带走了。"

"带走？带到哪里去？"

"说是，说是送到二老太爷的别院里去了。"

一时间，诸葛玥的脸色要多难看就有多难看。

"也许是抓错人了吧，朱顺自从受了伤，做事就越来越不妥当。"诸葛怀走上前来，伸手拍在诸葛玥的肩膀上，淡笑着说道，"四弟，既然是送到二老太爷的府上就算了吧，一个丫鬟，稍后大哥挑几个机灵的送到你院子里当作补偿，保证不让你吃亏。"

"走了多长时间？"仿佛没听到诸葛怀的话，诸葛玥双眼紧盯着朱成，声音低沉地说道。

"走了……有小半个时辰了。"

诸葛玥一言不发地推开房门，大步走了出去，朱成和青山院的下人们早料到会如此，齐齐跟在后面。

就在诸葛玥刚刚得知楚乔被诸葛老太爷抓走的时候，魏氏的长门祠堂之内，魏光将一支金箭亲手交到魏舒烨的手上。老人面色郑重，语气低沉，缓缓说道："烨儿，不要让叔叔失望，也不要让魏家的先祖失望。"

魏舒烨双手平抬，看着那支金箭，眼里滚动着激烈的锋芒。他张开嘴，想说什么，却像是失水的鱼，只是动了动，吐不出一个字。

"烨儿，魏家的先祖在看着你，你的父亲也在看着你，该如何做，你好自为之。"

魏舒烨眉头紧锁，许久，才缓缓地开口道："谁？"

魏光淡淡一笑，将手指蘸在茶盏里，然后在香台上缓缓写下了一个字。

魏舒烨的眼睛顿时大睁，眉头紧锁，不确信地看着年迈的老人，似乎在寻求一个答案。

"这是盛金宫主人的意思，孩子，去吧，你不需要知道理由，只要知道你所做的一切都是为了魏家，为了魏氏一族三百年来的荣誉，就足够了。"

年轻的身影渐渐消失，夕阳顺着大敞的房门照射进来，给一切都披上了一层血红的颜色。

魏景从后堂走出来，来到老人身边。他穿着一身深绿色的锦袍，再无往日的跳脱与张扬，目光冰冷，神色淡漠，恭敬地行礼道："叔父。"

"都准备好了？"

"叔父放心，一切都已经安排妥当。"

"嗯。"老人微微垂首，转过头来，对着祖宗的灵位叩首上香，华贵的衣袍拖在地上，有淡淡的香灰被卷了起来。

见老人要起身，魏景连忙上前扶着魏光的手臂，语气淡淡，好似不经意的一句闲话，"叔父觉得，这一次北边那位，有几成胜算？"

"呵……"老人低笑一声，笑音里不无讽刺的意味，"一成也无。"

魏景眉头一皱，疑惑道："燕北占地极广，民风彪悍，虽气候苦寒，但是连接西域，商贸繁华，北选实行之后，更是人才济济。燕王爷虽不见得有什么伟才，但是对百姓十分良善，深得民间的爱戴，不见得没有一拼之力吧。"

魏光满脸的皱纹皱在一起，深吸一口气道："匹夫无罪，怀璧其罪。你以为是什么让盛金宫的那位下定决心除掉他？一个人如果太久不犯错，那本身就是一件错事。权术之道，重在均衡，盛极则衰，周而复转。燕世城就是因为占据了这么多得天独厚的条件，才让那位动了杀机啊。况且，"魏光嘿嘿一笑，"一棵树上怎么能结两种果子？燕北兴于大同，也必将亡于大同。"

魏光转过头来，看着这个家族里最令他满意的孩子，语重心长地说道："景儿，国人都说长老会权霸大夏，七大家族名为臣属，实为皇家，但是叔父告诉你，宫里的那位，才是大夏王朝真正的主子，这一点，你永远都要记住。"

魏景很少见魏光这样正色地说一件事，连忙低下头，恭敬地答应。

魏光长吸一口气，缓缓说道："燕王爷之所以会没有胜算，是因为他从来就没想反。欲加之罪，呵呵。"

夕阳如血，真煌城的街头，有人突然指着夜空惊呼一声，惊动了其他行走的路人。众人齐齐抬起头来，只见遥远的天际，一颗泣血般的红星诡异地闪烁在还没完全黑暗的天幕之上，光华闪动，诡异吓人。

诸葛府的大门外，得知自己招惹了煞星的朱顺被人抬着奔了出来。一见诸葛玥杀气腾腾地骑在马上，顿时忘记了所有的病痛，号了一声就追上前去，悲声叫道："四少爷，您听奴才解释啊，这是个误会！"

唰的一声，一道血线霎时间冲天而起，只听男人惨叫一声，一只肥大的耳朵落在了地上，鲜血淋漓。

"留着你的命好好等着我回来。"少年面色阴沉，语气纵然平和，可是听在别人的耳里，却平白感到一股阴森之意。诸葛玥眼神寒冷，转头策马而去，护卫们同情地看了朱顺一眼，随即齐齐跟了上去。

前些日子刚刚丢了一只手的男人趴在地上，一边打滚一边哀号，只是他往日的那些所谓的心腹却没有一个敢上前去扶他一把。

晚饭时分，天空开始飘起雪来，赤水湖畔，一片银白，燕洵穿着一身雪白的貂裘，戴着风帽，牵着马站在湖边。远远望去，只见少年衣衫华贵，面容俊美，眼神沉静，映着这冻湖雪景，竟是别样的潇洒倜傥，风度翩翩。

夕阳渐渐地落下山去，盛金宫的方向，有万年不熄的鲸油灯璀璨闪烁，散发出刺目的光来。燕洵转过头去，望着宫门的方向，渐渐地凝住了眼神。

"世子！"书童风眠远远地跑过来，气喘吁吁地来到燕洵面前，大声说道，"大事不好了！"

燕洵眉梢一挑，说道："什么事？"

"那个星儿姑娘，据说被诸葛府的二老太爷抓到八兴胡同的别院去了。"

"什么？"燕洵一双剑眉顿时皱起，沉声说道，"什么时候的事，你从何处听说，消息可准确？"

"是听诸葛府做洒扫的下人说的，具体准不准，我也不知道，只说是青山院的星儿姑娘。"

燕洵皱着眉头，沉吟半响，突然翻身跳上马背，说道："风眠，我们去八兴胡同。"

"啊？"风眠一愣，叫道，"世子，真要去啊，万一消息不准呢？还是再等等吧？"

燕洵摇头道："不准就再回来，没什么大不了的。"

"那我们以什么名目去啊？不会就这么大张旗鼓地冲进去找人吧？"

燕洵眼睛一转，说道："就说临走之前来拜访，无妨，走吧。"

蹄声滚滚，扬起大片雪雾。不远的城西方向，一支三百人的军队正在静静地等候着，斥候探马急速地奔回来，对着年轻的主帅说道："禀少将，属下亲眼看到，燕世子向着八兴胡同的诸葛府别院去了。"

"诸葛家？"

魏舒烨眉头一皱，沉声说道："燕洵去诸葛家做什么？难道诸葛家想要插手？诸葛穆青这次没有参加长老会，莫非有意回避这件事？"

"少将，"姜贺策马上前，"属下以为不会，诸葛穆青向来和老巴图交好，这次也是因为东面封地的水患而分不出身，属下以为，也许只是个巧合。"

魏舒烨点了点头，说道："若是这样，事情就会好办很多。"

冷月当空，他抬起头来，缓缓说道："是时候了。"

大军闻言迅速开拔，向着诸葛家二老太爷诸葛席的府邸而去。

就在诸葛玥、燕洵、魏舒烨三人快马加鞭地向诸葛席府上奔来的时候，向来丝竹声不断的雏娘馆里，却陷入一片死亡的冷寂。

鲜血从锋利的匕首尖端缓缓落下，打在西域白驼绒制成的地毯里，迅速地渗透，化作一圈鲜红的图纹。黑夜的风从角落的窗子外吹了进来，微微发凉，散去了一室奢靡的香气。灯火通明的雏娘馆里，诸葛席老脸惊慌地掐住脖颈，难以置信地看向还没有自己肩膀高的孩子。沙漏里的沙子缓缓流逝，终于，砰的一声，诸葛席重重地跪在地上。

"你在求我放了你吗？"楚乔的声音很轻，她略略低着头，眼角轻瞥在老人的脸上，胃里翻腾着的恶心感让她几乎想一口吐出来。那个黑夜里，汁湘等人狼藉一片的尸体像是刀子般刺激着她的神经。她缓缓地凑过头去，低声说："曾经有那么多人也求你放过她们，你为什么不放？"

诸葛席趴在地上，脖颈上的鲜血喷泉一般冒出来，养尊处优却又贪生怕死的贵族老爷被吓得如筛糠般颤抖，不断地伸出鲜血淋漓的手臂向前爬去，想要远离这个魔鬼般的孩子。鲜血在地面上拖曳出一道长长的血痕，那般刺目，那般触目惊心。

"你已经多活太久，该为此付出代价了。老天不收你，我来收。"唰的一声脆响，刀子划过骨头，整齐地切断，腔子里的血雾时喷溅而出，染下一地黑紫的腥臭。

楚乔手拿着诸葛席死不瞑目的头颅，面无表情地将其扔在地上，向着畏缩在墙角的十名小女奴走去。孩子们惊恐地望着她，互相挤在一处。在她们的眼里，这个突然挣脱绳索，胆大包天杀死诸葛老太爷的孩子简直是疯了，就像是地狱里的恶鬼一样可怕，却丝毫没有意识到，若是没有这个孩子，她们此刻还有几人能完好无损地活着？

楚乔拉过一个十多岁的相貌清秀的女孩子，只见那孩子被吓得脸色苍白，嘴唇哆哆嗦嗦。她垂下头来，声音清冷，淡淡地问："害怕吗？"

孩子两眼发直，不断点头，生怕自己马上就会成为第二个无头尸体，眼泪和鼻涕齐齐而下，却不敢发出一声。

"既然害怕，那就叫出来。"

毕竟是穷人家的孩子，年纪虽小，却已懂事，那孩子连忙摇头哭道："我不出声，我什么都没看到，求求你放了我。"

楚乔不耐烦地皱了一下眉，"我没说清楚吗？叫出来。"

"求求你，"孩子语无伦次地哭求，"放了我吧，我做牛做马……啊！"

八岁的孩子猛地举起匕首，对着孩子的脖颈插了过去，原本还在低声哀求的孩子顿时大声惊呼，只听唰的一声，锋利的匕首沿着她的脖颈，狠狠地插在她身后的床柱上，惊呼的孩子却毫发无伤。

"什么事？老爷，出了什么……啊！杀人啦！"守在门外的侍从听到声音，顿时小心地探进脑袋，话还没说完，就看到诸葛席满身鲜血地躺在地上。年少的小厮魂飞魄散，惊叫一声，一下坐在地上，随后狼狈地爬起，踉跄着跑了出去。

楚乔掂了掂匕首，默算着时间，估计整府的护卫都听到了，飞刀瞬间出手，直刺那小厮的后脑，从前额透出！

慌乱的脚步声登时响起，孩子迅速坐回小奴隶们的队伍里，只见二十多名大汉冲进房间，看到诸葛席身首异处，顿时面如土色。

"怎么回事？"为首的侍卫厉声喝问着房里的小奴隶们。

"杀人啦！"八岁的孩子抢在所有人前头大叫一声，眼泪顿时扑簌簌地落下，惊恐地叫道，"杀了人，呜……杀了诸葛老太爷，还杀了……好可怕，呜……"孩子鼻涕一把泪一把地哭诉，小脸被吓得惨白，说话哆哆嗦嗦，似乎连舌头都在打战。

领头的侍卫怒道："往哪里跑了？"

"那！"楚乔指向南边微敞的窗子，"从那里跑了！"

"留下几个人，其他人跟我追！"

侍卫们呼啦一声冲出了房间，只留下三个人看守诸葛老太爷的尸体。

其他的孩子全部惊恐地看着楚乔，只见这刚刚把诸葛别院侍卫骗走的孩子，手拿弓弩，脸上再无半点害怕。她笑望着那几个正在查看诸葛老爷的尸体的下人，神态轻松地吹了一个响亮的口哨，"喂！别忙活了。"

三人转过头来，顿时大惊失色，可是还没来得及叫上一声，三支弩箭就连贯射出，流星一般齐刷刷地射进了三个惊愕的头颅。血哗哗地流着，三具尸体同时倒地，忠心不二地追随着他们的诸葛老太爷赴黄泉而去。

"啊！"一个小奴隶顿时惊叫。

楚乔一把捂住孩子的嘴，"叫你们叫的时候不叫，这个时候瞎添乱。"

所有的孩子都面如土色，嘤嘤地哭泣起来。

楚乔长叹一口气，缓缓说道："我下面的话很重要，你们要认真听着，方能保全一条性命，知道吗？"

孩子们顿时止住了哭泣，瞪大了眼睛望着她。

"我呢，是朱顺管家的人。这个老东西灭绝人性，总是祸害孩子，朱顺管家看不过眼，要我来杀死他。这可是为民除害，你们谁也不许泄露出去出卖朱管家，不管诸葛府的人对你们用什么刑，都不准说。朱管家自会救你们的，记住了吗？"

孩子们连忙点头，一个个仿佛惊恐的兔子。

楚乔淡淡一笑，网已经撒开，只等鱼儿钻进去。就算这些孩子真的能大仁大义到甘愿忍受刑罚而誓死不将她的话说出去，又或者就算说了，诸葛府的人也未必相信，但是，整个青山院的下人都是亲眼看到朱顺的人将她带走送到了诸葛席的府上。单凭这一点，他就脱不了干系，死，已成为必然，现在所看的，只是他会得一个怎样的死法。

她看了眼计时的沙漏，时间刚刚好，还来得及悄悄溜回去接应由后门逃出的小八。

刚要由正门离开，一只手突然紧紧地扣住了她的脚踝，楚乔低头看去，竟是一名还没有死透的侍卫。

"为虎作伥，该杀！"楚乔目光冰冷，一把拔出了男人额头上的箭矢，那尸体抽搐几下，就再也不再动弹。楚乔使劲地想要掰开他的手，努力了几次，却抽不出脚来，顿时发了狠，一把拔出那侍卫腰间的长刀，噗的一声，砍断了他的手掌。

"你在干什么？"低沉的嗓音缓缓响起，并不如何响亮，却带着浓烈的煞气。诸葛玥一身火红长裘，满头风雪，身后跟随着大批的青山院随从，双目阴沉地看着满手鲜血的孩子，一字一顿地沉声说道。

楚乔抬起头来，一双秀眉缓缓地皱了起来，诸葛玥为什么会在这里？不过这已经不再重要了。楚乔镇静地望着他，冷冷牵起嘴角，淡淡一笑，"如你所见，我杀了这个万死不足以赎其罪的糟老头子。"

诸葛玥面容阴沉，双眼黑云翻动，"以前的那些事，也是你做的？"

"是啊！"孩子灿烂一笑，这样甜美纯真的笑容在这样的环境里显得那般不合时宜。她手拿一只断掌，笑容满面地说道："可惜你知道得太晚了，你还是先想好回去如何面对诸葛一族各位家主的盘问吧。毕竟，我是你院子里的下人，而诸葛席死了之后，最大的受益者就是你们长房一脉。"

"来人！"诸葛玥沉声说道，"将她拿下！"

"想得倒美！"孩子冷笑一声，挥手大喝道，"暗器！"

青山院的下人顿时身手矫健地围上前来，将诸葛玥层层护住。月七年纪虽小，身手却是了得，旋身迅速上前，猛然抽出长刀，劲风扫雨般急速舞动，道道白光横踞身前，便是泼水，也难入分毫。

砰的一声，一物顿时撞在月七的长刀上，血线冲天而起，众人低下头一看，竟是一只血肉模糊的断掌。

窗子外面，响起孩子冷然的厉喝："诸葛玥，临惜不会白死的！"

月光森然，娇小玲珑的身体，转瞬就隐没在无边的夜色之中。

少年面色发青，眼睛通红地站在原地。朱成小心地看着他，着急地对其他侍从喝道："都愣着干什么？追啊！"

众人这才如梦初醒，齐齐追了上去。

别院的花丛之中，孩子灵巧的身子好似一只娇小的狸猫，迅速地在曲折的小道上奔跑。就在这时，前方好似有众多人迅速奔跑而来，孩子面色冷然，顿时停住了脚步。

"啊！是你们！"看清了来人的身份，孩子急忙跑上前去，"抓到贼人了吗？"

那领头的男人见是那个哭哭啼啼的小女奴，眉头一皱，沉声说道："滚开！这哪是你能问的事情，别挡道！"说着，就向孩子的肩膀推来。

"屋子里又来了刺客，将你们的人都杀死了，他们自称是青山院四少爷的人，我是跑出来报信的。"

"什么？"男人顿时大惊，说道，"简直胡说八道，府外也有贼人，大约三百人，鬼鬼祟祟，一看就不是我们诸葛家的人，兄弟们扛不住了，我是回来搬救兵的。"

府外也有人？难道是诸葛玥的随从？楚乔皱起眉头，冷静地说道："那边走不通了，对方人比你们多。这样吧，你们藏在这里，我去引他们过来。"

男人一喜，心道这小女奴果然有点胆量，"好，事成之后，我会如实向上禀报的。"

"嗯，"孩子灿烂一笑，"只要能脱了我的奴籍就好。"

片刻之后，青山院的下人们追击至此，还没说上一句话，就和黑暗中的诸葛别院下人动起手来。

月七一马当先，怒声喝道："你们是什么人？可是二老太爷的属下，我是四少爷的贴身护卫！"

"去你奶奶的！"大汉呸了一声，"我还是盛金宫的带刀兵卫呢，兄弟们，给我上！"

噼里啪啦的缠斗声中，楚乔的脚步渐渐远离了战场。

终于来到了外围的高墙，楚乔左右望了一眼，寻找攀爬的工具。就在这时，脑后突然一阵劲风袭来，楚乔身手敏捷反应迅速，登时转身，掏出弓弩就要激射出去。不想对方身手敏捷，一把将她抱起，几个利落的起跳，就已经身处于高墙之上。

"哎，还真是不可爱，一见面就要动刀动枪。"

燕洵一身白色大裘，黑发星眸，嘴角带着一丝玩世不恭的笑容。

只见诸葛府中，到处都是点燃的火把和嘈杂的人群，府内府外斗成一片，喊杀声不断地传来。燕洵四下望了一眼，摇头叹道："看看你，一个小小的孩子，又惹了多大的麻烦。诸葛家找了你做下人，真是倒霉。"

楚乔冷哼一声，挣扎着道："放开我！"

少年哈哈一笑，丝毫不怕被人发觉，笑眯眯地凑上前来，"小丫头，你不赴我的约也就罢了，如今又欠了我一个人情，你想怎么偿还？"

"谁要你帮了？自以为是的家伙！"

"哼，总是这么一句话，我还真是好心救了只白眼狼。"燕洵冷哼，不过转瞬却又笑了起来，"不过没关系，本世子高兴。小丫头，热闹也看完了，再不走就要烧着自己了，抱稳了！"

说罢，少年飞身从墙上跳了下去。

楚乔一惊，暗骂一声蠢材，手脚却顿时紧紧地攀住燕洵的身体，希望这世上真的有传说中那样高明的轻功，不然这一跤，是非摔不可了。

砰的一声，战马长嘶，凤眼笑呵呵地一咧嘴，"世子，我都等你半天了。"

燕洵坐在马背上，哈哈大笑，朗声说道："那就走吧。"

身后喊杀冲天，火光连绵，燕北世子纵马扬鞭，迅速消失在长街尽头。

几乎在同一时间，魏景和诸葛怀接到了一封密信，灯火闪烁下，两家年轻一代的佼佼者神色凝重，而后，简短地吩咐几句，就各自踏出了门阀的大宅。

天边，层云堆积，大雪弥漫，只有一轮冷月，幽幽地照着天地人间。

第十一章
祸福与共

真煌城白柳庙旁,燕北世子府的影子护卫燕十七刚刚拦住了燕洵的战马,面色焦急地说道:"前城骁骑军宋参将带兵包围了世子府,诸葛家大公子也带着诸葛家亲军赶往了八兴胡同,现在,都向着这边来了。"

燕洵眉头一皱,沉声道:"骁骑营跟着掺和什么,难道诸葛家这么快就通知了长老会?"

"世子!"风眠高呼一声,马蹄声迅速从后方而至,小书童面色有些惊慌地说道,"后面的人追上来了!"

燕洵问道:"多少人?可是诸葛玥的人?"

"不是。"风眠身上全是雪,说话一激动,帽子上的雪扑簌簌地掉了下来,"是魏家的人,我亲眼看见是魏舒烨带的队。"

"魏家?"燕洵双眉微蹙,沉声问道,"魏家什么时候和诸葛府连成一气了?更何况,刚才那么短的时间,怎么可能这么快就通知调动了魏家军?"

他低头看向坐在自己身前的楚乔,"丫头,你惹了魏府的人吗?"

楚乔眉心紧锁,小脸郑重地思考着,随即肯定地摇了摇头,"没有。"

"那就奇怪了。"燕洵喃喃说道,拧眉思索起来。

楚乔回过头去,"一人做事一人当,这是我自己的事。燕洵,你没必要牵扯进来。"

燕洵一愣,只见孩子明明还是一个小孩的脸孔,可是神色语气间,全是沉着冷静,不由得有些出神,"丫头,我对你很好奇,在你告诉我实情之前,我还真舍不得让你这样被人抓走。"

楚乔眉梢一挑,冷静地说道:"青山不改,绿水长流,我们总还会有再见面的一天。况且,他们想抓到我,也不是那么容易的。我孤家寡人一个,目标小,比较好脱身。倒是你,身份地位摆在这里,我不想你无辜受牵连。"

燕洵双目如炬,炯炯地看着她。

楚乔利落地翻身下马,丝毫没有因为身材小而有任何不便,下了马后,仰头望着他,"燕洵,我走了,你我身份地位虽然不同,但是你几次帮过我,这份情谊我会记在心上的,他日若是有机会,一定报答。"

燕洵但笑不语。

楚乔见他神色奇怪，虽然有些起疑，却没有深想。时间紧迫，已不容她在这里婆婆妈妈，事情虽然有点失控，不但诸葛玥凭空跳出，还惊动了魏阀和骁骑营的兵马，闹得有点离谱。但是，在这样一座巨大的城市里，她还是有把握安全地隐藏起来的。

孩子蹲下身子，紧了紧身上的衣裳，最后看了一眼燕洵，随即转身迅速向着空旷的大街跑去。

马蹄声突然在身后响起，还没来得及回头看上一眼，楚乔小小的身体就被人一把提起。燕洵的大笑在身后温暖地响起，"我就不信我还护不住你一个小丫头，走，咱们连夜回燕北，我倒要看看魏阀和骁骑营的将军们能够如何！"说罢，他狠抽了一下马鞭，向着城门方向疾奔而去。

"世子！"风眠和燕十七一惊，齐齐大叫出声。

"十七，回去整顿兵马，随本世子出城。"

漫天风雪，北风呼啸，一百多骑人马在长街上疾奔，惊醒了大半真煌城百姓的美梦。然而没有人关心这个晚上发生了什么，他们只是小心地将门窗关严，深恐殃及池鱼。

燕洵勒住战马，竖手阻止了身后燕卫的动作，少年世子微仰着下巴，冷眼望着对面密密麻麻的官兵。燕十七策马上前，高声喝道："我们是燕洵世子殿下的人马，对面是什么人，为何拦住去路？"

"我是骁骑营北院的兵马少将，奉命在此封路。"

一个浑厚的声音在对面响起，燕洵眉头一皱，高声说道："本世子奉有盛金宫圣谕，谁敢拦我去路？"

"那真是不巧了，"略显阴柔的声音缓缓响起，声音并不大，可是在这样寂静的夜里，不知为何，却是那般刺耳，带着森然的寒气。

一身墨绿锦袍的少年缓缓从人群后绕出来，轻轻一笑，缓缓说道："燕世子，真不巧，我也奉有盛金宫的圣谕，今天晚上，任何人不得出城，违者……"少年故意停顿一下，目光在燕洵身上打了个转，随后淡淡一笑，吐出三个字，"杀无赦。"

"魏景？"燕洵眉梢一挑，落后他一个马位的楚乔也打马上前一步。燕洵握着鞭子的手不着痕迹地横过来，挡住她的去路，将她护在背后。穿着一身燕卫服饰的楚乔心头一暖，抬起头来，看向燕洵挺拔的脊背，一丝温暖的感觉缓缓袭过来，在这样寒冷的深夜里，越发显得珍贵。

"况且，如果我没记错的话，世子所奉的圣谕，是明早出城吧。"

燕洵轻笑一声，扬眉道："本世子思念母亲，今夜就要出城。"

"重孝道本是好事，但是世子也不必急在这一时半刻吧。"

"还真让魏二公子见笑了，燕洵年少任性，决定了的事就要马上去办，不然就会睡不好觉。"

"是吗？"魏景语调阴柔，轻轻一笑，"既然如此，燕世子今夜可能要失眠了。"

"魏二公子的胆子未免太大了！"小书童风眠上前一步，厉声喝道，"不要说现在，就算是平时，我们世子也随时可以出城狩猎，谁人敢阻拦半句？魏二公子在这里横拦竖挡，究竟是仗的谁的势？"

"仗的就是盛金宫的势！"一个低沉的声音突然在身后响起。燕洵等人回过头去，只见两队人马浩浩荡荡前来。魏舒烨一身青裘，诸葛怀跟在一旁，脸上都再无平日和气的笑容，好似坚冰一般，不露半点声色。

"奉圣谕，燕北王燕世城通敌叛国，阴谋造反，特命魏舒烨少将，将燕北王嫡子燕洵扣押，交由判理院收押。"

话音刚落，一道道银光猛然亮起，无数的刀剑瞬时出鞘。燕卫们面色大惊，齐齐抢身而上，护在燕洵身前。

"嘿！"楚乔拔出腰间的弓弩，靠上前来，傍在燕洵的右侧，"看来是冲着你来的。"

燕洵惊怒的表情渐渐散去，紧紧地盯着前面，沉声说道："对不起，连累你了。"

"没关系。"楚乔轻轻一笑，"一报还一报，打完了这一仗，我们就两清了。"

夜色浓郁，激烈的长风横贯整条主街，从九幽台的方向肃杀吹来，卷起少年们猎猎翻飞的衣角，振翅欲飞，如义无反顾扑火而亡的飞蛾。层云堆积的天空上，有黑色的巨鸟飞过上空，翅膀扑簌，穿梭在棉朵般的大雪之中，发出凄厉的长鸣。战马的呼气转眼凝成了霜，九崴主街上，长刀闪烁着森寒明亮的光芒，如破月芒星，映着火把血一样的红光，好似上古凶兽的眼睛。

燕北铁卫们相继倒在漫天飞蝗一般的利箭之中，燕十七肩头染血，奋力劈开一支流矢，回头大声叫道："保护少主突围！"

几名铁卫轰然应诺，战刀舞得犹如满月，将燕洵护在中间。

轰隆一声巨响，小型的投石机被搬至阵前，巨石呼啸而来。只一下就砸开了燕卫们用身体围成的保护圈，燕北的战士们鲜血狂喷，身体柳絮般被撞飞，倒在地上，扬起大片雪雾。

"你干什么去？"燕洵一把拉住要往人群外冲杀的楚乔，她只拿着一支弩弓，身材瘦小，看起来没有丝毫攻击力。少年紧张地将她护在自己身侧，怒声叫道："你不要命啦？"

"放开我！"楚乔挣扎道，双眼在对面人群中焦急地来回扫视，努力地想要挣脱燕洵的掌握。

燕洵一剑劈飞一支利箭，剑眉竖起，怒声说道："你这是去送死！我不让你去。"

"现在冲出去还有一线生机，"楚乔回过头来，厉声说道，"难道留在这里陪你一起等死吗？"

燕洵一愣，眼神在火光之中显得有些阴沉，声音低沉，甚至还有一丝孩子般的赌气，"你放心吧，就算我今日身死于此，也绝不会连累你。"

楚乔知道他会错了意，却也不愿解释，只是转过头来轻哼一声。

"十七，"燕洵说道，"待会儿趁乱，你带人护送这个孩子冲出去，切记要将她送到安全的地方，知道了吗？"

"少主！"燕十七眉头紧锁，反驳道，"属下的使命是保护您！"

"你的使命就是听从我的吩咐！"

楚乔皱眉望着几人，见燕洵不留意，一个拖拽，就从他的手下逃出。她身材瘦小，骑在马上，竟十分灵活，转瞬就冲出了包围圈。

"你！"燕洵大惊，厉喝一声，敌我双方所有的目光霎时间都凝聚在这个小小的孩童身上。

楚乔马术精湛，有若出笼猛虎，经过两名燕卫身边之际，手法妙到巅峰，顺手夺下两柄锋利的战刀。身子左右腾挪，手持小弩，于马侧马下诸多方位射击。

黑夜光线不足，那些飞腾的利箭，一时间竟丝毫没有伤到她。

"快！掩护她！"燕洵持箭激射，嗖的一声射穿一名弓弩手的头颅，他箭术超群，武艺精湛，转瞬之间便已接近敌人。

楚乔力气虽小，出手的角度却刁钻至极，眼明手快，尽管明眼人一看就知她没学过什么武功，但是胜在胆大心细，一时间竟被她冲进人群。楚乔挥刀劈翻了两人，再掷飞刀，后发先至，抢在对方发动进攻之前，将利器刺进了一名魏军的咽喉。

众燕卫见一个小小的孩子都这样凶悍，不由得士气大振，燕十七见事有可为，大喝一声，厉声道："跟我冲！"

"困兽之斗，不知死活！"魏景冷哼一声，举起弓弩，迅速弯弓搭箭，银色箭芒霎时间有若流星，激射而去。

风声破空袭来，待楚乔发现时已然太晚，只见她侧过头来，利箭晃在她的双眼之中，只是一刹那，她便脸面中箭，身子一歪，猛地倒下马去！

"丫头！"燕洵惊呼一声，转头向魏景望去，目光喷火，直欲焚人。

魏景冷冷一笑，高声说道："燕世子抗旨不遵，众将听令，只管擒拿，生死勿论！"

魏军大喝一声，和骁骑营的兵士一起冲上前去，登时由箭阵转化为贴身肉搏。燕洵一脚踢飞一名彪形大汉，三尺青锋舞动，两名扑上来的敌人登时了账。

"燕洵，你想造反吗？"诸葛怀并未加入战局，而是率领诸葛家的士兵站在战圈之外观战，见状高声呼道。

"欲加之罪，何患无辞？燕洵从未想过造反，魏阀倚仗长老会陷害忠良，燕北的汉子们却也不是任人宰割的猪猡！"

"狂妄的家伙！"魏景冷哼一声，打马上前，挥手说道，"既然如此，就别怪我不顾往日同窗的情谊了。"

他刚要下令全面进攻，只听一声锐响突然在耳边响起。魏景一愣，转过头去，刚好看到骁骑营北院兵马少将的尸体轰然摔落下马。男人双目大睁，额头被一箭洞穿，嘴犹自难以置信地大张着，好似想说什么，却最终什么也说不出来了。

自己和骁骑营少将站在一射之地的外围，弓箭根本就射不过来，那么这支箭，又是从何处来？

剧烈的危机感顿时袭上心头，魏景猛地掉转马头，就要向后奔去，可是就在这时，战马突然哀鸣一声，两条前腿受到重击，砰的一声跪在地上，魏景不可抑制地摔落下马。还没爬起身来，一柄锋利森冷的匕首就紧紧地顶在他的脖颈之上，楚乔的声音寒冷地在他耳边响起，带着淡淡的嘲讽和戏弄，"魏大公子，刺激吗？"

"都给我住手！"长风倒转，大雪飞扬，楚乔猛地仰起瘦削的一张小脸，厉声喝道，"不然我宰了他！"

"住手！"魏舒烨眉头一皱，大声喝道。

只听嗖的一声锐响，一支弩箭破空而去，精准无比地射入魏舒烨的战马的马头，左边射进，右边透出，鲜血飞溅，脑浆迸出，凄厉的哀号声冲天而起。魏舒烨被颠下马来，就地滚了一圈，略显狼狈。

楚乔半蹲在地上，左手持刀抵在魏景的脖颈上，右手持弩，顶在自己的肩胛骨上，歪着头从背后的小箭壶里叼出一支箭，只用嘴和手臂配合，就迅速上好了箭矢。她挑着眉梢，眼神冷淡地望向魏舒烨，缓缓说道："下一箭，就不会只射马了，我劝你还是不要上前的好。"

所有人的目光一时间都有些愣怔，似乎通通被这要命的天气冻结，上千名真煌城最精锐的士兵、世家大族的王孙公子、帝国点将堂的优秀将领，无不皱眉望向那个还不到三尺高的孩童。孩子穿着一身明显过大的软皮铠，青色的皮制领子护着她尖瘦的小脸，脸孔还不及成年人的一个巴掌大，一双大眼睛黑白分明，小巧的鼻子微微上翘，手臂纤细，似乎一用力就能拧断，整个人都透着一股无法掩饰的粉嫩和幼小之气。

可就是这个看起来一阵风都能吹走的孩子突破了魏阀精锐的封锁，此时此刻，她半蹲在那里，毫不畏惧地对抗着上千军人，对抗着长老会的决议，对抗着盛金宫的主人，对抗着整个大夏帝国，面容冷厉地以敌方的首脑为人质，威胁着所有人。

这是楚乔第一次公然反抗大夏皇朝的统治，藐视大夏皇威。她的想法很简单，她要逃出去，带着燕洵，一起逃出去。

"放下武器，打开城门，不要让我再说第二次。"孩子声音低沉，目光在人群中缓缓掠过，随着她身躯的转动，那支顶在肩胛上的弩弓也转动着，像是一只嗜血的眼睛，缓缓划过周遭浮动的人心。

"动手！"魏景突然厉喝一声，养尊处优身份高贵的皇朝贵公子无法忍受被一个贱民威胁羞辱的耻辱。他倔强地仰起头来，丝毫不惧怕刀子划破他脖颈上的肌肤，怒声说道："将他们拿下！"

唰的一声锐响，魏景话没说完，两根手指就被楚乔削断。魏景猝不及防下惨呼一声，断指处的鲜血泼洒一地。

"魏二公子，我劝你还是闭上嘴吧。"楚乔抬起头来，望着魏阀的亲兵，冷笑说道，"你们没听明白我的话，还是有意违逆？或者，是奉了另一位主帅的令？"她的眼神转到魏舒烨身上，轻轻打了一个圈，"最大的竞争对手死了，有的人，就可以名正言顺地登上家主之位了。舒烨少将，下一任魏阀长老之位，舍你其谁？"

"贱民！"魏景咬牙恨声说道，"我们兄弟情深，你不必费心挑拨。"

"是不是兄弟情深，要看看才知道。"楚乔淡淡一笑，眼光对上魏舒烨的眼睛，刀子在魏景的颈上虚划了一下，笑容邪魅，丝毫不像是一个八岁的孩子。

她手法迅速地将魏景绑上，因身材瘦小，力气也不大，捆绑的手段和绳子的结法却十分巧妙，即便以魏景之力，也难以挣脱。

"上马。"楚乔说道,"还要劳烦魏二公子送我们一程。"

天上厚云重重,不见半点星光,就连清冷的月色也被遮盖起来。

楚乔并没有和魏景乘一匹战马,而是十分自信大胆地坐在另一匹战马上,落后两个马位地跟在他后面,手持小弓弩,双眼死死地盯着前面被捆绑在马上的男人,随时准备在必要的时候发出致命一击。

"燕洵,我们走。"

燕洵眯起双眼,随即嘴角上扬,开心地笑了起来,懒洋洋地爬上马背,带着下属径直往前走,丝毫不顾虑身侧的敌兵。楚乔一马当先走在前面,她看起来太小了,可是那具小小身体里散发出的森冷气息却无人可以忽视,所到之处,黑压压的真煌守军纷纷避让,如同退潮时的洪水。

城门吱呀一声开启,火把烈烈燃烧,照得天边一片火红,帝国北面的狼烟仍旧没有熄灭,战火波及了成千上万的大夏百姓,鲜血染红了燕北高原的每一寸土地。此时此刻,在帝国的心脏处,被帝国判定为叛乱首脑的燕王之子燕洵,却堂而皇之地走出了真煌帝都的厚重城墙,而大夏皇朝最精锐的军队只能眼睁睁地看着,无法做出任何一点能够挽回局势的举动。

诸葛怀嘴角轻轻牵起,几不可查地淡淡一笑。

对于诸葛家来说,燕洵能不能回到燕北并不重要,重要的是盛金宫将这个任务交给魏阀,而他们没有完成。

再没有什么消息会比这更加令人开心了,诸葛怀心下暗想,对身侧的侍从说道:"去通知四少爷,马上回府。我有事要和他商量。"

侍从躬身上前,"四少爷出城了。"

"什么?"诸葛怀一愣,"出城?"

"刚刚从北城门出去了,说是,说是捉拿府里的逃奴。"

"逃奴?"诸葛怀皱眉道,"什么逃奴,竟要劳动他亲自去追?"

"属下也不太清楚,马上去查。"

诸葛怀抬起头来,半眯着眼睛望向漆黑的夜幕,喃喃说道:"但愿他不要坏事。"

半个时辰之后,荒凉的古栈道上,燕洵命人松开了魏景的绳索,寒声说道:"我既然答应会放了你,就不会反悔,你走吧。"

魏景恨恨地看了燕洵和他身后的楚乔一眼,随即转过身去,向着真煌城的方向行去。

"你不该放了他。"楚乔的声音冷冷地在他身后响起,"你没看到他的眼神吗?留着他,早晚会是心腹大患。"

燕洵摇了摇头,看着魏景渐渐远去的身影,缓缓说道:"杀了他,那么燕北就真的坐实了谋反的罪名,我还不知道家里出了什么事,不能冒这个险。"说完,少年转过头来,"你有什么打算?诸葛家不会放过你的,跟我回燕北吧。"

楚乔仰起脸来,轻轻一笑,说道:"多谢你的好意,但是我还有事要办。"

燕洵眉头一皱,沉声说道:"你一个小孩子,能有什么事办?"

楚乔扬眉看着燕洵，"这么长时间了，你到底看哪里觉得我是个孩子？"

燕洵一愣，张口结舌地想辩解，可是转念一想，这家伙的确哪里都不像个孩子。燕世子眉头紧锁，想了半响，赌气地拉住楚乔的手，倔强地说道："我看哪里都像，看你这手，小胳膊小腿小脑袋小个头，分明就是个孩子，就算你再心狠手辣也是个孩子。"

楚乔一把甩开燕洵，皱眉嘟囔道："胡搅蛮缠。"

"喂！"燕洵打马上前，拦在楚乔身前，"你真的要走？"

"我必须得走。"

"有什么事必须要办，我找人给你办不可以吗？"燕世子恼羞成怒，大声问道。

楚乔转过头来，看向少年清澈的眉眼，沉声说道："燕洵，你我本就不是一类人，一起走了这一段路已经够了。"

燕洵坐在马背上，沉默不语。

"你我总算相交一场，前路难测，你多加保重。"楚乔语调低沉，好似长者一般，随即掉转马头，扬鞭而去。

星月无光，漫天风雪之中，孩子孤身单骑，渐渐隐没在风雪之中。燕洵陡然反应过来，打马追上几步，却终是徒劳，他坐在马背上，对着隐没在风雪之中的孩子大声叫道："喂！将来若是有事，就来燕北找我！"

声音穿透风雪，在茫茫夜色中纷飞回荡。夜，还远远没有过去，漆黑一片，森冷刺骨。

漆黑一片的真煌城外，一个矮小的影子正在东方城门外的栈道上急速地走着。巨大的皮革大衣遮住了头脸和身形，一个水貂皮制成的小包袱背在背上，鼓鼓囊囊的，一看就十分沉重。

风雪越来越大，吹得人眼睛几乎都睁不开，那人步履艰难地行走着，却始终没有停下来，好像身后有什么凶狠的野兽在追赶一样。

呼号的风声中，清脆的马蹄声突然响起，远远的平原上，一匹纯黑的战马迅速奔来，马上的孩子身形瘦小，不过七八岁的年纪，穿着一身燕北侍卫的衣裳，一双漆黑的眼睛在夜色中扫视着，像是锐利的鹰。看到孤单行走在前面的人影，她顿时一喜，一扬马鞭，迅速地追了上来。

"小八！"楚乔大叫一声，狂风卷起，转瞬就将她的声音吹得支离破碎，前面行走的人似乎并没有察觉，仍旧低着头快速地赶着路。楚乔打马冲上前去，几步拦在那人身前，眉头一皱，沉声说道："小八？"

"嘿嘿。"低沉沙哑的笑声陡然传来，身形瘦小的人抬起头来，满面褶皱，哪里是一个年纪幼小的孩子，分明是一个四十岁上下的中年侏儒！

说时迟那时快，一支袖箭登时从侏儒的袖口中激射出，向着楚乔的面门直扑而来，寒风森森，锐气迫人，猝不及防下，只听楚乔闷哼一声，身体顿时顺着马背栽了下去。

沙哑的冷笑缓缓响起，在这寒冷的夜幕下显得尤其诡异。侏儒一把扔掉背上的包袱，缓步走上前去，一脚踢在孩子的腿上，见孩子死尸一般毫无反应，才蹲下身子去试探她的鼻息。

"主子爷也的确傻了，竟然派我来对付这么一个小毛孩。"侏儒冷哼一声，一把将孩子趴在地上的身体翻了过来。

然而，就在这电光石火间，原本软软倒在地上的孩子陡然弹地而起，一双眼睛璀璨如星子，动作爆裂般充满力度，寒风凛烈，杀气扑面，只是眨眼间，受制于人的孩子就反客为主，将一把森寒的匕首狠狠地顶在侏儒男人的脖颈大动脉上，然后将嘴里叼着的袖箭吐在地上。

"说！小八在哪里？"

楚乔的声音森冷地响起，匕首前推，刀锋割破皮肤，殷红的鲜血顿时渗透出来。

"什么……什么小八？"阴沉诡异的男人顿失刚才自大骄傲的神色，怕死地颤抖着说道，"我不认识什么小八，我只是替人办事的。"

"小八就是这个包袱的主人，就是你假扮的孩子。"

"我……我不知道，"侏儒说道，"是四少爷的人找的我，我是诸葛家的门客，和你无冤无仇。"

"你不知道？"楚乔眉头一皱，上下打量了男人几眼，见侏儒点头不已，怒火顿时升上心头，手腕下压，刺破、旋转、横拉，男人的双眼顿时大睁，瞳孔扩散，手脚一僵，没了呼吸，只剩下一道长长的血线在脖颈上横扯开来。

"你不适合给别人做门客杀手，反正早晚都要死，不如在死前做点好事。"楚乔冷冷地望着侏儒的尸体，然后蹲下身子，一刀挥下，挑开了他身上巨大的风帽大衣。

今夜的真煌城注定不是个适合安睡的夜晚，虽然已是深夜，但是东城门处仍旧一片灯火。诸葛府的四少爷亲自坐镇，要求真煌守军出动半数军力，为他出城缉拿诸葛府的逃奴。

几拨人马都已经相继离去，却仍旧没有任何音信传回。

诸葛玥坐在马上，身后的东城门像是一只巨大的狮子，沉睡在无边的夜幕之下。诸葛府的下人们跟在他身后，人人屏息沉气，不敢出声，生怕惊动这只暴怒中的老虎。

"四少爷！"朱成穿了一身灰色的袍子，矮着身子迅速跑上前来，凑到诸葛玥耳边小声说道，"四少爷，大少爷派人来说要你马上回府。"

诸葛玥恍若未闻，继续面无表情地盯着前方。

朱成着急地说道："来人说，燕洵逃了，带着质子府的人强行出城。魏家栽了个大跟头，魏景被砍掉两根手指，还被当成人质劫持走了。"

诸葛玥闻言眉梢一挑，默想半晌，随即皱眉说道："燕洵？"

"是，"朱成说道，"就在白兰寺和紫薇广场中间的那段九崴主街上。"

年轻的诸葛玥沉声说道："燕洵他们从什么方向来的？"

"似乎……似乎是从赤水湖的方向。"

"好胆！"诸葛玥冷哼一声，剑眉竖起，登时想通了魏舒烨之前为什么会带人包围八兴胡同的诸葛别府，还和里面的下人动了手。

"燕洵向什么方向跑了？"

"四少爷，大少爷特意嘱咐你千万不要插手此事，万万不可啊！"

诸葛玥眉梢一挑，刚要说话，突然听见前方马蹄声滚滚而来。身形瘦小，披着巨大风帽的人策马而归，还没走到身前，就将一具瘦小的尸体砰的一声抛在雪地上，尸体身上是一身青色皮铠，赫然是燕洵质子府的下人服饰。

一旁的下人大声叫道："四少爷，壶生回来了。"

诸葛玥看着地上的那具尸体，只见那人趴在雪地上，身体僵硬，头发散乱，衣衫上血泥糅杂，一看就已死去多时。一股无法抑制的怒气顿时袭上心头，他缓缓地抬起头来，眼神锐利地看向那个身材不过三尺的侏儒，一字一顿地说道："你将她杀了？"

被叫作壶生的人利落地翻身下马，低头上前跪在地上，声音低沉，在北风中听起来尤其难以辨别，"幸不辱命！"

"我什么时候叫你将她杀了？"诸葛玥勃然大怒，挥鞭重重地抽在来人的背上，怒声喝道，"你该死！"

"少爷！"

"啊！有刺客！"

一连串的惊呼声陡然响起，就在诸葛玥的鞭子落到来人背上的那一刹那，原本蹲在地上的人突然抬起头来，面容稚嫩，脸若莲花，哪里是那个皮糙肉厚的侏儒杀手？孩子冷笑着受了一鞭，身形如同一只迅猛的豹子，瞬时间弹地而起，匕首挥出，横在诸葛玥咽喉之上，一个小擒拿手，就制住了他的挣扎。

"你还没死？"

"承你吉言，我还好好地活着。"楚乔冷冷地望着诸葛玥，眼神毒辣森冷，缓缓说道，"不过我却不确定你还能活多久。"

"放了我妹妹！"楚乔厉声说道，"不然你就和你们的二老太爷去阴曹地府相会吧！"

莽原如雪，关山似铁，北风卷着鹅毛般的大雪，纷纷扬扬地飘洒在众人的眉眼前。楚乔穿着一身铁灰色的披风，巨大的风帽遮住她清澈干净的眉眼，素白的小手握着森冷的匕首，站在万军之中，昂首而立，全无半点畏惧和柔弱。

诸葛玥冷冷一笑，侧过头来，声音低沉地缓缓说道："你真的会杀我？"

风雪在两人之间吹过，骤然间，有夜枭在上空狰狞号叫，仿佛是那些冤死的精魂，在浓浓长夜中不甘地嘶吼。

楚乔的眼神顿时变得冷厉起来，那座破败的柴房、孩子单纯的笑脸、一块散发着香气的红烧肉，像是一颗炸弹一样在心中爆裂开来。她缓缓地低下头，冷冷地望着少年的眼睛，沉声说道："你大可一试。"

"是吗？"诸葛玥嘴角牵起，眼睛半眯，轻笑道，"好。"说罢，少年的身体顿时好似失控一般，猛地垂下头去，向着锋利的刀锋自杀般挺身迎上。

"少爷！"

"主子！"

所有惊慌失措的声音同时响起，时间仿佛被定格在这一秒，巨大嘈杂的声响汇集到一处，形成一条纷乱的河流，汹涌地咆哮起来。楚乔大吃一惊，哪里想到这少年性格竟是这般决绝和刚烈，宁愿自杀也不愿受自己威胁。转瞬间，无数个念头划过脑海，来不及去细想这其中的含义，几乎是在同一时间，楚乔身手敏捷地抽刀回撤，但是锋利的刀锋还是在少年的脖颈上划下一条长长的血痕，直至耳侧。

就在楚乔收刀的时候，诸葛玥身躯陡然好似一尾灵巧的泥鳅一般，借着她分心的这一刻，挺身、踏步、抽刀收势！

所有的动作都发生在电光石火间，那些惊呼的尾音还没有消散，原本被人挟持的少年就已经脱身而出，尽管方法是这般决裂。但是此时此刻，他还是昂首站在孩子对面，抽出腰间的长刀，遥遥地指向双眉紧锁的女孩，寒声说道："你杀不了我。"

鲜血自他的脖颈蜿蜒而下，刀口虽然不深，却有大股鲜血涌出，顺着他略显苍白的皮肤向下蔓延，渗入厚重的长裘之中。

朱成见了立马跑上前来，惊恐地叫道："四少爷，您受伤了，快！回府，回府！"

诸葛玥双目寒冷地望着楚乔，好似没有听到朱成的话。他探手入怀，拿出一块纯白的锦帕，脖颈上的鲜血涌出，滴在洁白的帕子上，点点殷红，一滴两滴，如雪地怒放的寒梅。

"快！伤药，四少爷，您先坐下，让奴才给您包扎起来啊！"

面色苍白的少年站在一片苍茫的雪地上，双眼之间，有莫测的锋芒缓缓划过。他平举起右手，紧紧地握着，手腕处青筋现出，然而许久，他突然决然地松开手，满是褶皱的锦帕随着呼啸的北风飘落，在夜色中翻了两个身，就被飞雪覆盖，一点点不见了踪影。

有谁记得，那块洁白的帕子曾拭去过谁的泪水。少年莫测难言的心口上，也曾有想要守护的人儿。然而大风呼啸，一切终究零散而去，戏到终场，谁入戏最深，谁就一败涂地。

"拿下！"诸葛玥淡漠地转过身去，声音清冷，听不出半点感情。

诸葛家的侍卫们齐齐围上前去，楚乔站在人群中央，抽出长刀，刀锋锃亮，映出孩子清冷如铁的眼睛。那里面，有冷静，有仇恨，有审时度势的谨慎，有破釜沉舟的决心，却独独没有一丝一毫的软弱和后悔。

她始终知道该如何生存，始终知道自己背负了怎样的血恨，始终知道自己欠下了怎样的恩情。所以，诸葛玥，在你砍掉小九的手的时候，在你杖毙临惜的时候，我们就注定要成为对立的敌人，我杀不了你，就只能被你所杀，别无他路。

"上！"一声低喝突然在人群中响起，诸葛家的下人们再也无人敢于轻视这个看起来瘦小单薄的孩子，一众身手敏捷的大汉齐齐攻上前去。刀锋下劈，寒光闪烁，噼啪之声不绝于耳。孩子身形灵巧，好似狸猫，左腿弓步，右腿侧踢，一个旋身飞转，长刀染血，右手狠狠扣住一名大汉的咽喉，运劲于手指，分筋错骨，咔嚓一声脆响，男人眼珠登时凸出，软软地倒了下去。

众人大骇，却无一人后撤，一柄厚背大刀顿时劈砍而下，楚乔抬臂抵挡，无奈人小力弱，纵然角度刁钻，却仍旧被劈得倒退两步，肩头衣衫血迹渗透，显然初次交锋就受了伤。

诸葛家众侍卫见了顿时大喜，这孩子尽管智谋百出，头脑灵活，手段狠辣，但毕竟还是个不到八岁的孩子，力气如何能和他们这些彪形大汉抗衡。

察觉到此，众人一拥而上。诸葛玥站在战局之外，眼神冷厉，嘴唇青白。朱成担忧地用纱布捂在他的伤口上。漫天大雪飞扬，一片萧索。

"驾！"就在这时，一声清俊的厉喝突然响起，杂乱的马蹄声陡然从北方传来。

众人转过头去，只见遥远北方，上百骑彪悍的骏马瞬间奔至，领先的少年白裘墨发，手持弩箭，流星般激射而来，几下就将诸葛家的侍卫射倒。

"小丫头！"战马扬蹄飞奔，瞬间冲入人群。马上的少年一把将楚乔拦腰抱起放在马背上，眼神明亮，哈哈笑道："我又救了你一次，你该怎么报答我？"

唰的一声，楚乔一刀劈翻一杆长枪，回头怒视燕洵，"你疯了吗？这个时候赶回来，不想活了？"

"我不回来你怎么办？好心当成驴肝肺！"燕洵撇了撇嘴，"抱紧了！"说罢，一鞭抽在马股上，战马嘶声长鸣，骤然间竟腾云驾雾似的从众人的头顶一跃而过！

"燕洵！"诸葛玥大怒，一撩衣袍，厉声暴喝，"你竟敢插手我的事！"

燕北战马堪称当世翘楚，平原之上何人能够阻拦。燕洵抱着楚乔，远远地回过头去，大笑一声，朗声说道："诸葛四少爷有礼了，燕洵今日北归，无须再送。青山不改，绿水长流，咱们他日再见！"说罢，就带着燕北战士一阵风般呼啸而去。

"少爷！"朱成惊呼一声，只见受了重伤的诸葛玥怒哼一声，一把甩掉脖颈上的纱布，眉头紧锁地爬上马背，怒然扬鞭，紧随其后地追了上去。

"快！快，跟上少爷啊！"

夜风如铁，平地卷起大片雪絮。

第十二章
铁甲冰河

燕洵和楚乔共乘一骑,奔驰在空旷的雪原上。

"小丫头,跟我回燕北吧!"

"不去!"

"不去不行。"少年朗朗一笑,"看你这回能往哪里跑。"

马蹄踏破平原的宁静,大风扫过原野,雷鸣般的蹄声在身后滚滚而来,好似天边闷雷。楚乔紧张地抓住燕洵的手臂,大声叫道:"疯子,后面有人在追你?"

燕洵不在乎地哂笑,说道:"无妨,燕北地大物博,魏阀若想跟着一起去也没什么大不了的。"

楚乔眉头紧锁,频频回头观望,眼见雪浪由一线渐渐形成一面,就知来人数量不少。她咬住下唇,左右观望地形,怒声说道:"你是否疯了,知道有人要置你于死地还敢回来?"

燕洵眉梢一扬,仍旧是那句话:"我不回来你怎么办?"

楚乔眼睛突然有些发酸,她向上望着燕洵光洁的下巴,他真的还只是一个孩子,连胡子都没有长,纨绔子弟一个,整日不知死活地胡闹,根本不知道这世事的艰险。

燕洵见她发呆,哈哈一笑,打趣道:"怎么,感动得想要以身相许吗?不用,你还太小,谁知道你将来能长成什么模样。要不这样吧,你就跟着本世子,咱们慢慢看看再说。"

"燕北贼子!快快下马束手就擒!"

平地一声暴喝突然响起,燕洵一愣,随即无奈说道:"喂,看来我们又有麻烦了。"边说边挥鞭催马,不但没有停下来,反而跑得越发急速。

漆黑的战甲在夜色中尤其显得狰狞如山,急促的马蹄声如同滚滚闷雷呼号逼近,万千雪浪腾腾崛起,就像是苍稷山顶的雪崩,威势惊人。脚下的大地都在疯狂地颤抖着,仿佛上古凶兽已经醒来,要冲破地表,龙跃而出。

"抱紧了!"少年的面容突然变得坚韧如铁,剑眉紧锁,握紧马缰,厉喝一声,战马瞬间扬蹄飞跃,嘶声长鸣,势如疾风,冷风在耳边如同锋利的刀子,瞬间掠过,速度快至巅峰,转瞬就将身后的追兵甩出老远。

"哈哈!"爽朗的笑声登时响起,燕北的战士们齐齐朗声大笑,纷纷回望魏阀士兵们惊愕的脸孔。

小书童风眠大笑道:"世子,也该让他们这些世家公子见识见识什么才是真正的燕北战马。"

燕洵朗声笑道:"好,就给他们开开眼界。"

话音刚落,燕北的铁骑齐齐勒住马缰,屈指为哨,清脆嘹亮的号子陡然响起。就在众人不明所以的时候,燕洵等人身下的战马骤然间人立而起,脖颈上的马鬃纷纷竖立挺直,好像狮子般嘶声长啸,声音激荡,刺破长空,带着无与伦比的威势和王者霸气,令人血脉翻涌,胸口发闷。

真煌帝都战士们座下的战马闻声更是哀鸣一声,四腿一软就趴在了地上,任那些奉了王令的将军怎样鞭打,也不肯站起身来。

楚乔大奇。

小书童风眠一笑,得意扬扬地解释道:"咱们燕北的战马,是天目山下的母马王和野狼交配而出的,不但脚程极快,在战场上,更能召唤狼群助战。帝都这些世家大族的公子哥所养的马,连战场都没上过,只听听声音就吓得屁滚尿流了,想追我们,简直是异想天开。"

燕北战士齐声大笑,燕洵的大裘在北风中猎猎翻飞,少年高居马上,朗声说道:"走,回燕北!"

战士们大笑一声,"回燕北!"

马蹄滚滚,雪雾翻腾,漆黑的天幕下,燕北的战士们纵马扬鞭,蓦然离去。

然而就在这时,一股危机感突然袭上心头。多年从事危险工作自然生出的警觉性像是一只爆破读秒器一样发出尖锐的示警,就在孩子还来不及去思索这丝不知从何而来的紧张感的时候,锐利的风声陡然刺破黑夜,夹带着雷霆的气势,从远处呼啸而来。

等不及做出任何反应,几乎是在弹指一挥间,楚乔一拳正中燕洵的小腹。燕洵吃痛,闷哼一声弯下腰去,刚想要大骂狗咬吕洞宾的楚乔,一支劲箭顿时从他的左肩横贯而入,由背部透体而出,鲜血喷涌,力度惊人,少年的身体瞬时间好似断线风筝,从马背上轰然跌落,倒在冰冷的雪地上!

"燕洵!"楚乔失声尖叫,一把勒住马缰,可是这战马在急速的奔跑中竟丝毫不惧缰绳的拉扯,仍旧不听指挥地呼啸奔跑。楚乔大急,猛然跃起,小小的身体顿时跳下马背,一个前滚翻,稳稳地蹲在雪原上。

"燕洵!"楚乔扶住他的肩膀,"有没有事?"

少年眼神冷厉,眉头紧锁,"还死不了。"

嗖的一声,又是一支劲箭激射而来,楚乔听声辨位,挥刀狠劈。那箭来得极为迅速,竟和刀锋擦起了一溜火星,照亮了漆黑的夜色。

"放下武器!"整齐划一的低喝声同时响起,无数的人马从雪原下凭空出现,足足有上千人,人人披着雪白长裘,之前全都伏在雪地上,难怪战马经过,竟没看出丝毫端倪。森寒的刀锋齐齐对准两人,刀剑林立,插翅难飞。

不远处,激烈的厮杀声同时响起,显然,来不及及时下马的燕北战士们已经陷入了重重包围之中。

人群之后，一身黑色长裘的少年策马上前，大裘里的锦袍上绣有金色的祥龙，一只锋利的龙爪狰狞地盘踞在衣领上，在烈烈燃烧的火把之下，有着刺目的光辉。

赵彻半眯着眼，冷冷地哼了一声，"就知道魏家成不了事。"

锋利的刀锋架在两人的脖子上，那刀口上都印有盛金宫特有的紫薇金花，一看就知道是大内禁卫。少年封王的七皇子赵彻看了燕洵一眼，眼神随即又在幼小的楚乔身上转了一圈，对着侍从们沉声说道："带回去。"

"七殿下，"一名侍从走上前来，眼神微微瞟向正在远处激战的燕北战士们，小声地问道，"其余的人？"

赵彻眉头轻蹙，冷哼一声，"不遵王令，叛国背主，留着还有什么用？"

侍从心领神会，对着远处大声喝道："杀无赦！"

轰然的应诺声顿时响起，霎时间，密集如飞蝗般的箭雨齐刷刷奔驰而出，刚才还豪情激越爽朗大笑的燕北战士们瞬间化作一具具失去生命的尸体，沉重地倒在冰冷的雪地上。

楚乔大怒，耳边听着小风眠的怒声大骂，一双拳头紧紧地握起，冷眼望向高居马上的赵彻。这时，有盛金宫禁军走上前来，孩子略一挣扎，就吸引了高高在上的皇子的眼睛。

赵彻上下打量了她一眼，微微皱起了眉头，有些熟悉，却又想不起在哪里见过。

"把不相干的人都拖下去砍了。"

"谁敢！"燕洵闪身上前，一把将楚乔紧紧抱在怀里，毫无惧色地对视着上面的天家少年。

赵彻一愣，怒极反笑，"你还真是不知死活，都到这个时候了，还当自己是燕北世子吗？"

燕洵冷冷说道："赵彻，你若是敢做，我保证会让你后悔莫及。"

赵彻皱起眉来，冷笑道："我倒想看看你这只困兽是如何让我后悔莫及的，动手！"

两侧的精兵突然竖起刀锋，唰的一声齐齐上前。燕洵一把拔出匕首，对准了自己的胸膛，眼神如刀锋冰雪，充满了一往无前的决绝。

"住手！"赵彻一愣，难以置信地皱起眉头，在孩子身上仔细打量，终于沉声说道，"燕洵，我就给你这个面子，一起带回去！"

武器顿时被缴下，两人被推搡上一辆准备好的囚车之中。

楚乔被少年紧紧地抱在怀里，一张苍白的小脸紧贴在他的胸膛上，燕洵左肩的伤口不断涌出鲜红的血来，顺着脖颈流到她的衣衫之中。

"燕洵，"楚乔小声地叫，"你怎么样？"

"小丫头，我连累你了。"

楚乔鼻子一酸，摇头道："别这么说，我们一定会……"

"你放心吧！"燕洵突然打断楚乔的话，斩钉截铁地说道，"我会保护你的。"

楚乔身体一僵，顿时就愣住了。多久之前，在那座破败的柴房内，也有人这样认真地跟她说过同样的话。

"月儿，别害怕，我会保护你的。"

大风呼啸而过，寒冷得几乎冻住了人的血脉。燕洵失血过多，身体冰冷，一阵战栗。楚乔伸出纤细的手臂，紧紧地抱住他的身体，头颅却偏向左边。那里的不远处，是一座不高的土丘，乌云散去，有惨淡的月光洒了下来。孤零零的一匹战马上，坐着一个年纪不大的少年，少年挽着弓，箭锋对准自己这边，燕洵肩膀上的伤口，正是拜此人所赐。

尽管相隔那般远，可是楚乔仍旧能看见那人的模样和眉眼。她紧紧地抱住燕洵越来越冷的身体，咬住下唇，在少年背后，孩子的一双小手，紧紧地握成了拳头。

夜色凄迷，重云散尽，月光清冷如水，诸葛玥缓缓放下弓弩，看着越来越远的盛金宫囚车，久久没有离去。

这漫长的一夜，终于就要过去。

太阳已经升了起来，阳光从高高的天窗射了进来，明亮的一条，有细小的灰尘不断地扬起，在半空中轻轻地飘荡。嚓嚓声轻轻地响起，声音很小，不仔细听还会以为是老鼠爬过草丛所发出的声响。

楚乔靠坐在一堵墙壁上，闭着眼睛，好像已经睡着了。可是在她的背后，却有一只手在缓缓地动着，拿着小石块，在土墙上细细地打磨。

太阳升起，又缓缓落下，外面的喧嚣渐渐消退，寒冷的夜覆盖了这座繁华的帝都。巡逻的狱卒来回看了两趟，就打着哈欠退了下去，月上中空，夜色已重，只听砰的一声闷响，一大块土砖就落在了草丛里。

"燕洵……"

微弱的声音缓缓响起，在死寂的大牢里，显得那般清脆。

楚乔凑过脸去，望向旁边的牢房，只见穿着一身白袭的少年靠在对面的墙壁上，十分大方地伸着腿坐在肮脏的枯草里，闭着眼睛，似乎正在睡觉。

"燕洵。"楚乔压低了声音，小心地叫道。

少年睫毛轻颤，睁开了眼睛，困惑地望了一圈，陡然看到孩子清澈的眼睛，顿时大喜，几下就爬了过来，对着洞口笑道："丫头，你真聪明。"

"傻子！"楚乔连忙低喝道，"小声点，别被人听见。"

"哦，"燕洵学着她的样子四下望了一圈，然后转过头来，傻乎乎地一笑，露出一口洁白的牙齿，"丫头，你别害怕，我父王一定会派人来救我们的，他们这帮家伙，不敢对我们怎么样。"

"嗯。"楚乔淡淡地点了点头，没有答话。

燕洵眉头一皱，"喂，你不相信我？"

"我哪敢？"楚乔吐了吐舌头，撇嘴道，"不过你父王是来救你，我可没这么有能耐的亲戚。"

燕洵闻言一笑，眼睛亮晶晶的，像是天上的星星，"你放心吧，我是不会扔下你不管的，以后你就跟着我，我会保护你的。"

一股暖流突然涌遍全身，八岁的孩子轻轻一笑，笑容灿烂，点了点头，"那你出去可要请我吃好吃的，我都快饿死了。"

"没问题。"燕洵一口答应,"想吃什么随便你挑,只要你说得出我就弄得到。"

不知何时,外面突然下起了大雪,雪花从高高的天窗飘了进来,带着寒冷的风,刺骨地扫在冰冷的牢房里。楚乔正要说话,突然浑身一颤,打了一个寒战。燕洵见了,连忙凑过脸来,只见孩子衣衫单薄,面容青白,嘴唇都已经被冻紫了,顿时紧张起来。

"你冷吗?"

"还好。"

"你穿那么少,一定冻死了。"

燕洵突然站起身来,几下就将身上的大氅脱了下来,蹲下身子想从洞口塞过来,可惜大氅太厚了,根本连一个袖子都送不过来。楚乔连忙将他的衣服推过去,"别闹了,被发现就糟糕了。"

"被发现能怎么样?"燕洵冷冷一哼,"等我出去了,这些人一个也不会放过。"

"这种狠话还是等有命出去再说吧。"楚乔嘲讽了一句,微仰起头,很是不屑的样子。

燕洵不服气地哼了一声,"你就等着瞧。"

夜里的牢房越发阴冷,燕洵靠在洞口边上,突然说道:"丫头,把你的手伸过来。"

"嗯?"楚乔一愣,"什么?"

"你的手,"燕洵一边说一边比画,"把手伸过来。"

楚乔皱起了眉,"你要干什么?"

"别问了,"燕洵不耐烦地叫,"叫你伸过来你就伸过来。"

楚乔小声地嘟囔了一句,然后伸出纤细的手臂,将一只被冻得发青的小手顺着洞口伸了过去,在半空中虚抓了一下,晃了晃,轻声地问:"你要干什么?"

冰冷的小手突然被人握住,少年的手略大,一边握着她的手,一边不断地哈着气,眼睛亮亮的,动作却很笨拙,边哈气边问:"好点了吗?暖和点了吗?"

夜色凄迷,冷月如霜,外面的雪花飘得越发急了,纷纷扬扬地顺着天窗飘进,落满了阴冷的大牢。靠坐在墙角的孩子突然有些愣,一双水雾蒙蒙的大眼微微发酸。她用力地点了点头,却陡然想起对面那人是看不到的,于是就用略略带着鼻音的嗓子"嗯"了一声。

"呵呵,"燕洵呵呵一笑,开心地说道,"丫头,你叫什么?我听诸葛家老四叫你星儿,这是你的本名吗?"

"不是。"孩子低声地回答,绵绵如湖水的温暖不断地从手臂上传了过来,血脉一点一点地畅通,她靠在墙壁上,轻声说道,"我叫楚乔。"

"楚?"燕洵眉头一皱,动作不自觉地就停了下来,"你不是前吏部仓曹荆义典的孩子吗?怎么会姓楚?"

"你别问了,"孩子的声音很低,却带着一丝难言的郑重,"燕洵,这个名字还没有人知道,我只告诉你一个人,你记住就好,不要对别人讲。"

燕洵一愣,随即恍然,心道可能是一些家族的隐秘,说出去只怕是不光彩,顿时心头生出几丝开心的满足感来,暗道她连这样的秘密都告诉自己,不就是拿他当自己人了吗?连忙拍着胸脯保证道:"嗯,你放心,我死也不说。"

"那我叫你什么呢？"少年随即皱眉说道，"我叫你小乔可好？"

"不要，"楚乔顿时想起三国时期的东吴美人，皱着眉反对道，"不许叫这个。"

"为什么？"燕洵疑惑地问，"那我叫你阿楚好吗？"

"嗯……"楚乔细细思量了一会儿，随即点头，"行，就这么叫吧。"

燕洵一乐，"阿楚！"

"嗯。"

"阿楚！"

"听到了。"

"阿楚！阿楚！"

"你还有完没完？"

"阿楚阿楚阿楚！"

……

"阿楚，那只手。"

楚乔听话地缩回这只已经暖和的手，又伸过去另外一只，燕洵抱着她的手臂，哈了两口气，发现自己的手也凉了，索性拉开胸前的衣裳，将她的手顺着衣服塞了进去。

"哎呀！"楚乔低呼一声，顿时就想往回缩。

"哈哈，"燕洵哈哈一笑，紧紧攥着就是不松手，"占大便宜了吧，心里保证偷着乐呢。"

"德行！"楚乔哼一声，小小的手掌紧贴着少年的胸口，夜里那么静，她甚至能感觉到燕洵的心跳，那么有力，一下又一下。少年很瘦，但是常年骑马练武，身体很结实，胸前都是肌理分明的肌肉。

燕洵握着楚乔的手，靠着墙壁坐了下来，声音温和地缓缓说道："阿楚，等这事了结了，你就跟我回燕北吧。你有什么放心不下的事情，我找人为你做了。这世道这么乱，你一个小小的孩子能去哪儿呢？遇到坏人，说不准还得受人欺负。你别看你挺凶的，那是没遇到真正的恶人，万一遇上了，又没有我在你身边护着你，你一定是要吃亏的。"

楚乔靠在墙上，脚下是干枯的稻草，前面是纷飞的白雪，一双眼睛仿佛看了那么远，却又似乎只局限在眼前的那一片，她想要去哪里？也许，她自己也不知道。

没听到楚乔的回答，燕洵继续说道："我也不知道为什么，就是想帮着你。当初第一次在围猎场上见到你，就觉得这个小孩挺好玩的，明明那么一丁点，却偏偏那么凶，于是就狠不下心下手了。我在京城这么多年了，还是第一次输给赵彻那个浑蛋，想想就憋气。"

三更的更鼓突然敲响，从遥远的街上传了过来。少年的声音显得有些缥缈，淡淡而悠远，"阿楚，燕北很漂亮，很少打仗。到了夏天，到处都是青青的牧草。我和父皇还有大哥、三哥经常骑着马去火雷原上猎野马。那时候我还小，不过七八岁，骑不了大马，大哥就把猎来的马王生下的小马崽子给我骑，我总是很生气，觉得他瞧不起我。其实后来我渐渐就明白了，他只是怕伤着我。三哥脾气最不好，总是跟我打架，一发火就把我高高地举起来，大喊着要摔死我，然后二姐就会冲上来用鞭子抽他，他们就动手打起来了。三哥虽然力气大，却连二姐都打不过。我当年特瞧不起他，现在想想，也许他是不愿意跟二姐动手吧。"

"一到冬天，燕北会下一个多月的大雪，我们就到朔北高原上去。那里有回回山，又高又陡，山上还有很多温泉。母亲是卞唐人，受不了北方的寒气，身体也不太好，一年里总是有半年住在温泉边的行宫里。我们总是背着父王偷偷地溜出学堂跑去看她，谁知到了地方之后却发现父王早就已经赶在我们前面在行宫里待着了。"

月光皎洁，洒下一地的清辉，少年的脸突然变得那般温和，是楚乔从未见过的温暖。

"阿楚，我们燕北不像帝都这里，父子兄弟姐妹夫妻全可以成为敌人，到处都是冷箭暗算，到处都是利欲熏心，到处都是腐烂的歌舞和饿死的百姓。在我们燕北的土地上，很少战乱，没有流民，人人都能吃饱，奴隶也能按照自己的意愿活下去。阿楚，跟我回燕北吧！在那里，你可以更好地生活，有我保护你，再也没人能欺负你，再也没人能拿箭指着你。我带你去火雷原猎野马，带你去回回山看我母亲，她是个很温柔的人，你一定会喜欢她的。"

空气里那般安静，只有少年略显低沉的话语在静静地诉说，衣衫单薄的孩子突然感觉很暖。她仰起脸，似乎也看到了燕洵所说的燕北，看到了青青的牧草，看到了雪白晶莹的回回山，看到了奔腾呼啸的野马群，听到了少年们爽朗的大笑和自由自在的风声。

她的嘴角缓缓牵起，淡淡地笑，然后重重地点头，轻声地说："好，我们去燕北。"

长夜漫漫，冰冷潮湿的帝都天牢里，两个小小的孩子隔着一堵墙靠坐在牢房里，他们的手穿透了阻隔的禁锢，紧紧地握在一起。

我们去燕北，我们一定会逃出去。

长夜和风暴都渐渐过去，天色微微透亮。

沉重的脚步声惊醒了睡梦中的孩子，两只手迅速缩回，在还没睁开眼睛的一刹那就堵上了那个被撬开的洞口。黑绒的棉靴踏在布满灰尘的天牢里，一步一步，有清脆的钥匙碰撞声不断地响起。

咔嚓一声脆响，身穿淡青色铠甲，外罩土黄色披风的士兵走了进来，一行至少五十人，将不大的牢狱站得满满当当。天牢的狱卒小心地跟在他们身后，点头哈腰地赔着小心。楚乔坐在角落里，冷眼望着这些大内禁卫，一颗心渐渐地沉了下去。

燕洵坐在地上，背对着大门，眼睛都没有睁，卸去了身上的温和，用锐利的锋芒将自己一层一层地包裹起来，如老僧入定，对外来的人丝毫不予理会。

侍卫头领看了眼身上流着大夏皇族黄金之血的燕北世子，一张冷厉的面孔上却没有半点恭维和尊重，拿出怀中的圣旨，照本宣科地念道："盛金宫有令，带燕北世子燕洵前往九幽台听候发落。"

另一名侍卫走上前去，嘴角不屑地冷笑一声，"燕世子，请吧。"

少年缓缓睁开眼睛，眼内锋芒涌动，只是用眼梢轻轻一瞥，就让那侍卫不自禁地脊背发凉。他似乎明白了什么，却仍旧保持着脸上的高傲之气，倔强地站起身来，当先向大牢门外走去。一众大内侍卫拿着准备好的枷锁，想了半晌，还是放在身后，左右使了个眼色，就齐齐地围上前去。

雪白的大裘扫过地面，肮脏的尘土轻飘飘地飞起来，落在少年白色的鹿皮靴子上。那上面，有皇家特用的五爪金龙的暗线纹绣，在清晨阳光的照耀下，越发显得光鲜耀眼，哪怕是在这样落魄的环境里，也是那般卓尔不群，似乎在用这样的方式提醒众人，曾几何时，燕北一脉，也是大夏皇族的一支。

风，从绵长幽暗的甬道缓缓吹来，带来外面清新的空气，却也有外面刺骨的寒冷。

一只手，突然从牢房的围栏里伸了出来，苍白纤细，好似上好的瓷器，给人一种错觉，似乎只要稍稍用力，就可以轻易地将其折断。但就是这只纤细的小手，拦住了众人的去路，一把抓住了燕洵的小腿，紧紧地抓住他的裤脚，倔强地不肯放开。

"你干什么？活腻歪了吗？"一名禁军大怒，踏前一步怒声喝道。

燕洵回头冷冷地看着那名禁军，目光冷厉，登时就将那名禁军后面的话逼了回去。少年蹲下身子，握住了孩子瘦小的手指，皱起眉来看向瘦小的孩子，低声地说："阿楚，不要胡闹。"

"你说话不算数！"楚乔眼神明亮，固执地仰着头，一字一顿，"你说了你不会抛下我。"

燕洵皱起眉来，看到大内禁军的那一刻起，长期处于帝都权力中心的少年就敏锐地察觉到事情不可能简单地向着自己所想的方向发展，有些不受控制的东西一定在他还不知情的情况下发生了，此去是福是祸难以预料，哪能带着她去承受风险？少年双眉紧锁，低声呵斥道："我不会抛下你，你在这里乖乖地等我回来。"

"我不相信你。"孩子固执地说道，手上的力量却一点也不松懈，"带我一起去。"

一名侍卫顿时大怒，厉喝道："大胆奴才！"

"奴才也是你叫的吗？"

燕洵猛地回过头去，双眼凌厉地望向那名士兵，寒声说道："帝国的法律什么时候允许你这样的贱民在我面前大呼小叫了？"

那人的面皮顿时变得通红，两旁的侍卫一把拉住他，生怕这人怒极之下会做出什么出格的举动。燕洵也不理会他，只是转过头来，看着孩子小小的青白脸孔，皱眉道："阿楚，听话，我是为你好。"

"为我好就带我一起去，"楚乔仰着头，紧紧地抓着少年的裤腿，带着绝不让步的顽固，低声地重复，"带我一起去。"

时间急速而过，有低沉的风在两人的眼前吹散。少年默默注视着孩子的眼睛，那里面，有锐利果敢的精芒在轻轻地闪动，他知道，以她的聪慧不会不知此行的凶险。少年的嘴唇轻轻嚅动，想要说什么，却终于在她倔强的眼光中停了下来。半晌，燕洵站起身来，对着身后的禁军沉声说道："开门。"

"燕世子，圣旨上只传召你一人……"

那人的话还没说完，燕洵陡然转身，向着自己的牢房大步走去，一边走一边冷然说道："抬着我的尸体去盛金宫回话吧。"

禁军们无奈，商量了半晌，还是打开了楚乔的牢门。

毕竟，只是一个小奴隶而已。

天窗外早已大亮，燕洵抢在所有人面前一把牵住了孩子的手，不让任何绳索套上她小小的身体。少年的眼睛锋利果决，他望着比自己矮一个头的孩子，沉声地问："怕不怕？"

楚乔仰着头，突然咧开嘴角，粲然一笑，"不怕。"

燕洵微微一笑，拉着楚乔的手当先走了出去。

天牢门外，兵甲齐立，刀剑森然，寒冷的战甲反射着遍地洁白的积雪，越发刺得人眼睛发酸。军士们列队而站，面色凝重，如临大敌。百姓们远远地站在外围，踮起脚偷偷地观望着，那眼神里，满满都是掩饰不住的好奇和畏惧。

能出动盛金宫黄金卫亲自看守的，究竟是什么样的人物？

长风卷起，白鹰的翅膀划过真煌城上空，厚云堆积的天空突然发出尖锐的一声鸣叫，百姓们齐齐仰头观望，那一刻，他们似乎听到了帝国大厦崩溃的第一声脆响。

第十二章
九幽泣血

帝都天牢分东西两所，各有两条主道，东边一条通往主街九崴，是犯人被释放和发配的必经之地，西边的一条却是通往九幽台，大多是执行死刑的所在。

没有囚车，没有经过所谓的堂审、刑讯、验明正身，只在天牢大门前准备了一匹漆黑的战马，高大健壮，看到燕洵欣然打了一声响鼻，赫然正是燕洵的坐骑。少年嘴角轻轻牵出一抹淡笑，摸了摸马头，将楚乔扶上马背，自己也翻身而上，径直上了朱武街，跟随大队前行。一路百姓无不争相避让，探头探脑地观望着，随即跟在后面，向九幽台而来。

天空厚云堆积，黑云翻滚，仿佛要压在人的头顶，狂风平地卷起，从遥远空旷的路途上迎面打在两个孩子身上。燕洵张开大氅的前襟，将楚乔小小的身体包裹在其中，只露出一个小小的脑袋。

楚乔回过头去，看向少年英挺的眉目，眼神明澈，秀眸如水。燕洵低下头来，对着她轻轻一笑，大氅之下的两只小手，紧紧地握了起来。

他们并不知道等待着他们的将会是什么样的命运，这个世界的风太大，他们只能跌跌撞撞地往前走，倔强地仰起脸来，等待狂风暴雨来临的那一刻。

咣的一声巨响，所有行走在大街上的人不自觉地全停住了脚步，仰头望向高耸在红川东原上的崖浪苍山。那里，盛金宫的承光祖庙发出了沉重的钟鸣，巨大的沧浪之钟被金柱敲击了一下又一下，声音在红川大地上激烈地回荡开来，三十六声，整整三十六声。

燕洵的面色突然变得苍白。楚乔明显感觉到握自己的那双手剧烈地颤抖了一下，她扬起眉来，不解地望向燕洵，可是少年却没有说一个字。

帝皇天命，九五之尊，大夏皇朝帝王驾崩都要鸣钟四十五声，而三十六声钟响，是皇室宗亲故去时的礼节，以全四九之数。

体内流淌着大夏皇族之血，多少年前，也曾和赵氏皇族们祭拜过同一位祖先的燕门世子冷冷讥笑，该来的躲不掉，就通通来吧。

一路来到九幽台，旗幡林立，向北望去，远远还可以看见巍峨庄重的紫金门，红墙金瓦，气势万千，整块黑色墨蓝石铸成的九幽台庄严地矗立在平地之上，漆黑的地面反射着洁白的雪光，越发显得肃穆。

燕洵翻身下马，正要往台上走去，一名身穿内庭朝服的国字脸中年男人突然走上前来，沉声说道："燕世子，请这边走。"

"蒙阗将军？"燕洵微微挑眉，看向中年人所指的方向，说道，"那里，不该是我坐的地方吧？"

"盛金宫有令，燕世子就坐在那里。"

燕洵望着高台旁的监斩主位，如果今日所杀的人不是自己，又会是哪个王侯国亲？

"如此，恭敬不如从命了。"

少年冷然转身，在所有人惊异的目光中走上了监斩台，在监斩官的主位上坐了下来。旁边都是长老院的内庭官员。

少年剑眉斜飞，面如冠玉，凛然如冰雪，看不出一丝一毫的紧张和局促。

时间缓缓而过，却始终没见有犯人从朱武街押过来。这时，只听轰隆一声，紫金门侧门大开，长老院的各家掌权人物、外庭的兵马将军、内厅的武士文官鱼贯而出，就连诸葛怀、魏景等人都在人群之后，随着各家的各房家主来到了观斩的位置上坐下。

魏景面色微微苍白，手腕收在宽大的衣袖里，看不出有什么损伤，眼眸如刀地在燕洵身后楚乔身上划过。燕洵见了，转头看去，少年们的眼神闪电般在半空中交击，冷冷一笑，随即，好似什么都没发生一般，各自正身，面色平静。

重云之上，日上中空，已近正午。

负责监斩的刑部司马黄奇正老大人佝偻着腰，走上前来，指着九幽台中心用来计算时间的日钟，恭敬地请示道："燕世子，时辰已到，该行刑了。"

燕洵淡淡一笑，兵来将挡，水来土掩，大袖一拂，"黄大人请。"

黄奇正颤巍巍地站上前，苍老的喉结上下滑动，声音远远地传了出去，"时辰已到，带人犯，行刑！"

"行刑！"

巨大的声音顿时响起，九幽台之下的金翅广场上列兵三千，齐声高呼，声势惊人，飞鸟振翅。隆隆声不断响起，沉重的紫金大门被打开，二十名一身戎装的西征军人，面色冷然地捧着一个个罩着白绫的托盘缓缓走上来，一步一步登上了漆黑如墨的九幽高台。

魏景突然冷哼一声，嘴角讥讽地笑了起来，冷眼向着监斩台这边望来。

燕洵眉头霎时间紧紧皱在一起，一丝不祥的预感袭上心头，握在座位扶手上的手掌紧紧地握起，青筋暴起。

二十名点将堂出身的帝国军人冷然站在九幽台之上，帝国第一元帅蒙阗走上台去，对着为首的军人沉声说道："犯人可曾验明正身？"

军人面无表情，双眼目视前方，闻言顿时铿锵答道："回禀元帅，不曾！"

蒙阗眉头一皱，"为何？"

"回禀元帅，无人能够辨别，盛金宫有旨，着今日监斩官负责此事。"

蒙阗点了点头，转头向坐在主位上的燕洵看来，声音浑厚地说道："燕世子，还要偏劳你了。"

燕洵紧抿着嘴唇，眉心几乎皱在一起，巨大的不安和恐惧无法抑制地袭上心头，让他再也无法保持平日里的潇洒冷静，甚至连回答一声都显得有些吃力。

楚乔站在他身后，似乎察觉到什么，伸出嫩白的小手，紧紧地握住了少年的手臂。

"启盒，验人犯！"

二十名大内禁卫齐齐走上前去，整齐划一地将托盘上的白绫掀开，里面赫然是二十个黄金打造的华贵宝盒。金黄色的钥匙伸进锁眼，咔嚓声不绝于耳。随后，众人齐齐顿了一下，同时将所有的盒盖打开，使里面盛放的东西暴露在苍天之下！

燕洵的双眼陡然大睁，额头青筋崩现，喉间发出一声野兽般的低吼，他顿时离座，欲扑上高台。

两侧的帝国军人身手敏捷地冲上前来，刀剑离鞘声唰唰作响，雪亮的锋芒闪烁，动作迅如雷电，不可抵挡。几乎就在同时，一个矫健的身影拦在所有人前面，只听叮的一声脆响，孩子一把卸下一名军人的武器，眉头竖起，护在燕洵身前，不让任何人靠近他。

大风猛然扬起，天地一片昏黄，天空中黑云堆积层云翻滚，漆黑的乌鸦飞掠尖鸣，在狂猛的疾风中振翅高飞，寒冷的风雪刺骨而来，所有人不自禁地蒙住双眼，用衣袖挡住那肆无忌惮的狂风。

却有那么几个人，睁着双眼，注视着那座嗜血的高台。冥冥中，有天上的武神在上空放肆地狂笑，声音穿透激荡的人心，横扫过世间的一切公理。

蒙阗一身重甲，沉声说道："司徒云登，唱名！"

"是！"肩上绣着紫金纹绣飞鸟的年轻将领走上前来，手指向第一个黄金盒子里鲜血凝固一片狼藉的首级，语调铿锵地大声说道，"燕北之地世袭藩王！培罗大帝第二十四代孙！帝国西北兵马大元帅！盛金宫承光祖庙第五百七十六牌位！燕北王燕世城，四月十六，斩于燕北火雷原！"

说罢，他走到第二个盒子前，继续寒声说道："燕北之地世袭分王！培罗大帝第二十五代孙！帝国西北镇服使！盛金宫承光祖庙第五百七十七牌位！燕北王燕世城长子燕霆，四月十四，斩于燕北逊烈垣！"

"燕北之地世袭分王！培罗大帝第二十五代孙！帝国西北镇服副使！盛金宫承光祖庙第五百七十八牌位！燕北王燕世城第三子燕啸，四月十六，斩于燕北火雷原！"

"燕北之地世袭翁主！培罗大帝第二十五代孙！盛金宫承光祖庙第五百七十九牌位！燕北王燕世城长女燕红绡，四月十六，穷途末路，自尽于卫水洪湖！"

"燕北之地世袭分王，培罗大帝第二十四代孙！帝国西北兵马副帅！盛金宫承光祖庙第五百八十牌位！燕北王燕世城族弟燕世锋，四月初九，斩于燕北尚慎高原！"

"燕北之地世袭……"

漫长的唱名终于结束，激荡的风肆无忌惮地横扫九幽。蒙阗站在高高的石台之上，俯视着监斩主位上的燕洵，沉声说道："唱名完毕，请燕世子验人犯！"

轰的一声巨响，狂风陡然卷起，折断了九幽台旁的一棵参天古树，巨大的树枝呼啸着飞起，轰然砸在金翅广场的正中央。

漫天风声呼啸，所有诡异莫测的眼光霎时间全汇聚到那个监斩台上的少年身上！

聚九州之铁，难以铸此一恨！

燕洵缓缓地闭上眼，再睁开之时，已是一片血红！

漆黑的天幕中闷雷滚滚，北风呼啸悲号，如同发疯的野兽，层层黑云几乎要压在地面，飞沙走石，睁目如盲。

蒙氏一族的现任族长，掌管帝国兵马军需调动的铁血军人面色不变地继续沉声道："燕世子，请你验人犯。"

一阵狂风突然平地而起，场中的黑色旗幡迎风怒展，猎猎如火，金色的凶龙狰狞舞爪，好似欲冲破旗帜飞腾而出。少年紧咬着牙关，双目赤红，一张脸孔青白泛紫，双拳紧握，好似有通天的大火蔓延在他的胸腔内。

突然间，只听燕洵怒喝一声，如同暴起的噬人的豹子，一拳击中了一名帝国兵士，转瞬抢下一柄战刀，刀似飞虹，势如疯虎地杀出人群，向着九幽高台怒斩而去。

一片惊呼声顿时暴起，土黄色斗篷的大内禁卫们纷纷冲上前来，密密麻麻，如同沸腾的黄泉之水。楚乔站在燕洵身后，眉头紧锁，眼神略转，突然一脚踢在一名士兵的小腿上，借力飞跃而起，一把抓住了监斩台上的旗幡绳索。只听呼啦一声巨响，无数面黑龙战旗瞬间当空罩下，将所有人都掩于其间。

"抓住他！"魏景面色发青，最早从旗幡下爬起身来，手指着已经奔下台去的燕洵大声喊道，"狼子野心的燕北狗，不能让他跑了！"

金翅广场上的士兵们此时已经冲至身前。楚乔拉住暴怒的少年，一把掷出战刀，噼啪一声脆响，九幽台旁的高架火盆纷纷倾倒，炭火遍撒一地，火油四溅，呼啦一下在积雪之上燃烧起来。

"走！"楚乔大叫一声，拉住燕洵就欲向朱武街方向逃去，谁知少年却瞬时间力气惊人，一把推开她的拉扯，向着重兵防守的九幽高台飞掠而去！

"燕洵！"楚乔头上的风帽跌落，满头青丝随风飞舞，眉头紧锁厉声长喝，"你疯了！回来！"

轰然间，血光四射，尸身狼藉。燕世子常年居于真煌帝都，为人孟浪，潇洒不羁，从没有人见过他真正发怒动手，就连诸葛怀这些贵族少年，也难知其深浅。可是此时此刻，看着少年矫健如豹般的迅猛身影，看着少年凶残如狼般的嗜血眼神，就连那些常年在战场上摸爬滚打于死人堆里饮酒吃肉的西征军人，也不由得感到一阵胆寒。

那是一种力量，并非武艺，并非智慧，并非力拔山兮气盖世的蛮力，而是一种刻骨的仇恨、坚定的信念，和人挡杀人佛挡杀佛的疯狂与决心！

大风呼啸，百草摧折，断裂的参天古木迎风发出呜呜声响，好似凄厉鬼哭。少年墨发遮挡于眼前，肩头染血，大裘滑落，手腕上累累青筋暴起，双眼如同绝境里的野兽，手握嗜血长刀，一步一步地走上了九幽高台。

两侧兵士踟蹰不前，小心地半弓着腰。他们不知道自己是怎么了，上千名帝国精锐，面对着这个眼神疯狂的少年却无人敢挪动一下脚步。巨大的杀气弥漫在半空之中，引得苍天之上食腐的鹰鸮上下盘旋，以为下面有什么饕餮盛宴。

噗的一声轻响，少年的双脚踏在最后一级台阶之上，只要再上前一步，就可以走上九幽高台。

就在这时，蒙阒的声音冰冷低沉地缓缓响起，"燕世子是来验人犯的吗？"

燕洵缓缓抬起头来，一滴鲜血沿着他轮廓分明的下巴缓缓流下，不知是别人的还是他自己的，少年的声音低沉沙哑，好似地狱爬出的恶鬼一般，"你让开！"

轰隆一声巨响登时闪过，煌煌冬日，竟打起滚滚闷雷，遍地飞雪随着狂风肆虐而舞。少年缓缓举起嗜血的战刀，遥遥指向蒙阒将军，冷冷地吐出一个字："滚！"

砰的一声闷响，帝国将军突然凌空跃起，一脚正中少年的胸口。刹那间，只见燕洵如同断了线的风筝，鲜血漫空喷洒，整个人腾空旋转，落在高高的石阶之上，葫芦一般滚落在地！

"燕洵！"楚乔大叫一声，挥刀就往前冲。士兵们这时才反应过来，顿时将她团团包围。楚乔毕竟身小力弱，个子又矮，怎能抵挡住这么多人的围攻，只是几下拼杀，手臂大腿已多处受伤，身躯一软，就被十多柄雪亮的战刀架在了脖子之上，不能动弹分毫。

"燕洵！"楚乔悲鸣一声，双眼血红，双手被人反剪在身后，挣脱不得。

时间那般急促，却又那般安静，猎猎风声如同催命的冤魂，在浩大的广场上肆虐奔腾着。真煌城里外外，帝国的上位者们、贵族、元老、官员、将军、士兵，还有那些围观在外围的普通百姓，无不屏住呼吸，翘首望着那个血泊之中衣衫染血的少年。仿佛过了那么久，又仿佛只是一瞬间，少年趴在地上，手指轻轻一动，然后，狠狠地抓在雪地上，握紧，爬起，眼神如倔强的孤狼，一点一点，踉跄地爬起，身形微微一晃，然后挂着战刀，一步一步再一次向着高台走去。

"九幽乃真煌重地，燕世子如果不说明来意，即便贵为监斩官，也不能踏前分毫。本帅再问你一遍，燕世子可是来验人犯的？"

上空旗幡飞扬，下面冷寂无声，少年眼如寒冰，倔强地用手背狠狠地擦了一把嘴角，沉声说道："滚开！"

轰隆一声，又是一记惊雷闷响，燕洵的身体随着雷声，再一次滚落台下！

"燕洵！"楚乔终于克制不住，厉声高吼，"你这个傻子，你要送死吗？你回来！"

天地间的一切声音似乎都已经离他远去，双耳轰鸣听不到半点声响，他眼睛红肿，一张脸孔满是被尘土岩石划伤的伤口，鲜血淋淋的双手如同刚从血池中浸泡而出，胸口仿佛被千钧巨石狠狠锤砸。好像有什么人在叫他，他却已经听不见了，他的脑海里满满都是燕北的声音。他似乎听到了父亲爽朗的大笑，听到了大哥没完没了的唠叨，听到了三哥和二姐互相抽着鞭子追打，听到小叔悠远的燕北长调，还有父亲的那些部下，那些从小将他举在头顶骑马斗牛的叔叔伯伯的马蹄声。

可是他们渐渐地都走远了，渐渐地看不分明，天地一片漆黑，无数个冷硬的声音在脑海里叫嚣着。他们在低声地、一遍又一遍地催促着，"燕洵，站起来，站起来，像个燕北的汉子一样，站起来。"

所有的人都瞪大了双眼，望着那个血淋淋的少年，望着那个昔日里的天朝贵胄，再一次从血泊里爬起，一步、两步、三步，血印在黑色的石阶上，反射着积雪的光，竟是那般刺眼。

铁血的军人渐渐皱起了眉，他望着那个跟跄走上来的少年，想说什么，却不知该如何表达，只是在最后一刻，仍旧一脚将他踢下台去。

人群中，突然有小声的悲泣缓缓响起，声音渐渐扩大，压抑的哭声大片地回荡在贫苦的百姓之中。这些身份低下，血统低贱的贱民，望着高贵的帝国广场，心底的悲戚终于再也忍耐不住。那毕竟还只是一个孩子啊。

贵族们嘴唇紧抿着，一双双冷漠的眼睛也微微有些动容。

冷风吹来，少年的身体像是一团烂泥，他已经站不起来了。帝国第一元帅蒙闻，武艺精湛，力大如山，曾经一人在西漠高原上独力击杀了二百多人的荒外马队，被他一拳还不死得更快。但是，没有人知道那是一种什么样的力量在支撑着那个少年，让他仅靠染血的手指，一点一点地向九幽高台爬去。

最后一次将燕洵踢落，将军眉头紧锁，终于沉声对着两旁的侍卫说道："不必再验，将他拿下，行刑！"

"蒙闻将军！"魏景眉头一皱，站起身来沉声说道，"您这样怕是不合规矩，盛金宫下达的命令要他验尸，怎可敷衍了事？"

蒙闻眉头一皱，转过头来，看向这个魏氏门阀的翘楚少年，手指着燕洵，缓缓说道："你觉得他这个样子，还能遵从圣令吗？"

谁想过让他遵从圣令，盛金宫此意，不过是为找一个合理的理由杀了他罢了。西北关兵败，帝国和长老会一起将罪责推给了燕北王，燕北王一家惨遭满门屠戮，只剩下这唯一的血脉。

燕洵身在帝都多年，抽身事外，无法牵连其中。燕北之地历代世袭，燕世城不在了，燕洵继位理所应当，可是帝国怎能冒这个险放这个狼崽子西去？于是，设下这个局，燕洵若是不遵皇命，就是藐视盛金宫，为臣不忠；若是乖乖听话，就是懦弱无能，大逆不道，为子不孝。无论如何，都是一个必杀的死局。

帝国此举，不过是为了给天下百姓、给各地藩王们一个交代，以堵悠悠之口。满朝文武，谁人不知？

可是这样的理由，却不能拿出来在光天化日之下当作劝阻的借口。魏景气得咬牙切齿，恨恨地看向燕洵，寒声说道："蒙将军这样做，不怕圣上和长老会齐齐怪罪吗？"

"怪罪与否，本帅一力承担，不劳你来操心。"

蒙闻转过身来，看了眼被众人狠狠压制在下面的孩子，无声地叹了口气，然后转过身去，将欲行刑。

然而就在这时，一个苍老的声音突然响起，黄奇正身为监斩副官，缓缓走上前来，半眯着眼睛慢条斯理地说道："蒙将军，来此之前穆合大人曾叮嘱过，如事情有变，就将这个给将军您看。"

蒙闻接过文书，只看了一眼，面色登时大变。

将军站在台上，许久，终于转过头来，沉重地望向燕洵，缓缓说道："燕世子，请你别再固执，是与不是，你只需点一点头。他们都是你的父兄亲人，只有你最有资格辨认。"

燕洵的身体被人压在地上，整个人再也看不出是那个昔日里英姿飒爽的燕北世子，好似地狱里爬出来的恶鬼冤魂，充满了嗜血的仇恨和杀气。

蒙阗看着少年倔强的眼睛，终于无奈地叹了口气，沉声说道："既然燕世子抗旨不遵，就别怪本官秉公办理了，来人，将他拖上来！"

"慢着！"

长风倒卷，黑云翻腾，一个清脆的声音突然响起。所有人齐齐转头望去，只听清脆的马蹄声陡然从紫金门的方向传出，白衣雪貂、墨发如水的女子策马而来，一字一顿地缓缓说道："我来验！"

第十四章

终有一天

"母亲?"

血泊中的少年陡然回过头去,望向那个高居在马背上的女子。女子白衣胜雪,水袖如云,满头墨发披散在身后,好似质地绝佳的怀宋墨缎,一张素颜犹若白莲,眼眸温柔如雪山之巅的清泉,就连眼角的丝丝鱼尾纹也显得温柔宁静。

女子翻身下马,径直走到燕洵身边,两侧的侍卫们仿佛愣住了,竟无一人上前阻拦。

女子将燕洵的头抱起,用洁白的衣袖轻轻地擦拭少年染血的面孔,淡如云雾地扯开一个温暖的微笑,"洵儿。"

燕洵的眼泪瞬间滑落,这个之前面对千军万马都不曾皱一下眉头的少年瞬时号啕大哭,他紧紧地抓着女子的衣袖,大声问道:"母亲,为什么?到底出了什么事?"

"洵儿,"女子温柔地擦去他眼角的血块,轻声问道,"你相信你父亲吗?"

燕洵哽咽地点头,"我相信。"

"那就不要问为什么,"女人抱着孩子,眼睛宁静地在观斩台上那些贵族的身上一一掠过,轻声地说,"这个世界,不是一切事情都可以说清楚原因的,就像虎吃狼、狼吃兔子、兔子去吃草一样是没有道理可言的。"

"母亲!"燕洵陡然转过头去,冷眼望着那些衣衫华贵的贵族,一字一顿地寒声说道,"是他们吗?是他们害了燕北吗?"

少年的眼神凌厉如同冰雪,刹那间刺透了狂飞的雪雾。那一瞬间,所有的帝国权贵几乎同时打了一个寒战。他们看着那个面容秀美空灵如兰的女子,只见她清淡地笑笑,拭去孩子眼角的泪水,"洵儿,不要哭,燕家的孩子,是流血不流泪的。"

"蒙将军,我来验尸吧。上面的那些,是我的丈夫、儿子、女儿,我的亲人,相信在这天地间,再也没有一个人比我更加有资格来做这件事了。"

蒙阗眉头紧锁,眼睛里有黑色的暗流在激荡翻滚。看着女子如花的素颜,这个帝国最为铁血的军人突然间说不出话来。那些跌宕风云的往事像是潮水一般在他的脑海中飞驰而过。

他还记得那年早春,他和世城,还有如今那个连名字都不能直呼的男人一起,在卞唐的清水湖畔,邂逅了超凡脱俗的女子。那时的他们,还那般年轻,女孩子撑着船,穿着一身湖绿色的衣裳，卷起裤脚，露出一截白玉般的小腿，大笑着冲着三个看傻了眼的少年大声地叫道："喂！你们三个大个子，要上船吗？"

一晃眼，三十年，那么多的血雨腥风，那么多的杀伐征途，那么多的狡诈阴谋，他们三人携手与共，从浓浓的黑雾中肩并肩地杀出一条血路来。那时的他们，也许并不知道三十年后的今日会面临这样的境地。如果知道，他们还会那般同甘共苦，还会那般同气连枝，还会那般舍生忘死地祸福与共吗？难道昔日所做的一切，只是为了让他们在日后互相举起刀剑，砍下对方的头颅？

蒙阗缓缓地叹息，低沉地说："你不该来。"

"他说过，不会限制我在帝都的自由，只要我不出真煌城，就不会有人阻拦。蒙将军，这是圣谕，你不能违背。就如同你带兵杀进燕北一样，不管你愿不愿意，你都做了。"

女子提起裙角，一步一步走上高台，动作那般轻盈，可是落在地上的脚步，又显得那样沉重。

"母亲！"燕洵大急，顿时站起身来就要扑上前去，可是还没走出一步，陡然摔在地上，痛苦地闷哼一声。

楚乔见了，登时冲出已经不再阻拦的士兵的包围，几步跑上前去，扶住燕洵的身体，紧张地问："你怎么样？"

大雪纷扬而下，北风号叫，苍鹰凄厉，遍地狼藉的鲜血，遍地破败的旗帜和倒塌的火盆，千万双眼睛齐齐注视着那个一步步走上九幽杀地的女子的背影。长风卷起她的衣裙，翩翩欲飞，像是一只在狂风中徘徊的白鸟。

女子的手指抚上第一个金盒，男人的剑眉被血污了，呈暗红色，却并不显得多么狰狞可怕，他的眼睛紧闭着，好像是睡着了一般，鼻梁高挺，嘴唇紧抿，似乎有什么话要说却终于没有说出口。

女人望着她的丈夫，手指在下面虚无地轻抚，好像那里仍旧有一具伟岸的身体。她并没有哭，而是偏着头，温柔地笑，轻声地说："这是我的丈夫，燕北之地的世袭藩王，培罗大帝第二十四代子孙，帝国西北的兵马大元帅，盛金宫承光祖庙的第五百七十六牌位，燕北王，燕世城。"

雪花落在女人的眉眼鬓角之上，却并没有融化，她的脸孔有些苍白，可是声音仍旧那样温和，双目如水般注视着燕王的头颅，仿佛他随时会睁开眼睛对她微笑一样。她的手划过他的脸孔，在他的耳际，有一道小小的疤痕，似乎很多年了，不仔细看已经快要看不出来了。

"这里的伤疤，是当年沧澜王叛乱时，在盛金宫的幽微门被人用剑刺伤的。当年皇上遭人暗算，服食了幽魂草，浑身无力，世城和蒙将军从东、西两门杀进去救驾，世城当先找到当时还是太子的皇上。他背着昏迷不醒的皇帝，一个人孤身冲出了三百兵马围困的盛金宫，身上手上二十多处刀伤，事后养了半年才能下床走路。那一年，他刚刚十七岁。"

"这里，是白马关一战中留下的。"女人的手抚在下巴上一处明显的红痕上，继续说道："白苍历七百五十六年，帝国于瑶水祭拜祖庙，所有贵族长老和皇亲国戚都有临场，晋姜王却于此时发难，通敌叛国，打开西北关口，放犬戎人入关，三十万犬戎大军包围瑶水。

世城得知后，率军从燕北出发，七日七夜不卸甲不离鞍，昼夜不休，身先士卒地解了瑶水之危。你们的皇帝当场在瑶水白马山顶发誓，帝国和燕北世代君臣，永不相弃。当时你们这些人，也大多数在场的。"

台下的帝国大臣们顿时一阵躁动，那些被尘土覆盖了的往事登时被掀了起来，暴露在光天化日之下。他们昏花的老眼仿佛也看到了很多年前的那个午后，夕阳惨白如血，燕北的狮子旗迎风怒吼，将犬戎蛮人杀得片甲不留。那时候，他们还都年轻，也曾兴奋地簇拥上去拍着那个年轻人的肩膀，大笑着喝着烈酒。

"这里，是四月十六那天正午，在火雷原上，蒙将军你亲手砍下的。将军，你正当壮年，运筹帷幄杀伐果断，不会不认得自己的剑，这个伤口是不是你砍的，这个人是不是燕世城，你会不知道吗？"

蒙阗陡然间哑口无言，面色铁青，愣愣地说不出一句话来。

"我确定，这个人是我的丈夫，是燕北王燕世城，绝无虚假。"说罢，只听砰的一声，金盒的盖子登时被女子一把扣上，转身就向下一个盒子走去。

"这是我的儿子，燕北世袭分王，培罗大帝第二十五代孙，帝国西北镇服使，盛金宫承光祖庙第五百七十七牌位，燕北王燕世城长子燕霆。他今年二十一岁，十三岁从军，从低等小卒做起，八年里晋升二十四次，击退犬戎人进犯六十七次，立下大小战功无数，帝国盛金宫和长老会共同嘉奖七次，十八岁官拜镇服使，领兵护卫帝国北疆，从未失手。四月十四，在逊烈垣上被万马践踏，头脸难以分辨，只余血沫。

"这是我的儿子，燕北世袭分王，培罗大帝第二十五代孙，帝国西北镇服副使，盛金宫承光祖庙第五百七十八牌位，燕北王燕世城第三子燕啸。他今年十六岁，十三岁从军，跟随他父亲南征北战，三次征讨北疆蛮人，上阵杀敌，从未退却半步。他身上有四十多处刀伤，都是为燕北百姓而留。四月十六，他被西征大军以投石机击中，脊柱碎裂，双腿斩断，血尽而亡。"

"这……这是我的女儿。"女人的声音突然变得哽咽，金盒里的头颅青白浮肿，似乎被水浸泡过，眼角鼻翼都是紫色的血沫，"燕北世袭翁主，培罗大帝第二十五代孙，盛金宫承光祖庙第五百七十九牌位，燕北王燕世城长女燕红绡。四月十六，她骑马来救被掳走的母亲，经过卫水洪湖之时，被西征军团第四野战军穆合西田的部队截获，轮奸致死，最后抛尸洪湖。"

漫天的风雪陡然变大，女人的声音越发凄厉，面色越发苍白，一字一句仿佛泣血而出，狂风呼啸，大雪飞旋，无数鹰鸩齐齐扑簌翅膀，随着招展的黑龙战旗一同搏击漆黑低沉的苍穹。

"这些，都是燕北的战士，他们通敌叛国，是乱臣贼子，蒙将军，你行刑吧！"

巨大的青铜大鼎被抬上九幽高台，烈火熊熊，蒙阗眉头紧锁，终于沉声说道："行刑！"

二十只黄金盒子顿时被抛入青铜巨鼎之中，燕洵陡然间双目如火，喉咙间迸发出一阵野兽般的惨叫，就要站起身来冲上前去。

禁军侍卫们齐齐上前，拦在燕洵身前，楚乔一把死死地抱住燕洵的身体，终于再也忍耐不住，眼泪扑簌而下。少年被她抱在怀里，声音凄厉，跪在地上，伸出布满青筋的拳头，一下一下拼命地砸在金翅广场的石板上，鲜血淋漓却仍不自知，嘶声厉吼，声音恐怖。

女人回过头去，望着烈烈燃烧的青铜大鼎，苦忍的眼泪潸然而下。她伸出手来，轻轻触摸着火热的鼎身，面色凄楚，然后回过头来，温柔地看了一眼台下的儿子，随即对着蒙阕缓缓说道："蒙大哥，那是我的最后一个孩子，告诉那个人，别忘了他说过的话。"

蒙阕浑身一震，这声"蒙大哥"好似瞬间将他拉回到了三十年前，多么凄厉的话语都不能使他有丝毫动容，但就是这样简单的一声称呼，却令男人的双手不受控制地颤抖起来。他举步就想走上前来，梦魇般低呼："白笙……"

然而就在这时，白衣女子突然转身，动作迅猛犹如流星，一头撞在青铜巨鼎之上！

"白笙！"

"母亲！"

无数的惊呼声同时响起，金翅广场上，千万人同时高呼，只见那女子额头鲜血有若泉涌，手扶着巨鼎，软软地倒了下来。

"快！快！叫御医！"蒙阕抱着女人的身体，坚韧的表情终于瓦解，惊慌失措地对着下面的侍卫们大声叫道。

"母亲！"燕洵踉跄着爬上九幽台，一把扑在女人身上，狠狠地推开将军，大声叫道。

天地齐怒，草木含悲，天边闷雷滚滚，地上北风哀号，漫天大雪纷扬而下，女人缓缓睁开眼睛，看着孩子的脸孔，温和一笑，却只引得更多的鲜血喷洒而出。

"母亲！"燕洵双目落泪，触手所及到处都是鲜血，他绝望地大叫，"为什么？为什么要这样？父亲已经不在了，大哥已经不在了，所有的亲人都不在了，连你也要离燕洵而去吗？母亲！为什么？"

女子的眼泪缓缓滑下，她艰难地抬起手，握住自己孩子的手，"洵儿……答应我，要活下去，哪怕生不如死，也要活下去，别忘了，你还有很多事没做。"

"母亲！"

女人的眼睛顿时变得涣散，她躺在漆黑的墨兰石上，一身白衣上血花朵朵，像是盛开怒放的寒梅，一张素颜如同兰草，白得几乎透明，她轻轻一笑，声音低不可闻，蚊蝇般说道："我一直以为我最爱的是卞唐的青水崖山，那里没有冬日，没有白雪，年无四季，岁无秋冬。但是现在，我知道我错了，我最爱的一切都在燕北，现在我要回去找他们了。"

恍然间，她似乎看到了层层乌云之上的晴空，看到了遥远的燕北草原，那个眼睛明亮的男人骑在马上，远远地向着她跑来，声音穿透了阳光，在青青的牧草里回荡着，远处的群山都在齐声应和，一同随着他的声音在喊："阿笙……"

"阿笙，我要把天地间最好的东西全给你，你说，你最喜欢什么？"男人坐在马上，朗声地大笑。

傻瓜，天地间最好的东西我早就已经拥有了，就是我们的家、我们的孩子，还有我们的燕北。

手腕无力地滑下，凄厉的北风陡然刀锋般刮过真煌上空，鹰鸠们迎风怒飞，翅膀上的黑羽被飓风吹散，随着漫天的白雪呼啸而下！

"母亲！"少年抱着女人的身体，双目如血，瞬间跌入无边的漫长黑夜！

楚乔护在他的身侧，双拳紧握，一张小脸青白得毫无血色。冷风凄厉而来，吹散了孩子眼前的乱发，她突然抬起头来，双眼凌厉地向着北方的盛金宫望去。那里，庄严巍峨，凝重大气，充满了排山倒海的威严和压迫。

那一天，有一根利刺突然间硬生生地扎进了她的心底，她握紧了拳头，抿紧嘴角，久久不发一言。但是，有一颗种子，在她的脑海里根深蒂固地成长起来，经历岁月雕琢，经历风雨灌溉，它总有一天，会长成枝繁叶茂的参天古木！

风雪之中，丧钟绵绵不断，巍峨的盛金宫承光祖庙里，有一个黑色的身影缓缓转过身去，沿着绵长的甬道，一步步地走进大夏的心脏，灯火摇曳着照在他的身后，将那条影子拉得很长。

白苍历七七零年四月十九，是个令人无法忘记的日子。那一天，燕北王一家除了常年在帝都为质的燕洵世子，满门惨遭屠戮，燕家的亡灵们死后尚且不得安息，于盛金宫门前的九幽台之上经受炎刑，身首异处，挫骨扬灰。

就此，曾经威震北疆的燕北狮子旗开始了漫长的沉寂，在妄图瓜分燕北土地的帝国贵族们争相击掌相贺的时候，西北大草原上却举行了一次盛大的庆典。犬戎十一个部落齐聚一堂，由大汗王纳颜明烈亲自主持，庆祝燕北狮子一族的举族没落，庆祝燕世城的不得好死，庆祝大夏皇朝的皇帝大公无私地为他们犬戎一族开辟了一片肥沃的北疆厚土，伟大的犬戎天神福泽了这个彪悍的民族。就此，他们坚信，再也没有人能抵挡草原汉子们的刀锋了。

此时此刻，破败萧条的乾门所里一处偏僻窄房内，冷风呼号，房顶露雪，没有火盆，没有暖炕，只有一床破败的被褥，又黑又脏，散发着恶臭。

门外，有兵丁们饮酒划拳的吆喝声，浓香的肉味远远地飘进屋子。少年面色青白，额头滚烫，嘴唇干裂，泛着不健康的白色唇皮，一双剑眉紧紧地皱在一起，大滴的冷汗从鬓角滑落，一头墨发已经湿透，

砰砰的响声不断地在屋子里回荡着，八岁的孩子费力地搬起椅子，然后重重地砸在地上，一下又一下，终于将一把椅子拆成一堆零散的木柴。她长出一口气，擦了把汗，然后就在当中点燃一堆火，柴火噼啪地响着，屋子里顿时暖和了起来。

小心地烧了一碗水，孩子爬上冷炕，扶起少年的头，轻声叫道："燕洵，醒醒，喝点水。"

少年已经听不见声音了，闻言没有半点反应。

孩子眉头一皱，从桌上的饭碗里拿起一支粗糙的筷子，径直撬开少年的牙关，就将热水灌了进去。

咳嗽声顿时响起，燕洵胸口剧烈地震动，大声地咳嗽起来，刚刚喂下去的水全部吐出。

楚乔仔细看去，那水中，竟有丝丝的血丝游动。她的胸口突然有些发闷，抿紧了嘴角，抽了抽鼻子，然后爬下床去，继续烧水。

"燕洵？"夜幕来临，屋子里越发冷得让人无法忍受，楚乔将大裘和棉被全盖在少年身上，自己只穿了一件单薄的外套，小兽一般缩在燕洵身边，端着一只白瓷碗，轻声说道，"我把饭加了水做成粥，你起来喝一点。"

少年并没有说话，好像已经睡着了，可是月光之下那双紧闭的眼睛却有眼珠转动的痕迹。

楚乔知道，他并没有睡，一直醒着，只是不愿意睁开眼睛罢了。

楚乔缓缓地叹了口气，放下饭碗，抱着膝盖，靠着墙壁坐了下来。

门外大雪纷飞，透过败落的门窗还能看见月光下惨白的树挂。她的声音很低沉，缓缓说道："燕洵，我是一个一无所有的人，我来到了一个陌生的地方，无权无势，无亲无故，我的家人都被人杀死了。他们有的被砍头，有的被发配，有的被活活打死，有的被砍断手臂扔到湖里喂鱼，还有的小小年纪就被人奸污，尸体装了一马车，像是破烂的垃圾一样。这个世界应该是公平的，即便是奴隶，即便血统是低贱的，但也应该有生存的权利。我不明白，为什么人一生出来就有三六九等，为什么狼注定要去吃兔子而兔子不能反抗？但是现在我明白了，是因为兔子不够强大，没有锋利的爪子和牙齿，要想不被人俯视，就只能自己先站起身来。燕洵，我很小，但是我有的是耐心，有的是时间，那些欠了债的人，他们一个也跑不了。我一定要活着，看着他们为他们所做的事情付出代价，不然就算是死了，我也不会瞑目。"

少年的睫毛轻轻地颤抖着，嘴唇抿起，窗外大雪纷飞，冷风顺着窗子吹了进来，发出呼呼的声响。

楚乔的声音显得越发低沉，"燕洵，你还记得你母亲临死前跟你说过的话吗？她说让你好好活着，哪怕生不如死，也要好好活着，因为你还有很多事没做。你知道是什么事吗？是忍辱负重，是卧薪尝胆，是等待时机，是将所有杀害你亲人的人手刃剑下报仇雪恨！你的身上，有太多人的期望，有太多人的鲜血，有太多双眼睛在天上注视着你，你忍心让他们失望吗？你忍心让他们死不瞑目吗？你忍心让你父亲的基业就此毁于一旦吗？你甘心就这样死在这张破烂的床板上吗？你能忍受那些杀死你父母亲人的人高枕无忧终日享乐吗？"

楚乔的声音突然变得沙哑，仿佛刀子划过冰面，掀起一星细小的冰碴，她几乎是一字一顿地道："燕洵，你必须活着，哪怕像条狗一样，也要活着。只有活着，才有希望；只有活着，才有能力完成还没完成的心愿；只有活着，才能在有朝一日拿回属于你的东西。这个世界，别人总是不可以指望的，你能指望的，只有你自己。"

沉重的呼吸声突然响起，楚乔爬起身来，端起碗，送到少年身前，一双眼睛明亮且充满力量，仿佛有熊熊的烈火在疯狂地肆虐燃烧。

"燕洵，活下去，杀光他们！"

一道精光突然自少年的眼里迸射而出，带着嗜血的仇恨和毁天灭地的不甘。他重重地点头，梦魇般低声重复道："活下去，杀光他们！"

屋外冷风呼啸，两个幼小的孩子站在一片冰冷的破屋里，紧紧地握起了拳头。

很多年后，当长大成人的燕洵再一次回想起当初的那个夜晚，仍旧心有余悸。他不知道，如果他当初没有一时心软放过那个眼神倔强蓬头垢面的小奴隶，如果他没有因为一时好奇而对那个孩子屡屡出手相助，如果他在临别的那个晚上没有心血来潮地想要向那个孩子告别，今日的一切，会不会如镜花水月般全部消失？那个一生锦衣玉食的贵族少年会不会在家破人亡之际被巨大的灾难打倒？会不会满心悲苦却孤苦窝囊地郁郁而终？

但是，这个世界上毕竟没有那么多的如果，所以，在那个晚上，两个一无所有的孩子在冰天雪地之中暗暗发下毒誓。

活下去，哪怕像一条狗一样，也要活下去！

漫漫长夜就要过去，黎明前，盛金宫派来了传书的使者。不管出于什么原因，是分赃不均，是唇亡齿寒，抑或还有什么别的隐情，总之在帝国其他藩王的共同施压下，并无过错的燕北世子燕洵将会接替燕北王的王位。

但是，时间被延至他二十岁授冠礼之后。在他成年之前，燕北由盛金宫和各地藩王轮流掌管，而燕洵世子则继续留在真煌帝都，受帝都皇室照料，直到他长大成人。

在这之前，还有八年，只要再过八年。

四月二十一，燕洵从质子府迁出来，搬进了大夏皇朝戒备最为森严的盛金宫内。

那天早上，大风呼啸，白雪纷飞，燕洵穿着一身燕北黑貂大裘，站在金碧辉煌的紫金广场上，望着前方不远处的九幽台和紫金门，在它们的后面，就是帝国的西北部。那里，曾经是他的家，是他生长的土地，有他挚爱的亲人。现在，他们都已经离他而去了，但是他坚信，他们一定站在高高的苍穹之上，静静地睁着眼睛注视着他，等待着他的铁蹄踏进燕北，踏进尚慎，踏破贺彤山缺！

那一天，是帝国西征军团出兵满四个月的日子，西北兵乱虽然处理得一塌糊涂，却果断地找到了罪魁祸首，燕北王一门满门屠戮，大夏皇朝的铁血军队再一次用雷霆手段维护了帝国的尊严。

然而，多少年后，当后世的史官再一次翻开历史的画卷，却不得不感叹，正是从这一刻起，大夏皇朝为他日的灭亡埋下了祸端，有熊熊的烈火在死亡的沼泽里重生，那是肆虐一切、背弃一切、能够焚烧一切的决绝和残忍，灭世的刀锋在幸存少年的心里狠狠地划下一道血痕，鲜血肆虐长涌，终会将这个腐朽的王朝，彻底埋葬。

少年转过身去，拉着八岁孩子的手，径直走进了那座厚重的宫门。大门轰隆一声缓缓关上，将所有的光线都吞没其中，狂风呼啸而来，却被高大的城墙挡在门外，只有苍鹰犀利的眼睛可以从高空中俯视，清楚地看到那两个身影。

如血的夕阳之下，恢宏的宫殿楼台之中，他们的身影显得那般幼小，却又那般挺拔。

终有一天，他们会肩并肩地杀出一条血路，从这扇紫金朱漆的大门里，昂首步出！

上苍坚信，终有这么一天！

（本卷完）

第二卷

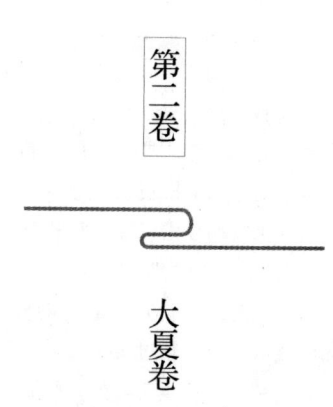

大夏卷

第一章

白驹过隙

"诸位，现在计划如下。"简陋的营帐里，一身青衣的女子微微抬起尖瘦的下巴，纤细的手指指着书案上一张详尽的地形图，对着周围一众士兵沉声说道，"行动时间为丑时三刻，夏执带着第一小队在巢湖和赤水之间的赤巢桥设伏。兮睿和边仓分别带五人潜入桥下，毁掉渡河草船，砍断渡河钩锁。然后夏执发动攻击，除掉骁骑营在桥上的防守据点。不必忌讳战局扩大，只管在一炷香之内解决战斗，明白？"

"明白！"夏执、兮睿和边仓三人顿时点头，沉声应是。

女子的手指沿着地图上的西线滑动，她转过头来道："阿都带着第二小队，埋伏在锁河村小道上，配合夏执的行动，以防骁骑营在夏执突袭的时候派兵增援赤巢桥。你们的任务就是，在北面行动的时候切断骁骑营和北牢之间的交通线，设法拖住大军一个时辰。"

面色黝黑的阿都重重地点了点头，说道："姑娘，你放心吧。"

女子点头，手指在地图的上方画了一个圈，用力地点了一下，沉声道："你们的任务是，设法潜入北牢地下大营，救出被困在西北角水牢中的穆先生和朱夫子，还有南边天元塔内的二十八名弟兄。他们有的人可能无法走路，你们需要在天亮之前将他们救出来送到西南十五里外的彭定村，然后由后续部队用马车接走。所以，我们要冒险在天黑之前行动。"

帐篷里寂静无声，所有人全部聚精会神地听着女子说话。

女子面色冷静，继续说道："北牢前三百丈外，都是密林，但是一百丈的距离里，都被砍成平地，没有半点遮蔽物，营地四角有八座角楼，有人全天监控，你们需要匍匐前进。"

女子回过身去，唰的一声拿出另外一张地图，说道："你们看，这是北牢的详尽地图。这是军需仓，这是粮草库，这是兵器库，这是士兵休息营，这里，就是我们的目标地：天元塔和西北水牢。我需要你们在两个时辰之内记得滚瓜烂熟，不能有丝毫差错。你们两方要配合着完成任务，所以，丑时三刻夏执发动进攻的时候，承阳要带着第三小队和第四小队开始进攻，阿力和阿城带着弓弩组顺着壕沟线，绕过北牢大营，以弩箭除掉角楼上的探子，必须一击即中，不能留下活口。得手后，承阳带着主力小队打开大门，一队人向西推进，佯装攻打军需仓和粮草库，吸引正在巡逻的士兵前来，制造混乱。另一队以火箭射击士兵休息营，不为杀人，只为制造声势，拖延里面的人跑出来的时间。切记，一旦正在休息的北牢士兵全部跑出来,行动就已经失败了,所以你们必须手法精准,并且见机行事。小炅会在外面配合你们,放马群在密林里奔跑,以迷惑敌人。"

小炅站在一旁,这还是个孩子,不过十六七岁,但是身上黝黑的肌肉和手臂上的累累伤痕说明,他早已是个身经百战的优秀战士。小炅笑眯眯地点头,对着承阳笑道:"承阳哥,别再像上回一样,出来就把我给忘了,还当成敌人拿箭射我。"

众人闻言呵呵一笑,稍稍冲淡了肃穆的气氛,承阳伸出手来在孩子身上推了一把,笑道:"你倒是挺能记仇的。"

女子轻咳了一声,众人顿时转过脸来,神情严肃不再嬉笑。

"阿力的弓弩组除掉哨台和望塔角楼上的人后,行动正式开始,承阳带主力小队迅速推进大营,每隔五丈设一个弓箭手,掩护大部队前进。你们的任务是营救,不必理会其他任何地方,阿力的人除掉目标之后会掩护你们。你们先去西北水牢,救出朱夫子和穆先生,然后去天元塔,那里的守卫有我们自己的人,你们赶到的时候,其他守卫应该已经被铲除。救了目标人物之后,迅速由西南部的壕沟撤退,阿力带人攻击敌人右翼,阿城带人攻打后方,以作掩护,在承阳确定没有遗漏任何人之后,发出绿色信号。寅时结束战斗,寅时三刻来到指定地点,肖久会安排你们安全撤离。"

女子眼眸清亮如雪,她抬起脸,目光在众人身上一一划过,沉声道:"还有人不明白吗?"

见无人回答,女子点了点头,"那好,现在去准备武器装备,背诵行军地图,半个时辰之后我会逐一问一遍行动的程序。没有问题的话,一个时辰之后就出发。"

"是。"男人们齐声答应,呼啦一声站起身来,小小的帐篷立时显得有些拥挤。

一身青衣的女子随之起身,身形有些单薄,面色也有些病态的苍白,一双狭长的眼睛透着些许精光。

女子伸出右手,握成拳头,抵在自己的心口处,一字一顿地沉声说道:"大同不会亡。"

"不会亡!"

整齐划一的声音齐齐响起,女子点了点头,众人鱼贯退了出去。

帐篷里顿时变得安静,外面的风声很大,今日,又下了一场好雪。瑞雪兆丰年,也许来年,百姓们的日子会好过一点。

刚刚喝了口茶,一个灰褐色短打服饰的少年突然走进帐篷,对着女子说道:"姑娘,乌先生来了。"

女子眉梢一扬,握着茶盏的手不由得轻轻一颤,随即声音平稳地说道:"让他进来。"

清爽的风顿时从外面传了进来,男子脱下斗笠,一身青布长衫,面容磊落清俊,二十七八岁的年纪,眼角却已有丝丝细小的皱纹,却丝毫无损他身上的风华气度。男子放下手里的东西,轻轻一笑,"阿羽。"

女子自然地接过乌道涯的外袍,淡淡笑道:"你什么时候来的,不是回燕北了吗?"

"临时有事,必须马上回帝都一趟。"乌道涯坐在小凳上,脱下靴子,轻轻一倒,全是冰碴。

羽姑娘眉梢一挑,说道:"从冰洌原过来的?"

"那能怎么办?"乌道涯抬起头来,"盛金宫里那位办大寿,宴请三国,盘查得太紧,现在风声鹤唳，还是小心点好。"

"小心驶得万年船，你说得对。"

"对了，"乌道涯皱眉道，"西华来信说，帝都的点子又被挑了两处，可是真的？"

"掩人耳目罢了，"羽姑娘淡淡一笑，倒了一杯茶，递到乌道涯身前，说道，"最近皇城盘查得太紧，一过了年，所有的气氛都紧张起来。穆合西风新官上任三把火，上蹿下跳不得安生。我故意泄露出去两个废弃的据点，让他立立功消停一点，里面没什么实际内容，情报也都是真真假假难以辨认，我们的人也没有伤亡。"

"我猜八成就是这样。"乌道涯笑笑，"魏阀这一次丢了差事，魏景在南边惨淡收场，连累得魏舒烨也将帝都府尹这个大便宜白白让给了穆合氏，看来长老院里，又将是一轮血雨腥风啊。"

"魏光老奸巨猾，我看这事十有八九是他有意安排。"

乌道涯眉梢一挑，沉声说道："此话怎讲？"

羽姑娘叹了口气，"道涯，已经七年了，再有不到六个月，就是少主的授冠大典。但是你想想，盛金宫里那位、长老会的满朝元老，还有西北的巴图哈家族，会让少主安全地回到燕北去继承王位吗？这些年，他们屡屡使诈暗害，各种阴谋陷阱层出不穷，无不想将少主置于死地，若不是有其他藩王在那里看着，害怕引起过大的骚动，想必早就已经下了毒手。这一次是最后一搏，更加不会心慈手软，再加上夏王大寿，三国齐聚，番外小族纷纷朝拜，这真煌帝都，怕是又要大乱了。无论最后结果怎样，帝都必然会有一番腥风血雨，帝都府尹是真煌掌事，事后必将受到牵连。魏光何等奸猾，怎会看不清这里的局势？魏阀这一次，想必是打定主意明哲保身了。"

乌道涯闻言点了点头，沉声说道："还是你想得周全，看来穆合云亭一死，穆合氏就再也没有能撑起大厦的子孙了。难怪在来的路上，我听闻诸葛穆青将诸葛怀派去东南筹办和怀宋接洽事宜，原来也是为了避祸。"

"是你久不在京中，不了解这其中的关系罢了。这一次除了不知死活的穆合氏和誓死要和燕门对抗的巴图哈家族，其余五大世家无不采取避世的策略，沐氏更是直接将沐小公爷召回岭南，以躲避这其中的深水。你们这一仗，不太好打啊。"

乌道涯沉重地点了点头，叹道："为了这一天，燕北二十万甲兵枕戈待旦，已经等了七年。无论如何，我们都要保着少主安全离开，燕王满门当年为了大同而牺牲，我们不能放弃他唯一的血脉。"

羽姑娘伸手拍在乌道涯的肩膀上，"兵来将挡，水来土掩，你也别太忧心了。再说无论如何，少主不会有性命危险，就是大喜。"

听到这话，乌道涯不由得展颜一笑，点头道："是啊，你也觉得那孩子不错吧。"

"嗯，"羽姑娘点了点头，"小小年纪，思虑就这样谨慎实属难得。我当初为了让她相信我，颇费了一番工夫，这些年来，若是没有她在少主身边维护，想必燕北一脉早已绝后。这孩子是可造之材，我会留心的。"

"有你照看我就放心了，我这一次在帝都待不久，又一年的春税就要收缴，我必须回燕北坐镇，不能让朝廷和老巴图捞得太多。就算没有正式接任，燕北也是燕门的属地，我们不能使燕北像当年那般富饶，最起码也不要给少主他日继位时留下一片狼藉之地。"

羽姑娘轻轻一笑，说道："你放心吧，我会小心看护的，定全力而为。"

"姑娘，时间到了！"

外面突然传来召唤声，乌道涯闻言站起身来，"我只是来你这里打个转，马上就要去燕北府，上一季的冬税已经送到京城，我要去看看少主上交了多少。"

羽姑娘点了点头，就要出去相送。

乌道涯伸手一拦，"外面风大，你身子不好，就别跟出来了，我走了。"说罢，他披上斗笠，转身走了出去。

羽姑娘站在原地，看着晃动的帘子，有些发愣。半晌，她回身坐在书案前，拿起行动草图，又细细地看了起来。

"阿羽，"低沉的嗓音突然响起，帘子一掀，乌道涯又探头走了进来。

羽姑娘眉梢一扬，疑惑地向他望去。

乌道涯默想了半晌，终于沉声说道："天气越来越冷，你自己多注意身体，凡事不必亲力亲为，万事谨慎，保重小心。"说罢，他转身走了出去，外面大风呼号，却仍旧能听见他的脚步声渐渐远去。

许久，一声马嘶突然响起，羽姑娘望着帐篷的帘子，轻轻地说道："你也是。"

时光荏苒，岁月如梭，转眼，已是七年了。

大夏皇室，是游牧民族起家，三百年前，他们也同犬戎人一样，终日策马驰骋在红川平原之上，过着逐水草而居的游牧生活。直到培罗真煌出现，在他的带领下，这个彪悍的民族才一步一步走进东部正统氏族的视野之中，兴文教，开商贸，发展农耕，百年来的积淀之下，昔日的异族政权已经退去了风尘之气，变得厚重和庄严起来。曾经积雪茫茫的不毛之地，也在夏人的手里一点点拥有了自己的味道和底蕴，并且，相比于懦弱的卞唐和浮华的怀宋，大夏更显示出了一代强国应有的大气和庄重。

与此同时，大夏皇朝血液之中的草原情怀却并没有淡薄，他们对土地虽然有着淡薄的感情，对权力却有着十足的狂热。有容乃大的大国胸怀和巨鲸吞海般的吞没兼并，使得他们在文化上，更显露出了一种海纳百川兼容并蓄的博大态度，各个民族千百年来不断地融合和杂居，使他们的文化风俗灿烂多变，成为大陆上一个奇特的景致。

盛金宫占地极广，融合了西蒙大地各个民族的集中特色，既有江南之烟雨流水、小桥楼阁，更有西北的大气庄严、厚重巍峨。外城坚实，红墙金瓦，黑墨石台，护城河极深，兵甲森严，守卫严密，充满了剑拔弩张的紧张之气。中城为百官纳言之地，红木大殿，金门楼宇，夏华盛宫，更是大气万千，巍峨雄壮。而后城，则是内妃、皇子、公主们居住的地方，山水草木，亭台拱桥，处处皆景，景景精致，引崖浪山顶温泉之水，由地底通进，将后城装点得山青水绿，花草繁盛，绿竹悠然，湖色山光，故而，大夏盛金宫后城，又有小南唐之称。

大夏皇朝从草原发迹，游牧的天性，使得他们对妇女的地位相对尊崇。较之卞唐、怀宋又有不同,千百年来,不乏女将、女儒登朝为官,后宫之中,也不乏女主垂帘当政。对于男女之防,相对也宽容许多。是以,后城之内,除了皇帝的妃子、女儿,还有许多侍卫驻守,未封王出宫建衙的皇子也大多住在此地。

此时此刻,后城的莺歌别院之内,一处清幽的竹海之中,正坐着一名一身黑袍的年轻公子。年轻人不过二十岁左右,面容俊美,眼眸如星,鼻梁高挺,双眉似剑,一头墨发披在身后,以一条黑色缎带松松地系着,黑色长袍雍容华贵,上绣紫金麒麟,暗花祥云为边,怀宋苏锦为衬,足蹬软皮鹿纹靴,靴底刻着青云图纹,闲适幽静地坐在青石小桌前,身旁焚香袅袅,案上古琴铮铮,几卷书卷散落在一旁,一个青玉酒壶旁放着一只琉璃杯,杯两侧双龙吐珠,一看就是珍品。

此时虽然已是冬天,但是崖浪山地火暖热,温泉围绕,竟生生制造出这么一处幽静温暖之所。清新凉风扑面,穿竹而来,越发显得悠然自得。

年轻人手如白玉,十指修长,他缓缓端起琉璃杯,举至唇边,却并没有喝下去,眼眸如星,淡淡眯起,看也没看,声音淡淡地说道:"出来。"

"讨厌。"娇嫩的女声顿时响起,身后的竹林之中闪出一名相貌娇媚的少女来,"每次都被你发现,一点意思都没有!"

少女不过十八九岁,上身穿了一件藕荷色金片对偶衫,下穿白蝶撒清拢纱裙,腰间横着淡青色的腰带,挂着青绿的百合兰佩,云鬓高绾,耳际流苏,鸡心血玉坠在眉心,丁兰耳坠,玛瑙项链,虽然高贵,却丝毫不露半点俗气。少女一边走,一边脱下外面的雪裘披风,语调清脆地说道:"父皇还是对你最偏心,我刚从阑珊院过来,那里冷得要死。你看你这里,雪还没落地就已经化了。"

年轻人转过头来,面色平静,嘴角淡淡一笑,说道:"是圣上厚爱。"

"哼哼,"少女哼道,"为什么就不来厚爱一下我,我可是父皇的亲生女儿啊。"

"公主。"

"又叫我公主!"将大裘一把扔给一旁的下人,少女跑到年轻人面前,大声叫道。

年轻人无奈一笑,说道:"淳儿。"

"别以为这样就能蒙混过关了,"淳儿公主坐在对面的一方石凳上,鼓着腮帮子气呼呼地说道,"说,为什么还没散席就走了?让我抛下所有宾客巴巴地追到这里来。"

男子笑容无波地说道:"不好意思,临时有事。"

"你能有什么事?"少女大声叫道,刚刚说完,登时醒悟出言鲁莽,连忙小心地拿眼角瞥着男子的脸色,见他没什么反应,急忙说道,"你是不是看魏景来了才退席的,他刚从南边回来,我也不知道他会来,你别生我的气。"

男子抬起头来,缓缓地摇了摇头,"公主不必多心,燕洵不敢。"

"又叫我公主。"淳儿眉头一皱,突然站起身来,一把拉住燕洵的衣角,生气地说道,"洵哥哥,你到底拿不拿我当自己人?"

燕洵垂下头,皱眉望着少女嫩白的小手,眉头不由得轻轻皱了一下,不露声色地抽出衣服,"公主多虑了,尊卑之分,还是要注意的。"

"该死的尊卑之分,我们小时候多好,你记不记得我九岁那年,你还带着我去妓院打架呢,现在连叫声小名都要遮遮掩掩。"

"当年微臣年幼不懂事,鲁莽了。"

"讨厌!"淳儿一把将酒壶摔在地上,大声说道,"人家讨厌死你啦!"说罢,就想要转身离去。

"公主请留步,"燕洵站起身来,出声叫道,递过去一只淡紫丝绸包裹的盒子。

淳儿眉梢一扬,"这是什么?"

"公主生辰,小小心意,公主收下吧。"

淳儿顿时开心起来,笑呵呵地打开盒子,只见竟是一截白皙的兔尾。少女眼睛顿时大睁,大声叫道:"这是……这是炎炎的尾巴?"

燕洵点了点头,"前几天听说炎炎咬伤了你的手,被皇后下令杖毙扔了出去,你哭了好久。我就命人剪下这段尾巴,你留着当作纪念吧。不是什么值钱的东西,你别见怪。"

赵淳儿的眼睛顿时变得有些湿润,她摇了摇头,轻声说道:"金银珠宝我收了太多,只有这个,才是最好的礼物。洵哥哥,谢谢你,淳儿很开心。"

话刚说完,少女的脸蛋就顿时红了起来,握着兔尾,连大裘也没顾得上穿,转身就跑出了竹林。

燕洵一直在原地站着,脸上的笑容却随着少女背影的离去而渐渐消失。

"世子,淳公主走了。"

燕洵闻言一言不发地脱下刚刚被少女触碰过的外袍,扔在桌案上,转身离去,声音低沉地留下一句话来:"拿去烧掉。"

"是。"

下人沉沉答应一声,再抬起头来时,燕洵的身影已经不见了。

午后的阳光很好,燕洵坐在书房里,翻着刚刚送来的冬税文书,细细地批示。风致进来传饭三次都被守门的阿精赶了出去,只得委委屈屈地在门外等着。

风柔和地吹着,书案上的香炉熏香悠悠摇曳,突然间,有一丝清新的味道传了过来,不是宫廷里的脂粉,不是莺歌别院的兰草熏香,不是竹海的绿竹香气,而是一种独特的。有着黄沙和泥土,甚至是带着凌厉刀锋之气的味道。

燕洵眉头一皱,抬起头来,看到来人,眼神顿时柔和起来,想要说话,却又感觉有些好笑,别过脸去,想要忍着,嘴角却渐渐地弯了起来。

"你笑够了没有?"来人不过十五六岁的样子,还是个年轻的少年,肤色白皙,眼眸如水,穿着一身青铠皮甲,越发显得英气勃勃,靠在门框上,双手交叉着抱在胸前,眼睛亮晶晶的带着几丝笑意,却倔强地说道,"外面冷着呢。"

"什么时候回来的?"燕洵的声音温润如水,似乎霎时间就卸去了身上所有的锐气,他望着门前少年暖意融融的眼睛,轻轻一笑。

少年也笑了起来,歪着头答道:"刚刚。"

"为什么不进来？"

少年嘟着嘴，不屑地撇了撇，"有人说了，任是天大的事，也不准放人进去。"

燕洵点了点头，"是吗？我既然说过这样的话，那他们还敢把你放进来，其心可诛，真是该杀。"

"我这不是还在门口站着呢吗？"少年扬眉，"哪敢坏了燕大世子的规矩。"

燕洵刚要说话，少年身后端着食盒的小书童风致终于忍不住说道："我说楚姑娘，你就别再和殿下耍花枪了，这饭我都吩咐厨房热了十多遍了，你们多少也先吃一口啊。"

"好吧。"楚乔一把提起食盒，跨步走了进来，笑眯眯地说，"就给风致面子。"

小书童擦了把汗，退了出去。

燕洵从书案后站起身来，走上前来为楚乔解下身后的披风，放在椅子上，然后回身坐在桌子前，看楚乔将所有的菜一一摆上桌，才闭着眼睛嗅了嗅，陶醉般说道："好香，我刚才怎么没闻到。"

"你鼻子已经没用了，我不回来你就会活活饿死。"

盛了一碗饭给燕洵，楚乔径直坐在他的身边，大口地吃了一口，"还是雨姑做的饭最好吃。"

燕洵面色微变，流露出一丝难得的心疼，低头看向少年，轻声说道："一路辛苦了吧？"

"还好，"楚乔摇了摇头，"就是冷得受不了。"

"脚又冻坏了？"

"没有，你给的靴子很暖和，舒服得很。"

燕洵点了点头，沉声说道："以后这样的事交给阿精他们去做就好，你还是不要总出去东奔西跑。"

"我也想窝在屋子里不出去，可是哪能放心？"楚乔长叹了口气，"好在也没多久了，再有半年，咱们就也不用这么辛苦了。"

燕洵眼睛一亮，外面的风顺着微敞的窗子吹进来，带着远处竹海清幽的香气。

"你见到乌先生了？"

"没，"楚乔摇了摇头，"我见到西华了，他说乌先生已经进京统筹冬税的事情，叫你别太担心。"

燕洵点了点头，长叹一口气，"这样就好，我已经几个晚上没睡好了，一直在处理这件事，乌先生来了，我会省很多力气。"

"宫里一切还太平吧？"

燕洵闻言冷冷一笑，难掩嘴角的讥讽之色，"还是老样子，不知道你听没听到消息，魏景回来了，我和他今天还打了个照面。"

"我听说了。"楚乔点头答应了一声，"南吉山帝陵塌方，魏景难辞其咎，听说已经被罢免了督办的差事，只是没想到他竟回来得这么快。"

燕洵放下筷子，端起茶盏喝了一口，"你这一招釜底抽薪做得好，魏舒烨受魏景的牵连，现在已经被罢免了府尹之位。现在宫里到处都在传言魏光有意置身事外，想要摆脱这个职位。那一位虽然没有表态，但是长老会的其他元老都对魏光很不满，前几天圈地草拟的时候集体卡了魏家一道。穆合西风虽然不成器，穆合云亭也不在了，但是穆合嵘呈不是吃素的，等他从西陵回来，长老会就热闹了。"

楚乔嘴里塞满了饭菜，神色却郑重地说道："这件事还需要跟进，不能麻痹大意，你放心吧，我会妥善处理的。"

燕洵点了点头，"你办事我放心。"刚一说完，突然笑了起来，抬起修长的手指，轻轻地擦在楚乔的脸上。

楚乔的脸孔白皙如玉，肌肤晶莹滑嫩，略略带着外面的寒气。燕洵指腹温暖，令她微微一愣，脸孔不自禁地带上几分潮红，不自在地推开了他的手，皱起眉来，"你干什么？"

"哪，"燕洵伸出手来，指腹之上，黏着一粒亮晶晶的白米，他笑着说道，"阿楚，你真是在外面饿坏了，看来我要好好地补偿补偿你。"

楚乔刚想说话，突然瞥见燕洵的手指，只见那只手白皙如玉，四指修长，然而他的小指，生生地断了一截。

楚乔的眼神顿时变得寒冷了起来，缓缓地扒了口饭，然后抬起头来沉声说道："这一次若是成了，就能让魏景永远也爬不起来。"

空气突然有些静，燕洵看着楚乔的侧脸，伸出手来，轻轻地拍在她的肩膀上，"阿楚，别想那么多。"

"燕洵，我不会鲁莽的，我会量力而为。"楚乔的声音突然有些闷，她压低了声音，缓缓说道，"我们都已经等了这么多年，我不会这样没有耐心的。"

午后的阳光暖暖的，透过窗棂洒在两人身上，空气里，似乎嗅到了春天的味道。

时光荏苒，昔日的幼小孩童，早已长大成人。外面阳光明亮，世事变迁，然而有些东西，如同陈年老酒，越发香醇。

"阿楚，这次回来就不要再出去了，好好休息一段时间。"

楚乔抬起头来，虽然年纪不大，一张小脸已经初具美人的模样，眉眼弯弯，却不同于一般的大家闺秀，多了几分英武的锐气和智慧的光芒。她垂下头，将额头抵在燕洵的胸膛上，轻轻地点了点，低声说道："好。"

燕洵伸出手臂，环住女孩子的肩膀，轻抚着她的背，"我们到燕北的时候，春天就该到了，我带你去火雷原猎野马。"

"嗯，"楚乔声音有些闷，"我们一定会去的。"

时间缓缓而过，燕洵的肩膀有些发酸，楚乔却久久没有说话。男子垂下头去，只见少女睫毛很长，在眼睑下投下一处剪影，阳光之下，更显美丽。

"阿楚？"

燕洵轻声叫道，见楚乔没有反应，不由得低笑一声，她竟然这样就睡着了。他站起身来，揽臂将她打横抱在怀里，以楚乔的警觉，竟没有丝毫挣扎，似乎也知道自己在安全的地方。

刚一走出书房，阿精就迎了上来，燕洵剑眉一竖，阿精和几名下人顿时退开，大气都不敢出，只能看着燕洵抱着男装打扮的楚乔，缓缓走向卧房。

一会儿，燕北世子走出了房门，阿精连忙走上前去。

"怎么回事？"

"路上遇到伏击，姑娘带人从吕耶一路绕道跑回来，怕世子着急，三天没离鞍歇马，这会儿怕是累坏了。"

燕洵眉头紧锁，沉声说道："那伙人呢？"

"现在在真煌城西八十里外的凉山镇，我们有人正在盯着，世子，要下手吗？"

"嗯。"燕洵点了点头，面色平静地向书房走去。

"那么，"阿精微微踟蹰，想了想，还是问道，"被姑娘收买的那几个负责帝陵的石料商人呢？"

燕洵微微沉吟，随即说道："既然无用了，就一起除掉吧。"

"是，属下遵命。"

冷风从崖浪山的方向缓缓吹来，燕洵抬起头，只见一只羽毛还没长全的白色小鸟徘徊在北风中，不知是不是被他身上的香气吸引，竟丝毫不惧怕地盘旋在他的头顶，扑扇着翅膀，上下翻飞，很是好奇地喳喳叫着。

阿精微微一愣，顿时惊喜地叫道："是苍梧鸟啊！世子，可能是迷了路的小苍梧鸟，这种鸟最通人性，也不怕生，很是珍贵，很多人驯养着玩呢！这么小的苍梧鸟我还是第一次见到。"

"是吗？"燕洵淡淡答应一声，伸出手来，看着在半空中盘旋的小鸟，微微扬了扬眉。

那小鸟喳喳地叫着，似乎很是好奇，扑腾了几下，竟就落在燕洵的手指上，用嫩黄色的小嘴轻啄燕洵的手心，红彤彤的眼睛灵活地转着，十分亲热的样子。

阿精大奇，正要开口感叹，突然只听咔嚓一声脆响，燕洵手掌紧握，那珍贵的小鸟连惨叫一声的时间都没有，就噗的一声落在地上。

"这么轻易就相信人，我不杀你你也早晚死在别人手上。"

男子黑袍闪动，身姿挺拔，转瞬就消失在楼阁亭台之间。大风吹过，积雪纷飞，很快就将小鸟的尸体掩盖了下去。

第二章
夜深雾浓

醒来的时候已是深夜，桌上的小暖笼里照例温着一壶奶子，楚乔倒出一小盅来喝了一口，顿时从里到外都暖和了起来。外面月亮很大，明晃晃地挂在天上，照得莺歌别院一片白亮。推开窗子，皎洁的月光射了进来，她坐在椅子上，支着手肘，趴在窗檐上，长长地吐了口气。

已经数不清有多少次这样打量着这个院子了，很多时候，她都分不清到底眼前的这一切是一场梦境，还是前世的记忆只是一场虚幻。转眼间，来到这个世界已经快要八年了。八年的时间，足以改变很多东西，包括一个人的思想、信念、憧憬和为之奋斗努力的理想。

院子里有两棵木桩，立在那里已经有七年多了，即便是这样的黑夜，借着白亮的月光还是可以清楚地看到木桩上深深浅浅的刀痕。

那是这些年来她和燕洵练武的地方。最初的那几年，他们不敢在白天练习，只能在每个深夜，悄悄地拿着刀，一个人出去放哨望风，一个人静静地练习楚乔画下的那些融合了各国武术精髓的精妙刀法。每每有一两个宫人经过都会让他们非常紧张，然后在别人离去时长吐一口凉气。

偏厢的西暖房里，总是准备着两套被褥，那个时候，他们没有一个信得过的下人。两个孩子经常要抱着刀剑住在一个房间里，一个睡着的时候另一个一定要醒着，门板的门闩上永远拴着细线，连在两人的手脚上，只要稍有动静，两人就会拔出刀从床上跳起身来。

书房书架上的古董花瓶里，总是会装满各种伤药，以备不时之需。虽然他们很少用上，却渐渐养成了这样的习惯，连吃饭的筷子勺子都是银质的，并且喂养了很多小兔子，每一次的饭菜都要兔子先吃了，等上一天半天他们才敢吃进嘴里。最初的那几年，他们似乎就从来没有吃到过新出锅的热饭。

无论是酷暑还是隆冬，内衫里面永远要罩上一层软甲。无论是吃饭还是睡觉，身上总要有一件最趁手的武器。时间就这样缓缓流过，无论怎样艰难，他们还是肩并肩地渐渐长大了。希望突然变得不再渺茫，未来也不再无望，心里，也渐渐滋生出一丝丝热烈的期盼。

楚乔淡淡地牵起嘴角，这样，或者就是所谓的归属感吧，经过了这么多年，这么多的杀戮，这么多的冷箭阴谋，她终于不再将自己当作一个外人想要逃离想要置身事外了。

其实，当她走进这座皇城的那一刻起，他们的命运就紧紧地连在一起了。

想到这里，楚乔不自禁地向着西北方的天空望去。那里，有燕洵无数次跟她描述过的回回山、火雷原，有他们一直向往着的燕北草原。在每一个寒冷的夜里，在每一个受辱的困境，在每一个满心仇恨的境况下，支撑着他们，艰难地走了过来。

深吸一口气，将窗户关好，楚乔来到书案前，摊开一张图表，垂下头去，细细地看了起来。

房门咯吱一声被缓缓打开，男子一身棉白长衫，脖领上有一圈细密的驼绒，衣衫磊落，面容清俊。

楚乔微微一笑，并没有起身，坐着打招呼道："这么晚了，怎么还不睡啊？"

"你不是也没睡吗？"

燕洵提着一个食盒走了进来，打开盖子道："你一觉睡到半夜，晚饭也没吃，不饿吗？"

话音刚落，一阵响亮的肚子打鼓声顿时响起，楚乔揉着肚子不好意思地笑笑，"你不说还好，一说它就开始造反了。"

"先吃点，看看合不合胃口？"

"嗯。"楚乔放下纸笔，站起身来接过食盒，探头一看，顿时惊喜地叫道，"呀！是梨花饺啊！"

"嗯，知道你爱吃，我一早就叫人准备好了，已经在外面冻了好几天，就等你回来，刚刚才下锅的。"

"呵呵，"女孩子眼睛眯成一条线，笑眯眯地说，"燕洵，每次吃到这个，我就有一种回到家的感觉。"

她大口大口地吃下几个饺子，燕洵倒了一杯鹿奶，静静地看着她吃饭。窗外月光皎洁，透过窗子将光芒洒在两人身上，墙角的烛火噼啪作响，越发显得一切都安然静谧。

"阿楚，"见楚乔吃完，燕洵递过去一方白色锦帕，很自然地为她擦了下嘴角的油渍，沉声说道，"那些被你收买了的石料商人……"

"燕洵，你尽管去做吧，不用告诉我。"还没等燕洵说完，楚乔就说道，"这件事是我思虑不谨慎，下不了这个狠心，但是这样的人留着终是祸患，在我们还没有能力和盛金宫长老会对抗的时候，留下这样的把柄是很不明智的。我之所以将他们带回来，就是希望你来帮我做这个决定，所以，你不必和我解释。"

燕洵微微一笑，眼神顿时变得柔和起来，"嗯，我只是不想瞒着你。"

"对呀，"楚乔笑着说道，"我们约定好了，绝对不会隐瞒对方任何事，隐瞒是所有误会和隔阂的起因，无论出发点是否善意，我们都不能犯这个错。"

"呵呵，"燕洵轻笑道，"那好吧，那你现在就把这一趟南吉山之行，原原本本地告诉我吧，事无大小，无论巨细。"

"好，"楚乔一笑，将燕洵按在书桌前，指着上面的图表，开始认真细致地讲述起来。

天雾蒙蒙，万籁俱寂，喝下一口茶，楚乔划下最后一笔，指着图表说道："蒙家只要还有一天是蒙阚将军当家，我们就不必过多担心。我现在看来，与其去担心盛金宫和魏阀，倒不如去担心诸葛家。"

燕洵眉梢一挑，沉声说道："诸葛怀不是刚刚离京吗？诸葛穆青近几年已经渐渐淡出长老会,将家中大小事情都交给诸葛怀打理。这一次,他会插手吗?"

"你是小看诸葛穆青这个老狐狸了。"楚乔摇头道,"帝国三百年来,长老会家族屡次易主,当初的开国功臣之中,只有诸葛一脉是当年跟着培罗大帝从草原上杀出来的。这个,就是诸葛家的手腕,他们懂得权衡,从不将自己放在风口浪尖上,不像穆合氏那般屡争风头,是以历代君王想要收回权力,也只是从风头最劲的人身上下手,他们一族却得以保全。帝国这些年来纷争不断,诸葛穆青看似中庸,却屡屡能避过祸患,这些都不会是只靠运气的。你看这里,"楚乔伸手指在图表上,"这是我这几个月收集的情报,诸葛一脉表面上看不出有什么动作,但是西北的粮草、河盐、铁矿,屡屡有小规模的调配,虽然动静不大,却很频繁。诸葛息从宋水调去西寒城征收田亩粮税,两个月还没回来,上面只道诸葛息为人鲁钝,不堪大用。而在我看来,西寒城城池虽小,却比邻雁鸣关,是我们回燕北的必经之路,是瑶水、扶苏、赤水驿道的中枢之地,战略位置极其重要,绝对不可以小视。

"而且,你看这里,上月初八,长老会同意了诸葛然从军的檄文,诸葛穆青不派他的儿子去诸葛家东南大本营镇守,反而去了西南大营为将。西南和西北比邻,西南大营位于巴图哈家族领地之内,诸葛家若不是和巴图哈家族暗通款曲,老巴图怎会让外人到自己的心口上安营扎寨?还有,也是最重要的一点,你难道没注意到诸葛玥很快就要回来了吗?"

燕洵点了点头,"这个我有留意,你说的这些,前几日羽姑娘都派人跟我提过了。"

"哦?"楚乔眼睛顿时一亮,"羽姑娘怎么说?"

"她说时间还早,夏皇大寿之时,各国权贵云集,变数太多。如今我们只能随机应变,见招拆招。"

楚乔的眉头顿时皱了起来,她仰起脸来看向燕洵,缓缓说道:"燕洵,这样可以吗?我担心会出事,我们是不是应该事先准备一下以应万全?"

"阿楚,这个世上根本就没有什么万全之策。说到准备,这些年我们准备得还不够吗?"燕洵很认真地看着她明亮的眼睛,伸出手来,握住她的手,"阿楚,你相不相信我?"

楚乔点头,"我相信。"

"那你就歇一歇,"燕洵淡淡一笑,"把事情交给我,这次南吉山之行,你身体损耗太大,不能再操劳了。"

"燕洵……"

"我不想一个人回燕北去。"燕洵突然声音低沉地说道,"我已经没有半个亲人了,阿楚,你就是我最重要的人。"

灯火昏黄,燕洵的眼睛温柔如水,他抬起手来,以手背摩挲着楚乔的脸颊,"阿楚,你还记不记得刚进盛金宫那年,我发烧重病却没有药医治,你跟我说过的话?"

楚乔一愣,就听燕洵继续说道:"你说让我放心地睡,你会一直醒着,直到我醒过来。结果我一觉睡了四天,你仍旧撑着眼皮在照顾我。阿楚,现在我有能力照顾你了,你就放心地睡,我会一直醒着,直到我们两个可以一起闭上眼睛安全睡觉的那一天。"

楚乔低下头,轻轻地抿起嘴角,有一团暖暖的火苗在心间跳跃着,让她在这个寒冷的冬夜里感到莫名心安,"好,那我就不走了,留在你身边,等着你带我离开。"

燕洵点了点头，眼睛明亮，笑容好似三月解冻的湖水，几个月来烦闷的心情霎时间不翼而飞。

　　阿楚，我们能一起走进来，就必定可以一起走出去，你要相信我，因为在这个世界上，我们只能彼此信任了。

　　那时，隆冬积雪，长夜安然，真煌帝都一片风平浪静。然而，没有人知道潜在的暗涌之下涌动着怎样激烈的锋芒。那些诡异莫测的逆流静静在地底蛰伏着，随时会沸腾而起，将所有的一切全部覆没。岸边的人只能小心地行走着，努力不让衣角被浑水沾湿。当一个人的能力还不足以对抗大潮的时候，他所能做的，只是远离潮水。

　　关上楚乔的房门，亲眼看着里面的灯火熄灭，燕洵的眼神顿时变得冷厉起来，他抬起头来，望着夏华殿的方向，眼里有激烈的锋芒闪过。手指微微用力，一株干枯的树枝就被折断，燕洵仰起头来，闭上双眼，突然想起很多年前的一个夜晚。

　　那一天，仅仅九岁的阿楚为了给生病的他寻找药物，被一直在暗中监视他们的魏景发现，结果被二十多名彪形大汉围起来狠狠地鞭打脚踹。阿楚为了不给别人对付他的借口，竟然没逃也没还手，浑身上下皮肉翻卷，鲜血淋漓。他赶到的时候，孩子几乎奄奄一息，却还紧紧抓着那包偷来的药材。

　　从那一天起，他就暗暗发誓，从今以后，他再也不会让他重视的人离开他身边，而他重视的人，今生今世，都不会再有第二个。

　　该来的，就快点来吧，他已经等了太久，几乎已经要等不及了。

　　燕洵睁开双眼，眼内清明一片。明日，就是诸葛玥还朝之时，七年未见，昔日的老友，过得还好吧？

　　肩头的伤口早已愈合，有些仇恨，却在心里扎了根。燕洵冷冷一笑，转身向黑暗中大步迈去。

　　年初，真煌帝都陷入了有史以来最大的一场风雪之中，大雪接连十二日袭击了这座古老的城市。寒风凛烈，寂寞的古栈道上，一支黑甲轻骑顶着风雪，奔驰在古老的雪原上，向着真煌城迅速掠来。

　　这队人马看起来很不起眼，穿着普通的蓝布大袭，戴着裘皮风帽，战刀长枪都用棉布包了起来背在背上，所骑的战马也是普通的红川马，乍一眼看去，无非普通的城守军，然而细细打量，却有一股说不出的锐气扑面而来。

　　轻骑一路经过九崴，绕过热闹的正街从赤湖后越过紫薇广场，停在只有内城禁军才能停留的白蔷门前。领头的男人一身墨色铠甲，黑色的大袭穿在身上，轻轻一抖，满是风雪黄沙。他离开队伍，带着几名属下径直走进了戒备森严的盛金宫之中。

　　"七殿下！"

　　风雪之中，年轻的赵彻抬起头来，眉间满是风霜之色，双眉似剑，眼眸冰冷，四年的戍边生涯像是一块顽石，将这把利刃打磨得更加锋利。他微微皱起眉头，沉声说道："老八呢？"

　　"已经被国宗府看管起来了。"

赵彻眉梢一挑，声音低沉地说道："你们是如何当差的？"

几人顿时跪下，神色惶恐，齐声叩首："奴才该死。"

赵彻坐在马上，缓缓地眯起眼睛，沉声说道："既知该死，为什么还来见我？"说罢，他转身沿着乾熙围道向前走去，只留下几个面如土色的年轻侍卫跪在风雪之中。

风雪越发大了，狂风呼号肆虐，赵彻等人披着斗篷，戴着风帽，行色匆匆地走在红墙之间。

"什么人？"侍卫突然厉喝一声。

前面行走的人影顿时停住了脚步，巨大的风雪遮掩下，只能朦胧地看到一个影子。那人身材不高，十分瘦弱，却十足伶俐，在听到声音的第一时间迅速跪在地上，谦卑地垂下了头。

"殿下，应该是后殿的宫女。"

赵彻不动声色地扫了一眼，腰间战刀瞬间挥出，一下就掀起了那人头上的风帽，不长的头发被绾成一个男士发髻，脖颈却是白皙纤细的。赵彻的靴子踩在她的帽子上，看向跪在地上的人，缓缓说道："抬起头来。"

一张清秀的脸孔映入眼帘，眼眸沉静，眸色极黑，虽是身着男装，却也是少见的绝色。赵彻的眉头轻轻皱起，又缓缓舒展开来，似乎想起了什么，意味深长地冷笑道："一人得道，鸡犬升天，如今连你也可以在盛金宫里自由行走了吗？"

楚乔低着头，面色平静，也不回话。

赵彻眼神淡淡地掠过少女的脊背，然后噗的一声，将帽子踢回了楚乔身边，一言不发地转身离去。

风雪仍旧刮着，少女抬起头来，却也只看到一个淡淡的影子。可是不知为何，她却感觉有那样厚重的压力扑面而来。在今日这场风雪之中，回到帝都的又怎会是眼前这一人？

真煌的局势，在不知不觉间，已经越发紧张了。尽管离燕洵北归之日，还有半年之久。

当天晚上，盛金宫里，举办了盛大的晚宴，与会的除了凯旋的七皇子赵彻，更有七年前就前往卧龙山养病的诸葛四公子诸葛玥。现在，他已经是军机处的副指挥使通判了。

大夏皇帝赵正德仍旧是习惯性地不出席各种宴会，只有皇后穆合那云象征性地露了一下脸，毕竟七皇子赵彻是她的亲生儿子。宴席上其乐融融，觥筹交错间，满满都是一派祥和的君臣同乐，丝毫看不出就在三日前，八皇子赵珏因为犯了天怒，被逐出赵氏宗庙，贬为庶人，下了国宗府过审。

"那些东西在很多时候就像是湖中的石头，不一定每个人都能看出它的大小形状，只有有胆量的人才敢进去摸索一番，只是水有多深，能不能活着出来，就难说得很了。"

当楚乔将白日所见告诉仍旧没有资格出席大夏宴会的燕洵的时候，燕洵正在修剪一盆盆栽，他低着头，波澜不惊地说出这么一番话。

楚乔歪着头，细细地考量了一番，然后递过一把剪子，轻声说道："那你说，赵彻这次回来不是为了帮赵珏吗？"

燕洵淡淡一笑，"穆合那云只生了两个儿子，穆合氏想要同魏阀争夺太子之位，只能下力度扶植一人。赵彻戍边四年,远离帝都,谁知道他心里是怎么想的。在皇家,赵氏的手足之情,呵呵。"

咔嚓一声脆响,兰草的花茎顿时被锋利的剪刀剪断,这是一盆极品兰草,从南疆大吕快马送到京城,刚刚才进的花房。楚乔见了心疼地轻呼一声,却见燕洵毫不迟疑地抱起墨兰扔在一旁,然后拿起一盆继续修剪起来。

"现在对穆合氏来说,他们就像我一样,只有继续修剪另一盆这一个选择了。"燕洵微微一笑,"谁叫花匠今天只送进宫两盆兰花呢?"

屋外风雪弥漫,星月无光,楚乔突然知道,四年前自己和燕洵两人联手陷害赵彻的计划已经彻底失败了。这个当初得罪了魏阀乃至整个长老会而被穆合氏抛弃的皇子从泥泞里爬起身来,带着满心的仇恨和杀戮再一次回到了帝都,尽管他并不确切地知道谁是真正的仇敌,但是他们的日子,将会更需要如履薄冰地小心和谨慎。

"不必担心,"燕洵的手轻轻搭在楚乔的肩膀上,"赵彻死而复生不见得是一件坏事,相比阴险的魏景、难缠的诸葛玥,这位皇子的弱点实在是太明显了。"

就在这个晚上,最得大夏皇帝喜爱的八皇子赵珏于帝都国宗府被秘密处死,事情进行得风平浪静,尸体从西安门抬出去,转瞬就消失在无边的夜色之中。没有人知道他究竟犯了何等大罪,也没有人打算去追究这件事的始末,众人只是知道,这是继燕门被处斩在九幽台之后,夏王赵正德亲自下命令所杀的第一个人。那么,他就必定有非死不可的理由。就如燕世城一样,非死不可。

而至于这件事的背后,究竟是谁在撑帆操桨,谁在布局推手,已经不再重要了。

七日之后,卞唐太子李策就会作为使者造访大夏,同时,他也会亲自在夏皇的众多公主中挑选一位作为自己的和亲对象。这,是这位卞唐太子在上吊、跳楼、服毒等寻死之后为自己争取过来的权利。作为唐王的独苗,李策是一朵皇家王室中的奇葩,不爱权势名利,只重诗词美人,而这,也许只有这种从未经历过争夺的人才会拥有的闲情逸致。

就在大夏皇子们暗地交锋争得你死我活的时候,这位自诩卞唐第一才子的李策太子,就要接近真煌帝都了。

楚乔落下最后一颗棋子,谈笑间赢去了燕洵身前的最后一块糕点,缓缓说道:"我不知道明日的校武场谁的猎物会射得最多,但我知道今天晚上你要饿肚子了。"

燕洵轻轻一笑,眼神顺着窗子望出去,只见一株梨树傲然立于风雪之中,别有一番风韵。

"阿楚,还记得我们当年在那棵树下埋的那瓶玉兰春吗?"

"当然记得,"楚乔轻轻一笑,"我们约好了,要在回燕北的前一天将它喝掉。"

燕洵轻轻闭上眼睛,嗅了嗅,说道:"我似乎闻到那酒的味道了,你说我是不是有点操之过急?"

楚乔摇了摇头,"你从未急躁过,你只是等得太久了。"

夕阳西下,茫茫雪地上一片潮红,真煌北风将起,又是一年春寒,料峭森冷,大地铺霜。

"希儿。"茫茫雪地里，一队人马正在辛苦跋涉着，锦衣华服的男子坐在华贵的马车上，伸出一双修长如玉的手，眼神含笑地对着体态丰腴面容娇媚的女子说道，"我手冷。"

希儿嘿嘿一笑，轻轻地拉开襟口，露出大半截白皙丰满的酥胸，两粒嫣红透过轻薄的白纱隐隐地露了出来，女子媚声说道："那希儿给太子暖手吧。"

男人的手顺着襟口伸了进去，然后轻轻一抓，"哎呀"一声，"希儿，这是什么？"

女子嘤咛一声，顿时软倒在男人的怀里，眼神如猫一般嗤笑道："太子，是暖炉啊。"

"是吗？"男人皱了皱眉，手指摩挲，"好雅致的暖炉啊。"他的声音突然变得沙哑了起来，"小妖精，让我更暖一些吧。"

夜路难行，天朝贵胄们，此刻都在以各种方式经营着他们睡前的节目。

真煌帝都，越发热闹起来。

第三章

皇家夜宴

八年了,她终于又回到了这里。

雪原上一马平川,楚乔坐在马背上,缤纷的记忆好似开闸的洪水,滔滔倾泻。

八年前,就是在这片雪原上,她睁开了来到西蒙大陆的第一眼,滔天的血腥和令人作呕的杀戮铺天盖地地席卷而来,她衣衫褴褛地赤脚奔跑在空旷的旷野上无处逃窜。而今日,时光转瞬而过,她却坐在马背上,面对着对面笼子里那一群瑟瑟发抖的孩子,手里的弓,几乎寸寸碎断。

"阿楚。"燕洵打马上前,转头望来,眉头轻轻皱起,"你怎么了?"

"没事。"楚乔摇了摇头,"我很好。"

轰隆一声鼓响,尽管天气这般寒冷,但是远处高台上的汉子仍旧赤着膀子卖力地擂起战鼓,隆隆的鼓点好似从地皮底下钻上来,探进人的脊髓里。汉子满头大汗,头上包着红巾,一边打鼓一边高声吆喝着。穆合家的下人们齐声高呼,人人穿着海砂青皮的高级软甲,腰间系着镶金的腰带,一群人站在一起,阳光的照射下竟说不出地刺眼,财大气粗之下,难免有些暴发户的庸俗。

"穆合氏不愧是长老会第一世家,海砂青都能给下人当甲胄,果然是位高权重,财大气粗。"

楚乔侧眼望去,只见旗幡的掩盖下,深紫色的裘皮帐篷里,坐着一名面容俊朗、眼睛细长的公子,十八九岁的年纪,面白如玉,发黑如墨,一身南荒羽焯翎制成的风衣,雪雕衣领,越发显得雍容。

这个人,也是楚乔的老相识,当初在这个季节这片土地上,他曾将箭头指向自己。

魏二公子喝了口茶,笑眯眯地凑过身子,对着一旁的灵王少子说道:"钟言,灵王爷也算是富甲一方了,不知道有没有用海砂青装备一支亲卫队啊?"

赵钟言二十出头,长得也算品貌端正,闻言呵呵一笑,哂然道:"我们灵溪边陲小藩,哪里会有这么大的手笔?魏景,你笑话我呢吧。"

"海砂青有什么了不起,赶明儿个我用碧落纱来装备一个卫队,那才叫大手笔。"

魏二公子和灵王少子闻言哈哈一笑,乐邢将军的长子乐毅伸手搭在说话少年的肩膀上,哈哈笑道："十三殿下，你若是真的用碧落纱装备一个卫队，那么就连卞唐太子也要对你甘拜下风了。"

赵嵩眉梢一挑，正要说话，突然眼角瞥见重重卫队旗幡之后，有一个清秀瘦弱的身影，顿时从椅子上跳起身来，转身就往外跑，一边跑一边大叫道："等我回来再跟你们理论。"

"哈，你也来啦！"

拨开重重人影，少年一把拉住女孩子的手，眼神兴奋地大声叫道。

燕洵站在楚乔身后，眼睛微微眯起，转瞬间，却淡淡颔首，"十三殿下。"

"燕世子，我好阵子没瞧见你了，你干什么去了？"

燕洵微笑着点了点头，"在下闲人一个，终日在莺歌院里游荡，并没什么正经事做。"

"嘿嘿，你少谦虚。"赵嵩一乐，露出一口洁白的牙齿，"前几天付先生还拿你的诗文来给我们当范读。唉，你说你偏用那么生僻的字眼，我看了半天愣是没看懂，被罚抄了二百遍，小德子现在还在宫里替我写着呢。"

"哦？十三殿下还没从太学结业吗？"

"还有三个月，"赵嵩一边说着一边转着眼睛看楚乔，笑道，"再有三个月我就满十八了，就可以开衙建府娶王妃啦。"

"是吗，"燕洵说道，"那真要恭喜十三殿下了。"

"不用不用，到时候你准备一份大礼就好。"赵嵩笑着说道，随即拉着楚乔的袖子，"燕世子，我可以借你的人用一会儿吗？"

燕洵侧眼望向楚乔，见楚乔没有反对，就淡笑着点了点头。

"哈哈燕世子，多谢你啦！阿楚，跟我来！"

两人的身影几下就隐没在层层人群之中，燕洵一身黑色长裘，发色黑亮，眼眸如海，渐渐失去了温度，向远处遥遥望去。

"阿楚，你看看，这是什么？"

楚乔拿起赵嵩小心翼翼保护着的金盒子，打开之后却发现竟是一根根长长的木条，上端有红色的粉末，看起来竟别样眼熟。

"火柴？"女孩子微微皱起了眉头，"引火用的？"

"啊！阿楚，你真厉害！"赵嵩咋舌，竖起大拇指，"你怎么什么都知道？这是佛郎磨萨人从西方海上进贡给父皇的，我还是第一次见。你看，只这样划一下就点着火了，是不是很神奇？"

楚乔淡笑着点了点头，伸手弹了下赵嵩的额头，笑着说道："是呀，很神奇，这么神奇的东西你还是好好收起来吧。"

"阿楚！"赵嵩捂着脑袋，郁闷地大叫道，"都说了让你别弹我的头。"

楚乔耸了耸肩，"不弹就不弹。"

"阿楚，"赵嵩绕到楚乔身前，正色道，"我是有正事找你的，你今天怎么能跟着燕洵来田猎呢？你知不知道，诸葛玥回来了，要是让他看到你，不是大难临头吗？"

楚乔心下一暖，拍了拍赵嵩的肩膀，说道："你放心，我自有办法。"

"唉，"赵嵩叹了口气，"反正你总是有办法的，我又白操心了。"

"不会啊，"楚乔笑着说道，"你让我知道你为我担心，就是还当我是朋友，我很承你的情。"

"你领情啊？"赵嵩顿时来了兴致，笑眯眯地凑过脑袋，"那你就别跟燕洵回燕北了，留下来陪我吧？"

"不行，"楚乔一口否决，"别的都行，就这件事不行。"

赵嵩登时叹了口气，耷拉着肩膀，一副"我就知道会这样"的表情。

算起来，他们也足足认识有六七年了。当初跟着燕洵进宫之后，所有人都当她是燕洵的丫鬟护卫，没有人怀疑过她的身份，或是去调查这个年龄幼小的孩子来历如何。燕洵身边的知情者已经全部死去，诸葛家的下人也没机会进宫见到她，而唯一知道一切的诸葛玥，却不知道为什么三缄其口，并且在事发一个月后，离开真煌，前往卧龙山养病，就此，再也没有回来。

这些天朝贵族，虽然每一个都曾经在最初的狩猎场上见过她。可是这些眼高于顶的家伙，怎会对一个蓬头垢面的小奴隶多看一眼？就连和她仇深似海的魏景，也只当她是燕洵身边的下人，几次寻仇，都是冲着燕洵而来，没有节外生枝。

然而，这样平静的日子，却在遇到赵嵩之后发生了改变。这个当初只有两面之缘的小皇子一眼就认出了屡次捉弄自己的诸葛府小丫鬟，却很仁义地没有说出来，还在皇室贵族们集体落井下石的时候，暗中帮助燕、楚二人，帮他们渡过一次又一次的难关。

认真说起来，他也算是两人在帝都里唯一的一个朋友。

只可惜，赵正德是他的父亲，他是大夏的皇子，对于这一点，燕洵恐怕永远也无法释怀。

"阿楚，"赵嵩将金盒子递过来，说道："这个送你了。"

楚乔一愣，"那怎么行？这么贵重的东西。"

"哎呀，你就拿着吧。"赵嵩不由分说地把东西塞到楚乔手里，"我拿着也没用，你知道我的，我新鲜一会儿就不喜欢了，到时候还是得给别人，那还不如先给了你。你身子弱，燕洵也是个冷心冷肺的家伙，这么冷的天还让你东奔西跑的。我听说你刚从北面回来，是吗？"

"嗯，"楚乔点了点头，说道，"我去北方办点货，是世子在燕北的一些小生意。"

"我宫里有西瑟俄人新送来的雪皮袄，特别暖和，等回去我打发人送到你那里去，你记着穿啊。"

"嗯，"楚乔一笑，"多谢你了。"

"那成，我先回去了。"

楚乔一愣，"你不参加待会儿的田猎吗？"

赵嵩摇了摇头，"田猎要好几天呢，今天是人猎，一群人围着几个小奴隶射箭，我可没那爱好。我就是来找你的，现在找到了，我就要先回去了。"

楚乔点了点头，正要说话，突然只听一个尖细的声音高声叫道："哎哟喂！我的小祖宗，奴才可没那个意思啊！"

楚乔两人转过头去，只见两名十六七岁的少年站在赵嵩的帐篷前，肩并着肩，他们轮廓都极深，有七八分相像。其中一个浓眉大眼，眼神凌厉，穿着一身宝蓝色的袍子，外披大裘披风，像是一只健壮的小豹子；另外一个一身灰白的大裘显得有些旧，刚刚到大腿，似乎还有点短，他眼神淡漠，如冰雪般冷厉。他们身后只跟了稀稀疏疏几个个头矮小的下人，并无车马。

蓝袍少年冷冷地瞪着一名二等内侍服的小太监，怒声说道："不是这个意思，那你是什么意思？"

小太监被踹了一脚，一条膀子几乎都掉了下来，一边"哎哟"着一边叫道："奴才的意思是，这块营地是圈给十三殿下的，十六殿下您不能用啊。"

少年声音低沉，闻言眼神顿时一寒，一把抓住小太监的脖领子，怒声说道："那我被分到哪里？"

"您……您被分在西面的林子旁。"

"是吗？"少年冷笑一声，"好地方啊，我没记错的话，那旁边是关畜生的马圈吧。"

"这个……这个……奴才们会小心点，不让那些畜生半夜吵着十六爷的好梦。"

"于德禄！"少年眼睛一瞪，大声喝道，"你好大的胆子！"

"十六！"低沉的嗓音顿时响起，一旁灰白大裘的少年伸手拦在少年身前，沉声说道，"别惹事。"

"我哪惹事啦？"少年怒声说道，"十四哥，我就不明白，都是父亲的儿子，凭什么有的人被众星捧月地捧在中间，有的人却要被分到边角跟畜生在一起。还不是这群狗奴才，狗眼看人低！"

"别说了，"十四转过头来，对着于德禄沉声说道，"禄公公，麻烦你带路，带我们去营地扎帐篷。"

"是，是。"于德禄连滚带爬地爬起身来，在前面领路。

"等等！"赵嵩突然叫了一声，几步走上前去。

十六见了他，顿时眼睛一瞪，就要冲上前来，却被一旁的十四一把拉住。

"十三哥。"

赵嵩点了点头，对着于德禄说道："禄公公，今天的田猎我不参加了，这地方让给十四弟和十六弟吧。"

于德禄闻言一愣，小心地看了眼赵嵩，随即问道："那明天呢？后天呢？十三殿下一直不来了吗？"

赵嵩哈哈一笑，说道："明天再说明天的，就算去和畜生当邻居也没什么，你别忘了，我小时候可还在马圈里睡过觉呢，没事。"

"这个……"

于德禄正想说话，十四突然截口道："多谢十三哥美意，十六弟年纪小，不懂事，这地方还是给十三哥留着吧。十六，我们走。"说罢，拉着十六皇子转身就走。

于德禄一愣，随即赶紧追在后面。

"这是十四，单名一个飒字，最是别扭。你可能没见过他，他和十六的母亲都是罕贾人进献给父皇的宠姬，出身低微，向来在西五宫那边，不往你们那头走的。"

楚乔点了点头，静静不语。

"行了,我走了,你去找燕洵吧,小心点诸葛玥,我昨晚在宴会上见过他了。他可不像以前了,你提防着点。"

楚乔点头,"我知道了。"

赵嵩带着侍卫,爬上马背,还不忘回头交代道:"没事别四处转悠,景邯他们当初都是见过你的,小心别露出马脚。魏景这次也来了,你和燕洵压着点火,有事就派人去通知我。"

女孩子无奈地叹了口气,催促道:"我知道了,你快走吧。"

"有事赶紧派人通知我,别自己傻呵呵地挺着。"

楚乔哭笑不得地说道:"你再不走天都黑了。"

"哼,"赵嵩转过马头,一边走一边嘟囔道,"就知道催我走,没良心的,早晚你会知道谁最有人情味。"

"驾"的一声,赵嵩带着一众人呼啸而去,

楚乔看着赵嵩离去的背影,突然感觉西面的晚霞竟是那般温暖,让她几乎感觉不到凌厉的北风了。

回来的时候,刚好路过西边的林子,远远地,只见十四皇子赵飑和十六皇子赵翔正和几个下人在一起支帐篷。楚乔暗暗记在心头,只是看一眼,转身就向燕洵的营地走去。

刚一拉开帘子,温暖的兰香顿时扑面而来。燕洵并没有抬头,似乎正在写什么东西,声音平静地说道:"赵嵩走了?"

楚乔看着燕洵,径直坐在火盆旁烤手,"你倒是聪明。"

燕洵长吁一口气,将刚写好的文书放在书案上,撂下笔,说道:"他从小就玩不来这样的节目,走了也不奇怪。"

听着燕洵风轻云淡地用节目二字,不知为何,楚乔顿时心下一寒,抬起头来,沉声问道:"他玩不来,那你呢?"

燕洵皱眉,"你问的是以前还是现在?"

"都有。"

"阿楚,"燕洵走上前来,蹲在楚乔身边,说道,"你知道我父亲当年败在什么地方吗?"

楚乔仰着脸,却并没有说话。

燕洵淡淡一笑,笑容苦涩,却又含着淡淡的血腥之气,"他败就败在太过心软,败在太重情义。他曾经有机会废了夏德帝自己登基为王,带着燕氏一脉回归赵氏族谱,但是他没有。他后来本也有机会杀了前来征讨的大将军蒙阗,但是他也没有。于是他最后就被赵正德抄了家,被蒙阗砍了头。早在进入盛金宫的那一天起,我就发誓,这一生绝不能像他那样。"

年轻的燕世子站起身来,身姿挺拔,面容俊朗,眼神漆黑如同深邃的沧海,举步向外走去。

手掀开帘子,男子停住了身子,沉声开口道:"如果无法接受,今晚就留在帐篷里,不要出来看了。"

月圆星稀,围猎的主场那边,不断传来歌舞丝竹之声。

大夏尚武,民风彪悍。为了纪念先祖的游牧精神,不忘宗族之本,大夏皇朝每年春秋两次的田猎都是必不可少的。

现在还是初春，红川这个地方，每年不到五六月份，雪是不会停的，夏天极短，冬季极长。不远的林子里不断有稀稀疏疏的人声，楚乔知道，那是士兵们在寻找猫冬的老虎狗熊，好为明天的围猎排除危险。

她穿了一身雪白的貂翎小袄，外披雪青大氅，一双小靴子也是白色的，越发显得眼珠漆黑，发色如墨。认真地算起来，荆月儿这张小脸也算是一个小美人，还没长成，就浑身透着一股无法掩饰的灵秀和娇俏。

帐篷里燃着火盆，暖意融融，可是不知为何，她却感觉有些闷热，一个人走到营地的西北一角，听着远处不断传来的丝竹声乐，一颗心渐渐地烦躁起来，有些抵触的情绪，一点一点地在心头拱起。

她抬起头来，长长地吐出一口气，然后将所有的一切都咽下去，努力地平息，不再去思考。

夜空漆黑，突然扑啦一声，一只白色的鸽子落在雪地上，远远地看着楚乔，歪着头，一步步地靠过来。

这是一只野生的鸽子，不是家养的信鸽，还有些怕人。它想必是见这个人坐在这里那么久却一动不动有些好奇，想要靠过来瞧瞧。楚乔抬起头来，注意到小鸟，微微一笑，探手进衣袋里掏出一把随身带着的喂马的麦子，撒在地上。

大雪茫茫，觅食困难，鸽子见了顿时开心地尖鸣一声，扑啦啦地张开翅膀，向着楚乔的方向飞来。

然而，就在这时，两支利箭却陡然从远处同时激射而来，双双狠狠地插在鸽子的胸腹之中，唰的一声，鲜血喷洒，遍地红梅。

轰鸣的马蹄声顿时响起，两匹快马遥遥领先于身后的众人，一红一黑，彪悍抢眼。红马上的男子二十五六岁，张扬跋扈，看见雪地上坐着的少年，连问也不问，不由分说地弯弓搭箭，嗖的一声就向着楚乔的心口激射而来！

唰的一声闷响，楚乔霎时间好似暴起的猎豹，单手撑地，回旋起身，动作迅猛绝伦，行云流水，右手回身抄过，一把将箭矢牢牢地抓在手掌之中。

大风吹来，少女的长裘在空气中张扬招展，好似振翅欲飞的白鹰，目光凌厉如冰雪，冷冷地向着来人望去。

"谁家的下人，为何深夜在猎场游荡？"阴冷的声音从红马上男子的口中冷冷地传出，男人无故伤人在先，此刻却没有半点悔过之意。一身极北渊雪寒貂裘，雍容之下，却隐隐散发出说不出的寒冷和阴森。

砰的一声，黑马上的男子跳下马来，同样是二十五六岁的年纪，眼如铜铃，面色黝黑，几步跑到鸽子身前，探手举了起来，"穆合西风，这怎么算？"

红马上的男子冷冷看了楚乔一眼，随即转头对那男人说道："扎鲁，我的箭射在咽喉，自然是我赢了。"

男人眉头一皱，怒道："你怎么知道你的箭射在咽喉，咱们又没用刻名箭。"

"我自己的手射出去的箭我自然知道。"

"哼,不行。"扎鲁说道,"重新比过。"

穆合西风眉梢一挑,"你想怎么比?"

"那,就她。"扎鲁随手指着楚乔说道,"这不是一个现成的奴隶吗?就射她。"

楚乔眉头缓缓皱了起来,斜着眼睛看向扎鲁。扎鲁却丝毫没有察觉,转身爬上了马背,见她看来,催促道:"你快跑,跑得远一点。"

楚乔上下打量了两人几眼,眉心紧锁,然后对着穆合西风沉声说道:"我不是奴隶。"

穆合西风闻言眉梢一挑,似乎颇感兴趣,扬眉说道:"那又怎么样?"

是啊,那又怎么样?即便不是奴隶,这些贵族也可以在兴致来了的时候随意斩杀,毫无任何理由可讲。

楚乔不再说话,转身就向燕洵营帐的方向走去,嗖的一声锐响,一支劲箭紧贴着她的脚跟插在雪地上,扎鲁怒声喝道:"叫你快点跑,你没听到吗?"

凛冽的狂风中,女孩子陡然回过头去,双眼漆黑,眼神凌厉地划过扎鲁的脸,西北封地的扎鲁少主心底一寒,一句骂人的话竟然生生地憋了下去。

"我若是骑马,两位主子能射到吗?"

穆合西风嘴角轻轻一挑,还没说话,扎鲁就怒道:"给她马。"

一匹通体漆黑的战马被牵到少女的身前,楚乔轻轻拍了拍马头,然后回过头来看了两人一眼。夜里的风很大,卷着地上的积雪,像是小沙粒一样打在脸上,很疼。

骤然间,只见少女猛地翻身上马,抽出腰间的匕首,毫不犹豫地狠插在马臀上。战马哀鸣一声,以迅雷不及掩耳之势陡然疾奔,还没等众人反应过来,就已经消失在两人的视线之中。

扎鲁目瞪口呆,一双眼睛瞪得好似牛眼,许久,转过头来对穆合西风说道:"她就这么走了?"

穆合西风掉转马头,向着人声鼎沸的方向行去,若无其事地冷哼道:"那你以为呢?"

扎鲁勃然大怒,暴躁的声音从后面传来,穆合西风眉眼寒冷,双眼闪过锐利的锋芒。

还没靠近营地,一队人马就从对面疾奔而来,楚乔勒住战马,皱眉望去,只见人影越来越接近,赫然正是燕洵和阿精一众侍卫。

"阿楚!"燕洵见了楚乔,一把勒住缰绳,赶上前来,沉声说道,"你没事吧?"

"没事。"楚乔摇了摇头,问道,"夜猎结束了吗?你怎么这么快就回来了?"

燕洵上下打量着少女,胸口起伏,有些气喘,他摇了摇头,说道:"先回营帐吧。"

燕洵今晚似乎很累,回到帐篷之后,两人就分开各自回房。出门的时候,偏巧碰到阿精和几名护卫领着几个小孩走进了营地,楚乔一愣,走上前去询问。

阿精恭敬地说道:"姑娘,这是世子从夜猎场上买回来的。"

楚乔一愣,沉声说道:"从夜猎场买回来的?什么意思?"

"今晚人猎,世子说喝多了酒不参加了,魏二公子们不肯,和灵王少子几人起哄,世子无奈,只好将自己笼子里的孩子每个出资一百金买了下来。"

"哦。"楚乔点了点头,"你们忙吧,我先回去了。"

女孩子面色平静地转过身去，夜风凉飕飕地吹在她身上，一把掀开帐篷里的帘子，里面暖融融的，却一点也不觉得气闷。

女孩子脱下大氅，靠在软榻上坐着，许久许久，嘴角突然溢出一抹微笑，像是艳丽的晚霞。

第二日，就是大夏皇室举办的田猎大会。

有资格参加大夏田猎的，除了皇室贵族、王公大臣、大臣们的家眷亲族，还有临近封地的朝拜使者。是以，场面十分恢宏。春猎不比秋猎，只见围猎场上，白雪皑皑，松林苍莽，各门各户的子弟全盛装出席，锦衣大氅，后背弓弩，悍勇绝伦。

大夏风气开放，不比宋唐，放眼望去，女子的身影豆蔻嫣红，策马疾奔，所以楚乔跟在燕洵身边，并不显得如何突兀。

"阿楚，"燕洵回过头去，看向楚乔红彤彤的小脸，问道，"冷吗？"

"不冷。"楚乔抬起头来，说道，"好久没起这么早了，空气真好。"

燕洵笑笑，正要说话，突然只见一队人马迅速逼近，穆合西风一身紫貂长裘，俊朗出众，一路吸引了众多目光。

"燕世子，好久不见，别来无恙。"

燕洵转过头去，双目微微一眯，上下打量了穆合西风一眼，随即淡淡一笑，"穆合公子常年领兵在外，你我果然是好久不见了。"

"是啊，"穆合西风嘴角轻轻一笑，"燕北最近又有小股乱民，还是燕世子命好，能够在帝都躲清闲，我就不成，天生的劳碌命。"

燕洵笑容不变，点头说道："能者多劳，一切都是为了大夏的中兴，穆合公子所作所为，天下百姓有目共睹。"

穆合西风哈哈一笑，"那就承你吉言。"说罢，驱马转身，经过楚乔身边的时候停下来多看了一眼，笑容诡异地说道，"这位姑娘看起来倒是眼熟。"

楚乔恭敬还礼，"穆合少爷想是认错人了，楚乔福薄，以前没福气见少爷您的金面。"

"人中翘楚，楚乔，好名字。"

穆合西风笑道，转身驾马迅速离去。

就在这时，鼓声突然急促响起，七长七短，忽快忽慢，只见远远的，夏王和穆合那云在一众侍卫的簇拥下，缓缓登上高台。上万名禁卫分立两侧，将皇帝和外围的人阻隔，厚重的金帘下，竟丝毫看不清夏王的眉眼，只能感觉到那森然的冷意从帘子后面缓缓地散出。

全场肃然，齐声高呼"我王万岁"，跪伏在地，端正叩首。

绵延了三十多里的田猎队伍齐声高呼，声势惊人，万众期待的大夏围猎，终于拉开了序幕。

遥遥望去，只见赤水沿岸昇旗似海，人影憧憧。楚乔站在燕洵身边，望着下面以军阵布防的数十里营帐，眼神不由得微微眯了起来。

大夏军威，果然不同凡响。即便今日只是一场皇家围猎，就布出如此大的阵仗，可想而知，若是真正上阵杀敌，又会有何等的雄浑威盛。

只见以王帐为中心，夏人摆出了平原冲杀最有攻击性的环营，禁卫军、绿营军、骁骑营、京骑军以东南西北四个方向纵贯排列，首尾相衔。两翼设翼营高台，位于高坡之上，呈方阵，拱卫中心大帐。

城守东南西北四军，摆蛇形阵，护在中央军外围，每隔三十步设通信兵，百步安放百人防守。营地的四角外侧，各有上千野战军团的士兵们站岗放哨，防守可谓做到了滴水不漏，毫无半点空隙可钻。

一阵长风吹来，战马长嘶，战旗招展，燕洵极目望去，面色不变，声音低沉地缓缓说道："阿楚，回去休息一会儿吧。"

楚乔转过头来，看着燕洵的脸孔，心底顿时有些了然，点了点头，沉声道："你小心点。"

燕洵转过头来，淡淡一笑，"机会难求，千载难逢，阿楚，等我好消息。"

一整个下午，燕洵大营之内气氛都处于剑拔弩张的状态之下，楚乔坐镇大营之中，穿着一身墨黑长袍，乍一眼望去，还以为是燕洵坐在大帐之中。

她在地图上画下最后一笔，抬起头来沉声道："切记一切要小心谨慎，不可露出马脚。"

众人应和，"楚姑娘放心！"

当天下午，穆合家年轻一代中最出色的穆合西风在西北密林之中失踪，整个穆合氏出动了大批兵力寻找，都没有找到半点踪迹。穆合西风是穆合那云的侄子，大夏国母想要私自动用骁骑营出兵寻人，却被目前掌管骁骑营的赵彻义正词严地拒绝。母子二人不欢而散，然而此时此刻的赵彻，却丝毫没有想到今日的这个举动，会为他将来带来多大的祸患。

除了穆合氏一脉，其余的各大世家和皇亲国戚，全沉浸在田猎的喜庆之中。暗暗窃喜和幸灾乐祸之下，无人会对这事有半点同情。穆合西风常年在外戍边，为人张扬跋扈，阴冷残忍，早就不得人心，并且，所有人都认为，他只是在丛林里迷了路而已，毕竟是不会有人在这样严密的包围封锁下谋害帝国权贵的。

当然，这只是他们的想法。

此时此刻，在西北密林一处隐蔽的山洞里，燕洵看着遍体鳞伤浑身上下鲜血淋漓的穆合西风，嘴角冷冷一撇，声音低沉地缓缓说道："穆合公子，您还好吧？"

穆合西风猛地抬起头来，一双眼睛好似凶猛的野狼，他眼神锐利地盯着燕洵，一字一顿地寒声道："燕洵，今日所赐，他日一定如数奉还，总有一天，我要让你后悔生在这个世上。"

燕洵微微一笑，笑容淡淡，带着一丝好笑的嘲讽。

穆合西风咬牙切齿，声音沙哑有若公鸭，眼神带着疯狂的光芒，沉声说道："你给我等着，我不会放过你的，你的姐姐都已经被我睡了，将来你的女人也会被我压在身下。燕北已经亡了，你们一家都被人像条狗一样砍了脑袋，只剩下你这个懦弱无能的杂种，苟延残喘、苟且偷生。你敢杀我吗？你不敢，只要我死了，整个田猎大典都会被打断，所有人都会开始调查，我们穆合氏不会放过你，你连最后这几个月都活不了。你不是挺喜欢那个小女奴的吗？到时候，你只能带着她到阴曹地府里去和你的家人团聚，你只能……"

恶毒的话语还没说完，穆合西风的瞳孔陡然扩大，一道血线冲天而起，沿着他苍白的脖颈滑了下去。

燕洵目光鄙视地掠过穆合西风惊恐的脸孔，不屑地淡淡说道："已经沦为阶下之囚仍旧大言不惭，你这个饭桶！"

砰的一声，穆合西风的尸体陡然倒了下去，燕洵在他的衣服上擦了擦匕首上的血痕，对着一旁的下人说道："阿精，拿去喂老虎，留下线索，引穆合家的人来。"

"姑娘做了准备，要陷害赵彻和魏景，这行吗？"

燕洵点了点头，走出山洞翻身上马，说道："就按她说的去做。"说罢，转身打马向营地走去。

"姑娘，"嘉和走进营帐，语调铿锵地说道，"世子回来了。"

楚乔点了点头，"后面的事处理好了吗？"

"一切按照姑娘的吩咐，不会有任何差错。"

"那就好，"楚乔点头说道，"你们都下去歇着吧。"

"是。"

营帐的帘子顿时一掀，燕洵满头白雪地走了进来。楚乔上前为他扫去风帽上的积雪，问道："一切还顺利吧？"

"还好。"燕洵脱下外袍，坐在火盆前烤火，"明天一早，怕是要大乱了。"

"那又怎么样？"楚乔摇了摇头，"这个世上有一种人，他若是死了一定没有人能够确定是谁下的手，因为他做的恶事实在太多，得罪的人也实在太多了。先不说我们表面上是不是势单力薄，就说我们在京七年都没有做的事，又何必在这个多事之秋在这样严密的防范下冒这个险？而赵彻和魏景，都是刚刚回京，而且相较于赵彻和他的恩怨、魏阀和穆合氏的仇恨，若说是我们出的手，未免也太牵强了。"

燕洵侧过脸来，轻轻一笑，说道："他昨晚欺负你了？"

楚乔一愣，摇头笑道："没有，我什么时候被人欺负过？"

燕洵点了点头，"那就好。"

窗外大雪纷飞，燕洵拿起一张泛黄的白纸，重重地抹去穆合西风的名字。燕北的仇人名单上，又少了一人。

第四章
雪夜对射

春猎的第二日,穆合氏年轻一代中的翘楚穆合西风死于西白林之中,尸体被老虎啃食,开膛破肚,头碎胸裂,被发现的时候尸身已有大半不全。若不是穆合西风的母亲在场,可能无人能够辨认出地上那一堆模糊的血肉就是平日里意气风发显贵张扬的穆合氏长房少子。

田猎的气氛霎时间降到冰点,穆合西风常年领兵在外,武艺超群,寻常三五十人无法近身,一只老虎根本不可能置他于死地,而且现场毫无厮打的痕迹,穆合西风的刀剑甚至都没有出鞘,疑云重重之下,穆合西风的父兄叔伯们顿时上表夏德帝,要求尚律院受理此案,一口咬定穆合西风是被人所杀。

由此开始,情况霎时间变得无法控制,穆合氏如今手眼通天,掌握朝中大半势力。长老会中,岭南沐氏向来不爱卷入帝都争斗,诸葛一脉则一直保持低调,赫连家从上一代就开始没落,早已是长老会中的陪衬,东岳商氏则以教派起家,对朝政的影响不大,而北方巴图哈家族盘踞西北,在京势力单薄,一直以来都是依附于穆合氏生存。现在,唯一能同穆合氏对抗的魏阀又犯了大错,魏景被剥夺了京城府尹的职位,剩下这出了一位皇后三位皇妃的穆合氏,就理所当然地成了当今天下最为炙手可热的家族。

九城衙司进驻围猎场,调查取样,盘查众人。西白林被封锁,严禁外人进出。就连进出的书信都要严密监控,以免犯人潜伏,金蝉脱壳。大夏皇室对穆合家的丧子之痛表达出了极大的同情和维护,支持他们尽全力找出凶手,缉拿人犯,于是,围猎被迫中断下来。

位于猎场西南的燕洵的营地里,此刻已陷入了黑夜的宁静,厚重的熊皮帘子一掀,一股冷风顺着门口吹了进来。书案上灯火闪动,一身月白长袍的男子抬起头来,双目漆黑,眼神深邃。

"世子,姑娘不在这里?"

阿精的眼珠在营帐里转了一圈,然后转身就要退出去。燕洵长眉一挑,扬声说道:"有什么事?"

"刚刚十三殿下派人送来这个,说是给姑娘的。"

燕洵眉头顿时一蹙,放下手里的书卷,说道:"哦,那先放在这里吧。"

"是。"

阿精答应一声,就退了下去。帐外的风呼啸地打在帐篷顶上,呜呜地鼓舞着。燕洵看着微动的帘子,久久没有动作,他的眉头紧锁着,眼神瞥向书案上的包袱,静静不语。

包袱很鼓,是紫金绣丝的苏北顾绣,兰胡锦缎为底,清月白莲为图,两端用绳结打死,看不见里面有什么东西。

燕洵只看了一眼,就若无其事地转过头来继续看书,屋子里很静,连外面兵士经过的脚步声都能听得一清二楚。可是不知为何,这样安静的环境里,男人却突然有些烦躁地看不下去了。

他站起身来,走到一旁的茶案边,倒了杯茶。茶味清香,是从岭南新送的贡茶,赵正德不喜喝茶,就四下散给宫里的众人。岭南盛产丝绸茶叶,此茶名为红女,相传是用品貌端庄的处女清晨用舌尖采摘下来的,极为珍贵,味道虽然说不上会较普通茶叶好到哪里去,但是好就好在品茶时的那种感觉。

以燕洵的身份,自然是无福享用贡品的,但无人知道的是,目前岭南茶庄大户的幕后掌舵者,就是这位幽居深宫的燕北世子。这,就连岭南的土皇帝沐家,也是不知道的。

燕洵端着茶,回到书案前,幽香的清茶似乎让他的情绪又回归到宁静之中。燕洵眼睛微微眯着,面色淡然,步履沉着,可是就在他坐下去的那一刻,手掌突然一倾,杯里的水顿时倾泻下去。

噗的一声,茶水全部洒在包袱上,迅速渗透。男人面色平静,静静地看着茶水一点一点地蔓延下去,毫无惊慌之色。许久,他突然自言自语道:"被我弄湿了,理应打开处理一下。"

深夜时分楚乔才回来,听了阿精的话,来到燕洵的帐篷里,开口道:"燕洵,你找我?"

"哦。"燕洵放下书卷,站起身来,一身月白色的袍子在灯火的映照下泛着柔和的光辉,"你回来了,外面冷吧。"

"还行,"楚乔走到火盆边,拿下狐皮暖手抄,在炭火前烤着火,仰起头来,"你有什么事?"

"也没什么,刚刚于禾田过来,话里话外都在试探我昨日的去向。"

楚乔冷冷一笑,"他们现在是热锅上的蚂蚁,于禾田多年戍北,从一个小小的参将干起,赵彻被发配边城这几年和他也算有些交情。若不是赵彻得道,他怎会跟着鸡犬升天?如今赵彻有难,他自然想帮衬着些。不过我估计不会是赵彻指使他来的,赵彻为人倨傲,不屑于干这种事。"

燕洵点了点头,"他当年在北疆的时候,和我父亲兄长也算有些来往。"

"于禾田小人一个,当年向京献地形图,出卖燕北,如今又来望风偷角,你若是不想理会他,就交给我处理吧。"

"嗯,我也不想再见到他。"

灯火闪烁,楚乔挪了挪脚,靠近火盆,说道:"那好办,只要找个合适的方式,让赵彻知道于禾田今晚来过我们大营。以他倨傲多疑的个性,必定心怀戒备,才不会去理会于禾田所来到底所为何事。这种事,我们还是不要亲自出手。"

"嗯,"燕洵点了点头,"你去布置吧。"

"对了,燕洵,你找我就这件事吗?"

"不是,"燕洵站起身来,走到后帐台前,取出一只白玉石匣,说道,"文亭昨日送来一件衣裳，想必是着急拿错了，竟是女款，给你吧。"

楚乔接过来，皱眉道："季文亭整日向你送礼，这次怎么会这么大意？"她打开一看，不由得眼前一亮，只见端端正正摆放在匣子里的，赫然是一件白色的狐皮大氅，不是整块的皮子，而是全部以貂尾续成，毛色光洁，没有一丝杂色，通体柔滑，好似上好的绸缎，袖口缀着白翎雪雕的胸腹绒毛，襟口光华夺目，皆为璀璨的黑海东珠，一看就是上等的极品。

楚乔不由得一愣，说道："季文亭这下花了大手笔啊。"

燕洵也不接口，转身就回到了书案旁。

"那我先走了。"

"等等。"仿佛像是突然想起什么，燕洵递过一只包袱，说道，"差点忘了，这是赵嵩刚刚派人送来给你的。"

楚乔接过，用手掂了掂，顿时就知道是什么东西，刚要离开，只听燕洵问道："你不打开看看吗？"

"是西瑟俄人的雪皮袄，他前天说了要送我，没想到送到这里来了。"

"哦，"燕洵点了点头，说道，"西瑟俄早年和我父亲交好，关系匪浅。他们前阵子有五六个郡发生动乱，虽然只是一件衣服，但是我们立场特殊，还是要避避嫌。"

"我明白的，"楚乔点头，"早就想到了，只是不好意思驳十三殿下的面子，他这个人比较热心，你是知道的。"

"你办事向来稳妥，我最是放心。很晚了，去休息吧。"

"嗯，你也早点睡。"

楚乔答应一声，转身走了出去。没一会儿，阿精就火急火燎地跑进来，对着燕洵说道："世子，那衣裳姑娘怎么拿走了？那是乌先生特意从北冥渊找来的稀世之物，世子不是打算送给东岳商夫人当作生辰贺礼吗？"

燕洵低头看书，连眼睛都没抬，语调清淡地说道："没了就再找一件，找不到就不送了。"

阿精顿时目瞪口呆，等他反应过来时，燕洵已经离开书案，回到内帐睡觉去了。

屋外大雪纷纷，这个晚上，除了燕洵的营地，整个春猎大会，无人可以安眠。

尽管穆合氏倒塌了中流砥柱，但是大夏皇室的田猎大会仍旧在有条不紊地进行着。

真煌地处红川平原，赤水一带河道纵横，一望无际，平原坦荡，广及百里，确确实实是个打猎跑马的好地方。星月覆盖之下，广阔的雪原上篝火处处，将绵延数里的营地照得一片火红。天公作美，今夜无风无雪，气温回升，上万大夏权贵分散在围场之上，烤肉跑马，射箭比刀，饮酒起舞，热闹非凡。充耳所闻，全是拖着长长尾音的夏地长调和草琴之声，鼻尖嗅到的则是烹制野味的四溢幽香。

楚乔披着一身洁白似雪的大氅，穿着白色的小靴子，骑在战马上，长发被简单地束起，戴着雪貂帽子，只露出一张精致的小脸，双眼在灯火辉煌的夜色中好似璀璨的星子，明亮动人。

燕洵回过头来，目光淡淡地在楚乔身上打量了一番，然后笑着说道："阿楚也长大了。"

少女眉梢一挑，皱着眉头看向燕洵，"你比我大多少？少在我面前装老头子。"

燕洵闻言哈哈一笑，正要说话，突然只听马蹄声迅速逼近，抬头看去，赵嵩一身松绿锦缎披风，风驰电掣地跑了过来，一边跑还一边大声喊道："阿楚阿楚！"

燕洵眉头一皱，声音多少带了丝恼火，"他怎么这么叫你？"

楚乔轻哼，"还不是跟你学的。"

赵嵩带着二十多个下人一阵风一样跑过来，笑眯眯地迎上前，"你们也在啊。"

"篝火晚宴，所有人都在。"

燕洵声音仍旧是温和的，语气却有一丝拒人于千里之外的疏离。

楚乔疑惑地转头向他看去，眉头轻轻地皱起，好在赵嵩没什么感觉，一个劲儿地上下打量着楚乔，说道："阿楚，你怎么没穿我送你的雪皮袄，不暖和吗？"

楚乔点了点头，笑容温暖地说道："很暖和，我是看今晚不太冷，就没穿。"

"哦，"赵嵩恍然大悟，频频点头，赞美地说道，"不过你穿这件大裘也好看。"

"我听阿精说，下面正在斗马比箭，十三殿下怎么不下去看热闹。"

燕洵突然在一旁开口说道，赵嵩一愣，脸上顿时有些发红，他怎能说自己是看到楚乔后急忙放下比试跑上来的呢？便支支吾吾了半天说道："那些，也没什么意思，我玩腻了，还不如站在这里看一看这万里冰封的美景，所以上来歇一歇。"

"是吗？"燕洵突然笑道，"那真不巧，我们正想下去凑凑热闹呢，原本还想叫十三殿下一起去，现在看来是没有这个机会了。"

"啊？"赵嵩一愣，眼睛顿时瞪得老大，张口结舌地对楚乔说，"你们也要下去啊？"

楚乔心下尴尬，偷偷在袖子下拽了拽燕洵的袖口。谁知男人却反手一握，就将楚乔的手掌紧紧握住，另一手拉着马缰，笑着说道："既然如此，就不打扰十三殿下清净了。"说罢，拉着楚乔策马而去。

"喂！喂！"赵嵩在后面大叫两声，却只能看着两人绝尘而去。

"你干什么？"

燕洵也不说话，抿着嘴角瞅着她，那模样竟有些得意扬扬的喜悦。楚乔看着看着，一丝对赵嵩的歉意也就渐渐消了下去。

算了，他也好久没这样孩子气地开心过了。

叹了口气，她无奈地跟在了后面。

这时，清脆的马蹄声又响起，楚乔和燕洵同时一愣，齐齐回过头去，只见赵嵩带着一票人大老远地跑了上来，故作惊讶地说道："哎呀，你们也在这里啊？上面风大，我想下来烤烤火，既然遇上了，就一起走吧。"

即便以燕洵的好风度，也不由得面色发黑。楚乔更是扑哧一声，笑出声来。

赵嵩显然也知道自己这个理由太过牵强，笑了两声，就跑上来，给两人充当导游领路。

偌大的营地此刻已陷入了一片欢声笑语之中，篝火处处，肉香四溢，三人行走在人群之中，身后跟着几名亲随，并不显得如何显眼。

皇帐占地极广，以西北雪鹿皮毛所制，刷上黑海金粉，鲛珠为饰，上绘彩绣盘龙，东珠做眼，涂朱砂，利爪狰狞。两个巨大的油缸摆在大帐门前，火把闪烁，耀眼刺目，高高的旗幅招展张扬，皇城禁军守卫其间，团团围绕，甲胄鲜明。远远望去，明黄色的皇帐大营犹如一条蛰伏在黑暗中的东海神龙，散发出巨大的气势和无与伦比的威严，皇家锐气迎面扑来，将周遭一切放肆的欢乐远远地阻隔在外。

突然，只听远处人声鼎沸，走近一看，竟是二十多名彪形大汉脱了上衣光着膀子在雪地里捉对摔跤，一边摔一边大声地吆喝着。一名一身火红骑马装披着红裘大衣的少女骑在马上，面容娇媚，身姿绰约，嗖嗖嗖三支利箭离弦，全射在百米外的靶心之上。

围观的人群之中，顿时爆出轰然的叫好声。少女放下弓弩，得意扬扬地环视一周，突然身躯如同弹丸般从马上翻腾而起，一脚踩在一名大汉的肩膀上，甩开手里的鞭子，嗖嗖抽在其他大汉的背上，大笑道："我跟他一伙，你们一起上！"

"扎玛？"楚乔眉心顿时紧紧蹙起，转头看向燕洵。

多年的默契让燕洵迅速了解她在担心什么，点了点头，两人同时转身离去。

"站住！"一声娇喝突然从上空传来！红色的鞭影灵蛇般吞吐，转瞬就闪到他们眼前。

楚乔手疾眼快，一把紧紧地抓住鞭子，反手几下就缠在手臂上，两端同时发力，将细长的鞭子拽得笔直！

"刚来就打算走，燕世子，你是属乌龟的吗？"少女身子一跃，跳到地上，众人顿时让出一条路来，各家氏族子弟无不暗暗地幸灾乐祸，带着看热闹的兴奋劲大声哄笑。

西北巴图哈家族和燕北燕氏一脉历来就是仇敌，这少女是老巴图最宠爱的女儿，在西北的地位比扎鲁世子还要高，向来专横跋扈，现在由她对上家破人亡的燕北世子，真不知道会撞出什么样的火花来。

"扎玛郡主，"燕洵转过身来，面色淡淡地说道，"好久不见了。"

"是啊，"扎玛得意扬扬地一笑，"自从燕北一脉死绝了之后，我就再也没见过你了。听说你在帝都盛金宫里龟缩不出，还以为这辈子都没机会再见到燕世子了。今天还真是老天作美，让我又见到昔日威震北疆的燕家后人。"

"扎玛！你说话注意点！"赵嵩突然上前一步，沉声说道，"大庭广众之下，一个女孩子讲话这么刻薄，老巴图就是这么教导你的吗？"

"我父亲如何教导我还轮不到你来管！别以为有魏阀给你撑腰就敢跟我大呼小叫！"

"妹妹，有人欺负你吗？"粗壮的声音突然在身后响起，扎鲁大步走上前来，像是一座小山一样，真的很难让人相信他和扎玛竟是一母所生。

"没有，"扎玛大声说道，"就凭他们，还欺负不了我。"

"你……"

"十三殿下，开宴时间快到了，我们走吧。"燕洵伸手搭在怒发冲冠的赵嵩身上，眼神平静，面无表情地缓缓说道，转身就想离开。

"想走？"扎玛突然冷笑一声，厉声喝道，"也要问问我的箭同不同意！"说罢只见扎玛纤腰一扭，弯弓搭箭，箭矢霎时间有若流星，直奔燕洵背心而来。

说时迟那时快，只见一直傍在燕洵身侧的少女旋风般转过身躯，巨大的白色大裘迎风而舞，手掌探出，有若幻影，五指如网，一把抓住利箭的尾端，反手掷了出去，动作迅猛绝伦，干净利落，毫不拖泥带水。只听咔嚓一声脆响，那支利箭竟然死死地插在扎玛的弓弩之上，铁木长弓瞬间碎裂成两半，噼啪落在地上。

所有人大惊失色，场中死寂一片，再无半点声音。

楚乔一身长裘，肤白如雪，眼神平静地望着面如土色的扎玛郡主，微微颔首道："刀剑无眼，郡主小心了。"说罢，转身便朝燕洵走去。

扎玛被她这漂亮的箭技镇住了，久久才反应过来，面色通红地大怒道："你！你站住！"

"妹妹，"扎鲁拦住扎玛，沉声说道，"宴会开始了，这笔账咱们一会儿再算。"

远处灯火辉煌，大夏春猎的第一场盛宴，终于开始。

临进大帐时，阿精悄悄靠上前来，凑到燕洵耳边，小声说道："有人偷偷靠近营地，要不要动手？"

燕洵眉梢轻轻一挑，沉声道："是什么人？"

阿精答道："不知道，不过看起来不是穆合氏的人。"

"我去看看吧。"楚乔走上前来，小声说道。

燕洵点了点头，语气低沉，"小心点，如无必要不要动武，马上就到晚宴了，我等你来。"

"放心吧，可能是扎鲁的人来捣乱，我去去就回。"说罢，她带着阿精就向营地走去。

"阿楚！"见楚乔离去，赵嵩一愣，顿时大声叫了起来，作势就要追上前去。

"十三殿下，"燕洵拉住赵嵩的手臂，淡笑说道，"阿楚有事，待会儿就回来，咱们先走吧。"

赵嵩心不甘情不愿地被燕洵拖走，一边走还一边不住地回头观望。

冷风夹杂着风雪迎面打在脸上，马蹄声响，两侧火把明灯渐渐稀少，漆黑的天幕下，冷月如刀，星子寥落。苍穹显得高且远，幽暗深沉，不时有苍鹰掠过，发出长鸣。

转眼间，来到这未知的朝代已经八年，生命从未给过她伤春悲秋和游戏人间的机会以及权利，糟糕的环境，无尽的杀戮，惨烈的血腥，一直在逼迫着她不停地战斗和逃亡。太多未知的变数摆在眼前，太多无法控制的陷阱阴谋不知隐藏在何处，一环又一环的绝境在鞭策着她前行，让她无法停下脚步来。她不是天生的杀戮者，更不是生来的强盗，她只是想要在生存的前提下，维护自己心中那一点简单的善恶之分。

天地不仁，以万物为刍狗。灭世的锋芒倒悬，但是如果拿起来，也许就是倾覆天下的救世刀锋。

"驾！"楚乔厉喝一声，策马疾奔，在空旷的原野雪原上奔驰着。

马蹄声从远处奔了过来，一名一身黑衣的男子孤身单骑驰骋在茫茫雪原上。楚乔几人吁了一声勒住战马，阿精眉头一皱，沉声说道："姑娘，这人不对，是从我们大营的方向来的。"

一名燕卫上前一步，对着来人大喊道："喂！你是什么人？"

话音刚落，还没来得及喘上一口气，一柄雪亮的飞刀登时割破冷寂的夜空，势如闪电，来势惊人，夹带着惊雷般的锐利和杀气，向着发声的燕卫呼啸而来。

铿锵一声，刀剑相击，在黑暗里迸发出一溜刺目的火花。阿精反手拔剑劈开飞刀，弯弓而上，厉声喝道："来者何人？这般歹毒！"

那人似乎也注意到前方人数众多，狡猾地转身策马向西而去。楚乔见了眉梢一挑，低声喝道："追！"众人答应一声，齐齐策马狂奔，追在后面。

远山漆黑，密林如墨，巨大的雪原好似狰狞的白兽，无数马蹄踏在其上，雪花飞溅，呼啸翻飞。

突然间，前方人影绰绰，竟似有大批人马前来。战马无声，一片安静，可是整齐的步伐中，却透露着说不出的寒意和杀气。楚乔一惊，顿时竖手轻喝，勒马停住，可是还没来得及说话，被燕卫们追得走投无路的黑衣人顿时拿起弓弩，对着对面的人马激射而去！

"什么人？"一声暴喝陡然响起，夜幕深重，距离又远，一时间哪里看得清对面是谁。对面人马遭到伏击，一时之间，竟把燕卫们当成是和前面的黑衣人一路的同伙，唰唰拔刀声顿时响起，刀剑森然，箭矢排空而来，对方的还击和反应能力，竟是快得惊人！

"住手！"阿精大喝，"我们不是……"

话还没说完，一支利箭突然激射而来。楚乔手疾眼快，单手撑在马背上，飞身而起，一脚踢在阿精的小腹上。男子吃痛，身体一弯，只听噗的一声闷响，箭矢入肉，虽然避开心脏要害，但是仍旧狠狠地插在他的肩膀上。

楚乔眉头顿时紧锁，对方不分青红皂白，不查清楚事情就痛下杀手，实在可恶。少女一身雪白大裘，打马上前，翻身跳了下来，单膝跪地，手持巨弩，脸容严肃，双目如豹子般冷冷地逼视着对面漆黑一片的雪原，耳郭轻动，眉头紧锁，冷风吹过她额前的秀发。只见少女眼神如电，闪动着锐利的锋芒。

一支劲箭，顿时离开了楚乔拉满的强弓，去势如电，威吓慑人，徒留一道白亮的锋芒，几乎要在空气里擦出火花，激射进黑夜。

几乎就在同时，对面的黑暗里同时响起了震动的弓弦声，一支利箭离弦，向着楚乔的方向陡然迎上。

两道闪电沿着同样的轨迹呼啸而来，速度惊人，只听噼啪一声脆响，两箭半空相撞，同时折断，碎裂在苍茫的雪原之上。

瞬息间，楚乔以惊人的手法，不断变换位置和身形，改变箭矢的轨迹和力道，连射七箭。而对方也以同样神鬼莫测的手段，一一还击。

半空之中，只能听到弓弦箭声和箭矢撞击的碎裂之声，针锋相对，旗鼓相当！

剧烈的声音一下子消失，楚乔眼神锐利，眼睛半眯，手指摸向箭壶中的最后三支箭，静静等待着最佳的时机。

大风忽起，遍地白雪飞扬，所有人都不自觉地蒙住双眼，遮挡风沙。然而黑暗之中，却只有两个人同时暴起，奔跑发力，三箭齐出，连珠迸发，一支接一支地向着前方激射而去，流星逐月般在夜幕下激射出摄人心魄的闪亮寒芒。

啪啪声顿时响起，四支劲箭箭头对折，化作一团粉末。大风吹来，最后一支利箭却好似长了眼睛一般，漫天白雪的见证之下，东西两个方向而来的箭矢擦肩而过，带起一溜闪亮刺眼的火星，向着对方的藏身之地，火速而来！

楚乔刹那间犹如暴起的野兽，全身上下充满了剧烈的爆发力，丢掉弓弩，右手撑地，挺身弹地而起，借腰力站起身来。然而，只听嗖的一声，劲箭带着火热的力道，紧贴着她的脖颈掠过，擦出一道暗红的血痕。

"姑娘！"燕卫大惊，齐齐追上前来。楚乔站起身，伸手捂住开始渗出鲜血的脖颈，静默不语，眼神寒冷地望着对面的漆黑！她知道，对面的那个人，也一样躲过了她的必杀之箭，但也同她一般，受了轻伤。

四下里一片安静，悄无声息，夜色漆黑，大雪纷飞，可是透过重重的黑暗，她却仍旧能感觉到那抹冷酷的眼神，带着森寒的锐利，远远地射了过来。

一声苍鹰的尖鸣突然划过上空，两方之间的黑暗里，一个矫健的影子突然从地上爬起身来。之前一直趴在地上挑起事端的黑衣人，顿时好似弹丸一般，迅速狂奔，想要逃离这个是非之地。

几乎就在同时，楚乔和对面的射箭之人各自拨出腰间佩剑，雷霆般掷了出去，奔跑中的男人身躯一抖，双目瞪大，不甘心地低下头去，却只能看到胸腔里透体而出的两柄剑锋，然后砰的一声，重重地摔在雪地上。

时间缓缓而过，两方都没有半点声音。一个燕卫小心地上前几步，见对方没有反应，才大声叫道："对面的朋友，我们在缉拿贼人，刚刚是一场误会。"

对面悄无声息，没有回应。

燕卫左堂骑马上前，不一会儿，对面的人马中也有马蹄声响起。

"姑娘，"一会儿的工夫，左堂就跑了回来，翻身下马，递回楚乔的佩剑，沉声说道，"您的剑。"

少女眉梢一挑，"对方是什么来头？"

"不清楚。"左堂据实以报，"对方亲卫穿着黑色大氅，是很普通的样式，模样眼生，从没见过。"

楚乔淡漠不语，点了点头，接过佩剑，眉头却顿时皱了起来。

这是一柄罕见的宝剑，样式古扑，刀身轻薄，隐隐有枣红色的血痕，刀口锋利雪亮，在惨白的月光之下，有璀璨的锋芒闪动，好似流泻水银一般，剑柄以金蚕丝环绕，上面铸着两个古篆小字：破月。

楚乔眉头一皱，手指摩挲着剑柄，沉声说道："这不是我的剑。"左堂一惊，连忙说道："属下这就去找他们换回来。"

话音刚落，对面就响起呼啸的马蹄声，雪雾翻腾，转瞬消逝。

"你追不上了。"少女缓缓说道，嗖的一声，反手还剑入鞘，谁知那剑和自己的剑鞘竟是十足契合。

"将那人的尸体带回去，阿精回营疗伤，其他人跟我去皇帐广场。"女子声音铿锵，掉转马头，带着众人策马而去。

来到皇帐前的广场之上，就好像是进入了另一个世界，到处都是肉的香气和欢声笑语。楚乔解下兵刃，交给侍卫，在一名禁军的带领下，走进了大帐之中。

第五章

大夏国宴

皇帐占地极其广大，纵开了三十六席，蜿蜒铺展，分列大帐左右两侧。

楚乔进来的时候，大多数人已经到齐，由于皇帝还没到，大帐内人声鼎沸，四处扎堆，好不热闹。

楚乔只是一个亲随的身份，自然不能随意乱走，环目一扫，直奔人数稀少的清静之处。果然，只见燕洵一身月白长袍，眉目俊朗，面容淡定，正静静地坐在那里饮茶。赵嵩站在一旁，抓耳挠腮，一副心浮气躁的模样。

"世子。"

楚乔径直走了过去，还没来得及接着说话，就听赵嵩大惊小怪地叫道："啊！阿楚，你怎么了？受伤了吗？"

脖颈上虽然只是擦伤，这会儿却渗出血来。楚乔摇了摇头，毫不在意地说道："没关系，不小心擦了一下。"

"你怎么那么不小心啊？"赵嵩皱眉关心道，"我马上去找大夫来，要好好处理一下。"

"不用了。"楚乔拉住他，"只是小伤，不必劳师动众。"

"那怎么行。"赵嵩不乐意地皱起眉来，却知道自己的话向来没什么力度，转头向燕洵望去，"燕世子，你说呢？"

燕洵眉心微微蹙起，仰头看着楚乔略显苍白的脸颊，多年的默契让他明白什么，并不催促，只是低声问道："真的没事吗？"

楚乔摇了摇头，坚定地说："没事。"

赵嵩看着两人的模样，顿时觉得自己被排挤在外，没话找话地说道："那我去拿点金创药来。"说完，转身便去了。

楚乔坐到燕洵一席的后座，探过身子，低声说道："是扎鲁的人，偷走了你营里的密匣子，已经被我杀了。"

燕洵道："那东西没什么用，不过是掩人耳目的，你何苦为它拼命？"

"扎鲁的人，还没这个本事！"楚乔轻抚着脖子上的伤，轻哼一声，"发生了点意外，最近京城里，可又来了什么高手？"

"京城里的高手？"燕洵眉梢一挑，表情突然有些难以捉摸，"那可真不少了。"

"洵哥哥！"一个娇媚的声音突然响起，只见人群之中，一身紫貂衣裙的少女在一众女孩的簇拥下嘻嘻哈哈地跑上前来。然而刚一靠近，一脸的笑容顿时不翼而飞，冷眼望着坐在燕洵身后的少女，冷冷地说道："她为什么会在这儿？"

楚乔站起身来，恭敬行礼，"八公主。"

赵淳看也没看楚乔，径直走到燕洵身边坐了下来，怒气冲冲地道："你这几天不来找我，就是因为她回来了吗？"

燕洵起身，站在楚乔身边，淡淡地说道："燕洵惶恐，不敢打扰公主休息。"

"好啊，她一回来，你就叫我公主了吗？"说罢，她猛地用手指着楚乔，冷然说道，"谁准许你这个下贱的奴隶进来的？"

话音刚落，燕洵顿时面色一寒，男人好看的眉头缓缓皱起，"公主堂堂金枝玉叶，怎可污言秽语。阿楚是我带进来的，公主难道想将我一起赶出去吗？"

赵淳扁了扁嘴，眼睛顿时红了起来，狠狠地一跺脚，却不回答燕洵的话，只是指着楚乔叫道："你给我等着！"说罢，转身跑开。一众跟着她一同前来的皇家千金同仇敌忾地瞪了楚乔一眼，齐齐追了上去。

楚乔叹了口气，沉声说道："你何苦在这个时候开罪她？我出去就是了。"

男人低沉的声音像是山涧里清冽的泉水，一字一顿地缓缓说道："小的时候我要忍，那是因为除了忍耐我别无他法。若是现在我还需要对这种事忍气吞声，那我这些年的努力就毫无意义了。"

燕洵坐在席位上，缓缓地喝了一口酒，面色平静，眉眼俊秀，白衣墨发，好似画中人。

就在这时，突然一阵疾风吹进，冷气森森，所有人顿时全转过头望去。

只见大帐帘子一动，紫袍白裘的年轻男子顿时走进，雄姿英发，双眉如剑，眼若寒星，面如冠玉，整个人俊秀挺拔，好似一柄出匣之剑，锐利的刀锋闪动着慑人的寒芒。只是，挺拔的脖颈上，却极不协调地有一道擦伤的血痕，此刻，正向外透着淡淡血丝。

楚乔的瞳孔顿时紧缩，眉心紧紧地皱了起来！

"四少爷！"魏二公子和一众王公子弟顿时迎上前去，面若春风地说道，"一别七载，四少爷风采更胜当初啊！"

诸葛玥嘴角淡淡一笑，一一回礼，举止有度，站在人群之中谈笑风生，再也不是当初那个偏执多疑的孤僻少年。七年的时光历练，让他好似一柄出匣的宝剑，无论在任何时候，都能散发出属于自己的光辉。

灯火闪烁，大帐内一片欢腾，脱离了众人纠缠的诸葛玥目光在人群中扫视一圈，终于，凝固在角落的最末一席。

燕洵静静饮酒，头也不抬，宽阔的脊背将身后的女子完全挡住，阻止了前面那道森冷寒芒的继续探究。

"燕世子，别来无恙。"低沉的嗓音在头顶缓缓响起。

燕洵抬起头来，哂然一笑，长身而立，"诸葛四少爷，好久不见。"

诸葛玥嘴角牵起，邪魅寒冷一笑，微微侧头，望向燕洵身后，声音低沉地缓缓说道："星儿，不认识我了吗？"

楚乔抬起头来，面色平静，嘴角扯开一个淡淡的笑来，看着自己的昔日旧主温言道："四少爷名满天下，谁会不认识呢？"

话音刚落，巨大的钟鸣声登时响起，九长五短，声音雄浑，在绵延十多里的营地上轰鸣回荡。

喧嚣的大帐霎时间陷入一片安静之中，人人匍匐于地，大声跪拜道："参见吾王！"

大帐幕帘洞开，朔风北吹，灯火摇曳，一片寂静之中，有整齐的脚步声在外响起，大批的军队围在皇帐之外，铠甲所带的冰冷金属寒气瞬时间掩盖住了那浓郁的肉香味。

楚乔小心地抬起头来，却只看到一众鹿皮皓靴踏在大帐的熊皮地毯上，为首的一双常人尺码大小，白色的靴边绣着明黄色的彩云腾龙，步履沉稳，不急不躁，缓缓而行。

"都起来吧。"低沉的嗓音在上方缓缓响起，并不洪亮，也并不严厉，甚至还略略带着沙哑，却有海浪般沉重的力量，缓缓地覆盖在了这座刚刚还喧嚣嘈杂的大帐之内。

众人齐齐起身，却无人敢抬起头来向上望去。

夏皇的声音在上方低沉地响起，"都坐着吧，齐儿，开始吧。"

三皇子赵齐恭敬地答道："是，父皇。"然后上前一步，高声说道，"国宴开始，各位请就座。"

丝竹之声顿时响起，两侧的通道里流水般走上一群衣衫暴露、体态婀娜的舞姬，人人面如春桃，肤似白雪，甩着长长的水袖，在场中魅惑地舞了起来。各色珍馐佳肴被端上席位。众人的精神这才放松下来，渐渐地，有欢笑声慢慢响起，逐渐扩大。

诸葛玥仍旧站在燕洵一席之前，眼神幽深，面色冷淡。他看着站在燕洵身边的少女，看着那张冷静淡然中又透露着熟悉的倔强脸孔，缓缓点了点头，没说一句话，决绝地转身而去。大裘甩动间带动起冰冷的风，像是一柄锐利的宝剑一般，划过桌案上的皇室酒水，水波震动，轻轻摇晃。

楚乔的手指突然间变得冰冷，有种情绪在胸腔里升腾起来，让她的双眉深深地皱在一起。少女缓缓地闭上眼睛，深深地呼吸，然后坐了下去

一只手突然搭在她的肩膀上，楚乔抬起头来，正对上燕洵漆黑的双眼。

燕洵没有说话，她却能清楚地体会到他要传达的意思。多少年来，在每一个沮丧的时候，在每一个恨意弥漫的夜晚，他们都是以这样的方式互相鼓励：等下去，忍下去，总有站起来的那一天。

楚乔默默地点了点头，四下里声乐嘈杂，人声鼎沸。她抬起头来，向着大帐的最北端望去，那里，灯火通明，光线充足，刺眼得让人几乎有些无法正视。少女瞪大了双眼，望向那个在光线环绕中的男人，太多的光芒将他掩盖住，金碧辉煌的灯火映照下，他的脸都是模糊不清的，只能看到那一身宝绣金龙的狰狞龙爪，像是锐利的钢刃，遥遥地指向大帐内每一道心怀叵测的眼神。

轰隆一声锐响，大帐前门的帐幕被人全部拉开，凛冽的风陡然冲进帐内。只见宏大的广

场上，插满了熊熊火把。打眼望去，竟设了三百多席，没有资格进入主帐的全部坐在外帐，团团围绕，空出场中的一大片空地，声势鼎沸，比起皇帐里气氛更加高昂。主帐的帐幕刚被掀起，外面就传来一阵轰然的欢呼叫好声。

就在这时，清脆急促的马蹄声陡然响起。众人抬头望去，只见上百骑彪悍的战马由远处疾步奔来，速度惊人，迅猛绝伦。

就在众人吃惊之时，一百名白甲兵士猛地从队伍里冲出，原地跃起，凌空爬上仍旧在疾驰的马背，动作整齐划一，干脆利落，毫不拖泥带水。

围观的王公贵族们顿时发出一阵雷鸣般的叫好声。只见那支轻骑驶到场中，左手持刀右手持盾，以双腿控马，不断地摆出各种花式和姿势来，动作如行云流水，整齐美观，又兼有战斗的实用性。为首的轻骑将军年纪不大，头戴玄铁头盔，看不清脸孔，指挥若定，身姿挺拔，潇洒英武。

就在这时，突然只见所有兵士同时收刀，将盾牌放置马后，然后拿出腰间弓弩，弯弓搭箭，借脚力钩住马镫，翻身倒垂，于马肚之下松开手臂。只听嗖的一阵破空锐响，一百支劲箭同时向着一个箭靶而去。

砰的一声，厚重的箭靶被巨大的力量轰然折断，却并没有掉落，而是竖直飞出，呼啸中死死地射进一株巨大的松树。红心处密密麻麻插着一百支利箭，很多利箭都是穿透了别的箭尾，层层叠叠堆积在一起！

刹那间，全场死寂。士兵们回身坐正，为首的将领翻身下马，摘去头顶的铁盔，单膝跪在地上，语调铿锵地沉声说道："儿臣赵彻，谨祝父皇洪福齐天，万寿无疆！"

轰然之间，全场雷动，无人不为这神乎其技的箭术奋力鼓掌欢呼。

"几年的边关历练，彻儿有长进了。"夏皇坐在上面，声音里带着一丝淡淡的欣慰。

"谢父皇！"赵彻高声说道，重重地叩首在地。

王公大臣们见风使舵，同时大声夸赞起赵彻的勇武来。

燕洵坐在下首，垂首饮茶，淡漠不语，一双眼睛却缓缓地眯了起来。

"七弟勇武，多年来为我大夏守卫边疆，确实是难得的帅才。北疆有七弟，疆土无忧矣。"三皇子赵齐缓缓点头，面色自如，毫无嫉妒懊恼之色，不管是真心还是假意，都不愧为一代贤王的称号。

赵彻谢恩之后，带着属下退下，场中气氛融洽，渐渐热闹了起来。各个军阀氏族，都拿出各种武艺演示，斗马比箭，军舞练刀，珍馐佳肴流水一般被端上席位，全是野味烧烤，味道上乘，香气诱人。

西北巴图哈家族千里迢迢来参加围猎，除了几个庶出的叔伯，只有扎鲁、扎玛两个嫡系子弟。此刻，扎鲁刚刚带领家族武士表演了别具西北风格的摔跤，引得全场一阵火热叫好。扎玛就带着一众身材健美的西北少女奔入场中，表演起精湛的马术。

她们的手段虽然不如何出色，但是一众年轻健美的贵族少女难免会赢来大片赞誉。

夏皇开心，钦赐了二十匹怀宋贡纱。一时间，引来了场中的又一个高潮。

扎玛笑吟吟地叩谢皇恩，起身时突然说道："陛下，总是表演没有意思，在我们西北，晚宴上是允许比武的。我今天第一次来到真煌，可以请求陛下准许我向一个人挑战吗？"

她还是个十六七岁的少女，年纪不大，说起话来表情也是一派娇憨，众人听了不觉莞尔。夏皇坐在上座，面色瞧不清楚，声音却带着淡淡的愉悦，说道："那你准备向什么人挑战呢？"

"久闻燕北世子座下婢女武艺精湛，还一直没有机会领教，今日大家兴致都好，不如下场一起玩玩。"

话音刚落，所有人的目光霎时间都转向坐在最末一席的燕洵处。知道刚才那一场比斗的人自然了解事情的始末，不知道的还以为扎玛是有意寻衅，毕竟西北巴图哈家族和燕北一脉历来敌对，燕世城未死之前，在这种公开场合对立的事情早已不在少数。

夏王还没说话，燕洵便站起身来，淡淡推辞道："家奴年纪还小，武艺上只是略懂皮毛，哪敢在陛下面前献丑。扎玛郡主马术精湛，武艺高强，不要强人所难了。"只见他一身月白长袍，上绣细纹暗花的墨莲图纹，墨发黑眸，面如白玉，一副翩翩公子的潇洒之气。

"燕世子，假意隐瞒可是欺君罔上的罪名。况且，扎玛郡主也才十六岁，她以堂堂郡主的身份和一个奴才比武，这是天大的面子，你这般推三阻四，不是太不识抬举吗？"

上首第四席，魏景身旁的一名青年人开口说道。这人是魏阀新晋崛起的旁系子弟，名叫魏清池，口才了得，谈吐不俗，燕洵曾在几次宴会上见过他，不想今日竟敢这般公然顶撞。

"清池所言极是，"魏景哈哈一笑，"燕世子，君子要成人之美，难得西北草原的明珠有这般雅兴，你不如就成全了她，免得将来老巴图将军要怪真煌的氏族们欺负他的宝贝女儿了。"

他一开口，顿时有人随声附和。夏皇对着扎玛淡笑道："就准你所请。"

燕洵眉梢一挑，还要再说话，楚乔突然从后面站起身来，拉住燕洵的衣角，默默地摇了摇头。

燕洵面色阴沉，却也知道今日箭在弦上不得不发，若是再说下去，很有可能会受人攻讦。宽大的袖口之下，燕洵紧紧地握住楚乔的手掌，低声叮嘱道："要小心。"

少女点头一笑，"放心。"

脱下长裘，楚乔走到场地中央，先对着北首拜了一拜，随即转过头来，对扎玛郡主施礼道："既然如此，就大胆得罪了。"

霎时间，所有人的目光都凝聚在这个少女身上。

七年前，八岁的楚乔和燕洵同舟共济，九崴街上斩断魏景三根手指，并以之为质，逃出真煌，后来又于九幽台前和禁军厮杀，险些逃走，至今仍让这些人记忆犹新。

一个八岁的孩童在当初就有那样的勇气和实力，那么时隔七年，她又会有怎样的能力？尽管这只是一个身份低下的小小女奴，她背后所代表的却是燕北一脉。

整个大夏皇朝无人不知，尽管七年前燕世城身死，燕王一脉殆尽，但是实行了百年多的燕北官吏自选政策，还是让燕氏一脉在西北草原深深地扎根。由于多年来犬戎人的不断扰边，使得大夏根本空不出手来将燕北彻底换血，这也是夏皇久久不敢出手除掉燕洵的首要原因。更何况，私底下，还有那样一支神秘的力量在暗中支持着燕北的经济政治，在没有万全把握将其连根铲除前，燕洵就还是燕北名义上的主人。

帐外的长风吹来，打在少女淡青色的衣襟上。楚乔眉眼漆黑，秀发如墨，一张小脸有些瘦弱，虽说不上是倾国倾城的绝代佳人，但是周身所散发出的冷静和果敢，却足以令任何男子为之侧目。

这是楚乔第一次站在大夏皇室所有人面前，以一个女奴的身份，接受了西北身份最为显赫的扎玛郡主的挑战。

扎玛看着这个刚刚让自己出了大丑的少女，嘴角微微冷笑，傲然说道："我刚刚表演了马术，体力还没有恢复过来，这样比武是不公平的。这样吧，我先派我的奴隶跟你比武，你赢了他，再来和我打。"

此言一出，满座皆惊，赵嵩终于按捺不住，不顾赵齐紧锁的眉头，站起身来说道："父皇，这不公平。"

"扎玛郡主身娇肉贵，和一个女奴比武本就不妥，何况刚刚还表演了马术。十三殿下，奴隶而已，没什么不公平的。"灵王少子赵钟言呵呵一笑，满不在乎地说道。

魏景牵起嘴角，眼神阴郁地望了楚乔一眼，淡淡说道："小王爷所言极是，奴隶而已，取乐罢了。"

"你们……"

"十三弟！"赵齐沉声喝道，"你坐下。"

见夏皇没有反对，扎玛回头对着一名坐在后席的彪形大汉说道："土达，你来和这个小姑娘玩玩。"

那大汉刚一起身，所有人顿时惊呼一声，只见这大汉身形高大，竟足足有七尺多高，眼如铜铃，手臂上肌肉纠结，站在楚乔身边好像大象和猫咪一般，不成半点比例。

至此，所有人顿时明白了扎玛郡主的意思，这根本不是比武，而是一场谋杀。但是，无人提出半点异议，毕竟在他们眼里，就如魏景所说：奴隶而已，取乐罢了。

楚乔抬起头来，面色冷静地注视着土达。她知道，今日一战关乎燕北的声望，这是多年来燕洵首次在帝国百官将士面前露脸，若是自己败了，对燕北的士气将会造成大大的打击，而燕洵如今安身立命的根本，就是燕北将士们无条件的忠心。

她深吸一口气，走出皇帐，来到围场的正中心，走到旁边的兵器架上拿起一杆长枪，放在手上掂量了几下，然后转身走了回来，仰头说道："你用什么武器？"

土达握着拳头对撞了几下，声音刺耳，得意扬扬地说道："我的拳头就是我的武器。"

"刀枪无眼，你小心了。"

一阵风声陡然传来，向着楚乔身处的方向迎面袭击。土达暴喝一声，声音响亮，犹如半空之中炸起一个惊雷！

少女陡然回身，步伐移动，刚刚离开原地，一个巨大的拳头就轰然砸在地上，骤然间，白雪纷飞，烟雾弥漫，硕大的坑洞开在地上。

人群中发出一声惊呼，只见这大汉所下的力道，就是要置那少女于死地。场中不乏年轻的少女和贵妇，见状吓得面色发白，纷纷捂住眼睛不敢观看。

楚乔一把挑起长枪，却根本没有施展的机会，土达力气惊人，身手却也十分灵活，一时间好似一只凶猛的猛虎一般，步步紧逼。

赵嵩面色紧张，虽然知道楚乔身手了得，可是怎么会是这样一个彪形大汉的对手？年轻的皇子打定主意，只要情况不好，立马出手相救。

闪电间，两人已过了几招，只是那个单薄的女孩子始终没有还击，四处避让，不与土达正面冲突。就在所有人认定她必输无疑的时候，忽听土达厉喝一声，合身向楚乔扑来，面色狰狞，手段阴狠。大风袭来，火把高燃，噼啪作响，所有人齐声惊呼，都以为楚乔难逃此劫，必定香消玉殒。

然而人群中，燕洵绷紧的面孔却登时一松，将紧握在手里的酒杯凑到唇边，淡漠地喝了一口，再松开手的时候，清脆声顿时响起，酒杯碎裂成几块，凌乱地散在案上。

数道目光的注视之下，所有人顿时目瞪口呆。只见之前一直四处奔逃的少女陡然回过头来，步伐奇异，身躯灵活，纤腰一扭，凭借腰力凌空倒转身躯，长枪顿时拖了回来，反手枪花，夹带雷霆之力就送了出去！

噗的一声闷响，鲜血四溅，惨叫声起。

大风呼啸而来，吹起少女额前的秀发，只见她单手握枪，遥遥指向土达的胸口，长枪入身半寸，却并没有深入，显然是有意留手，不愿赶尽杀绝。

嗖的一声，楚乔收回长枪，淡漠点头，"承让了。"说罢，转过身去，向着北首的主位叩首行礼。

围观的众人顿时爆发出雷鸣般的喝彩声！大夏最重武力，眼见这么一个年纪轻轻的女孩子，枪术绝伦，弹指间将那样一个彪形大汉打败，无人不扯开嗓子高声呐喊。

然而就在这时，只听土达突然暴喝一声，挥拳冲了上来，对着背对着自己的楚乔的脊背狠狠地砸下！

"小心！"赵嵩厉声高呼，抢身就冲出席位。

与此同时，只见一道白亮的锋芒陡然从后席传出，就在土达的拳头马上就要挨到楚乔的身子的时候，锋芒扑哧一声，射入大汉的头颅，在后脑上开了一个大大的血洞！

而此时，楚乔的一个头刚刚磕在地上。

土达难以置信地瞪大了眼睛，口鼻喷血，目光呆滞，终于轰然倒下，鲜血从后脑潺潺而出，迫人心弦。

"大胆！"扎玛大怒，一下从席位上跳起身来，厉声叫道，"面见圣上竟敢携带武器，燕洵！你要造反吗？"

燕洵好整以暇地坐在席位上，面色冷淡，食指和中指夹着一块瓷器碎片，淡淡地反问："杯子，也算是武器吗？"

惊愕的众人这才发觉，原来燕洵刚才用来杀死土达的东西，竟是一块碎裂的杯子！

赵嵩冷声说道："父皇，扎玛郡主的属下不讲规矩，背后偷袭，实在该杀。"

夏皇漫不经心地点了点头，两旁的侍卫忙闪身而出，将土达的尸体拖出帐外。

"郡主，你休息好了吗？"面色平静的少女转过身去，双眼毫无半点感情地望向神色不安的扎玛，沉声说道，"你若是还觉得累，可以先叫其他下属再来一场。"

大夏的贵族们转瞬就把注意力从死去的落败者身上转移了过来，纷纷看热闹一样看向扎玛，等着看她如何措辞。

　　明眼人都看得出，扎玛根本就没想过和楚乔动手，之前所说，不过是以为土达一定能够杀死楚乔，可是眼下土达已死，她若还是以借口推托，那谁都看得出她是胆怯不敢迎战了。偏偏她还是主动挑战之人，以西北的风俗，胆怯者比战场逃兵还要令人不齿，会受到所有人的蔑视。

　　扎玛咬了咬牙，唰的一声甩了下鞭子，站起身来厉声叫道："比就比，我还怕你一个下贱的奴隶不成？"

　　"等等，"赵齐突然起身，笑着说道，"已经很久没见过武艺这样精湛的女子了，这样吧，刚才是比武艺，这一局就来比试射箭，大家看如何？"

　　此言一出，众人顿时心下了然。巴图哈家族雄踞西北，势力强大，老巴图脾气火暴，若是自己的宝贝女儿在帝都有所损伤必定大发雷霆，心怀怨愤。再加上这扎玛郡主向来以箭术精湛闻名，赵齐所言，不过是为西北挽回颜面罢了。

　　她一个小小的女奴，枪法虽是高明，箭法却不一定出众，等着看热闹的众人不由得大失所望，却也无可奈何。

　　然而，上首的第七席上，紫袍白裘的男子微微眯起眼睛，领教过楚乔精湛箭术的诸葛玥端起酒杯，仰头喝了一口。

　　果然，只见扎玛的脸色顿时好了许多，得意扬扬地取了一支劲弩，冷然走到场中，说道："你先来？"

　　"不敢，郡主先请。"

　　扎玛冷笑一声，挥手摸出三支劲箭，弯弓而上，嗖的一声，三支利箭同时射出，闪电般射向百步外的箭靶红心处，连珠迸发，风声呼啸，手段高超，顿时引起大片的赞誉之声。

　　然而，如雷的掌声还没有停歇，只见少女陡然单膝跪地，拉动比她身还要高上少许的巨大弓弩，三支劲箭紧追着扎玛的利箭而去，嗖嗖嗖三声脆响，势如破竹地穿透了扎玛的三支箭尾，几乎和她的箭同时射在箭靶红心之上！

　　呼吸之间，高下立判！

　　众人几乎不敢相信自己的眼睛，欢呼如雷，久久不歇。

　　"扎玛郡主，承让了。"楚乔淡淡点头，走向大帐。

　　就连夏皇也微微动容，叹道："这样的箭技已经很多年没有见到了，你身为女儿身，的确不易。"

　　楚乔眉梢一挑，但仍旧重重地跪在地上，沉声说道："多谢陛下赞赏。"

　　赵嵩兴奋地说道："既然这样，父皇不赏赐点什么吗？"

　　夏皇淡淡地看了这小儿子一眼，说道："各赐一匹绢吧。"

　　赵嵩显然对这个赏赐极不满意，正要说点什么，却被赵齐一个眼神给止住了。

　　礼官端着两匹绢走上前来，楚乔和扎玛两人面色迥异地接过赏赐，各自退下。大帐内气氛热烈，此时又有舞姬上前献舞，众人的目光顿时又被吸引了过去。燕洵抬起头来，和楚乔对视，两人相视一笑。

盛大的皇家猎宴终于结束，楚乔和燕洵回到帐中，阿精身受重伤，外面便由左堂布置守夜。

燕洵倒了一壶清茶，坐在椅子上喝水，楚乔坐在火盆旁，抬头说道："夏皇赏了赵彻龙泉剑，你怎么看？"

"很明显，他在警告穆合氏，不要再将穆合西风的死推在赵彻头上。"

楚乔皱起眉头，点了点头，"这样一来，岂不是要魏阀担这个黑锅？难道，他想借着这件事，放任魏阀和穆合氏内斗？"

"嗯，"燕洵点了点头，"穆合氏太过跋扈，将他们捧得越高，就会摔得越惨，就如同三十年前的欧氏一样。"

楚乔叹了口气，突然觉得今日十分疲劳，太多的事情太多的人一日之间冲进局势之中，将本就扑朔迷离的关系弄得更加复杂。她揉了揉太阳穴，说道："我先回去了，你也早点休息吧。"

刚要站起身来离去，燕洵的声音突然在她身后响起，"阿楚，刚刚那个叫土达的在后面偷袭你，你为什么不躲，以你的警觉，不可能没发觉的。"

楚乔回过头来，很是自然地说道："因为你在后面啊。"

外面的风有些大，吹在帐篷之上，丝丝凉气透过帐篷刮了进来。燕洵微微一愣，可是很快，他的嘴角就轻轻牵起，他由衷地一笑，说道："是啊，我真笨。"

"我走了啊。"

帘子一掀，女孩子的身影就消失在帐篷里。

燕洵嘴角轻勾，表情很是温暖，一颗坚冰般的心，慢慢地融化开了一个缺口，有温暖潮湿的风柔和地吹了进来。

因为他在后面，所以就放心地将最危险的脊背空出来不做任何防备。

他们始终是对方最值得相信的人，就像小时候一样，他只可以在她面前闭上眼睛，而她也只能够在他面前安然沉睡。

星月无光，夜色漫长，年轻的燕北世子微微仰起头来，"阿楚，感激你，让我仍旧有一个人可以相信。"

营帐里一片温暖，楚乔洗了个澡，感觉很累。她靠在软榻上，想要闭上眼睛，却在闭眼的一瞬间，看到了那柄放在床头的宝剑。

她坐起身来，轻轻地抽出剑身，青色的剑芒在灯火下有着流水般的光华，暗红色的剑纹像是诡异的鲜血，轻轻地闪动着。

七年了，她想过他们会再见面，只是没想到，竟会以这样的方式。

她知道，诸葛玥也一定看到了她脖颈上的伤，他们似乎一直是这样，对立，剑拔弩张，无论何时何地，都是命中注定的敌人。

孩子的惨叫声似乎又回荡在耳边，那断裂的手臂、渗血的麻袋、清冷的亭湖，像是一部电影一般，缓缓地在她眼前划动。那块在她最无助的时候于黑夜中飘散着香气的红烧肉像是一支利箭，狠狠地扎在她的心上。

"月儿，你相信五哥吗？我会保护你的啊！"

酸楚的气息再一次回荡在胸腔之中，她眼神锐利，耳边再一次响起了那日日夜夜回荡在梦魇之中的声音，小八在九崴街的囚车里那声临死前的悲呼整整盘踞了她七年的噩梦。

"月儿姐！救救我，救救我！"

遍地积血，血肉模糊，被凌迟而死的孩子面目全非，那个梦魇般的夜晚，她偷偷逃出盛金宫来到菜市口，和恶狗一同争抢那些破碎的尸首，却找不到哪里是孩子的头颅，哪里是孩子的手脚。她甚至没有能力将孩子的尸体安葬，只能让那些血肉通通沉到赤水湖中，染红那一汪沾满了贵族胭脂酒肉之气的湖水。

"小八，你就躺在这里看着，等着我给你报仇。"

那一天，眼泪已经干涸，只有深深的仇恨在心底狰狞盘踞，孩子拳头紧握，像是狰狞的小兽，紧紧地咬住下唇。

一晃，七年已过。

诸葛玥，你终于回来了。

黑暗之中，有少女低沉的呼吸缓缓响起。

你知不知道，我等了你很久。

天边星子寥落，那是燕北的风，带着肃杀的血腥之气，顺着西蒙大地的轮廓，远远地吹了过来。

第六章

寒湖斗剑

　　白苍历第七百七十三年,初春,红川高原正值隆冬,天降暴雪,一片苍茫。由夏唐边境通往真煌的驰道被大雪阻断,商旅不通,京城物价飞涨,大批商贾囤积居奇,借机抬高油米茶盐等必需品价格,居民抢购米粮,帝都秩序大乱。

　　三月初六,盛金宫传召穆合氏嫡系子孙穆合西云,大加痛斥,罢去穆合西云帝都府尹的职位,改由皇三子赵齐执掌。这,是帝国三百年历史以来,赵氏子孙第一次掌管帝都府尹衙门,由此以后,真煌帝都的三军护卫之责,就完全掌握在皇族的手里了。

　　赵齐上位之后,立刻接手了绿营兵马,重新整合换血。赵齐生母舒贵妃,乃魏阀家主魏光的一母胞妹,是以赵齐的各项政令,均得到了魏阀将领们的热烈拥护。不消三日,帝都城防焕然一新。三月初十,赵齐带着绿营兵马开赴真煌城外,亲自修整京城驰道,一时间,被帝都百姓传为佳话。

　　此时,城外的风雪旷野之上,一骑快马突然顶风冒雪地飞驰而来。前方一片茫茫,荒无人烟,天地都是苍白一片,让人不辨东南西北。

　　只隔了一个坡,另一片苍茫的雪地上,乌道崖半眯着眼睛,头戴青色风帽,长长的眉毛上缀着白霜,脸被冻得发白,双目却炯炯有神地盯着前方,面色沉静,看不出在想什么。

　　"先生,"后面的马车里跑下一名灰色大袄的小童,拿着一件大裘急忙跑过来,沉声说道,"先生,别等了,不会来了。风雪太大了,刘胡子说待会儿会有大暴雪,咱们还是应该抓紧赶路,在天黑之前赶到阙玉山。"

　　乌道崖不为所动,仿佛没听见一般,眼睛仍旧望着前面,没有半点表情。

　　"先生?"小童一愣,拉了拉乌道崖的衣角,"先生?"

　　"铭儿,你听。"一身青袍的男子突然张开嘴唇,语调有些沙哑,在呼啸的北风中越发显得低沉,如秋风拂桑,缓缓说道。

　　"听?"小童眉头一皱,竖起耳朵,"先生,听什么?"

　　"马蹄声。"乌道崖说道,"来了。"

　　"马蹄声?"铭儿听了半天,可是除了呼呼的大风什么也听不到,这样的天气,连近距离地听对方讲话都困难,何况要去听远处的马蹄声,铭儿嘟囔道,"先生,哪有什么马蹄声,你是听错了吧，依我看，咱们还是……"

然而，铭儿的话还没说完，一阵急促且清晰的马蹄声顿时响起，小童一惊，猛地抬起头来。只见白茫茫的荒野上，一匹黄骠马缓缓出现在地平线的尽头，马上的人影模糊不清，大雪越发大了，从天而降，纷飞飘扬，让人的视线越来越模糊。但是，仍旧能够清楚地看见，那马儿身上的身影有些单薄，好似一阵风就能吹走。

"先生，"铭儿微微咋舌，"你神了！"

"吁！"一声清脆的低喝响起，马上的人利落地翻身下马，几步跑上前来。她穿着厚重的青面风袍，巨大的斗篷将她的头脸通通遮住，只能在风帽的下端，隐隐看到一丝若隐若现的乌黑长发。

"还好来得及。"女子摘下风帽，露出一张清瘦的小脸，嘴唇有些发青，迅速从怀里掏出一沓宣纸，交到乌道崖的手里。

在寒风中长途跋涉，让她有些脱力，微微喘息着说道："收好，都在这儿呢。"

乌道崖眉头紧锁，看着女子的模样，似乎有些生气，皱眉说道："为什么不让别人来？数九寒冬的，你的病好了？"

女子摇了摇头，"谁也来不了，穆合西风死了，穆合西云那个白痴又下去了，这个三皇子很不好对付。会里一连折损了好几名兄弟，我是女人，他们查得不严。"

"赵齐韬光养晦这么多年，没想到一上来就有这么大的动作，赵正德真是生了一群好儿子。"

"不说这么多了，你快走吧。这次任务很紧，来来去去只有不到一个月的时间，世子目前声名鹊起，有利有弊，若是不在此时稳住大局，很可能中途生变。"

乌道崖点了点头，"我知道，你要小心。"

"嗯，"女子点头，脸色苍白如雪，眼眶似乎又深了些，口中嘱咐道："你也一样。"

乌道崖眼神有些阴郁，看着女子苍白的脸颊瘦弱的身子，突然无奈地叹了口气，回身将铭儿手中的大氅拿过来，披在女子的肩膀上，垂着头，为她仔细地系好带子，手指修长，眼神温和，一边系一边低声叮咛道："天气越来越冷，你自己一定要多加小心，这一个月说长不长，说短不短，帝都风云色变，你自己要小心谨慎，万万不可鲁莽冲动。当年的师兄妹中，如今只剩下你我二人，阿羽，我不希望你出事。"

羽姑娘低着头，默默不语，有些东西在心底像是破土的花一般，细密地生长了起来，太多的东西盘踞在心头，反而让人不知道说什么才好。

"会里的事情，你也要权衡而为，上次解救朱夫子一事，虽然没有伤亡，却暴露了我们的两个秘密联络站。上面难免会有些愤愤，你能忍就忍过去吧，千万别使性子。皇城里的门阀内斗，就由他们斗去，不要掺和进去。我们这一次的布置，只是要安安全全地营救出世子，其余的一概不理，切忌贪功冒进，失了分寸。"

"还有，"乌道崖缓缓抬起头来，眼神沉静，好似初冬封冻的湖水，看不出里面的波涛和涟漪，就连声音也是古板的，"你的身子不好，自己注意调养，不要太费心血了。等这边的事了了，我带你去卞唐住一段，那里湖光山色，气候温和，对你的病最有帮助。"系好最后一个绳结,乌道崖退后两步,看了女子两眼,随即转过身去,一边走一边轻轻摆手,"回去吧,路上小心点。"

"道崖。"羽姑娘突然抬起头来,面色有些郑重。

"嗯?"乌道崖回过头来,眉梢一挑,轻声问道,"还有事吗?"

羽姑娘抿紧嘴角,想了半晌,还是摇了摇头,说道:"没什么事,有事也等你回来再说吧,你多保重。"

乌道崖看着女子,她并不算绝美的女人,脸庞瘦削,身子单薄,虽然只有二十七八岁,但是多年的辛苦,让她的眼角过早地有了一些细密的鱼尾纹,皮肤也是不健康的苍白。但是就是这样一张脸,让他有那么多无法舍下的牵挂。

就像今天,这并不是什么重要的文件,他却坚信她一定会亲自送来,见他最后一面,虽然,他嘴上仍在数落她不知爱护自己。

直到现在,他似乎仍旧记得他们第一次相遇的情景。

那一天,他跟着师父游历到真煌帝都,在西庙街的小烟桥上,遇到了因为逃跑而被主人打得皮开肉绽的女孩。那一年,她还只有九岁,又瘦又小,长时间营养不良让她皮肤蜡黄,整个人看起来毫无生气。然而,她那一双眼睛,那么大,那么黑,那么亮,充满了不屈的怨恨和绝不善罢甘休的毅力。

那一刻,他就知道,这个孩子一定会成功的,不管失败多少回,只要她还有命在,就一定能逃出来。

果然,半个月之后,在汝南城外的一家酒肆门口,他们又一次遇到了这个饿得奄奄一息却仍旧不肯伸手乞讨的孩子。师父收留了她,将她一路带了回去。从此以后,天极山多了一个小妹妹,而他,也多了一份难舍的牵挂。

七天前,西华死在了燕北的左凌原上,当初从天极山一同下来的十三位师兄妹,只剩下了他们两人。

乌道崖伸手拍在羽姑娘的肩膀上,力道很重,想说什么,却终于压了下去,"有事,有事回来再说吧,我先走了,你自己小心。"

"嗯,"羽姑娘点头,"你也是。"

乌道崖上了马车,刘胡子穿了一身狗皮袄,搓了搓手,吆喝一声就甩开鞭子。战马长嘶,撒开蹄子,马车掀起一溜白色的雪雾,渐渐隐没在漫天的风雪之中。

不管有什么事,都可以回来再说。

羽姑娘轻轻地叹息一声,冰凉的雪花打在她的脸上,让她想起了燕北的火雷原。

一切就要结束了,只要再过几个月,顺利营救出少主,她就可以功成身退了。到时候,她可以到卞唐去,那里很温暖,不像红川这边,一年中有大半年都在下雪,到时候,她就可以去体会一下书中的那些场景,泛舟碧湖,夜闻荷香。

阿羽抬起头来,深深地吸了口气,但是,前提是,要安全地救出世子。

她挺直脊背,轻喝一声,转身打马而去。

他们已经等了太多年,一定可以继续等下去,虽然有些话不能说出口,但是总有说出口的那一天。那一天，天下大同，百姓安居，世间再无奴隶，消泯干戈。

冷风从远处吹来，在平地上刮起细小的旋风，白雪盘旋而上，好似命运的轮回般，升上去，又掉下，周而复始。

此时的盛金宫里，少女缓缓放下书案上的文书，走到窗子旁，望着天边的火烧云，愣愣出神。

丫鬟绿柳小心地敲了敲门，怯懦地拉开房门，小声地说道："姑娘，外面有人找你。"

在这里，除了燕洵外，其余的人都怕她，因为每一个下人进入莺歌院的时候都受到过她严密的盘查。前世是国家情报人员，今生又屡屡在生死边缘打滚，让她对一切抱有警惕的态度。

女子眉梢轻轻一挑，"什么人？"

"侍卫没说。"绿柳小声地回道，"是前城门的宋参将亲自来通报的。"

"宋缺？"楚乔疑惑地说道，来人身份不简单，不但能自由地进入盛金宫，更能指派宋缺来传话找她，会是谁呢？

"你去告诉宋参将，我马上就去。"

披上狐裘大衣，带好防身的匕首，楚乔拉开了莺歌院的大门，宋缺那张几年如一日的冰块脸顿时展露眼前。少女心下暗叹，这样不懂人情世故的将领，难怪自己当初进宫的时候他就在守前城门，如今仍旧在守前城门，丝毫没有长进。

七拐八绕，竟然来到了后宫花园的玉梅亭，这里是赵嵩比较喜欢的地方。小时候，她经常悄到这里接受赵嵩的接济，如今，却是好久没来了。

林子仍旧是老样子，只是昔日的梅树都略显粗大了，如今正是梅花怒放的好时节，整个园子幽香浮动。宋参将一言不发地退了下去。楚乔一个人往里走，没走几步，就看到了来人的影子。

"星儿姑娘。"

几年不见，朱成已经有些发福，肚子圆滚滚的，却仍旧是一张笑脸，丝毫不为楚乔叛出诸葛家而落什么脸色。

楚乔面色不变，声音平静地说道："朱管家，我姓楚。"

朱成连忙赔笑说道："楚姑娘，我是奉少爷之命来找您的。"

"少爷？"少女冷冷一哼，恭敬有礼却冰冷地说道，"哪个少爷？"

朱成微微一愣，不过仍旧答道："诸葛玥诸葛四少爷。"

"他找我有什么事？"

"这，是少爷命小的给姑娘您送来的。"长长的青布，包裹着修长的宝剑，只看剑柄，楚乔就知道那是自己围猎当晚用来射杀扎鲁手下的宝剑。

"少爷说，您的剑现在还给您，也请姑娘将我家少爷的宝剑奉还。"

"我没带在身上。"楚乔眉梢一挑，沉声说道，"你应该事先告诉我是什么事，这样我才能将剑带来。"

"啊？"朱成一愣，"我告诉宋参将了呀。"

楚乔脑袋一黑，你告诉他，那不是跟没说一样吗。她伸手就要去拿剑，说道："剑我先拿回去，回头我派人将你家公子的宝剑送上门去。"

"楚姑娘，"朱成脸现为难之色，"少爷说了，你们双方都不想跟对方有什么牵扯，事情要趁早解决，不要拖拖拉拉。这样吧，奴才在这里等您，麻烦您回去一趟，让别人给我送来就好。"

都不想跟对方有什么牵扯？楚乔眉梢轻轻一挑，伸手将宝剑取回，沉声说道："好。"

随即，转身离去。

盛金宫里是不允许携带武器的，虽然无人盘查，但是楚乔还是将宝剑放在大氅的里面，垂首疾步向莺歌院走去。

再过两天，她就要去骁骑营赴任。这是一个很奇怪的任命，来的时机也十分突兀，让楚乔颇为措手不及。纵然只是一个小到不能再小的芝麻官，但还是在朝野上引起了一连串的细微波纹。毕竟她是个女人，而且还是燕洵的人。

夏皇开始用燕北的人了，这说明什么？说明夏皇要既往不咎，安心放燕洵回燕北继任，好稳定天下藩王之心？

显然，这是不可能的。多年来，盛金宫内对燕洵的打击、排挤、内斗，夏皇从来都是闭着双眼毫不理会。他虽然从没有亲自出手，但是作为一个帝王，放任不管的态度，就是鼓励其他别有用心者将燕洵斩草除根。若不是燕洵和楚乔二人小心谨慎，可能早就已经死在一轮又一轮的冷箭暗算之中了。

夏皇曾当着燕洵的面，杀了他的父母兄弟，曾在一夕之间，将这个天朝贵胄打落到阿鼻地狱。那么，就绝对不可能放虎归山地让燕洵回到燕北。他不是没有动手，只是那些动手的人都没得手罢了。

如今，燕洵回归之日临近，他怎会功亏一篑地将燕北拱手送给这个满心愤恨的狼崽子呢？

那么，夏皇的这一任命，又有何用意？整个真煌城几乎无人不知，女奴楚乔是燕洵的最强助力，这个目前还不到十五岁的女孩子曾在过去的七年里多次保护这燕世子逃过一个又一个生死难关，身手敏捷，武艺超群。难道夏皇真的喜欢这个出类拔萃的女孩子，想要招安培养？抑或，是为了剪除燕洵羽翼，以防他日下手有所阻拦？

没有人知道为什么，所有的猜测都是浮于表面。楚乔知道，事情绝对不会如此简单，只是她现在还没想通问题的关键罢了。

绕过长轩街，就是玄门道，两侧红墙巍峨，明黄色的瓦片上积满了皑皑白雪。

一阵脚步声突然响起，楚乔眉头一皱，难道自己记错了，今日有朝会？

她来不及多想，能进盛金宫内殿议事的，都是三品以上的官员，以她的身份，是要下跪回避的。

少女走到围墙的一角，靠着墙壁跪了下来，垂首不语，宽大的狐裘遮住她的眉眼，只露出一段白皙光洁的脖子。

脚步声渐渐逼近，然而走到她的身边，却没有离去，有低沉的声音在头顶响起，"抬起头来。"

楚乔眉头一皱，缓缓地直起身子。

冤家路窄，今日真是流年不利。

少女脸孔光洁，在白雪的映照下，泛着和田白玉般的柔和光芒，双眼漆黑如墨，轮廓清瘦，却又透着丝丝独立沉稳的气质。她年纪还小，身量还未长成，但是一身如冰雪寒梅般的冷厉气质，由内而外地渗透而出。

男人的眼睛缓缓地眯了起来，右手不自觉地握紧，血红夕阳的照射下，积雪微红，只见他的中指、无名指和小指处生生断了一截，以黄金指套扣住，平添几丝诡异色彩。

"给我打。"

低沉的嗓音突然回荡在萧瑟的风中，两旁早已摩拳擦掌的下人们顿时围上前来，一名孔武有力的大汉挥起蒲扇般的巴掌，对着少女的脸颊就狠狠地扇去。

砰的一声，巴掌没有如预期地打在少女的脸庞上，反而被她架住。楚乔仰着头，面无表情地沉声问道："魏公子，你指使家丁，随意伤人，是不是该给我一个理由。"

"理由？"魏景嘴角现出一丝阴冷的笑来，"理由就是你一个身份低下的奴隶竟然胆敢对我的话有异议。"

"魏公子，如果你记性不差的话，应该记得陛下已经赐我脱离奴籍，官居骁骑营箭术教头。你我现在同朝为官，共同为大夏效力。我敬你是氏族门阀公子才对你行礼，不然，以你现在的身份，是没有资格接受我的跪拜的。毕竟，你刚刚被撤销官职，一介庶民，也敢在盛金宫中这般嚣张吗？"

少女面容凌厉如冰雪，一把推开大汉，拍了两下膝盖，站起身来，"我还有事，恕不奉陪。"

"好大的胆子！"魏景冷哼一声，沉声说道，"我倒要看看，我今天就杀了你这个骁骑营箭术教头，有谁敢为你申冤！"

"动手！"

话音刚落，只见魏景身后的四名护卫顿时闪身上前。不待楚乔动手，一名护卫已经拔出腰间长刀，向着楚乔的头顶猛然斩下！

楚乔哪里想得到魏景今日竟然这么大的胆子，公然带刀不说，还敢在盛金宫内行凶。然而时间不等人，骤起的形势已经容不得她去多想。

出手！扣爪！拿腕！

并没有什么花哨的招式，只听咔嚓一声骨折脆响，弹指之间，那名护卫就已经委顿在地，手骨断裂，惨叫连连。

楚乔反手之间夺过了那名护卫的长刀，后面仿佛长了眼睛一样，飞身一个漂亮的腾空后踢，一脚正中从后面偷袭的护卫的胸口，力道十足，闷声雷动，那名护卫惨呼一声，口中鲜血狂喷，踉跄后退。

紧跟着，她闪电般出手，拿住另一名护卫的手腕，另一手长刀挥出，标准的忍者刀术侧砍式，稳准狠地下劈，咔嚓声不断，痛楚还没袭来，两名护卫就已经倒在地上！

所有的动作几乎发生在一秒钟之内，四名身手上乘的护卫已经败下阵来，全部是一招致残，再无任何战斗力。

长风吹来，楚乔站在横七竖八的男人中间，面色平静，身姿挺拔，一身白色长裘，越发显得超凡脱俗冰冷如雪，好似从头到尾都没有动过一样，冷冷地望着面色愤恨的魏景，淡淡地说："让开。"

　　魏景面色发青，断指之仇多年来不断折磨着他的心神，像是一条毒蛇一般让他失去了平日的冷静自持。

　　"给我杀了她！"他的嗓音低沉得犹如地狱来的冤魂。

　　长风吹过玄门道，在两侧高墙之间横穿而过，卷起大片纷飞的积雪。

　　十多名青衣护卫，登时走上前来，单膝点地，半蹲在魏景身前，手腕探后，竟然像变戏法一样从大裘之中取出一排弩箭！

　　楚乔双眉一皱，谨慎地后退半步。魏景进宫来竟然随身携带弓弩，这说明什么？是赵齐得势后魏阀势力的扩大，还是他拥有什么特殊的皇命，可以携带兵器进宫？

　　还没来得及思考，一轮弩箭轰然射击而来，近距离射箭让这些箭支的威力十分巨大，带着雷霆般的气势，呼啸着穿过冷风，向着楚乔站立之处而来！

　　楚乔闪身伏地，就地一滚，来到之前被掐碎了手骨的大汉身前，一把抓起他的衣领。只听噗噗声响在耳际传开，鲜血飞溅，大汉甚至连惨叫一声的机会都没有，就被射成了筛子，满身血洞，倒地不起。

　　楚乔借力打力，一脚重重踢在大汉身上，大汉的尸体凌空而起，砰的一声，砸在弓弩手身前，打乱了他们的阵形。楚乔借机闪电上前，迅猛绝伦，双手分错，快到巅峰，一拽一拖，紧接着一撞！腕骨断裂的一刹那，少女一把扣住一名大汉的脑袋，身子凌空而起，侧踢在另一名号叫上前的护卫前胸，身躯下坠，唰的一声，扯下大汉的一把头发！

　　众人已经傻了眼，残酷的肉搏让他们的弓弩完全没有发威的机会。少女冷酷无情的手段和冷静沉着的面孔像是一个噩梦般呼啸而来，所到之处，一片狼藉。

　　护卫们人再多也快不过她的双手，招招致残，下手狠辣，在她身后，已经横七竖八地躺满了大汉们扭曲的身体，而目前为止，还没有一个人碰到她的一片衣襟。

　　直到这一刻，众人才深深地明白了什么叫一夫当关，万夫莫开。虽然此刻，站在他们眼前的只是一个身体单薄瘦弱的妙龄少女。

　　大汉们的出手渐渐薄弱，胆色发寒，面庞发青，对方专业的搏击技巧，狠辣的攻击手段，让这些平日里自诩为近身搏斗好手的护卫肝胆俱裂。

　　转眼间，楚乔已经杀到身前。魏景双眼首次现出一丝难掩的惊慌，慌忙去抽腰间的宝剑，可是下一秒，楚乔已经一脚踢飞身前的两名护卫，探手就向他抓来。

　　楚乔的双手此刻比铡刀看上去还要恐怖。见识过厉害的魏阀下属们瞬时间爆发出忠心护主的高尚情操，两名侍卫由身后杀出，挥刀砍来。

　　速度快得不可思议！少女瞬时间旋身回首，凌空跃起，一脚踹出，正中一名大汉的脖颈。这一脚力道生猛，那人身子倒飞开去，一路撞在其他护卫身上，滚地瓜一样遍地打滚。

　　趁着这段时间，魏景在两人的护卫下迅速后退。等到楚乔回过身来的时候，已经后退了两个身位，任楚乔速度如何快，手臂也不可能够这么长。

远处急促的脚步声登时响起，想必刚才的一番动作已经惊动了皇宫的禁卫，原本气势磅礴要斩草除根的魏景突然有些可耻地暗喜。

然后，就在这时，只见一道青影陡然现出，青色棉布凌空飞舞，魏景脖颈一寒，一柄通体青白的玄铁剑就稳稳地停在他的喉间！

少女一身白色狐裘，墨发飞舞，双眼漆黑如墨，微垂着头，斜着眼睛，冷冷地看着目瞪口呆的魏阀少主，眉眼之间，满满都是毫不掩饰的蔑视。

"住手！"前城门守卫参将宋缺带着人马冷然走上前来，沉声说道，"皇城之内，谁敢如此放肆，都住手！"

楚乔冷眼看着面色发青的魏景，面色平静，眼神里带着一丝讥讽，冷哼一声，唰的一声反手撤下宝剑，昂首站在原地。

"宋参将，"魏景努力平息着自己急促的喘息，沉声说道，"她是什么身份，为何可以在皇城内携带兵器？"

宋缺见他不说为何在皇城内动武，反而纠缠武器一事，不由得缓缓皱起眉头。可是他为人虽然固执，却不是傻子，想在帝都朝廷安身立命，若是得罪世家门阀，如何能够生存？宋缺强忍下心底的不悦，转头看向楚乔，说道："楚姑娘，你是不是应该解释一下，为何会在皇城内携带兵器？"

楚乔眉梢轻轻一挑，目光向魏景手中的宝剑和遍地的战刀弓弩看去，意思不言自明：那里，也有人带着兵器。

宋缺面皮一红，还没说话。

魏景却冷然喝道："你是什么身份，也敢跟我攀比。你不但在皇城里带着兵器，还敢对本公子动粗，我看今日还有谁敢为你开脱。宋参将，你看此事该如何处理？"

宋缺眉头紧锁，却不敢得罪这位自从断指之后就性情大变的魏家少主，正要说话，突然一个清洌的声音陡然在身后响起，众人一愣，齐齐回过头去。

"这把剑，是我让她拿的。"

漆黑战马，高大挺拔，缓缓逼近。

诸葛玥一身紫貂长裘，策马缓步走来，来到众人面前，却根本没有下马，而是高居马上，看着下面的少女，伸出手来，沉声说道："你想让我等多久？给我。"

楚乔一言不发，定定地看着诸葛玥淡漠的双眼。冷风吹过，沿着两人相交的视线吹去，像是亘古的风吹过时间的轨道，那些怀疑，那些试探，那些仇恨，都是轨道上横立在原地的石碑，永远不会灭去。仿佛过了很久，实则却只是一瞬，楚乔缓缓地伸出手来，就像是很多年前的上元灯会，将掌中的宝剑交了过去。

"宋参将，刚刚托你去叫她就是这件事。我有一柄剑在燕世子的莺歌院，只是找这丫鬟取剑罢了。"

宋缺恭敬点头，"原来如此，属下多事了。"

诸葛玥目光在横七竖八躺在地上的大汉身上转了一圈，面不改色地缓缓说道："叫你去拿剑，你却在这里和魏公子的手下切磋武艺，当真是无法无天了，燕世子就是这样管教下人的吗？"

切磋武艺？魏景脸色一变，登时动怒，刚要说话，忽见诸葛玥转过头来，面色平静地看着他说道："魏公子，这个人我先带走了。"

说罢，转身就要离去。

"此事和四少爷毫不相干，四少爷这样强行揽在自己身上，到底是何原因？"魏景冷哼一声，面色阴郁地说道。

诸葛玥回过头来，双眉微微蹙起，"魏公子是在说我别有用心，多管闲事？"

"刚刚升为带刀参领，就迫不及待地给自家护卫配上弓弩在皇城里行走，魏公子，您的动作未免也太快了。"

魏景勃然大怒，然而话还没出口，诸葛玥就继续说道："今日的事传扬出去对你并无好处。魏公子，你出身豪门，理当明白这其中的利害关系，分清主次，理明轻重。这般轻率鲁莽，想必就算是魏光大人今日在此，也不会开心的。"

魏景双眼通红，却不再言语。他怎会不明白这其中的利弊，只是一口气压在心口七年，每次见面都有如烈火焚心，无法忍耐。

"我们走。"诸葛玥缓缓说道，打马转身而行。

宋缺在后面沉声恭送，楚乔看了眼魏景几乎喷火的眼睛，然后跟在了诸葛玥后面。

天际大雪纷飞，夕阳西下，夜幕降临。绵长的玄门道两侧，有雪花不断地纷扬翻飞，楚乔跟在诸葛玥身后，渐渐隐没在飘扬的大雪之中。

魏景紧咬牙关，然后突然怒喝一声，一脚踢在一名属下的小腹上，怒极而去。

幽幽碧湖，此刻已被大雪覆盖，两岸的景物如在画中，雕廊玉树，雪挂莹白，一座精致的石拱桥横在湖面上，遥遥地通向湖心的一处八角小亭。

亭子里，站着两个身影。男的一身紫貂大氅，面容俊美，剑眉星目，面容有一丝邪魅之气；女的不过十五六岁，穿着一身白色狐裘，越发显得钟灵毓秀，超凡脱俗。

这二人，正是刚刚离开玄门道的诸葛玥和楚乔。

"我并不是要救你，只是碰巧看魏景不顺眼罢了，你不必感激我。"

女子抬起头来，面色冷然，"我并没有要感激你的意思。"

诸葛玥一笑，"还是这么固执，七年已过，看来燕洵并没有教会你什么叫作圆滑。"

"你也一样，看来卧龙山上的贤者也并没有教会你什么叫愚蠢，仍旧是这般狂妄自大。"

话音刚落，诸葛玥眉梢一挑，身躯陡然拔地而起，向后急退。就在同时，原本安然站在原地的少女已经闪电般冲上前来，步伐诡异，身手敏捷，一个小擒拿手，敏捷上前。诸葛玥伸臂阻挡，双手分错，抓向少女的手腕。楚乔灵活缩回，翻身前踢，登时落在亭子之外，双脚踩在封冻的湖面之上，遍地白雪瞬时间腾空而起。

少女一把拔出青布包裹的残红长剑，剑锋凌厉，光华闪动，游龙般剑走偏锋，诡异打法中又带有大开大合的招式，搅起漫天积雪，缠绵而舞。

诸葛玥手边没有趁手的兵器，顺手折下亭子边怒放的一根梅枝，白梅朵朵，陡然迎上。

远远望去，只见漫天风雪之中，封冻的碧湖之上，大雪苍茫，一地银白，两个矫健的影子缠斗在一处，招式凶狠，却又带着说不出的翩翩美态。长风横扫，天地雪雾弥漫，两岸梅花纷扬飘落，红白相间，和着纷飞的大雪，一同飞旋盘踞在半空之中。

楚乔的白色狐裘迎风倒卷，三尺青锋游龙缠斗，一时间和诸葛玥斗了个旗鼓相当。

就在这时，不知为何，她脚下却突然一滑，顿时立足不稳，长剑被诸葛玥击中，瞬时间脱手飞出。楚乔大惊，单手撑在地上，就要站起身来，不想此刻脚下突然咔嚓一声脆响，震动过大，冰层开裂，寒冷的湖水渗透而出。

少女一愣，低呼一声，可是想要回身逃跑已经来不及了，身子一颤，就向下倒去。

说时迟那时快，诸葛玥面色一沉，身躯瞬时间有若惊鸿，一把拉住楚乔的手臂，紧紧地握住，猛然发力，把她扯了回来。

"你仍旧是这么愚蠢！"电光石火间，一把寒冷的匕首死死地抵在诸葛玥的咽喉上。少女眼神狠辣，嘴角冷笑，"以前的你就被我骗得团团转，如今七年已过，还是这般没有长进吗？"

诸葛玥冷冷一笑，不屑地撇嘴，"你这个人，一定永远要这么自信吗？"

同样是一把锋利的匕首，握在诸葛玥的掌心，刀锋紧紧地抵在楚乔的背心上，稍一吞吐，即中要害。

针锋相对！势均力敌！竟是这般胜负难分！

冷风陡然刮起，夹杂着冰冷的风雪吹打在两人的脸上，他们靠得很近，呼吸相通，肌肤相亲，远远看去，还以为是在相拥亲热，互诉衷肠。只有近处的风雪梅花才感觉得到，那气氛是多么剑拔弩张。

"诸葛玥，你我之间仇深似海，永无化解的那一天，我今日不杀你，只是因为我不想连累燕洵。你的脑袋我暂且寄存在你的脖子上，只要我活着一日，它就一日不属于你。"

诸葛玥嗤之以鼻，"就凭你？"

"就凭我！"楚乔声音铿锵，一字一顿地说道，"荆家的孩子，不会白死。"

"好！"一把松开，旋身退后，捡起地上的残红长剑，诸葛玥站在梅树之下，冷然说道，"我就等着你，等你有这个能力的时候，再来取回这把剑。"

北风激烈地席卷而起，楚乔站在原地，看着诸葛玥渐渐远去的背影，身侧的手掌渐渐握紧。

刚才的一切，不过做戏而已。

如今归期渐近，哪有时间和诸葛家纠葛？当初诸葛玥放过自己，没有揭穿她的身份，而是让小八做了替死鬼，作为刺杀诸葛老太爷的凶手被凌迟处死，那么如今他的回归，就是危机的开始。

就让他等着吧，等着自己去报仇，只要他不主动出击，不揭发自己的身份，就能为燕洵争得宝贵的时间。

不管他相不相信，都值得冒险一试。

楚乔站了一会儿，就一个人离开了梅园，碧湖的另一侧，花树晃动，松柏林立，阿精和燕洵的身影缓步走了出来。

"阿精，你刚刚引诸葛玥到玄门道的时候有没有被他发现？"

"没有，"阿精沉声坚定地答道，"属下很小心。"

燕洵点了点头，声音低沉地缓缓说道："那就好。"

"世子，"阿精疑惑地皱眉，"你为什么那么肯定诸葛玥会帮姑娘解围呢？"

"呵呵，"燕洵轻轻一笑，"想必他自己也在奇怪这个问题，为什么他会帮阿楚解围呢？"燕洵沉声说着阿精无法理解的话，"这天底下，也许只有我一个人了解他，明白他为什么会这么做。阿精，以后要打起精神了，诸葛家已经卷了进来，局势更加复杂。守夜的人要增加两倍，一旦发现，杀无赦。"

阿精一愣，"杀？世子，这样可以吗？"

"你放心，绝对可以，因为就算他们死了人，也没有人敢声张出去。这潭水越深越混乱，对我们就越有利。"

燕洵抬起头来，看着灰蒙蒙的天空，喃喃道："是时候动手了。"

第七章

天家赐婚

　　回到莺歌院，天色已经全黑，掌灯的小李子巴巴地倚在门口，看到楚乔归来顿时大喜，乐颠颠地跑上前来，笑着说道："姑娘，你可回来了。"

　　楚乔眉梢一挑，"出了什么事？"

　　小李子答道："也没什么事，就是之前世子回来问起你，听说你出去了就带着阿精出去找你了。"

　　"哦，"楚乔点了点头，"去多久了？"

　　"有一个时辰了。"小李子一边回答，一边殷勤地在前面打着灯笼，忽见楚乔欲往蓝田轩的方向走去，顿时挡在前面，说道，"姑娘，蓝田轩那边有奴才在清理积雪，咱们从这边走吧。"

　　楚乔一愣，缓缓抬起头来，淡淡地瞥向小李子，静静不语。

　　小李子面色尴尬，嘟囔半晌，喃喃地说道："那边路不好走。"

　　少女面色一沉，一把推开小李子的手臂，向前大步迈去，刚走到拱门前，就听有娇媚柔弱的女声柔柔传来，连同下人们搬箱倒柜的声响。

　　少女停住脚步，站在拱门前，面色平静，默立许久，方才沉声说道："谁送来的？"

　　"西北河道御史季文亭季大人。"

　　楚乔眉头一皱，沉声说道："又是他。"

　　楚乔语气不好，小李子也噤若寒蝉，眼巴巴地望着她，生怕她真的不顾反对径直走进去。

　　唰的一声，楚乔猛地回过身去，向自己的房间走去，一边走一边沉声说道："告诉她们都噤声，不要打扰我休息。"

　　小李子愣愣地望着楚乔消失的方向，脑子有些反应不过来。这里和楚乔的院落相距甚远，就是大声喧哗呼喊，那边也未必听得到吧。

　　晚饭的时候，派人叫了两次，都没见楚乔前来。燕北世子表面上叹了口气，心底却暗暗生出几丝得意，正想亲自前去，忽见楚乔一身白衣走了进来，仍旧是一身男装打扮，似乎回来就一直没换过。

　　燕洵愕然，问道："阿楚，你刚才在干什么？"

　　楚乔抬起头来，神情平淡，"在批复汴阳的运河春汛草案，有几处问题，想要同你商量。"

一丝淡淡的失望顿时漫上心头，燕洵坐下，"先吃饭吧。"

"哦，"楚乔点了点头，"真的有点饿了。"

女子拂袖坐下，神色自如地开始吃饭。燕洵眉头轻蹙，见楚乔没有说话的意思，也看不出有任何恼怒或是异常的神色，心下郁结，生生生出几丝烦闷。

屋外冷月如辉，星子寥落，飘了一日的风雪终于止歇。

"汴阳的春运必须加紧办了，如今那处换了河道总督，漕运不好运转，时间不多，我们要做好打算。"放下筷子，女子声音清冷，从怀里掏出一张白纸，一边看一边说道，"鲤城的盐使道台上个月到任，新任的官员是魏阀的旁系子孙魏严。这位魏大人到任之后整顿了鲤城的盐运，盐商们惴惴不安。羽姑娘来信说要我们小心人心思变，毕竟鲤城关乎上党、彭泽两关，这些富户在关键时刻会发挥极大的作用。还有，西华的位子需要有人接替，我属意羽姑娘的门人贺旗，你看如何？"

燕洵点了点头，"你看着办吧。"

见燕洵没精打采，楚乔眉梢一挑，扬声问道："很累？"

男子毫无商讨事情的兴致，淡淡说道："还好。"

"那你先休息吧。"楚乔站起身来，"卞唐太子就要到达帝都，夏王大寿临近，怀宋使者也在路上，真煌就要热闹起来了。其余的事情，也都要放一放。"

燕洵没有作声，就见楚乔转身走了出去，小丫鬟绿柳追在后面为她披了一件外袍，两人的身影转瞬就消失在长长的回廊尽头。

燕洵轻声叹了口气，靠在椅背上，轻轻地揉着太阳穴。

这一日，处理行会秘密送来的消息，应付因为上次围猎之后态度变得大为亲热殷勤的朝堂官员，和皇室贵族子弟谋算较量，都没有刚刚这么一瞬来得辛苦。

"阿精，"锦袍公子淡淡地开口，"把季文亭送来的那些女子送出去吧。"

"世子？"阿精一愣，说道，"不是要做样子迷惑权贵耳目吗？如此做，恐怕会让季文亭寒心。"

燕洵摇头叹息一声，"真正能被这样粗浅手段迷惑的人都不足为惧，应该重视的人也不会被这种做戏迷惑，如此，还不如放出去笼络人心，做个顺水人情。更何况……"下面的一句燕洵说得很是模糊，阿精并没有听清楚。只见燕洵嘴唇轻轻张合，缓缓地闭上了眼睛——和阿楚的信任相比，季文亭何足道哉？

虽然，她并不一定是在乎的。

燕洵催眠般自我安慰：阿楚，毕竟还是一个孩子啊。

虽然，她的表现从来没有像过一个孩子。

"世子，"绿柳轻快地跑了回来，递过一大卷文书，说道，"这是姑娘刚刚批复的。"

燕洵恹恹地翻看了两眼，正想搁下不看，突然眼睛一亮，抽出厚厚的一沓文书说道："这几封火漆怎么没有拆开。"

小丫鬟挠了挠头，说道："姑娘说，无非又是些谄媚之言，她嘱咐说告诉来送信的下人，让他们的主子下次想点新鲜的词再来。"

燕洵一愣，随即面上陡然显出几丝欣喜，眼角都带了笑来，将书信随手交给阿精，说道："就按阿楚说的做。"说罢，起身回了书房，那脚步竟然也轻快了许多。

阿精不解地看着燕洵的背影，看了眼手中的书信，只见封皮上，用飘逸的宋体写着一个大大的"季"字，纸张飘香，幽深扑鼻。

第二日，骁骑营的程副将派人送来了一套骑射胡服，配有官靴弓弩，给楚乔过目。

几个小丫鬟都十分兴奋，手舞足蹈地说这么多年，还没有女子进入骁骑营为教头呢！真不知道那些贵族子弟被一个十五六岁的小姑娘教导时会是什么心情。

她们一群人说得热闹，楚乔却暗暗留了心。先不说夏皇此举的深意，就说那些眼高于顶的皇城守军，真的能受她一个小小的女子的牵制吗？就算大夏民风开放，女子地位颇高，恐怕也不现实。毕竟在现代，女人在部队里也是受歧视的，无论怎样骁勇，立下多少军功，晋升的速度也远不及男人。

想到这里，即便聪慧如她，也不禁为五日后的走马上任感到一阵担忧。

"姑娘。"阿精突然从外面走来，说道，"世子说今天晚上会很晚回来，你自己先吃饭吧，不要等他。"

楚乔一愣，这几年来，燕洵为人向来低调，虽然如今境况已大不如前，可是也从不会如京城的那些氏族公子深夜在外游荡的。

"可有什么要紧事吗？"

"没有，"阿精笑着宽慰道，"姑娘不必担心。"

见他不答，楚乔也就不再问。

自己一个人，楚乔晚饭没有吃，只吃了点糕点，就在房间里烤火，懒得不爱动弹。

这两年，一直在外面奔走，为燕洵培植外界的势力，已经许久没过上这样悠闲的生活了。

盛金宫的主人虽然限制燕洵的行动，不允许他离开帝都，但是对于燕洵手下的众人，管制倒不是很严格。在这一点上，楚乔至今也想不明白夏皇的意图，他难道真的不顾忌燕洵的势力暗中发展壮大？还是他另有什么撒手锏？

如今的大夏帝国，各方势力割据，远不是皇帝一句话就能翻了天去，他真的有这样的能力和把握？

七大家族中，岭南沐氏、淮阴赫连氏、东岳商氏，向来低调，对朝中派系争斗保持中立。多年来，虽然也有外戚擅权、权倾一时的时候，但是在本朝向来保持安分。尤其是近几年来，穆合氏和魏阀的高调，让他们越发沉寂下去。只是，这些家族世代累积，家族势力盘根错节，暂时的安分守己并不代表没有争权之心，一旦被他们抓到机会，必定会凌厉反扑，谋取高位。他们这些人，是潜伏在暗处的冷箭，说不定什么时候就会射出来。

而十年来一直家族荣盛车马云集的穆合氏，却因为上一代家主穆合云亭的大去而渐渐呈现衰败之气。虽然族中女子显贵，穆合那云更是贵为当今皇后，并诞下三子。皇七子赵彻、八子赵珏，还有最小的十九子赵腾，却仍旧无法弥补穆合氏男丁天资不高的劣势。在这之前，穆合一脉向来支持处事更为圆滑、更加容易掌控的赵珏登位，以盼当今皇帝百年之后穆合氏一飞冲天，凌驾于长老会之上。然而如意算盘还没打响，赵珏就被夏皇赐死，赵腾年纪还小，穆合氏无奈之下，只有重新扶植赵彻。

只是，这位心智坚定、胸怀经纬之志的皇七子似乎对自己的母族并不买账，对自己的母亲也是阳奉阴违，关系诡异难测。

几家欢喜几家愁，穆合氏的渐渐没落，就是魏阀一脉最喜欢听到的喜讯。魏光老谋深算，几年隐忍，终于为今日的一朝勃发积攒了足够的力量。舒贵妃多年幽居深宫，虽然并不如何得到皇帝的喜爱，但是行止有度，典雅雍容，是如今仅次于穆合那云的当朝贵妃，皇三子赵齐和十三赵嵩向来为夏皇所喜，尤其是赵嵩，更是小小年纪就被封王，成了继赵彻之后最早有封地的皇子。如今赵齐执掌帝都大权，深得夏皇信赖，魏阀一脉水涨船高，声势日隆。

西北巴图哈家族是异族起身，百年前也是西北王族，后来举族归顺大夏，才得到长老会的一个席位。但是毕竟是草原蛮族，不得京城氏族的喜爱，在朝中无甚根基，历来为穆合氏马首是瞻，只看扎鲁、扎玛兄妹二人的做派，就可见巴图哈家族的心智能力。只懂武力蛮劲，不足为惧。穆合氏一倒，巴图哈大厦必倾。

反观之，诸葛家却让人无法看清，很多人愿意把诸葛一脉与岭南沐氏、淮阴赫连相提并论。楚乔却知，诸葛家绝对不会如此简单，隐藏在诸葛穆青那张平庸温和的脸颊之下的，是深不可测的心机和不可揣度的谋算。一个三百年荣盛不衰的豪门，其内在绝对不会如表面看起来那般温顺。这一点，只诸葛玥和诸葛怀兄弟，就可见一斑。

而蒙阋、乐邢将军等军中大将，大多选择依附门阀和靠拢皇权，无法自成一个体系。

其次，就是散居各地的藩王。

二十年前，江南之地的藩王曾群起而乱，打击帝国氏族，结果被氏族们联手打压了下去。灵溪灵王、景郡王、燕王燕世城，都是那一役之后的幸存者，当初势大的诸王如今早已经烟消云散，王室族人惨遭屠戮，如今所剩，不过十之二三。

当年大肆屠杀皇室亲族之时，燕王燕世城曾极力上表为藩王们求情，也正是因为这件事，他这个没有涉足其中的藩王，被削藩驱逐，从赵氏宗庙里除名，改赵姓为燕，发配燕北苦寒之地，不许回京。

时至今日，还有几人记得，燕北燕王也是大夏的皇族一脉，和赵正德喝着同一个母亲的乳水长大？

楚乔淡漠一笑，赵正德这个皇帝当得真可谓辛苦，从大夏建国开始，皇权就一直旁落，比起华夏几千年来军政大权系于一身的帝王们，实在是太过憋屈。

这时，忽听前院有开门声响，少女眼神警向窗子，耳朵竖起，静静出神。

"姑娘，你睡了吗？"

绿柳的声音在门外响起，楚乔答应了一声，小丫鬟就小心翼翼地走了进来。

"姑娘，夜里凉，奴婢给你换一个火盆。"

楚乔点了点头，沉声问道："可是世子回来了？"

"嗯，"小丫鬟脆生生地答道，"我听开门的小李子说，世子去了金晓楼宴请骁骑营的几个将军吃饭，还把昨天季大人送来的那些舞姬都送了他们。"

楚乔闻言顿时一愣，看着红红的火盆就不再说话。

"姑娘？"小丫鬟皱眉叫道，"姑娘？"

"嗯？"楚乔抬起头来，"什么事？"

"没事的话，奴婢就先下去了？"

楚乔点头，"下去吧。"

"那姑娘早点休息。"小丫鬟关上房门，外面的风声突然变大，嗖嗖地吹过窗棂，前院的声音渐渐地变小，渐渐地归于宁静。

再过五天，她就要去骁骑营赴任了，燕洵今晚宴请骁骑营的将军，其用意可想而知。

他们总是对对方说，一定要坦诚相对，绝不隐瞒，一生信任彼此，永不心生嫌隙。可是随着年岁渐长，有些事情，还是让他们无法对对方坦诚地说出口。比如她和诸葛玥的恩怨，她心中对贵族做派的厌恶和不以为然，还有他在外面的另一副模样，放浪形骸迷惑他人的浪子嘴脸。

但是，有些东西是不会改变的，深入心肺的默契、携手以共的情谊让他们总是默默地为对方做出最妥善的安排。尽管不说出口，但是面对外面那个光怪陆离的世界，他们永远是亲密无间的战友、生死相随的家人。

就像是多年前的那个大雪夜，她寻药被打，满身伤痕，一步一跟跄地在雪地里跋涉，怀抱着他的救命药材，拼尽最后一丝力气想要赶回去，却在冷寂幽森的篁园里看到病得奄奄一息却惶惶不安地强撑着身体，低声呼喊她的名字找寻自己的他一般。

那一天，单薄的少年满身病痛，却决然地背起伤痕累累的少女，嘴唇发青，面色苍白，在漆黑的夜里孤独地走着。即便步履蹒跚，神情却异常坚定。

那一天，他跪在她的床前，握着她的手，在少女将要昏厥的眼皮前一字一顿地低声说，此生此世，必不会再让她受人欺凌。

那时候的他们，连在夜间高声说话都不敢。可是就是这么一句毫无气势的承诺，却深深地震撼了她的心神，让她将这个侥幸得来的一生，系在了他宏图霸业的刀锋之上。

第二日，在魏景再一次带人前来逼迫的时候，无权无势的少年燕洵被砍下了一段小指，若不是赵嵩及时赶到，可能整只手都要断在魏阀的刀下。

那天晚上，是楚乔进入盛金宫之后第一次哭，也是唯一的一次。

缺衣少食的时候，她没有落泪；被人欺凌的时候，她没有落泪；遭到鞭打遍体鳞伤的时候，她也只是睁大了双眼，牢牢地记住仇人的长相，不显露出一丝懦弱。可就是那一天，燕洵被砍断了一段小指，晚上却固执地不肯给她看伤口的时候，她再也忍耐不住地痛哭失声。

她可以忍受饥饿，忍受痛苦，忍受轻贱，可以承受苦楚，因为她知道，她总会长大成人，总会逃出困境，总会一刀一剑地亲手报仇雪恨，她有的是耐心，有的是时间。

可是她不能忍受身边的人受到伤害，燕洵的手指断了，谁来为他治好？

那天晚上，她哭了很久，燕洵手足无措，最后只能笨拙地抱着她，拍着她不断抽泣的脊背，举着右手说你看只断了这么一小节，不耽误握剑，不耽误练刀，不耽误吃饭，不耽误写字，没事的。

这是楚乔来到这时代之后第一次这般失声痛哭，比在诸葛家柴房里那次流的眼泪还多。很久之后她才明白，只因为曾经的她总是孤身一人，即便有临惜那些孩子，仍旧让她没有丝毫归属感。可是就在燕洵断指的那一天，她突然发现她也有亲人了。

于是，她才能放任自己情绪上短暂的软弱。

他们两人都是一身孤寂，在这世上，除了彼此，没有旁人。

火光照在女子的脸上，夜色越发朦胧，窗外更鼓绵长，夜深露重。楚乔抬起头来，望着外面摇曳的树影，缓缓缩在软榻上，晚上她没有吃饭，此刻正在静静地等人来敲门。

"阿楚，"果然，半晌之后，有醇厚温和的嗓音在外面响起，"你睡了吗？"

少女嘴角微微一牵，竟少见地低声一笑。外面再无声音，过了一会儿，她跳下软榻，光着脚就跑到门边。

门板咯吱一声打开，门外没人，只有一只雕花楠木食盒，静静地放在地上，上面还贴着一张字条，拿起来，是潇洒隽秀的字迹，再熟悉不过。

"知道你睡得晚，若是饿了，就吃一点，这是西归坊的鸭子，去了油，不用怕胖。"

楚乔抬起头来，只见飘飘洒洒的白雪之中，一把青面竹伞撑在头上，白狐大氅的披风之下，青衫寥落，身影清俊，渐渐地隐没在漆黑的回廊之间。白雪纷扬而下，一时间她几乎看到了多年前站在赤水湖畔大叫着再帮自己一次就不姓燕的少年，而不是那个终日隐匿在黑暗之中，身着墨袍眼神阴郁的男人。

或许，只有在她面前，他才会偶尔显露出当年的样子。

他并不是没有改变，只是因为有她的存在，才在心底留下了那么一处柔软的地方，旁人不得涉足，高墙围绕，院门幽闭，独为她开。

楚乔抱着食盒站在原地愣愣出神，风雪飘洒，落了满地苍茫。

两日后，是八公主赵淳儿的及笄之礼。八公主和赵彻同为一母所生，是当今皇家地位最为尊崇的公主，她的及笄之礼自然得大肆操办。

因为当日围猎上的争执，燕洵对这刁蛮女的耐性也渐渐耗尽，只派阿精送了份贺礼就草草了事。

楚乔翻看礼单的时候，燕洵正在堂上喝茶，只见上面恭敬客气地写了几句吉祥话，下面就是一排礼品：两对和田如意，四只金玉彩狮，八匹怀宋玉锦。

既不贵重，也不寒酸，很是符合礼数。

楚乔摇了摇头，不知这赵淳儿收到礼物的时候会有何感想。这么多年来，淳公主爱慕燕北世子的事情早已在京城上层圈子里传开，皇后穆合那云曾干预过此事，奈何赵淳儿生性刁蛮，除了燕洵旁人的话一概不听，加上夏皇的三不管政策，更让这小公主越发没有顾忌了。

"桂枝嘉园，月鼎竹山，阿楚，有机会我们真的要到卞唐去看一看，品尝一下竹山酒。"

楚乔抬起头来，今日阳光极好，少见地没有下雪，一大早就被燕洵叫来花房，两人相对坐了一上午各自没有言语，她看书，他喝茶，倒是怡然自得。突然听到他说这话，楚乔点头一笑，"好，有机会一起去。"

见她欢喜，燕洵也是展颜一笑，"阿楚长大了，必是一代佳人。"

楚乔嗤笑，"今天吃了什么，嘴这么甜？还是在外面油嘴滑舌习惯了，回来也脱不下你这放浪形骸的公子哥模样？"

燕洵淡淡摇头，"你还是不明白，外面花红柳绿再是绚丽，也是迫不得已逢场作戏，我的阿楚是世间最美丽的女子，无人能及。"

他这话说得极为自然，就好像是说今天的饭菜可口一般。楚乔闻言却微微一愣，脸颊微微一红，竟也少有地露出一丝少女的娇态。

尽管亲密，也一直不曾袒露心事，多年来的相处好似战友也可比亲人，却丝毫没有涉及男女之情。忽听燕洵这般说，有过两世经历的少女，也不禁有些慌乱。

"阿楚，"燕洵突然正色，很是认真地望着她，"你我相交已有八年，其间祸福与共，患难相随，如今，一切就要过去了。等这边事情一了，回到燕北，我们就……"

话还没说完，门外突然响起了阿精微微惊慌的声音，"世子，圣上召见。"

所有缠绵的情绪顿时烟消云散。楚乔猛地站起身来，手中的书卷唰的一声落在地上。

燕洵也是一愣，七年了，夏皇从没召见过他，今日突然召见，究竟是福是祸？

"怎么办？"楚乔面色沉重，转过头来，沉声说道。

燕洵默想了半晌，最终说道："不必惊慌，应该不会有事，我去看看。"

"燕洵。"

燕洵刚转身要走，突然被楚乔一把抓住。少女的小手微微冒着汗，冰冷似雪，紧紧地拉着他，眼神担忧，却又有着玉石俱焚的坚韧，"小心点，早点回来。"

"放心吧。"燕洵心下一暖，反手握住楚乔的手，拍了拍她的肩，"我去去就回。"

绿柳走上前来，为燕洵披上大氅，燕洵带着几名下人出了莺歌院。

整整一个下午，楚乔都坐立不安，总是觉得会有事发生。傍晚的时候，阿精突然回来，楚乔大喜，疾步跑上前去，沉声问道："世子呢？怎么样？怎么现在还不回来？"

阿精面色有些尴尬，但还是缓缓说道："世子没事，现在正在前殿赴宴。"

楚乔长吁了一口气，放心地说道："没事就好，皇帝传召他有什么事？"

阿精左右看了一眼，见几名小丫鬟跟在楚乔周围，全都一脸疑惑地望着他，一时间竟有些语塞。

楚乔眉头缓缓皱起，隐约感觉到事情有些不同寻常，沉声说道："到底是怎么回事？"

"皇上……"阿精欲言又止，终于还是沉声说道，"皇上刚刚传召世子殿下，是要……是要给殿下赐婚，已经指给刚刚过了及笄之礼的淳公主。"

少女登时一愣，想说什么，张开了嘴却说不出来。她左右望了一眼，双眉渐渐紧锁如川，声音很低地反问道："赐婚？"

"姑娘……"阿精担忧地叫道。

楚乔却点了点头，喃喃说道："赐婚。"

"姑娘，世子怕你担心，叫我回来告诉你一声，他说……"

"我没事，"楚乔摇了摇头说道，"皇家饮宴锋芒太多，你快回他身边保护他，切莫出了差错。我只是有点担心，害怕皇帝对他不利，哦，赐婚，我知道了。"

阿精面露不忍之色，低声轻呼道："姑娘……"

"我先回房，你快去吧。"楚乔转过身去，脊背挺直，毫无悲伤之色，只是喃喃说道，"我还有很多事情要做，绿柳，把花房的书信都送到我房里来，我要批复。"

白雪茫茫，女子今日穿了一身鹅黄色的衣衫，披着一件同色的披风，少见地露出一丝女儿家的妩媚，远处的风吹来，卷起地上的积雪，打在她的背上，披风翻动，显得有几丝凄冷。

远处夕阳缓缓西下，天边火红，但再是多彩，也终要落下去了。

第八章

旧日誓约

烛台灯火，红泪点点。

三更的更鼓已经敲过，燕洵仍旧没有回来。小丫鬟捧着火盆小心地推开房门，只见屋子里一灯如豆，女子的身影单薄纤细，仍旧伏在案头，听见响声也没有抬起头来，眉头轻蹙，似乎在思索什么。

"姑娘，"小丫鬟面露不忍之色，虽然只有十二三岁的年纪，但是也懵懂地明白点什么，她小心翼翼地对着这个平日里严肃寡言的主子轻声说道，"时间不早了，您还是早点睡吧。"

楚乔没有说话，只是略略竖起手来，示意她出去。

绿柳端着换下的火盆，走到门口突然回头说道："世子若是回来了，奴婢来叫您。"

纤瘦的女子缓缓抬起头来，眼眉微挑，淡淡地看着绿柳，声音低沉地缓缓说道："你是不是很闲？"

小丫鬟一愣，顿时扑通一声跪在地上，连忙说道："奴婢多事了，请姑娘责罚。"

"下去吧。"清厉的声音陡然传出，少女没再说话，只是低下头去继续看着手里的信函，绿柳战战兢兢地低着头退出去，房门关上，屋子里顿时安静了下来。

烛火轻燃，不时地爆出一丝火花，烛光将少女的影子拖得很长，纤细一条，朦胧中看不清轮廓。

并没有什么别样的举动，照常忙碌，照常思索，就连回话的语气，也没有一丝一毫的改变。只是那一张张洁白的宣纸上，墨迹深深，力透纸背。

冬夜漫长，五更时分，前院传来了开门的声音。书写的毛笔登时一顿，楚乔侧耳倾听了半晌，就站起身来，将房间里所有的灯火通通点燃。

光亮顿时大盛，隔得再远也能够看到。楚乔站在窗前，抬起窗子的一角，夜风顺着窗棂吹来，吹起她墨色的长发，少女眼神沉静，静静地沉默着。

她在等一个结果，只需一眼，就会知道她还没有睡，知道她在等他。如果走过来，就说明事情还有转圜的余地，如若不然，那就是他已经打定主意，不会再更改。

时间缓缓流逝，前院的灯火始终没有移动，男子身披一袭银狐裘斗篷，风帽半掩，青衫磊落。阿精站在他的身后，打着一把青竹碧伞，遮于他的头上，白雪纷纷，飘飘洒洒地落在伞顶。有细小的风从远处吹来，卷起地上的积雪，在角落里转着圈，形成一个个细小的旋涡，扫过他洁白的靴子和大氅的衣角。

"世子，"小李子躬身走上前来，顺着燕洵的目光向长廊的尽头望去，那里，梅林掩映之间，假山盘踞之后，有明亮的灯火远远地倾泻开来。

"姑娘应该还没睡。"

燕洵恍若未闻，只是静静地站着，他知道，那重重屋舍之后，青竹窗帐之前，也一定有一个身影默默而立。他们之间，隔了三条回廊、两扇朱门、一池清泉、满园梅枝，走过去，只是眨眼之间。

可是，沉重的无力感渐渐地在心头生出，为何，这看似短短的一段路，却显得这般遥远？

他的眼神宁静，悠然如水，并不说话，只是静静地望着，目光穿透了这七年的寸寸光阴，穿越了似水流年的悲欢离合，往事如风，如幻似梦，患难与共，祸福相依。

长风陡起，阿精手中的竹伞一掀，就被吹飞。年轻的护卫一惊，转身去追竹伞，遍天的大雪簌簌落在燕洵的肩头，尽管穿着厚厚的大氅，仍旧觉得是那般寒冷。

"走。"

短促的一个字从男子的口中吐出，小李子一喜，顿时就在前面引路，边走边说着："姑娘肯定还没睡，世子……"话还没说完，就见燕洵带着阿精竟向着完全相反的方向行去。小李子微微一愣，提着灯笼，张大嘴巴，一时间茫然无措，不知该何去何从。

噗的一声轻响，楚乔将窗子轻轻地放下，缓缓脱下外袍，只穿着一身单衣，走到四角的灯笼前逐一将其吹灭，动作缓慢，面色平静。

终于轻轻一声响，书案上的烛火也被吹灭，屋子里霎时间陷入一片混沌的黑暗之中。

她摸索着来到床前，拉开被子，躺了进去。风声静谧，异常安静，黑暗之中，少女的眼睛睁得很大，清冷的双眸中并无泪光，只是，却有一些说不清的东西，渐渐地沉了下去，一层一层，好似绵绵的细沙和海浪。

第二日一早，楚乔照例来到前院吃早点，今日的莺歌院别样安静，似乎每个人都在小心谨慎地克制自己不要发出声音。楚乔和燕洵相对而坐，仍旧和平日一样各自吃饭，偶尔抬起头来说上一句闲话。

主子们毫无异常，平静得就像什么事都没有发生一样。阿精和绿柳等下人疑惑地张望，最终却通通无奈地叹息：也许，真的是自己想错了。

早饭过后，一切趋于平静，大家各司其职，神色间，似乎还透出几分喜气来。

毕竟，从此以后在这座偌大的皇宫里，莺歌院再也不用看别人的脸色行事了。

中午的时候，燕洵打开花房的门，只见楚乔静静地靠在花架栏杆上，一副等了许久的模样。

"我的血缇兰！"燕洵哀呼一声，急忙跑上前来。

楚乔一愣，回过头去，只见在自己的背后，燕洵捧着一株断了一段根茎的兰草，面色懊恼地叫道："我的血缇兰！"

"不是我弄的。"

少女顿时举起双手想要置身事外，"我没靠着那里。"

"你没看到这花架之间有丝绳吗？"

楚乔一愣，细细看去还果然如此，她耸了耸肩，"就算是我好了，大不了再赔你一盆。"

燕洵摇了摇头，将花盆放置一旁，坐在椅子上，正色说道："这件事，你怎么看？"

楚乔默想了半晌，然后说道："皇帝是对你动了杀意。"

燕洵淡淡一笑，嘴角轻扯，"他对我动杀心也不是一日两日了。"

"这一次不同，"楚乔摇了摇头，沉声说道，"他并非真心想要同你冰释前嫌，只是要堵天下人的悠悠之口，为自己找一个缓步的台阶，既要除掉你，又要置身事外。"少女面色凝重，条理清晰地分析道，"如今氏族势大，封地辽阔，皇帝除了京畿的军队，几乎没有兵权。军政财权均掌握在长老会和分散在世家的手中，赵正德想要收回王权，除了依靠蒙阗、乐邢等少数皇权派将军，就只能寄望于分封在边陲之地的王侯们。所以，他必不可明目张胆地杀你，一来害怕引起燕北躁动，激发大同行会死士的疯狂刺杀，二来也怕寒了天下王族的心，以免再一次引起削藩的流言。毕竟，氏族们都在等着各家王爷皇族起兵，好趁机争夺封地，扩大家族势力。一旦王侯势力被氏族蚕食，皇室再想要收回皇权，就会更加困难。"

燕洵点了点头，表示赞同，少女继续说道："所以他要杀你，就必须要假借别人之手，要做得似是而非，然后再嫁祸他人，将自己置身事外。但是现在只要你一死，全天下的矛头就都会指向他，所以他选择在这个时候将女儿嫁给你，做出想要冰释前嫌宽容大度的假象，让世人以为他真的想放你回燕北，对以往的事情一概不再追究，然后再亲自出手，置你于死地。你一死，他最心爱的女儿就成了寡妇，到时候自然不会再有人怀疑到他身上。"

燕洵轻轻一笑，喝了口茶，说道："你说的都对。"

花房里很暖，燕洵偏爱兰，一室兰草幽香，暖风习习，熏人欲醉。

燕洵眉梢微微上扬，轻声问道："那阿楚以为，我该如何做？"

"你心中早已有计较，又何必来问我？"楚乔微微挑眉，沉声说道，"娶了赵淳儿，他日必有杀身之祸；不娶她，却是违抗圣旨，不遵皇令，谋逆之心昭然若揭，大祸瞬间临头。你这么聪明的一个人，怎会无法权衡这其中的利弊？"说完，楚乔微微一笑，缓缓说道，"这七年来，多大的侮辱和困境都挺过来了，何况是如今区区一个女子？呵，皇帝是在为他自己寻找退路以作掩饰，我们又何尝不是在拖延时间，只可怜了赵淳儿的一颗痴心。"

燕洵面色渐变，淡漠中又带了两丝落寞和辛苦，他缓缓说道："这就是你的真实想法吗？原来你早已为我谋划好了。"

"你我多年来祸福与共，生死荣辱早已系为一体，我自然是要为你谋划的。"楚乔沉声说道，"何况，就算我不说，你也会做同样的决定。昨天晚上，你就已经告诉我了。"

燕洵闻言一愣，随即淡淡一笑，"阿楚果然是这世上最了解我的人。"

楚乔站起身来，释然一笑，上前拍着燕洵的肩膀说道："那是当然，我们从小一同长大，是生死与共的情义，这一点永远也不会改变。"

燕洵看着楚乔轻松的笑脸，也是一笑，点头说道："对，永远也不会改变。"

"我先走了，马上就要去骁骑营任职了，走之前去跟赵嵩打个招呼。"

燕洵点了点头，站起身来，说道："也代我向他问好。"
楚乔转身向外走去，刚走到门口，脚步一滞就停了下来，缓缓握起拳头，然后再松开，反复三次，却仍旧没有走出去。燕洵仿佛知道她有话要说，也不追问，只是静静地站着。
"燕洵，儿女情长，难免英雄气短。你还有很多心愿没有完成，大事为重。"
燕洵心下一阵冰冷，没有作声，只是望着少女的背影渐渐隐没在花厅的层层翠绿之中，久久不动。
阿楚，我施恩滴水于你，你却报我以涌泉。那么，面对你的滔天之恩，我又该如何偿还？
午后阳光明媚，可是突然间，燕洵觉得一切是那般刺眼。

三月十四，天高风清，蜡梅怒放，正午时分开始飘雪，一切平淡如常。帝都的权贵们的话题仍旧围绕在燕北世子将要迎娶血统最为尊贵的淳公主上，各种揣测度算暗暗钻营，皇城内外暗流涌动。
然而，就在这一团乱局之中，无人注意到绿营军的城防人马提前一个时辰换营，而且西城门的一角一早就开启，也比平日早了一个时辰。
接到这个消息的时候，燕洵正在花厅里饮茶，轻袍缓带，面色悠然。外廊的乐师正在演奏一曲《西船花夜》，曲调悠扬，百转千回。
燕洵嘴角轻扯，淡淡一笑。阿精站在一旁，静静等待着燕洵的指示，然而燕洵只是轻轻挥了挥手，吩咐他下去，并从身旁的乐签盒子里抽出一支，随手抛了出去。
乐声一顿，停了下来。年迈的宫廷乐师捡起地上的乐签，略略看了一眼，面色微微一愣。随即，充满杀伐激越之气的筝声顿时响起，声音激荡，如断金石。
燕洵哈哈一笑，和着乐声打着拍子，朗声诵道："醉握杀人剑，斩敌八百首，周身酪酊气，捧雪葬残红。"
楚乔站在门外，手指略略一寒，仰起头来，长空之上白雪飞扬，有黑色的苍鹰在头顶盘旋高鸣。
动乱来得何其之快？好似秋后的草原，一颗火种撒下之后，迅速蔓延，烈烈如荼，转瞬滔天。
午后，雪霁初晴，一封来自户部小小仓曹的奏折被递上了长老院的案头，上称户部粮钱不足，寿宴难酬，中州赈灾之粮被人克扣，灾民动荡，蚕食大户，伤人无以计数。有人私下以糟米兑换东边大营的将士粮草，以致有人中毒身亡，四十一军半部哗变，死伤过万。世家大族狼口贪墨，中饱私囊。后面更是列举了一连串令人胆战心惊的数字。
一石激起千层浪，所有的帝都风雨，都由这个小小的户部仓曹而起。
紧跟而来的，是动作快得惊人的彻查和抽调，长老会秩序瞬间大乱，军部的火热檄文紧随而来，字字血泪，句句铿锵，各大氏族风声鹤唳，奔走活动。一个时辰之后，惊人的结论被呈上台前：中州赈灾一事，由京城府尹统辖，在赵齐上任之前，一直由穆合西风主管。粮部军部的调粮一事，是粮部总事宋端执掌，而京城上下无人不知这宋端是穆合氏前家主穆合云亭最宠爱的外孙，在穆合氏的地位可比嫡系长子。帝都府尹亏空达黄金八十万两，粮部更是空账两千万金铢。

　　长老会当机立断，上表盛金宫，穆合家主穆合云夜长跪宫门，请求皇帝开恩，并反咬一口，指出那名小小仓曹乃魏党一脉，所做数据皆属虚假，不足为信。

　　盛金宫出人意料，封闭宫门不见来人。然而，就在穆合云夜长跪不起之时，一道密令被传出紫金乾门：穆合氏贪墨数额巨大，玩忽职守严重，特命皇三子赵齐领两万绿营兵马，查抄穆合府，缉拿一干人犯，如有反抗，就地正法！

　　就在赵齐带着绿营军兵马偷偷赶往穆合家的时候，尚私坊送来了定亲宴上的显贵华服，燕洵站在中厅，恭恭敬敬地恭送了尚私坊的礼官，礼金丰厚，随行人员一律打赏。

　　西贡进献的宝络佳衣，享誉天下的苏瑾盲绣，蟒龙盘踞，五爪狰狞，光华璀璨的金丝绣线款款勾勒，几乎要将那些眉眼都复活一般。楚乔蹲下身子，为燕洵扣上绶金宝锦玉带，浓烈的苏合香刺入鼻息，连呼吸都不再顺畅。

　　屋子里很静，下人们都已散去，楚乔的身影在灯火之下显得有些孱弱，脖颈白皙娟秀，耳郭雪白可爱，胸前微微鼓起，再也不是当初那个扮起男人来惟妙惟肖的假小子了。

　　燕洵轻轻吐气，缓缓问道："阿楚，你的生辰是什么时候？"

　　楚乔站在他的背后，为他整理后面的肩带，闻言回道："不记得了。"

　　燕洵一愣，还以为是她不愿意说："你也快要十六岁了，也要行及笄之礼了。"

　　楚乔摇头，"我要那些讲究做什么。"

　　燕洵顿时噤声，张了张嘴想说什么，却不知道该如何开口。

　　楚乔绕到他的对面，皱眉看着前襟的青海云青图，上属的一角，有一处透丝，不知是尚私坊有意为之，还是无意疏忽。

　　"脱下来，我把丝线钩回去。"

　　燕洵愕然，"你会这个？"

　　楚乔微微挑眉，看着他，"你小时候的衣服都是谁补的？"

　　女子灯下坐，双眉蹙拢烟。

　　燕洵的思绪似乎一下子飘远，怎么就忘了，那些个冰冷的雪夜，屋子漏风，寒冷阴森，女孩子坐在炭火盆边，就着微弱的烛火，一点一点地绣着宫廷贵妇们的锦帕衣衫，以讨好那些偷懒的尚衣局奴婢，赢得那么一点点可怜的食物和火炭。

　　他还能想起她的姿势，弯着腰，身子小小的，有时候困得实在睁不开眼睛，就趴在膝盖上稍稍睡一小会儿，侧脸很安静，从不抱怨。

　　这些年，他已经努力克制自己不去回想曾经的那些过往，害怕因那些事让仇恨蒙蔽了他的理智。于是他竟然忘记了，那些孤独跋涉的时光里，面前的这个女孩子是如何扶植着自己挺过来的。她为他煮饭缝衣，她为他望风放哨，她为他寻医问药，她让他剃去那些花把势武艺的空架子，教他近身格斗，教他实用的刀枪棍法，她为他书写兵法计谋，她为他忍气吞声地留在这个偌大的牢笼里，被人欺凌，被人殴打，却始终一言不发。

　　这个女孩子，单薄瘦小，无权无势，却拥有一颗世界上最坚强的心，在他的整个世界轰然倒塌的时候，她用她自己瘦弱的肩膀扛起了他破碎的天空，拼尽性命撑起了一方存活的空间。

"好了，"女孩子站起身来，走到他面前，说道，"试一试，再过两个时辰就是定亲宴，不能有差错。"

一声低低的叹息突然自男子的口中发出，他张开怀抱，顿时就将少女抱在怀里，下巴搁在她的头顶，疲惫地轻呼："阿楚。"

楚乔登时一愣，整个身体一时间都僵硬了，她轻轻地推燕洵的手臂，"你怎么了？出了什么事吗？"

"别动，"燕洵轻声地说道，"就让我抱一会儿。"

楚乔的身体渐渐软了下来，她也缓缓地伸出手，环住了燕洵的腰，额头抵在男人的胸膛上，不再说话。

"阿楚，别怪我。"燕洵轻声地说，声音带着低沉的沙哑，若秋风拂桑，"这些年，我做了很多你不喜欢的事。你表面上冰冷，杀人挥刀从不手软，可是我知道，你是个真正善恶分明的人。岭南的那些茶商、淮水的船老板、盛京的米粮商户，还有那些不听从命令的燕北大员……我手上的血腥，很重啊。我只是不想再像从前一样，看着身边的人受人欺凌被人砍杀却无能为力。可是我现在，这么努力，做了这么多，却还是要被人摆布，无法顺从自己的心意，无法保全你。"

楚乔眼神微微闪动，缓缓地抿起了嘴角，有些暖流缓缓涌过心头，带着那些莫名的、无法说清楚的心绪，像是蚂蚁一般啄食着她的心神。她并非不明白，只是却仍旧摇头说道："我全明白，你不必担心我，那些骁骑营的大兵，未必奈何得了我。"

看不到少女的表情，只听到她的话语，燕洵顿时一愣，慢慢地松开了手。

她还是不明白，抑或是，根本没把这件事放在心上。

燕洵默默地点头，"好，那你自己小心。"

楚乔也点头道："你放心吧，待会儿大宴，我就不陪你去了，你自己一个人，万事小心。"

她转身就要走出去，燕洵的声音突然低沉地在她后面淡淡地响起，"阿楚。"

女子一愣，停住了脚步。

"任何人都可以背叛我，你不可以；任何人都可以离开我，你不可以。"

楚乔并未答话，默默而立，随即拉开房门，抬脚离去。

燕洵缓缓地闭上眼睛，靠在椅背上，自言自语地喃喃说道："你若是离开，我就一无所有了。"

庭院雪浅，女子一身淡青色长衫，披着燕洵亲手送来的白色狐裘，长发被微风卷起，丝丝纷飞，默默地回首望着窗子上的剪影，久久没有离开。

不同于这里的清冷，此时的莺歌院之外，宗室满座，遍目喜庆，五彩的琉璃端玉摆在莺歌院之前，一排排直通往八公主赵淳儿的端木阁。朱锦铺在雪地上，两侧宫女彩装缤丽，秀灯高燃。

初更时分，人群汇集端木阁中，皇帝亲临，宾客皆欢，喧嚣的丝竹之声从端木阁的方向幽幽而来。冷寂一片的长华道上，一骑战马默默地立在一旁。女子一身骁骑营军装短打，外披青色披风，远远地回过头去，望着灯火绚烂之处，面色淡然，冷静自持。

黑夜寂寥，长风冰冷，天地间一片孑然，茕茕孤寂，冷风吹起了她额前的碎发，越发显得一张小脸尖瘦凄楚。

这条路，是我自己为自己选择的，从一开始就无路可退，只能往前走。

生命从未给过我后悔的权利，我也绝不会让无用的心绪阻挡你前进的脚步。大仇未报，朝不保夕，何来儿女私念？

燕洵，我不会离开你，只要你还需要我，我就会陪在你身边，等待你大功告成仗剑天下的那一刻。懦弱的人才去感伤，无能的人才会抱怨，我不会，我不伤心，从不。

巨大的钟声登时响起，漫天的烟花在礼官高昂的礼成声中升空绽放，丝竹声乐伴随着钟鸣激越响起，热闹的人声从端木阁远远传来，普天同庆这一庄严喜悦的时刻。

"驾！"冷风中，单薄的少女蓦然扬起鞭子，厉喝一声，抿紧嘴角，策马狂奔而去。

冷夜凄凉，热闹的大殿上，燕洵长身而立，望着大殿外漆黑的长空，久久无语。

冷寂的莺歌院，一间小小的闺房之中，雪白的狐裘静静地放置桌上，纤尘不染，整洁如新。

"你我相交已有八年，其间祸福与共，患难相随，如今，一切就要过去了。等这边事情一了，回到燕北，我们就……"

我们就……

我们就成亲吧，我们就在一起吧，我们就再也不要分开了……

那些未说出口的话，未讲出来的心事，终究被岁月的尘土缓缓覆盖，零落到尘埃之中，再也看不到昔日的影子。命运是一场大火，很多时候，机会只有那么一次，错过了，就再也找不回来了。

第九章
拳打太子

盛金宫内酒鼎奢靡歌舞升平，宫外的西北方却传来一阵撕心裂肺的惨叫声！

赵彻一惊，连靴子都没来得及穿上，就急忙跑出大帐。只见西北角的天空中，火光熊熊，喊杀震天，混乱犹如瘟疫般轰然袭来，本来早已出城修建驰道的绿营军兵马迅速围住骁骑营的营地，刀锋银白，铠甲森寒。

出了大事！

赵彻眉梢一挑，对两侧的亲兵厉声喝道："拿兵刃来！"

"等等。"一个清冷的声音突然响起，诸葛玥自大帐的阴影处走出来，淡淡说道，"不能去。"

赵彻冷冷地看着这个不请自来的家伙，沉声说道："你怎么会在这儿？"

"你看那边，是谁的府邸？"

赵彻沉目望去，却陡然想起了一个最不愿意想起的姓氏。

穆合氏！

诸葛玥手臂上伏着一只白鸟，尖喙利嘴，长着一双火红色的眼睛，正是当日被燕洵掐死的那种苍梧鸟。鸟儿温驯地站在他的手臂上，不时用小嘴去啄他的手指。他一边把玩着鸟儿一边说道："穆合氏卷入贪墨案，穆合云夜在盛金宫门前跪了一个下午，圣上拒不召见，为何？此事事发突然，从检举，到长老会审查，到罪名落实，只用了半天的时间，没有事先安排，谁会相信？八公主赵淳儿今晚定亲，如此盛宴为何不召你入宫，就算你和皇后不亲，赵淳儿也是你的亲姊妹，这又是为何？穆合主府被人围攻，穆合氏是你的母族，你又手握重兵，理当事先被控制起来，可是为何外面包围兵马和你的人马完全不成比例，根本无法和你对抗？他们在等什么？你还不明白吗？"

赵彻眼内锋芒暗涌，不断闪动，沉声说道："你是说，是父皇……"

"那倒不一定，"诸葛玥轻轻一笑，说道，"皇帝留你在骁骑营，也许只是为了试探你，看看你到底是姓赵还是姓穆合。至于外面那些人，未必是皇帝安排，而是最希望看到你死的。"

赵彻本就聪明，只是一时间的惊怒让他失了分寸，此刻细细回想，所有的事顿时融会贯通，不由得出了一身冷汗。

"那人就是要让你掉以轻心，故意以少数人包围骁骑营，但是只要你一踏出骁骑营就立刻变为叛党，到时候来杀你的人，可不止外面这点人马了。"

赵彻眉头紧锁，过了好久方才沉声问道："你为什么要帮我？"

"因为你是穆合那云的儿子，穆合氏倒了之后，三皇子赵齐水涨船高，而他的母妃姓魏。偏巧，我不是魏家的人。"

诸葛玥笑望着他，说道："你看，这么快，我们就有了共同的敌人。"

赵彻冷哼一声，道："就算穆合氏倒了，你就这么肯定我会和你们诸葛家合作？"

诸葛玥抬首看天，长臂一张，白鸟顿时展翅而去。他也不回头，一边向外走一边淡淡道："若是你连这点利害关系都看不破，那我今晚就不必出现在此地了。"

赵彻低着头，沉思半晌，终于追上前几步，沉声说道："你向来不爱理会这些，这一次为何插手？"

诸葛玥已经走得远了，声音显得有几分缥缈，只听他远远地说道："我只是不喜欢赵齐那个家伙罢了。"

整整一个晚上，动乱都没有结束，真煌城的百姓们幽闭家中，无人敢出门观看。喊杀声从深夜一直响到天明犹未断绝，火光刺目，黑烟翻滚，一片哀声。

穆合氏的反，已在意料之中，就算他们还没意识到此事会这般严重，没有意识到这是家族的灭顶之灾，没有想到皇帝会赶尽杀绝，魏阀和赵氏皇族也会将他们逼上这条绝路。

在家族兵力毫无准备的时候，百年来的世家大族、多出庙算权臣的穆合氏犹如一盘散沙，各自为战的结果，就是让帝国军队一口一口地蚕食干净，毫无还击之力。

天明时分，战事已经接近尾声，穆合西薤、穆合西黎、穆合云霄三人当场被诛，家族兵将死伤达两千余人，穆合云夜被缉拿下狱，穆合家无论男女老少，一律收押，上至穆合云夜的九旬老母，下至刚出生的襁褓婴儿，帝都天牢霎时间人满为患。

与此同时，帝都城门紧封，限制任何人出城走动，由十三皇子赵嵩带着穆合家的家族令牌和崇文阁的仿制书信，前往东垂二十三军、二十六军、东南野战军、东南水师十六军，传达穆合家主穆合云夜病危的消息。急召穆合西池、穆合西陲、穆合西豫还有穆合云夜的小重孙穆合景然立刻回京，商讨下一任家主之位。

然而，四方首席兵马的总指挥官在一踏进真煌城的时候，就被帝都兵将拿下，穆合氏最后的希望付诸流水，一败涂地。

然而，就在当天晚上，穆合云夜的外孙宋端却从守卫森严的天牢里逃了出去，并且一路势如破竹地逃出了真煌城门，向东策马而去。

穆合家的人欢声雷动，穆合云夜却目瞪口呆，许久之后，他缓缓闭上浑浊的双眼，大呼一声对不起列祖列宗，淌下两行清泪。

三日之后，蒙阗将军的嫡孙蒙湛与养女蒙枫，带着蒙氏大军，一路向东而去，讨伐跟随穆合氏阴谋造反的淮东宋氏。

宋氏闻风大惊失色，宋氏家主当机立断，将穆合云夜的女儿穆合明兰和宋端一起五花大绑，送到蒙氏大军的军门前。

谁知蒙湛拒不收人，一轮箭雨之后，大军继续开拔，不出五日，就攻破了这个淮东第一礼教之家的宋氏大门。

刹那间，同气连枝的两大世家惨遭屠戮。三月二十八，九幽台的铡刀之前，落下了穆合、宋氏两家的四千多颗人头。穆合氏祖孙五代，除了皇后穆合那云，余者无一幸免，就连亭妃穆合那日、香妃穆合兰香都被御赐毒酒，上路归西。

九幽台斩首那天，整座真煌城的百姓齐齐争相观看，一时间，真煌城万人空巷，气氛热闹，比之过年还有过之而无不及。

一代盛世门阀，昔日的繁华荣宠，车水马龙的豪门望族，就这样被深深地埋在了泥土之中，零落成野地里的泥土，消散在飘零动荡的岁月里，成为帝国权力变更的又一个牺牲品。昔日穿金戴银、珠翠满盖的高贵头颅，也终于深深地低了下去，在帝国铁血的铡刀面前，喷洒出满腔鲜血。

所谓福禄齐天的繁华荣盛，不过尘埃而已。

整整十四日，赵彻都待在大营之中没有踏出一步，消息却源源不断地传了进来。这些并不是赵彻的密探，他越发残酷地明白，这些消息，都是为了刺激他、逼他出营的诱饵而已。他的眼睛虽然没有睁开，却已经看到了帐外那些寒冷的刀光。

四月初二，盛金宫下达嘉奖令：褒奖赵彻深明大义，忠君爱国，特赐黄金两千两，擢升为东路将军。此军衔虽然眼下并无实权，可是一旦皇帝御驾亲征，他就是贴身大将，足见皇帝对他的满意和信任。

接到圣旨的这天晚上，赵彻在骁骑营的武校场上，静静站立，久久一言不发。他可以厌恶穆合氏，厌恶他们的张扬跋扈，厌恶他们的不分尊卑，厌恶他们的擅权乱政。

但是，他不得不承认，自己能在众多皇子当中多年屹立不倒，也是拜这个强大的母族所赐，如今穆合氏一朝如山倒，面对如嗜血狼群的皇室兄弟，他又该如何立足？

整整五日，骁骑营都沉浸在一片阴郁之下，家世强硬的人，都已经买通军部，从骁骑营悄悄调往绿营军，其余无法调走的人，也称病退军，回到家中。赵彻并没有阻止，毕竟，这些贵族子弟都明白，想在大夏立足，除了圣眷之外，最重要的还是要有强悍的后备实力。

五日之间，骁骑营人员精简三分之二，剩下的不是多年跟随赵彻的忠心部属，就是从边境晋升上来的寒门子弟。

再浓稠的鲜血也有洗净的那一天，帝都终究还是安静了下来。这日，兵部的官文终于下来，那信使径直去了中军大帐，见赵彻没在，放下书信转身就走。远远地看见赵彻前来，也装作没见着，翻身上马绝尘而去。

程副将将书信交过来，皱眉说道："殿下，兵部来了官文，说要调遣骁骑营出城，前往一百三十里外的禹城修筑驰道，方便卞唐太子车驾前行。"

赵彻没有接那封书信，只是缓缓地握紧了拳头。

半月前，三皇子赵齐曾亲自请命出城修筑驰道，可是穆合氏此事证明，赵齐根本就没有离开皇城，绿营军也一直潜伏在城外，静候时机。

如今穆合氏被铲除，魏阀一家独大，他也领受了修驰道的全部嘉奖和百姓的爱戴，如今，却要赵彻带着骁骑营出城修道，这算是强者的蔑视？还是胜利者的欺凌？

赵彻默默地站了许久，尽管早已习惯了这样的跟红顶白迎高踩低，终究还是难掩心下的愤怒。他冷冷一笑，蓦然回过头去，眼神好似雪亮的刀子，对着那座金碧辉煌的宫廷，笔直地射去。

第二日，骁骑营全军出动，前往禹城，修建驰道以迎接卞唐太子——李策。

卞唐距大夏国并非遥不可及，快马一月足矣，若是马车慢行两月也可到达。只是这位太子竟然生生地提前四个月上路，并且现在还遥遥地看不到影子。

大夏的皇子们，大多有过戍边的经历，跟随军队草地荒原山涧大河哪里都走得。偏偏这个卞唐的贵客，过河需搭桥，还必须是四骑战马可并肩而过的坚固石桥，逢草原需先开荒，美其名曰不能污了卞唐金赐马的马蹄。不涉水，不坐船，山路不走，沙漠不走，五十里内无城镇不走，帐篷不住，非泉水不喝，非新茶不吃，非佳酿不饮，吃食也是从卞唐一路携带。出行一趟，光是装随行衣衫器皿等物的马车就足有二百多辆。甭管是什么东西，凡是经了男人之手的一概不碰。为了养活这根独苗，卞唐皇帝可谓挖空了心思，听说就连李策所吃的稻米蔬菜瓜果，也是在后宫开辟出一片沃土，由民间选拔出色的农民，再由宫廷妙龄少女学习亲手栽培，太子方可下咽。

得知这一切之后，楚乔暗暗咋舌，迎接这般强悍的人物，大夏皇室竟然派了个赵彻，还带着一大堆骁骑营的士兵，那不是有意刁难吗？

总之，骁骑营的战士们顶风冒雪地开辟了十天的雪路，总算将一切收拾停当，正翘首等待着这位卞唐太子的大驾光临。前方突然传来消息：太子夜里踢被，害了风寒，已经折返了。

赵彻一听，鼻子几乎气歪，上马带兵呼啸而去。

楚乔知道了消息，微微叹了口气。心里却不知为何生出了一丝忌惮之心，这个卞唐太子，若不是真正的荒唐之人，就必是一个懂得隐藏的真正可怕的高手了。

不管怎么说，她毕竟被调入了骁骑营，因为早就知道穆合氏之前的那一场动乱，所以她有意将报到时间押后。如今赵彻虽然势不如前，但是到底还是骁骑营的主子，楚乔顶着一个骑射教头的名号，怎么也得在军中点个卯。

然而傍晚时分，赵彻派人带回消息，这位架子极大的太子终于同意暂时停下来休养身体，却拒绝进入军营，着程副将暂时统领骁骑营，原地待命。并且，通传前锋营箭术教头楚乔跟随亲兵，前往前营和自己会合。

楚乔眉梢一挑，不解地询问。

那小兵犹豫半天，才小声地说道："那太子不肯见殿下，说殿下身上煞气太重，会使他的病情加重，这些话，都是卞唐太子身边的小侍女转达的。"

众人一听，登时头大，这极品太子难道还是个不愿意跟男人讲话的男人？

小兵特意嘱咐楚乔必须穿上女装，草草装扮一番，立时上路。

天公作美，这几日未有大雪，不然之前的一番功夫就全部白做。楚乔和四名亲兵策马狂奔，一身火红大裘，虽是男款，倒也显华丽，越发衬得她眉目如画，肤白似雪。

两地相距并不远，不过两个时辰的行程，谁知刚走了不到一个时辰，迎面一辆马车就缓缓而来，镶金显贵，绫罗飘扬，白马神骏却为拉车而使，四骑并驾，一时间竟将一条驰道堵得严严实实。

楚乔眉梢一挑，勒住战马。只见对面驾车的竟是两名少女，年纪都不大，其中一个穿了一身白色的貂裘小马褂，下面是一条水粉色的棉布裙子。另外一个却是一身葱绿色的衣裤，颇有些猎户人家的模样，她们都披着风帽斗篷，小脸冻得通红，却不时地回过头去对着马车里的人说笑，声音清脆，遥遥地传了过来。

"呀！弗姐姐，前面有人呢！"马车就停在了楚乔五人身前，绿衣裤的少女眼睛一亮，笑呵呵地回头说道。

"什么人？"妩媚的声音顿时响起，"男的还是女的？"

少女咬着嘴唇咻咻一笑，旁若无人地说道："四男一女。"

"哦？"里面的声音顿了顿，继续说道，"主子问你，那女的长得怎么样？多大年纪？"

少女对着楚乔上下打量了一会儿，随即噘起嘴巴，说道："还可以，十六七岁，也比我好看不到哪里去，跟弗姐姐、娥姐姐、青姐姐更是没法相比。"

里面突然传来一阵哄笑，之前那个声音一边笑一边说："主子说了，能让你绿儿说这般话的人，一定是绝色，男的就放了吧，那女的留下，主子要问话。"

少女不服气地哼了一声，对楚乔几人说道："听到我弗姐姐的话了吗？男的走吧，女的留下。"

几人顿时一愣，那四名亲兵更是大怒，自己这身打扮一看就不是寻常人物，不管这几个女子是谁，也不该这样大胆。

楚乔却暗暗留了心，大夏豪门众多，行事大多离谱，穷奢极欲不说，家族的少年主子更是无法无天。这几个人也不知道是哪家的大户，需小心些不要得罪。

谁知他们还没说话，那女孩却急了，怒声叫道："我说话你们没听见吗？真是蠢死了。"说罢，掏出两锭金子，随手扔在地上，傲然说道，"我看你腰带上没有玉牌，说明你不是氏族。一个寒族女子卖这个价不错，你们几个快快走吧。"

一名小士兵勃然大怒，厉声叫道："哪里来的黄毛丫头，再敢……"

话还没说完，只见一道鞭影猛然袭来。小丫鬟看似幼小，身手却不错。那名士兵激愤之下竟被她偷袭个正着，唰的一声打在脸上，留下一道血淋淋的鞭痕，鞭梢抽在眼睛里，也不知伤势如何。那小兵顿时掉落马下，捂着眼睛大声惨叫了起来。

"哼！不知死活的狗东西！"小丫鬟冷哼一声，又再抽来。

楚乔见她这般蛮横，不知不觉间也动了怒，催马上前，劈手抓住鞭梢，手法巧妙地略略一用力，就将鞭子夺了过来。

"不要欺人太甚。"楚乔声音清冷，望着小丫鬟，寒声说道。

另外一名亲兵突然大叫一声。

楚乔低下头去，只见刚才被抽到的士兵手掌上全是鲜血，竟都是从眼睛里流出来的，显见这只眼睛是保不住了。

"哼！"名叫绿儿的小丫鬟不屑地哼了一声，"有什么了不起的，不过是一个贱民罢了，大不了我赔你……啊！"

话音未落，一道鞭影猛地抽来，啪的一声抽在她白嫩滑溜的脸颊上，比之刚才那下力道更足，鲜血顿时顺着脸颊滑下。少女惨叫一声，捂住脸颊，暴怒望来。

"有什么了不起的，不过是狼心狗肺的畜生一只，我也弄瞎你一只眼睛玩玩，大不了赔你银子。"楚乔学着她刚才的口吻，冷冷地说道。

那少女倒也硬气，叫也不叫，只是咬牙切齿地望着她，眼神极尽怨毒之色。

"死丫头，我不会放过你的！"

"谁要你放过了？"楚乔半眯起眼睛，反问道，"你刚才不是说要买下我吗？现在就看看你的本事。"说罢，一道飞刀登时挥出，闪电般冲上前去，一下狠狠扎在一匹拉车马儿的臀部。战马受惊，顿时扬蹄，呼啸奔腾而去。

"扶他上马，走！"楚乔冷哼一声，对属下沉声说道，当先策马离去，身后的四人顿时跟了上来。

就在刚才，她察觉到这里并不是只有他们几人，在两侧风雪掩盖的密林之中，还有众多小心翼翼的脚步声，她顿时知道不妙。这看似势单力孤的一辆马车，实则却有近百个身手高明的护卫在侧，一旦冲突，他们绝对无法讨到好处。只能先故作不知，再攻其不备。

果然，不出片刻，身后顿时响起了隆隆的马蹄声。楚乔挥鞭策马，厉声说道："快！"

五人当先，迅速离去。

就在这时，一阵呼啸的箭雨顿时袭来，射马不射人，四名亲兵登时摔落马下。

"还不停下吗？"一道邪魅的声音突然在耳畔响起，一匹通体洁白的神驹奔驰在侧，马上的红衣男子墨发飞扬，媚眼如丝，竟好似女子一般，面容邪魅，一手握缰，一手拿扇，与楚乔并驾齐驱，朗朗而笑。

砰的一声，楚乔飞起一脚狠狠地踢在男子的马肚上，白马哀鸣一声，却仍旧没有退后。

男子一愣，随即笑道："好个凶悍的女子，也好，既然你不喜欢它，咱们就不要让它来打扰你我二人。"说罢，男子身形陡然一跃，离鞍而起，稳稳地落在楚乔的马背上，由后面伸手环住少女的腰，温热的呼吸丝丝缕缕喷在少女的耳后，声音暧昧地说道，"体香如兰，肤质胜雪，红川之上原来也有美貌女子，我可真是孤陋寡闻了。"

楚乔冷哼一声，回肘向他撞去。

男子哈哈一笑，一把将她紧紧抱在怀里，伸出舌头在楚乔的耳背上轻轻一舔，笑道："滑如凝脂，香如雪莲，果然是雪原上的佳人。"

楚乔浑身一寒，勃然大怒，只见身侧人影幢幢，显然自己已被包围。她恶向胆边生，挥拳、拿肘、推掌，顿时打在男人的肩头。随即身子一侧，登时滑到马背之下，只以双腿夹住马腹，拽住男人的腿，用力一扯。

那人哪想到她身手竟然这般矫捷，猝不及防之下，砰的一声，狼狈无比地摔落在雪地之上。

女子随之跃下，单膝狠狠地跪在了男人的背上，直撞得他眼冒金星。

楚乔如猛虎般按住男人的头，迅雷不及掩耳之势地使出一套秘藏于胸的咏春拳法，噼里啪啦的重拳全数落在男人的头脸之上！

巨大的抽气声不断在四周响起，少女拳头虎虎生风，迅如闪电，雨点般落下，速度之快，直看得人眼花缭乱。

众人目瞪口呆地看着少女骑坐在男人身上，拳头老辣，身手矫健，一时间竟呆若木鸡不知作何反应。

"啊！一群蠢货，救太子啊！"

女子尖锐的声音顿时响起，楚乔心里随之咯噔一声：太子？

轰隆的马蹄声随之响起，雪雾翻滚，战马呼啸，乌黑的骁骑营大军在赵彻的带领下雷霆而来，然而，看到眼前的场面，却无人不大惊失色，面色蜡黄。

赵彻剑眉如墨，高居马上，厉声喝道："楚乔，你在干什么？"

楚乔顿时住了手，那被她骑在身下的男人也晕头转向地抬起了脑袋，仰着一张鼻青脸肿的脸茫然地望向众人，一双眼睛乌黑肿胀，也不知道能不能看清眼前的景象。

赵彻铿锵一声翻身下马，大步走上前来，对着地上的男人行礼道："太子殿下，本王驭下不严，得罪了。"说罢，一把抓住楚乔的手臂，将仍旧骑在唐太子身上的她拉了下来，扯到自己身后。

楚乔已经目瞪口呆，望着卞唐使者们哭天抹泪狂奔而至的身影，只觉得一个头两个大。

这，就是卞唐皇室的独苗，要风得风要雨得雨不可理喻好色成性的太子李策吗？

她还真是疯了。

楚乔知道，这一次她惹了大祸。

需要担心的事情实在太多，谋杀卞唐太子？阴谋破坏两国邦交？不遵军令以下犯上？

随便哪一条罪名压下来，都足以置她于死地。她一生之中似乎从未如此冲动不计后果，这其中到底出了什么问题，为何自己像是被鬼迷了心窍？

她已经不敢去看赵彻的脸色，对面那几个女人的聒噪声足以冲破中军大帐的屋顶。她站在赵彻身后，仔细回想着事情的前因后果，却找不到任何一个微小的细节来为自己开脱。现在，她只能寄希望于这件事不会连累燕洵，不会让他为自己背上这个居心叵测的罪名。

"你们几个说够了没有？"阴冷的声音突然低沉地响起，语调寒冷，带着强烈的煞气。几名衣带光鲜的少女顿时一愣。

只见赵彻一身甲胄，面色如铁，双眼刀锋般望着几人，一字一顿地沉声道："说完了就给我滚！"

"你！"一身鹅黄色衣衫的女子突然指着赵彻叫道，却被另一个稍微年长的女子拦住："小娥，不可对七殿下无礼。"

"弗姐姐……"

"既然殿下还有公务要忙，那我们就先不打扰了，不过此事我们绝不会善罢甘休，我们已派出信使，我国会即刻派遣使臣前来真煌协调此事。至于这位姑娘……"女子的眼神在楚乔身上缓缓地转了一圈，淡淡说道，"殿下拒不交人，我们也无可奈何，就请七殿下暂时先为我们看押，他日再作计较，告辞了。"

说罢，她转身当先离开大帐，其余几名女子也冷哼一声，拂袖而去。

赵彻静静地站在大帐之中，望着随风飘动的帐帘久久一言不发。

楚乔站在他身后，看不到他的表情，心里却想象得出他有多么愤怒。对赵彻而言，此事最好的解决方法就是当场将她这个大逆不道的女人斩了，再不济也要移交尚律院处罚，可是他现在将自己扣押下来，还拒绝交给卞唐的使者，所为呢，到底是什么？

楚乔发誓，如果他现在向自己挥拳相向，她绝对不还手。

突然，赵彻的脊背轻轻一震，仿佛有什么话要说出来，却努力地忍着不说。她的额头缓缓流下汗来，手心潮湿，瞳孔微微收缩。

他，究竟要如何？可会借此机会攀诬乱党？皇帝一直在寻找燕洵的错处，好将其除之而后快，那么现在，自己会不会成为这个借口？自己刚进骁骑营就惹了这样的弥天大祸，到底是走了什么霉运？

她缓缓握起拳头，不自觉地去摸索大腿处的匕首。

赵彻转过头来，面色怪异，眼神炯炯地看着楚乔，可是突然间，他的嘴角缓缓咧开，然后……

"哈哈哈哈！"巨大的笑声登时响起，程副将等几个骁骑营的将领突然走了进来，一个个捶胸顿足地大笑。

赵彻伸手搭在她的肩膀上，竖着拇指叹道："好样的！干得好！"

这，是什么状况？楚乔霎时间愣住了，不明所以地瞪大了眼睛。

"李策这个小子，早就该修理了。"

"什么卞唐太子，跟个娘们儿一样，整日穿红戴绿，看得我老董都恶心。"

"毛病那么多，就该有人杀杀他的锐气。"

"小丫头，你干得好，谁敢对付你，咱们第一个不同意！"

楚乔目瞪口呆，半晌说不出话来，许久，才小心翼翼地轻咳一声，"殿下，这件事，似乎不能这样草率。虽然不知者无罪，但是我毕竟打了卞唐的太子，何况人家还是来给大皇祝寿的，就算再不济，也得诚心诚意地去道个歉吧？"

"你打他了？"赵彻眉梢一扬，转过头去对着一众大汉，"谁看到了？你们看到了吗？"

众人众口一词，"属下没看到。"

某人登时蒙了，不明所以地向赵彻看去。

赵彻叹了口气，摇头道："不过说起来你也真是蠢，要揍他也该找个没人的机会下手啊。"

"是啊！"董大胡子"三八"地上前说道，"殿下都跟我们商量好了，等这家伙上路，就找个没人的机会套上麻袋揍他出气，非让他鼻青脸肿地去真煌不可，没想到你下手比我们还快。我们其实早就到了，隔大老远看你揍他，就是没露面。"

楚乔看着一屋子眼睛冒光的男人，一时间真是欲哭无泪。

"放心吧，"赵彻很仗义地拍了拍她的肩膀，"我过去虽然看你不太顺眼，但是现在你既然是我帐下的人，我不会亏待你的。"

夜晚降临,大营里一片安静,只有东边一角,有隐隐的丝竹声缓缓传来,和这夜幕下的军营显得极为不搭调。记得程副将说这是卞唐太子的习惯,睡觉的时候没有曲子就难以入眠,如今他受了这么大的打击,这曲子就演奏得越发哀怨了,活像深宫女子的思春之曲。

楚乔坐在雪丘上,把玩着手里的长剑。茫茫雪原之上,无数的灯火闪烁,冷月如霜,月光倾泻,大营里一片安静,偶尔有巡逻的士兵走过,但因这里不是战场,难免松懈许多,少了几分紧张的气氛,多了几许苍凉的痕迹。

楚乔轻叹一声,"所谓的千帐灯,也不过如此吧。"

一声脆响突然传来,楚乔低下头去,只见却是那把尚未出鞘的宝剑,发出铮然的声响。她的眉头轻轻一皱,唰的一声,就将宝剑拔出鞘来。

此剑锻造独特,足足有四尺长,剑身青白,上面隐隐有暗红色的纹浪,乍一看,还以为是未干的血迹。

"好剑!"赞叹声从身后传出。

楚乔回过头去,只见却是赵彻,一身黑色锦袍,一步一步地走上雪坡,径直在她身边坐了下来,说道:"叫什么名字?"

楚乔微微一愣,摇了摇头说道:"不知道。"

"你自己的剑你会不知道?"

"这剑不是我的。"

赵彻点了点头,也没再问,右手提着一个酒壶,仰头喝了一口,随手递给楚乔。

楚乔摇头一笑,说道:"我从不喝酒,喝酒只会误事,或者愁上加愁。"

赵彻闻言却是一愣,许久之后,才低声说道:"以前我的想法也和你一样,但是后来渐渐不这么想了。"

"殿下今天这件事,做得有些糊涂。"

"是吗?"赵彻轻轻一笑,仰头喝酒,并不回话。

楚乔继续说道:"殿下当着所有人的面这样公然欺辱唐太子,见我打他而不露面,事后却拼命护短,搞得众人皆知,可知一旦泄露出去是何后果?殿下就真的那么相信你的那些部下吗?"

赵彻懒散一笑,"那我该怎么办?将你交出去送到尚律院?我自己本就想干的事情,别人为我干了,我为什么要恩将仇报?"

"殿下不该是这样的。"楚乔缓缓摇了摇头,"和我想象的很不一样。"

"那我该是什么样?如盛金宫里那些人一样?整日尔虞我诈你争我夺,父不父,子不子,臣不臣?"

女子微微色变,"殿下知不知道自己在说什么?"

"我当然知道,"赵彻的声音突然变得冷厉,他目光悠远地望向远方,语气阴沉地说道,"有些时候,我真想将这一切一把火烧了。"男人低下头来,缓缓说道,"我跟别人钩心斗角十多年,从我会说话起就一直在为利益谋算,直到被发配边境戍边,才算真正闲散下来。有时候,我觉得跟这些寒门子弟在一起,远远比在盛金宫里要舒服。那里面是我的兄弟姐妹父母亲人,可是他们对我来说，却比洪水野兽还要凶狠。

"楚乔，我今晚来只想问你一问，你来骁骑营，到底是为燕洵他日筹备后路的，还是真心想要效忠于我？"

楚乔面色平静，看着男人的眼睛，终于坚定地说道："我只是想活着，一直以来，只是这样。"

赵彻眼中精芒一闪即逝，他缓缓地点了点头，沉声说道："从今往后，你就要一心一意地跟随我，无人可以再伤害你。"

女子跪在雪地上，"多谢殿下！"

灯火寥落，星子寂灭，回到营帐的时候，楚乔浑身上下的衣衫几乎已经湿透，她泡在热气腾腾的澡盆里，所有的思绪顿时间翻腾起来。

真煌城里的每一个人，都是演戏的高手，同样，她也是。

夏皇诛杀穆合氏满门，借助皇三子、皇十三子和魏阀的势力，却独独将他排除在外，并且派人百般试探看守，换作任何一个人，又怎会心无怨愤？

一个英明的皇帝，能够容下不开心耍小脾气的儿子，却容不下一个将所有的苦果都压在心底，心机深沉伺机报复的逆臣。

一个谋图皇位的皇子，容得下一个将愤怒表现在表面上的无能兄弟，却容不下一个装腔作势，忍辱求存将一切做得滴水不漏的竞争者。

没有人会真的认为一个小小的箭术教头就敢冒天下之大不韪地去殴打邻国太子，背后的主使者是何人，几乎一目了然。

她今晚留在那里，就是为了等他。她不相信赵彻没有派人调查过她，只要有心，对于她这样一个来历不明的小奴隶，他不会一无所获。所以，她拿着诸葛玥的长剑静静地等待时机，破月剑，是剑中极品，由铸剑大师风雅子所铸，他赵彻又怎会不识？

只要他知道自己和诸葛家的那些纠葛，就会认定当初自己跟着燕洵也是无奈之举，因为自己杀了诸葛家的老太爷，无处可去，不得不依附那个落魄的世子。

只要他知道这些，就会理所应当地认为，自己和燕洵之间的主仆关系只是利益驱使。也只有他抱着这样的念头，才有可能试图收买自己为他所用。

尔虞我诈，欺上瞒下，你暗自窃喜地蒙骗于我之时，焉知我不是顺水推舟地敷衍于你，鹿死谁手，我们还要慢慢地看。

"人心？"面色冷厉的女子低哼一声，缓缓闭上双眼，靠在浴桶边缘，"不过草芥而已。"

长鹰扑簌，雄踞于盛金宫门前，燕洵展开书信：拂卞唐之逆鳞，大局安稳，唯防魏氏一脉。

宫灯闪烁，火舌吞没，看着信纸被烧毁，夏皇的新婿、燕北的世子下达了一条命令：三日之内，但凡从魏阀送进宫里的奏折，一律截下。

阿精闻言一惊，此事事关重大，一不小心，就会将几年布置下的势力全数葬送，不由得质疑道："世子，这样的代价，会不会太大？"

"失去阿楚，代价更大。"

"世子？"

"阿精，"男子轻袍缓带，面容如玉，微微扬眉，"你只要记住，阿楚的生死比任何事都重要，就可以了。"

阿精声音上扬，"比燕北还重？"

燕洵淡淡一笑，"她若不在，我要燕北何用？"

阿精大惊失色，跪在地上，沉声说道："世子是燕北的世子，是大同的少主，是苍生的希望，怎可因私废公？怎可儿女情长？"

燕洵冷冷一笑，"我被打入地狱的时候，燕北在哪里？大同在哪里？苍生又有何人对我施与援手？我多年艰辛，忍辱求存，一为报仇，二为保护珍视之人，天下苍生于我而言，不过粪土尘埃。"

阿精紧皱双眉，赌气地说道："既然如此，世子为何要让她落入别人之手，为何不将她护在羽翼之下？"

年轻的男子缓缓抬起头来，眼神坚定地说道："因为，我相信她。"

我相信她是苍穹之上的雄鹰，相信她是百折不弯的刀锋，相信她是唯一能够懂我的人，必可与我站在一处，并肩风雨，共同战斗。

"阿精，我希望你们大同行会，能够像效忠我一样效忠她，能够像保护我一样保护她。因为有她在，我就是你们大同行会的领导者，是天下庶民苍生的希望和福祉。她若不在，我必成魔！"

阿精浑身一震，难以置信地看向燕洵，看向这个行会多年来悉心效忠的男人。他们以为他必定会如燕世城王爷一般，爱民如子，崇尚大同。可是今日，在这间灯火闪烁的书房里，他突然意识到以前所有的想法都是那般错误。

他们在做一场豪赌，赌注滔天，却顷刻就有可能颠覆！

"不必惊慌，"燕洵淡淡一笑，"我敢告诉你，就从未怕过大同会倒戈。燕洵不是燕世城，他不做棋子，不做傀儡，只为自己的心而战。"

阿精低下头去，语气已显淡漠冷酷，"世子如此，令属下寒心。"

"无妨，"窗子突然被吹开一角，凛冽的风吹散了燕洵的鬓发，他的眼睛望向远处，声音也渐渐缥缈，却还是坚定地一个字一个字地传到阿精的耳朵里，"我要先是一个男人，才是你们的少主。"

冷风如铁，他似乎嗅到了兵甲的味道。

所有的一切，都在一个小时之后呈上了羽姑娘的书案。夏执站在一旁，皱眉说道："姑娘，这女子是燕世子的软肋，早晚会出大事。"

"对，"边仓沉声说道，"成大事者，怎可儿女情长，不顾大局？"

"姑娘，要不要向上面禀报，或者，先将这个女子掌握在手里？"

羽姑娘面色淡漠，转过头去看向兮睿，缓缓说道："你想说什么？是掌握在手里，还是杀掉以绝后患？"

兮睿一愣，顿时垂首说道："属下并无此意。"

羽姑娘冷哼一声,缓缓说道:"你们知道什么叫作强者?刀兵之强,不过百人之敌;谋算之强,不过千人之敌;权力之强,也不过万人之敌。真正的强者,是内心坚强,无坚不摧,百折不挠,只有拥有这样一颗钢铁的心志,才能无往而不利,不惧怕任何艰险,最终登上顶峰,达成世人所无法达到的高度。而什么才算是真正内心坚强?无情无义毫无牵挂羁绊,还是信念坚定永无贪婪之心?都不是,人皆有私念,所谓的白莲之节,不过是寓言传说罢了。真正坚强的人,必有想要誓死守护的东西。"女子放下书信,缓缓叹了口气,"我终于不必再为少主担心,他已经长大了。你们,以后就按照他的意思去做,不必再来请示我。"

"姑娘?"边仓一愣,连忙叫道。

"庆幸吧,"女子闭着眼睛由衷一叹,"多年的囚徒生涯,还没有完全磨灭掉他心底对人性的信任。如果他今日是一个阴郁狠辣、满心仇恨、毫无半点信任感的疯魔,那我们这些人,没有一个能活着回到燕北。"

"一为复仇,二为保护珍爱之人吗?"游侠出身的夏执闻言却淡淡一笑,颇有恶意地对羽姑娘说道,"那若是报仇和保护珍爱之人发生了冲突?又该如何?"

羽姑娘闻言眼神顿时一寒。

夏执摆手笑道:"姑娘息怒,我只是做个假设罢了。只是这位主子并非当年的老王爷,品行如何,还要再论。我只是觉得,将大同的命运交付给这样一个人,未免太过草率。"

羽姑娘沉默片刻,终于无奈一笑,声音极轻地淡淡道:"是吗,可是大同已经没有退路了。"

第十章

披荆斩棘

原本以为这位卞唐太子必不会善罢甘休，赵彻等人甚至已经做好了在这里打持久战的准备。谁知第二天一早，李策就吵着要去真煌，一刻也不要在军队里待下去。

虽说不惧，但是如此一来，楚乔还是暗暗松了口气。先不管这李太子到真煌之后会如何状告自己，最起码他肯走路，自己就减轻一分罪名。

三日后，卞唐太子的车驾，终于在骁骑营的迎接之下进入了真煌城！

这是多年来，两国第一次派出皇亲国戚，进行这样的邦交。大夏皇朝极为重视，以三皇子赵齐为首，带领百官亲自迎接到十里开外。

沿途军旗招展，锣鼓喧天，百姓纷纷出城观望，铁甲军旅护卫一旁，声势之浩大，堪比皇帝出游。

然而，卞唐的车马刚刚到地方，只见马车帘子一掀，一身明黄锦袍，外披黄色大裘的卞唐太子，就大步跨下马车，步履沉稳，脖颈高昂，若不是顶着一张鼻青脸肿的脸孔，相信一切会更加完美。

赵彻和楚乔等人的脸色，霎时间变得要多么难看就有多么难看，就连卞唐的使者们也人人一副哭丧的表情。

他们万万没有想到，这位太子殿下这个造型也敢出来见人！

可怜了赵齐和大夏的文武百官，毫无任何心理准备，人人面色惊悚，一片慌乱。但是官场老手不愧是官场老手，众人的反应一个比一个快，魏阀的家主魏光大人第一个行礼叹道："久闻李策太子人品风流，俊朗不凡，今日得见太子金面，果然光彩照人，堪比日月。"

话音刚落，众人立时争先恐后地随之迎上，文官们吟诗作对，一唱一和，直将李策夸得天上没有地上全无，超越古今，乃古往今来第一美男。武将们没这么多花花辞藻，但也是极为捧场地竖着大拇指组合着他们所能想出来的词：漂亮，美，太俊了。

李策哈哈一笑，突然牵动嘴角的伤口，一边叫疼，一边对众人挥手致意，连声"好说好说"，对于一片赞美之词，倒是接受得心安理得。

不知道若是卞唐帝后在此，会有何感想。

好说歹说让唐王的命根子上了马车，一路号角吹奏，浩浩荡荡地向真煌城走去。谁知刚走几步，李策太子就提出异议，"为何号角声吹得像出征打仗一样？"

赵齐一愣，心下再一次为自己没亲自去接他感到万幸。这号角乐曲声是有礼制的，出征有出征曲，凯旋有凯旋乐，帝王出行有帝王特用的仪仗，迎接贵宾也要按照对方的品级吹奏。如今一切都无不合规矩之处，卞唐又有何不满意呢？

协商了大半个时辰，大夏不得不做出让步。转瞬，靡靡之音顿时响起，在一众衣衫光鲜的妙龄女子吹奏的软绵的丝竹乐声中，大军再一次缓缓开拔。

李策丝毫不以自己脸上的伤为意，还不停地撩开车帘对着下面的百姓招手示意，笑容可掬，平易近人。

楚乔暗暗一叹，骑在马上跟随骁骑营一路将李策太子送进了盛金宫。

赵彻和程副将随行入了宫。楚乔随同一众兵士直接回了骁骑大营，刚走到门口，忽见上空一只黑鹰盘旋。一名弓弩手见了，抽出腰间的弓弩，开弓就射了出去。谁知一支利箭却后击而上，一下将他的箭打偏。

那只大鹰见了越发嚣张，嗷嗷直叫，围着众人转了好几圈，方才展翅离去。

"楚教头！为什么射偏我的箭？"

楚乔目光冰冷地看了士兵一眼，冷哼一声，打马进了大营。

几日辛劳，总算有时间休息，众人一回到大营，除了站岗放哨的卫兵，全陷入了睡眠之中。

楚乔穿了一身寻常的便服，顺着侧门悄悄走了出去。

天气渐暖，赤水湖已经解冻，远远望去，只见湖岸边上，一名男子长身玉立，一袭白衣，微风吹来，说不出的潇洒倜傥。

楚乔上前一笑，说道："你在那里摆造型给谁看呢？"

燕洵转过身来，温和一笑，上下打量了楚乔几眼，说道："可害怕了？"

"没有。"女子狡黠一笑。

"嘴硬。"燕洵失笑，"整个皇城都知道了，你也算成了一次风云人物。"

楚乔一愣，"整个皇城的人都知道了？那没人上奏吗？"

"赵彻说没瞧见你打人，整个骁骑营统一口风，就连那个卞唐太子都不承认被你打了，硬说是自己摔的。连苦主都不追究了，皇上还能如何？"

楚乔掩嘴笑道："早知如此，我就该打得更用力些。"

"阿楚，军中生活可还习惯？"

"还好，"楚乔点了点头，"赵彻对我并不信任，屡次试探，不过情况并不糟糕，一切还在掌握之中。"

燕洵默默点头，缓缓说道："嗯，你自己小心些，若是事不可为，也不要勉强。"

"我知道了，你放心吧。"

"我不多留你了，这块令牌，能驱使大同行会的人马为你效力。你在外面，或许用得着。"

楚乔接过木牌，只见样式古朴，上面刻着一只巨大的海东青，背面写着一个"同"字。

"我先走了。"

"燕洵！"

男子转过头来，不解地望着她。楚乔也惊异于自己一时的失态，尴尬地笑了笑，"路上小心些。"

燕洵一笑，笑容和煦如杨柳春风，衣带飘飘，策马而去。

楚乔默默站了许久，待他的身影消失不见了，才缓步向骁骑营走去。

"吁"了一声，燕洵翻身跳下马来，对着迎上前的几人沉声说道："怎么回事？"

阿精连忙回道："魏景连夜派人收集了姑娘殴打卞唐太子的消息，并收买了骁骑营的两名士兵为证，就要赶往盛金宫了。"

"魏景？"燕洵停下，缓缓说道。

"世子，我们该怎么办？虽说唐太子怕丢脸不追究，但是一旦事情被摆在台面上，姑娘还是在劫难逃。"

燕洵眼光一寒，沉声说道："通知夜组，让他们处理。"

阿精一愣，喃喃说道："世子是要？"

"杀了魏景。"男人的眼睛顿时变得比豺狼还要凶狠，哪里还有刚才一分半分的柔和，语调阴沉地缓缓说道，"他已经活得够久了。"

夜已经很深了，盛金宫的上空仍旧沉浸在一片丝竹乐声之中，清冷的远月高高地挂在空中，散发出一种惨淡凄迷的光辉。真煌城虽然从不实行宵禁，但是过了紫薇广场就是皇城的范围，戒备森严，一片死寂，尤其是这个时辰，基本上少有人行走，而这个时候还能在此处走动的自然不是什么普通人。

一百多人的骑兵，前方后窄布成梭阵形，寂静的长街上只听到嗒嗒的马蹄声，在这样夜深人静的夜里，越发显得清脆。铁甲森寒，行了半炷香的时间却没有进入皇城的主道，而是折入靠城墙的巡道，沿墙而行。

行走在中央的骑兵众多，两翼卫兵都手拿高盾，前后分别有两盏灯笼照明，队伍中央则完全没入黑暗，让人无法看真切，但是一看这样的布置就知中心必定护卫着重要人物。

前排的前锋均手持利器，战刀长矛盾甲齐备，既可攻，又可守。

两侧各有二十人的骑兵，像是两堵墙一般护卫着队伍的中央，人人手持战刀，穿着厚重的盔甲，向着外侧。盔甲闪动着银白的光芒，一看就是以西域重甲所铸，即使有人在高墙或道旁偷袭放箭，只要不是重型弓弩，就无所畏惧。

这样严密的防范，几乎可以称得上是滴水不漏。自从穆合氏穆合西风神秘死去之后，惜命的京城贵族们立时人人自危，陷入了一轮惶恐之中。而魏景荣登御前带刀兵卫之后，对自己的这条小命似乎越发珍惜起来。

寒风凛冽，地面上积雪翻飞，更见肃杀森严之气。

"公子。"一名家奴策马上前，对着马上的男子沉声说道，"再往前走就是元安门北侧，我们悄悄地进去，不会被家主发现。泰公公已经在宫门前等着我们了，只要将折子递上去，燕世子和那个小姑娘一个也跑不了。"

魏景冷冷地点了点头，目光好似凶狠的狼，残忍且嗜血，嘴角弧度坚硬，显得阴郁且枭桀。天空中层云堆积，星月无光。

黑暗中的男子一身黑色夜行服，双眼微眯，站在高高的宫墙之上，一阵冷风吹来，扫过他修长的身体，越发显得孤傲凌厉，卓尔不群。

三十名黑衣手下围立两侧，或蹲或伏地隐藏在层层阴影之中，静候时机的到来。

突然，宫殿方向乐声大震，隐隐有擂鼓和编钟长鸣声。男人知道，时机已到，乐师们开始为他们的行动做掩护，只有一炷香的时间。

一声尖啸陡然划破了长夜的宁静，惊乱了那些有规律前行的马蹄。

魏阀兵将们顿时大骇，慌乱地仰起头来向黑洞洞的两侧望去。

就在此时，嗖嗖声呼啸而起，高墙之上三十架弩箭齐发，箭芒闪烁，噬人心肺，取马不取人。

战马惨嘶，奋力扬蹄，马上士兵纷纷坠马，惨叫声不绝于耳。魏景被众人护在中央，惊怒交加，怒声喝道："来者何人？"

黑暗中的男子冷笑一声，举起手中的金色弓弩，嗖的一声离弦而去。然而箭矢还没到达，他的身形已如豹子闪电般跃下高墙，天兵降世般落下几尺，随后甩出手中钩锁，凌空飞跃，转瞬间稳稳地落在地上。

唰的一声，男人手中的长剑一下狠狠地插入对面士兵的铠甲之中。另一名士兵举刀冲上前，谁知刚走了一步，金色箭矢先发后至，已狠狠地穿透了他的咽喉！

惨叫声立时响彻整条紫薇长街！

紧随其后，隐藏在高墙之上的死神们纷纷跃下，悍然举刀杀至。

魏景的随从这时候已倒下了大半，战马惨叫哀鸣，马蹄乱扬，好多人被弩箭射伤，摔在地上，却被战马一脚踩死。队伍早已乱了阵形，一百多人的护卫团立时溃不成军。

"魏阀奸贼！陷害忠良，排除异己，窃国恶枭，穆合西克今日替天行道，来取你性命！受死吧！"

远处突然传来一阵杂乱的马蹄声，魏景知道皇城的禁军们定是听到了声音已经赶来，顿时心神大定，悍勇暴喝："穆合狗贼，垂死挣扎，有本事就尽管来吧！"

就在这时，突然一张大网从天撒下，兜头就将魏景紧紧缠绕。四名黑衣武士利落地交换位置，将巨网收紧，随即猛然抛出钩锁，跃上高墙，悍然离去。

一声轻啸顿时传出，黑衣武士们受到了召唤，尽管占了绝对上风，却仍旧毫不恋战地退了开去。零散的刀剑被抛下，两名黑衣人举着两只木桶，将里面的液体哗哗倒出，然后丢下一支火把，再也不看一眼，几个飞跃，就消失在重重楼宇之间，向着外城掠去，只是刹那间的工夫就消失得无影无踪。

整个行动，不出半炷香的时间，一切归于宁静，而盛金宫的方向巨大的声乐犹自没有停歇，仍旧处在一片歌舞升平之中。

高效率的攻击和爆炸般的手段之后，留给皇城禁军的只是一片火海和血泊中挣扎呻吟的魏兵。

"魏二公子被掳走了，快！快去通报长老会！其他人跟我去外城追击凶手！"

就在皇城禁军们风风火火地去外城追击刺客的时候，一队黑衣人马却毫无顾虑地奔进了皇城。官道旁的松柏林里，十多名青衣侍卫正静静地护卫在一辆马车旁边。几人迅速奔至，将被巨网网住的魏景狠狠地扔在地上。

"你们……"

砰的一声闷响，魏景刚要开口，就被一人飞起一脚，狠狠地踢在嘴上。满口牙齿登时碎裂，魏景闷哼一声，再也说不出话来。

两名青衣侍卫迅速上前，将魏景紧紧绑了起来，封住手脚嘴巴，然后拉开马车的下层，竟然将他装在平时盛放炭火的夹层之中。

为首的黑衣男子上了马车，脱下外面的黑色夜行衣，露出里面的一袭白衣，拉下蒙面，面容清俊，双眼锐利如星。

"世子，"换好衣服的黑衣人也穿了一身青色的侍卫服，恭敬地抱着一个火盆，说道，"烤烤手，暖暖身子吧。"

燕洵淡淡点了点头，接过火盆，将帘子放下。他拿起放在一旁的黑衣扔了进去，然后伸出手，对着外面的人轻轻一挥，马车随即上了官道，向着禁宫方向缓缓驶去。

剧烈的马蹄声顿时在身后响起，一名护卫立时上前一步，厉声喝道："什么人？深夜在宫里跑马，不想活了吗？"

那人一愣，看清楚来人之后，顿时接口说道："原来是燕世子，魏公子在紫薇道遇袭，属下奉命要赶往皇宫禀告陛下。"

"遇袭？"马车的帘子被一把掀开，燕洵眉头轻蹙，"可抓到凶手，魏公子现在何处，可有受伤？"

"回禀燕世子，凶手潜逃，已经向着外城逃跑，路将军带人去追了。魏公子被人掳走，至今生死不知。"

燕洵点了点头，沉声说道："那你快去通报。"

"是。"

战马随即呼啸而去，燕洵回到马车里，对着外面沉声说道："继续走，去吕华殿。"

刚一下车，就见魏光带着魏阀的几名官员行色匆匆地从吕华殿中走了出来，上马之后急速向宫外驰去。

燕洵披着一身白色大裘，面容俊朗无匹，目送着魏阀众人离去，才缓缓踏进了吕华大殿。

夏皇已经退席，只剩下因为魏景被人掳走而精神恍惚的赵齐在主持大局。穿着彩衣的宫女穿梭其间，为众人布菜，巨大的皇家乐师团围绕在大殿一侧，丝竹声悠扬婉转，绵绵如春水，一听就知是在投谁所好。

李策皇太子一身深紫蟠龙锦袍，和四周众人谈笑风生，杯来即干，毫不含糊，若不是脸上的风景实在太过壮观，想必也是一幅风流画面。

宴会上气氛热络，百官都喝得差不多了，情绪高涨，一片觥筹交错。

燕洵悄无声息地入席，抬眼淡淡地看了一眼李策那鼻青脸肿的样子，嘴角一牵，举起酒杯，摇头轻笑。

"你怎么才来？"赵淳儿一身彩蝶嫩粉对领衫，下着金紫色长裙，珠玉滔滔，翡翠光华，别样的光艳照人。

燕洵抬起头来，看着款款走来坐在他身旁的少女，略略弯起嘴角，淡淡地说道："小睡了一会儿。"

"我还以为你又不来了呢！"赵淳儿眼神如水，瞥向坐在上首的唐太子李策，嘟着嘴说道，"那个家伙刚刚问人家的闺名，真是不知礼数。"

燕洵哂然一笑，仰头饮酒，并未答话。

赵淳儿痴痴地仰头看着他，丝毫不介意他对自己的不理不睬，过了许久，突然反应过来，小脸一红，扯着自己的衣服问道："你看，这是新域刚刚进贡的彩蚕丝，好看吗？"

燕洵微微一愣，却想起了刚刚的赤水湖边，女子眼神明亮，急切地叫着他的名字，然后略显慌乱地说：路上小心。

燕洵的表情顿时温柔起来，由衷地叹道："很美。"

赵淳儿以为说的是自己，顿时开心了起来，美滋滋地坐在一旁，不住地为燕洵夹菜倒酒。

不断有士兵悄悄从侧门进来向赵齐禀报，赵齐面色越发难看。四周的官员们都谨慎地注意到了，只有李策仍旧醉醺醺地拉着赵齐的衣袖，晃晃悠悠地将手中的酒都洒在他身上。

直到二更方才散席，李策醉得一塌糊涂，趴在几子上就睡着了，将饭菜沾了一身。

赵齐没有回禁宫，而是直接出了大殿，上马出城。

燕洵站在黑漆漆的广场上，看着赵齐离去的身影，淡淡地牵起嘴角。

"洵哥哥，"赵淳儿小心地拉着他的衣袖，轻声说道，"这里好冷，送淳儿回宫吧。"

燕洵恭敬地退后，行了一礼，沉声说道："燕洵不胜酒力，不敢叨扰公主，公主自行回去吧。"说罢，转身就上了自己的马车。

马车渐渐远去，赵淳儿仍旧站在原地。宫人走上前来，为她披上大氅，却一不小心落在了地上，深红色的大氅落在雪地上尤其显得醒目，好似一摊鲜血。

赵淳儿倔强地咬着嘴唇，眼泪在眼眶里打转，却努力不让它掉下来。

"公主？"玉嬷嬷叹了一声，上前拉住小公主的小手，说道，"回去吧。"

赵淳儿听话地点了点头，跟在玉嬷嬷身后一言不发地向马车走去，冷风吹来，一滴眼泪顿时下落，滑过脸颊滴在苍白的雪地上。

莺歌院的密室里，阿精一把扯下男人蒙眼的黑布。

魏景紧紧地皱着眉，好半晌才适应了这样明亮的光芒，抬起头来，却陡然看到男子淡漠轻笑的脸孔。

"燕洵？"魏景双眼顿时大睁，难以置信地大声叫道。

燕洵坐在椅子上，正在品茶，闻言略略抬眼，淡笑着打招呼道："魏公子最近贵人事忙，多日不见，别来无恙。"

"你好大的胆子！"魏景顿时大怒，厉声说道。

"我的胆子向来不小，魏公子应该心领神会。"

"燕洵，魏阀不会放过你的，你会死无葬身之地的！"

燕洵一笑，好似听到一个笑话一样，缓缓说道："我会不会死无葬身之地我不知道，但是我敢肯定你绝对会死无葬身之地。"

"还记得吗？"燕洵身体微微探前，笑容邪魅，声音舒缓地说道，"我当初说过，你那日不杀死我，总有一天要死在我的刀下，你砍我一根手指，我就砍你一颗脑袋。"

"啊！"

巨大的惨叫声顿时响起，凌厉的刀锋下，一只断手顿时掉落在地，鲜血狼藉。

几滴血浆溅到燕洵的手腕上，男子微微皱起眉来，厌恶地拿起一块白绢用力地擦拭，对着属下冷然说道："拖下去，砍了。"

魏景垂死挣扎，怒声叫道："燕北狗！我叔父不会放过你的！"

"魏光？"燕洵冷笑一声，"他太老了，脑袋已经不够用了，只有你们魏阀还将他当作神一样供着。现在他那颗腐朽的头颅里，还不一定在怀疑谁呢。魏景，你这个蠢材！"燕洵突然转过头来，冷冷地看着他，厌恶地沉声说道，"你原本还有一段时间可以活，可惜你不该激怒我，尤其不该拿我最在乎的人来威胁我，你以为你可以扳倒我？天真！你始终是个不成器的废物，以前是，现在是，原本以后也会是，只可惜你再也不会有这个机会了。"

一把将染血的白绢扔在地上，燕洵凛然转过身去，大步向外走去，一边走一边冷声说道："拖下去！"

怨毒的咒骂和惊恐的厉啸顿时响起，燕洵脊背笔直，充耳不闻。

他已经走上了复仇的道路，曾经羞辱过他、伤害过他的人都将为之付出惨痛的代价。从此以后，他再不允许有人将他心爱的东西夺走，再不允许！

冷月如霜，夜风冰冷，今晚，又是一个不眠之夜。

第二日，整座真煌城都被惊动，魏阀嫡长公子魏景昨晚在皇城遭人伏击，一百兵马全军覆没，魏景被人掳走。皇城禁军赶到的时候连凶手的影子都没瞧见，搜索一夜一无所获，如今恐怕早已凶多吉少。

因为当时有禁军远远地听见贼人自报穆合氏穆合西克的名号，所以，一系列大规模搜缴穆合氏余孽的屠杀再度开始了。

然而此时此刻，在魏氏大宅的主房里，魏光却将一封书信交给自己最为信任的部属魏奴，沉声说道："务必要对烨儿说，魏阀生死即在顷刻，陛下已对魏氏一脉下手，他若是再不回来，魏阀就是下一个穆合氏。"

五骑快马迅速奔出真煌城门，向北绝尘而去。

阿精来通报的时候，燕洵正在廊下品茶，闻言冷然一笑，淡淡地说道："越热闹越好。"

只是短短的几个字，却顿时让阿精浑身上下都冰冷起来，他跟了燕洵三年，却发现自己渐渐看不清楚这个主子了。

骁骑营的校场上，传来一波又一波雷霆般的叫好声，笑容明朗的少女站在校场中央，七箭齐发，连珠弹丸般一支接一支地射向百步外的靶心。

"楚教头！"

远远地一骑战马迅速奔来，年轻的士兵穿着一身灰褐色的短打武服，翻身跳下战马，气喘吁吁地说道："有人来找你了。"

"找我？"楚乔一愣，放下弓弩，一下自箭台上跳了下来，问道，"什么人啊？"

"楚教头！"笑容爽朗的大汉挥舞着弓箭大声叫道，"还比不比啊？"

"连袍子都输给我了还不知悔改，早晚要你输得没裤子穿！"女孩子转过头去，语调清脆地喊道，周围的骁骑营战士们陡然大声笑了起来，纷纷起哄那名吵着要比箭的大汉。

通信兵也跟着众人嘿嘿一笑，露出一口洁白的牙齿，说道："我也不清楚，好像是司礼监的，人很多。"

楚乔的眉头缓缓皱起，会是谁来找她？燕洵不是说打唐太子那件事了结了吗？还会有什么人来找她这个小小的箭术教头？

"走，去看看。"楚乔翻身跳上另一匹战马，跟在通信兵身后，向着中军大营的方向奔去。

远远望去，今日的骁骑营格外热闹，金龙幡旗，锦衣礼官，身姿绰约的女子们端着巨大的金盘，司礼监的总管们穿着大典才穿的华服，恭恭敬敬地跟在后面，一排排金灿灿的箱子摆在营帐前，不知道里面装着什么旷世奇珍。

赵齐眉头紧锁，对程副将沉声说道："七殿下呢？怎么还没回来。"

程副将额头冷汗直流，到现在也不知道到底出了什么事，压低声音答道："就快了，属下已经派人去通传。"

"嗯，不错，原来这军营之中，也别有一番景致。"

一个慵懒的声音在一旁响起，赵齐闻言顿时头痛，转头苦笑道："太子殿下，不知您此番来我七弟这里，到底所为何事啊？"

"待会儿你就知道了。"李策一身大红锦袍，衣衫如火，下摆处绣着几只鸾凤戏龙图，金光耀眼，衣带飘香，外罩火红狐裘，一双眼睛邪魅如桃花，大冷的天却偏要死命地摇着一把折扇，得意的模样直看得人牙根痒痒。

赵齐发誓，他真的有些忍无可忍了。

整整两天，他随着眼前这人四处折腾，先是嫌盛金宫睡觉的地方不通风，忙活半晚上总算通了风，他又嫌通风之后屋子冷，一早上起来就因为宫里的宫女长得丑而不肯吃饭，好不容易找来一些姿色极品的他又嫌人家不会吟诗。吃顿饭也是百般挑剔，一会儿说茶叶不是最近三日的新茶，一会儿说外面侍卫的靴底没有垫上软绵，在外城走路时会吵醒他在内城睡觉。总之是花样百出，无穷无尽。

赵齐一条命几乎去了一半，感觉似乎和众多兄弟争斗都没有陪他辛苦，眼下也不知道又出了什么别出心裁的念头，不管不顾地叫上一群人来了军营。

如果在这之前，他还一直怀疑这家伙是扮猪吃老虎的隐藏高手，那么现在，他可以百分之百地肯定，这家伙就是一个变态，毫无理智可言。

"哎呀！来了来了来了！"

李策双眼突然放出光来，赵齐还没来得及细看，就被李策一把拉到一边，男人紧张兮兮地说道："我今天的打扮怎么样？味道够香吗？不俗气吧？你看我这双靴子，是西北默罕王进贡的极品花貂，还上档次吗？"

　　赵齐无奈地叹了口气，频频点头，"好，美极了。"

　　刚一踏进大营，楚乔就看到了赵齐的绿营军兵马，她眉头轻轻一蹙，心下暗暗留了几分小心。

　　究竟出了什么事，为何赵齐会亲自前来找自己呢？会不会是燕洵出了什么纰漏？

　　这时，她已经靠近人群，只见司礼监的官员们一个个皱眉看着她，似乎也不明白发生了什么事一样。她稍稍安心，若是燕洵事败，赵齐只要带着绿营军来就好，何必带着司礼监？事情一定没有自己想的那么糟。

　　"末将楚乔，参见三……"

　　"哈哈！看你这回往哪儿跑！"

　　一个火红的身影突然从身后蹿了出来，一把将她紧紧抱在怀里，所有人霎时间目瞪口呆。然而他们还没回过神来，就见那少女骤然间好似受到攻击的小兽，雷霆般原地跃起，一个反锁手就从对方的掌控下挣脱而出，小擒拿手随之而上，咔嚓两声脆响，就反客为主地将偷袭的男人死死地按在地上！

　　"什么人？"楚乔冷喝一声，沉声说道。

　　然后，就见卞唐大皇的心肝宝贝拼了命地从地上抬起头来，仍旧保持着笑眯眯的色狼表情，开心地说道："真是粗鲁，是我啊，你不认识了？"

　　大夏的官员们顿时间蒙了，看看趴在地上的卞唐太子，又转头看看黑着一张脸的三皇子赵齐，随即再去看看有些傻眼的少女楚乔，人人呆愣，不知道该说什么才好。

　　反观卞唐的使者们，却人人一副哀怨的表情，似乎早就知道事情不会按照常理发展。

　　赵齐当先反应过来，顿时上前一步，对着楚乔厉声说道："大胆！竟敢对唐太子无礼，该当何罪！"

　　楚乔一愣，连忙松了手，正想请罪，忽见李策一个翻身利落地爬起，对着赵齐十分有气势地喝道："你才大胆！本太子要娶的人就是她，我把聘礼都带来了，来人啊，抬上来！"

　　几百只巨大的箱子被抬上前来，刚一打开，金碧辉煌，一片耀眼之色，众人不由得惊呼出声。

　　楚乔站在原地，看看傻了眼的大夏官员，看看目瞪口呆的赵齐皇子，看看得意扬扬的卞唐太子，最后欲哭无泪地皱紧了眉头。

　　谁可以来告诉她，眼前这一切，究竟是什么状况？

　　寒冬已过，大地回春。

　　今天一早推开窗子，就发现外面的积雪大多消融，冰层融化，湖水泛开，南方的燕子纷纷北归，莺莺啼鸣，声音清脆悦耳。

　　燕洵今日的兴致极高，他前几天刚刚手刃仇敌，心怀大放。

他穿了一身湖绿色的锦袍，腰间斜斜地系着一根同色衣带，面如白玉，眼若寒星，翩翩贵介，玉郎神风。此时此刻，他正端坐在湖心亭里吃茶，一炉焚香幽幽地燃着，香味极淡，烟雾竖直而上，空气里没有半丝风，丝丝筝声从遥远的东华苑传来，遥遥看去，一袭青碧掩映的假山碧水，好似超凡脱俗的画卷一般，毫无半丝人间烟火之气。

偷得浮生半日闲，他已经很久没有这般轻松了。

午后，一骑快马奔入了盛金宫，霎时间打碎了这份难得的清净。

"世子，"阿精带着几个莺歌院的下属大汗淋漓地跑到亭子里，对着正往亭外走的燕洵大声叫道，"大事不好了。"

微风轻拂，吹起燕洵翻飞的衣角，男子回过头来，淡淡地看了阿精一眼，似乎对他的莽撞有些不悦，"何事如此惊慌？"

燕洵声音平和，颇有泰山崩于前而面色不改的气质。阿精却学不来他这种超然的气质，语调急促地说道："卞唐太子刚刚去了骁骑营，点名要娶骁骑营箭术教头！"

"卞唐太子娶妻，与你我何干？"燕洵微微挑眉，语调悠然地说了一句，转身就向前继续走去。

阿精顿时傻了，和几名同伴对视一眼，心底顿时生出巨大的崇敬和喜悦。

难道，世子殿下终于懂得凡事以大局为重，不再为儿女私情所牵绊了吗？楚姑娘和殿下从小一起长大，感情非比寻常，世子殿下这般冷静，丝毫不为之动容，这该是一种怎样巨大的自制力和自控力？为了大同的信念和理想，他究竟在不为人知的情况下放弃了什么？

然而，一个开心的笑容还没从眼睛蔓延到嘴角，一阵风陡然刮至眼前，原本云淡风轻的男子面皮紫胀地紧紧抓住他的肩膀，厉声说道："你说什么？哪个箭术教头？他要娶谁？"

阿精哭丧着脸，心底百般哀怨，"骁骑营的箭术教头，只有一个是女的啊。"

"该死的！"

"该死的！"

长风吹过真煌城的上空，就在这一刻，有一个愤恨的声音同时响起，赵嵩冲出居所，翻身上马，向着城东的骁骑大营风驰电掣而来！

"卞唐太子李策？"

诸葛府的梅园之中，紫袍墨发的男子微微皱起好看的眉头，沉声说道："他又来搅什么局？"

朱成笑眯眯地弯腰说道："少爷，他可不是搅局，这位唐太子现在已经带着星儿姑娘出城了，说是怕夏皇不答应，要连夜跑回卞唐去。三皇子劝阻不成，又不敢拦阻，已经派人回宫去禀报了。"

诸葛玥眉心紧锁，突然站起身来，披上外袍就向外走去。

"少爷，您要干什么去啊？"

"去看看。"

远远地，只有一个淡淡的声音飘了过来，后面的话朱成没有听清，可是诸葛玥的身影已经走远了，转瞬间，骏马长嘶一声，蹄声踏碎了梅园的清净。

就在燕洵等人快马赶往骁骑大营的时候，卞唐太子的马车却已经离开了军营，笔直地向着城门的方向行去。

李策的眼睛笑得像只狐狸一样，刚刚被揍完没多久，眼眶到现在还是青的，多少令他的绝代风华失了几分颜色。楚乔被五花大绑地按在马车的一角，被他看得浑身发毛，眉心紧锁，面色发黑，可是尽管心下暗恨，却不得不说道："太子殿下，当日楚乔不知道太子殿下的身份，多有冒犯，还请您大人不计小人过，不要怪罪。"

李策眼梢一挑，慵懒一笑，答非所问地说道："原来你叫楚乔，我叫你小乔可好？要么就叫你乔儿？"

楚乔身上顿时一冷，鸡皮疙瘩掉了满地，皱眉说道："楚乔身份低贱，贱名不足以为殿下所记。"

"要么我叫你乔乔好吗？这样听起来比较亲切。"

楚乔面色冷然，耐心却随着时间的流逝越发稀少。她皱眉说道："如果是因为当日楚乔对殿下的冒犯，而让殿下今日有此等举动，那么楚乔甘愿接受惩罚，还请殿下明示。"

李策充耳不闻，仍旧笑着说道："你家中还有何人，父母尚在？"

"殿下，你想做什么不妨直接说，楚乔庶民一个，受不起殿下这般爱护。"

"你是几月生辰？今年几岁了？我是七月生，今年二十有一。"

"殿下，你到底想要做什么？我们能不能正常说话？"

"你的祖籍是在何处？长得这般钟灵毓秀，不像是北方人，反倒像我们南方的女子，你父亲可跟你说过？"

"太子殿下！"

"发起怒来都这么好看，我真是太有眼光了！"

……

半个时辰之后，楚乔试图重新和李策交流，她很认真地平复下自己的怒火，态度诚恳地说道："太子殿下，你到底看上我什么了？"

李策温柔一笑，"你的什么我都喜欢。"

楚乔自知失言，摇了摇头，"换言之，你到底想利用我做什么？你不想娶大夏的公主可以有很多办法，犯不上拿我做挡箭牌，我只是一个小小的庶民，没有利用价值。"

"乔乔，"李策皱起眉来，表情困惑地说道，"我对你一见倾心，你却这样误会我，我会很伤心的。"

"你会很伤心才怪！楚乔突然发现，和正常人说话其实是一件很快乐的事，哪怕那个正常人是你的敌人，也不像眼前这样，敌我不分，连对方的态度都根本无法摸清。她缓缓吐出一口气，放弃想从李策嘴里知道什么的奢望，靠着马车静静地坐着，连眼睛都不愿意再睁开。

"乔乔，"李策淡笑着靠上前来，声音邪魅，语调轻佻，带着几分难言的沙哑和魅惑，"我手冷。"

沉寂半晌，随即砰的一声，李策太子霎时间犹如一个皮球，轰然飞出了马车，从众多卞唐使者和大夏侍卫的头顶，猛地大头朝下摔落在地。

"什么人？"

"啊！太子殿下！"

"有刺客！保护殿下！"

杂乱的呼啸声登时响起，赵齐眉梢一挑，一把拔出腰间长剑，几日来因为魏景的失踪而一直紧绷的神经顿时紧张起来，招呼着身旁的侍从围住了那辆大得离谱的马车。

"一场误会，一场误会！"

李策一边"哎哟"着一边狼狈地站起身来，踉跄着就向马车跑去，拦在剑拔弩张的众人身前，连忙说道："是我自己不小心，没坐稳，没事没事。"

众人紧锁眉头面面相觑，看着毫无动静的马车，不知该说什么才好。

没坐稳？这马车跑得比人走还慢，什么人会没坐稳从里面飞出来？

"没关系，大家不要紧张。"李策撩起衣衫下摆，笑着爬上马车，冲着众人连连摆手。

赵齐此刻已经处在崩溃的边缘，被这位风一阵、雨一阵的太子搞得心力交瘁，偏偏回去报信的人还没回音，这眼看就要到城门了，难道真让卞唐未来的皇帝娶一个燕北奴隶？

帘子刚一放下，李策就龇牙咧嘴地揉着胳膊，哀怨地瞅着冷冷地坐在一旁的楚乔，撇着嘴说道："乔乔也太心狠手辣了，这样对你的未来夫婿，是要遭报应的。"

楚乔半睐着眼睛，冷冷地看了他一眼，沉声说道："男女有别，还请殿下自重。"

"乔乔，帮我上药吧。"李策拿着一个白玉瓷瓶，可怜巴巴地凑了过来，伸出摔得渗出血丝的手臂。

楚乔眉梢一挑，并没有动作。

"我是为你好。"李策说道，"若是被别人看到我又受伤，你肯定又要受牵连。"

楚乔叹了口气，一把夺过瓷瓶，粗鲁地拉过他的手臂，为他上起药来。

李策顿时惨叫出声，赵齐等人走在外面，听着里面鬼哭狼嚎的声音，眉头越皱越紧，面色铁青。

天蓝云白，空气清新，午后阳光温暖，鸟儿在空中自在地盘旋。官署驿道两旁，跪着许多来不及躲避的平民，理所应当地低着头，却在听到上面的声音的时候偷偷地挑了下眼角。

第十一章
难下杀手

偌大的草场上青草一片，绿油油的，很是美丽。李策换了一身夸张的红色长袍，上面绣着大朵大朵的牡丹，很是俗气，穿在他身上却有一种大雅的感觉。

他骑了一匹很是拉风的白色骏马，马脖子上系了一朵紫色的蔷薇绢花，活像娶媳妇的新郎一般，一手挽着缰绳，一手持着长剑，对几乎要哭出来的赵齐说道："回去吧回去吧，跟夏皇陛下说，很感谢他的款待，我这就要走了，咱们有缘再见。"

赵齐无语凝噎，却不敢上前一步。刚刚他不过多说了一句让他再多住一晚的话，这位脑袋短路的太子提起宝剑就往自己的脑袋砍去，要不是他身边的护卫机警，及时用手臂替他挡了一剑，可能现在李策的脑袋已经开瓢了。赵齐心里的痛苦已经无法用言语来表达了，他悲哀地望着李策越来越远的背影，只觉得上天对他实在是太不公平了。

同赵齐一样，楚乔现在也觉得很纠结，对于这位不按常理出牌的太子殿下，她觉得最正确的解决方式就是扭断他的脖子让他那张聒噪的嘴彻底闭上。

可是此时此刻，这样的方法明显行不通，事态的发展太离奇诡异，已经脱离她的控制范围了。如今只能静静地等待，毕竟打死她她也不相信夏皇会这么不了了之，让李策带一个燕北奴隶回去当太子妃。

"乔乔，开心吗？我们出城了。"

李策笑眯眯地望着她，眼神略微带了几丝魅惑，"跟我走吧，以后你会有享不尽的荣华富贵，穿不完的绫罗绸缎，燕洵能给你的我都能给你，他给不了你的我也能给你。再也不用卑躬屈膝，再也不用寄人篱下，你看，这样多好。"

"你该知道你是走不掉的。"

李策粲然一笑，"你怎知我走不掉？"

楚乔不置可否，冷冷笑道："若是这样就走掉，那你就不必来这一趟了。"她的眼神突然变得锐利起来，冷冷地注视着李策那张俊逸的脸，"你到底有什么阴谋？"

李策凑上前来，鼻尖几乎挨着她的脸，"我的阴谋就是带你回去，气死燕洵、赵七、赵十三那帮人。"

楚乔顿时觉得浑身无力，看着李策那张好似桃花的脸，只觉得说什么话都是多余的。她摇了摇头，沉声说道："李策，如果你真的是装的，是别有用心地暗中搅局，那你实在是太可怕了。"

李策得意一笑，"本太子来到真煌就是别有用心暗中搅局，不过我的做派倒是真的，本太子无论在什么情况下都是一样风流不羁、潇洒倜傥。"

楚乔无奈地叹了口气，就在这时，心底顿时涌起强烈的不安！

只一瞬间，女子从马车上一跃而起，一下扑在李策身上，将他撞了下来！

"乔乔！怎么你的投怀送抱都做得这般粗鲁？你……"

"闭嘴！把绳子给我解开！"

"不行，那你该跑了。"

女子怒喝一声，几乎就在同时，一阵密集如雨的利箭蝗虫般激射而来。远方的高坡下突然涌出无数敌人，人人手持弓弩，弓弦响声不断，前方十多名护卫登时如筛子般掉下战马，无主的战马齐声哀鸣。楚乔扯着李策一个侧滚，躲过了那匹白马庞大的身体，数不清的弓箭密密麻麻地插在白马的尸体上，箭头上闪着幽蓝的光芒，一看就知道都是淬了毒的。

"是不是你在搞鬼？"

楚乔厉喝一声，李策也是双眼发蒙，不解地叫道："我自己找人伏击自己？"

"该死！"

同一时间，杀声四起！高高的草原上凭空蹦出无数的敌人，人人手持厚背战刀，穿着平民服饰，喊杀着就冲了上来。

"保护殿下！"李策的护卫统领铁由厉喝一声，带着几名亲卫冲上前来。楚乔双手灵活一转，就将那绳索挣脱开，挥剑挡开几支流矢，见李策站在她的身后，一副茫然失措的模样顿时大怒，厉声喝道："你不会武艺？"

李策忙不迭地点头，"乔乔，你要保护我。"

"白痴！"少女顿时火大，一脚踢在李策的膝盖上，男人"哎哟"一声矮身倒下，正好躲过一支飞来的流箭。

"不要慌，前面迎敌，中部射箭掩护，后方拉拢战马，随时准备突围！"楚乔抓起一把弓弩，一边跑动一边凌厉反击，箭矢仿佛长了眼睛一般，箭无虚发，每发一箭都有一声凄厉的惨叫随之响起。

四面八方全是喊杀声，箭矢排空，喊声震天。对方的人马如潮水般源源不绝地奔涌上来，足足有上千人。而李策身边的护卫此时只剩下一百不到，还人人带伤，仓促之间根本无法迎战。楚乔拉着李策跟跄跑着，眼见不远处就是茂密的林子，顿时心中一喜，大声喊道："往林子里退！"

凌厉的刀锋迎面而来，李策惊慌大叫一声，楚乔迅速上前飞起一脚，重重踢在敌人下身，杀猪般的惨叫声顿时响起。然而还没待那人声音拉长，楚乔挥剑而上，一剑削去了那男人的半边脑袋！

鲜血霎时间喷了李策满身。李策一惊，竟然顺手从衣襟里掏出一块锦帕，对着衣服使劲地擦拭起来。

"白痴！都什么时候了？"楚乔一把拉住李策的手，冲入林子，身后的箭雨顿时被茂密的树林挡住，只有少数的箭矢会冲进来，力道却也大不如前。

敌人见他们躲进树林，当机立断放弃弓弩，挥刀冲上前来。

只见四面八方全是敌人，好似蝗虫一般密密麻麻。楚乔剑势惊人，所向披靡，拉着李策一马当先，铁由等人追在身后，此时只剩下不到五十人了，人人鲜血淋漓，受伤严重，已无再战之力。

楚乔脑筋迅速运转，遍目搜索敌人包围网的虚处，手段狠辣，连杀六七人。两世的武学经验加上多年的苦练终于在这丛林战中发挥了巨大的优势。她身材虽然矮小，却更能运用地形，在丛林间挪腾劈杀，几乎无人能当其锋芒。

"乔乔！乔乔！"

李策突然大声叫了起来。楚乔回过头去，只见一名大汉正挥刀逼近他。铁由浑身鲜血淋漓摇摇欲坠，显然已经撑不了多久了。

楚乔飞身而起，一脚踢在那名大汉的肩头，当空一剑劈下，破月长剑龙吟一声，顺着大汉的脸颊斜劈至肩，只听那人惨叫一声倒在地上，头骨碎裂，鲜血淋漓。

左肩突然一阵火辣辣地疼痛，少女秀眉一挑，左手反手摸出肋下的匕首，登时刺入偷袭者的眼眶之中。右手手腕一抖，架住右边来的一支长枪，趁对方踉跄退后之时，剑花猛刺，飞身而起，右脚连环踢在男人的头脸之上，宝剑随之迎上，刺入男人的心窝。

"乔乔！"李策大惊失色，一把上前抱住楚乔，"你受伤了！"

"不用管我！铁由，带你主子往西面跑！"

"不！我不能抛下你！"

李策固执地站在原地，捡起地上的一把长剑，摆弄着花架子比画两下，虎虎生风地喝道："宵小之徒！来吧！"

啪的一声，长剑还没刺到敌人，先划到了自己的袖子，一个不稳就掉在了地上。

"蠢材！"楚乔怒喝一声，拉着他的手，对着铁由等人大声叫道，"跟我来！"

破月剑剑芒锋利，削铁如泥，唰的一声，迎面敌人的宝剑只剩下短短的一截，那人大骇下被后面跟上来的铁由一刀劈翻，浑身鲜血淋漓地倒在地上。

踏着敌人的尸体，楚乔迅速掠过，众人随她登上一个高坡，只见下面河水湍急，浪花朵朵，里面似乎还带着冰碴，竟是刚刚开化的一条河流。

"跳下去！"楚乔娇叱一声，一脚踢在一名刺客的小腹上，对着众人大声叫道。

"啊？"李策站在楚乔身后，伸着脖子向下张望，皱眉说道，"乔乔，会被冻死的！"

"想死你就留在这里！"

李策犹犹豫豫地站在高坡上，几次都没下得了狠心。忽见一男子从高坡下挥刀而上，从侧面偷袭正在迎敌的少女。养尊处优的卞唐太子也不知从哪里来的勇气，抱起一块大石就向那男子的脑袋砸去。只听呼一声，那人霎时间头破血流，葫芦一般滚了下去。

"哈哈！"李策一击得手，大为得意，继续抱石御敌。

众人见太子大发神威，也纷纷有样学样，一时之间，敌人的势头竟被压了下去。

"快走！"楚乔转身一把抱住正打得不亦乐乎的李策，拉着他就滚下斜坡，只听砰的一声，众人纷纷入水，刺骨的寒冷霎时间袭上，楚乔和李策顿时沉入水底。

楚乔神志冷静，迅速上游，可是无论怎样使力仍旧无法上浮。低头一看顿时大怒，只见李策双手抱胸，正死死地抱着一块大石，好像抱着金砖一般。

她一拳打在男人的后背上，将那块大石抢了出来，然而还没来得及上浮，突然只听一阵密集的箭雨猛然射进，惨叫声不断从两侧传来，显然铁由等人在水下中了招。楚乔暗道一声傻人有傻福，拉着李策就潜游而去。

水速极快，半晌之后，两人露出头来，两旁的敌人仍旧在后面追赶，只是却已经去得远了。

楚乔嘴唇青白，肩头染血，体力渐渐不支。

"乔乔，乔乔？"李策的声音显得越发模糊。楚乔费力地转过头去，只见李策正费力地划着水，见她望来连忙沉声说道，"你要坚持住，我们就要脱险了。"

这还是李策第一次这样正经地和她说话。他面容有些发青，嘴唇也是苍白无血色的，一双眼睛没有平日的嬉笑放荡，多了几分正经，整个人的气质似乎都不一样了。

楚乔想跟他说话，可是几次张了张嘴，却没能说出话来，冻得发抖，过多失血让她浑身无力。

河水暗红，敌人的喊杀声源源不断地由身后传来，渐渐地，其他山头也有烽火燃起，看来今日只要他们出城，无论往哪个方向去，定会遭人毒手。敌人的暗杀规模极大，出动的人马多得难以想象。

身侧已经没有了护卫的声音，水声越来越大，天色也渐渐暗了下来，河水冰冷刺骨，水花高溅，去势加速。楚乔和李策惊呼一声，顺着一个小瀑布飞速而下，天旋地转间，李策突然发力紧紧地抱住少女，两人一同由高空落了下去。

燕洵合上地形图，看了一眼周围的下属，沉声说道："行动时切记两条，第一顺利救出阿楚，第二不可暴露身份。一旦被人擒住，你们应该明白该如何做。"

阿精等人点了点头，说道："属下明白。"

"那就去吧。"

众人轰然应诺，带着各自的人马悄然而去。

阿精护卫在燕洵身边，小声地询问道："少主，可知是何人伏击唐太子？"

燕洵摇了摇头，道："不知道，情报不足，可疑的目标却太多，不过那已经不重要了。李策一死，大夏与卞唐必然开战，对我们有百利而无一害，既然都是一样的目标，我们不妨帮对方一把。况且，如果李策此刻在阿楚身边的话，那他可能已经没命了。"

说完，他嘴角不易觉察地露出一抹淡笑来，仰头轻声道："连老天都在帮我。"

虽然对山野丛林行军早已驾轻就熟，但是每次登高还是能看到大批追捕者的火把，好似追命的冤魂一样紧紧地咬在尾巴上，让他们根本就没有时间稍事休息和选择逃亡途径，只能向着茂密的丛林和难以翻越的峻岭奔去。

等到终于暂时将那些人甩掉的时候，天色已经完全暗了下来，而他们也终于迷失了路途，无法辨认真煌的方向。

夜寒雾重，上半夜的时候还下了一场小雨，气温急速下降，为防被人发现，他们甚至不敢生火。楚乔和李策坐在一片茂密的矮树丛中，单薄的少女靠坐在树干上，浑身的骨头几乎散架，身体多处伤口不断地渗出血水，疼痛难忍。肩头的箭伤尤其严重，动作稍稍过大就疼得撕心裂肺，失血过多让她感到一股极大的困顿和无力，几乎就想倒地而睡。

但是多年的训练和经验让她知道，此时此刻是逃亡最重要的时刻，一旦在此时倒下，可能再也没有醒来的机会。

"乔乔？"李策的声音在耳旁响起，一件外袍披在少女的肩膀上。楚乔眉头一皱，抬起头来，只见男子蹲在自己身边，仍旧笑眯眯地说道，"我的衣服干了。"

李策的衣服已经没有香气，被河水浸泡半日，又在丛林里逃亡，皱巴巴的像是一块破布，大红的衣衫上满是暗红色的印迹，也不知道是哪个倒霉杀手的血。

楚乔轻轻一动，肩头的血丝顿时渗出。李策一惊，苍白的脸上再也没有了笑容，手忙脚乱地按在楚乔的伤口上，急忙说道："又流血了，怎么办啊？"

"没事，"楚乔眉头紧锁，撕下衣衫的一角，草草地包扎了一下，沉声说道，"先坐下。"

"啊？"李策瞪大了眼睛，不解地询问。

"先坐下！"女子不耐烦地皱起眉来，声音虽然有些虚弱但是气势十足，"我们时间不多，抓紧时间休息。"

"哦，"李策老实地坐了下来，想了想突然问道，"乔乔，那些是什么人，你知道吗？"

"你若是这么有精神不妨待会儿多跑几步，再敢吵着要休息我就先杀了你，以免你拖我后腿。"

卞唐太子噤若寒蝉，缩着脖子坐在地上，一双眼睛却不安分地乱转。

她当然也想知道是谁干的！可是目标太多，一时间她真的有些抓不住头绪。

李策若是在真煌城外被暗杀，卞唐必会当先发难，大夏和卞唐的战事无可避免。当世两大国一旦开战，从大局来看，首先会得到好处的就是偏安东域沿海的怀宋、地处南疆的大荒，还有西北疆的犬戎。尤其是怀宋，他们繁荣的商贸和丰富的粮食储备登时就会成为两国强力拉拢的对象，怀宋也会从军事弱国一跃而起，占据强有力的战略地位。

从内部政局来看，李策若死，卞唐皇室后继无人，下属的宗庙旁系血亲就会得到即位的机会。唐皇的几个兄弟也会顺理成章地成为顺位继承人，在卞唐广袤的国土上分一杯羹。

从大夏来看，有实力做此事的，除了大夏皇室就是各大宗族世家，毕竟如今穆合氏刚刚倒台，燕洵又借刀杀人先后铲除了穆合西风和魏景，各大世家难免会生出唇亡齿寒、兔死狐悲的情绪。大夏政权的稳定向来来自于皇室力量和世家势力的均衡，一旦一方超过太重，必然会引起一连串的血腥政变。

以魏光、诸葛穆青等人的老奸巨猾，不会看不到家族繁盛外衣下隐藏着的危机，先发制人挑起战乱，让夏皇不得不依靠于世家的势力，趁机拿回兵权这样的事情，他们也不是干不出的。

但楚乔最担心的是，此事是由燕洵主导，由大同行会派人促成。如果真的是这样，那么她此时的情况就会相当尴尬了。

也许整座真煌城，只有楚乔一个人真正清楚燕洵的实力。从燕洵的角度来看，除掉李策不失为一个好的战略方案。李策一死，真煌城顿时大乱，各大世家和皇室的信任瞬间破碎，卞唐和大夏兴起刀兵，怀宋大荒趁机起事，犬戎在北地随之而起，整个西蒙登时就会陷入一片纷乱的战火之中。那时候夏皇必然难以腾挪出手来对付燕洵，甚至还有可能会仰仗燕北的兵力对抗北方犬戎。燕洵霎时间就会立于不败之地，取得完全的主动权。

如果事情真的是燕洵所做，那么她现在是不是该立刻想办法暴露行踪，设法杀死李策，再巧妙地祸水别引，将脏水泼到各大世家头上？

如果不是燕洵所为，那么她既然已经看到这事情结果对燕北的好处，从全局着眼，她是不是该将计就计，顺水推舟？

特工守则，任何时候都要从全局着眼，不惜牺牲任何代价换取最大限度的己方利益。

楚乔的手掌缓缓握紧，肋下的匕首发出森冷的寒芒，几乎刺进她的皮肤。她不愿意去想自己刚刚昏迷之后是如何上的岸，不愿意去想李策背着自己踉跄走在丛林里的侧脸，不愿意去想他一遍又一遍呼喊自己时的那种急切和担忧。

若是没有我，他定然早已死在之前的暗杀之中。

一报还一报，上天很公平。

楚乔缓缓眯起眼睛，手指滑向肋下的匕首，冷静的头脑让她迅速抹去了之前那些不切实际的情绪。她一直知道自己该做什么，就好比出一个任务一样。这八年来她一直心心念念着回到燕北，除此之外，一切都不再重要。

暗纹印花，寒铁打造，刀身轻薄小巧，以棉布包裹，以目前的铁器锻造技术来看，已是超时代的高科技产物。楚乔摸到武器的那一刻，头脑一片清明，所有不该存在的情绪霎时间不翼而飞，顿时恢复为一个合格的铁血特工。

中指和食指夹住刀身，抽刀、旋转、握柄、出手！

一切都发生在一瞬间，只见李策的身体陡然凌空扑来，面色惊慌地大叫道："乔乔小心！"

一只体形硕大的猎犬从楚乔的身后扑来，电光石火间一口咬在护在楚乔身前的李策的手腕上，而李策身体让开之处，一只更加巨大的猎犬随之跃出，森寒的匕首方向不变，顺势刺入猎犬的颈部大动脉，旋转、横向拉扯！

血光飞溅！哀号声起！

楚乔回身一脚踢在另一只猎犬的腰部，猎犬顿时惨叫一声，倒在一旁！

六名蒙着面巾的黑衣人从树林中闪出身来，眼神凶狠，脚步沉稳，一看就是武道上的高手。楚乔缓缓上前一步，将很出息地忍着痛没叫出声的李策拉到身后，缓缓抽出腰间的破月长剑，目光阴冷地望着对面的六个人。

高手过招，速度永远快至巅峰，唰唰……六声抽刀声顿时响起，冷月的映照之下，靠近左前方的两人身形顿时腾空而起，厉喝一声，气势十足地扑向娇小的少女。身体升到最高点的一刹那，手中的战刀带着两道诡异森寒的弧线陡然划下，势如雷霆！

楚乔身躯半弓，标准的日式侧身，一手护着李策一手斜举宝剑。然而就在对方的刀影笼罩在她头上的那一刻，少女突然拔地而起。双方的身体在高空中迅速交错。破月剑势如破竹，瞬间劈裂两人的战刀，快至巅峰地斩入一名男子的肩膀，右脚随之迎上，重重踢在男人的下身，左手成爪，一下死死地扣住对方的脖颈。

咔嚓一声，清脆的骨头错位声响起，那男人还没来得及惨叫一声就已经软软地倒在地上，化作一具尸体。

顷刻间，一死一伤，战斗力超强。

就在这时，另外四人已经迎上，其中两人攻向楚乔，另外两人却去围攻李策。

楚乔迅速回身，想要上前保护李策，身体堪堪躲过刀锋，就在和对方两人身体交错的一瞬间，楚乔侧眼看到一名刺客正挥刀斩向李策。她顿时眉头一皱，一把掷出破月剑，宝剑呼啸而去，夹带雷霆之风。空出的双手迅速一分，顿时鬼魅般摸到两名刺客的后脑，猛地一拍。

眨眼间，巨大的骨裂之声砰然响起，快速猛烈的袭击转瞬而来。两名刺客还没反应过来，眼前霎时一黑，鲜血飞溅，脑浆迸裂，身体就势而下，只是短暂地抽搐了几下，就再也不能动弹。

与此同时，一声惨叫陡然从李策身前传来。正挥刀攻向他的男子眼看就要得手，一柄利剑斜刺过来，唰的一声刺穿了他的前胸，从心脏处血淋淋地渗透而出，剑锋在李策的身前稳稳地停了下来。

李策面色一白，吓得不轻，还没来得及尖叫出声，仅剩的一名杀手立时扑上前来。

电光石火间，那名身上插着宝剑的男人还没来得及倒下，少女的身体已如旋风一般转瞬袭上，一把拔出那人身上的破月剑，身体交错，滑开，刀身交错，快至巅峰！

专业杀手的刺杀战机永远就在那么短暂的一瞬间，刀剑相交之际，火花乍现！出手，拿腕，宝剑斜切，双管齐下！

断腕，扭转，断肘，夺刀，回身切腹！

动作迅捷，行云流水，下一秒，原本气势汹汹的刺客已经双目圆瞪，下腹处刀口巨大，鲜血潺潺，扑通一声倒在地上！

此时此刻，少女刚刚从跳跃的姿势回过身来，冷风从她身上缓缓吹过，发丝染血，一滴一滴地向下滴着。

从对方偷袭到现在不过是眨眼间，考验的却是双方的勇气、眼力、速度和身手。很明显，事实证明，在这一点上，二十一世纪的超级特工楚乔，略胜一筹。

"乔乔！"李策急忙上前，一把抱住她，兴奋地大叫，"你太棒了！"

楚乔不动声色，缓缓推开他，目光冷冷地望向丛林深处，寒声说道："都出来吧！"

李策一愣，面色顿时冷了下来，转头一看，只见四名同样服饰的黑衣人缓缓从密林里走了出来，战刀还没有出鞘，显然是刚刚赶到。

四人看着身材瘦小的少女，只觉得头皮发麻，自己和前方六人不过相距几十步，只是这么短短的几十步，己方人马就已经五死一伤，这个看似一阵风就能吹倒的少女的战斗力，究竟强大到什么地步？

楚乔面色倨傲，冷冷地看了一眼对面的四人，神情轻蔑，突然冷哼一声，冷然说道："是一个一个上，还是一起来？"

几人谨慎地没有说话，而是缓缓抽出战刀，斜举到身前，却不敢莽撞进攻。

楚乔冷哼一声，一把扔掉手里的破月宝剑，冷哼道："对付你们几个，赤手空拳都算姑娘欺负你们。"

四人顿时一惊，随即四双眼睛中齐齐爆出一阵狂喜，暗道这女娃子牛皮吹破了天，脑子发昏竟然想要徒手对付几人，简直是不知死活。见过傻子，没见过这样傻的。大家本身就是刺客，也不必讲什么江湖道义，便齐喝一声，陡然发难，生怕失了先机，毫不客气地猛然扑来！

刀锋凌厉，刀气逼人，冷厉的寒芒几乎逼近楚乔的毛孔，然而少女仍旧冷冷地站着，面色冷静，嘴角冷笑，似乎完全不将几人放在眼里。

四人顿时心下大乐，瞅准时机想要立下这头号战功，再无犹豫地冲上前来，气势惊人，爆裂如雷！

然而就在这时，楚乔却突然有了动作，只见她手腕一抖，四把锋利的飞刀顿时变戏法一般凭空飞出，刀身流畅，光洁如镜，活像是一件艺术品一般。

可是那四名刺客此刻已经没有欣赏艺术品的闲情逸致了，他们面色顿时大变，双眼惊恐地大睁。在比宝剑速度更快、角度更加刁钻的杀人利器面前，没有人会没有担忧和惧怕，可是想要后退已经来不及了。只见少女手腕一抖，四把飞刀霎时间好似催命符一般，猛地袭击上前，如此近距离之下根本无处可躲。四把飞刀好似长了眼睛一般，齐刷刷地钻入四人的咽喉，血水喷涌，四人嗓音沙哑，连一声"上当了"都喊不清楚。

眼见四名刺客眨眼间就全部了账，李策面色发青半晌没回过神来，目瞪口呆了半天，才蹦出一句完整的话来："乔乔，你真卑鄙啊！"

也说不清楚这句话是赞美还是讽刺，楚乔冷冷地横了他一眼，骤然间只觉得全身无力，身子一软，就向下倒去。

"哎呀！你伤口又流血了！"

楚乔已经无力再去理会他，看着远处还直挺挺地躺着一个受了伤的黑衣刺客，对四体不勤的男人吩咐道："去，杀了他。"

"好嘞！"李策轻快地答应一声，满地趔摸了半天，最后很是念旧地捡起一块石头，奔着那名失血昏迷的刺客走去。

"哼，敢偷袭本太子，本太子现在就送你上西天。"说罢，李策顿时抬起手来，举着石头就朝那男人打去。

"啊"一声惨叫顿时响起。楚乔双眉紧锁。李策也是面色不好看，只见他信心满满的一击不但没将那人打死，反而将人家打醒了。刺客感觉到疼，大声惨叫，声音直传出老远，相信几里地之外的敌人都会被这一声惨叫给召唤过来。

楚乔的眼神已经不能用愤怒来形容了。李策手忙脚乱地想要捂住刺客的嘴，另一手噼里啪啦地挥舞着大石。不一会儿，那刺客的脑袋就成了一团糨糊，惨不忍睹，辨不出眉目了。

楚乔看着不由得为这刺客不值，他也算是武艺不凡，没想到却死在这么一个白痴的手上，而且还是以这样悲惨的方式。

"乔乔，"李策搓着双手，不好意思地走了回来，讨好地说，"你还能走吗？"

楚乔冷冷地看了他一眼，拄着剑鞘站起身来。

耳际传来瀑布飞泻的轰鸣声，天边火光满布，四面八方都是敌人，皇帝的营救人员不知道在什么方向，一切都不能麻痹大意。

"乔乔，你刚才那招太厉害了，你能教我吗？"

"乔乔，你说刚才那几个人是被飞刀杀死的还是被你气死的？我看有两个死了都没闭眼，肯定是死不瞑目。"

"乔乔……"

"闭嘴！"

女子恶声恶气地怒声喝道，收敛心神在前方小心地探路，她似乎忘记了自己一炷香前的想法，要杀了李策的念头被她暂时押后。她想起了方才的那只猎犬，李策的手腕上现在还有一寸多长的伤口。

算了，就当是利息，让他再多活一阵。

此时此刻跟在后面的李策却丝毫没有意识到那只猎犬救了自己的命，他很是气愤地看着自己白皙手腕上狰狞的伤口，郁闷地嘟囔，"我宫里养了一群大犬，随便放出来一只都能打那样的十只八只。"

夜雾凄迷，前途难测，怪石嶙峋。李策小心地跟在少女身后，向来没吃过什么苦的卞唐太子郁闷地皱眉，"夏皇会不会派人来救我们啊？"

女子没有说话，李策也没指望她会跟自己闲聊，一会儿就继续嘟囔红川高原天气太冷不是人待的地方云云。

"会。"

低沉却肯定的声音顿时响起，李策一愣，抬起头来不解地问道："你说什么？"

那些人不认识自己，不是大同的人，那么燕洵此刻，必定在前来营救自己的路上。

"一定会的。"楚乔沉声说道，眼神坚定，闪动着璀璨的光芒。

"李策！"少女清脆的声音，回荡在水潭边。

"乔乔，我还在这里呢。"

男子站起身来，开心地摇着手臂，看着楚乔迅速跃到他身边，朝她的身后张望了两眼，说道："都被你干掉了？"

楚乔默不作声，来到水池边，用手掬起一捧水，喝了下去。

"乔乔，太厉害了！"李策开心地蹲在楚乔身旁，"乔乔，咱们现在还去找他们吗？"

楚乔皱起眉来，李策一愣，顿时有些尴尬，解释道："我是觉得，我们可以把他们都干掉，这样我们逃跑也方便些。"

少女竖起一根手指，缓缓地摇了摇，沉声说道："第一，是我，不是我们。第二，敌人有上千人，你觉得我能杀掉几个？若是你还是像刚才一般看到只老鼠都大呼小叫，我早晚被你害死。别怪我没事先通知你，在没有退路的时候，我很愿意将你交出去为自己换一条生路。"

李策皱起眉来，一副难过的样子，拽着楚乔的衣角，"乔乔，别这么绝情嘛。"

少女突然闷哼一声，吓得李策急忙缩回了手，只见刚刚被他拉扯的地方又有大股的鲜血渗出，显然是又添了新伤。

楚乔皱眉查看一番，只见左肋下竟有一处箭伤，伤口不是很大，却在迅速渗血，疼痛难忍，这样的伤口她刚才竟然没有发现。

"乔乔，你又受伤了。"李策眉头一皱，担忧地说道，"怎么样？要不要紧？你要坚持住。"

楚乔手按在伤口上，闭上眼睛靠在树上，沉声说道："帮我包扎。"

"啊？"

"帮我包扎！"

少女的声音顿时锐利起来。李策点头如捣蒜，笨手笨脚地撕下一条衣衫，掀起少女的衣服，露出她被鲜血染红了的娇嫩肌肤。

一支箭头，深深地插在了左肋下，两侧肿胀发红。李策抓住折断的箭矢，皱眉道："乔乔，疼的话就叫出来，要么你咬着我吧。"

楚乔闭着眼睛，深深吸了口气，静默不语。

李策的脸孔少见地露出一分郑重，握住箭矢，突然眉头一皱，一把拔了出来！

鲜血飞溅，李策用布条紧紧地捂住伤口。楚乔痛苦地闷哼一声，整个人向前倒去。李策张开另一只手臂，一把将少女抱在怀里。

"乔乔？"李策的声音有些惊慌，"你怎么样？"

"还死不了。"低沉沙哑的嗓音缓缓响起，少女深吸一口气，下巴靠在李策的肩膀上。

李策松了一口气，迅速为她包扎止血。夜色昏暗，少女的身体寒冷如冰，李策突然意识到，她已经无法再经受一次打斗了。

然而，就在这个要命的时刻，急促的脚步声突然在远方响起，两人顿时犹如紧张的兔子一般坐直了身子，双眉紧锁，眼神锐利。

"该怎么办？"楚乔眉心皱在一起，自己已经没有了战斗力，这里的血腥味这样厚重，等下去只有死路一条。唯一的出路，就是拿下李策，以自己这身打扮来换取一个混乱的局面，让自己可以安然逃脱。

她的眼神缓缓地瞟向坐在一旁的男子，只见男人紧锁眉头，表情是少见的郑重和严肃。

她不是救世主，救人也要在自己能力范围之内，当见义勇为威胁到自己生命的时候，聪明的人立时就会知道应该如何选择。

况且，李策的死会给燕洵带来巨大的利益，她应该知道怎么做，必须知道怎么做，也理应如此做。她还有更重的担子在肩上，还有人在等着她，她的生命还很宝贵，不允许轻易地放弃。

她手指沉重地摸向小腿上绑着的匕首，蓄势待发。

"乔乔！"李策突然转过头来，面色郑重，沉声说道，"我去将人引开，你趁机逃走，千万要小心！"

楚乔一愣，瞪大了眼睛。

李策脱下身上的外衣，披在楚乔身上，又从腰间拿出一支金属长筒，交到她手里道："我不会武艺，这是我父皇专门为我做的防身利器，你只要一拉动引线，就会有五十根飞针射出来，上面有剧烈的毒药，沾身必死，可以连发三次。你小心保管，关键时刻可以救你一命。"

　　楚乔愣愣地拿着那支金属圆筒，眉头紧锁，不解地望向李策，似乎想要看透这男人一般。

　　"呵呵，是不是突然间发现自己爱上我了啊？"

　　李策突然展颜一笑，露出一口白皙的牙齿，笑着拍着楚乔的肩膀，"没关系，等回到真煌，你还是有机会的。"

　　"李策！"楚乔突然拉住将要离去的男人，沉声说道，"这东西给你，我用不着。"

　　"我也用不着，其实我不太会用。我听他们说得那么吓人，害怕一不小心那针发到自己身上，那岂不是完蛋大吉？你先给我试试，要是好用我以后回去多做一批。"

　　楚乔皱眉，轻咬下唇，终于放开手掌，沉声说道："小心点。"

　　李策一笑，"你也是，等回去之后我还要找你学功夫呢。"

　　楚乔点了点头。

　　男人站起身来，踉跄地扒开地上的荆棘，向着有嘈杂脚步声的方向而去。

　　"哎！你带上刀啊！"

　　李策也没回头，只是随意地摆了摆手。清冷的月光映照之下，只见男人手里竟拿着一块嶙峋凹凸的石头，上面血迹斑斑。他衣衫破烂，脚步踉跄，哪里还有一丝一毫卞唐太子的风范，像是一个落魄的乞丐一般。

　　楚乔看着他的背影，握着匕首的手渐渐放开。

第十二章
一地荼蘼

　　黎明前的一刻，黑暗笼罩大地，微波粼粼的湖面反射着细微的光芒，清冷且惨白。距离李策离去已经三个多时辰，两岸的脚步声像是催命的冤魂，终究还是在这时紧追上来。楚乔肩头染血，嘴唇青白，连番的战斗和负伤逃亡，已经让她的体力最大限度地透支，可是当敌人的气味散播在鼻息中的时候，她还是以巨大的意志力站起身来，双眼眯起好似敏捷的豹子。

　　黑暗中，少女身形犹如鬼魅，急速地穿梭在密林之中，跑了足足有一个时辰才停下来。远处的山头一片火红，殷红的火把蜿蜒成一道催命的镰刀，正向这边迅速地靠近。楚乔默算了一下双方的距离和速度，再审视一下肩头的伤口，轻轻揉了揉因为失血过多而发晕的额头，终于坐下身来，靠在一株大树上，静静地休息。

　　清脆的鸟啼声突然传来，楚乔猛地睁开双眼，身子一轻，便跳了起来。

　　清晨的阳光透过树叶洒在眼睑上，有着暖暖的温度，冰凉的露珠凝在鼻尖上，晶莹剔透如同水晶。几只云雀穿过云层停在树梢上好奇地望着她，不时地发出清脆的啼鸣，悦耳得好似盛金宫内技艺最高超的乐师所奏。

　　楚乔愣住了，没想到自己竟然睡了这么久，她探手去触碰额头，果然是滚烫的，像是一块燃烧着的火炭，喉管酸痛，呼吸晦涩，好似有东西堵在了喉间。毫无疑问，在这样要命的时刻，她生病了。

　　好在，那些人并没有找过来。

　　就在楚乔刚刚要松一口气的时候，一阵脚步声突然响起，她刚一抬头，就听一个声音淡淡地道："醒了？"

　　诸葛玥就这样迎着冬日的晨光从密林深处走了出来，他穿着一身暗紫色的锦袍，是真煌城富家公子哥们最时兴的款式，宽袍大袖，层层金锦，紫色的锦缎上画着繁复的花纹，里头以各色彩锦细密地绘制成一朵朵细小的蔷薇，在阳光下显得色彩斑斓。一把墨色长发束在身后，长眉斜飞，眼若秋水，深邃得好似一潭冷湖，他的脖子白皙得有如女子，下巴微挑着，嘴唇殷红，就那样逆着光站在林间，眼神淡漠地看着她，好像看着一块没有生命的石头。

　　同样是华丽的衣裳，他穿起来却与李策给人的感觉截然不同，这男人有一种近于妖物的美，可是那双眼睛所带的森冷煞气，却让人对他生不出一丝亵玩之心。

楚乔仰着头，望着这个不速之客，冷然道："你怎么在这儿？"

"李太子呢？逃了？死了？抑或是，"他眉梢轻轻一挑，音调转淡地问道，"被你给杀了？"

楚乔不理会他的问题，径直问道："你来多久了？"

"从你像死猪一样睡着开始，我就在这儿了，喝水吗？"诸葛玥晃了晃腰间的水壶，见楚乔一言不发地瞪着他，遂放下水壶。

"你为什么帮我？"

诸葛玥冷冷一笑，斜着眼睛看着她，"你以为我来帮你？"

他双手交叉抱在胸前，懒散地靠在树干上，好整以暇地望着她，笑着说道："星儿，你以为我是谁？赵嵩？燕洵？被圈在那个小屋子里十多年就瞎了眼地以为全天下就你一个女人？还是……"他的身子微微探前，目光直视着她，幽幽道，"你以为我是这天底下一等一的笨蛋，可以被你哄骗一次又一次？"

他冷笑一声，仰头望天，云淡风轻地说道："我不过是想来看看李策发什么疯，顺便看看你和燕洵怎么倒霉。没想到老天帮了你们一把，半路杀出个拦路虎，坏了这一场好戏。"

楚乔站起身来，身上的伤痛还能忍耐，可是因高烧而导致的眩晕却像潮水一样涌上来。她已经一天一夜没有进食了，脸色苍白得如同地上的积雪。她扶着树干微微喘息，深吸几口气，转身便朝密林走去。

"就这么走了？"诸葛玥眉梢一扬，抬脚就要跟上来。就在这时，楚乔蓦然转身，只听唰的一声锐响，一道白芒破空而去，诸葛玥身如灵雀，左脚一个发力，整个人腾空而起，白芒紧擦着他的脸颊飞过，嚓的一声狠狠地插进了一块顽石上。几缕长发在半空中幽幽一晃，落在了地上，诸葛玥左边脸颊上有一道白痕，风吹过，白痕里渗出一丝殷红来，纤细笔直，如被初春柳叶割破的窗纸。

楚乔声音冰冷，"不要以为我不敢杀你。"

诸葛玥一把抹去脸上的血丝，不以为意地冷笑道："你有这个能耐吗？"

寒风穿林而过，吹过诸葛玥斑斓的长袖。楚乔眉目沉静，静静地望着这个多年的宿敌，终于手按剑柄，一寸一寸地拔出利剑来，缓缓说道："既然如此，你我的恩怨，今日就来做一个了结。"

诸葛玥长袖一转，就将佩剑横拿在手上，他也不拔剑，只是以剑鞘遥遥指着楚乔道："就陪你玩玩。"

楚乔手腕一抖，陡然发力，仗剑便冲上前来，可是就在这时一阵眩晕蓦然袭来，尚来不及哼上一声，身躯一软，她便向着诸葛玥的方向倒了过去。

"将她拿下！"

十多名黑衣人从林子里跳起身，为首的一人口含竹管，见诸葛玥仍站在原地，鼓起腮帮子就吹，竹管的毛细针细若牛毛，瞬间向着诸葛玥的胸前射来。诸葛玥大袖一拂，十余根银针已被衣袖卷住，针头蓝光闪烁，显然是淬了毒的。他长臂一伸，正好将即将晕倒的楚乔揽进怀中，只见她面色更加苍白，左肩密密麻麻地插着七八枚银针，已然渗出乌黑的血来。

诸葛玥眉头一皱，便知事情要糟，正好见楚乔腰间挂着一支金属长筒，当机立断对准敌人便拉出引线，只听几声惨叫随之响起，漫天花雨之下竟然无人能挡。便在这一空当，他已抱起楚乔几个起落地远去。

楚乔不过是短暂眩晕，片刻间便清醒过来，睁开眼睛便见诸葛玥背着她在林间迅速地奔跑着，身后风声不断，显然已被人发现了行踪。肩头麻木，已然感觉不到疼痛，整条左臂都已经失去了知觉，楚乔咬着牙狠狠道："放我下来！"

诸葛玥恍若未闻，一剑斩断拦路的荆棘。

"诸葛玥，放开我！"

"聒噪！"

诸葛玥闻言停下脚步，将她按在树干上，冷冷地说道："想送死？可以，不过你要先告诉我李策在哪里。"

"我不知道！"

诸葛玥冷笑道："你不知道？那就抱歉了，你不是最不喜欢欠人人情吗？我就偏要你欠我一个大大的人情，让你这辈子都还不完。"

肃杀的风掠过茂密的丛林，像是野兽低沉的喘息。一个霹雳闪过，隆隆两声闷雷，过后便开始下起大雨来，大雨滂沱，泥水飞溅。楚乔被他按在树干上，眼神好似警醒的狼，死死地盯着他。

"诸葛玥，你对我这样死缠烂打，不会是喜欢上我了吧？"

诸葛玥嘴角一牵，嘴唇紧贴上她的耳垂，哑声说道："你这么怕欠我人情，莫不是怕你会爱上我，将来不舍得杀我为你的兄弟姐妹报仇？"

楚乔道："若是这样想能让你舒服些，我就姑且不在你死前揭穿你。"

诸葛玥笑道："彼此彼此，你若是有命能活到明天，我再来告诉你你有多可笑。"

"诸葛玥！你现在不杀我，将来总有一天会后悔的！"

"我倒是想看看一个连命都快保不住的人怎么让我后悔。"

楚乔目光阴沉，沉声道："我总有一天要你死在我的手上。"

诸葛玥不屑道："总有一天？这话我听了太多遍，星儿，你有没有新鲜的？"

一伙足足有一百多人的队伍小心地靠了过来，人人黑衣蒙面，长刀出鞘，每走一步都小心谨慎地左右观望。四只体形硕大的猎犬走在最前方，引领着众人向着两人匿藏的地方缓缓靠近。

楚乔轻声笑道："来得还真快。诸葛玥，你有遗言的话可以现在说了，我若是心情好，事后会为你转达的。"

"这话该我对你说吧，他们好像不是来追杀我的。"

楚乔冷哼一声，"你以为他们现在还能分清这个？"

"连这点事情都搞不清楚，那他们活着也是废物。"

猎犬陡然狂吠，众人顿时停下脚步，随即集体整齐地向着两人的方向狂奔而来！

唰的一声锐响，诸葛玥一把抽出长剑，寒芒闪耀当空，一剑斩断破空而来的箭矢，并将扑上来的猎犬一分为二。鲜血喷溅，有几点落在他的长袍上，殷红如妖艳的桃花。

"上！"一声短促的低喝响起，黑衣人立时齐齐上前，冷厉的刀锋划破浓重的黑夜，密密麻麻的箭雨破空而来，四下里一片肃杀萧索。

清亮的剑芒中，两颗头颅同时飞上了天，诸葛玥身姿矫健，好似闪电中锐利的苍鹰，在众人震撼的目光中，漫天剑花犹如绚烂的烟火。这时候那两具无头的尸体仍旧保持着冲锋的姿势前跨两步，和他错身而过，扑通一声倒在泥水里，血花喷溅，染下一地荼蘼。

诸葛玥随后退回原地，剑锋舞得密不透风，将黑压压的箭矢全部打落。楚乔站在他身后，此刻那毒素的酸麻已经蔓延半身，连拿剑的右手都几乎失去了气力，双腿酥软，若不是一口气硬提着，想必早已倒在地上。

诸葛玥回头看了她一眼，随即冷哼道："都这个德行了，还硬撑什么？"

楚乔有气无力地道："用不着你管！"

"我若不在这儿你早就死了，还说什么要找我报仇，简直大言不惭。"

就在这时，一支利箭陡然射来，那箭矢角度极为刁钻，几乎是贴着地表向上而来，正对着诸葛玥的背心。楚乔看得分明，眉梢一挑，猛地抱住诸葛玥向旁倒去。嗡嗡嗡，几把利刃如影随形地向草丛劈砍来。诸葛玥一震剑柄，斜插入地，腰一拧，抱着楚乔又直起身子，与刚刚那要命的箭矢擦肩而过。

楚乔怒道："再不认真，今天都得死在这儿！"

诸葛玥道："原来你也怕死吗？"

楚乔咬紧牙关，拔剑御敌，没有虚张声势的呐喊，没有多余累赘的花招，她的动作干脆利落，全部是一招致命的杀招。

滚滚闷雷轰隆巨响，瓢泼大雨倾盆而下。脚踏血泥，上百个挥舞着战刀的刺客汹涌而上，将两人团团围住。没有呼喊声，没有厮杀声，一切都被闷雷大雨所掩盖，然而冰冷的雨水中，却有混乱的身影闪电般腾起交错，鲜血飞溅，破碎的肢体和血块凝结在树干上。

刺客们的心脏在怦怦乱跳，热血在无声地沸腾，刀剑全部出鞘，脚步在轻轻地移动。面对刚刚结束的这一轮绞杀，众人肝胆巨寒。他们围成一圈，缓缓地退后，双目鹰隼般望着人群中背靠背保持着攻击姿态站立的两人，在头领的示意下，纷纷将手摸向后腰。

那里，银光闪闪，竟是一排半米长的标枪。

诸葛玥眉心一蹙，面色微沉，正色道："小心。"

"杀！"头领蓦然间低喝一声，对着两人挥枪而出。

刹那间，上百人同时出手，无数的短枪从四面八方向着楚乔射去，在半空中留下一片银白的光痕！

"让开！"诸葛玥一把将楚乔推开，长剑恍若龙吟，闪电般劈开两支短枪，手臂被巨力蹭出一溜血皮。

楚乔见了眉梢一扬，仗剑就要冲上去。就在这时，只听嗖的一声，一道银白色的劲箭陡然激射而来，紧随其后，漆黑长索从天而降，灵蛇般一下捆住她的纤腰。巨力陡转，就在漫天枪影瞬间袭上的空当，少女拔地而起，竖直而上！

黑衣刺客大惊，反应灵敏迅速地抬头射箭。只见半空之中，一个身影流星般划过。手中长剑洒下漫天光华，将密集如蝗的箭雨阻挡开去。他手中的钩锁犹如长了眼睛，接连抛出，带着他的身体在林间迅速穿梭！

　　冷风穿林而过，楚乔横空掠过，居高临下地望着下面的众人。只见诸葛玥半身染血，犹自在奋力拼杀，一身斑斓长袍早已被血污了，唯有一双眼睛仍旧清亮，就那么淡淡地看着她。雪亮剑锋，在幽深若寒潭的眸中闪动。

　　闪电闷雷，滚滚而过，就在刺客们抬头仰望的时候，无数钩锁横空而至，又一批黑衣蒙面人顿时飞掠而来，从天而降。

　　"少主先走！"阿精一刀斩断对方人马的脖颈，厉声高喝。

　　几名黑衣人上前护在刚刚落地的楚乔和男人身前，如雪花般的刀锋迅速飞击，数十只马蹄在泥土里翻飞着，烂泥飞溅。

　　"走！"男子声音低沉，难辨喜怒，一把抱住少女的腰，跳上一匹战马，挥鞭离去。

　　"拦住他们！"敌人厉声长喝，刺客们闪身迎上。

　　男人冷哼一声，一剑挑破一名刺客的喉管，鲜血霎时间飞溅而出，喷射在另一名刺客的眼睛上。那人有些慌乱，还没反应过来，就已被利箭划破胸膛。

　　砰的一声巨响，男人蓦然勒住马缰，战马人立而起，双腿有力地踢在两名刺客的前胸上。刹那间，刺客胸骨碎裂，鲜血狂喷，身体直飞出去三米多远，狠狠地撞在另外四名刺客的身上。

　　刺客头领眼见不敌，抽出腰间的圆筒激射上空，一道浅蓝色的烟火飞射出，笼罩四野。

　　"抓紧了！"男子沉声说道，一扬马缰，狂奔而去！

　　无数的马蹄声在身后追击。楚乔被男人紧紧地抱在怀里，凛冽的风从两侧吹过，漫天风雨狂飞，却并没有多少打在她身上。她自他的肩膀处回过头去，只见天幕被乌云笼罩，好像黑夜一般，密林山坡间马蹄阵阵，也不知道究竟有多少敌人围在身侧，更无法分辨哪些是帝都大军，哪些是黑衣刺客。而她刚刚逃出生天的方向，鸟雀盘旋，刀剑铿锵，树木剧烈地摇晃，好似要被连根拔起一般。

　　"是少主！"

　　前方突然响起短促的声音，黑衣蒙面的男人们和他们擦肩而过，眼神交错间纷纷恭敬地点头，随即抽出武器，匕首森寒，长剑如虹，毫不迟疑地向身后紧跟的嗜血豺狼刺去。

　　"少主，正前方！"

　　"少主，西方八十步有敌人！"

　　"少主，南翼有人接应！"

　　"少主，西北有人接应！"

　　"少主，正东有人接应！"

　　一路冲杀，一拨又一拨的掩护人员奋勇而至。男人面不改色，单手策马，另一手抱紧怀里的少女，渐渐地将嘈杂的声音甩至身后。

　　浓密的林子突然消失，海浪般摇曳的草原呈现眼前。楚乔手掌处鲜血淋漓，抬起头来紧张地问道："你受伤了？"

燕洵仍旧蒙着面,一身黑色劲装,骑着墨色神驹,低下头来,眼睛缓缓眯成一条线,说道:"李策在哪里?"

楚乔老实地回答:"逃了。"

黑暗中,燕洵的眉梢剧烈地一挑。他目光阴郁地看了一眼火光熊熊的密林,终究回过头来,手腕一挥,冷冷道:"回城。"

"等等!"楚乔连忙道,"诸葛玥来了,还在里面。"

燕洵眉梢轻轻一扬,说道:"你想让我回去,趁机取他性命?"

楚乔一愣,原本的那个念头顿时被这句话彻底击溃,就听燕洵继续说道:"我们不能暴露身份,时间来不及了,先饶过他这一次。"

马蹄飞扬,楚乔伏在燕洵的怀里,越过他宽阔的肩膀看着那片摇曳的松涛,只觉天幕阴沉,似乎浓得能滴下墨来。

第十三章
石破天惊

　　红川高原的春天总是来得很晚，此时的卞唐、怀宋早已是鸟语花香，大夏的国土上却仍旧春寒料峭，偶尔还会有一丝冰冷的风从西北吹来，带着刺鼻的香。燕洵说，那是火云花的味道。

　　似乎一切事情只要和卞唐太子扯上关系，就会变得错综复杂无比诡异。被楚乔打也罢，被人刺杀也罢，这样重大的事件却在官方的有意隐瞒下，被人悄无声息地压了下去，若不是过重的伤势让楚乔足足在床上躺了半个月，她甚至会以为之前的一切不过是一场噩梦。

　　尽管有楚乔这个第一目击证人，但是整个刺杀事件仍旧是扑朔迷离。思索几天之下不得要领，燕洵不得不调动大同行会在京的一切情报力量，足足十天之后，才得到一个似是而非的答案。然而看着这个答案，楚乔却觉得毛骨悚然，不管是理智上还是感情上，都不愿意相信这是真的。

　　"既然找不到原因，那我们就只能从结果来看。结果就是，纵然骁骑营和绿营军一起出动将这三千多一路跟随李策西行屡次试图暗杀的贼人一网打尽，大夏却还是因为保护不力而落下了话柄，不得不在唐户关关税提案上给卞唐一点甜头。而卞唐国内，也因为太子遇刺一事而展开一系列的调查，十几个统兵的外姓王爷牵涉其中，这中间还有三个西南藩王极有可能因为这件事而被削了兵权。最奇怪的是，纵然李策的手下几乎个个带伤，却一个也没死。这太不可思议了，被十倍于己的敌人偷袭围攻，却能有此战绩，如果说李太子真的是撞大运，我只能说他的运气实在是太好了。推理就是如此，当排除了所有的错误答案之后，最后剩下的那一个无论多么不可能，那也是真相。"

　　燕洵靠在马车内的软垫上，侧身躺着，手托着额头，淡淡笑着说道："阿楚，你这回真是命大，若是你真的对李策出手，也许你现在就不在这儿了。"

　　楚乔皱着眉，仔细地回想当日的一切细节，可是她还是找不到哪怕一点破绽。如果真如燕洵所说，这一切都是李策一手安排的，那这个男人实在是太可怕了。

　　对这件事感兴趣的不仅燕洵一个。太医刚刚离开，宫内就下了传召楚乔的谕令。燕洵一路送她至长平门，便不能再往里走了。楚乔下了车，跟在前来引路的宫人身后，进了前沿廊，一路九转向着前殿行去。

　　也许是时间还早，盛金宫一片安静，天空中有白色的飞鸟翱翔而过，天空瓦蓝，凉风吹在衣衫上，大袖飘飘好似蝴蝶。

"白公公！"一个小太监突然从香樟殿的方向跑来，对着引路的年迈公公气喘吁吁地说道，"白公公，淑仪局的秦淑仪殁了！"

"什么？"白公公一愣，大惊失色，手中的拂尘顿时落地，结结巴巴地说道，"怎么回事？"

"淑仪局的人说是吃了西膳房的枣泥糕突然发病，现在内务院的人已经进宫了。"

"怎么会这样？"老公公眉头紧锁。

他转过头来刚要说话，楚乔就说道："公公有事尽管去好了，前殿的路我认得。"

"那就多谢了。"老公公行了个礼，对小太监说道，"快走。"

楚乔在宫中生活多年，对这些娘娘公公都是十分熟悉的。准确来说，大夏的皇帝并不好色，宫里的女人们也向来没有什么人特别受宠或什么人备受冷落。她隐约记得那个淑仪局的秦淑仪，名唤明善，不显山露水，在淑仪局的八十歌舞淑仪中，向来是最安静恬和的一个人，经常来她们的尚义坊取书。想不到这样凡事置身事外的人，也逃不掉丧身之祸。

她不再多想，穿过了香樟殿，就是八渠明湖，两岸的杨柳都已抽枝，清脆油绿一片，微风徐徐，湖面上碧波荡漾。楚乔站在八渠廊桥上，衣带当风，飘飘欲飞，不免生出几丝开阔之心。

快步经过荣华阁，再往前就是前殿的福门，她走的是侧路，比较安静，向来少有行人，走在一排朱漆金瓦的廊下，远处假山碧水，柳树百花，女子白衫墨发，显得十分清雅。

然而就在这时，一声凄厉的惨叫陡然传来，顿时打乱了少女前进的步伐。

楚乔停住脚步，仰起头来，只见一只雪白的大雕从天而降，砰的一声摔在地上，胸腹处被一支利箭洞穿，鲜血淋漓。

杂乱的脚步声顿时逼近，少女眉头一皱，伸手就推开回廊边的一扇宫门，闪身躲了进去。

然而，房间的门刚一关上，一股大力顿时袭来，掌间带风，凌厉如刀。

对方力量极大，楚乔不察之下竟被人所制。她反应极快，来不及看对方是谁，转身回首拿腕，一个盘蛇就扣住了对方的咽喉。然而就在她得手的一瞬间，一只修长却冰冷的手掌，紧紧地捏住了她雪白的脖颈。

出手如电，势均力敌。

门窗都紧闭着，没有一丝光线，屋子里一片昏暗，看不清彼此的眉眼。两人的脸孔身形隐藏在黑暗之中，只有锐利的眼神闪烁着幽幽的光芒，像是两只狭路相逢的野兽。

纵然制住，却没有下狠手。几乎是同时，双方默契地张开了手指，见对方也有同样的举动，他们继续放手，终于，相对而立，却仍旧无法掩饰空气里的剑拔弩张。

"云姐姐，你又何必如此。"温柔的声音突然在庭院里响起。女子一身蓝锦彩凤朝服，紫金雕花头冠，水袖如云，纤腰盈盈，面若桃李春花，眼若六月兰湖，在一群宫人的簇拥下，缓缓走上前来。

"你我姐妹一场，妹妹怎能忍心看你犯下大错？"下人们抬上来一张楠木躺椅。舒贵妃一拂衣袖，缓缓地坐了下来，笑容淡淡地接过从白雕身上解下来的信件，拆开细细看了一眼，说道，"后宫女子和宫外人私相传递是大罪，姐姐掌管六宫多年，难道不知？为何会犯下如此错误呢？"

昔日皇朝最尊贵的女子站在庭院当中，穿着一身深紫色的彩金华服，脖颈挺直，身后跟着两名宫女，仍旧不减华贵的雍容之色，只是面容清减，略显苍白。穆合那云看也不看舒贵妃一眼，对身后的两名宫人沉声说道："我们走。"

"站住。"

穆合那云恍若未闻，继续前行。

几名内侍立即走上前来，拦在穆合那云身前，沉声说道："皇后请留步，贵妃娘娘有话要说。"

啪一声脆响，穆合那云一个巴掌狠狠地抽在内侍的脸上。大夏皇后凤目一挑，冷然喝道："你是什么身份？也敢挡本宫的去路？"

内侍一愣，扑通一声跪在地上。穆合那云十年为后，多年的积威，竟吓得这些下人噤若寒蝉。

舒贵妃眼神一寒，淡淡说道："姐姐凤威不减，风采依旧，可喜可贺。"

穆合那云脸容如冰，寒声说道："你我从不相熟，也并无交情，以前本宫从未怕过你，现在也没打算将你放在眼里。宫里的女人盛衰荣枯本也平常，大家既然是敌非友，你也不用姐姐妹妹叫得嘴甜。"

舒贵妃一笑，说道："云姐姐性如烈火，心直口快，妹妹真是越来越喜欢你了。"

"不敢当，本宫还有事，不陪你闲聊赏花了。"说罢，穆合那云转身就想离开。

"慢着！"舒贵妃俏脸一寒，缓缓站起身来，举着手里的信件，沉声说道，"姐姐不打算解释一下吗？"

"欲加之罪，何患无辞？"穆合那云冷哼一声，缓缓说道，"你若是喜欢，大可以拿去交给皇上。皇上圣明，自会有一个英明的决断。"

"可是，我想听姐姐的解释。"

穆合那云缓缓转过身来，凤目如雪，冷冷地注视着舒贵妃，天家的雍容之气扑面而来。她高傲一笑，嘴角牵起，淡淡一笑，"我若是你，今日就绝不会这样做。"

舒贵妃没料到她突然说出这句话来，顿时一愣。

穆合那云继续说道："宫里的女人，一看出身家世，二看帝王宠信，三看所出子嗣。舒贵妃，你和我同年入宫，一同从小淑做起，你各方面都不逊色于我，为何我十年前就是皇后，你却至今仍旧是一个贵妃，这里面的原因，你可想过？"

舒贵妃脸色一寒，再无一丝笑意。穆合那云沉声说道："因为你很蠢，只会些鸡毛蒜皮的小伎俩，鼠目寸光，张扬跋扈，一副小人得志的嘴脸，终究难成大器。你所幸的，只是投在一户好人家，有一个好兄长罢了。"

"大胆！"舒贵妃身边的宫女大声叫道。

穆合那云身后的女官厉声说道："你才大胆！皇后和你主子说话，何曾轮到你这个下贱的奴才出声？"

"穆合家已倒，如果我是你，此刻就不会再站在这里。比起我，你不觉得此时此刻，兰轩殿里的那位对你更具威胁吗？"

穆合那云嘴角牵起，嘲讽一笑，"你以为皇上还会放任魏阀变成下一个穆合氏？穆合氏虽倒，本宫却是制衡各方的最好人选。你这辈子都做不了皇后，无论魏阀在外面有多风光，你也只是大夏皇宫里的一名妃子，我劝你以后最好学会何谓礼教，懂得进退之道、参拜之礼。大夏的皇后，只能是我穆合那云一人，曾经是，现在是，将来也会是。你？死心吧。"

长风吹来，卷起穆合那云深紫色的衣角。四十多岁的女子面容凌厉，秀发如瀑，看起来竟如三十多岁的女子一般，身形举止间充满了高贵和傲然。

舒贵妃站在原地，看着穆合那云远去的背影，眼神阴郁，登时回过身去，经过那名跪在地上的内侍身边的时候脚步一顿，对身旁的人沉声说道："将他拉下去，处死。"

"娘娘！"内侍大惊，跪在地上大声叫道，"娘娘饶命啊！"

舒贵妃没有回头，疾步消失在庭院之中。回廊上有麻雀叽喳而过，湖水幽幽，反射着柔和的光芒。

房门打开，外面的光照了进来。楚乔微微眯起眼睛，向一旁看去。

男人长身玉立，一身暗红色华服，衣带上绣着黑色的飞鹰，眼神如星，嘴唇殷红，缓缓地看了过来。

冷风从他们之间穿过，带着幽幽的寒气，男人的眼神一如既往地冰冷，不带一丝感情。这个男人似乎一直是这样，冷得好似一尊雕塑一般。

楚乔缓缓退后两步，面色平静地望着眼前的男人，好似从不认识。

初春的风吹起了很多年前的尘埃，在冰冷的空气里穿梭而过。然后，他们同时转移目光，望向各自的前方，交错擦肩而过，笔直向前。

自始至终他们从不同路，即便命运偶尔会安排戏弄一般的偶遇，却也只能是短暂相逢，而后擦肩而过，如同流星般沿着各自的轨道消逝在浩瀚的星海之中。

"少爷，"一名内侍打扮的男子走上前来，沉声说道，"都准备好了。"

茂密的竹林里，暗红衣衫随风而动，诸葛玥眉心微蹙，却久久不言。天气并不热，那名下人却急得额头冒汗。

大约过了半炷香的时间，诸葛玥终于点了点头，说道："动手吧。"

寒风倒卷，盛金宫里，血腥弥漫。

刚走到前殿，只见人影穿梭，广场上摆放着大片的紫瑾花，燕洵长身玉立，正在远处等待着她。

楚乔快走两步，燕洵也看到了她，嘴角一笑，也走了过来。

"乔乔！"李策也站在一边，穿了一身大红的华服，冲着楚乔使劲地招着手。

楚乔厌恶的表情还没蔓延开，一声尖锐的钟鸣响彻整个皇宫，所有人惊恐地抬起头来，向着斜芳殿的方向望去。

"有刺客！皇后薨了！"

太监尖锐的嗓音像是丧钟一般带着哭腔传遍整个前殿广场，所有人霎时间大惊失色，穿着黑色军服的侍卫在宫殿间穿梭而过，潮水般涌向事发的斜芳殿。广场上的众人惊愕半晌，不知哪里突然发出一声哭腔，随即大片人潮呆愣，黑压压的一片，哭声回荡在盛金宫的上空。

穆合氏那云皇后，出身昔日七大门阀之首穆合一族，十三岁入宫，三十岁登上后位，执掌凤印十年，六宫皆服，无有违逆者。

楚乔顿时面如土色，抬起头来向燕洵看去，却在对方的眼里看到了同样的惊恐。

此时此刻，那座纷乱的宫殿，正是她刚刚走过的地方。如果刺杀提前片刻，她定不会活着站在这里！

丧钟连绵不绝地响起，沉闷九响，所有行走的、站立的士卒、宫女、太监，抑或是王公大臣、文武百官，都转身望向后宫，轰然参拜。

大内皇宫死寂无声，连嘈杂的前殿都一时间失去了声音。钟鼓停顿了片刻，随即再次响起，声音更加嘹亮。

于是，先是一个人，然后是两个人、十个人、百人、千人，所有的人齐齐下跪，向着斜芳殿的方向，俯身磕头。

楚乔张了张嘴，却说不出话来，她的脑海中登时想起那名代表穆合氏一族，高居后位，几乎掌握大夏半壁江山长达十年的凌厉女子，想起她犹在耳侧斩钉截铁的话语：大夏的皇后，只能是我穆合那云一人，曾经是，现在是，将来也会是。

话犹在耳，人却已殁。这座看似光鲜的皇宫，究竟隐藏着怎样可怕的刀锋？

巨大的哭号声登时穿透云霄，从紫金门外，远远地传了过来。

白苍历七百七十三年，五月初九，后薨，百官恸哭于紫金门外，万民哀恸，举国服丧。五月十六，发陵于太卿街，车马绵延十数里，西怀王戴孝守制，跟随棺木一路相送，前往九恩山皇家陵寝。

历史上关于穆合那云皇后的记载，只有这么寥寥数笔，看似繁华荣宠的背后，却竟然没有一个死后加封的封号。对于死亡原因也是闭口不谈，一个"薨"字，就代表了昔日车水马龙繁盛荣华的穆合一脉，真正退出了历史的舞台。长老会七大世家只剩其六，而因为穆合氏败退而空缺出来的位置，顿时引来了更多世家大族的觊觎和窥视，而这种窥视，也因为穆合那云的去世，而更加明目张胆起来。

穆合皇后出殡的那一天，楚乔站在皇宫西南角的钟鼓楼上，看着漫天的白绫飘荡天际，遮住虚无的长空，一切好似一场繁华的梦境。燕洵站在她的身侧，目光淡然，看不出是什么情绪，可是当他转身离去之后，楚乔却注意到刚刚被他握住的栏杆竟然清晰地印出五个指印。

怎能忘记，当初第一个踏进燕北高原的铁骑正是属于穆合一脉的雄兵，又怎能忘记冷水河畔，燕红绡屈辱不甘憎恨难闭的双眼。

随着穆合氏一脉最后一个当权者的死去，关于燕北和穆合氏的血海深仇，终于在血腥中尘埃落定了。

回莺歌院的途中，楚乔出乎意料地见到了七皇子赵彻。年轻的皇子穿了一身淡青色的袍子，只有腰带和袖褂是月白色的，和整座皇宫如今遍目所及的惨白显得极不搭调。

赵彻面色平静，站在高高的圆山亭子里，细如牛毛的小雨洒下漫天的雨雾，让人看不清他的眉眼。楚乔打着青伞，微仰着头，小雨打湿了她的鞋子，连带着也湿了一小截裙角。

只见赵彻仰着头，眺望着西面的天空。楚乔知道，那里耸立着一片连绵起伏的高原，相传大夏黄金的先祖们就是从那群山中走出来的，他们策马扬鞭，用鲜血和信念开辟出了这片广袤的国土，让混乱的红川高原臣服在一个政权之下。而他们死后，灵魂也将回到故乡，长眠在那片赤红色的土地上。

大夏皇朝的地下皇陵，也坐落在西北的九恩山下，世代百姓口口相传，说那山上拥有巨大的神庙，鲸油明灯昼夜闪烁，万年不熄。

细雨斜飞，打在油纸伞上，少女身形掩映在花树之间，只有白色的裙角在半空中静静地翻飞。

为了限制穆合氏，七皇子赵彻在出生之时就被抱给了文华阁大学士的女儿元妃娘娘。作为大夏皇帝一生中唯一比较宠爱的妃子，元妃是后宫之中比较特殊的一位。她跟随元大学士从卞唐而来，生在东南水乡，虽然没有显赫的家世，却深得皇帝的宠爱，长达十七年不衰。然而在赵彻十七岁生辰的那一天，元妃却当着众多侍女宫人的面投湖自尽。

对于元妃的死，没有人知道原因，宫中风传是穆合皇后嫉妒毒害，逼得元妃自尽，但是皇帝对此并没有任何回应。元妃死后，他照常上朝，照常处理朝政事务，完全符合一位英明君主的风范，然而从那以后，他再也没有纳入任何一名妃嫔。

赵彻也因为养母的死而和自己的生母渐行渐远，终于渐渐地因为政见不同，而最终和母族反目，以至于当初被发配边疆竟无一人愿意对他伸出援手。

也正是因为如此，穆合氏倒台之后，他的弟弟西华王、妹妹淳公主都声势大减，备受牵连，只有他毫无影响，照常手握重权，兵领一方。

很多时候，摆在表面上的东西未必就是真的。楚乔转过身去，不再去看那个人前显赫的年轻皇子远眺的落寞身影。

这个深宫，每个人都有属于自己的悲哀，也都有属于自己的残忍，她的眼睛太过沧桑，早已看不进那些繁华之下的灰败了。

回到莺歌院的时候，燕洵正在梅林的亭子里饮酒，这些年他向来淡定，除了必要的场合，很少喝酒。楚乔站在廊下，看着青衫磊落的年轻男子，突然觉得胸口涌起一阵酸楚。她突然想起很多年前的一个午后，少年于噩梦中惊醒，抓着她的手，脆弱地问："阿楚，我何时才可以放心一醉？"

那时的他们，太过孱弱，连放心喝一口酒的勇气都没有。可是如今，他们有了这样的勇气，肩上却担上了更多的责任，压得他们再也无法安心地端起金杯。

果然，燕洵只喝了两杯就住了口。寒冬已过，梅林渐渐零落，微风吹过，漫天花树摇曳，梅花缤纷，青衫男子墨发飞舞，双眼紧闭，仰着头，眉心轻蹙，任漫天白梅落于脸上。清风吹来，衣袖鼓舞，张扬如鸟翼。

楚乔没有走过去，只是静静地站在远处，望着那个并肩多年的人。

有些感情，他人无法理解，有些仇恨，他人也无法承担，哪怕是亲密无间如他们，她也始终无法去替他承受那份蚀骨的恨意。

她能做的，也许只是远远地望着，等待下雨的时候，将自己手中的伞送去给他。

帝国最尊贵的女人撒手而去，留下的，却是一个巨大的石块，轰然砸向看似平静的湖面。

出乎所有人的意料,后宫之中风头最劲的舒贵妃并没有顺理成章地接替穆合那云的位置,短暂开怀之后,无数怀疑的利箭顿时对准了魏阀一脉,舒贵妃也成了最大的嫌疑人。书记局、内务院、大寺府的官员们走马灯一样走进舒云殿的殿门。七日探查无果,却并没有因此而洗清舒贵妃的嫌疑,在某些人的有意纵容下,舒贵妃在后宫的地位一落千丈,魏阀被殃及池鱼,也遭到了御史台众多笔杆子的口诛笔伐,情况不容乐观。

而与此同时,兰轩殿的轩妃娘娘却凭空得势,接连三日侍寝,更在第四日被册封为贵妃,成为后宫之中除了舒贵妃之外品级最高的妃子,更代理凤印,全权统筹打理穆合皇后的葬礼大典,俨然已是后宫第一人。

轩贵妃不同于当初的元妃,也不同于世家没落的穆合那云。小名兰轩的得宠女子还有一个耀眼的姓氏,她出身于传承上百年的古老氏族,拥有强大的家族后盾,她的全名叫作——诸葛兰轩。

风向转变,诸葛氏水涨船高,霎时间成了和魏阀并驾齐驱的大族之一。

大夏皇帝的这个生辰,注定不会过得风平浪静,穆合皇后丧礼过后,距他的生辰只有三日了,而就在同一日,皇帝会将自己最心爱的女儿嫁给燕北世子,完成这一场举国瞩目的赐婚。

所有的弓箭,霎时间都拉满了弦。空气里,一片剑拔弩张的紧迫气氛。

五月十七,一路彪悍的骑兵踏碎了帝都的宁静,西北巴图哈家族的贺寿使者们姗姗来迟,老巴图最小的亲生弟弟巴雷刚一进城就痛哭出声,扑在紫薇广场的国母雕像上哭得鼻涕一把泪一把,随即,他得到了盛金宫的传召,因为他的忠君爱国,尊贵的皇帝陛下决定亲自接见他。

巴雷的还朝并没有引起有心人的注意,在帝都的官僚们看来,一个已经过气的长老会元老并没有什么特别的分量,更何况穆合氏倒台之后,巴图哈这个被排挤到西北的野蛮家族,就更加可有可无了。陛下会召见巴雷,无非想要收买人心罢了。

在盛金宫御书房,皇帝的召见整整持续了一个时辰,侍卫们守在门口,不许任何人靠近。

当巴雷走出盛金宫的时候,已经是深夜,九崴长街上长风倒转,年轻的巴雷将军仰天长笑,过往的行人都以一种看疯子一样的表情偷偷地看着这个又哭又笑的西北重臣,暗暗地皱起了眉头。

当天晚上,诸葛玥和刚刚回京的魏阀少主魏舒烨都接到了印着西北苍鹰的信函。

诸葛穆青看了半晌,最后将其放置一旁,缓缓摇头道:"就说少爷染病,不便外出。"

诸葛玥眉头一皱,上前说道:"父亲,为什么?"

诸葛穆青沉声说道:"我们的目的已经达到,不宜节外生枝,家族势力如今还不稳妥,兰轩在宫中还需要时间。"

"如果我们促成此事,皇上会更加器重我们。"

诸葛穆青缓缓皱起眉头,沉声说道:"玥儿,你还不明白吗?皇上是否器重我们,不取决于我们为国做出何等贡献,而是取决于诸葛一脉有怎样的实力。蒙将军世代为国,至今却仍只是一个将领而已,封地财力一无所有,世家和皇权分权而制,不可调和,这一点为父已经和你说过很多遍了。"

"可是……"

"此事不必再说，从今天开始闭门谢客，我们坐等三天后的结果吧。"

诸葛玥的话强行被诸葛穆青打断，其实他想说，若是巴雷那个蠢货不能成事，燕洵真的活着逃离帝都回燕北即位，那么帝都会怎样？大夏会怎样？整个天下又会怎样？他们因为自己的利益放走了这只猛虎，究竟会酿成怎样的灾难和祸患？

他想说，父亲已经老了，他的眼睛只能看到一家一户的得失和利益，却看不到天下的大势。国若不在，诸葛一脉安存？

若是他真的走了，那么她呢？是否也会离开帝都，远走燕北？

好在，巴雷虽然是蠢货，还有魏舒烨在，魏阀失势，想要站住脚跟，就不得不抓住这个机会了。

诸葛玥缓缓地仰起头来，喃喃说道："你可不要让我失望啊。"

第二日，魏舒烨带着十八名武士走进了老巴图在帝都的府邸，而西北的武士们等了一日，却没有见到诸葛玥的影子。

初次见面的巴雷和魏舒烨并不如何拘谨，在西南大营，他们曾有过共事的机会。刚一落座，巴雷将军顿时说明来意，年轻的帝国新贵轻扯嘴角，邪笑着说道："诸葛家放弃为国效力的大好时机，看来这个升官发财的机会注定要落在你我兄弟的头上了。"

魏舒烨面色阴沉，似乎并不愿意和巴雷多纠缠，直接切入正题，沉声说道："在下鲁莽，敢问将军，可有计划了吗？"

巴雷得意一笑，"有。"

"愿闻其详。"

整个行动听起来像是一个小规模的军事政变。三天后，也就是皇帝大寿的当晚，驻扎在城内的骁骑营第七师和第九师会加入西北巴图哈家族的军队，乔装西北军，和巴雷一起围攻燕北车队。巴雷会亲自到场指挥，粉碎一切抵抗，直接缉拿叛逆，随后铡刀立下，奸臣伏诛，天下太平。

魏舒烨当然明白盛金宫的想法，能做这件事的人不在少数，却只有西北的巴图哈家族最为合适。

虽然大张旗鼓，但是整个行动看起来就会像是一场报复和谋杀，以西北老巴图和燕北的恩怨，没有人会怀疑这里面另有乾坤。老巴图害怕燕洵娶了公主之后力量膨胀，回到燕北接任后与自己为难，于是派遣自己的弟弟前往帝都谋杀无辜的燕北世子，事情青红皂白再清楚不过，一目了然。

之后，皇帝会秉公办理，将西北军大加训斥，然后收押巴雷将军。过个十天半个月，再鉴于西北良好的认罪态度无罪释放，象征性地收一点赔偿金。相信，无人会为已经绝了后的燕北伸张正义的。

帝国需要让天下人知道，这只是一场私人恩怨，和国家无关，和已经要把自己女儿下嫁的皇帝陛下更是不可能有一丝半点联系。

魏舒烨心下生出一丝厌恶，但还是皱眉沉声说道："魏阀三百死士，愿意追随将军，供将军驱使。"

对付一个没落的世子，哪里需要这么多的军队。巴雷嘿嘿一笑，说道："那好，那少将就负责在外围清剿和拦截援兵吧。"

魏舒烨温和一笑，"多谢将军栽培。"

五月十八，深夜。

少女站在地图前反复推敲着后天晚上的行动，最后沉声说道："各个环节都已安排妥当，唯有前往城南祖庙请命的这一块，我还是不放心。"

燕洵眉梢一挑，示意她继续说。

"根据仪式，你需要前往祖庙祭祖，再随礼官回到皇宫迎娶公主。这一段路护卫你的人虽然是礼部抽调来的官兵，但并不可靠。如果有人在这段路上拦截你的话，必出大祸。"

燕洵看着地图，沉声说道："此处地势开阔，靠近西南镇府使，鱼龙混杂，一旦起事就需要出动大军，况且西南镇府使和我们颇有渊源，他们未必有这个胆子。"

楚乔摇了摇头，缓缓说道："做事须万全，越是不可能的地方越容易出差错，我们需要对一切变数有所准备。况且，你我知道，西南镇府使并未效忠燕北，也并未效忠于你，我们不得不防。"

燕洵点了点头，拿起地图，开始计划可能遇到的战役和应对方法。

楚乔也同样拿出纸笔，伏在案上写了起来。

一炷香过后，两人同时直起身子，交换纸张，只看了一眼，顿时齐齐露出笑容。

破釜沉舟！背水一战！

如果夏皇敢出此下策，那么就要整座真煌帝都来给自己送行！

两日的时间，波澜不惊地度过。五月二十日一早，整座真煌城都陷入了盛大的欢乐之中。大红的锦缎从紫金门一路铺满九崴街直达东城门，大夏皇帝公开亮相，帝都的官员、商贩、百姓、平民将街道堵死，在帝都警卫的指挥下争相叩拜，高呼万岁，完全呈现出一幅盛世荣华富丽堂皇的画面。

夏皇大寿，除了犯了人命案的犯人都得到大赦，紫薇广场上，密密麻麻跪满了得到赦免的犯人。夏皇的马车刚一靠近，这些人立刻大呼万岁，叩谢皇帝天恩。

文武百官和各番地使节们跪在紫金门前，后来跟随着车队一路游行，享受万民的朝拜。

游行持续到下午，盛金宫内召开了盛大的宴会。到了傍晚，漫天火树银花，彩灯高燃，无数歌舞伎在广场之上华丽舞蹈，声乐浩瀚，传遍整座皇城。百姓们欢呼震天，声势惊人。

然而，就在紫薇广场传来一阵又一阵的人浪欢呼的时候，在前往城南祖庙的道路上，却有一队衣衫华丽的人马，依照礼制，缓缓前行。

不同于内城的欢腾，城南祖庙的这片禁区犹自沉浸在一片安静之中，远处的欢呼声不断传来，却更加显得这里死寂一片。

月色暗淡，大红的宫灯闪烁在道路两旁，燕洵一身大红吉服，坐在马车之内，微闭着双眼，静静等待着时机。

哐当一声，马车一顿，缓缓停住。燕洵睁开眼睛，眉头微微皱起，心底的最后一丝犹豫也顿时退去。

"怎么回事？怎么停下来了？"

带队的礼官上前问道，一名小武校尉快步跑上前来，对着帘子后的燕洵和外面的礼官说道："世子殿下、礼官大人，前面是祖庙的守卫，他们要求我们下车给他们检查。"

"怎么搞的？这是礼制上的祭祖，十天前就做好批复了，连公主殿下的大婚也敢拦截，他们是哪个小队的？不要命了？"

小武校尉苦着脸说道："大人，我也是这样跟他们说的，可是他们坚持要检查。"

"世子，卑职到前面去看看。"

马车里寂静无声，礼官当作是燕洵默许了，跟着校尉离开。然而他不知道的是，此时此刻，马车里的人早已神不知鬼不觉地悄悄离去。

杀机已经在空气里荡漾起来，浓厚得像是死人的尸臭。

在车队的前方，礼官大队和祖庙的守卫者们争吵得脸红脖子粗，几乎要大打出手。

一片高大的宅院后，战士们的战马通通用棉布包裹了蹄子，迅速上前接应急速而来的男子。阿精翻身下马，为燕洵牵来战马，沉声说道："殿下，一切都准备好了。"

燕洵沉默地点了点头，翻身上马，随即向着长街另一头的西南镇府使策马狂奔。那里，有帝国从燕北抽调的野战军，长期镇守帝都，人数在一万以上。

虽然并不是自己的人，可是就冲着同样出身燕北这一点，燕洵已经决定将他们拉上贼船。

现在，他就要去求救了。

突然间，刀光闪烁！祖庙守卫统领厉喝道："动手！"

喊杀声中，祖庙的守卫们拔刀在手，人人身手敏捷，行动矫健，哪里是什么祖庙的守卫，分明一个个都是久经沙场的军人。

"诛杀燕北叛逆！"刺客们狂吼着，挥舞着战刀汹涌而来，礼官们仓促结成的防线脆弱得像是纸糊的风灯，瞬间便被冲破。带队的礼官这时才反应过来，大吼道："有刺客！"他也是武将出身，一把抽出腰间的战刀，奋力迎敌，尽忠职守地高呼道，"保护殿下！列阵！呼救……"

话音未落，利刃袭来，他以钢刀格挡，嚓的一声，火星四溅，鲜血自喉间涌出。男人声音沙哑，只见他尸身一歪，就倒在血泊之中。

马车里的礼官们还没来得及下车，只听一连串的尖锐响声呼啸而来，就连车带人地被射成了刺猬。

车厢狭窄，根本无处可躲，巨大的惨叫声和哀求声在帝都西南上空回荡着，让人头皮发麻。

但是残忍的刽子手们没有丝毫动容，他们伏在地上，平举着小型的弓弩，稳健地上弦、拉弓、射击，一排排的利箭呼啸而来，穿透马车的隔板，将那些无辜的帝国礼官刺得破碎，偶尔有膂力强悍的射手将箭射穿了两扇隔板，穿过来的箭矢都充满了浓厚的血腥味道，箭头上还有红色的鲜血在触目惊心地不断往下滴。

马车的守卫们拔出战刀，奋力反击，把箭装到弩上，对方的速度太快，他们尚来不及瞄准就扣动了手指。然而，黑暗下射击何来准头？何况是这些不擅征战的礼部守卫，仓皇间，箭矢全无作用。他们不得不把弩机就地一扔，拔出了腰间的佩刀应战，喊杀震天，血泥糅杂。可并行八匹战马的宽阔御道上，两方战士交缠在一处，呼喝冲杀，誓死拼斗。

狭路相逢勇者胜！他们已经来不及去喝问对方的名字和来历，所能做的，只是将战刀举起，然后狠狠地扎在对方的脑袋上！

但敌人实在太多，几个守卫在人潮中恍若激流中的稻草，转眼就被大浪淹没，连影子都看不到。

低沉的呼喝声犹如闷雷一般，回荡在大街上。为这一切做背景的，是帝都中部一浪紧接一浪的欢呼声，漫天的礼花和烟火在不断宣告着今日是个怎样喜庆的日子。然而，也正是这份喜庆的热闹，将这一片嗜血的残杀声掩盖了下去，无人知道，无人听见，无人会想象到在这样盛世繁荣的喜宴下，竟会明目张胆地存在着这样毫无顾忌的残杀。

礼部的护卫们怒吼着反击，敌人太多，如潮水般从四面八方疯狂拥上！那些狰狞的脸孔和嗜血的眼睛，好似蛮荒的野兽般吞噬着人心的最后一丝希望。

"反击！迎战！帝国马上就会给我们支援！"

然而，他们不知道的是，今日的刺客来源正是他们心心念念的帝国，不会有支援，不会有援兵，他们注定是被抛弃的一队，要为帝国的强大而殉葬！

他们近得几乎是贴着敌人的脑袋放箭，射光了弩机中的箭就抢着十几斤重的弩机当锤子用，狠狠将敌人的脑袋砸得脑浆崩裂，然后被乱刀砍倒。整个长街都陷入了血腥的混战中。双方展开了惨烈的厮杀，惨叫声和哀号声密集地响起。

燕洵所在的马车已经被射成了马蜂窝，没有人会奢望他还活着，护卫的两百多名士兵全军覆没，无论是反抗的，还是投降的，全部惨遭屠杀，一个不留！

就在此时，帝都的中央突然爆发出一朵盛大的烟花，五彩缤纷，光彩夺目，巨大的欢呼声海浪般涌来，越发映衬出此处的死寂。

巴雷大步走来，一把推开马车前失魂落魄的手下，锦衣华服的年轻男子斜靠在车内，身体被弩箭扎了个对穿，鲜血自他口中涌出，他看着巴雷，啐了一口带血的唾沫，想说什么，但终究化成了一连串破碎的咳嗽。

巴雷脸色铁青，声音冰冷地说："燕洵呢？"

青年人轻蔑一笑，巴雷愤怒地一把抽出战刀，灌风而过，斩断了青年人年轻的脖颈。

下属面色惊慌，一片惨白，哆哆嗦嗦地说道："将军……"

巴雷转过头，冷冷地看着自己的部下，"八百人的围攻，外围三百人的防守，武器精良，准备充足，有心算无心下你们还让人逃了？我要你们还有什么用？"

"将军，我们，我们可以去外围魏少将处查看，也许他们抓到了。"

"对。"巴雷顿时点头，抱着万分之一的希望就要上马，可是就在这时，一阵震天的马蹄声顿时响起，整个大地霎时间都在剧烈地颤动，巴雷惊恐地抬起头来，只见一片漆黑的长街尽头，密密麻麻的火把缓缓逼近，渐渐汇成了一片闪亮的光带，战马昂然，杀气如虹！那迎面而来的，竟是一支彪悍的骑兵军团！

"是西南镇府使的燕北军！"

巴雷失声高呼，利落转身，"快跑！"

此时再逃跑已经来不及了，两条腿不可能跑得赢战马的四条腿。这已经不是一场战斗，绝对是一场名副其实的屠杀。

"我是西北巴图哈家族的巴雷将军，我们奉有王令！"

惊慌失措的声音顿时响起，巴雷在手下的护卫下节节败退，撕心裂肺地高呼自己的身份。

可是哪里有人相信，刚刚被燕北世子调来的西南镇府使的官兵们一个个杀红了眼。自从燕世城倒台之后，西南镇府使在帝都就低人一等，被绿营军、骁骑营的人欺凌侮辱，就连城守军也敢给他们白眼看。此刻好不容易抓到这么一个立大功的机会，谁会相信那些刺客死到临头的疯话？

敢在真煌城里组建这样大规模的刺杀，简直是活得不耐烦了。

士兵们大喝一声，挥舞着手中的战刀，就将叫得最大声的一个脑袋砍了下来！

犹如一阵狂风骤雨，骑兵们迅猛地扑近身来，追上了逃跑的人群。人马未到，迎头就是一通箭雨，当场就把逃跑的杀手们射倒了一片，然后马蹄凶猛地踩踏过去，将他们踩成了肉泥。

报应来得如此之快，一炷香之前的杀戮者们，转瞬就变成了刺客屠刀下的待宰之物，逃无可逃。

马蹄声轰隆震天，黑压压的骑兵如同潮水般涌过，所到之处，所有的反抗都被迅速夷平。在大队人马的簇拥之下，一身大红吉服的燕洵面色冷然地骑坐在马背上，双目如鹰隼般审视着战场，嘴唇抿起，带着冷硬的锋芒。

"世子殿下！"西南镇府使的副统领贺萧策马上前，说道，"世子殿下，所有刺客都已伏诛，没有逃脱一人。"

燕洵点了点头，微笑说道："贺统领居功甚伟，救命之恩，燕洵不敢或忘。"

贺萧摇头道："殿下言重了，保护帝都安全本就是末将的责任，更何况殿下和西南镇府使同出自燕北，我们更不能袖手旁观。"

燕洵笑道："统领的功劳，本王定会完完整整地向皇上禀报，相信很快，贺副统领的这个'副'字就能去掉了。"

贺萧一喜，笑道："多谢殿下提拔！"

"统领！"这时，一个小参将走上前来，附在贺萧的耳边小声说道，"事情有点不对劲。"

贺萧一愣，转过头来小声说道："什么不对劲？"

参将眉头紧锁，眼神惊慌，沉声说道："您跟我过来看看。"

贺萧和燕洵打了声招呼，就跟着参将离去，一具一具尸体看过去，越看心越凉，当他看到巴雷的尸首时，已然觉得眼前发黑，几乎要从马上摔了下来。

巴雷为人跋扈张扬，当初进城的时候几乎全城百姓都目睹了他的真容。贺萧作为维护现场秩序的将领又怎会不识，看到这位老兄胸前插着密密麻麻一堆箭矢四仰八叉地躺在那里，贺萧只想呕出一口血来。

强打起精神，年轻的副统领还在幻想着，也许只是西北巴图哈家族独自的暗杀行动，想要除掉燕北世子，毕竟老巴图和燕世城的恩怨，早就已经传遍了大江南北，无人不知。

可是，当他看到大批骁骑营将士的时候，顿时知道，摆在自己面前的，已经是死路一条了。

虽然这些士兵都穿着西北巴图哈家族的衣服，但是常年驻军在帝都的西南镇府使将士们一眼就能认出这些经常跟在骁骑营统领的屁股后面来自己军中耀武扬威的王八蛋。看到这些人，贺萧就算再傻，也明白所谓的暗杀不过是一场帝国授命的诛杀。

那么，自己带着兵马强行杀出，诛灭了帝国的兵马，救下了燕北世子，又该得到怎样的下场？

那一瞬间，贺萧只有一个念头：拿下燕洵，将功赎罪！

"要杀我的人，是大夏皇帝。"

一瞬间，所有人愣在当场！

燕洵高居马上，轻描淡写地看了在场的众多兵士一眼，随后视线放在贺萧的脸上，语气清淡地说道："贺统领，将你牵涉其中，我很抱歉，如果你们西南镇府使不是燕北出身的军人，拿下我也许就能免此灾祸了。"

一语惊醒梦中人！贺萧瞪大眼睛，看着燕洵高深莫测的表情，顿时回过神来！

西南镇府使，已经没有回头路了。

如果是别的部队，误打误撞杀了巴雷和骁骑营的士兵，那么以一句不知内情还可以解释过去。但是作为本身就被帝国高度关注，屡次被怀疑匿藏燕北叛党的西南镇府使来说，无论如何也不可能逃得性命。帝国不会放过自己，长老会不会放过自己，圣金宫更不会放过自己，再回头只有死路一条。男人眼睛通红，狠狠地看着眼前一身红袍的俊朗男子，一个声音在脑海里疯狂地叫嚣：他全部知道，他是故意将自己引上死路的！

然而，他一句话也说不出来，片刻之后，男人眼中的戾气缓缓消逝，换作了一副亡命徒一般的疯狂。

上万人汇聚在长街上，头脑清楚的人顿时就明白过来事情的前因后果，他们只觉得大地似乎都在摇晃，一片空荡荡的畏惧袭来。众人仰着头，望着贺萧，望着燕洵，或者是望着苍天，苦苦地为自己思索一条活命的路。

贺萧陡然跳下战马，对着身后的士兵们高举双手，厉声高呼道："兄弟们！有些话我憋了八年了，今天要说一说！当年，是谁捣灭了沧澜王叛乱，于盛金宫一路冲杀救出了皇帝？是谁在白马关万里奔袭，解救了整个帝国的长老官员？是谁在燕北高原上抗击犬戎人，让北蛮子们不敢踏进关内一步，保护了我们的父母妻儿？是燕北的王，是燕世城老王爷！可是忠臣最后得到了什么？是满门抄斩，是斩首示众！八年来，我们燕北一脉的军人在帝都受尽屈辱，被骁骑营和绿营军的狗崽子们瞧不起。这些，我们也都忍了！可是现在，帝国又要无缘无故地对老王爷唯一的血脉下手，妄图以卑鄙的手段除掉世子殿下，作为燕北的军人，我们服吗？"

"不服！"

雷霆般的呼喝声顿时响起，无数的士兵举起了手中的刀枪，那些关于燕世城所向无敌的神话，又一次在军人们热血的胸腔里奔涌起来，多年来所受的压迫也像岩浆一般沸腾。他们嘶声长呼，声势惊人！

"弟兄们！我们是燕北的军人，今晚，我们杀了帝国的阴谋者，我们已经和世子殿下绑在一根绳上，世子若是不在了，我们也没有好下场！你们说，我们能坐以待毙吗？"

"不能！"

"我们不能死！"

"皇帝忘恩负义！不配统领我们！"

"昏君乱命！我们反了！"

不知道是什么人喊出了最后一句，整个队伍霎时间一片死寂。

终于有人喊出了这句话，紧随其后的，仿佛是大火燎原，无数个声音齐声高呼："昏君乱命！我们反了！"

"燕北的战士们！"燕洵坐在马上，眼神冷厉地望着下面无数双高举的手掌，他的眼睛缓缓眯起，声音坚定地沉声说道，"家父蒙冤已有八载，燕北凋零，被恶人践踏，燕北战士的光荣，也被腐朽的帝都摧毁！我们都是对帝国忠心耿耿的臣子，我们镇守边疆，和北蛮人抗争，保护帝国内陆的太平。可是时间久了，繁华和奢靡蒙住了帝国长老和皇帝的眼睛！他们忘了，是谁战死边疆，用热血和白骨筑起保家卫国的钢铁长城！他们忘了，是谁顶风冒雪，将犬戎人抗击关外！他们忘了，是谁在帝国的危难之际，一次又一次地救国于水火！"

"是我们！"士兵们齐声高呼，"是我们燕北！"

"对！是我们！"长风呼啸而来，卷起燕洵猎猎翻飞的衣衫，年轻的男子一把扯掉身上的大红华服，露出里面墨黑色的战袍，那衣衫之上，竟绣着一只金碧辉煌的战鹰，那是燕北的战旗，金色铁鹰旗！

燕洵厉声说道："主上昏庸，不辨忠奸！他忘记了我们的功勋，不加嘉奖，反而痛下杀手！我们有功无罪，我们坚决不从！"

"坚决抵抗！誓死不从！"

无数个沙哑的嗓子齐声高呼："我们反了，誓死不从！"

燕洵一把拔出腰间的长剑，狂风吹卷着他漆黑的战袍，那只金色的苍鹰猎猎翻飞，好像随时都会振翅昂扬一般！

被困了八年的年轻世子发出狮子一般的怒吼："战士们！跟随我！杀出帝都，回到燕北。我们别无选择，唯有兵变，今日，我燕北一脉就此独立！"

"杀出帝都！回到燕北！"

激荡的吼叫声穿透长空，与此同时，一连串硕大的烟火在上空炸裂，漫天火树，满目繁华烟尘！

此时此刻，莺歌院内，楚乔一身黑色长袍站在漆黑的夜幕之下，在她身后，跟随着一群同色衣装的人。一只雪白的苍鹰飞过夜空，落在她的肩头，拆开信件，她眉头皱紧又松开，终于长吁了一口气，沉声说道："去吧，用腐朽的当权者的心肝，来祭奠我们新生的政权！"

呼啸声顿时响起，片刻之后，庭院里除了楚乔，再无一人。

第十四章

御前悔婚

　　"公主殿下！"女官穿着一身繁复的宫廷礼服，衣袖间有细细的青鸾图腾，梳着高高的发髻，面色惊慌地疾步奔到内宫门的正门，拉住少女的手臂，惶然说道，"大典就要开始了，您怎么还在这里？礼部的何大人、宋大人、陆大人都在公主府中等您，几名诰命此刻还在百合堂上跪着呢！"

　　"苗姑姑，"身穿大红吉服的少女惊慌失措地拉住女官的手，"怎么办？已经过了时辰，他还是没有回来，会不会出事？"

　　女官二十出头的年纪，却显得十分老成。她安慰地搂住赵淳儿的肩，柔声说道："宫外此刻百姓欢腾，难免拥挤，耽误个一时半刻也是有的，你不必担心了。"

　　赵淳儿咬着下唇，心底的担忧却怎样也抹不去。她说服自己听从女官的话，不去多想，跟在女官身后，向后宫走去。

　　黑暗中，女官的眉头却缓缓地皱了起来，皇家各项礼制都有其固定的时间，普通百姓怎么敢阻拦皇家的车驾，这里面，一定出了什么她们不知道的变故。

　　就在这时，一骑快马突然响彻宫门。赵淳儿顿时回过头去，只见一名士兵狼狈地奔进宫门，马蹄急促，却被宫门的守卫拦住了脚步。

　　"我有重要事情要禀报皇上，放我进去！"

　　守卫们不动如山，拦在士兵身前，声音低沉地说道："请出示陛下的手谕或者令牌。"

　　士兵满头大汗，怒声吼道："事关重大，耽误了你十个脑袋也砍不起！"

　　"什么事？"赵淳儿眉头一皱，转身走上前去。

　　"公主殿下？"只看了一眼赵淳儿的服饰打扮，士兵就认出了她的身份，顿时一惊，疾步走上前来，附在赵淳儿的耳边急切说道，"公主殿下，大事不好！燕北世子燕洵在城南竖起反旗，带着西南镇府使的兵马杀过来了！"

　　砰！淳公主手上的一只暖手抄顿时落在地上，年轻的天之骄女脸色煞白，嘴唇青紫，震惊得无法言语。

　　"他们的人控制了前往长老会和帝都府尹衙门的道路，长老大人将军们还都在宫中，公主殿下，此事须尽快禀报，早做决策！公主殿下？公主？"

"啊，哦，你说得对。"淳公主回过神来，脖颈僵硬地点了点头，惊恐之色缓缓退去，强作镇定地说道，"你跟我来。"

士兵一喜，跟在淳公主身后就想进去。

宫门的守卫眉头一皱，胆大地走上前来沉声说道："公主殿下，这不合规矩。"

"什么规矩？"女官皱眉怒道，"公主殿下带个人还要经过你的批准吗？你是谁的部下，竟然这么大的胆子！"

"苗姑姑，不要说了。"赵淳儿面色苍白，转身就向内宫的方桂大殿走去，今晚的大婚仪式就是在那里举行，此时此刻满朝官员都已经到齐。

几人跟在她身后，鱼贯穿过宫门。守门的侍卫眉心紧锁，和另外几名侍卫打了个眼色，冷风凄厉，吹过门槛。

经过春花阁、紫薇廊，路过圣贤门，就是御花园。此时天色漆黑一片，四下里风灯闪烁，一片死寂，赵淳儿突然停住脚步，脸孔白得吓人，回过头来对着那名士兵招手道："你过来，我有话问你。"

士兵急忙上前，弯着腰，恭敬地垂着头。

赵淳儿走上前去，几乎要和那士兵贴在一起了。后面的女官见了眉头一皱，刚想说话，突然只听"啊"的一声惨叫登时传来。只见那士兵顿时暴起，一脚狠踹向公主的小腹。少女一个骨碌倒在地上，华丽的长袍刮在回廊上，撕下一大截来。

女官大惊，厉声高呼："有刺……"

声音刚刚出口就戛然而止，只见那士兵满身鲜血，在原地抽搐挣扎。赵淳儿狠狠地从地上爬起身，像是一只笨拙的小狗一样爬上前去，举起手中的黄金匕首，对着士兵的胸口狠狠地插下！

鲜血飞溅，点滴殷红，大股大股的血带着温热的腥气飘散在空气之中，少女的衣衫脸孔满是鲜血，却仍旧不断挥刀，刀身刺入血肉的声响四下回荡，听起来令人心胆俱寒！

"公主！公主！"女官惊呆了，带着哭腔爬上前去抱住赵淳儿的身体，死死地拉住她的手，连续不断地叫着，"他死了，他死了。"

嚓的一声，匕首顿时落在地上。少女双眼大睁，颓然坐下，手脚都在止不住地颤抖。

"我杀了人，我杀了人……"

"公主，出了什么事？可是这人冒犯您吗？"

"苗姑姑！"赵淳儿一把握住她的手，眼睛通红，沉声说道，"你现在马上出城，去城南寻找燕世子，告诉他，不要冲动，不要做傻事，不要自取灭亡。他不愿意，我知道，我全都明白，我不逼他了，我现在就去向父皇说清楚。"

"公主，您说什么？"

"快去！"赵淳儿大怒，腾一下站起身来，说道，"马上去找到他，将我的话告诉他，就说我现在就去向父皇请旨，我不嫁了，我不逼他了。"

"公主……"

"苗姑姑，拜托你了。"

大串的泪滴自赵淳儿的眼中落了下来，她的脸庞苍白若纸，嘴唇青紫一片，一双眼睛却布满了血丝。年轻的小公主紧咬着下唇，强忍着不哭出声来，脖颈上还有大片血迹，双手紧紧地抓住女官的手臂，好似要将指甲插入对方的血肉之中一样。

女官毕竟年纪也不大，被吓得哭了，不断地点着头，说道："公主，您放心吧，我一定找到燕世子。"

"那好，"赵淳儿一把抹去眼泪，点头说道，"那你快去，宫外现在很乱，你小心行事。"

"嗯，公主放心。"

两人短暂地交代一下，就转身分手，朝着南北两个方向疾步而去。

冷风卷起地上的灰尘和树叶，女官脚步匆忙，抄小路小跑，然而刚刚转过一座假山，一道白亮的刀芒猛然划过，女官双眼大睁，还没看清楚来人，就倒在了血泊之中。

黑暗中，几名男子缓缓走了出来，为首的赫然是刚刚城门前的守卫。

"于哥，淳公主……"

"没关系，她不会说出去的。"男人面容坚毅，沉声说道，"封死北城门，去西门接应姑娘。"

深夜，骁骑营的程副将还在睡梦之中，刚刚在南营和士兵们喝了点酒，此时此刻，他正搂着一个丰满的军妓睡得香甜。

"大人！大人醒醒！"

勤务兵急切地摇晃着他的手臂。程副将眉头紧锁，怒气冲冲地睁开了眼睛，看着勤务兵沉声说道："你最好给我一个合理的解释。"

"大人，西南镇府使的华统领来了，样子很着急，说有急事找您。"

"华杰？"

程副将迅速坐起身来，沉声说道："他来找我干什么？"

"属下也不知道，不过华统领神色惊慌，好像出了大事。"

"去看看。"程副将穿好衣服，大步走出卧室。年轻的军妓缓缓睁开眼睛，眼神锐利，好似银狐。

"程将军，你可算是醒了。"

"让华统领久等了，深夜到访，不知道有何贵干？"

华杰身为西南镇府使的统领，在官职上和赵彻、赵齐等人平级，但是因为西南镇府使向来式微，他这个统领做得也没什么面子。程副将虽然只是个副统领，在官职上低他一等，但并不怕他，短暂地客套之后，就进入正题。

"程将军，出大事啦！"华统领面色惊慌，沉声说道，"燕洵反了，带着西南镇府使的一万官兵去攻打盛金宫，现在已经到了长水街！"

"什么？"程副将大惊，猛地站起身来，厉声喝问。

"我军中贺萧副统领带着全军一起追随燕洵，杀了骁骑营两个跟随巴雷大人的师团拉练兵马，我也是刚刚收到军中属下的线报才得知的。我刚刚已经派人去盛金宫、府尹衙门、南北军机处，还有绿营军报信了，程将军，请你马上集结兵马，再晚就来不及了。"

程副将大惊，还以为自己耳朵出了问题，连忙点头，"我明白了，华统领，你的忠勇必当得到帝国的嘉奖。"

"嘉奖？"华杰苦笑一声，"我现在是将功赎罪，只希望能保住脑袋。"

程副将嘴唇动了动，想说什么，却最终没有说，同华杰一样，他也已经看到此人暗淡的前途。

"我先走了，还要去绿营军一趟。程将军，你要快，时间紧迫，我们已经落后一步了，帝都的安危全系在你一人的肩上。"

程副将立正答道："定不负将军期望。"

这一刻，他突然有些尊重这个绰号为"华鼻涕"的窝囊统领了。看着他的身影消失在门口，程副将回房穿好铠甲，对着勤务兵沉声说道："去通知各营参将速来大帐集合，吹响集合号，让全军在围场上待命。"

勤务兵点头答道："是！"

话音刚落，只见勤务兵眼睛突然大睁，眼眶突出，惨哼一声，嘴角流出血来。程副将一愣，惶然看去，只见一支利箭穿透了勤务兵的胸膛，鲜血淋漓地从心脏处渗透而出，箭头狰狞，嗜血如狼牙。

砰的一声，勤务兵轰然倒地！身姿绰约、体态丰满的军妓站在他身后，脸孔上仍旧挂着娇媚的笑容，手上拿着一支小型弓弩，粲然一笑，露出编贝般白皙的牙齿，然后轻轻地扣动扳机。

嗖一声，箭矢呼啸而来，这样近的距离根本来不及做任何反抗和躲避，程副将眼睁睁地看着那支弩箭穿透了自己的心脏，体力迅速地流失，连惨叫都没有发出一声，大片的血花在胸前炸开。男人闷哼一声，身体沉重地倒在温暖的大床上。

军妓笑容一敛，利落地穿好衣服，撩开大帐的帘子，帐外一片静谧，月亮又大又圆，高高地挂在半空。女子拿出腰间的信号弹，对着天空发了出去。一道蓝色的火焰在空中高高地炸开，灿烂夺目，在这样喜庆的夜晚，漫天火树银花之下，没有引起任何怀疑。

西城一处不起眼的民居里，白衣如雪的女子站在庭院当中，仰望着天空中蔚蓝色的火焰，面色冷漠，许久，对着一众属下沉声说道："不惜一切代价，在一个时辰之内，彻底瘫痪绿营、骁骑、南北军机四处中枢大营。"

夏执和兮睿等人沉声应是，边仓上前说道："姑娘，宫里一切太平，东北两方的城门都在掌控之下，楚姑娘的计划成功了。"

"嗯，"羽姑娘点了点头，"焰火计划，现在开始。"

月凉如水，清辉泻地，这个晚上，整座真煌城都沉浸在疯狂的欢愉和喜悦之中，然而，无人觉察的野兽却在缓缓靠近，将狰狞的利爪暗暗地伸入了帝国的软肋之中。

大同行会多年安插下的密探开始了疯狂的剿杀，在不知不觉间瘫痪了整座帝国的联络纽带。这一晚，向来崇尚平等和平博爱的大同行会，露出了他们锋利可怕的牙齿，在楚乔和羽姑娘两人的策划下，一场血腥的谋杀毫无顾忌地开始，帝国失去精英无数，损失之重，难以估算。

骁骑营第二师参将汪白杨，于睡梦中被强行灌入砒霜，死于剧毒。

绿营军副统领姜孟，被自己的小妾用绳子勒死。

绿营军第三师、第五师、第九师参将，吕阳、萧乾、呼延圣三人酒后在路上遭到刺客的袭击，被人乱箭射死，所带三十个护卫全军覆没，无一人逃脱。

北军机处军长薛世杰，死在自家的茅厕里，原因不明，凶手不明。

南军机处井水有毒，当晚整座大营所有人完全昏迷，处于瘫痪，无人察觉外面动向，直到三日后帝都之乱被解，才有人发现他们，而这时，南军机处的士兵们已经有半数不在人世了。

一个时辰之后，一队黑衣人快马驶进了皇城西门，守门的门卫们仿若看不到这群人一样，没有发出任何声响。

"左丘，带话给殿下，一切顺利，按计划行事。"

"是，姑娘。"忠心的下属离开皇城，楚乔脱下一身血腥点点的黑色夜行衣，露出里面的锦绣华服，疾步走向隐蔽在花丛中的一顶轿子。轿夫们抬起轿子，不发一言，向前大步而去。

片刻之后，轿子停在方桂大殿的宫门前。外面的黑暗里杀戮不断，这座皇城却仍旧沉浸在一片奢靡的海洋之中，隔得老远，都有婉转的音乐和欢笑声传来。

"姑娘，到了。"侍从低着头，缓缓说道。

楚乔下了轿子，一身浅蓝色的裙袍，熨帖地穿在她身上。少女眼神如水，清澈地望着前方，她的脊背挺得笔直，毫无畏惧之色，抬起脚来向着大殿走去。

"姑娘，"低沉的声音突然在身后响起，四名轿夫齐齐跪在地上。少女停住脚步，只听沙哑的声音在身后响起，男人用压抑的语调缓缓说道："前途难测，路途难行，请姑娘为大同珍重，为殿下珍重。"

楚乔身体轻轻一颤，有莫名的情绪在胸腔里激荡开来，多年的期盼和等待，像是一场大火一般灼烧了她的心神。风风雨雨的坎坷磨难，让她的眼睛更加明澈，让她的脊背更加挺拔，让她的双肩更加坚韧，她坚信，她必定有能力顽强地走下去。

此时此刻，已然无关理想，无关大同，一切只是因为最初的那个承诺。

"我们一起回燕北？"

"我们一起回燕北！"

呼的一声，大风吹起她张扬的裙角，少女高昂起头颅，向着方桂大殿，稳健地迈出脚步！

奢靡的香气扑面而来，舞姬的纤腰水袖漫空飞舞，百官三两聚堆，交谈正欢，晚宴还没有正式开始，主角还没有上场，皇帝游行了一日，此刻也在后殿休息，于是大殿中的气氛略显轻松。

楚乔身份所迫，不能踏入正殿，只能在偏殿第二阁落座。隔着一排廊柱，只见殿内人头攒动，一片热闹喧哗。大夏皇朝人丁兴旺，表面荣华，天家之气，尽显无遗。

"这位姑娘，"一个娇柔的声音突然在身边响起，楚乔转过头去，只见一名面容娇嫩的少女坐在自己旁边一席，一身浅粉色扑蝶彩衣，显得宁静且秀气，语气温和有礼地说道，"不知道这位姑娘是哪家的千金？我是何洛氏出身，家父何洛长青，姑娘怎么称呼？"

少女长相温柔，观之可亲。楚乔有礼地点了点头，轻声答道："我是燕世子的亲随，楚乔。"

"哦，原来是楚姑娘。"何洛氏的小姐闻言笑容一滞，虽然还是有礼貌地回了一声，但态度明显冷淡了下来。转过头去和旁边的千金贵妇们攀谈，甚至连身体都有意地歪向一边，生怕别人将她和楚乔误认为是一起的。

一会儿，旁边的人显然从她处听到了楚乔的身份，各种眼神不咸不淡地飘了过来，有厌恶、有鄙夷，各色夹杂，含义深深。

楚乔泰然坐在一旁，嘴角轻轻一笑，世态炎凉人情冷暖她已经见识得够多了。

她自斟了一杯清茶，举杯饮下。两旁的贵妇们不知，见她拿着酒杯，还以为她当众饮酒，更是不屑。渐渐地大小的鄙夷声就嘈杂地传入耳中，无非什么下等贱民没有教养之类的话。她们的音量控制得很好，既能让人听清楚，又听不出具体是谁说的。

楚乔也不在意。过了半晌，耳旁的声音突然消失，一个暗影突然遮在茶水之上。楚乔缓缓抬起头来，只见诸葛玥站在众多地席前，一身深紫长袍，衣带上绣着暗色的缺月图腾，墨发以一条同色缎带松松地系在脑后。

第二阁和主殿之间有一湾浅水清池，风从池上吹来，有墨兰香味蹁跹摇曳，扫过男子的衣衫，带着淡淡的清香。

所有第二阁的千金小姐全都愣住了，对于她们这些帝都弱小的氏族来说，七大门阀是活在传说中的人物，比之当朝皇族不遑多让，很多人终其一生都无法接触。第二阁和主殿虽然只有一池之隔，但是对于她们这些连想要出席宴席还需四处钻营重金血本购买座席的小族来说，却是天堑般不可逾越。尤其对方还是最近风头正劲的诸葛一脉嫡系掌权公子，怎能不令她们倾心？

诸葛玥的眼神淡淡地扫过诸多座席，从楚乔身上飘过，然后径直走了过来。楚乔眉梢一挑，正在考虑这男人会不会在这个时候前来捣乱，却见诸葛玥脚步一转，竟然走到旁边的一席去了。

何洛家的小姐激动得脸都红了，腾一下站起身来，却一不小心碰翻了地席上的茶水，全都洒在了自己的裙子上。少女惊慌失措地一边给诸葛玥让位子，一边揪着自己的裙子努力想要掩饰，一张脸红得像猪肝一样，连手都不知道该往哪里放。

诸葛玥看都没看她一眼，径直就坐了下去。

"诸葛少爷，您……您请喝茶。"何洛家的小姐战战兢兢地站在一旁，脸上带着掩饰不住的惊喜之色，在众人艳羡的目光中端起一杯茶送到诸葛玥身前。

男人并没有说话，随手接过，也没抬头看上一眼就一饮而尽。

四周顿时响起嗡嗡议论声，诸葛家四少爷竟然能接受这小女子的敬茶，这是何等的殊荣？

何洛小姐笑靥如花，行动间却又带着几丝小家子气的胆怯。她拽着裙角，缓缓地坐了下来，傍在诸葛玥身旁，面色羞得绯红，又有几分骄傲，缓缓凑上前去，声音娇媚地轻声说道："诸葛少爷刚回帝都不久吧？"见诸葛玥没有回答，少女自顾自地说道，"上次田猎大会，我们曾有过一面之缘，只是隔得很远，没想到四少爷还记得我。"

诸葛玥没有说话，手握白玉茶杯，眉心轻蹙，不知道在想什么。

第二阁不像主殿，座席间隔很小，其他各席的世家小姐虽然各自聚在一起谈话，但是都漫不经心答非所问，显然都竖着耳朵听着。

何洛家的小姐面子上有些难堪，轻咬着下唇，声音更显娇柔，轻声说道："诸葛少爷，我是何洛菲，家父是礼部小祝何洛长青。"

"你介不介意和别人共坐一席？"

诸葛玥突然转过头来问道，何洛小姐一愣，一时间有些受宠若惊。诸葛玥又问了一遍："我问你介不介意和别人共坐一席？"

何洛菲醒过神来，连忙摆手说道："不介意，菲儿当然不介意。"

"哦，那就好。"诸葛玥点了点头，然后抬起头来向旁边望去，随手指着一名正在看自己的少女招手道，"你，过来。"女子一身绯红，笑容妍妍地走过来，淡笑问道："公子是在叫我吗？"

"嗯，"诸葛玥点头问道，"你介不介意和别人共坐一席？"

何洛菲呆傻地看着，还没明白过来怎么回事，那名绯衣女子却是一点即透，笑容诡异地看了何洛菲一眼，说道："诸葛家的公子都开了金口，小女子当然不会介意。"

诸葛玥说道："如此，就麻烦你了，带她过去吧。"

何洛菲顿时呆愣，不解地叫道："诸葛少爷您……"

"好啦！"绯衣女子娇媚一笑，拉住何洛菲的手臂，"还真以为天上掉了馅饼吗？走吧。"

何洛菲脸孔通红，银牙紧咬，被绯衣女子一路拉扯，眼泪盈在眼眶中，几乎就要哭出声来。刚才还和她言谈甚欢的千金们纷纷掩嘴冷笑，表情中带着难掩的幸灾乐祸。

方桂大殿是大夏皇宫最大的正殿，由三十六道宫廷水榭、上百个雕廊画道，彼此曲折穿梭、迤逦交叉拱卫而成。琉璃金瓦，飞檐斗拱，巧夺天工，金碧辉煌的中殿供奉方桂酒神，是为方桂正殿，四周以四大偏殿合围，间中以清池水道连接，兰荪幽香，花束环绕，丝竹鼓乐，清波浩渺。

此时此刻，正殿声势已起，满朝文武大半临席，其他殿阁也是热闹非凡。唯有这第二阁，无人不争相朝诸葛玥这边望来。只见他淡然吃茶，好似丝毫不知自己成了焦点一般。

就在这时，正殿突然有人吹角报奏："卞唐皇太子、七皇子殿下、十三皇子殿下驾到！"

人声轰然，整座方桂大殿之中宾客无不争相翘首观望，这位颠三倒四风流不羁的卞唐太子自从来了真煌就没消停过一天，没办过一件好事，完全体现出一代败家子应有的风范。也许是因为今日宴席庄重，李策穿了一身黑边墨兰图纹的红色锦袍，虽然仍旧张扬，却多了几分厚重。只见他金冠束发，笑容满面，神采飞扬，活像今日结婚的人是他一样，反倒衬得站在他身边的赵彻、赵嵩二人黯然失色。

赵彻生母刚刚去世，衣着并不华丽，一身褐色华服，熨帖地穿在他的身上，眉心微蹙，表情颇为不耐地陪在李策身旁，显然并不是出于自愿。

李策哈哈一笑，拱手说道："来迟了，请诸位见谅。"

鼓乐喧天，歌舞大盛，乐师们齐奏迎宾曲，编钟齐鸣，乐曲悠扬。李策等人随着引路的宫人走向早已安排好的座席。他的席位紧挨着赵彻，刚一坐下，他就靠近赵彻，探头探脑地四处张望，说道："乔乔呢？你看见了吗？"

赵彻眉头一皱，"谁是乔乔？"

"就是你帐下当兵的那个，"李策手舞足蹈地比画着，"狠狠地打了我好几拳的那个。"

赵彻微微皱眉，不解地看着这位卞唐来的活宝，怀疑他是不是有受虐倾向，每天不被人揍上几拳就浑身不舒服，摇头说道："没看见，这是大夏国宴，她的身份也许不足以上殿来。"

"她主子结婚她不来吗？"李策摇头晃脑地叹息，"可怜的乔乔，燕洵要娶媳妇了，她一定偷偷躲在哪里伤心落泪呢。"

"十三，看到乔乔了吗？就是燕洵身边那个漂亮的小姑娘，打了我的那个。"

赵嵩被皇帝派来陪同李策本就一肚子怨气，此刻听他询问楚乔更是没有好脸色，倔强地转过头去冷然说道："不知道。"

李策询问了几个人都没人知道，突然一下站起身来，转着脑袋四处张望。偌大的大殿除了下人舞姬只有他一人高高站立，霎时间吸引了众人的目光，无数双眼睛不解地望了过来，不知道这个男人又在抽什么风。

赵彻和赵嵩也是一脸吃惊，生怕他又做出什么惊人之举。

整座方桂大殿座席何止上百，外面的四个偏殿更是人头攒动，李策看了一圈，也没看到自己想找的人。只见年轻的李太子眉头紧锁，好似在思考什么重要的事情一样，突然间，李太子气运丹田，张嘴大呼道："乔乔！"

声音震耳，顿时就将乐声掩盖下去。乐师们大惊失色，惊愕间竟然忘记了继续吹打，乐声顿停，整座大殿更是一片安静，落针可闻。所有人都惊悚地望向李策，那表情比看到一只猪坐在王位上还要诡异。

扑哧一声轻笑突然传来，楚乔转头看去，只见诸葛玥挑衅地望着她，似乎很乐意看到她出丑的样子。

"乔乔，你在哪儿呢？"疯狂的卞唐太子仍旧大声厉吼，好像整座大殿就他个儿一样，丝毫不在乎其他人的眼光。

"乔……"

"行了，别叫了，我在这儿呢。"少女冷着一张脸站起身来，多年来身处虎狼之穴早已练出一身钢筋铁骨的少女少见地露出一丝郁闷和尴尬之色，站在第二阁偏殿之上，声音清丽地说道。

"哈哈，我就知道你在这儿。"李策拊掌大笑，转头对其他人说道，"大家继续，不必管我，乐师呢？继续奏乐啊！"

李策太子横跨过座席，也不管衣衫下摆拖过酒杯，就这样横穿大殿跑了过来。

此时，第二阁的众多千金才纷纷把目光凝聚在楚乔身上，惊疑不定，风波莫测。

"乔乔，你在喝酒吗？借酒浇愁愁更愁啊！"

楚乔坐回座席,眉头紧锁,这般张扬地吸引眼球对今晚的行动绝对不利,如今已是关键时刻,哪里还有时间和他应付周旋。少女面容冷淡,沉声说道:"李太子身份高贵,实在不该这般不顾礼数,请回吧。"

"乔乔,我好感动,你总是为我着想。"李策笑眯眯地说道,眼睛眯成一条缝,像只狐狸一样,径直想坐在楚乔旁边,见少女端坐中央丝毫没有想给他让地方的意思,就摸了摸鼻子走到旁边一席,对着不知道是谁家的千金小姐笑容满面地说道,"这位美人,能否给我让个位置呢?"

那少女不过十三四岁,也不知道是谁家的女儿,哪里见过这样的风流阵仗,迷迷糊糊地站起身来。

李策道了声谢就美滋滋地坐了下来,惹得负责大殿礼制的宫人们慌忙将李策的上等金杯餐具巴巴地送了过来,忙成一团。

楚乔无奈地叹了口气,现在这第二阁偏殿简直比方桂大殿还要热闹了。大殿的众人目光跟随李策过来之后才惊异地发现诸葛玥竟然也坐在旁边,各种揣测之词顿时回荡在高高的屋顶之上。

"诸葛四少爷,你我都是有眼光的人,来,干杯,庆祝一下燕世子终于大婚了。"李策隔着楚乔,伸出脑袋对着诸葛玥遥遥举杯,热情地说道。

诸葛玥淡淡一笑,轻轻举杯示意,竟然一言不发地喝了他敬的酒。

就在这时,殿前突然响起鼓号。众人抬起头来,只见巍峨金殿上,大夏皇帝一身金色袍服缓步走出。楚乔跟着众人出列跪拜,抬头之间,只见夏皇轮廓瘦削,两鬓间已是一片斑白,微垂着头,看不清面容。

李策站在一旁,他是他国使者,又是太子之尊,不必行跪拜之礼。这男人在满朝文武高呼万岁的时候小声说道:"别害怕他,老头子一个,跟我家那个一样,都是装的。"

如果可以,楚乔真的想挥拳再揍他一顿,可惜这个念头只能在脑海里过一遍而已。礼制周全之后,众人归席。夏皇说了几句开场白,就将矛头对准第二阁,淡笑说道:"李太子怎么坐到那边去了?朕给你安排的位置不中意吗?"

"不敢不敢,"李策打了个哈哈,说道,"这边凉快,我坐着舒服。"

夏皇点了点头,说道:"诸葛玥,那你就好好陪着李太子。"

一句话,就为诸葛家圆了脸面,诸葛玥也不去看大殿上诸葛穆青的脸色,沉声应道:"臣遵旨。"

"燕世子的车马可进了内城?"

一名官员出列,说道:"回禀陛下,还没有接到城门守军的报告。"

夏皇眉头轻轻一皱。

楚乔的一颗心顿时高高地悬了起来,只听夏皇点头说道:"今日既是朕的生辰,又是嫁女之日。燕洵是朕从小看着长大的,将女儿嫁给他,朕很放心。诸位都是国家肱股,燕北一脉当初虽然起兵叛乱,但这个孩子朕一直很喜欢。今日过后,燕北就要迎来新的燕王,希望诸位卿家同心同德,一同壮我大夏声威。"

"是、是，燕北世子惊才绝艳，定是一代贤王。"

"陛下仁慈广布，既往不咎，燕世子定会对陛下感恩戴德，誓死报效。"

"淳公主淑德美丽，燕世受上天福泽，又受陛下大恩，必然会好好报效国家的。"

"有仁帝如此，我大夏定当迎来千百年来最大的中兴。"

……

千穿万穿，马屁不穿，一连串的歌功颂德之声顿时响起，众人交口称赞。楚乔目光在大殿内看了一圈，果然没见到巴图哈家族的人，可奇怪的是就连怀宋的长公主也没到场，令她一时间有些措手不及。

这时，一个青衣侍卫猫着腰走进第二阁偏殿，来到楚乔身后，附在她的耳边小声地说了一句，楚乔点了点头，那人就退了下去。

李策见了，立马探过头来，一副十分老友的模样悄声问道："乔乔，那人是谁啊？他跟你说什么？"

楚乔皱眉望向他，想说什么，却又觉得说什么都是废话，索性转过头去不理不言。李策继续不屈不挠地探过头，隔着楚乔对诸葛玥说道："诸葛兄，你知道吗？"

诸葛玥淡淡说道："太子都不知道，在下怎么会知道呢？"

李策点头，"你说得也对。"

就在这时，殿外突然传来一阵嘈杂声，似有女子大声哭闹，殿上众人纷纷转头向外看去。夏皇眉梢一挑，沉声问道："外面是什么人？"

一名侍卫抹着额头上的冷汗，跑进来跪拜回答道："回禀陛下，是……是淳公主。"

众人闻言齐齐一愣。楚乔却从刚刚离去的手下那里隐隐猜到了端倪。只见夏皇皱眉说道："淳儿？她来干什么？"

"公主说，公主说有急事要见陛下。"

"今日是她的大婚之日，她不顾礼数跑到这里来想干什么？将她带回去，就说燕世子就要进城了。"舒贵妃坐在皇帝身旁，闻言面色一冷，脆声说道。

"淳儿怕是等得着急了吧，"轩贵妃掩嘴轻轻一笑，抬起头来目光如水地注视着夏皇，轻笑道，"淳儿毕竟才十六岁啊，可能是有点害怕呢。"

"身为皇家公主，如此失仪，成何体统？来人啊，将公主带下去，重责负责看守公主的嬷嬷下人！"

轩贵妃闻言顿时泪光盈盈，娇柔说道："穆合皇后刚刚大去，舒姐姐就这样对待皇后之女，不觉得愧对姐妹吗？"

"父皇！淳儿有话说！"

一声高呼突然在门外响起，大殿上众人惊异莫名地向外望去，人人面色诡异，一心九转。夏皇沉吟半晌，终于沉声说道："让她进来。"

长风从门外吹来，赵淳儿一身华丽大红喜袍，因为一路疾跑发髻有些凌乱，娇弱的少女脸色苍白，在所有人的注视下走进大殿。夜风吹起她的喜袍，像是一只只泣血的蝴蝶一般，有着破碎凌乱的瑰美。

"父皇！"少女昂首站在大殿上，突然扑通一声跪在地上，一个头重重地磕了下去，朗声说道，"请您收回成命吧，淳儿不愿嫁了！"

一语方出，满座皆惊！

霎时间整座方桂大殿一片死寂，众人沉默了半晌，随后，巨大的嘈杂声登时响起，好似一片翻涌的海浪，轰然卷起漫天水雾，顿时将赵淳儿单薄的身影淹没。

"胡闹！"舒贵妃冷哼一声，俏脸如霜。

穆合皇后已死，此次赵淳儿出嫁的所有事宜都由她亲手置办的，此刻听小公主公然说出这样大逆不道的话顿时气极。

赵淳儿跪在地上，抬起头来，眼睛通红，脸色发白，抿着嘴角又磕了一个头，依旧说道："父皇，请您收回成命，淳儿不愿嫁了。"

舒贵妃眉梢一挑，寒声说道："燕北世子的迎亲队已经到了城门外，一个月前你们的婚事就已经昭告天下，如今当着各国使节的面你却说不嫁？穆合姐姐就是这样教导你的吗？"

"故人已去，舒姐姐就不要再惊扰亡灵了。"诸葛兰轩凤目狭长，面如春桃，白皙的脖颈缓缓仰起，对着赵淳儿轻轻一笑，"淳儿，你是舍不得你父皇吧，听话，就算是嫁了人，也可以经常回家来探望皇上啊。"

"轩妃娘娘，淳儿没有，淳儿只是不想嫁了，您帮我求父皇收回成命吧。"

赵淳儿跪在地上，缓缓地抬起头来，一双眼睛水雾盈盈，神情却是少见的坚定。

"来人，将公主带下去，好好梳妆打扮，等待燕北的礼车。"夏皇并没有低头看她一眼，灯火辉煌里，皇帝的脸孔忽明忽暗，让人无法直视，他的声音很平淡，好似没有听到赵淳儿刚才的话一样。门外的宫婢们碎步走进大殿，就要去拉赵淳儿的手臂。

"放开我！"小公主厉喝一声，一把推开宫女，跪在地上就往前爬，眼泪顿时落了下来。她伸出手来抹去泪水，大胆地直视着她从小就敬畏惧怕的父亲，声音几乎都有些发抖，但是她还是努力地挺起胸脯，缓缓地说道："父皇，请您收回成命。"

"淳儿！"赵彻眉头紧锁，沉声说道，"你在干什么？不要闹了！"

满朝文武面色各异，巨大的方桂大殿里，只有门外的风声在殿上来回回荡着。

"七哥，"小公主眼睛通红，转过头向赵彻望去，说道，"你帮帮淳儿吧，淳儿不想嫁了，帮我求求父皇吧。"

"老七，把你妹妹带下去。"

赵彻眉头紧锁，微愣片刻，终于点了点头，一把拉起赵淳儿，沉声说道："儿臣遵命。"

"父皇！"赵淳儿突然大叫一声，仰起头来，晶莹的泪珠自她的眼中滚滚而下。她悲泣着说道："请成全儿臣吧，儿臣宁愿嫁去西荒，宁愿嫁去南疆，宁愿去边塞和亲。求求您，快下令吧！"

"淳儿，别闹了，跟七哥走！"

"父皇！"赵淳儿一把推开赵彻，固执地跪在地上使劲地磕头，一声一声响亮地回荡在大殿上，"父皇，我求求您了，快下令吧，我求求您了，求求您下令吧。"

夏皇没有去看赵淳儿，而是面色阴沉地对赵彻沉声说道："老七！"

赵彻眉头紧锁，终于低下头去一把拉起赵淳儿，就向殿外走去。一直忍着没哭出声的赵淳儿突然放声大哭，一边哭一边大声叫道："父皇！求求您快下令吧，淳儿不嫁了，父皇，求求您了……"

　　鲜血自赵淳儿的额头上一滴一滴地落在大殿的白牦牛地毯上，触目惊心。整座方桂大殿一片死寂，众人全都小心地以眼角的余光看着坐在上首的夏皇，无一人敢抬起头来。

　　"淳儿这个孩子，向来是最孝顺的，皇上不必生气。女孩子嘛，只是舍不得离开家罢了。"

　　轩贵妃此言刚出，满朝宾客顿时齐声赞同，气氛霎时间又热闹起来。尚书局的崔大学士摇头晃脑地说道："公主仁孝，实在难得，古有哭嫁一说，公主此举，大义之表。"

　　"陛下仁慈，对公主皇子们更是爱护有加。孩子们要离开家了，将来不能时常聆听皇上的教诲，自然是伤心的了。"

　　"是极是极，一定是这样的。"

第十五章
割袍断义

趁着场中热闹，无人注意这边，楚乔小心地站起身来，想要离开。谁知刚站起身，一只手就拉住了她的衣袖。诸葛玥低着头正在喝酒，见她望来，缓缓地抬起头来，嘴角还残留着红色的葡萄酒，越发显得嘴唇殷红面容邪魅。男人轻轻启唇，声音低沉沙哑，如风中桑叶，语调微微上扬，"干什么去？"

楚乔半蹲下来，脸孔靠近诸葛玥的眼睛，嘴角讥讽一笑，"我跟四少爷您很熟吗？您是不是管得太宽了？"

诸葛玥探起身子，鼻尖几乎贴上楚乔，温热的鼻息直扑向女子的脸颊，"宴未结束，中途离席，是很不礼貌的。"

"那又如何？"楚乔眼露讥讽，冷然说道，"这里是大夏皇宫，可不是你的青山别院，四少爷的手，总是伸得这么长吗？"

话音刚落，少女的手在下面一把扣住诸葛玥的手腕，利落地一翻，就将他的手掌按在地上，离开自己的衣角。

诸葛玥眼睛狭长，漆黑如墨，淡然一笑，"大路不平有人踩，偏偏，我还是个爱管闲事的人。"

五指成爪，翻转，拿腕，诸葛玥手掌如同泥鳅一般，顿时从楚乔的手里滑了出来，重新拽住了她的衣角。

"是吗？几年不见，少爷真是性情大变，我还一直以为您是个冷血绝情之人，不会为外物所动。"

楚乔双指横插，凌厉扫过诸葛玥的手肘，轻轻一点，随即利落地抓筋拿穴，将他的手臂回折按住。

"过奖，说到冷血绝情这四个字，本少爷在你面前甘拜下风。"

两人在座席下凌厉迅速地交着手，隔着长长的桌布，别人根本看不出来。大殿里一片欢腾，无人会将目光投在偏殿这边。

"哈哈，你们两个在聊什么，说得这么兴高采烈，让我也听听。"李策突然跳到两人身后，满面笑容地探过头来。

楚乔冷冷地看了李策一眼，随即转过头来，对诸葛玥一笑，说道："草民现在要去茅厕，四少爷也打算跟着我去吗？"

诸葛玥一愣，没想到她一个女孩子当着男人的面竟然能想出尿遁的法子来，向来冷漠的诸葛四少眉头一皱，雪白的脸颊竟然一红，更添几分邪魅的艳丽。

楚乔站起身来，心情很舒畅，竟然伸出手来拍了拍诸葛玥的脸颊，低声一笑，"别跟着我啊，注意身份，您可是七大门阀的贵族啊，跟在一个平民身后，成何体统？"

清脆的啪啪声顿时响起，诸葛玥脸色更红，勃然大怒，正要说话却见楚乔已经大摇大摆地走出了偏殿，没入了浓浓的黑夜，而各种奇异的目光却从四面八方射了过来，各家的千金小姐无不惊愕地掩住檀口，惊恐地望着高高在上的诸葛家天之骄子。显然，刚才的一幕完全落入这些自始至终就没移开目光的小姐眼中。

高高在上的诸葛家四少爷，竟然，竟然被一个低贱的贱民调戏了？

"机会难得啊！"求之而不得的卞唐太子坐在一旁，以羡慕的眼神炙热地望着他。

诸葛玥突然发现，这个男人真的很讨人嫌。他厌恶地转过头去，无聊地注视着大殿里的歌舞。

刚走出殿门，外面的风顿时扑面而来。楚乔眉头一皱，回过头去，只见李策提溜着锦袍的下摆，正做出一副悄悄跟在后面的模样，见她望来，颇有几分不好意思地搓了搓手，说道："外面黑，我陪你去。"

楚乔眉梢一挑，面色微沉。李策连忙退后两步，一副防范被打的模样，说道："我在外面等你。"

"你想要在哪里等？"少女嘴角带笑，笑容甜美，语气里却带着巨大的杀气缓步靠近。李策汗毛直立，顿时连连摆手，"我就站在这里等你好了。"

楚乔面色顿时一缓，踮起脚来，伸手摸了摸李策的脑袋，笑靥如花，"乖，听话。"

李策却觉得，她笑起来比平时冷漠的样子要凶悍多了。

楚乔是燕洵的心腹手下，燕洵大婚，她必须到场，这样才能稳住人心，使别有用心者放松警惕。迅速抄小路向原定计划的地点走去，少女心下暗暗道：还要多亏了赵淳儿，不然想要这样不被人注意地离开真的要花一番工夫。

时间控制得刚刚好，少女屈指放在嘴里，蓦然吹出一声响亮的号子，黑夜里听来，像是凄厉的夜枭鸣叫。

隐藏在皇城各个角落的影子们顿时收到行动的信号，无数个身影迅速跃起，黑暗的夜色成了他们最好的保护。少女面色冷淡，嘴角缓缓牵出一抹冷笑，"真煌，欢迎来到地狱。"

少女的身形犹如迅捷的豹子，在黑暗的回廊小道上穿梭而过，凛冽的风从她的耳边呼呼地吹过，像是暗夜里隐藏的野兽。接近目标，那是一座不起眼的传哨房，坐落在皇城的西北西安门。

目标正吹着口哨，躺在床上跷着二郎腿，悠闲自得。

楚乔不再犹豫，闪身进门，不再掩饰，大咧咧地走进去。哨房的传信官刚有察觉，楚乔迅猛出手，胳膊一抡，左手紧紧捂住目标想惊呼的嘴，右手轻抬，寒光闪现，轻轻地、缓缓地抹过咽喉。

深刺！横拉！没有任何花哨的技巧。

杀人在很多时候，就是这么简单的一件事。

这时，传信官喉咙上闪现的红痕翻卷，渗出血珠。楚乔松开了手。目标的喉咙发出嘀嘀声，突然，渗血的红痕裂开，殷红的血涌了出来，越来越多，目标的瞳孔逐渐扩散，身体软软倒下，殷红的血水迅速流出，淌了满床。

楚乔拉过被子，盖在男人身上，然后转身出门，向着下一个目的地行去。

这就是她和大同行会的任务，宫内宫外共同出击，在燕洵举起反旗的第一个时辰内，瘫痪整个帝国的军队和传信系统，将这座真煌帝都变成一座沉睡的死城！

一个时辰内，大同行会的刺客团取得了丰硕的成果。看着城外天空中不断飞上高空的蓝色烟火信号，还有皇城内接连响起的"夜枭"声，楚乔缓缓地松了一口气，蹲在一片死寂的御花园中，用手指将最后一横画完。此时的地面上，已经有密密麻麻一片"正"字。

这个晚上，有太多人无故丧生，他们的职位各不相同，甚至毕生都没有见过面，也没有任何交集。

这些人里，有帝都警卫部的警卫联络员，有第七军的高级军官，有低等的城门守卒，有车马行的消息马贩子，有外城办事处的传讯兵、水龙局的当值士兵和掌事太监孙芸朴，还有各个城门前的站岗哨兵。

大同行会的宗旨是维护大陆正义，共建大同社会，铲除奴隶制，推崇人人平等。所以尽管手中掌握着足以左右天下大势的力量，他们却从不会乱开杀戒。

当然了，眼前并不算是大开杀戒。楚乔姑娘的杀人手段非常高明，不该杀的她一个都没有乱杀，该杀的却一个也没有放过，手段干净利落，精密准确。除掉哪个人，会得到什么样的效果，楚乔都掌握得一清二楚。杀戮到了她手里，变成了一种艺术，万千丝线尽系于她手中。此刻，她要一点一点地收线了。

楚乔站起身来，刚一转身，却见一个修长的身影站在无尽的夜色之中，清冷的月光洒在他的身上，幻化出一片淡淡的银芒。

"好手段。"黑暗中的男人声音低沉，冷漠地缓缓说道。

初始的惊愕早已消失，楚乔冷冷地望着前方，不动声色地左右查看，看看是不是还有其他人跟随。

"不必看了，没有别人。"男人上前两步，月光之下，一身紫色的衣袍好似被蒙上了一层银雾，男子面容俊美，甚至有些像女人，一双眼睛却冷厉如冰。男人缓步上前，沉声说道："还想到哪里去？还想杀谁？"

少女面色阴沉，冷冷地吐出两个字："让开！"

"天真！"诸葛玥嗤之以鼻，冷哼一声。

嗖的一声闷响顿时传来，楚乔动作如风，重拳直上，腰肢一扭，身体犹如一片树叶般飞速上前。

诸葛玥不料她说打就打，登时回击，两人动作敏捷，招式妙绝，一时间竟斗了个旗鼓相当。

突然冷风吹来，只听砰砰两声闷响，两人的拳头交叉而过，互相击打在对方的胸膛上，力道之大，让两人各自闷哼一声，同时退后两步，又成相对峙的局面。

"燕洵不可能造反成功，巴雷和魏舒烨已经布下了天罗地网，和帝国作对，乱臣贼子只有死路一条。"

楚乔冷哼一声，用手背擦了一下下颌的汗水，寒声说道："奴才！"

诸葛玥登时大怒，沉声说道："你说什么？"

"诸葛玥，我以前以为你也就是个目中无人没有人性自以为是的贵家公子罢了，今天才知道，原来你还是姓赵的奴才、走狗。"

诸葛玥面色铁青，"我并不是忠于赵家，而是忠于大夏。"

"有什么区别吗？"楚乔冷笑一声，"少说什么乱臣贼子的鬼话，胜者为王败者为寇，你怎知他日史书上不会说你是为虎作伥的附庸走狗？历史，只听胜利者的言辞。"

"你对他倒是有信心。"诸葛玥冷冷一笑，"我倒要睁大眼睛看看，他是怎么逃出这真煌大门的。"

楚乔眼睛一眯，杀机陡现，"恐怕你没这个机会了。"

杀气逼人，招式交错，少女一把抽出匕首，和诸葛玥交起手来。月光之下，只见两人身影敏捷，好似两团影子，挪腾跳跃，在花树草丛间你来我往。

"你跟着他，早晚也是死路一条！"拿匕首的手腕被挑了起来，诸葛玥得势不饶人，迅猛攻上。

"多谢你关心，不过你还是先照看好你自己吧！"

楚乔凌空翻跃，一脚狠狠地踹在诸葛玥的肩膀上，挥刀狠插，毫不容情。

"多行不义必自毙，你不要逼我下狠手！"

"你我本就是死敌对头，又何必留手？"

"那边什么人？"

纷乱的脚步声突然传来，两人一愣，顿时齐齐住手，霎时间统一地向左边一片茂密的花丛跑去，然而刚跑两步发现对方也向着同一个方向而来，登时忘记了追兵，又动手打在一处。

"在东面，跟上！"

宫廷侍卫们迅速接近，诸葛玥眉头紧锁，一把抓住楚乔攻来的手腕，怒声低喝道："想死吗？还打？"

楚乔扬眉怒道："你干吗跟着我？"

诸葛玥也怒，"谁跟着你了？"

"就在前面，快！"

唰一声，楚乔一脚踢在诸葛玥的小腿上。诸葛玥眼露凶光，骂道："不知死活的疯女人！"

少女半跪在地上，冷冷回道："死缠烂打的贱男人！"

"快！"声音接近，已经就在十步之外。两人眼神一惊，同时收手，侧身一滚，躲进了茂密的花丛。

"在哪儿呢？"

"头儿,你听错了吧?"

领头的侍卫谨慎摇头,"不可能,我明明看到有好几个黑影。"

"头儿,是猫吧,这园子里猫多。"

"不会,我亲眼看见的。"首领沉声说道,"大家四处搜一搜,今晚是陛下大寿,千万别出差错。"

"是!"

人群渐渐远去,两双警惕的眼睛谨慎地望向外面,一直目送那些侍卫远远离去。

砰的一声响突然传来,诸葛玥小腹剧痛,还没来得及反击,就见楚乔的身体顿时扑上来,一下将他压在下面。诸葛玥没料到她这时动手,一时不察竟被她攻了个措手不及。楚乔的身手何等了得,诸葛玥这一刻的失神已经足够,膝盖狠狠地磕上,诸葛玥剧痛之下险些叫出声来,下一秒,已经被她用绳索紧紧地捆住。

"看在你刚刚没有叫人来抓我的分上,我今天不杀你。"楚乔站起身来,低头看着对她怒目而视的诸葛玥,面色冷然,沉声说道,"诸葛玥,八年前你没有揭发我,给了我一条生路,我很承你的情,但是这并不代表可以消泯你我之间的恩怨仇恨。作为门阀贵族,你杀几个奴隶无可厚非,但是偏偏这几个人是我所重视的,随后你射伤燕洵,让我们没有逃出帝都,受了八年的囚禁之苦。你我之间一开始就是对立的,永远无法调和,无法改变,这一点我希望你能明白。我今天不杀你,不代表我以后也不会杀你,所以下一次见到我,你最好还是小心一点。"

诸葛玥面色铁青,已然怒极,见她转头离去,突然沉声说道:"你现在走出皇城,必死无疑,以后还怎么杀我?"

楚乔回过头来,粲然一笑,"你对他这么没有信心吗?我却不这么觉得,要不然我们来打个赌?"

诸葛玥冷漠相视,嘴角讥讽牵起,却并不说话。

"你一定赌我们逃不出去,而且全部死无葬身之地。我却确信,我们不但可以走出去,还可以大张旗鼓地走出去,让整个西蒙大地的人都知道,让整个燕北的子民都知道,他们的王回来了!"

那一刻,少女的脸孔突然散发出无法掩饰的光芒,像是站在璀璨的朝阳之下,带有恍若神迹的光辉,在这漆黑的夜色中是那样神采照人。

那是一种全心全意的信任和推崇,完全确定,没有一丝一毫怀疑和担忧。突然间,诸葛玥觉得那笑容是那般刺眼,他甚至有些痛恨,为什么那个被信任的人,不是自己?

少女望着他,自信满满地说:"诸葛玥,你看着吧!"

那一晚,是诸葛玥毕生无法忘却的日子,多少年后,他仍旧会不时地想起少女离去时的表情,还有她自信满满的那句话,她说:诸葛玥,你看着吧。

于是他真的就这么看着了,看着她轻快地离开他的视线,像是一阵风,像是一片云,就好比八年前的那个晚上一样,她面色凌厉地喊:诸葛玥,临惜不会白死的!

她向来是一个说到做到的人,当世事巨变,乱世纷乱的大潮席卷他们生活的土地,打乱了他们行走的节奏，颠覆了他们曾经的梦想的时候，他总是会后悔地回忆起那一晚。如果早知道随后发生的一切，他还会不会眼睁睁地看着她离开？会不会一声不吭地放她离去？但是这世间毕竟没有如果的存在，于是他静静地躺在冰冷的草丛里，目送着少女的身影隐没在层层黑暗之中，像是一只骄傲的凤凰，离开了他的视线，从此进入了另一个广阔的世界！

天边锦绣满布，焰火无双！

"皇上！"惊慌的声音突然在殿外响起，一名公公小步跑了进来，扑通一声跪在地上，带着哭腔说道，"皇上，淳公主，淳公主她……"

"八妹怎么了？"赵嵩站起身来，怒声说道。

老公公脸色一垮，大声叫道："淳公主，她跑啦！"

"什么？"舒贵妃柳眉一竖，厉声说道，"怎么跑了？跑哪里去了？你们那么多人看着还让公主跑了？留着你们还有什么用！"

"老奴死罪，老奴死罪！"老公公大哭道，"皇上饶命啊！"

婚礼将至，新娘却跑了，众人面面相觑。

赵彻站起身来，沉声说道："闭嘴，先说清楚公主是什么时候跑的，跑去哪里了？"

那老公公刚想说话，突然只听外面锣声大响，尖锐的号角声登时响起，声音中的急迫，让人闻之战栗。

"外面怎么回事？"皇帝眉头一皱，沉声问道。

"报！"拉长的声音远远传来，一名青衣侍卫来不及等里面的人宣召就跑了进来，语调铿锵地说道，"请皇上、贵妃娘娘、皇子殿下和各位大人移步到安全地带，皇宫着火，火势极大，不受控制了。"

"着火？"三皇子赵齐一愣，难以置信地说道，"哪里着火？水龙局在哪里？为什么不见有人灭火？"

"已经派人去水龙局通报了，可是到现在也没有回应。至于着火，奴才也不知道都哪里着火了，只是到处都是火光一片。皇上，快走吧，火快烧到方桂殿了。"

"大胆！"赵齐冷喝一声，"孙芸朴这个水龙局掌事是不想干了！"

"此时争论谁的责任没有意义，父皇，火势危急，我们还是赶快离开此地吧。"赵彻沉声说道。

夏皇皱眉点了点头，站起身来。两旁的太监急忙上前服侍，然而还没为皇帝抚平衣衫上的褶皱，又一声疾呼传了进来。一名士兵跪在地上，大声说道："皇上，请不要离开方桂大殿，外面不安全，有大批刺客潜入皇宫，已经刺杀了六十多人，死亡人数目前还在攀升！"

此言一出，原本就惊慌失措的百官更加惊慌，嗡嗡议论声顿时响起。

赵彻眉头一皱，连忙问道："都有什么人被刺杀了？"

士兵回道："有御林军统领何参将，西门守备长陆参将，南门守备长于统领，各讯所的哨兵，水龙局掌事孙芸朴大人，西南门的站岗士兵……"

听着士兵不断上报的名单，赵彻和场中军事资历最深的蒙阗将军对视一眼，都从对方的眼里看到了说不出的惊恐。这些被暗杀的名字虽然看起来杂乱一片，毫无联系，可是细细分析起来，却是一个精密到极处的最佳谋反渠道。这几十个人的死去，登时将帝国的中层指挥将领铲除一空，使庞大的皇城军队陷入了短暂的无力化，而且也瘫痪了帝国高层的指挥系统，命令下达也没人能够传出去。

这个晚上，究竟发生了什么他们不知道的事情？

"报！"又是一声报告突然响起，所有人浑身一颤，此时他们几乎有些条件反射地害怕起这些报告的信兵，生怕再听到什么更加不利的消息。还没待士兵开口，赵齐抢先问道："又有人被杀了吗？"

那士兵一愣，茫然摇头道："没有。"

众人顿时松了一口气，就在这时，士兵开口道："皇上，出大事了！宫外紫薇广场、西南祖庙、大安寺、九崴街、赤水南部、西直门花容市、西民居、东古玩市、东岸大营、南校学府……都无缘无故着了大火。另外还有盗贼四处烧杀抢掠，冲进各家店铺杀人放火，九崴街上现在一片混乱，死伤无数，初步估计已经有三万多人参与到这场动乱之中了。"

话音刚落，几名年纪大的老臣差点一个激动晕过去。

赵嵩怒道："怎么回事？有人造反吗？骁骑营呢？绿营军呢？西南镇府使呢？都死绝了吗？"

"回禀十三殿下，宋参将带着皇城的几百名士兵冲出去维持秩序，发现烧杀抢劫的都是普通百姓。他们有的是当地的流氓地痞，有的是太学的学生，有的是车马行的外地镖师，还有被人抢了的百姓，他们说想要把自己的东西抢回来。对了，还有各个警卫署的士兵。"

"警卫署的士兵也去抢劫？不要命了吗？"

传讯兵满脸冒汗，"三殿下，警卫署的士兵们是最先出去维持秩序的，结果却被人抢了。他们有的是气疯了，有的是见钱眼开，有的是被恐吓的，就脱了军服也去抢劫。动乱太大了，几百名警卫署的士兵杯水车薪啊！殿下，骁骑营和绿营军完全没有消息，西南镇府使的人马也看不到了。宋参将说这次动乱绝对不是偶然，定有人有意引起骚乱，在里面煽风点火。皇上，宋参将说动乱越来越大，越来越多的百姓参与其中，等到所有帝都百姓都加入的时候就无法控制了，还请陛下早做决断！"

所有的目光霎时间全凝聚在皇帝身上。夏皇站在高台上，面色阴沉，久久没有说话。

"皇上！皇上！"一连串的惊呼突然响起，浑身鲜血的士兵好似从血池里爬出来的一般。

众人心里一寒，无法掩饰的巨大恐惧顿时袭上心头，看着从外面又奔进来的传讯兵，已经无人再敢开口问上一句。

赵彻站在人群之中，眉头紧锁，还保持着一贯的冷静，沉声说道："出了什么事？"

"燕洵反了！他带着西南镇府使的大军攻过来了，绿营军、骁骑营、第七军、第九军、十六营兵马、帝君府尹衙门音信全无，道路全被堵死，全城的传信站全部被端，无一生还。南门、北门、东门都被敌人占据。十二师、十九师、三十六师的师卫长们正带着兵马前来皇城支援，却被暴民拦截，连九崴街的外环都冲不过来。燕洵目前已经攻到紫金门外了，宋参将一个人在那里顶着，我们只有不到三千皇城守军，眼看就要顶不住了！"

好似一记闷雷轰然炸在众人的头上，所有人眼前一黑，几名老臣站立不稳，一下倒在座位里，众人脸色惨白，毫无血色。

这天，真的要翻过来了吗？

夏皇缓缓闭上眼睛，到这一刻，他才不得不承认，巴雷和魏舒烨的刺杀计划完全失败了。出动一千人马去刺杀一个没有武力装备的笼中鸟，却被他漂亮地回手一击，甚至利用这场动乱收复西南镇府使为己所用。八年了，他到底在身边养了个什么东西啊？

年迈的夏皇在心里低叹，世城，我怎么忘了，他是你的儿子啊！

整个大夏皇朝，乃至整个西蒙大地，没有人认为夏皇赵正德会完好无损地放被囚禁八年的燕北世子回到燕北，正如也没有人认为燕北世子会乖乖地束手就擒一样。大家都是这样认为的，当年在法场上也敢和帝国军队叫板的燕洵定会计划出一系列的逃亡计划。比如投个毒，易个容，化妆成贫民老百姓混出真煌城之类的，再像个丧家之犬一样被大夏帝都的士兵们追击个几千里，运气好的话就逃得一命找个地方隐姓埋名地活下来，没事搞点阴谋破坏，运气不好就死在帝国军队的手上，连骨头都剩不下。

在他们眼中，被困帝都多年的燕北世子顶多能翻出这么点花样来，毕竟在大夏皇帝眼皮底下七八年，能有多大的能力？

但是无人想到，燕洵的最后一击竟会是这样，貌似谦恭，好像和顺，终日碌碌，行为庸庸，但是一朝动手却犹如雷霆之势，破釜沉舟，背水一战，兴起漫天之刀兵，掀起数丈之血水，策反，刺杀，兵变，火烧帝都，掀动民乱，攻打皇城，毫无顾忌，置之死地而后生，深入虎穴而得虎子。

燕洵，不愧为燕北狮子王燕世城的儿子！心机之深，忍耐之强，胆量之大，堪称当世第一狂人！

"报！"砰的一声响，随着这声报传来，崔大学士年迈的心脏再也承受不了，顿时两眼一翻，昏了过去。

"惊慌失措！大呼小叫！又出了什么事？燕洵打进来了吗？"

士兵一愣，回道："回七殿下的话，没有。"

"那你慌慌张张干什么？"

"皇上，奴才是来报信的，你们赶紧撤出去吧，大火烧过来啦！"

……

这一晚，整个真煌城一片焦土，到处都是撕心裂肺的惨叫声。

真煌城，真的变成了人间地狱。

"少爷！奴才可找到您了！"

手忙脚乱地给诸葛玥解开绳索，朱成沉声说道："老爷叫奴才来找您，可把奴才急死了。快走吧，现在宫里到处都是大火。"

诸葛玥眉头紧锁，沉声说道："朱成，外面发生了什么事？"

"燕世子反了！带着西南镇府使的兵马在攻皇城门呢，老百姓都疯了，闹哗变，骁骑营、绿营军和其他师部都瘫痪了，一点音信都没有。十二师他们又冲不过来，大乱了！"

诸葛玥面色一沉，当机立断，"不行，我要回家去，带着诸葛家军队来平叛。"

"少爷，老爷说不让您轻举妄动，其他各家也没有做出回应，我们……"

"再不动手就晚了！"诸葛玥大怒，一双眼睛通红，怒声说道，"父亲在想什么？这个时候还要钩心斗角地内斗吗？我早就说过巴雷那个蠢货杀不了燕洵！"

朱成面色惊慌，"老爷说长老会会处理这件事的，这不在少爷的职权范围之内，您不必插手。"

"长老会？"诸葛玥怒极反笑，"他们知道什么，他们就知道钩心斗角、互相拆台，就知道敛财内斗，谋取利益，国家的兴亡存活，大夏的生死覆灭，他们哪有时间管那些闲事！朱成，你给我让开！"

"少爷，"朱成面孔惨白，哆哆嗦嗦地说道，"您这又是何必呢？各家都不出兵，若是就我们诸葛家，别人会怎么想？"

"我管他们怎么想！"诸葛玥眉头紧锁，冷笑道，"国若不在，家族安存？大夏若是灭亡，诸葛家何去何从？我不是为了赵氏皇族，我是为了满城的真煌百姓，为了大夏的百万黎民！"

"有……有这么严重吗？老爷说，皇城城墙坚固，能抵挡十万大军连续三日的进攻，而外面的乱民顶多能顶住一个时辰。十二师的师卫长们一到，燕洵的人马就是自取灭亡，不过是一个小叛乱罢了。"

"小叛乱？"诸葛玥气极反而笑了起来，"你们以为燕洵是傻子，他会死战到援兵来解围？看着吧，他就要逃了，帝都一团混乱，谁人能够追击，让这样一个心思缜密且满心仇恨的人逃出真煌回到燕北，会带来怎样的后果？他远比燕世城可怕一万倍。"

"少爷！"

"放开我！"

一记闷棍突然打在诸葛玥的头上。诸葛玥眉头一皱，晕倒在地。

"少爷，对不起，这是老爷吩咐的。"朱成缓缓地摇了摇头，"您说的都对，但是我们是门阀啊，门阀要有门阀自己行事的规矩。况且您，真的只是为了除掉燕世子吗？"

在帝都生活了八年，楚乔还从来没有见过这样的真煌。

到处都是烧杀抢掠，到处都是悲泣之声，到处都是疯狂的大笑和破口大骂，大火，抢劫，血腥和血腥之间的碰撞，昔日的良民都脱下了道德和仁义的皮囊，变得好似凶残的野兽一般。

暴徒们撬开路边的店铺冲进去，杀了苦苦哀求的老板，老板的儿子见了也拿起刀，将暴徒杀死，然后看着满屋子的鲜血疯狂地大笑，随即冲出房子，也跟着疯狂的人流一同抢掠劈杀。有的人冲进店铺，将所有能吃的、能用的都带走了，吃不完带不走的通通砸掉、烧掉，不是为了利益而打劫，而是纯粹只想着破坏和发泄。

到处都有人杀人，到处都有人被杀，到处都是肮脏的尸体和烈烈的火苗。

绝望的空气和疯狂的情绪在真煌城的上空飘荡着，浓郁的死亡之气弥漫了整座皇城。

这就是燕洵说的，会有人来为他们阻挡十二师、十九师的天降神兵吗？

楚乔突然觉得浑身发寒，手脚冰冷。在帝都放火，制造混乱，是他们一直坚定的策略，只是她没有想到竟会造成这么严重的结果，太多的人疯狂，太多的人死去，太多无辜的人受到牵连。在绝望的情绪和无妄之灾突然到来的时候，在有心人的挑拨和暴徒们欢呼庆祝的时候，整个真煌沦入了阿鼻地狱，受到烈火的焚烧和煅烤，无法超生。

常年处于高压统治下的真煌百姓们，终于在五月二十日这天晚上，彻底崩溃了。

"姑娘！"

一骑快马突然奔来，街面上的百姓吓得惊慌逃散。阿精浑身鲜血，已经看不出衣服的本色，"世子正从紫金门退下来，往西门走，快跟我来。"

楚乔默默地点了点头，抛去心底那些纷乱的想法，跟在了阿精身后。

浓烈的哭喊声紧随其后，一路绵延。

转过紫薇广场，就看到燕北的铁鹰战旗，在红光一片的夜色中狰狞地张扬着，无数黑甲军人站在紫薇广场前的长街上，刀锋凌厉，杀气如虹。一身黑袍的男子端坐在马背上，傲然挺立，目视前方，面孔白皙如玉，眼神璀璨如星，俊朗飘逸，好似一柄出鞘的宝剑，散发出巨大的杀气和锐利的锋芒！

楚乔突然就愣住了，久久没有上前，好像不认识了一般。阿精在她身后，微微一愣，"姑娘，怎么不走啊？"

"哦，没什么。"

这么小的声音，在这样混乱的夜色中连阿精都有些听不清。可是站在百步之外的男人陡然皱起眉头，迅速地转过头来，双眼如锐利的剑，一下就刺在少女身上。

冷酷的表情顿时消失，燕洵微笑起来，策马狂奔，高声叫道："阿楚！"

八年了，楚乔从未见过他笑得这般开怀，少女缓缓地吐气，然后将那些纷乱的念头全部抛出脑海。算了，哪怕是横尸百万，哪怕是血海刀山，自己也同他一起走过，这个时候，怎能执着于那些事情。只要他还在，只要他还好，只要他们还能相对而笑，一切就足够了。

少女打马上前，笑容明朗。

就在这时，清脆的马蹄声突然从紫金门的方向传来，楚乔和燕洵齐齐一惊，这个时候，还会有人出宫吗？

"洵哥哥！"一身大红喜袍的少女突然从马上跳下身来，拦在了燕洵面前，眼睛红肿，神色惊慌，语无伦次地说道，"别这样，不要这样，淳儿不嫁了，淳儿不逼你了，你快走吧！父皇会杀了你的！不行，你不能走，你快去向父皇认错吧，洵哥哥，是淳儿的错，是淳儿的错！"

燕洵眉头一皱，不解地向楚乔望来。楚乔心下一沉，不忍地望着赵淳儿凌乱的发丝和苍白的小脸，曾经对她的厌恶霎时间不翼而飞，这个傻公主，竟然到此刻仍不明白吗？

"洵哥哥，别做傻事啊！"少女痛哭失声，突然无力地坐在地上，双手捂脸。这一晚，她实在太累了，大滴的眼泪从她的指缝里掉出来，落在她嫣红的喜服上。

"燕洵！你这个疯子，你竟然敢造反？亏我这么多年还把你当朋友，你看看你都做了什么？"

又是一骑战马突然奔至，赵嵩一身松绿色锦袍，迅速奔到面前，陡然看到赵淳儿，面色一怒，说道："淳儿！还不过来！这个人谋逆造反，你还跟着他？"

赵淳儿惊慌失措地站起身来，转过头去看着赵嵩，尽管害怕，却做出了一个让所有人震惊的举动。她缓缓地张开瘦弱的双臂，将燕洵和黑压压的军队护在身后，固执地摇着头道："十三哥，不是这样的，他只是不想娶我，只是想向父皇抗议……"

"傻瓜！"赵嵩怒喝一声，"他是为了燕北的军权！你这个傻子！"

赵淳儿眉头一皱，脸色惨白，小声说道："军……军权？"

"不信你回头去问他！"

赵淳儿好似一只木偶，缓缓地放下了手臂。她慢慢转身，眼睛睁得大大的，不敢相信地小声问道："洵哥哥，他在骗我呢，你不是要造反，是不是？你只是想找父皇评理，是不是？"

冷风凄凉，遍地狼烟。赵淳儿身形瘦小，一张小脸毫无血色，眼巴巴地望着燕洵，好似看着人生中的最后一个希望。

燕洵眉梢轻轻一挑，颇有几分不耐，终于还是沉声说道："我想造反不是一天两天了，和你没有任何关系，我也从来没想过要娶你。"

"忘恩负义的畜生！你再说一遍！"赵嵩一把抽出腰间的战刀，一身松绿色的袍子在寒风中翻卷，好似狰狞的雄鹰般，撕扯着雄壮的羽毛。向来洒脱良善的男人站在寒风之中，眼神凌厉，面带杀气，大夏皇族之气瞬时间在他身上复活了过来！

燕洵一改往日平和温顺的表情，面容冰冷，眼角斜望着赵嵩。

男人身后，是漆黑如墨的夜色，在他的铁蹄之下，整座皇城都在瑟瑟发抖，他的耳边，似乎能够听到那座腐朽的盛金宫大厦摧枯拉朽的倾倒之声。他缓缓牵起嘴角，声音冰冷如刀锋，"忘恩负义？燕北和大夏，有何恩义所在？"

赵嵩冷哼一声，厉然说道："父皇养育你十年，视你如己出，不但册封你为燕北之王，还将淳儿许配给你，这是多大的恩典？你却忘恩负义，背叛国家，屠杀帝都百姓，燕洵，你昭昭狼子野心，其心当诛！"

冷风吹来，一身黑色长袍的男人突然冷笑一声，"养育十年，视我如己出？尚慎高原白骨仍在，九幽台上鲜血未凝，赵嵩，这就是你们赵氏皇族的滔天恩典吗？"

赵嵩一愣，随即眉梢一挑，凛然道："燕北王叛上作乱，帝国军队出兵讨伐，乃正义之师……"

"够了！"燕洵突然厉喝一声，面露不耐之色，冷然说道，"你不必再多言，史书永远是胜利者的一家之话，千年功过，自由后人评说，你我无须在此争辩。赵嵩，看在你我多年相交的情面上，我今天放你离去，回去告诉你老子，我燕洵反了。"

就在这时，城南的一家爆竹店被人点燃，只听轰隆一声，漫天烟花炸上高空，被大火映得通红的天空霎时间五光十色。燕洵的眼睛在黑暗之中看起来好像是天幕上的晨星，神采奕奕，却又坚定如铁。

八年谋划，一朝而动，巍巍大夏，可承担得起这滔天之怒？

"你！"

"赵嵩！"清凛的女声陡然传来，楚乔策马上前，沉声说道，"回去吧。"

"阿楚？"赵嵩受伤地皱起了眉头，"你也要与我为敌吗？"

楚乔看着赵嵩的脸，身旁是铁血的军人，身后是沦入火海的真煌帝都，所有的一切都好像是一场浮生大梦，时间在身边飞速掠过。她又想起了很多年前，梅林雪园之内，穿着翠绿色锦袍的小公子趾高气扬地冲着她大喊："就是你！我叫你呢！"

一晃眼，多少年血雨腥风。她抬起头来，目光坚定地望着马背上的青年，一字一顿地沉声说道："我从未想过要与你为敌，八年相护之情，我永不敢忘。"

赵嵩长吁一口气，面色稍稍缓和，急忙说道："那就好，阿楚你跟我回去，不要跟着他，我会替你向父皇……"

"但是，我要和整个大夏帝国为敌。"斩钉截铁的话语陡然从少女口中传出，赵嵩登时愣在当场。只见楚乔驱马上前，站在燕洵身侧，"你应该明白我的立场，我始终没有改变。"

"好，"赵嵩凄然一笑，双眼血红，声音沙哑，"就算我以前瞎了眼。"

唰的一声厉响，赵嵩挥刀斩下，在长街的青砖石板上划下一道白痕。男人面容凌厉，厉声说道："从今往后，我赵嵩和你们二人一刀两断，他日战场上相遇，不是朋友，只是仇敌！淳儿，跟我走！"

赵淳儿双眼发直，一直好似一个娃娃一般毫无反应，听到赵嵩的声音，突然抬起头来，眼睛水蒙蒙的，伸出素白的小手，想要来拉燕洵的靴子。马背上的男人轻轻皱眉，勒马后退，赵淳儿抓了个空，一只白嫩的小手伸在半空中，那上面甚至还有一道暗红色的血迹。

那道血，是那个被她杀死的传信兵的，是她生平第一次杀人。

哕的一声，赵淳儿忽然跪在地上，张开嘴开始疯狂地呕吐，胃里的酸水被吐出来，黏在华丽的喜袍上，染污了那双象征着百年好合双宿双栖的鸳鸯。

"为什么会这样呢？"少女仰着一张惨白的小脸，像是一只冬天里没毛的小狗，眼泪噼里啪啦地落了下来。她的声音没有发抖，却有着一种让人心寒的伤心，好像周围的人都已经不存在了，只是一个人独自说："都怪我，都是我不好。洵哥哥，为什么当年父皇斩燕氏满门的时候，淳儿不在你身边呢？

"这些年，我总是在后悔，若是当初淳儿在，就算救不了燕王爷，也可以保护洵哥哥，保护你不被别人欺负。可是淳儿那时候太小，母后将我关在大殿里，无论我怎么哭闹，都不肯放我出去。小桃给我搭柜子，我们两个从上面爬上去，掀开瓦片，想从房顶逃出去，却不小心摔了下去，惊动了母后。"

赵淳儿突然开始抽泣，声音颤抖着，眼泪落得越发汹涌，"然后……然后小桃就被母后宫里的人打死了。我……我亲眼看着的，腰都被打断了，血一直从她的嘴里流出来……流出来……流了好远，沾湿了我的靴子，那么烫，火烧一样。"

"洵哥哥，我真没用，我再也不敢逃了，就连最初那两年，都不敢去你的院子看望你。我害怕，我胆小，我总是做噩梦，小桃的血一直流，就要淹没我了，过了我的脖子，嘴巴、眼睛都是红色的。"

赵淳儿双手抱紧自己的肩膀，畏缩地缩起了脑袋，好像真的有血就要淹没她一样。她咬着下唇，抬起头来，眼泪扑簌簌地掉，"可是洵哥哥，不要造反好吗？父皇会杀掉你的，淳儿什么都不要了，不强迫你，不逼你娶我了，只想要你好好地活着，哪怕在淳儿看不见的地方，只要好好活着就好了。"

燕洵眉头紧锁，不去看赵淳儿的眼睛，而是将头转向一边，脸部侧面的线条在空气里看起来冷厉且坚硬。

"淳儿！你给我过来！"赵嵩大怒，厉声高呼。

只听扑通一声，赵淳儿登时跪在地上，几步爬上前去，高高地举起手拉住燕洵的袍子，终于大声地哭了起来，"洵哥哥，不要造反，淳儿求你了！"

赵嵩双目喷火，怒喝道："淳儿，你在干什么？"他说罢，策马冲上前来，大同行会的战士们齐齐上前一步，护在燕洵身前，武器对外，森然齐声冷喝！

"洵哥哥，淳儿求求你了！父皇会杀了你的，他会派人杀了你的！"赵淳儿伏地大哭。

燕洵无动于衷，仰头望天，任衣袍被赵淳儿抓在手里，只有在冷风吹起他的墨发和黑袍的时候，才能看到他坚韧的轮廓上轻轻皱起的剑眉，像是一尊黑暗中的神祇。

就在这时，远处突然响起猛烈的交战声，一朵金色的火焰在城南上空炸裂，燕洵和楚乔同时仰起头来，神情严肃。

"十九师冲进来了！燕洵，你若是不想他人陪你一同枉死，就快快束手就擒！"赵嵩挥剑逼退一名大同行会的武士，厉声说道。

"燕洵，不能耽误了。"

燕洵转过头来，缓缓点了点头，随即勒马转身，毫不犹豫地向着城南的方向掠去。坐在地上的赵淳儿顿时失去平衡趴在地上，楚乔和黑甲战士们跟在燕洵身后策马狂奔。远远地，她回过头去，还能看到赵淳儿半伏在地上大哭的身影，还有赵嵩，年轻的男人站在自己妹妹身边，身姿挺拔，手握长刀，骑坐在马背上，冷风吹过他的衣角，连翻飞的墨发都显得那般萧索落寞。

八年相处，终究镜花水月，尽化为子虚乌有。

当自己跟随燕洵走进盛金宫的那一刻，就已经注定了今日的结局。十三，你的恩情，我终于辜负了。

"驾！"少女厉喝一声，挥鞭疾奔，将这八年飘零的岁月，一同抛在身后。她的眼睛盯着前方，执着地跟上前面那面黑色的鹰旗！

第十六章

杀出真煌

浓厚的血腥和难以言说的腥臭扑面而来。城南的南安大街上，暴民的乌合之众早已被打退。西南镇府使的官兵们顶着箭矢和瓦石冲在最前面。十九师的师卫长方白榆手拿重剑，浑身浴血，带着十九师的官兵奋勇拼杀，彪悍的皇家正规军好似一道不可阻挡的铁流，缓慢却坚定地向着帝都内城开动，所到之处，一片狼藉，冲垮一切阻碍，粉碎一切抵抗。

快马斥候风火般奔回，带回一条一条不利的战报，燕洵坐在马背上，静默不语，面色沉静，看不出他在想什么。

楚乔眯着眼睛眺望远方，沉声说道："还不行吗？"

燕洵声音低沉，很平静地摇了摇头，"还不行。"

"伤亡很大，还要继续等下去吗？"

"嗯，还需要等。"

楚乔深吸一口气，眉头紧锁，沉声说道："燕洵，这样下去，西南镇府使会全军覆没的。"

"十二师和三十六师的师卫长还在外面观望，若是此时撤退，皇城就会存有生力军，那么我们回燕北之路就绝不会太平，一路将会如丧家之犬一般被帝国追击。"

"可是，若是这样下去，我们的人也会伤亡惨重的！单是运送伤员和安排撤退，就会让我们阵脚大乱。"

燕洵眉头轻轻皱起，随即摇了摇头，"你放心，我自有安排。"

"燕洵……"

"阿楚，你先出城吧。"

楚乔一愣，随即眉头紧锁，沉声说道："我不。"

"阿楚，"漫天的杀戮和血光中，男人面色温和，柔声说道，"你先出城，到赤水旁和阿精一起安排渡河事宜，他为人粗枝大叶，我放心不下。"

"不行，"楚乔固执地摇头道，"我要跟你在一起。"

燕洵故意板起脸来，沉声说道："阿楚，事关重大，不要耍小孩子脾气。"

"这里刀光剑影，十二师和三十六师又在后面虎视眈眈，我怎能放心留下你一个人！"

燕洵顿时一笑，"傻瓜，哪里是一个人，还有西南镇府使的一万兵马在，你不必为我担心。"

楚乔脆声反驳道："西南镇府使刚刚变节，谁知道他们待会儿会不会再倒戈，我怎能相信他们？"

"若是西南镇府使不可靠，就算你留下，我们也难逃一死。阿楚，用人不疑，疑人不用，这句话，还是你教我的。"

楚乔神色狐疑地看着燕洵，疑惑道："燕洵，你真的这么相信他们？"

"我不是相信他们，是相信我自己。"

巨大的喊杀声陡然响起，又是一轮猛烈的进攻和反击，箭矢排空，漫天血污。黑色长袍在夜空下猎猎翻飞，燕洵双眼锐利如星，目光平静地看着前方的厮杀和鲜血，缓缓说道："除了依附于我，他们已经无路可退。死战，尚有一线生机；倒戈，却要成为燕北和帝国两面共同唾弃的叛徒。"

"可是，"楚乔不忍说道，"此战杀戮太盛，我怕会有损你的仁明。"

"仁明？"燕洵冷笑一声，"父亲当年就是因为仁明太广，才会死在燕北的高原上，我，必不会如他一样。"

燕洵的脸孔一瞬间好似被蒙上一层黑雾。楚乔一愣，抬起头来向他望去，低声叫道："燕洵？"

燕洵低下头，微笑地看向楚乔，在马背上张开双臂，拥抱住少女单薄的双肩，"阿楚，相信我，在赤水边等我，我们必会一同离去。"

狂风吹来，楚乔突然感觉有些冷，她伸出双手紧紧地抱住男人的腰，声音带着几丝难掩的呜咽。

"燕洵，你若有事，我定会为你报仇。"

呜呜的风声吹过黑暗的大街，远处的喊杀声一时间都显得那般遥远，年轻的燕北王面庞如玉，墨发飘飞，他单手挑起少女的下颌，唇边浅笑，四目相对间，是抹不去的脉脉情深。八年相伴，性命相托，生死之交，深情厚谊都刻在骨髓之中。

燕洵双眼如同深潭幽水，低声说道："阿楚，我从来没有对你说过，这些话我只说一次，你要听好。我要谢谢你，谢谢你在地狱里陪了我这么多年，谢谢你在我人生中最黑暗的日子没有遗弃我，谢谢你一直站在我身边。若是没有你，燕洵他什么也不是，早就已经死在八年前的雪夜里了。阿楚，这些话我以后不会再说了，我会用一生来弥补，有些话，我们之间不必说，应该互相明白。阿楚是我燕洵的，只是我一个人的，我会护着你，带你离开，我八年前牵了你的手，就再也没打算放开过。"

楚乔缓缓闭上眼睛，夜晚的风像是沙沙作响的蚕，心如桑叶，被一点一点地轻轻啄食。

燕北，火雷原，回回山……

"燕洵，我从没有家乡，是因为有你在，我就把你的家乡当成自己的家乡了。"

男子深深地吸了口气，然后缓缓收紧手臂，心底是大片大片的湖水，温暖如春。"阿楚，相信我吧。"

男子轻叹，他没说要她相信他什么，但是阿楚明白，她在心里跟自己说，相信，当然相信，不相信他又能相信谁呢？在这个世上，他们只有彼此了。

"阿楚，有一件事，我想做很久了。"

少女脸颊洁白，通天大火的辉映之下，竟有几分绯红，她仰起头来，温柔一笑，"那你还在等什么呢？"

"哈哈！"年轻的王者爽朗一笑，顿时低下头去，双唇轻轻地印在了少女如花的唇瓣上。

那一瞬，楚乔闭上双眼，任自己的思绪在无尽的深渊中跌宕下坠，八年的点滴于心海中翻覆滚动。远处喊杀震天，近处刀兵如火，整个真煌帝都在他们的脚下颤抖号叫，发出野兽末路一般的悲鸣。金碧辉煌的盛金宫火光冲天，万顷金楼付之一炬。腐朽的帝国长老门阀贵族们，难以置信地揉着双眼，不敢相信眼前所见的一切。

八年前，没有人会相信那两个一无所有卑微如土的孩子有朝一日会有这样的胆量和实力。

八年后，再也没有人会怀疑这一切，昔日的幼虎已经长大，它狰狞着锐利的爪牙，撕裂帝都的城墙，就要冲出这浑浊的天地。

"阿楚，等着我！"

"嗯，"放开双手，楚乔笑靥如花，"放马燕北，踏雪回回，燕洵，我等着你！"

大风呼啸而来，少女轻叱一声，在一众护卫的保护下，向着西北城门策马奔去！

燕洵骑坐在马背上，看着楚乔的身影渐渐隐没在夜色之中，夜空之下，他的身形好似高原上笔直的大树，没有半分弯折的痕迹，"历史不会记住细节，它只会记住结果，而这个结果，是由胜利者来填写的。"

"世子！十二师坐不住了，三十六师也有兵马调动的痕迹！"

斥候兵快马奔来，燕洵点了点头，低声默念："是时候了。"

一道明亮的光芒闪过夜空，耀眼的礼花灿烂夺目，蔚蓝色的光华闪花了众人的眼睛。

荒凉的原野上，一队人马正在快速行进，看到烟火，齐齐停了下来。

"全面反击开始了。"楚乔面色坚韧，沉声默念，燕洵，保重。

"驾！"

寒风凌厉，青草萋萋的平原上，少女一马当先地向着赤水河岸奔袭。高高的城楼上，男人面容坚韧，高举壮行酒，"战士们！燕北的荣誉皆在汝等身上，燕北高原的万千父老，生死存亡皆系于我军今日一战。燕洵于此，静候诸位凯旋！"

上万士兵同时振臂高呼："殿下万岁！燕北不会亡！"

"燕北不会亡！"

震耳欲聋的声音回荡在帝国上空，就连被围得水泄不通的盛金宫也在这喊声中瑟瑟发抖。燕洵一把拔出战刀，于冷夜高楼上厉声高呼："燕北军鹰，当翱翔于大地百川，不被金甲束缚。燕北的战士们，用你们的刀告诉帝都的窝囊废们，何谓燕北军魂！"

"燕北军魂！"

战士们的热血彻底被点燃，他们翻身跳上马背，转身杀向数倍于己的敌人，在大街小巷上展开了惨烈的巷战。向来以懦弱著称的西南镇府使官兵们放手大干，像一群凶猛的狮子，咆哮在帝都的大街小巷上，将锋利的战刀刺入敌人的心脏。

"少主，"大同行会的兮睿、边仓二人一身铠甲地走上城楼，沉声说道，"西南镇府使已经杀出了一条血路，十二、十九、三十六师损失严重，我们是不是可以出城了？"

"不，"燕洵摇了摇头，"还不够。"

兮睿和边仓对视一眼，均从对方的眼里看到一抹担忧，计划里，此时就应该撤退了，少主这般执着，莫不是被仇恨蒙蔽失了方寸？

"帝国的精锐还在，我们不能撤离。"

"精锐？"边仓疑惑道，"属下不明白，骁骑营和绿营军的军官都已不在，西南镇府使倒戈于我方，十二、十九、三十六师伤亡惨重，我军已大获全胜。"

"军官不在又能怎样？大夏随时能派出一个团的军官营来。"

"殿下的意思？"

燕洵眉梢一扬，眼神冰寒，在数十根火把的簇拥下，燕洵屹立在高高的城楼上，一身墨色长袍外罩白披风，雪白的披风在晨曦中迎风招展，上面绣着一只展翅的战鹰。

"斩草不除根，春风吹又生，吩咐大同行会所有战士，跟我前往帝都尚武堂，我要大夏皇朝，三年没有可用之将，十年没有统兵之帅！"

兮睿和边仓顿时一愣，看着那个黑袍翻飞的男人，无尽的杀戮之气从这个向来温和淡定的男人身上呼啸而出，浓烈的血腥和杀气像是澎湃的洪水，汹涌地覆盖了整座帝都皇城。

滔天的杀戮，这一刻才算开始。真煌帝都毁灭般的一刻，在这个男人的手中开启，灭世的刀锋，凌厉地划破漆黑的长夜，在古城上空发出了疯狂的嘶吼。多少年后，世人可能不记得赵正德，可能不记得夏、唐、怀宋，但是历史绝对会记下这个男人的重重一笔：五月二十，燕洵反，下令屠杀尚武堂三千学员，帝国精英大半死于此战！

通红的火光照耀下，因为情况不明且领袖不在，整个尚武堂一片死寂。这些帝国的精英明智地选择了退居在锋芒之后，没有如警卫署的士兵一样出营整顿秩序，所以此刻，他们仍旧保持着满员的军容。

然而就在三更时分，外面突然燃起大火，因为闭门不出，所以年少的军官们失去了灭火的最佳时机。火焰如同风暴般席卷了整座尚武堂学府，肆无忌惮地四处蔓延，无数火柱冲天而起，烈焰熊熊地吞噬了这一片帝国最坚定的希望！

惨烈的人声陡然传来，有学员妄图打开门冲出学府，迎面而来的却是严阵以待的燕北大同武士，一轮又一轮密集的箭雨之下，整个尚武堂无一人逃脱。人们透过黑压压的人群，惊恐地看到了那个一直站在帝都不起眼角落里的燕北世子，然而此时此刻，他那挺拔的脊背好似死神的微笑。军官们惊恐地大叫："是燕洵！燕洵来啦！"

"燕洵来啦！燕北叛逆来啦！"

所有人都在惊慌失措地大吼，三千精锐兵马，尚未交战一回合，登时溃不成军。兮睿三次请战，最后，燕洵语调淡淡地缓缓说道："敌军斗志已失，不必短兵交锋，一把火烧了吧，你们守在这里，别让里面的猪狗逃出来。"

"燕洵小儿！若是有胆量就跟我堂堂正正一战！"

魏阀新一代少将魏舒寒厉声高呼，然后挥舞着战刀还没跑上一步，就被一支利箭射穿了咽喉，双眼大睁地倒在狼藉的大火之中。

燕洵甚至都没有看他一眼，翻身上马，整顿了大半兵马，沉声说道："跟我去骁骑营。"

这个晚上，西南镇府使被策反，警卫署官兵死于暴民乱军之中，十二、十九、三十六师和西南镇府使火并，死伤大半。随后，燕洵又以同样的手法，除掉了因为长官被暗杀而明哲保身、作壁上观的帝都学府尚武堂、骁骑营南营兵马、第七军、第九军的全部兵马。随后，因为人数实在太多，燕洵干脆下令打开南城兵马场，以弓箭烈火将仅剩的十六营两千官兵赶到细微广场，然后驱马猛冲，以万千马蹄践踏，活活踩死了一千八百多人，剩下的也全部伤残，倒在一片死尸的广场上呻吟哀鸣。

边仓请求斩草除根，燕洵却冷然摇头，淡淡说道："这些残废，就留给赵正德安置吧。"

四更时分，天边越发漆黑，整个帝都一片狼藉，军营之中少有活人。最后一队人马从帝都府尹衙门回来，上报说府尹衙门的官员早已潜逃，他们杀了一百多名衙门的官兵，就退了回来。

就此，整座真煌帝都里，除了皇城内被宋缺统领的三千守军，还有正在和西南镇府使交战的三个师卫军，就再也没有武装力量了。

"少主，吩咐西南镇府使退下来吧，我们该出城了。"

"嗯，"燕洵看着一片焦土的真煌古城，缓缓点头，说道，"是该走了。"

"那属下这就去西南镇府使交战区传令。"

"站住。"燕洵淡淡看了兮睿一眼，沉声说道，"我什么时候说过要带着西南镇府使一起走了？"

兮睿大惊，愣道："少主？"

燕洵转过身去，语气淡淡地说道："西南镇府使为了抵挡凶悍的敌人，英勇献身，自愿留下来抵挡帝国三师卫军的刀锋，以保存燕北实力，忠肝义胆，堪为当代军人的楷模。"

兮睿眉头紧锁，上前急忙说道："可是少主……"

话还没说完，就被边仓一把拉住，紧紧地捂住了他的嘴。

"兮睿将军，请不要怀疑西南镇府使的忠诚，他们隐藏帝都多年，等待的就是这一次生死之役，我们无权剥夺战士们英勇报国的忠义之举。"

燕洵目光平静，语气平和地缓缓说道，可是那话语中透露出的冷意，却像是利箭一样刺穿了众人的心脏。

边仓连忙说道："少主说的是，西南镇府使能有此等报国之决心，堪称当代军人的楷模，我们都要以此为榜样。"

他的手紧紧地拉住兮睿的衣角，生怕这个同僚再说出一个字。看了燕洵刚刚杀戮的手段，他丝毫不怀疑这个貌似平和的男人会在挥手间将自己和兮睿一同处斩。

"如此，全军由北城门撤退，大军出城之后，封死城门。"

骏马驰骋而出，在厚重的城门关上的那一刹那，整个天地齐齐变色，正在和十二、十九、三十六师厮杀的西南镇府使齐齐惊恐无言，呆愣在苍茫的大地上。

许久，无数个绝望的声音齐声高呼："殿下！还有我们！还有我们！"

"我们被抛弃了!我们被出卖了!"

败军的恐惧霎时间如同潮水般在军队中弥散,战士们冲出战壕,四处奔走,惊慌失措地狼狈厉吼:"怎么办?怎么办?我们被抛弃了!"

"弟兄们!跟我杀啊!"

方白榆师卫长精神大振,厉吼一声,抹去脸上的鲜血,轰然冲上前去。

"皇城有军队杀出来啦!皇城的援军来啦!"

十九师士兵齐声高呼,只见最前方的男人剑眉星目,一身雪白战甲,手握青面战刀,威风赫赫,好似盛世战神,披荆斩棘,杀将而来!

"是七皇子!七皇子的援兵来啦!"

跟在赵彻的皇城守军之后,赵翔紧紧拉着赵飏的马缰,厉声说道:"十四哥,外面兵荒马乱,父亲又没有派你出战,你何必去搅这浑水?"

赵飏剑眉竖起,手握佩剑,看着自己的弟弟,沉声说道:"十七弟,你是想永远跪在地上仰望着别人,还是想靠自己的能力站起身来,如果你想站着做人,现在就跟我出去。"

赵翔脸孔通红,跳上马背,拔出战刀,大声说道:"十四哥,无论你去哪儿,弟弟都誓死跟着你。"

赵飏点了点头,望着巍峨的城门,激烈的喊杀声从外面传了进来,年轻的皇子举起自己的战刀,双目坚定。"

他带着自己的宫廷守卫军冲出皇城,这一路不到一百的人马像是一柄尖刀一样插入了西南镇府使的心脏,漫天的血光轰然而起,一颗帝国的新星,在厮杀中冉冉升起!

楚乔来到赤水河边的时候,阿精已经等待着,河对面已经准备了上千匹战马,看到楚乔一人前来也没有惊讶,就要引她过河。楚乔走下马来,跟阿精等人打了个招呼,目光一扫,眉头陡然皱起,沉声说道:"阿精,只有这一道浮桥,西南镇府使有上万人,能够在天亮前渡河吗?"

阿精淡笑着点头,"这是世子吩咐的,想必不会有错,属下先送姑娘过去吧。"

楚乔站在原地,一个可怕的念头陡然在脑海中生出,她的脸孔霎时间变得惨白,眼神也有一丝慌乱。阿精问道:"姑娘,你怎么了?"

楚乔顿时收敛神情,缓缓一笑,说道:"没什么,你先带他们过去,我还要等燕洵。"

阿精皱眉,"可是殿下吩咐过……"

"无须多言,快过河吧。"

阿精自然知道楚乔和燕洵的感情,远不是自己能够比拟的,点了点头,也不再勉强。

半个时辰之后,东南方向陡然传来剧烈的厮杀声,声音比刚才还要剧烈。楚乔心下一震,顿时上马,向着东南驰骋而去。

"姑娘!"阿精大惊,高呼道,"你干什么去?"

"我去接应燕洵!"

行至半路,远远见到一队人马迅猛狂奔而来,人数在五千左右,人人黑衣黑甲,墨色大旗在半空中呼啸长舞。楚乔心下一喜，走上前去，就见燕洵策马而来，长袍如鹰，轩眉如剑。

"阿楚！"

"燕洵，"楚乔迎了上去，笑着说道，"没事吧？"

"一切都好，我们走吧。"

楚乔点了点头，貌似无意地向后面望了一眼，"西南镇府使的人马呢？怎么没跟上来？"

燕洵自然不能拿西南镇府使兵马自愿留下来抗击敌寇的鬼话蒙蔽她，笑着说道："不用担心，他们随后就到，我们先走一步。"

"好。"楚乔毫不犹豫，跟在燕洵身后向赤水走去。

大部队迅速开始过河，虽然只有一座浮桥，但是半个时辰之后，人马也大多数渡过了河。楚乔站在燕洵旁边，看着陆续渡过浮桥的队伍，望着远处一片火红的真煌城，突然感慨地说道："八年了，我们终于出来了。"

燕洵长叹一声，伸手揽过楚乔的肩膀，动情地说："阿楚，你受苦了。"

楚乔摇了摇头，眼眸如星子般明亮，"没有，是你让我有了生活的目标，让我有活下去的动力。燕洵，曾经的八年，我们是彼此的依靠，我们彼此扶持，彼此照顾，完善对方的计策，弥补对方犯下的错误。正是因为如此，我们才能在那座皇城里一日一日地活下来，我们互不相欠。"

"嗯，我们互不相欠。"燕洵温和一笑，"我们早已是一体，祸福与共，生死相随。"

"对，"楚乔缓缓点了点头，"我们祸福与共，生死相随。"

"殿下，人马已经都过河了，可以走了。"阿精跑上前来，沉声说道。

"好，"燕洵点头，"吩咐下去，全军开拔。"

"燕洵！"楚乔突然叫道，"不等西南镇府使的官兵们了吗？"

燕洵摇了摇头，微笑道："不用担心，他们会赶上我们的。"

"浮桥若是撤了，他们如何渡河？"

燕洵早已想好说辞，缓缓说道："帝都追兵已经不足为惧，他们可以顺着官道到西马凉和我们会合。"

楚乔点头，"哦，这样，那我们走吧。"

刚走了两步，少女突然眉梢一挑，摸向自己的腰间，大惊失色道："你给我的大同令牌呢？不见了？"

燕洵眉头一皱，那令牌非同小可，也紧张起来，说道："怎么会不见？你不是贴身带着吗？别着急，好好想想。"

楚乔在原地转了两圈，全身都找遍了也找不到。突然，少女一拍额头，说道："我真笨，令牌在马匹的腰囊里，我过去拿。"

燕洵一把拉住少女的手臂，不知为何，心下陡然生出一丝不知来由的害怕，他忙说道："让别人过去拿吧，你在这里等着。"

"那么多马，他们知道哪一匹是我的？你放心吧，我去去就来。"

燕洵来不及阻止，少女就跑上了浮桥。她身材玲珑，踩上去浮桥几乎完全不下沉。

半炷香的时间，少女就跑到了河对面。燕洵命人点起火把，向河对岸望去，只见楚乔找到了自己的马，然后牵着马走到浮桥边，似乎正在思考什么。

燕洵一愣，大声叫道："阿楚，找到了吗？快过来！"

少女陡然抬起头来，一张脸孔苍白若纸，眼神却锋利如剑，定定地望着河岸这边的燕洵。刹那间，好似一道闪电刺入心田，燕洵一把推开身前的阿精，疯狂地向浮桥跑去。

几乎就在同时，楚乔一把抽出腰间的宝剑，银光闪烁，厉然斩下，浮桥顿时应声而断，顺着滔滔奔涌的河水顺流而下！

"阿楚！"燕洵厉喝一声，双目如火，怒声大叫，"你在干什么？"

少女站在滔滔赤水河边，秀发如瀑，眼神似剑，高声长呼道："燕洵！你刚刚说过，你我已是一体，祸福与共，生死相随。所以，我不能看着你犯下这弥天大罪！"

燕洵说着就要跳下赤水河，阿精等人却从后面拉住他，男人厉声大喝道："阿楚，别犯傻，马上过来！"

"燕洵，你之所以能受到万千拥戴，燕北的百姓们都翘首等待你的回归，全是因为燕王爷当年在燕北广布仁政。帝都七派官员，也没能接管燕北，靠的就是燕氏一门世代的威望！燕洵，我不能看着你自毁基业，自倒长城！"

燕洵大怒，完全失去了往日的淡定和祥和，怒声叫道："阿楚，你马上回来，我们搭绳子过去，你在那边接住，马上回来，我命令你！"

楚乔摇了摇头，默默地转身，爬上战马，然后回过头来，"你犯了错，我必须纠正你！燕洵，我们就在西马凉相会。如果我两日不到，你就带人先回燕北，我会带着西南镇府使的官兵，前往燕北高原与你会合。"

说罢，少女厉喝一声，扬起马鞭，策马狂奔在漆黑的荒原之上。五千匹无主的战马跟随在少女身后，也向着那座巍峨的城墙轰然奔去。

"阿楚……"

跌宕的河水拍击着河岸，浪花滔滔，巨浪翻涌，无尽的虚空之中，只余下男人撕心裂肺的疾呼。那声音穿透苍穹，在漆黑的夜幕下回荡！

这个世界，不是游乐场，永远没有重来二字。我们能做的，只是在灾难还没有完全造成之前将乾坤扭转！燕洵，我今日所作所为，也许你要很多年后才能明白，我不是妇人之仁，我只是不希望你被仇恨蒙蔽了双眼。等着我，我会带着赫赫之兵，万里而归，与你重逢。

"驾！"

"统领，我们被抛弃了！"

西南镇府使之中，到处是惊慌失措胡乱奔走的人，很多人在大声狂呼，那声音尖锐凌厉，根本不像是人类能够发出的声音。破碎的绝望在人群中散布，四面八方皆是敌人，前无去路，后有追兵，这些离乡万里的士兵终于成了无处可归的浪子，天地之大，再也没有他们的安身之地！

人群中，有人发出歇斯底里的惨叫和哀号，"为什么！为什么要放弃我们？"

"杀啊！哈哈，杀啊！末日到了，一起下地狱吧！"

……

烈火拥抱着整座城市，无处是生路，无处是活门，士兵们疯狂溃散，没有阵势，没有战略，完全各自为战一盘散沙。帝都守军们被压着打了这么久，终于扬眉吐气，手段狠辣，无所不用其极。

目之所及，到处是凌乱的尸体，帝都的士兵们二三十个人合围一个，乱刀砍在西南镇府使官兵身上，全力地发泄着他们对于叛徒的憎恨！

赵彻坐在马背上，看着这个自己向来不屑一顾的弟弟。年轻的赵飏满身鲜血，一张俊秀的脸孔被鲜血覆盖，仍旧不屈地握着战刀，以冷静得近乎残酷的眼神审视着面前的修罗战场。

"七哥，敌人挡不住了。"

"嗯，"赵彻点了点头，"是时候了。"

然而，就在他要下达全军进攻命令的时候，一阵巨大的轰鸣声陡然响起，在西北城门的方向，好似有万千的闷雷齐齐震动，整个真煌的大地都在战栗。所有人都惊愕地住了手，抬起头来望着西北方的天空。

轰隆！

轰隆！轰隆！

轰隆！轰隆！轰隆！

猛烈的颤动从众人的骨头里钻了出来，钻进众人的脊梁之中，好像是宇宙洪荒都在面前发怒，所有人都惊愕地抬着头仰望。燕北战士的马刀还砍在一名帝都守卫的肩膀上，竟然忘了拔，帝都守卫的战刀架在燕北战士的脖子上，也忘记了应该挥下去！

轰的一声，西城门被一下撞开，五千匹战马蹄声轰隆，如潮水般疯狂地奔向正在混战的人群，登时将队伍冲开一个巨大的缺口！

帝都的侍卫们顿时想起了燕洵屠杀十六营兵马的方法，所有人脸色发白，双腿几乎都在打战。就在这个时候，一面黑鹰战旗被人坚定地插在城头，少女娇小却挺拔的身影站在战旗之下，对着整个真煌帝都发出白鹰一般的厉喝："燕北的战士们！你们没有被抛弃，听我的命令！服从我！跟我走！我来带你们回家！"

一秒、两秒、三秒钟的沉默之后，巨大的欢呼声霎时间山呼海啸而起！

"回到燕北！回到燕北！回到燕北！"

绝望中的人们抓住了生存的最后一根稻草，他们像是无法阻挡的潮水，向着西北的天空，呼号而去！

"七哥、十四哥，那人是谁？"

赵飏看着楚乔，久久没有说话。赵彻坐在马背上，双眼缓缓眯起，望着那个猎猎军旗下的凌厉女子，缓缓开口说道："你们记住，这个女子，将来会成为大夏最大的威胁，想要收复失地，江山一统，这会是第一座难以翻越的巍峨高山！"

漫天烽火轰然而起，那一天，在帝都的西北城楼上，整个大夏皇朝一起记住了这个名字。八年前，她作为一个奴隶走进了大夏皇宫；八年后，她带走了真煌城内最后一支燕北武装力量，离开了真煌的国土，驰骋上真煌城外那片浩瀚的热土。

　　楚乔现在并不知道，正是她今日的这个举动，为燕北挽回了一场顷刻覆灭的灾难，挽救了新生的燕北政权，同时，也为她自己，在乱世中带出第一批武装势力。

　　在那个晚上，西南镇府使的官兵们，每一个都在心中誓死效忠了这个娇弱的少女。从今以后，他们跟随着他们的主人转战南北，铁骑横扫整个西蒙大地，死死坚守着他们的誓言，无论在多么艰苦的环境和情况下，都对楚乔忠心耿耿，终生不渝。

　　而这个娇弱的少女，也因此走上了很多年后被全大陆的人称为"秀丽王"的第一步……

第十七章

南北转战

帝国历七五五年五月二十,是个让人无法忘记的日子。大夏帝国的真煌帝都在一场滔天的大火中毁弃一半,帝国的象征盛金宫全部烧毁,全城武装力量损失十之七八,驻守真煌的帝国最精锐士兵死亡多达十七万之数。这其中,与西南镇府使交战而亡的有将近三万人,死在燕洵屠杀之下的却多达七万,而其余的,都是死在乱民的暴动和敌我不识的哗变之中。

然而这些,都不是最重要的。经此一役,真煌城的经济几乎瘫痪,在六月将至的气温下,过多的死亡带来了难以抵御的瘟疫和疾病,太多的商户和民居在大火中化为灰烬,大批的难民无处安置,伤兵躺在街头。连绵的阴雨天气给真煌带来了更大的灾难,很多来不及抬出城的尸体倒在污水中,浸泡发白发臭,变成一堆聚满苍蝇和臭虫的腐肉。

因为燕洵出城前,一把火烧掉了帝国粮仓,而大多数粮食商户也在动乱当晚被人洗劫,是以一时间,真煌甚至筹措不出赈灾的粮食。不到半月,大量的难民死在饥饿之中,生死存亡的关头,向来温顺的帝都百姓展露出他们野蛮的一面,抢劫时有发生,这些被逼到绝境的良民甚至敢打劫小股的武装军队。

短短两天之内,就有三十多支派出去维护秩序的帝国小分队消失得无影无踪,过了一天之后,人们才会在路边的水沟里发现这些人的一些随身物品。比如军装、匕首、刺刀、靴子、肩章,或者还有一些更私密的东西,比如贴身的内衣、珍藏着的荷包、断了的手脚、抠出来的眼珠,还有森森的白骨……

帝都的秩序,霎时间荡然无存。

半月之后,疯狂的难民们冲出真煌,向着四面八方逃难而去。然而赵氏家族,却对眼前的状况毫无回天之力。

赵正德站在一片废墟的盛金宫城楼上,无奈地苦笑,随即带着最后一批武装势力,在宋缺参将的保护下,车马滚滚,离开了这座满目疮痍的城市。

大夏建国三百年,这座古老的城市曾经抵挡了无数异族的刀锋。

六三三年的帝都守卫战,大夏的白威皇帝曾以八千铁骑对抗二十万犬戎狼兵,死守帝都一月,终于等来了诸侯世家们的援兵,创造了弹尽粮绝誓死不退的神话。

六八四年,帝国东部大族卧龙氏背叛帝国,打开白水关,放唐、宋联军进入国境。敌军一路冲杀，曾杀至距离真煌城不到三十里的三里坡。当时大夏皇帝正在东南出游，国中只有八岁的太子赵崇明和皇后穆合九歌。当时，满朝文武力劝国储退避，然而二十七岁的穆合九歌带着八岁的儿子站在城头，三日不下，一直到帝国的旗帜飘上三里坡，将敌军打倒。

七四一年的赤潮之乱，帝都的城门甚至被叛军敲碎，赵氏皇族们，也没有丝毫退步！

七三五年……七六一年……七六九年……

顽强地挺立了这么多年的真煌帝都，骄傲地站在世界最高高原上三百年不动分毫的赵氏皇族，却终于在六月初九的早上，离开了这座他们坚守了三百年的帝国心脏，黯然地退往位于东北方的圣城云都。

虽然后世的史官们对这一仗诟病诸多，但是不得不承认，铸成这一伟业的，是燕北新一任的王者，在帝都为质八年的燕洵世子。他以区区一人之力，借助大同行会的五千武士，一手完成了犬戎人三十万大军、唐宋联军五十八万将士、叛军倾族之力都没有完成的奇迹伟业！

燕洵之名，就此传遍大江南北，整个西蒙大地为之瑟瑟。燕北的狮子，终于醒过来了，属于燕北的时代，再一次在乱世的战火中，轰轰烈烈地开始。

灰蒙蒙的早晨，真煌城楼上吹响了一声号角，太阳从地平线上缓缓升起，天边雾气蒙蒙，好像又要下雨。十多个身穿青色铠甲的战士站在城楼上，望着远处百草摇曳的大地，空荡荡的驿道上，没有一个人影。年迈的士兵低叹了一声，放下号角，转身向后走去。

"还没人来吗？"

一个低沉的声音缓缓响起，老兵吃了一惊，抬起头来。只见眼前的男人二十多岁的年纪，相貌英俊，很是年轻，披着黑色的披风，遮住了里面的军装，看不出是什么身份。但是老兵还是能一眼看出，这是个贵族的将军，不是自己这样的普通士兵能够比拟的。

"回将军的话，还没人来。"

年轻男人默默地点了点头，似乎早就已经料到了。他看着老兵佝偻的身体，将近五十岁的身子已经撑不起那身军装了，肩上的双月单纹图案显得有些破旧。青年微微皱眉，问道："十九师不是都跟着皇上去云都了吗？你为什么没去？"

"将军，小的太老了，走不了那么远的路，活命的机会，就留给年轻人吧。"老兵低沉地叹了一声，"我十四岁开始当兵，从马夫开始，一直到守城门，已经守着帝都三十多年，不能因为这里被人攻打了，这里的百姓都逃跑了，我就也跟着走啊。只要城门还没倒，我就得在这儿待着。"

年轻人眉头一皱，一双眼睛深沉如海，眼内波光翻涌，好似有利剑在熔炉里煅烤。

老兵没有注意，仍旧絮絮叨叨地说着："再说，小的家人都在这一仗中死了，我一个人去云都也没什么意思，还不如留在这里，最起码还能找一找熟悉的人，看看有没有无人收殓的邻居们的尸首需要我帮着收殓。人啊，总是要入土为安啊！"

年轻人低下头，面色有些悲凉，在他的背后，是大片大片的焦土和废墟。曾经，那里矗立着全大陆最为繁华的建筑和人群，有世界上最雄伟的楼塔、最奢华的宫殿，现在它们已经沦为历史了。

"将军,"老兵抬起头来,紧张地搓着手,有点忐忑,见年轻人表情温和,终于还是不解地问道,"为什么那么多的世家藩王老爷,没一个派兵来帝都支援的?诸葛老爷、魏大人他们还回了自己的领地,帝国要分裂了吗?又要打仗了吗?燕世子什么时候会带着燕北军打过来啊?"

"不会有那么一天的!"平静的声音自年轻人口中缓缓吐出,却有强大的信心从他的话语中散发出来。年轻的男人面容坚韧,语调低沉,一个字一个字地说道:"帝国不会分裂,燕北军不会打过来,帝都不会毁灭。总有一天,离开的人都会回来,真煌城,会重现昔日之宏伟,往日之风采!"

老兵有些发愣,望着眼前的年轻人,这些日子听来的传闻突然间土崩瓦解。那一刻,他真的全心全意地相信了眼前这名年轻将军的话。老人眼里冒出希望的光芒,振奋地问:"真的吗?他们还会回来?那小的还能继续守城门吗?"

"你会的,"年轻人转过头来,轻轻一笑,露出雪白的牙齿,"我特许你一直守下去,哪怕到了一百岁,我也会派人每天抬你到城门前来。你若是还有子孙在世,我就特许你的后代子孙为我大夏皇朝守帝都之门,帝都不会亡,只要我还在世,绝不食言!"

说罢,年轻的将军翻遍全身,终于在衣兜里摸出一块被火烧黑了的银牌,上面刻着细致复杂的紫薇花,那是大夏的国花,在这刻看来,显得神圣且苍凉。

"这个,就当作信物。"

老兵大喜,转念却有些怀疑,他不解地望着年轻人,很聪明地换了一种委婉的问询方式:"请问将军是哪个师队的?小的能不能知道将军的尊姓大名?"

年轻人抬起头来,此时太阳已经升出了地平线,刚刚雾蒙蒙的天气顿时消失,漫天金光洒下。

"我是骁骑营参军统领,我叫赵彻。"

老兵顿时一惊,眼睛瞪得大大的。过了许久,老兵砰的一声跪在地上,使劲地磕头大叫:"小的有眼无珠,冲撞了七殿下,请殿下恕罪,饶了小的这一回。"

前面没有声音,老兵抬起头来,却只看见城楼的台阶上一个挺拔的背影。年轻的皇子手握佩剑,一步一步消失在城头,脊背挺拔,像是一棵足以撑开天地的树。

光华璀璨,霎时间晃花了老头的眼睛。他转头望去,只见自己面前,一块银质的牌子放在青砖地面上,紫薇花怒放,像是九月的暖阳!

百年之后,卞唐的腾渊阁史书对当年的记载只留下了这样一段话:大同行会复仇事件之后,赵氏皇族广发征召令,各大门阀返回领地,各地藩王无一响应。夏皇无奈,下令迁都。皇子赵彻守国门,皇子赵飐自请命追击燕北军,大夏一脉,就此露出疲态,已难以领袖庞大的国土和八方的诸侯势力。在我国仁圣武德明智睿敏皇太子的周旋下,卞唐一跃成为当世第一大国,西蒙大地的商业中心由北方开始转移。大夏商户人心不稳,大规模越过边境进入卞唐,仁圣武德明智睿敏皇太子之通天彻地之才、惊才绝艳之智、神乎其技之勇、光照天下之义堪称当世之表率、天地之翘楚、万民之大幸……

虽然后世的史学家都对后面关于李策皇太子的记载保持了高度的怀疑,认为燕洵造反根本跟他没什么关系。而且很多人十分坚决地认为，后面的话绝对是李策皇太子自己加上去的，因为前后墨迹的颜色完全不一样。如果说前面是令人观之赞叹的极品书法，那么后面的字迹，就连刚学写字的孩子看了都要汗颜。

但是这不能否认前面的真实性，大同行会复仇事件之后，偌大的大夏皇朝，真的走向衰败了。

就在真煌帝都面临着百年不遇的可怕劫难的时候，燕北在内陆的最后一支队伍，仍旧在邱平山一带徘徊。偌大的邱平山平原上，一队衣衫褴褛却眼神坚定的队伍正在静静地潜伏，像是一批饿狼一般，在原地蹲守，等待着最佳的出兵时机。

虽然各大门阀氏族没有援助帝都，却纷纷把目光聚集在燕北的叛军身上。直到此时，楚乔才对燕洵放弃西南镇府使稍稍有一丝释怀。燕氏一门被帝国斩首，燕洵本就和大夏皇朝有不共戴天的血仇，而大同行会则是大陆公认的造反头子，如此一来，背负背主叛国罪名的，就只有西南镇府使一方势力。

这支曾在真煌城被燕洵抛弃的队伍，霎时间成了全帝国的公敌，每个人都想充当铲除叛徒的英雄。一路上，楚乔等人遇到的奇袭，已经数不清有多少次了。

"姑娘，"贺萧小心地猫着腰跑过来，附在楚乔的耳边小声地说道，"探子营靠过来了，下命令吧！"

楚乔低着头，平静地说道："再等一等。"

"姑娘，已经不到二百步了。"

"再等一等。"

"再等下去我们的潜伏就失去意义了。"

"时候还没到。"

贺萧还要再说，远处的战壕里突然竖起一面红白相间的军旗，楚乔眉梢一挑，厉声喝道："动手！"

刹那间，呼声震天，万千刀锋猛地冲出战壕，仓促逼近的军队斥候们顿时陷入了一片可怕的围攻之中。

又是一场毫无悬念的绝杀。楚乔精准的计算、准确的时机契合、完美的布局阵势，将贸然踏进包围圈的敌人冲杀得四分五裂。不出半个时辰，战事就已经结束。来不及除掉四面八方逃散的敌军，楚乔战旗一挥，带着仅剩的四千西南镇府使官兵，全力扑向最大的一支征讨大军！

经过了四天有如丧家之犬般的躲避和逃亡，亲手毁灭了大夏都城的西南镇府使官兵们，终于放开手脚，厉声长吼于邱平山平原的大地上！

天空中正下着淅淅沥沥的小雨。楚乔抹了一把脸上的雨水，一张小脸苍白瘦削，她坐在马背上，唰的一声将宝剑还入剑鞘，语调坚定地说道："战士们，我们撤军。"

人群中登时一阵慌乱。一个晚上巨大的胜利，让这些被人连续追着打了四天的将士大呼过瘾，想要一雪前耻报仇雪恨的想法已经深入每个人心中。战机一瞬即逝，在这样的大好时机撤军,在所有人的眼里,都是不明智的。但是对眼前这个女子的感激和敬畏,让他们没有说出来,只是那些眼神,已经明显露出了不赞同。

"我知道你们在想什么。"少女清了清嗓子,高声说道,"帝国动荡,八方势力蠢蠢欲动,正是好男儿开创天下的大好时机。我们气势如虹,刀锋凌厉,不该在这样的大好时机放弃唾手可得的战局。但是,事情真的是我们眼前看到的这样吗?不,不是!帝国还有大批的世家部族,还有大量的镇守藩王,还有大股的忠心军队。他们也许暂时没有过来保卫国家,但那只是现在,一旦我们打败赵氏的武装势力,我们就会成为整个大夏的公敌。我们弹尽粮绝,没有替换衣服,没有备用军马,没有药品食物,我们以战养战烧杀抢掠能坚持多久?一旦我们露出疲态,敌人就会像疯狗一样咬上来,再凶猛的狮子在疲累的时候也斗不过一群恶犬,我们够了,我们累了,我们该回去了。"

人群中突然有人小声地呜咽起来,有人似乎是害怕得到肯定的答案一样,低声说:"殿下已经放弃我们了。"

"对,姑娘,我们无家可归了。"

"我们是帝国的叛徒,是燕北的弃儿,我们该到哪里去?"

"不要相信无聊荒谬的流言!"楚乔厉喝一声,面色严肃地沉声说道,"那些都是离间我们燕北的阴谋,殿下没有抛弃你们,燕北的王永远也不会抛弃自己的子民!"

"可是,殿下没有带走我们,将我们丢在了包围圈里,我们每个人都看得清清楚楚。"

"不!殿下没有丢下你们不管,他派了我前来营救你们。"

"殿下只派一个人来救我们?"

楚乔眉梢一扬,斩钉截铁地说道:"但是我做到了,我救出了你们,殿下相信我能办到,于是委托于我,毫无疑问!"

全场鸦雀无声,尽管事情有些难以理解,却是事实。这个娇小的女孩子,以一人之力救了西南镇府使四千官兵,并带着他们粉碎了敌人的包围和堵截,冲出重围,逃出升天。

"战士们,不要再犹豫。现在,让我们掩埋战友们的尸首,然后带着他们的梦想,离开此地。你们抛洒热血,护卫家园,历史会记住你们的忠诚。现在,请跟我回去吧!"

楚乔沉声说完,突然低下头去,对着四千官兵深深鞠躬。一头秀发从两侧滑下,像是两道优美的瀑布。

众人沉默而立,三秒钟之后,所有人单膝下跪,齐声高呼:"愿意追随姑娘!"

那一天,邱平山平原上的血腥味道传了很远,将士们的低喝像是草原上咆哮的狂风。他们也许并不知道,这支刚刚被他们消灭的军队,并不是追击西南镇府使的征讨大军,而是赵飏联合十一家西北氏族,组成的偷袭燕北后方的复仇军。他们做好了万全的准备,准备了充足的粮草,征调了大批运粮民夫,详细研究了燕北的地形,找来了最优秀的向导,甚至连当地的探子,都已经准备好了,就等着大军的主力一到,战事就开始。趁着燕洵还没有回到燕北站稳脚跟,此战当有七成的胜算。

然而,所有的一切都因为楚乔的出现无功而返。当赵飏听到这个消息的时候,年轻的皇子久久没有说话。他想起了那个烈火熊熊的晚上,那个站在城楼上的身影,纤细却挺拔,像是一根顽强的旗杆。

"殿下,杀进燕北已然没有希望,要不要除掉这支偷袭的兵马?"

赵飏低着头,想了许久,终于平静地说道:"大鱼都没了,还要小虾米干什么?"年轻的皇子一下站起身来,"回云都!"

此时此刻,在西马凉的别崖坡上,静静矗立着一座营地,主帐营门前,有一面漆黑的铁鹰军旗。

羽姑娘撩开营帐的帘子走了进去,还没说话,就听里面传来男人烦躁的声音,"我不是告诉你不要再进来了吗?"

羽姑娘一愣,停住脚步,随即轻声说道:"少主,是我。"

燕洵顿时回过身来,见到羽姑娘连忙上前两步,沉声说道:"原来是姑娘,燕洵失礼了。"

"少主客气了。"羽姑娘淡淡一笑,"阿精刚刚来过?"

燕洵点了点头,没有说话,样子颇为烦闷。

"殿下,已经十天了,我们应该走了。"

羽姑娘说道:"燕北现在一片混乱,得知少主要回去,各方势力都在相互倾轧,我们已经耽误很多时间了。"

燕洵无奈地叹了一声,"我都明白。"

"少主自然是明白的,你也应该会明白,若是再晚上几天会有怎样的后果。但是你做不到,少主,你变得不像我认识的你了。我想,就算是楚乔在这里,也不会愿意看到你这样不顾大局的做法。就算没有你在这里接应,以她的能力,也一定会安然回到燕北。"

燕洵缓缓抬起头来,声音低沉,喃喃说道:"你说的我全知道,我只是有些担心,害怕她来了,见我没在这里等着她,会失望。"

"什么?"羽姑娘顿时一愣,他固执地领着全军在这个风险之地等待西南镇府使,不是害怕她会有危险,只是害怕她看不到自己会感到失望?

"说出来很好笑吧。"燕洵自嘲一笑,摇了摇头,"只要是人,难免会犯傻一次,我也未能免俗。我这一次骗了她,抛弃了西南镇府使的官兵,她嘴上虽然不说,心里一定生我的气,我只是想要亲自向她解释清楚。"

羽姑娘眉梢一扬,"可是……"

"我明白。"燕洵打断她的话,"过了今晚,若是她还没有到,我们就离开。"

羽姑娘叹了一声,点了点头,"既然如此,属下就先下去了。"

燕洵走上前来,"我送你。"

刚走出营门,一阵锐利的剑锋陡然从侧面袭来,速度之快犹如闪电,一声厉喝好似惊雷般在耳边炸起!燕洵的反应雾时间好似豹子,在第一时间灵敏地感觉到杀机的到来,他动作如行云流水,陡然暴起,手掌迅捷抽出腰间短刀,一刀架住迎面而来的剑锋,身体向侧一弯,妙到巅峰地躲过了迅猛绝伦的必杀一击!

"保护殿下!"羽姑娘冷静地高呼一声,左右的侍卫已经同时抢身上前,一阵噼里啪啦的厮打之下，很快就将刺客拿下！

燕洵站在人群之中，皱眉看着面前的男子，眉头紧锁，沉声说道："我说过，不要再有第三次！"

男人不过二十岁左右，面容俊朗，曾经的阳光朝气已经不见，全化作冷厉的肃杀之气。他冷冷地看着燕洵，沉声说道："背主叛国者，人人得而诛之！"

"顽固不化！"燕洵冷哼一声，"赵嵩，这是最后一次，看在你我当年的情分，我最后一次放过你。他日你我相见，我必不会再手下留情！"

赵嵩冷笑，"燕洵，我还当你的心真的是铁石做的，你在帝都杀了那么多人，怎么独独对我下不了手？不过你今日不杀我，将来绝对后悔莫及！"

燕洵转过身去，看也不再看他，"放他走。"

"淳儿呢？她在哪里？"

"我说了赵淳儿不在我这儿。"

赵嵩大怒，"你撒谎！"

燕洵面容冷厉，"我没必要带走一名已经失了势的大夏公主。"

赵嵩皱着眉，似乎也知道赵淳儿不在燕洵这里。他抬起头来，看向燕洵，沉声说道："燕洵，从今往后，你我八年相交，再无半分情义，他日相见，我仍旧会取你性命，你也不必再对我手下留情。你放了我三次，若是有朝一日我能杀了你，必会自刎，将这一条命还给你，但是帝都的累累血仇，十万帝都百姓横尸街头，这一笔账，我们必须清算！"

燕洵没有说话，他的长袍被西马凉的风吹得猎猎翻飞，像是一只飞起来的大鸟，脸上的表情很平静，波澜不惊，却只有一双眼睛，黑得好像大海一般。

"还有阿楚，"赵嵩的声音突然又低沉几分。他缓步上前一点，低声说道，"我有几句话，你帮我带给她。"

士兵们见他上前，人人手按刀柄，严阵以待。然而燕洵听到此话，却微微侧身，甚至还轻轻地上前一步。

"你告诉她，我……"

就在这时，一声闷响突然传来，巨大的疼痛登时从胸前传来。只见赵嵩猛地一扑，手中的匕首狠狠地插在了燕洵的胸膛之上！

"殿下！"

"少主！"

"杀刺客！"

赵嵩面色冷酷，一把拔出匕首，再次重重挥下，直奔燕洵心口！

远处，其他侍卫离得尚远。燕洵手握短刀，脚尖一点，急速退后一步，可惜胸前伤口流血太快，他脚下无力，竟然让赵嵩瞬间追上了半个身位。

说时迟，那时快，眼看赵嵩的匕首就要狠狠刺入燕洵的心脏，男人手中的短刀顿时上扬，只要一个横拉，就可以割断赵嵩的咽喉。刹那间，过往所有的一切在眼前回放，那些艰难的岁月，坎坷的往昔，身处在绝境中的少年和皇家的天之骄子。电光石火间，燕洵手腕一偏，短刀的刀锋登时划过赵嵩拿着匕首的手臂，从肩部狠狠地斩下！

　　啪的一声脆响，匕首顿时落地，连同着漫天喷涌的血雾和一条活生生的手臂！

　　"啊！"刺耳的惨叫声顿时响起，赵嵩整个人倒在地上，身躯蜷缩，抱着断臂处挣扎惨叫！

　　燕洵也倒在地上，胸前伤口处涌出大量的鲜血。侍卫们手忙脚乱地冲上前去，羽姑娘面容凌厉，正要说话，只听一声哭泣从粮草车里传了出来，穿了一身宽大军装的小兵大哭着跑上前来，赫然正是一路尾随燕北军而来的大夏公主——赵淳儿！

　　羽姑娘面色一沉，厉声说道："马上请大夫来，来人啊，将他们两个给我砍了！"

　　"慢着！"低沉的嗓音艰难地说道，燕洵眉头紧锁，脸色苍白，奄奄一息，一字一顿地缓缓吐出，"放他们走！"

　　众人一愣，阿精叫道："殿下！"

　　"我说……放他们走！"

　　阿精还要再说，羽姑娘却及时地拦住了他。她低下头，对燕洵说道："少主，我会安排人送他们回真煌城去。"

　　燕洵缓缓点了点头，随即脑袋一歪，昏了过去。

　　"殿下！"阿精大叫一声，转身就提起战刀向赵嵩走去。

　　羽姑娘一把拉住他，沉声说道，"你想让我对殿下失信吗？"

　　阿精一愣，委屈地叫道："姑娘？"

　　"来人啊，准备车马，挑十个人，送他们两个回去。给他治伤，别让他在路上死了。"

　　侍卫们心不甘情不愿地下去准备。赵淳儿抱着满身鲜血已然昏迷的赵嵩，一脸惊悚茫然。这个单薄的少女，似乎已经被吓傻了。

　　羽姑娘跟随众人走进大帐，不再去看外面的两人，走到燕洵的床榻旁，只见男人眉心紧锁，面色惨白，情况已十分危险。

　　军医被迅速请来，年迈的老者看了一会儿，抬起头来，看了眼场中的众人，最后停在羽姑娘的脸上，沉声说道："刺伤了肺，伤口很深，老夫没有把握。"

　　羽姑娘看着老人，斩钉截铁地说道："少主一定不能有事，先生必须有把握。"

　　老人眉头紧皱，想了半晌，终于叹了一声，"老夫尽力吧。"

　　西马凉前往柳河郡的官署驿道上，一队人马正在安静地等候着。天边月光惨淡，一片萧索，月光斑白，照在下面这队人马身上。足足有上万人的队伍一片安静，没有半点声音，每一个都眺望着东边的官道，似乎在等待着什么。

　　羽姑娘刚进大帐，里面的几个男人顿时起身，女子眉头紧锁，语调却一如既往地平静，"有消息传回来吗？"

　　"还没有，"一名一身儒生青衫的男子站起身来，面容疏朗，略显瘦削，面色稍稍有些暗黄，说道，"姑娘不必担心，乌先生既然让我们在这里等着，想必不会出什么问题。"

　　"我不是担心有伏兵，"女子面色有些苍白，眼眶有着明显的黑圈，显然很久没有好好休息。她一边揉着太阳穴一边坐在左首的一角，沉声说道："这方圆三十里之内都有我们的斥候探马。我是担心少主的伤势，好在道崖来得及时，不然真不知那几个庸医有什么用！"

其他几人同样满脸阴云。燕洵身负重伤，却坚持不肯离开西马凉。队伍走了一半，昏迷中的病人醒了过来，强行下车上马跑回了别崖坡。这个铁血的主子这样固执和任性，在座的诸人还是第一次见到。这个时候，没有人不心下忐忑，连说话的兴致都没有了。

羽姑娘叹了一声，对着青衫男子说道："孔孺，道崖带来多少人马，可安置妥当了？"

"带来三千接应人马，其实你们现在已经进入了燕北的管辖之地。前面柳河郡的郡守，是我们大同行会的西南钱粮使孟先生。"

羽姑娘眉梢一挑，疑惑道："孟先生不是郡守府的私塾先生吗？什么时候做了郡守？"

孔孺笑道："柳河郡是小郡，难怪姑娘不知道。真煌城派来的上一任燕北总长是个贪得无厌的家伙，刚上任就卖官鬻爵。先生花了大价钱，买下了帝都前往燕北一路上各个郡县的官职，为的，就是今天。"

"姑娘！"门外突然传来一阵急促的脚步声。羽姑娘急忙上前一步，一把拉开大帐的帘子。边仓气喘吁吁地跳下马背说道，"先生说让我们原地驻扎，等他和殿下回来。"

羽姑娘眉头一皱，还是点了点头道："你带二百人马赶回去，若是有事，速速回报。"

"是！"

边仓刚要走，羽姑娘突然想起一事，连忙叫道："边仓，阿精安排谁护送大夏的十三皇子回去？"

此言一出，身后诸人面色登时都不好看，就连守门的侍卫也露出几丝气愤之色。这些大同行会的会员，都是出身于贫贱之家，有没落的氏族、有低下的平民，更有大部分是地位下贱的奴隶。大夏等级制度森严，常年施行暴政，百姓和朝廷离心离德，这些生活在底层的人更是对大夏满心怨恨。如今大夏的皇子重伤自己的主人，却安然离去，整座军营无人不心生怨愤。

边仓哪会不知此言不宜在此时提起，故意不太在意地说道："我也不太清楚，还是等阿精回来姑娘再细问吧。"

谁知羽姑娘眉梢一扬，声音凌厉地说道："废话！我若是能等到他回来还用问你？"

边仓老脸一红，紧张地搓了搓手。在大同行会最负盛名的领袖面前，他还是不敢太过马虎大意，只好喃喃说道："阿精好像是点了十二营的十个人。"

羽姑娘继续追问道："是阿精亲自点的？"

"啊？"边仓一愣，随即含糊道，"是，是吧。"

"到底是还是不是？"

"是，"边仓立即说道，"是他亲自点的。"

羽姑娘长吁一口气，放心地说道："这样就好。"

"姑娘，那我就先走了？"

"去吧。"

马蹄声起，边仓快马离开了主帐，随即来到军营旁，点了两个小分队，向着西马凉的别崖坡而去。

月凉如水，空气越发冷寂。很多时候，改变历史的，就是那么一句小小的谎言，说的人没有在意，听的人也没往心里去。那些小事在诸多惊天动地的事情面前好像是扔进大河里的一粒泥沙，没有人会去注意。可是在无人理会的角落里，那粒小小的泥沙却神迹般流进了阻挡洪水前行的闸门之中，成为压垮闸门的最后一粒沙，于是，门户被毁，洪水滔天而来，人们面对灾难惊慌失措，大骂天道不公，却不知道，灾难，正是在自己的手中生根发芽的。

边仓不知道，那一晚，阿精并没有亲自点选人马护送赵嵩，他被燕洵遇刺的事情惊慌了手脚，慌乱中将这个不起眼的任务交给了自己的部下。他的部下是一名武夫，武艺超群，耍得动二百斤的大刀，这个身手了得的汉子深以为阿精护卫长将这个不起眼的任务交给自己，是侮辱了自己的能力，所以他大手一挥，高呼道：谁爱去谁去吧！

于是，那些半生被压迫、家人惨死在帝国屠刀之下和大夏皇朝仇深似海的战士，争先恐后地争夺起这个任务来。

最后，十个呼声最高、态度最坚决、眼神最顽强的战士得此殊荣，担任起了这个"伟大"的任务，一路护送赵嵩和赵淳儿回到真煌帝都。

很多时候，我们不得不感叹于历史的偶然性。我们假设地想，若是当日阿精护卫长没有随便将此事委派给这样一个武夫，而是交给一个处事妥当的文官，或者若是这个武夫没有全民征集一样挑选这批送人的武士，哪怕是随便指派一个小队，再或者若是羽姑娘能够多问一句，边仓能够认真地回答一句，事情的结果也许就不会是今天这样。

但是，我们又不得不感叹于历史的必然性。当时燕洵受伤，阿精作为燕洵的贴身安全护卫长自然责任难脱，他根本没有心思去处理这样的烦琐事宜。而他的部下，全部是保护燕洵安全的强悍武士，脑子好用的本就不多。而乌道崖的突然到来，更让羽姑娘和边仓失去了原本的警惕。

于是，一个不可避免的结果在西南大地上缓缓地生了根，历史从这一刻发生了巨大的改变，好像是一条大河陡然拐了一个弯，就此走向了另外一个方向。很多本该牵起的双手，很多本该并列起的双肩，很多本该结起的秀发，就此失去了相伴的机会和理由。直到很久之后，岁月呼啸，年华流水，沧桑的双眼再一次相对，他们才体会到了"世事弄人"这四个字的深刻含义。

第十八章
世事弄人

"少主,"乌道崖缓缓走上山坡,一身青色披风,眉目疏朗,鬓角如霜,脚步仍旧十分沉稳,声音有些沙哑地说道,"这里风大,回帐篷里等吧。"

"不用,"一个低沉的声音缓缓响起,好像是冷风吹过林子,带着那么浓厚的疲累和沉重。天气不算冷,可是燕洵还是穿了一身白色皮毛的大裘,白貂的尾巴簇拥在他的脖颈上,越发显得面孔苍白如纸,毫无血色。他靠在一张担架改成的躺椅上,腿上还盖着厚厚的白色缎被,轻声地叹气,"让我好好吹一吹燕北的风,已经很多年了。"

他的话没有说完,可是乌道崖知道他这句很多年是指的什么。乌先生点了点头,附和道:"是啊,很多年了。"

燕洵突然低声笑道:"当初在帝都的时候,我总是跟阿楚说,燕北的风是甜的,因为有回回山上雪莲花的味道。可是现在,我闻不到了,她若是来了,一定会怪我骗她。"

睿智的大同军师低沉地叹息,"少主记忆中的风是甜的,可是现在的燕北,已经不是少主记忆中的燕北了。"

"是啊,曾经的人都不在了。"燕洵目光深沉,望着前方大片浓墨般的黑暗,冷风从遥远的驿道上吹来,吹乱了燕洵额前的黑发。

"我记得,离开燕北那年,我才只有九岁。那时候帝都下令,各地方的镇守藩王都要向京中送质子,可是藩王们无一响应,景王爷更是公开反驳皇帝的政令。有一天,皇帝派人给父亲送来了一封信,父亲看完之后沉默了很久,然后跟我们兄弟几个说:'你们几个当中,谁想去帝都,只去一年,回来之后,就是我们燕北的世子。'我们没人想去,也没人想当世子。大哥那时年长,已经懂事,就问父亲:'父亲和皇帝不是兄弟吗?为什么皇帝还要防范你?'父亲沉默了许久,才沉声说道:'正因为是兄弟,我若是不拥护他,谁来拥护他?'那一天,我就决定要去帝都了,他是我的父亲,我不拥护他,谁来拥护他?"

燕洵突然轻轻一笑,笑容苦涩,眼神温和如水,却透着刻骨的沧桑,看起来不像是一个二十多岁的年轻人,好像是已经经历了几十年岁月轮转的老人。

"帝都之行,祸福难料,大哥和三哥都抢着要去,但是因为他们都有官职在身,最后父亲还是选择了我。临走的那一天,他们一直跟在我的车马之后,一直送到了坠马岭、柳河郡、西马凉，最后，就是站在这别崖坡上。父亲和大哥、二姐、三哥一起站着，后面跟着大批的燕北战士，天空中飘荡着父亲的黄金狮子旗。我远远地回过头去，还能看到二姐在偷偷地抹眼泪，听到三哥粗着嗓子大喊着让我小心。大哥说帝都比燕北还冷，亲手给我做了一个暖手炉子，我一直用了五年，最后还是在父亲他们噩耗传来的那一天，被真煌城的官员们打碎了。"

燕洵冷笑一声，语气冷漠，"别崖坡、别崖坡，果然真的应了这两个字，当日一别，遂成海角天涯。先生，"燕洵转过头来，淡淡轻笑，"大同派你过来，是怕我会处置西南镇府使的那些官兵吧。"

乌道崖一愣，没想到燕洵话题一转会说起这件事，他微微一笑，摇头说道："没有，少主多心了。"

"呵呵，你可真不老实。"燕洵笑道，"你一定是奉命来阻止我的，来了之后突然听说带领西南镇府使的人是阿楚，于是就没了这份担心，索性不再说了，以免得罪我，对吧？"

没等乌道崖回答，燕洵径直说道："西南镇府使，我的确存了杀他们之心。当初留他们在帝都，除了想让他们和帝都的武装力量对抗之外，也希望他们被人消灭不再留在世上碍眼。可是阿楚救了他们，并且万里迢迢带他们回来，哼，算他们命好。"

乌道崖闻言面色一喜，笑道："少主胸怀宽广，仁慈宽厚，能得少主领袖，是燕北之福。"

"少跟我来这套虚的，你明知我恨西南镇府使恨得牙根发痒，只是迫于无奈罢了，若是我将阿楚万里迢迢带回来的兵马连锅端了，阿楚会操刀跟我拼命的。"

想起那个单薄瘦弱却顽固倔强的小姑娘，乌道崖不由得一笑，干咳两声，缓缓说道："这个，以小乔的个性，很有可能。"

"可是，如此一来，就没办法跟地底下的燕北亡魂们交代了。"

这话的语气极轻，好像一阵风一样，可是乌道崖脸上的微笑顿时冻结。在这句平淡的话里，他仿佛听到了刻骨的痛恨，嗅到了浓烈的血腥之气。乌道崖连忙说道："少主，虽然当年西南镇府使有投敌之嫌，但是如今营中老兵大多已不在，而且……"

"投身到这样一座军营之中，本身就是对燕北不忠！"年轻的王者面容冷厉，语气铿锵地说道，"当年西南镇府使阵前倒戈，投靠大夏，使得父亲兵败如山倒。虽然事后这些人大多死在大同行会的刺杀复仇之中，但是在这样一面臭名昭著的战旗下，还有人愿意应征入伍，本身就是对燕北血统的亵渎，是对燕氏一脉的背叛。"

凛冽的风突然吹起，头顶的鹰旗在黑夜里猎猎翻飞。年轻的燕洵面容冷然，声音低沉，缓缓说道："叛逆是最大的罪行，绝对不可饶恕！也许大夏苛政如虎，也许他们是别无选择，但是我必须让燕北的百姓们知道，无论出于什么样的原因，背叛只有死路一条。无论出于什么立场、什么理由，也不会得到老天的宽恕！如果我今天宽恕西南镇府使，那么明天就会有第二个、第三个、第四个、第一百个一千个西南镇府使，那时候的燕北，必当重蹈当日之覆辙，再一次沦入血海之中。现在，既然他们能从那座死牢里逃出来，就要为自己的所作所为付出代价，回来之后，派他们去西北前线戍边吧，全部编入前锋营去。"

乌道崖眉心紧锁，西北前线的前锋营？那里，是燕北对于死刑犯的另一种斩首方式，因为燕北人丁不旺，又常年受到犬戎人的袭扰，是以在燕北犯了大罪的罪犯都被编往敢死队中和犬戎人对抗。没有补给，没有支援，甚至没有武器装备，死亡，在这种时候，似乎已经成了唯一的出路。

"小乔不会答应的。"

"她不会知道的。"男人斩钉截铁地说道，"阿楚虽然表面坚强，实际却是个内心善良的人，哪怕对敌人，也从不滥杀。这种事，还是不要让她卷进来，想必，知情的人，也不会去打扰她。"

这句话，是说给他听的。乌道崖无声地叹息，却终于不再试图挽回什么，远处突然传来一阵脚步声。阿精走上前来，半弓着身子，小声地说道："殿下，该吃药了。"

燕洵接过药碗，仰头一饮而尽，黑色的药汁自唇角流了下来，男人用白绢拭去，语调低沉地说道："乌先生，不要总是想着百姓的拥护和想法，若论民望，十个大夏皇朝也比不上一个大同行会。可是大同行会在西蒙大陆上游荡几百年，仍旧只是一个派系组织不是政权势力。归根到底，大夏之所以能统治红川这块土地，靠的不是民意和选票，而是他们手中的刀。"

"属下明白。"

燕洵嘴角一扬，轻笑道："你真的明白吗？"

乌道崖不想再谈，转移话题问道："少主，天快亮了，若是姑娘还不来，我们就要……"

"我就要跟你们去柳河郡治伤，你都说一百遍了。"燕洵不耐烦地皱起眉头，随即转过脸去，看着黑漆漆的驿道，"她一定会来的！"

正如燕洵所说，此时的西南镇府使，已经离西马凉不到百里，战士们骑在马背上，连夜赶路，一路急行！

三更时分，夜幕越发深沉，大军停驻在白石山脚。为了谨慎，楚乔派出三十名斥候，前往西马凉查探消息联络燕北军。四千多名官兵原地而坐，点起篝火，吃着干粮，静静等候。

前几天一直在下雨，草地很湿。贺萧拿着一块皮毛毡子走上来，有些局促地递到楚乔面前，讷讷地说："姑娘，垫着坐，地上凉。"

"谢谢。"楚乔接了过来，对着这位年轻的军官展颜一笑，"贺将军，吃饭了吗？"

贺萧坐了下来，有些烦闷地说道："哪里吃得下。"

少女眉梢一扬，"怎么？贺将军有心事吗？"

贺萧想了许久，终于鼓足勇气沉声说道："姑娘，殿下真的会原谅我们吗？燕北，真的容得下西南镇府使吗？"

"贺将军，你不相信我吗？"

贺萧急忙摇了摇头，"姑娘对我军有大恩，没有你，我们这些人早已不在人世，我怎能怀疑你。"

"那就相信我，我说过会保住西南镇府使的士兵们，就不会食言。我也相信，燕世子绝对会既往不咎，宽恕你们犯下的过错。"少女面色郑重，眼神坚定地说道，"燕北正当大难，我们需要团结一心，才能抵抗住外面的风雨。"

"姑娘……"

"贺将军，每个人都有解不开的心结，难免会做出一些疯狂的举动。当年西南镇府使背叛燕北，后来你们被迫加入了西南镇府使的军营，你们和那些背叛者在同一面战旗下服过役，这就是你们的耻辱。被人误解，被人欺凌，只是因为你们自己不够强大，没有让人尊重的理由。但是现在已经不一样了，你们杀出真煌帝都，纵横西北大陆无人能挡，你们已经是一支铁军，你们为燕北的独立贡献了生命和血汗。贺将军，人，要先看得起自己，才能得到别人的尊重，不管燕北的官员、大同行会的统领们，还有世子殿下怎么想，你首先要对自己的未来存有希望。你是他们的首领，只有你先站起来，才能带领你的战士站起来啊！"

贺萧面孔涨红，突然扑通一声跪在地上，大声说道："姑娘！我们商量过了，只有你来做我们的首领，我们才能安心地回到燕北。"

楚乔一愣，连忙起身，"你这是干什么？赶快起来！"

"姑娘！你就答应吧！"

话音刚落，无数个声音纷纷在后面附和了起来。楚乔抬头一看，只见不远处的战士们都站起身来，这些经历了无数生死都毫无惧色的男人，却在将要回到家中的时候踟蹰了起来。他们脸孔黝黑，衣衫染血，手握着战刀，双眼殷切地望着娇小的女子，无声的眼神里，满是巨大的期盼和希望。

"姑娘，您才华出众，侠肝义胆，不顾生死救了我们大家，让我们臣服于你，我们心服口服。而且，也只有在您的战旗之下，我们才能保住性命，请你不要再推辞了！"

"姑娘！不要再推辞了！"

巨大的声音突然轰鸣响起，所有的战士齐齐跪在地上，大声疾呼，男人们钢铁般的膝盖撞击在山石上，像是隆隆的战鼓！

楚乔站在巨石上，山顶的风像是凌厉的刀子，刮过树林，吹在她单薄的肩膀上。看着这些充满热情和希望的眼睛，楚乔终于缓缓摇了摇头，沉声说道："对不起，我不能答应。"

"姑娘！"

"为什么？"

嘈杂的叫喊声顿时响起。楚乔手掌一伸，示意众人安静，终于沉声说道："但是，我可以我的性命保证，西南镇府使的官兵们，绝对会得到和你们功绩所匹配的待遇。军人的天职就是绝对服从，哪怕有一天燕北大将屠刀悬在我的头顶，你们也要毫不犹豫地将战刀挥下，这样，你们才配做一个真正的军人。"

天地间一片萧索，有冷寂的月光从苍穹射下来，少女的衣衫在夜风中猎猎飞舞，像是翻卷的翅膀，她一字一顿地沉声说道："我不答应你们，只是想让你们知道一个事实，燕北只有一个首领，你们也只能忠于一个人，那个人，就是燕北世子。"

孤月如银，女子的身影显得飘逸如仙，士兵们呆呆仰望着。这一刻，那个小小的身影好像拥有了神祇一般的力量。

"姑娘，那你呢？"

"我？我会和你们一起战斗，我也有自己的愿望和理想。"

"那姑娘的理想是什么？"

楚乔嘴角微微牵起，带着满足和充满希望的微笑，"在我有生之年，得见他君临天下。"

夜凉如水，漆黑的白石山上有跌宕的风穿过重重山林，向着遥远的北方呼啸而去。那些坚定的信念、执着的话语，在风中破碎龟裂，散落在无边的黑夜之中。

燕北的草原，我终于就要来了。

"姑娘！"

一声疾呼突然传来，只见一名斥候快马奔近，肩头染血，大声叫道："弟兄们在前面遇袭！"

"遇袭？"贺萧腾一下站起身来，大声问道，"什么人？对方有多少兵马？"

"只有七个人，来历不明，弟兄们还没开口问，那些人就操着家伙冲了上来。"

楚乔站起身来，沉声说道："走，去看看！"

西南镇府使的将士们翻身上马，跟上前方的女子，轰然奔去。

三十人对抗七人，刚一交手就已注定了胜负之说。楚乔等人赶到的时候，西南镇府使的斥候已经将那七人拿下，因为不清楚对方的身份，没有痛下杀手，只是众人都衣衫染血，一片狼狈。

楚乔打眼一看，就觉得眼熟，还没说话，其中一个男人顿时惊喜地大叫道："是楚姑娘！"

少女眉头一皱，"你认识我？"

"我是阿精护卫长的部下宋乾啊！"

"你是阿精的部下？"楚乔恍然大悟，对其他人说道，"是自己人，一场误会。"

贺萧等人一惊，他们刚刚来到燕北，本就心下忐忑，刚来就和本地部队发生冲突，怎能不怕。连忙给宋乾等人松绑，哥俩好地上前套着近乎。

"你们这是干什么？怎么穿着便装，出任务吗？"

此言一出，几人顿时面色尴尬，宋乾想了半晌，尴尬一笑，"姑娘，我们是在出任务，你们赶快去西马凉吧，世子殿下一直在等你们，现在还没离开呢。"

话音刚落，众人顿时心下一喜，燕世子竟然冒着巨大的风险一直在等大家，难道他当时真的没想抛弃西南镇府使，派楚姑娘来接应的话都是真的？

楚乔脸上却没有半点喜悦的笑容，她皱眉看向宋乾等人，沉声说道："你们在出什么任务？"

"姑娘，是秘密任务。"宋乾掩饰道，"我们都不敢穿军服，这里人多口杂，不好说。"

"有什么不好说的？"少女眉头一皱，厉声说道，"世子做事向来不会隐瞒于我，如今和内陆开战，你们这样鬼鬼祟祟地向内陆赶路，究竟是出什么任务？"

她陡然发怒，将几人都吓住了。宋乾嘴唇颤抖，想了半晌，还是没能找到解释的借口。

"说！你们是不是帝都的探子！"

"我们不是啊！"

唰的一声，楚乔一把拔出腰间的宝剑，凤目冰寒，沉声说道："说！是不是？"

宋乾吓得一下跪在地上，大声说道："姑娘，我们不是，我们是奉护卫长大人的命令前往帝都护送十三皇子回去的。"

"十三皇子?"楚乔面色登时大变,"你说什么?他在哪里?"

"他在……他在……"

"在哪里?"长剑冰冷,一下架在宋乾的脖颈上,少女面色如铁,充满了暴风雨降临的冷酷。

"在……在那儿。"

楚乔面色冰冷,大步走上前去,贺萧等人连忙护在她身后。两名士兵一把扒开前面的草丛,一个黑洞洞的山洞顿时出现在眼前。拿过照明的火把,看清里面情形的那一刻,所有人顿时面容惨白。

楚乔站在洞口,手握着宝剑,眉心紧锁,胸脯剧烈地起伏着,有疯狂的杀意在她的眼里奔涌着,像是铺天盖地的海水,奔腾着将一切摧毁。

三名光着身子的燕北军人惊慌失措地看着楚乔等人,颤抖得好像一只筛子。在他们身后,女子的衣衫已经被撕得粉碎,手脚都被人绑住,脸孔高高地肿起,嘴角满是血丝,头发凌乱,像是一团杂草,身上到处是被揉捏啃噬的痕迹,下身一片狼藉。她整个人躺在那里,好像是一具已经死去的尸体,绝望的屈辱从那具身体里不断地传出,眼泪已经干涸,在眼角下滑出一道白亮的痕迹。

在洞穴的最里面,浑身上下血肉狼藉的独臂男人躺在一角,绑在手脚上的绳索满是血皮,一看就知道之前这个男人经过了怎样的挣扎。此刻,即便是在昏迷中,他的面孔仍旧狰狞狂怒,带着毁天灭地的绝望和激愤!

"你们三个,出来。"

楚乔的声音很沙哑,像是破碎的琴弦。周围的士兵们听了齐齐一愣,纷纷惊愕地向她望去。

少女很安静,手指指着里面的三个人,点了点头,"对,就是你们三个。"

三人像是受了惊吓的兔子,纷纷狼狈地抱着衣服跑了出来。西南镇府使的官兵们给他们让开一条路,好像他们身上有什么传染病一样,连看都不想多看一眼。

唰的一声,楚乔突然厉喝一声,使尽全身力气,一剑砍下一名士兵的脑袋。大股的鲜血顿时喷溅,颈项里的血好像是奔涌的河水,疯狂地喷涌!另外两名士兵一惊,拿起战刀就要反击。贺萧等人一把抽出腰间长刀,围了上去。

"贺萧,"楚乔踩着男人的尸体,大步走进洞中,阴冷地抛下一句话,"把这两个人给我乱刀砍死。"

"是!"

身后顿时传来剧烈的厮杀声。楚乔已经无力再去看了,她合上那些杂乱的野草,走进满是情欲味道的山洞之中,蹲在赵淳儿身边,将她扶起,试图将那些破碎的衣衫为她穿起来。

"姑娘!饶了我们吧!啊!"

一声惨叫传来,很快那两人又在痛苦地求饶,生死的刹那间,对死亡的恐惧让这些人失去了理智,他们疯狂地大叫道:"是殿下下的命令,我们只是遵命行事!"

"姑娘,饶了我们吧!"

"姑娘……"

一滴眼泪突然自赵淳儿的眼中滑下，顺着她白皙的肌肤，落在身上，流淌过那些恶心的痕迹。少女像是一个破碎的洋娃娃，眼泪一行一行地落了下来，她的脑袋一片空白，那些单纯的日子像是冬天的风，呼啸着从她的生命里离去，那些属于年少美好的日子，终于变成了一个无与伦比的笑话，极尽所能地嘲笑着她的愚蠢和卑微。她紧咬着嘴唇，眼泪大滴地落下，强行抑制着不让自己哭出声来。

楚乔的手，在外面的声音中渐渐变得僵硬。她低着头，却怎么也无法将那些破碎的布条穿在赵淳儿身上。她的眼睛睁得大大的，眼眶通红，脸色苍白得好像一张纸。她解下了自己的外袍，为她穿好，然后绕到她身后，为她梳理头发。

"你，还能站起来吗？"

楚乔站在赵淳儿面前，压低声音问。

赵淳儿终于有了一丝反应，她抬起头来，看向这个一身戎装的女子。楚乔伸出手，继续说："我带你出去，我，送你回家。"

突然，赵淳儿眼中猛然闪过一丝浓烈的仇恨，她一把抓起楚乔的手，然后张开嘴像是一只疯狂的野兽一样狠狠地咬下！

鲜血顿时顺着楚乔的手腕滑了下来，一滴一滴全部落在赵淳儿的衣衫上。疯狂的少女拼尽全力地咬着，死死不肯松口。楚乔抿紧嘴角，缓缓蹲下来，另一只手抱住赵淳儿的肩膀，眼泪潸然而下。少女的声音低沉且沙哑，"对不起，对不起。"

"呜……啊！"短暂的呜咽之后，赵淳儿终于撕心裂肺地放声大哭，昔日的天之骄女像是卑贱的野草，浑身上下都是贱民践踏过的伤痕。她抱着这个讨厌了整整八年的少女的背，伤心绝望地疯狂大哭，"为什么？为什么要这样对我？杀了你们！杀了你们！杀了你们！"

楚乔一动不动地被赵淳儿奋力地捶打着。她看着那个躺在血泊里的男人，看着他狰狞的脸孔、紧锁的浓眉，却怎么也无法将这个男人和记忆里穿着松绿色袍子的少年联系在一起。那么多破碎的画面在她脑海中飞掠而过，像是一场巨大的暴风雨，俊朗的男子笑眯眯地站在她面前，开心地大笑，"阿楚，我到了年纪，可以开衙建府娶王妃了！"

楚乔的眼泪终于再也忍不住，她捂住自己的嘴，再也无法控制地痛哭出声。

十三，十三，十三……

那天晚上从四更开始下雨，赵淳儿和赵嵩上了马车之后，楚乔来到空旷的草原上，身后是大批满身狰狞之色的西南镇府使官兵。宋乾等人面色惊慌，像是一只只猥琐的野狗。

"赵嵩的手臂，是谁砍的？"

"是殿下砍的。"

楚乔眉头一皱，厉喝道："说谎！"

"姑娘，我没有！"宋乾被吓得满脸泪水，大声叫道，"真的是殿下砍的，他来行刺殿下，被殿下砍了一只手。羽姑娘要杀了他们，殿下不让，就让我们护送他们回帝都。"

楚乔深吸一口气，沉声说道："殿下为什么不杀他们。"

"精护卫长说，说是怕姑娘生气。"宋乾刚一说完，生怕楚乔再提自己滥用私刑的事情，连忙说道，"但是，但是如果在路上动手，姑娘就不会知道了，就不会生气了。"

楚乔声音低沉，大雨浇在她的头发上，"这句话也是精护卫说的？"

"这个……是，是！"

贺萧见楚乔面色不好，顿时厉喝道："再敢胡说一句，老子砍了你们！"

"不必再说了，"楚乔仰起头来，沉声说道，"将他们拉下去，全部处死！"

"属下没有胡说啊！"宋乾哭道，"姑娘，你看看我们这些人，哪一个不是军中被夏人害得最惨的，我们的父母妻儿、兄弟姐妹，有多少不是死在大夏官吏手上，若不是想让我们动手，为什么要从各营抽调我们来？"

"对！"另一名士兵大喊道，"我们打他怎么了？我们就是睡了大夏的公主，又怎么了？我姐被大夏的贵族给糟蹋了，我爹妈去报官，却被当堂乱棍打死！我有什么错？"

"就是！姑娘，我们有什么错？为什么要处罚我们？"

"让我来告诉你们你们犯了什么错！"一道闪电突然炸开，天地间一片白亮。少女回过头来，指着那辆马车，一字一顿地缓缓说道，"因为杀了你们的父母的人，侮辱你们的姐姐的人，欺凌迫害你们的人，不是他们！"

巨大的惨叫声顿时响起。楚乔没有回头，只是静静地望着那辆马车，脚步沉重得好像坠了千斤巨石，无法上前一步。

"姑娘！"贺萧大步走上前来，抹了一把脸上的水，粗声粗气地说道，"已经把那些畜生宰了。"

"贺萧，你们自己去西马凉吧。"楚乔面色苍白，轻声说道，"我不能陪你们去了。"

"姑娘！"贺萧大吃一惊，大声叫道，"为什么？"

雷声轰隆，大雨滂沱，瓢泼的雨打在楚乔的脸上，遮住了不愿示人的泪水。

"因为，我有更重要的事情要做。"

朝阳升起，大雨停歇，天地间一片清爽，好似所有的污浊和罪恶都被雨水冲刷而去。

高高的别崖坡上，一名男子长身而立，一身白色长裳，面容苍白，眼神如墨，静静地望着远处的万水千山。

"少主，我们该走了。"

乌道崖站在燕洵身后，轻声说道。

燕洵没有说话，望着远方，冷风吹来，病弱的身体突然开始剧烈地咳嗽，声音那般沉重，空气间似乎都有血腥的咸味。

"少主？"

"嗯。"燕洵摆了摆手，缓缓地转过身来，拒绝了乌道崖想要搀扶的手，一边咳嗽着一边缓步走下山坡。

青山连绵起伏，在看不见的山梁后面，青布马车缓缓前行，高高的苍穹上，有雪白的鹰盘旋哀鸣，跟随着马车，渐渐离开了燕北的天空。

第十九章

前尘如梦

寂寞的荒原方圆百里杳无人烟，连年的战乱和杀戮，让这里已经是一片焦土，每逢大军过境，百姓更是四处逃散，寻觅其他的安居之所。只是，这跌宕的乱世，何处又是真正的世外桃源？

连续三日的大雨，滂沱不歇，北风呼号，大雨倾盆，马车行至一片破败的村庄，目之所见无处不是黑色的废墟。楚乔找了一间相对完整的屋子，背着仍旧昏迷的赵嵩走了进去，手脚利落地打扫好屋子，找来干净的干草，拾柴生火，不到半个时辰，屋子里就暖和了起来。

这块无人区是川中地带，当初楚乔带着西南镇府使正是从这里经过，还和赵飐的征讨大军在不远的地方进行过一次会战。显然，这里的百姓都是在那一战中被吓得逃跑了，除了粮食和衣物，什么都没来得及带走，锅碗厨具都还保存完好，水缸里甚至还有干净的清水，柴房里还有大捆过冬的柴火。

楚乔端着一碗热水，走到独自坐在屋子一角的赵淳儿身边，蹲下身子，将干粮和清水递给她。

昔日的金枝玉叶没有抬头，也没有嫌弃这样简陋的饭菜，她沉默着接过干粮，低头喝了口水，安静地一言不发。

这一路上，赵淳儿一直是这个样子。她出乎意料地没对楚乔表露出丝毫敌意，也没有明显地抗拒，她顺从听话，寡言少语，给吃便吃，让喝即喝。道路难行，她会下来跟楚乔一起在大雨中推车；没有干柴，她会同楚乔一样就着冷水吃难咽的粗粮；遇到浅河，她会下马涉水；遇到乱民，她会学着楚乔的样子，拿起刀子眼睛里闪动着饿狼一样的凶光。但是，她很少说话，除了赵嵩，她不再对外界的一切感兴趣。

楚乔知道，她并没有对自己感恩戴德，她也并不是被吓傻了。在那场屈辱的灾难中，这个少女以惊人的速度成长起来，有什么东西在无人察觉的角落里已经发生改变。楚乔甚至有些担忧地想，自己此时此刻的所为到底是不是一种变相的自取灭亡？

将干粮捏碎，倒在热水里，楚乔来到赵嵩身边，伸出两根手指撬开他的嘴，然后将食物强行灌了进去。

男人眉头紧锁，下巴上都是新长出来的胡楂。不同于燕洵和诸葛玥，曾经的赵嵩有一双干净清澈的眼睛，眉毛很粗，发起怒来像一只小狮子。然而短短几天时间，就将曾经阳光朝气的青年折磨得瘦骨嶙峋，脸色苍白得像是一张白纸。

看着他空荡荡的右臂、染血的衣衫，楚乔轻轻地转过头去，不忍再看。

"嗯……"

一阵低沉的轻哼突然响起，一直安静的赵淳儿猛然间像是一只小兽，腾一下蹿起身来，跟跄地抢身上前。

赵嵩眉头紧锁，脸上有痛苦的神色。楚乔紧张地半跪在他身边，激动地握住他的手，轻声地低唤："十三？十三？"

"傻……子……别去啊！"低沉破碎的声音从男人口中传出，他紧闭双眼，额头青筋迸现，面色痛苦，像是一只被困在牢笼里的野兽。

"十三哥！"赵淳儿扑在赵嵩身上，大声叫道，"十三哥，淳儿在这里，我哪里也不去！"

楚乔被赵淳儿挤到一旁，忍不住轻声说道："公主，不要碰到伤口。"

"让开！"少女猛地回过头来，面容严厉，满脸厌恶地冷冷看着她。

"别跟……他去……会……会死的……"

"十三哥，"赵淳儿面色凄凉，不住地点头，"淳儿知道了，你放心吧。"

赵嵩脸孔带着不正常的潮红，似乎正在发烧。楚乔站在一旁，却不知道该如何靠近这样一对兄妹。她想要回头去烧水，可是刚刚转过身子，却被一个沙哑的声音闪电般将脚步牢牢地钉在原地。

"我……我也可以……保护……你啊……阿楚……"

赵淳儿登时呆若木鸡，面色苍白，像是被鬼魅附身了一般转过头来看向楚乔，又转头去看了看昏迷中的赵嵩。突然间，她嘴角露出一丝难看的苦笑，回到铺满干草的角落里，抱着膝盖，将头深深地埋下去。

整个晚上，赵嵩都在说胡话，有的时候，是在大骂燕洵背信弃义，有的时候，是在疯狂地大叫淳儿快跑，而更多时候，是在苦苦地哀求楚乔，求她留下，求她别走。

这个在长街上划地为线，凌厉果断地要和自己恩断义绝的男人，将他所有的脆弱和柔软暴露在这个大雨的晚上，一字一句，都像是一把把刀子，在狠狠地凌迟着楚乔的心。

天色将明的时候，他却突然清醒了。楚乔整晚护在他身边，为他喂水敷面降温，见他醒来，楚乔惊喜地叫出声来，"你醒了？"

声音惊动了闭目睡觉的赵淳儿，少女睁开眼睛望过来，却并没有走过来。

赵嵩的眼神有些茫然，一时他甚至不知道自己身在何处。他看着楚乔，眼神从最初的惊喜，转变成疑惑，然后痛惜、怨恨、愤怒等情绪一一划过他的黑眸，最后皆被巨大的冷漠覆盖。那眼神那么冷，像是万古雪峰上的坚冰，让人脊背发寒。从他的眼神里，楚乔似乎再一次重温了他们这些年的友谊，从初识，到至交，最后，都在那座巍峨的宫墙之下土崩瓦解。

这一瞬间，楚乔顿时明白了一个早就明白却仍旧抱着一丝侥幸心理的事实，她和赵嵩，真的不可能再做朋友了。有些伤害已经形成，就如同他的断臂一样，无论自己怎样补救，都不可能让一切恢复原状。

"淳儿？"赵嵩转过头去，看向角落里的赵淳儿，声音沙哑，好像是生锈的锯条，他唯一的手臂，遥遥地伸向那个单薄的少女。

赵淳儿抿起嘴角，跪着爬了过来，眼眶发红，嘴唇发抖，却扯出一个比哭还难看的笑容，死死地握住了赵嵩的手。

外面大雨倾盆，屋子里火堆噼啪，这对劫后余生的兄妹相对无言，像是两尊雕像。万千不需表达的言语尽化作两道悲凉的眼神，在狭小的空间里交会。

"淳儿，"年轻的皇子再无当初的阳光和洒脱，他像是一个苍老的老人，紧紧地握住他妹妹的手，声音低沉地说，"哥哥对不住你。"

赵淳儿不说话，只是拼命地摇头，忍了一路的眼泪终于在这一刻潸然而下，随着她的动作凌乱地向两旁甩去。

楚乔缓缓站起身来，没有人看向她，也没有人注意她。在这种环境里，她的影子显得那么多余。今日的一切，她都有着不可推卸的责任，她是间接的刽子手，无可否认。

少女转过身，拿起地上的宝剑，顶着一块破败的席子，打开门走了出去。

大门咯吱一声关上，外面雨水瓢泼而下，冷风呼号，像是发疯的野兽横冲直撞。

顶着席子，她快速地跑到马棚里，黑色的战马看到她靠近，突然开心地打了一个响鼻，兴奋地甩着脑袋。

楚乔甩了甩身上的雨水，笑着走上前去，拍了拍马儿的脖子，淡淡一笑，说道："你还是欢迎我的，对吧？"

马儿也不知道能不能听懂她的话，见主人表示友好，只知道开心地摇头晃脑。

"我今晚只能来投靠你了。"

楚乔笑笑，靠着马儿坐了下来，那马儿紧贴着她，很是亲昵地用脖子上下蹭着她的手臂。

马背上的行囊里，砰的一声掉出一件东西来。楚乔捡起来一看，竟是一小壶烈酒。

她已经很多年不曾喝酒了，可是那天和西南镇府使分开的时候，她竟然鬼使神差地从贺萧那里拿了一壶酒。

外面的风雨越发大，天地间一片灰蒙，几乎看不到升起的朝阳。屋子里暖意融融，火堆仍在烧着，照着里面两个人的身影，投射在窗纸上，影影绰绰。

少女坐在马棚里，屈着一条腿，靠在马儿身上，一手拄着宝剑，一手拿起酒壶，仰头就喝了下去。

烈酒入喉，像是火烧一般辛辣，她突然开始剧烈地咳嗽，仿佛要将肺都咳出来一样。骏马被惊动，惊慌地向她望来。她一边咳，一边安慰地拍着它的脖子，边咳边笑，"没事……咳咳……我没事……"

她一边笑着，眼泪一边从眼角流了出来，像是一道蜿蜒的溪水，一滴一滴地落在她的面颊上，随着她剧烈的咳嗽不停地抖动着。

天地被大雨连成一线，丝毫没有半点放晴的意思，一切就像是一幅简笔画，漆黑的废墟上，少女的身影单薄且瘦削，竟是那般凄凉。

清晨，大雨终于停歇，阳光在大雾中露了一面，又迅速地隐藏了起来。喂好了马，楚乔来到门前,轻轻地敲了敲,声音有些哑,轻声地叫道:"你们醒了吗?该上路了。"

里面有窸窣的声响,楚乔退到一边静静地站着。一会儿,柴门咯吱一声打开了,赵淳儿站在门口,面色冷淡,口气却很平静,"十三哥叫你进去。"

楚乔点了点头,跟在赵淳儿身后就进了屋子。

赵嵩坐在稻草丛中,头发被赵淳儿梳得很利落,连胡子也刮了,整个人看起来清爽了许多。若不是那空荡荡的袖子,楚乔几乎以为一切只是一场噩梦。

"你走吧。"赵嵩目光冷冷地望过来,声音很平静,却带着拒人于千里之外的冷漠,"我不想再看到你。"

早就想到会这样,楚乔并不惊慌,只是平静地回答:"我要送你们回去,此去真煌路途甚远,我不放心你们自己走。"

赵嵩眉梢一扬,眼神刀子般在楚乔身上划过,"我们是生是死,与你何干?"

心口突然被人剜下一块肉般难过,楚乔深吸一口气,继续说道:"川中这里经过战乱,到处是流民盗寇,各大氏族藩王都在观望,各地的武装力量都在迅速扩充。这个时候,赵氏皇权已经不能威慑他们。在回到真煌之前,你们更不能表明身份。川西口的盗匪大堆聚集,在河套一带流窜,你们……"

"够了,"赵嵩不耐烦地皱起眉来,沉声说道,"我说了,我们是生是死,与你何干?"

心里像是被人压了一块巨大的石头,楚乔深深地呼吸,好久,才哑声说道:"赵嵩,我知道你恨我,我也知道我做这些远远不能赎罪,但是,我不能看着你们去送死。"

赵嵩冷冷一笑,扬眉看着楚乔,冷声说道:"阿楚,你知道我以前最喜欢你什么吗?"

楚乔一愣,顿时抬起头来,只听赵嵩一字一顿地缓缓说道:"我以前最喜欢你的,就是你现在这副样子,永远那么自信,无论自己处在什么地位、什么身份、什么处境,你都不会看低自己,不会妄自菲薄,不会失去希望,永远那么坚定,坚定地相信自己的能力。可是,"赵嵩眼神顿时漆黑,嘴角冰冷,"我现在却真的很讨厌这样的你,骄傲自大,自以为是,总是一副救世主的脸孔。你以为你自己是谁,你以为你现在在做什么?施舍?赎罪?还是想要做一点什么,然后才能心安理得地回到那个畜生身边过你们的日子?"

楚乔摇了摇头,紧咬着下唇,想要解释道:"赵嵩,我……"

"滚出去!不要让我再看到你!"赵嵩怒道,"我早就同你说过,你我之间早已一刀两断,再见面不是你死就是我亡,背叛帝国,屠戮百姓,你百死不能赎罪!"

"赵嵩……"

"滚!"

赵嵩大怒。楚乔愣在原地,手脚都在不由自主地抖动。她挺直脊背,继续沉声说道:"赵嵩,我看着你们进了真煌就会离开,就算你不需要我,还有公主。这一路山高水长,你应该不希望同样的事情再一次发生在她身上。"

此言一出,赵淳儿身体顿时一僵。赵嵩回头看了赵淳儿一眼,随即仍旧固执地说道:"我会保护我的妹妹,这还轮不到你来关心。"

"十三哥……"

"难道你已经懦弱到要靠仇人来保护的地步了吗？"赵淳儿刚要开口，赵嵩突然厉声暴喝。赵淳儿眼神复杂地看了楚乔一眼，随即轻咬下唇，不再说话。

半个时辰之后，楚乔看着赵嵩和赵淳儿的马车渐渐消失在遥远的古道上，疲倦突然排山倒海地袭来。一夜的冷雨让她浑身发热，几乎站立不稳，但是当朝阳终于刺破浓厚的大雾的时候，她还是咬着牙爬上战马，向着前方追去。

那天开始，她就一直小心地游荡在赵嵩的马车前后。因为不能为他们制定路线，她只能在晚上的时候到前面为他们清路，遇到游散的劫匪乱民就将他们打散，遇到大股匪徒就故意暴露行藏将敌人引开，白天就远远地跟在后面暗中保护着。因为她的马脚程快，一直也没被发现。

可是这样过了四天之后，因为极度疲累和终日风餐露宿，她终于一发不可收拾地病倒了。

醒来的时候，外面仍旧下着大雨，她躺在一间破败的小茅亭里，赵淳儿穿着一身蓑衣，手里拿着一只缺了口的碗，里面放着两块干粮。

"吃吧，你若是死了，谁护送我们回去？"

赵氏皇族的公主居高临下地看着她，面色平静地说道，将碗放在地上，随即转身离去。

楚乔青白的面孔上被溅了一道泥水，蜿蜒着，像是一道触目惊心的伤疤。她看着赵淳儿的身影渐渐消失在雨丝中，不知为何，眼睛突然有一丝莫名的温热。

七天之后，巍峨的真煌古都终于在晨雾中若隐若现。这座经历了三百年战火洗礼的西蒙大陆北方第一都城，像是一只沉睡的雄狮蛰伏在波澜起伏的红川大地上。看着这座自己生活了八年的城市，楚乔突然觉得浑身疲惫、感慨万千。

她掉转马头，面向着西北方，正要离去，嗒嗒的马蹄声突然在身后响起。楚乔平静地回过头去，看着面前的人，静静不语。

"你要走了？"

"是。"

"还要回去找他？"

"是。"

"还回来吗？"

"不知道，也许会回来，也许不会。"

"哈哈，"赵嵩突然放声大笑，独臂的袖子在风里飘动，画面诡异得像是一只缺了一半翅膀的风筝，"看吧，我还真是一个懦弱的男人！"

"十三，"楚乔沉声说道，"谢谢你能来见我最后一面。"

赵嵩苦笑，"你能千里跋涉护送我，难道我的心胸就狭窄到不能来见你一面？"

遍地黄沙堆积，大风吹来，漫天飞散。赵嵩穿着一身褐色的普通粗衣，却丝毫无损他身上的皇家贵气。男人的头发被大风吹得翻飞，他语调寒冷，缓缓说道："但是这一次，真的是最后一次了，他日相见，你对我无须再讲情面，我也不会对你手下留情。"

楚乔缓缓地摇头，"我不会杀你的。"

"那是你的事，"赵嵩冷然说道，"任何人背叛帝国，都是死路一条。"

楚乔闻言，皱着双眉抬起头来，一字一顿地沉声说道："赵嵩，什么是帝国？"

赵嵩眉心一蹙，只听楚乔声音低沉地继续说道："什么是天理王法？难道就是你们赵氏一族一家独大，言出如山，任何人都不得反抗吗？帝都一战，非战之罪，没有对错，只有胜败！当年你父亲欺骗朋友，屠杀燕北，杀尽燕洵的亲人，此仇此恨又当如何计算？八年来，你亲眼所见的暗杀和谋害就有多少？你还敢大义凛然地说赵正德对燕洵照顾有加、恩德如海？所谓的嫁女、成婚，不过是一场掩人耳目的骗局，当晚我们不反，就必定死在巴雷和魏舒烨的手上，今日你所见的，只能是两冢青坟、二抔黄土。赵嵩，你一直在自欺欺人，以为闭着眼睛就看不到大夏的暴政，以为塞住耳朵就听不到世间万民的哀呼，却不去想想，只是一场小小的帝都叛乱，为何会让庞大的大夏皇朝分崩离析？我不否认我的确辜负了你的信任，对不起你多年的照顾，但是说到背叛帝国，发动这场战争，我毫无愧疚，更无半点后悔。我们从一开始就是对立的，从无调和的可能，就算一切重来一次，我仍旧会做出和现在一样的选择。"

铿锵的话语飘散在冷风中。赵嵩冷笑一声，摇头叹道："阿楚，我真的看错你了。"

"你没有，你只是没有认识全部的我。"楚乔沉声说道，"赵嵩，生活在这个时代，是你我的悲哀。滴水之恩当涌泉相报，八年前，燕洵曾对绝境中的我施予援手，在我决定跟随他走进盛金宫的时候，你我的命运就注定对立。你是大夏的皇子，我却立志要推翻夏朝，你我之间早晚有决裂沙场。整个大夏皇朝的人都知道夏皇不会放过燕洵，却只有你一个人当作什么也不会发生地混沌过日子，八年来，我曾不止一次地暗示你疏远你，奈何你始终不肯认清现实，天真地以为你父亲会放过这个燕北的漏网之鱼。赵嵩，我从来没想过欺骗你，背叛一说更是无从说起，但是，我的确伤害了你，你多年的照顾和恩情，我会谨记心间，他日若有机会，定当报答。"

"看来，一切都是我自作自受，太过天真了。"赵嵩悲凉一笑，决然地转过身去，"我不会让你拥有能报答我的能力，阿楚，你走吧，我希望这一生都不要再看到你。"

"赵嵩！"楚乔突然高声叫道。赵嵩闻声马蹄一顿，却并没有回过头来。

楚乔想了许久，深吸一口气，方才沉声问道："燕洵怎么样了？"

赵嵩的脊背顿时僵硬，寒风吹来，他的眼神越发冷厉。

"不是被逼到绝境，他绝对不会伤害你！不是重伤到无法理政的情况下，他绝对不会允许那些人来护送你们！你伤了他，致命，很严重，对不对？"

虽然是疑问的句子，却没有半分疑问的语气，楚乔很肯定地说出了这句话，是一个结论，而不是一个假设。

"是！"赵嵩背对着楚乔，语调阴森地说道，"他活不了多久了，但是你还赶得及回去给他送终。"

身后突然没有了声音，只剩下低沉的喘息声，急促而压抑，过了很久，沙哑的声音从后面传来，"多谢你告诉我。"

说罢，一阵清脆的马蹄声顿时在身后响起，甚至来不及道一声别，又或者根本就没有道别的必要，马上的女子焦急地掉转马头，向着西北的方向急速地狂奔而去！

身后的人已然离去，赵嵩却仍旧呆立在原地，马儿不安地在地上刨着蹄子。冷风吹来，男人的袖子在半空中飞舞，看起来充满了浓重的悲凉和辛酸之意。

阿楚，你字字珠玑，句句真言，我怎会单纯到连这些都不明白？八年来，这个担心一直在我心间挣扎徘徊，奈何，我却始终不愿放开抓住你的机会。我非不知，而是不愿承认，一直以为只要我更努力一点就可以将你留住。我苦心孤诣地骗了自己这么多年，骗到连自己都恍惚相信了自己编织的谎言。帝国将倾，大厦将覆，我句句不离燕洵背叛大夏，其实真正伤心的，是你终于放弃了我啊！

虽然，这一切，我早就猜到了。

狭路相逢，杀人救护，万里护送，不问只言片语，但是你什么都知道，什么都猜得到，只是因为心底那样坚定的信念和不可动摇的信任！阿楚，我曾经以为在你心中我和他的分量应该是差不多的，就算是差，也差不了多少，可是直到现在，我才知道自己错得有多么离谱。

赵嵩仰头苦笑，缓缓闭上双眼，跌宕半生，终于还是一场镜花水月。

剧烈的马蹄声突然响起，赵嵩猛然抬头，就见赵淳儿和赵彻联袂而来，身后跟随着大批大夏官兵，足足有三百多人。

"楚乔呢？"赵淳儿策马奔在最前方，眉眼凌厉，早已失去往日的娇憨和软弱，像是一把锋利的匕首。她狠狠地勒住战马，大声问道："十三哥，她人呢？"

"走了。"

"走了？你怎么能放她走？"大夏公主眉梢一挑，厉声问道，"往哪里走了？"

见赵嵩沉默，赵淳儿大怒，大声叫道："十三哥！我们被他们害成什么样子，你都已经忘了，是不是？"

"十三弟，她往哪条路走了？"

赵彻一身黑色战甲，眼神在赵嵩的断臂上看了一眼，并没有多问，显然已从赵淳儿处得知一切。

刹那间，八年间的往事一同在脑海中呼啸而过，像是一场巨大的龙卷风暴。他仍旧记得那一天，女孩子一身染白海棠棉裙，白驼毛小靴子，头上插着两朵翠玉珠花，笑靥如花地对自己说道："我的名字叫子虚，住在乌有院，是窦大娘手下的小丫鬟，每日的工作就是给少爷小姐们捏些泥人来玩耍，你可要记住了啊！"

赵淳儿眉梢一挑，厉声呵斥道："赵嵩！你到底还是不是赵家男儿？"

"那边。"赵嵩举起手指，指向楚乔离去的方向，话音刚落，三百人马顿时奔腾而去，转瞬就只剩下一片翻飞的尘烟。

阿楚，你我之间，到底仍旧是一场子虚乌有，立场不同，从一开始就没有并肩的可能。你甘冒大险送我回家，我却不能任你离去。子虚乌有、子虚乌有，当日的一句戏言，竟如谶言般在今日兑现。

孤风如旋，天地间一片萧索，赵嵩打马前行，向着真煌古城缓缓而去，背影落寞，斜斜一条。

"七殿下，前面没有。"

斥候快马奔回。赵彻面色阴沉，还没说话，赵淳儿就抢先说道："她的马快，马上派出十路中队追击,她就算再厉害,一个女人孤身单骑总需要吃饭喝水,早晚会被我们赶上。另外立刻飞鸽传书,通知沿途的州府郡县,就说之前杀了他们大批联军的燕北楚乔来了,大军没有随身,只有一个人。我相信,这天下恨她入骨的人绝对不止我一个,会有很多人愿意代我们出手的。天罗地网之下,我倒要看看她一个人怎样回到燕北!"

赵彻眉梢微挑,转过头来看向自己的这个小妹,皱眉说道:"淳儿,你在路上遇到什么事了吗?"

赵淳儿一愣,紧张地抬起头来,问道:"七哥为什么这么问?"

"你变了很多。"

赵淳儿眼神幽深,那些肮脏的画面再一次回荡在脑海里,少女冷冷笑道:"七哥,我没有变,我只是长大了。"

"驾!"赵淳儿厉喝一声,策马向前奔去。赵彻和众多士兵连忙跟上,护在她身后。

很久以后,官道外的一片草丛里,一个娇小的身影突然站了起来,她望着赵淳儿消失的方向,心底突然蔓延起大片的苦涩。

果然不出她所料,赵嵩出卖了她。她有意选择了一条迂回返回燕北的路,若是赵嵩不说,赵彻等人必定会向着另外一条路追击。

而赵淳儿,一路安静沉默,从不显露出敌意,甚至还有意引导她来到真煌,为的就是让她护送自己安全返回帝都,然后将她杀之而后快。

这个大夏的公主,早就对她存了必杀之心!

楚乔站在空荡荡的荒原上,天空中长鹰厉啸,翅膀雪白,像是天山的白鹰。

她屈起手指,吹了一个响亮的口哨,极远处,一匹漆黑的战马迅速奔来,很快跑到楚乔身边,开心地围着她打转。

楚乔翻身跳上马背,沉着地笑道:"兄弟,我们要绕远了,前面的路都被人封死了。"

由真煌到燕北,是一片平坦的平原,当初为了防范西南镇府使逃脱,中途几个大郡和封地的守备大夏都已命人将野草割掉,树木伐断,将一切能够提供躲避的密林全部砍掉,每条河流、渡口、驿道,都有专人把守。他们以为楚乔只敢偷偷潜逃,却不料她带着西南镇府使大开杀戒,一连几场会战,让他们损兵折将下还浪费了之前的一番布置。

可是现在,之前的这些布置却能够发挥巨大的作用。眼下,这些在自己手上吃了大亏的官员得知自己孤身妄图穿越千里围困,返回燕北,哪会不睁大眼睛等着她自投罗网?这个时候,谁能抓到她,就明显会对燕北新王形成掣肘,对新生的燕北政权更是一个不小的打击。毕竟,楚乔带着四千人马千里会战,无一败绩,已经足以令这些世家大族顾忌胆寒了。

若是现在还按照原路返回,无异于自取灭亡,毫无逃生的希望。

眼下唯一的出路,就是取道东南,进入卞唐国境,向南走青桐山小道,转入南疆乌熏河,顺流而上,最后返回燕北!

马儿使劲地用脖子蹭着她的腿,楚乔勒住马缰,轻喝一声,向着东方策马而去。

(本卷完)